Insurekcja
Władysław Reymont

Insurekcja
Copyright © JiaHu Books 2015
First Published in Great Britain in 2015 by JiaHu Books – part of
Richardson-Prachai Solutions Ltd, 34 Egerton Gate, Milton Keynes,
MK5 7HH
ISBN: 978-1-78435-181-6
A CIP catalogue record for this book is available from the British Library
Visit us at: jiahubooks.co.uk

Pachołek juści wyleciał jak z procy. Podświnka zarżnięto i właśnie go osmalano nad ogniem, kiedy zjawił się klasztorny ekonom, persona chuda, zakonną suknią przyodziana, różańcami brzękająca i przez nos z namaszczeniem rozgulgotana niczym indor. Sprawa przybierała obrót niefortunny; ale sierżant nie straciwszy rezonu wyparł się wszystkiego w żywe oczy, parobka oskarżył o umizgi nieprzystojne do żołnierek, a za niewinność swoich ludzi gotów był choćby w kościele przysięgać. A że przy tym czapkował ekonomskiej mości, łaciną gęsto szpikował i słowo szlacheckie dawał, ekonom uwierzył, o sprawach de publicis poszeptał, nowin naopowiadał i potem jeszcze przysłał z klasztornej spiżarni sporą beczułkę gorzałki, słoniny i wędzonych mięsiw.

Przywitali te dary tak wrzaskliwą uciechą, że Derysarz groźnie krzyknął:

– Cicho, kpy jedne! A jak mi, mocium tego, jeszcze raz przylezą ze skargą na którego, zapowiadam, każę go przepędzić przez kije! Nie będę za was oczów od psa pożyczał i łgał jak najęty. Jurkowa, świntucha sprawić i kiełbas narobić!

– Wedle rozkazu, panie sierżancie – odrzuciła tęga, wysoka wiwandierka.

– Mięsa pochować, zdadzą się w marszu. Gorzałkę rozdam przy kolacji.

Wszedł ostatni oddziałek aż ze Skawiny, po nim przywlekło się jeszcze kilkunastu ludzi, ściągających po dwóch i trzech. Sierżant nie uwzględniając żadnych tłumaczeń wyrżnął im ostre pro memoria za opóźnienie.

– Juści, mocium tego – przedrzeźniał – drogi złe, plucha, pewnie i przygoda jedna i druga, terefere kuku, strzela baba z łuku. Ale tego nie wyznasz jeden z drugim, żeś żadnej karczmy po drodze nie pominął!

– Bośmy drogi pytać byli przymuszeni – zabełkotał jeden, mocno już podcięty – a że naród w tej stronie grzeczny, żołnierzów honorują, to jakże się z takim nie pokumać? Dobra moja kwaterka, lepszy jego garniec.

– Melduję pokornie – jąkał drugi – jako sporo parobków chciało do nas przystać! Przyjścia pana generała Kościuszki czekają po wsiach niby zbawienia.

– Milczeć w szeregach! Mikołajczyk, znieść karabiny i wszystek moderunek, po trzydzieści ładunków na strzelbę i po dziesięć skałek wydać! A kto znajdzie, mocium tego, stępiony bagnet, naostrzyć! Taczalnik jest?

Posłyszawszy respons twierdzący, zasiadł przed namiotem twarzą do ogniska i gdy nastroszono pobok całe stosy karabinów, flint, pasów, ledewerków i wszystkiego, co było potrzebne do wyekwipowania, zaczął z regestru wyczytywać nazwiska, nie opuszczając przynależności do batalionów, kompanii i plutonów.

– Mocium tego, raz–dwa, żołnierskim krokiem! – upominał niekiedy.

Każdy z wywołanych stawał przed nim sprężony jak drąg i otrzymawszy broń i potrzebne efekty dawał miejsce drugim.

Każdego też z osobna obmacywał wilczymi ślepiami nie odpuszczając bez jakowegoś słowa: którym dostała się przygana, których witał przyjacielsko, których przekpiwał, aż śmiała się cała kompania, zaś z poniektórymi coś tajnie i długo poszeptywał. Zajęło to sporą kwotę czasu, gdyż ludzi było z górą trzysta.

Żołnierz to mimo dziadowskich pozorów wystawiał się wybrany, równy wzrostem i wiekiem, chłop w chłopa, jednako rosłe, pleczyste i sprawne, w obrotach wyćwiczone, w bojach zahartowani, setne zabijaki, że mało który nie był naznaczony plejzerem. Sam wybór żołnierstwa. Bowiem generał Wodzicki przymuszony rozkazami hetmana pozornie zmniejszył swój regiment i zdezarmowanych żołnierzów niby to rozpuścił, ale cichaczem rozkazał ich rozkwaterować po wsiach okolicznych i własnym sumptem utrzymywał, na okoliczność insurekcji mając w pogotowiu. Taki postępek zjednał serca żołnierzów, że chociaż nie wszyscy byli dopuszczeni do sekretu o gotującym się powstaniu, wszyscy jednak gotowi byli dać gardła na skinienie generała. Więc też po skończeniu przeglądu wtajemniczeni otoczyli sierżanta, rozpytując natarczywie o wszelakie nowiny. Juści, powiadał, co sam wiedział, a że żołnierz był prawy i Polak cnotliwy, szeroko wystawiał nikczemne postępki aliantów, gwałty i uciemiężenia kraju. Żołnierstwo burzyło się coraz głębiej, srożyły się twarze zawziętością, błyskały oczy i zaciskały się pięście.

– Odpłacim ścierwom! Byle prędzej! – wrzały niepohamowane gniewy.

– Jutro zaczynamy! Sam Kościuszko poprowadzi! – rzucił im na końcu.

Ta wiadomość niby piorun wstrząsnęła żołnierstwem, zakotłowało się przy ogniskach i wszyscy naraz zaczęli się wydzierać jak opętani.

– Niech żyje Kościuszko! Niech żyje nasz ojciec!

– Milczeć w szeregach! – ryknął groźnie. – Rychtować się do wymarszu i czekać! Jakoby wodą chlusnął na płomienie, tak w mig przygasły wrzawy i uczyniła się cisza.

– Melduję pokornie – wystąpił podoficer Mikołajczyk – nie mamy doboszów.

– Mocium tego, są w Krzeszowicach. Może który potrafi wybębnić werbla?

– To powiedziawszy ogarnął się nieco i poszedł z powinnym raportem. Małe drzwiczki w końcu refektarza, jakimś cudem jeszcze ocalałe, prowadziły do kwatery zajmowanej przez Kościuszkę i przybocznych oficjerów. A skoro tylko zniknął za nimi, w obozowisku powstał ruch i gwar, jakby w ulu przed wyrojem. Dziury po oknach od strony Wisły pozapychano słomą, że zrobiło się nieco zaciszniej, chociaż deszcz nie przestawał ani na chwilę zacinać. Ogniska, ustawicznie podsycane, buchały w górę płomienistymi grzywami, rozlewając dokoła lubo prażące ciepło. Myto się przy nich i szorowano akuratnie wiechciami z grochowin. Żołnierki porozsiadane stadkami niby kokoszki, cos pilnie majstrowały igłami; jakaś tłukła kijanką przepraną koszulę, aż się rozlegało, insze zaś czyniły ochędóstwo przy dzieciach, a wszystkim ani na Zdrowaś nie zamykały się gęby. Na skrzyżowanych drągach suszyły się przemiękłe ubrania i buty, dla rychlejszego skutku wypełnione owsem. Tu i owdzie w rynkach i na patelniach skwierczały słoniny i kiełbasy, gotowano barszcze. Żołnierze przeodziewali się od nowa na wszystkich oczach. Całe szeregi porozsiadane przed ogniskami na gruzach, goliło się, strzygło i czesało. Na gwałt smarowano tłustością buty i bielono flint pasy. Mikołajczyk, żołnierz stary, wysoki, suchej kompleksji, o zakrzywionym w kształt dzioba nochalu i zaciśniętych wargach, w zastępstwie Derysarza miał baczenie na obozowisko. Nic nie uszło uwagi jego świdrujących oczów, przytajonych pod krzaczastymi brwiami. Każde przewinienie lub niedokładność w moderunku zauważył i nie przepuszczał. Wydał kuchtom dyspozycję względem przyprawienia jadła. Przyciszył babie krzekoty. Sklął baraszkujących chłopaków. Kogoś potraktował szturchańcem. Temu i owemu wetknął szczyptę tabaki lub użyczył do lulki tytuniu. Sprawdzał też pociągnięciem dłoni po twarzach robotę golarzy i prawie za każdym razem skrzeczał:

– Szczecina! Popraw! Choćby ze skórą, a zbieraj do gładkości...

I cyrkulując dokoła ognisk, zawsze kończył przy otwartym kramiku Jurkowej; połykał kieliszek gorzałki, spluwał, przyglądał

9

się kobiecie, zajętej robotą pończochy, coś medytował i nie mogąc się na nic zebrać szedł do majsterka, który rozłożywszy przy jednym z ognisk polową kuźnię osadzał skałki, przecierał lufy karabinów, reparował zamki, a głównie pociągał na brusie przytępione bagnety. Śmiał się przy tym ustawicznie, gwizdał i pod byle pretekstem leciał suszyć zęby do Jurkowej. Chłopak był przystojny, czarny jak żuk, kędzierzawy i w łaskach u kobiet. Nie spodobało się to Mikołajczykowi; więc skrzyczawszy go za próżniactwo zapędził do roboty i sam przy nim zasiadł próbując ostrzów, oglądając karabiny i pouczając cisnących się do ognia gemejnów.

– Przyjdzie do bagnetów, dobra nasza! Żgaj twardo, a zawsze pod włos i prosto w bebech, potem zakręć: jak chrupnie, gotowy! Następuj drugiego! Karabin trzymaj krótko, swoje brzucho osłaniaj łokciami i przykładem, stawaj nieco bokiem i z prawej nogi. Dałeś bobu wrogowi, że się wykopyrtnął: odskakuj! A rusza się jeszcze, sztychem go do ziemi. W bitwie, przezpieczniejszy za plecami trup niźli raniony. A zapamiętajcie: Prusak niestraszny naszemu kamratowi, ale Moskal chwat na bagnety. Tamtego jenoś kolbą przez łeb trzasnął, a już na ziem leci i swoje "Herr Je" śpiwa; zaś drugiego się pilnuj, bo nim się pomiarkujesz, już ci flaki z torby wypuści. Znam ja ich sztuki. Niemało się człowiek nażgał jednych i drugich w bywszej wojnie pod Kościuszkiem.

Do refektarza wtargnęło niespodzianie kilkudziesięciu chłopów zbrojnych pod wodzą jakiegoś wysokiego oficjera. Jakoby chmura polśniewających kos i białych kapot zawisła nagle w mrokach. Oficjer piskliwie zakrzyczał:

– Rozstąpić się i dać miejsca przy ogniach!

Żołnierze jednak jakby nie dosłyszeli, ani drgnął który. Wystąpił jeno Mikołajczyk i rozeznawszy oficjerską szarżę oddał mu powinne honory i bardzo politycznymi słowy poradził założenie osobnego biwaku.

Oficjer się rzucał gniewnie i groził, a wreszcie przekonany, jako nie było żadnych dyspozycji względem mających nadciągnąć kosynierów, kazał się roztasować swoim w samym kącie refektarza. Rozpalono nowe ognisko na trzonie prawiecznego komina, przy czym powstały spory o drzewo i słomę, jakie chłopi chcieli zabierać żołnierzom. Ułagodził to jakoś Mikołajczyk, ale nie obeszło się bez klątw i wymyślań, jakich nie szczędzili gemejny.

Kosynierów było pięćdziesięciu, wszystko paroby na schwał, z wyrostu dębom podobni, miniaste, przybrane akuratnie w białe

10

wielce skory do szafowania kijami, regiment za nim przepadał, bowiem dbał o żołnierza i ujmował wszystkich prostotą obejścia i wesołością. Kiedy się uspokoiło, rozkazał wydawać kolację. Zadzwoniły żołnierskie kociołki, kuchta nalewał każdemu przepisaną rację. A już zadowolenie wybuchnęło niby burza, gdy z polecenia kapitana Derysarz z Mikołajczykiem jęli rozlewać gorzałkę w podawane manierki.

– Podwójną rację! Noc zimna i jutro Bóg wie, co się zdarzy! – oznajmił i pierwszy napił się na zdrowie całej kompanii.

– Bóg zapłać! Życzymy dobrego zdrowia! – odkrzykiwali z zapałem. Wiara zaszumiała wesołością, brzękały kociołki, skrzybotały łyżki, błogość spromieniała twarze. Barszcz z grochem, kaszą, kapustą i sporymi sztuczkami mięsa ginął jakby w otchłaniach. Kości i suchary trzeszczały w potężnych szczękach. Kapitan zawijał jak wszyscy, jeno na wety przyniosła mu Jurkowa sporą miseczkę jajecznicy z kiełbasą.

– Przy Jurkowej najlepszy francuski kuchta mógłby być pomywaczem – zachwalał dobierając się do specjałów. – Jak będę królem, Jurkowa musi być przy mnie do jajecznicy! Ba – przypomniał sobie – my brzuchy ładujemy, a tamci łykają ślinkę! Sierżant, pozwolić, co zostało, tamtym kamratom! – rozkazał wskazując kosynierów.

Bujak przyleciał do niego z czułymi podziękowaniami.

– Asan, kiedy ze starszymi masz sprawę, miarkuj się w słowach! – wypomniał surowo. – Leć na kwaterę generała, bo tam czekają wiadomości.

Bujak poleciał jakby na skrzydłach. Kwatera była niedaleko, tuż za małymi drzwiczkami, w klasztornej stodole, przypartej do szczytowej ściany refektarza, pełnej jeszcze słomy i siana. Na klepisku, przy stole sprawionym z wielkich drzwi ułożonych na beczkach, siedziało paru oficjerów okutanych po uszy w kudłate burki, bowiem ziąb przejmował do żywego. W mdłych brzaskach świec, zatkniętych w drewniane kościelne lichtarze, ledwie można było dojrzeć twarze pochylone nad plantą, upstrzoną czerwonymi chorągiewkami. Rozważali w najgłębszym milczeniu, a jeden z nich tak spiesznie coś konotował, aż mu pióro pryskało. Niekiedy wiatr poświstywał chybocąc światłami, ćwierkały w strzechach wystraszone wróble lub parskały konie, ustawione pod wrótniami.

Bujak przystanął na stronie nie ważąc się przerywać milczenia; dojrzał go jednak Kościuszko i wyciągając rękę powiedział dobrotliwie:

– Bujak, jakież przynosisz awizy? Dużoś zwerbował?

– Oto powinny raport, Obywatelu Generale – wyjąkał wzruszony i chociaż oblany potem i z rozłomotanym sercem, ciągnął – pięćdziesięciu obywatelów, rozgorzałych pragnieniem walki z tyranami – prawił górnie, po swojemu – wszyscy są zwerbowani w dobrach krakowskiej kapituły; jakoby z wilczej paszczęki, tak wyrwałem ich właśnie z gniazda zabobonu i przesądów, by służyli wolności. Jaśnie wielmożna starościna wolbromska, Dębińska, ofiarowała dla nich lenungi na dwa miesiące, okuty wóz, dwa wałachy z uprzężą i woźnika, zaś pan Siedlecki wyekwipował wszystkich sumptem jaśnie wielmożnej podkomorzyny Górskiej. Czekają twoich rozkazów, Obywatelu Generale!

– Jakiż duch panuje między nimi?

– Najżarliwszych poświęceń dla ojczyzny i ludzkości – nabrał tchu, pochylił swoją długą postać i wyciągając rękę wybuchnął – a mogę dołożyć, jako wszystkie poddaństwo i uciemiężeni oczekują jeno twego rozkazu, żeby powstać i runąć na tyranów i nieprzyjaciół wolności. Już po wsiach pieśni o tobie śpiewają, Obywatelu Generale, już baśnie prawią, już twoje sylwetki miasto szkaplerzów na piersiach noszą. I gdyby przeszkód nie stawiali dziedzice, wszystko chłopstwo zbiegłoby się do ciebie. Żydzi Mesjasza tak nie czekają, jak ciebie Polska cała...

– Rad jestem twoim poczciwym sentymentom – przerwał mu – postępuj dalej w myśl moich instrukcji. Rano jutro odprowadzisz zwerbowanych Ślaskiemu do Rzeplina. Fiszer, napisz dyspozycję i dodaj parę słów do kapitana Kaczanowskiego.

Skinął mu głową i gdy Bujak wyszedł, zatarł ręce i rzekł w zatroskaniu:

– Z komendy Łykoszyna nie powinna się wyśliznąć ani jedna noga.

– Dwa bataliony i kompania artylerii wystarczy do zwycięstwa. Jutro na południe Kraków będzie nasz – zabrał głos major Jagielski podnosząc głowę znad mapy. – Na wszelką ewentualność pójdą jeszcze w sukurs kompanie zdezarmowanych, jakie zebrał kapitan Wasilewski – spojrzał na pektoralik – wyruszą przed północą. W Krakowie wszystko zarządzone, uderzą na Łykoszyna o świcie.

– To pono oficjer wyższych instrukcji, może spłatać jakiego figla.

– Musiał się czegoś domyślać, gdyż w ostatnich dniach obsadził dom Pod Baranami, pałac Spiski, kamienicę Pod Wagą i rozciągnął swoje posterunki po domach ulicy Sławkowskiej aż do samej bramy. Tym wydał swoje zamysły ucieczki, zaś dzisiaj od rana zdradził w tym względzie jeszcze wyraźniejsze inklinacje.

Czyniliśmy temu wymarszowi różne ciche przeszkody. Nie zdoła wymknąć się niepostrzeżenie.

– A mogło być już po nim – szepnął jakby z żalem Biegański, adiutant Wodzickiego, lecz poczuwszy na sobie oczy Kościuszki dodał objaśniająco: – Klubiści planowali oswobodzenie Krakowa w sposób szczególny: wyprawić przy zdarzonej okazji wielki koncert w kasynie Żelechowskiego na Szewskiej, zaprosić Łykoszyna wraz z całym jego korem i ugościć ich należycie, a równocześnie żołnierzom ich po kwaterach też nie żałować gorzałki, zaś w stosownej chwili uderzyć na nich i wytępić. Generał Wodzicki nie dopuścił jednak do tego.

– I dobrze się zasłużył ojczyźnie! – wystąpił żywo Kościuszko. – Napadać pijanych i bezbronnych zbójecki to proceder, niegodny żołnierzów walczących za najświętsze prawa ludzkości. Takie zamierzenia przyniosłyby nam tylko hańbę. Naszą powinnością wystąpić w jasny dzień, otwarcie, przy biciu tarabanów. Sprawa, za którą gotowiśmy dać gardła, nie lęka się światłości, a nie przystoi jej uderzanie na wroga podstępem. Polak zawsze brzydził się zasadzką i nie daj Bóg, aby się przemienił. Nie zbraknie nam siły do pokonania wrogów, jeśli nie zbraknie ducha ofiarnych poświęceń i miłości! – zakończył poruszony, wsparł się łokciami o stół i ukrywszy twarz w dłoniach pogrążył się w zadumie. Nikt już nie śmiał zabierać głosu, jeno Jagielski szepnął na ucho Fiszerowi:

– Te wzniosłe systemata nic jeno faramuszki, dobre dla sawantów, a grunt – tępić wroga na każdym miejscu i przy każdej okoliczności. Kazaniem nie nauczy moresu zbójów! Derysarz naraz głośno zameldował o wymarszu żołnierzów.

Wypadli przed wrótnie stodoły przyjrzeć się pochodowi, gdy Wasilewski już wołał:

– Formuj się w kolumnę! Trójkami! Ciąg się w prawo, marsz! Długi szereg migocący bagnetami występował z refektarza szykiem pochodowym. Przechodzili cicho i ginęli w śnieżycy, jaka się była właśnie zerwała.

– Za opactwem wejdą na trakt, a dopiero pod Norbertankami na Zwierzyńcu dosięgną Wisły, gdzie już czekają promy i łodzie. Ksieni z nami w porozumieniu i w razie potrzeby schroni ich w klasztorze na jakiś czas – objaśniał Jagielski dosiadając konia. Biegańskiemu zaś na wsiadanym powiedział Kościuszko:

– Powiedz generałowi, że stawię się na porę. Zaczynajcie w imię Boże! Patrzał za nimi nasłuchując milknących stąpań. Przepadło wszystko w śnieżycy i oddaleniu. Śnieg ciężkimi płatami zasypywał świat, opadał cicho i tak gęsto, że chociaż rozbielił nieco ciemności, na krok nie było podobna przejrzeć. Kościuszko wstrząsnął się od zimna i obtuliwszy się szczelniej w burkę zajrzał do refektarza.

Rudera pokazała się mroczna i prawie cicha. Kobiety z dziećmi i paru woźników tulili się przy drgających ogniskach. Na chłopskim biwaku panował jeszcze cichy gwar. Wielu już spało na kupach słomy, widać też było klęczących przy pacierzach, jak przesuwali w palcach ziarna różańca, ktoś przez nos ciągnął jękliwym głosem Godzinki, zaś reszta obsiadłszy ogień pogadywała z cicha. Bujak coś pilnie konotował. Kościuszko przysiadł się do niego i zaszeptał nakazujące:

– Nie wydaj mnie. Niech będzie pochwalony!

– Na wieki wieków! – odpowiedział ten i ów, nie zwracając uwagi na przybysza; wzięli go za jednego z pozostałych żołnierzów. Nagrzewał zziębnięte ręce i jął z najbliższymi pogadywać. Zrazu odbąkiwali prawie niechętnie i ostrożnie; lecz tak sprawnie zatrącał o różne bo– łączki, że odpowiadali coraz żywiej i obszerniej nie tając niczego jak przed równym sobie. Rad z takiego obrotu zaindagował pierwszego z brzegu parobka:

– A że cię to puścili z chałupy na wojaczkę?

– Nie pytałech się nikogo o przyzwoleństwo – warknął opryskliwie. – Cóż mnie ta w chałupie miało przytrzymywać? Głód, nędza i dziedzicowe kije! Powiadali: "Chodź, Jasiek, na wojnę!" to i poszedłem. Co mi ta gdzie dobrego, marnacyja i tyla...

Drugi zaś, wyrośnięty, z płową grzywą równo przyciętą nad czołem, z oczami niby turkusy, rozgadał się obszerniej.

– Jeszcze na jesieni dziady proszalne przynosiły do naszej wsi pisma od samego Kościuszką i rozpowiadały, jako zbiera ludzi na wojnę z panami. Sam organista czytał, że każdemu, któren do wojska przystanie, Kościuszek obiecywa dać rolę i grunta, ile koma potrza. Wierzyli nie wierzyli, bo gdzieby ta panowie co z dobrawoli użyczyli chłopom, cheba tych kijów! Ale jak rzepliński dziedzic przysięgowa! w kościele, że to wszystko święta prawda, to nie było dnia, żeby który do niego nie uciekał. Wybrałem się i ja z drugimi. Cóż, kiej me ekonom przydybał, zbił i obiecał za karę wysłać aż za Tarnów na leśne roboty. Ledwie me matula wykupiła rocznym ciołkiem. Potem pan Bujak me zmówił, kosę dał, z drugiemi stowarzyszył i do Kościuszką zaprowadził. Będziewa prać Moskali! – zaśmiał się junacko. Trzeci z kolei, chłop znacznie starszy, dziobaty i o ponurym wejrzeniu, mówił:

pod tym wszystkim gorzała potężna żarliwością wiara w niego, w jego obietnice i w tę nową, przyszłą Polskę, jaką im ukazywał. Chwilami równał ich nawet w myślach z onymi rycerzami, ciągnącymi na zdobywanie Chrystusowego grobu. Radość nim owładnęła, radość filantropa, znajdującego społeczność żyjącą wedle praw natury, i radość wodza, i statysty.

– Chłop wolny – konkludował w najgłębszym przeświadczeniu – to Polska wolna, to fundamentum jej potęgi i niepodległości. A któż się oprze całemu narodowi? – powtarzał słowa chłopskie, niedawno zasłyszane. – Przeto nie wolno nam desperować o jutrze! I nie potrzeba – myślał radośnie, odsuwając się nieznacznie od ogniska. I jak się był zjawił, tak i odszedł niepostrzeżony. Fiszer już chrapał z głową wspartą o siodło i wpół wgrzebany w sianie, zaś dla niego było nagotowane polowe łóżko. Rzucił się na nie, okręcił burką i zasnął twardym, żołnierskim snem. Było już dobrze po północy, kiedy Bujak obudziwszy Fiszera zameldował:

– Przyszli jacyś przebrani za chłopów, dali hasło i napierają się przed generała.

– Niech poczekają do rana! Ruszaj do stu diabłów!– zaklął rozespany.

– Cóż to za jedni? Skąd? – wtrącił przebudzony Kościuszko. – Zapal światło!

– Powiadają się być z Warszawy.

– Przyprowadź, właśnie potrzeba mi wiadomości z Warszawy. Wszedł jakiś człowiek w chłopskiej odzieży i straszliwie obłocony i zdrożony. Był nim Sewer Zaręba, wysłannik wojskowej organizacji, która po rozbiciu sprzysiężenia przez areszty i dezercję wzięła rządy sprawy w swoje ręce. Na widok Kościuszki sprężył się i podając zwitek papierów meldował:

– Plan wykoncypowany na okoliczność powstania Warszawy, twojego, Obywatelu Generale, potrzebujący wejrzenia i aprobaty. Kościuszko zasiadł znowu przy stole i wraz z Fiszerem przeglądał rysunki, cyfry, wyliczenia zestawionych sił polskich i moskiewskich. Zatopił się w tej pracy nie przestając od czasu do czasu rzucać krótkich zapytań. Zaręba dawał ścisłe responsy, jako że był jednym z najczynniejszych członków spisku.

– Pamiętam cię z przeszłej wojny – powiedział niespodzianie Kościuszko, mający szczególny dar pamiętania twarzy i nazwisk. – Powiadał mi też o waści Maruszewski.

– Pod Dubienką miałem honor stawać na twoich oczach, Obywatelu Generale.

- Jakżeś się o nas dopytał w Krakowie?
- Ksiądz Dmochowski powiedział, dał mi hasło i przewodnika. Tam już wrze...
- A wrze! Dzisiaj równo ze dniem bierzemy się do Łykoszyna.
- Chwała ci, Panie! - wykrzyknął mimo woli; niezmierna radość go rozdygotała, że nie mógł się utrzymać na nogach.
- Zmogła cię widać droga. Siadaj!
- Trzy dni na koniu dały mi się nieco we znaki.
- Azardowałeś zdrowiem - posłyszał znowu głos współczujący.
- Okoliczności przynaglały. Byłem też przymuszony nadkładać drogi, kluczyć i przebierać się stronami, żeby ujść chytrze pozostawianych sieci patrolów kozackich.
- Cóż Warszawa? Powiadaj! Fiszer, pokrzep go łykiem gorzałki!
- Wszystka w dygocie na walkę z wrogiem i w oczekiwaniach.
- Tak imaginujesz? Rozumiałem ją bardziej upadłą na duchu. Wprawdzie Maruszewski jeszcze w Dreźnie upewniał o jej gotowości, ale miałem relacje inne...
- Po aresztowaniach trwał pewien upadek, nim zdołano się otrząsnąć z przygnębienia. Lecz aktualnie duch Warszawy podnosi się z godziny na godzinę, a szczególniej w pospólstwie, że już ciężko je utrzymać w karbach rozsądku. Wszystko się burzy, wrze i czeka z niecierpliwością. Każdy kładzie się spać z tą nadzieją, że go obudzą warczenia bębnów i krzyk: "Do broni!" Więc śmiem cię utwierdzać w pewności, Obywatelu Generale, iż na twój rozkaz Warszawa powstanie jak jeden mąż i zrzuci haniebne jarzmo niewoli – dowodził gorąco, niemal wybuchając.
Kościuszko odsunąwszy papiery patrzył w niego przenikliwie.
– Lud to bohaterski, wszystką duszą oddany ojczyźnie i gotowy do ofiar krwi i mienia; to wulkan, który za twoim znakiem, Obywatelu Generale, wybuchnie huraganem grzmotów i piorunów. Wobec wrogów tam już nie ma stanów, nie ma fakcji, nie ma bogaczów ni nędzarzów, co mówię, nie ma nawet płci. Wszyscy bowiem zdeterminowani na jedno: Zwycięstwo albo śmierć! Zarówno szewc jak i pyszny arystokrata, prostak jak i filozof jednakim dyszą pragnieniem walki za ojczyznę! Wielkie damy składają precjoza na wojska; liberia znosi swoje mizerne zasługi, majsterkowie i czeladź prują się do ostatniej złotówki, krupne baby składają się trojakami na broń i prochy; nawet nikczemne Żydostwo, nic ponad zyski nie widzące, usłyszało głos powinności i gotowe mimo przyrodzonego tchórzostwa brać się do oręża. Nikt nie pozwala się prześcignąć w ofiarności na święte cele insurekcji. Już matki bez jęku oddają

jedynych synów. Są, którzy pomimo spóźnionego wieku stawają pod sztandarami, którzy porzuciwszy rodziny i majętności, żywoty kładą na ołtarzu ojczyzny. Taką się w tę porę dawa poznać Warszawa: bohaterska, ofiarna i nieustraszona. Fortuna Igelströma, jak się prędko wyniosła, tak jeszcze prędzej upadnie. Zaś z tymi, których kupiły ruble i talary, którzy patrzą jeno za partykularnym profitem lub czekają, kto będzie górą – zbytnio rachować się nie należy. To kupa zgonin: burza je rozwieje bez śladu; Król pójdzie z nami, pamięć na koniec Capeta go przyniewoli. Czego dowodzę, potwierdzą aneksa dołączone do pisma, jakie złożyłem – dodał nagle spostrzegłszy jakby cień nieufności w oczach Kościuszki, który istotnie tę nazbyt pomyślną relację o duchu i gotowości Warszawy przyjmował z pewnym niedowierzaniem. Wydały mu się poczciwą egzageracją. Zmienił jednak wkrótce swoją opinię, bowiem w dalszej rozmowie Zaręba okazywał się być człowiekiem oświeconym i o szerszym objęciu spraw krajowych. Wręcz mu to powiedział, traktując go z wyróżniającą dobrotliwością. Późno w noc rozpytywał go o najprzeróżniejsze szczegóły warszawskich przygotowań, a szczególniej o ludzi nie znanych sobie, a wyróżniających się w sprzysiężeniu. W końcu zeszła rozmowa na Kilińskiego.

– Trzeba go wysuwać na czoło dla przykładu i zachęty pospólstwa – radził.

– Majster nie lubi chować się w cieniu, ambitna sztuka i rad się wystawia na oczy – objaśniał Zaręba.

– Dosyć na dzisiaj – zakończył Kościuszko rzucając się na polowe łoże. – Zostaniesz przy mnie. Kraków za parę godzin będzie wolny, a jutro nastąpi publiczne proklamowanie aktu powstania. Będziesz miał z czym powracać do Warszawy.

Fiszer spał już od dosyć dawna, więc i Zaręba mając rozmowę za skończoną zaszył się w siano, gdyż mroźny wiatr przeciągał po klepisku dobierając mu się do skóry. Zimno i przeróżne medytacje nie pozwoliły mu jednak zasnąć. Świeca, dla przezpieczności zatknięta we wodzie na dnie wiadra, rzucała w górę snopem małych brzasków, że wszystko zdawało się być majaczeniem. Zaręba wspierając się na łokciu zapuszczał oczy w stronę Kościuszki; lecz w ciemnościach i ciszy późnej godziny posłyszał jeno jego równy i spokojny oddech. Spał snem sprawiedliwego. Znał go z twarzy i postaci, jak żołnierz zna wodza, prowadzącego w boje; uwielbiał go jak i towarzysze, a nieraz w obozach, na biwakach i szczególniej na zebraniach spiskowych rozbierał jego cnoty i geniusz. Nigdy jednak nie wydał mu się tak wielkim, jak tego wieczora. Prosty w obejściu, skromny i przystępny, a bił od niego majestat bardziej onieśmielający niźli królewski. Człowiek to miary starożytnych bohaterów – rozważał – wódz, naczelnik, dyktator, a służy mu proste żołnierskie łoże, obciągnięte skórą i ordynaryjna stodoła za pałace. I nic, żadnej pompy, żadnej wystawności, żadnego przepychu! Nic dla siebie, a wszystko dla ojczyzny! Zdumiewał się poruszony do łez, gdy naraz posłyszał za sobą w sąsieku ostre trzeszczenie słomy. Wyraźnie ktoś skradał się od strony refektarza, przystawał na chwilę i znowu pełzał przyczajony. Zaręba uniósł nieco głowę i sięgnął po krócicę; przeszyło go straszne podejrzenie, więc gdy wynurzyła się jakaś tyczkowa postać zmierzając ostrożnie do Kościuszki, wyciągnął rękę i zmierzył do niej. Na szczęście nie zdążył jeszcze pociągnąć za cyngiel, kiedy Bujak, ściągnąwszy z pleców kożuch okrył nim Kościuszkę, zasalutował, zrobił zwrot w tył niby na paradzie i odszedł, jak mógł najciszej.

– Poczciwy drągal – mruknął rozrzewniony chowając krócicę w zanadrze. Obudził go dopiero duży dzień i głośne rozmowy, z których łacno wyrozumiał przykrą nowinę o ucieczce z Krakowa Łykoszyna. Właśnie goniec generała Wodzickiego rozpowiadał obszernie o tym zdarzeniu.

– Stało się źle, niepodobna gorzej – przerwał mu sfrasowany Kościuszko. – Snadź był uprzedzony o tym, co ma nastąpić. Chytra sztuka. Powiadomi swoich o naszych zamiarach i nie pozwolą się zaskoczyć. Pogoń już wysłana?

– Miały iść za nim dwie kompanie piechoty i sto jazdy.

– Fiszer, siadaj i pisz Wodzickiemu: Natychmiast pchnąć sztafety do Manżeta i Madalińskiego, niechaj co pary w koniach ruszą przeciąć mu drogę. Ktoś wydał.

– Krakowscy targowiczanie – zawrzał rozjuszony Fiszer. – Siedzi tam przecież ten eksposeł grodzieński, konfident Sieversa, Głębocki, siedzi Ożarowski, siedzą i drudzy. Doszli sekretu i zdradzili przed Łykoszynem. W jaką stronę ruszył?

– Sławkowską Bramą, i jak powiadają, ku Pińczowu – objaśniał goniec.

– Dopiszę, aby piechotę wsadzono na wozy, to może go dopędzą. A czemuż nie uderzono na niego, gdy wychodził? Wszak bramy były obsadzone?

– Nie było rozkazu!

– A łby baranie, a kundle, a gamonie! Marsz do generała i gnaj co mogąc ustać ni usiedzieć na jednym miejscu. Co chwila też przez drzwi uchylone patrzył na głowy mężów ważących losy Polski, na ich twarze pobladłe, zradlone trawiącymi udrękami, przegryzione smutkami, a niekiedy rozjaśniane płomieniami nadziei. Grały w nich dusze żywe, czujące i oddane ojczyźnie. Miał ich za najgodniejszych w narodzie obywatelów, czcił na równi z najsławniejszymi w przeszłości, ale główną wagę położył na Kościuszce. W niego patrzył niby w słońce przyjmując ze drżeniem serca każdy dźwięk jego głosu. Niepokoiła go jednak jego nieprzenikniona twarz niby księga tajnymi znaki pisana i na siedem pie– częci zamknięta. Niepodobna było z niej nic wyczytać. Jeno rozpłomienione oczy zdawały się uskrzydlać te w marmur zakrzepłe rysy.

– Maska li to czy nieczułość? – rozważał, lecz nim doszedł responsu, odciągnął jego uwagę dość żywy spór, jaki się był zawiązał między szambelanem Linowskim a księdzem Dmochowskim, który pokazując się zaciekłym jakobinem, pragnął uformować insurekcję nie tylko na maksymach francuskiej rewolucji, ale co znamienniejsze, i na jej krwawych praktykach, nie przebierających w środkach. Wspierał swoją rację uczonymi cytatami, ognistą wymową i dosadnymi słowy. Linowski zaś gromił jego opinię z wytrawną i spokojną sztuką szermierza, pewnego swej ręki i oka, zadając mu raz po raz dotkliwe ciosy szyderstwem i drwiącą pobłażliwością, przy czym nie omieszkiwał najjadliwiej zaczepiać jego patrona i przyjaciela, księdza Kołłątaja. Wspierał go w tym Wodzicki, okazowujący sankiulotom wzgardę i uważający hersztów rewolucji za opętanych zbrodnią ludojadów.

– Ale te ludojady – zawrzał gwałtownie ksiądz Dmochowski – ogłosiły prawo człowieka, ugruntowały równość, wywyższyły cnotę, rozumowi dały powinne miejsce, uczciły starość i sieroctwo, w nędzarzu pokazały brata, obaliły przesądy, tyranom wypowiedziały wojnę, przemocy najeźdźców wybiły zęby i zbawiły ojczyznę! Te ludojady dały światu nową religię: równość, wolność i niepodległość! Gdzie, kiedy i kto dokonał większych czynów?

– Koniec litanii taki – wtrącił żywo Linowski: – Zdetronizowali Boga, złupili kościoły, króla powlekli na gilotynę, delatorstwo uczynili powinnością republikanina, zbrodnię uznali zasługą, kradzież nazwali konfiskacją, wolność opinii ogłosili zdradą, terror postawili w miejsce prawa, uliczne gamratki wynieśli na boginie. Szpieg, gilotyna i kat oto ich nowa wiara, nazbyt obmierzła dla dusz cnotliwych, a już dla Polaków zgoła niepojęta. W naszej walce o podźwignięcie Rzeczypospolitej będzie po staremu "Bóg i Ojczyzna" hasłem jedynym.

– Nie straszą mnie ich zbrodnie czy błędy, kiedy to jedno chowam w pamięci, że walczą z tyranami, giną za wolność i zbawiają ojczyznę! – powiedział Kapostas.

– I w tym ich nieśmiertelna zasługa – zakonkludował Kościuszko. – Ale wracajmy do naszych spraw. Właśnie ksiądz Dmochowski ma złożyć pewne relacje.

Ksiądz natychmiast zaczął z równym żarem i porywczością odsłaniać zabiegi, czynione przez egzulantów, rozproszonych po Europie, a mających na celu sformowanie zbrojnej ligi przeciwko Rosji. Turcja, Szwecja i Francja oto były potencje dyszące słuszną nienawiścią przeciwko najgroźniejszemu tyranowi świata. Nieustanny wzrost jej potęgi zagrażał wszystkim niewolą i upadkiem. Wspólny wróg przymuszał do wspólnej obrony granic i wolności. Co zagrażało Polsce, zagrażało jednako wszystkim socjuszom Ksiądz opowiadał obszernie. Zarzucono go pytaniami, więc rozwodził się nad miarę, aż zniecierpliwiony Kapostas zapytał wręcz:

– Jakaż konkluzja? Występują przeciwko Moskwie razem z nami?

– Wystąpią, to pewne; ale aktualnie Turcja jeszcze nie gotowa, Szwecja dopiero rozpoczyna zbrojenia, zaś Francja zwłóczy z decyzją z dnia na dzień.

– Znaczy: sami rozpoczynamy wojnę z trzema potencjami.

– Austria się nie liczy – wtrącił żywo Linowski – pozostanie w neutralności.

– Dopóki się nam nie powinie noga; wtedy skoczy nam do gardła i wydrze ostatnie bebechy! – odezwał się milczący dotychczas Jan Ślaski.

– A układało się jak najpomyślniej – podjął znowu ksiądz Dmochowski. – Francja miała pchnąć wojska na Ren i zatrudnić króla pruskiego, Wielkopolska miałaby wtedy rozwiązane ręce. Turcja ze Szwedem następować mieli z dwóch stron na Moskwę, a my z trzeciej, najważniejszej. Taki układ zapowiadał najlepsze dla nas koniunktury. I zapowiada. Niegotowi dzisiaj, gotowi będą za miesiąc. Mamy w tym względzie wiarygodne zapewnienia.

– My już czekać nie będziemy – zdeterminował Wodzicki.

– Kości rzucone! Niechaj się stanie, co się ma stać – dorzucił posępnie Kapostas.

– Liczymy już tylko na siebie i na własne męstwo – zabrał głos

26

Kościuszko. – I zwyciężymy, jeśli nie zbraknie nam ducha poświęceń. Słuszność za nami. Przebrała się miara przemocy i zbrodni. Niechaj oręż rozstrzyga o naszych losach. Podnosimy sztandar walki o wolność, całość i niepodległość! Tylko Opatrzności wiadomo, co nam zgotuje fortuna. Zasię, chociażby losy zgotowały nam klęskę, pozostawimy rodakom testament usque ad finem. Ale dalsze odkładanie wybuchu byłoby rezygnacją i pogrążeniem całej sprawy. Cóż bowiem poczniemy, jak nam zdezarmują wojska, najcnotliwszych obywateli uwiężą, najzdatniejszych oficjerów rozproszą, zasoby zniszczą, arsenały rozkradną, ducha przygaszą i cały kraj wezmą w kajdany? Strach padnie na powszechność, a reszty dokona małoduszność i egoizm! Jeśliby nam wtedy przyszli nawet z pomocą przyjaciele, będzie za późno; grób się już zawrze i staną przy nim liczne straże. A co najgorsze, zbraknie ducha, ludzi i organizacji. Poniechajmy zatem próżnych deliberacji, bowiem przed nami tylko ta jedna droga: Śmierć albo zwycięstwo! Porwali się z miejsc, strzeliły oczy i wraz wyrwał się zgodny okrzyk:
– Śmierć albo zwycięstwo!
– Zatem przystąpmy do rozważania generalnego planu powstania. Pisać regestra Korony, Wielkopolski, Litwy i wojsk ukrainnych rozkazał. Jedenasta zaczęła wybijać, kiedy skończyła się narada i ostateczna decyzja zapadła; zwarły się mocno dłonie jakby w niemej przysiędze, skrzyżowały się wierne spojrzenia i pierwszy przemówił Wodzicki, pochylając głowę przed Kościuszką:
– Powszechna ufność w twoje ręce składa ster skołatanej Rzeczypospolitej.
– Wola narodu w tobie upatruje jedynego pana i zbawcę.
– Twoje cnoty, twoje czucia i twój geniusz, oto czym zbawisz i podźwigniesz.
– Obywatelu Naczelniku, w tobie wszystka wiara i nadzieja Polski.
– Każesz umierać, padniemy co do jednego. Rozkazuj, Dyktatorze! Leciały korne słowa do stóp prawego Naczelnika narodu. Nie odzywał się, może nawet nie słyszał, co do niego mówiono. Stał podobien ognistemu posągowi, w żarach wszystek i płomieniach. Majestat bił od niego, nieledwie świętość. Chwila była wzniosła i poruszająca do łez. Wiedzieli, jako tylko śmierć prowadzi do wolności i dobrowolnie wybrali śmierć. Nikt się nie zawahał. Sami się dawali na ołtarz całopalenia, by ofiarą własnej krwi kupić u losów szczęście ojczyzny. Zaiste, obraz to był bohaterów. Odchodzili w uroczystym milczeniu spełnionej powinności. Szli

amfiladą ciemnych pokojów do tajnego wyjścia, poprzedzani przez adiutantów z zapalonymi światłami. Nie wiedział nawet, kiedy odeszli; dopiero trzask zawieranych drzwi zbudził jego uwagę. Obejrzał się na strony. Był sam jeden. Wielka komnata, pogrążona w słabych brzaskach świateł, zaledwie dawała się objąć oczami. Ze ścian wyzierały konterfekty mężów zasłużonych w narodzie, gdzieniegdzie widniały starożytne zbroje, stały farfurowe wazy, dające podobieństwo bukietów rozkwitłych, polśniewały oślepłe ze starości zwierciadła i przygasłe złocenia. Staroświecki sprzęt surowym kształtem gęsto zalegał pawimenta. Obejrzał się raz jeszcze i ruszył do stancji, przeznaczonej sobie na kwaterę, lecz nagle zatrzymał się przed progiem. Owo między oknem a drzwiami wyłoniła się przed nim jakby groźna chmura.

Dźwigał się na koniu olbrzymim skrzydlaty rycerz z kopią złożoną do ataku. Orle skrzydła u ramion, czarna, złotem nabijana zbroja i szyszak, powiewający czubem czarnych piór strusich, nadawały mu pozór majaczenia. Spoza opuszczonych krat przyłbicy jakby świeciły spojrzenia, zaś koń, cały w blachach i łuskach, zdawał się brać pęd bojowy. Skrzydlaty rycerz uderzał z furią na niewidzialnego wroga, porywała go jakaś moc, niczym niepohamowana. Zdał się być wichrem w kształt rycerza zaklętym, posępnym widmem chwały i świetności dawno struchlałych pokoleń.

Kościuszko pochylił głowę jakby przed cieniem zjawionej w tej wielkiej godzinie duszy praojców i nawrócił z powrotem do stołu. Ale skrzydlaty majak przysłonił mu sprawy najbliższe i zakrył niepokojące myśli. Upłynęło sporo czasu, nim jął odczytywać na nowo gotowy już do podpisów i proklamowania publicznego akt insurekcyjny.

– Jeszcze parę godzin, a słowo stanie się ciałem! – pomyślał i odwrócił się gwałtownie, odniósł bowiem wrażenie, jakby ktoś wypowiedział te słowa. Nie było jednak nikogo w komnacie. Pałac Wodzickich, gdzie okoliczności zakwaterowały go na tę pamiętną w dziejach noc z 23 na 24 marca, zdawał się jakby wymarłym. Za oknami również leżało milczenie i czaiła się zimna, przemglona noc. Na niebo; zawalone skołtunionymi chmurami, wypływał księżyc, podobien srebrnemu korabiowi, wynurzającemu się z odmętów. Odłożył manifest, gdyż myśli o jutrze – o tym jutrze, przygotowywanym i wymarzonym w długie, nieprzespane noce, porwały go w szpony udręczeń.

Spróbował zajrzeć w przyszłość i cofał się w zabobonnym lęku,

jakieś dyspozycje, obliczał zasoby i snadź generalny obraz przedstawił się pomyślnie, gdyż odetchnął z widoczną ulgą. Rumieniec okrasił jagody i oczy nabrały blasków. Tak się jednak utrudził tą gorączkową pracą, że przystąpił do okna zaczerpnąć powietrza, Owiał go przejmujący chłód i myśli wróciły do dawnego biegu. Pojrzał w niebo, w przymglone migoty gwiazd, w bezkresy ciemności, w niepojęte dalekości. Nieopowiedziana tęsknota poniosła go na jakąś wyże, z której oczami duszy ogarnął całą polską krainę. Leżała w mrokach i w milczeniu. Zasnęły nawet wichury i burze. Sama noc zdała się być snem. Jako ptak powracający z dalekich lądów, krążył w głuszy, aż przypadł piersią do ziemi ojczystej i ogarnąwszy ją wszystką mocą miłowania poczuł, że jego serce bije zgodnie i za jedno z milionami serc współbraci. I wraz z tym przeświadczeniem spływała w niego moc całego narodu, niezłomne męstwo i determinacja walki usque ad finem. W tej chwili łaski stawał się duszą i czuciem powszechności, jej sumieniem, nieśmiertelną wiarą i prawem.
– Podołam i wydźwignę! – ślubował podnosząc czoło, spromienione glorią bohatyrskiego posłannictwa. I z taką mocą zestrzeliły się w nim wszystkie potęgi, że zajaśniał nadziemską pięknością.
Poczuł się wodzem narodu i sprawcą, jego przyszłych losów. Słuszna duma zagrała mu w piersiach mocą wywyższenia i dobrowolnie przyjętej ofiary. Rozumiał bowiem, jako bierze na barki ciężki krzyż i dźwigać go powinien aż do końca dni swoich. Los wynosił go na szczyty niedostępne zwykłym śmiertelnikom, na szczyty Golgoty. Nie uchylił się jednak przed cierniową koroną przeznaczeń. Wszak już umierał dla siebie, aby żyć dla ojczyzny i ludzkości. Przeznaczenie formowało z niego nieśmiertelny płomień, by narodowi rozświecał ciemne i straszne drogi niedoli.
– "Ani z soli, ani z roli, ale z tego, co mnie boli, wyrosłem" – przyszły do pamięci słowa Czarnieckiego. Treścią były najgłębszą i jego istności. Wszak z bólu wzięła się jego moc. Męką karmiła się jego dusza przez wszystkie lata żywota. Przemoc, tyrania, niesprawiedliwość oto wiecznie krwawiące rany jego serca, oto generalni wrogowie. I nie dość będzie wypędzić nieprzyjacioły, nie dość uwolnić Polskę od hańbiącego jarzma i zratować dobytek wieków – trzeba jeszcze podźwignąć rodaków do słońca cnoty i prawdy.
Bo służyć Polsce to służyć powszechnemu szczęściu, to pomnażać i utrwalać sprawiedliwość, to służyć ludzkości – zagłębiał się w

górne rozważania.

Wybiła druga godzina. Ostatnia świeca w pająku dogasała i w jej konającym blasku dojrzał po raz ostatni skrzydlatego rycerza. Zdał się unosić w powietrzu, furią bojową porwany. Jakby słyszeć się dawały poszumy jego skrzydeł, szczęk zbroi, tętenty rumaka i ogromny, niebosiężny krzyk, a tak wyraźnie, aż mu się to widziało cale niezwyczajnym.

– Obraz to polskiej duszy doskonały – szepnął w zadumie i z tym dziwnym wrażeniem rzucił się na kanapę, żeby nieco rozprostować kości; spać mu się zgoła nie chciało. Ale przemogły go trudy i zmęczone myśli i czucia osunęły się bezsilnie w ramiona zapomnień. Zasnął głęboko pod strażą milczenia. Skrzydlaty rycerz czuwał nad nim. Strażowały dostojne męże, spozierające z konterfektów tkliwymi oczami. Wartę trzymał Zaręba.

Godziny przechodziły niby wędrówce nie wiadomo dokąd spieszące, biły jak ślepe ciosy przeznaczeń, a każda przynosiła jakąś wiedzę tajoną o jutrze, a każda niby harfa rozdrgana czuciami całej Polski, a każda błogosławiła go na dzień jutrzejszy, na wielki czyn zmartwychpowstania.

Wiatr uderzył w okna, szyby rozbieliły się świtaniem, budził się przemglony dzień; na mieście pomimo wczesnej pory podnosiły się gwary i ruch zgoła niezwyczajny: dudniały przetaczane harmaty, grały trąbki, dawał się słyszeć akuratny tupot maszerujących wojsk, niekiedy przelatywały konne oddziały, nawet sygnaturki kościołów rozświergotały się dzisiaj wcześniej.

Równo też z uderzeniem szóstej Kościuszko zerwał się na nogi. Fiszer oczekujący już z raportami w małej stancji aż oniemiał na jego widok; tak mu się wydał przemienionym. Kamienna szarość powlekła mu twarz, brwie spinały się groźnie niby lwie, oczy patrzyły jako niezgłębione otchłanie, wyraz znaczył się w twarzy surową powagą i namaszczeniem, a wszystka postać pokazowała jakoby obraz Mojżesza po rozmowie z Panem. Zdawał się, jako i tamten, powracać na świat z tablicami Nowego Zakonu. Bił od niego majestat i potęga prawego Wodza Narodu.

Fiszer z przyrodzenia wesoły i krotochwilny, a jako adiutant, socjusz i przyjaciel przypuszczony do wszystkich sekretów, w tej jednak chwili stracił zupełnie. kontenans, nie wiedząc, co z sobą począć. Dał spokój raportowaniom i nie śmiejąc przerywać milczenia jął niby to porządkować kancelarię; lecz wszystko leciało mu z rąk i serce tłukło się coraz niespokojniej.

Dopiero kiedy Kościuszko zwrócił na niego oczy, spręży! się

ponawiając raporta.

– Na potem sprawy. Pójdziemy na mszę do Kapucynów. Gwardian czeka – przerwał mu i przypasawszy szablę okrył się płaszczem i ruszył naprzód.

W ulicach leżał jeszcze mrok i tłukły się rzadkie, wilgotne mgły. Gdzieś z rzadka człapały po błocie nie dojrzane postacie żołnierzów i w różnych stronach miasta głucho warczały bębny.

– Obsadzają bramy. Rozprowadza wojsko kapitan Wasilewski. Kościuszko nie odpowiadając wyprzedził go nieco i do klasztornej furty zakołatał. Otwarła się przed nimi posępna ulica korytarza. Weszli bocznymi drzwiami do kościoła, w głębokie mroki, ledwie zmącone świtaniem, lejącym się przez wąskie witraże. W pustych i mrocznych nawach leżała taka cichość, że kroki rozlegały się łomotem grzmotów. Ogarnęło ich powietrze, przesycone zapachami kadzideł, wosku i pleśni.

Właśnie, gdy wchodzili, zapalano świece na wielkim ołtarzu i posunął się na przywitanie Wodzicki w asyście Jana Ślaskiego, Linowskiego, Dębowskiego i generała ziemiańskiego Gabriela Taszyckiego. Przywitali się w milczeniu, bowiem gwardian już wychodził ze mszą, że tylko Linowski zdążył szepnąć:

– Ksiądz Dmochowski eksplikuje się z nieobecności słabością. Kościuszko przyklęknąwszy na środku przed ołtarzem wsparł czoło na główni szabli i znieruchomiał w jakichś kontemplacjach. Msza była cicha i tylko niekiedy rozbrzmiewał starczy głos księdza lub dzwonki wybuchały brzękliwie. Gwardian biały jak gołąb, z brodą siwą i długą, wyschnięty na szczapę, dawał postać świętego ze starych obrazów. Odprawiał nabożeństwo na intencję insurekcji ze szczególną żarliwością, zaś ilekroć odwracał się od ołtarza, jego przełzawione oczy spływały na głowę Kościuszki warem niemych, serdecznych błogosławieństw.

I wszyscy zdawali się modlić również gorąco, zarówno jakobin Taszycki, jak i człowiek starego autoramentu Wodzicki, jednako w tym momencie błagali Opatrzności o pomyślność sprawy. Wszak nie o partykularne sukcesy prosili Pana Zastępów, lecz o zmiłowanie nad ojczyzną, choćby kupione własnymi ranami lub śmiercią. I snadź całą duszę zawierali w modłach serdecznych, bowiem rozogniały się im twarze, trzęsły wargi spieczone, a w oczach świeciły łzy.

Na ofertorium starym zwyczajem wyrwał szablę z pochwy Kościuszko i potem złożył ją na stopniach ołtarza. Wraz też zamigotały błyskawice i wszyscy rzucili obnażone żelaza i poklękali pokornie. Gwardian przystąpił do ceremonii poświęcenia; lecz kiedy odmówiwszy modlitwy zaczął kropić wodą święconą złożone szable, ręce mu się zatrzęsły, zbrakło sił, że ledwie powstrzymując łkania zaszeptał z niezwyczajnym żarem: – Za znieważony majestat Rzeczypospolitej! Za wolność! Za niepodległość! Za... Reszta słów uwięzia w gardle i wsparłszy się na ołtarzu rzewnie zapłakał. Zaś te męże hartowne w ogniach bitew, te męże azardom śmierci nieulękle zazierający w oczy, te męże wybrane spośród tysięcy zaszlochały długo tajonym ciężkim płaczem. Ważyli się na święte dzieło podźwignięcia ojczyzny, więc wszystkie troski, wszystkie obawy i nadzieje sparły im serca w tej chwili ostatniej takim udręczeniem, że łzy wytryskiwały ze samego dna wzburzenia i denerwacji.

Gwardian opanowawszy nieco rychlej roztkliwienie podał im patenę do ucałowania i pobłogosławiwszy każdego z osobna dokończył mszy.

Wyszli z kościoła dziwnie skrzepieni na siłach i zdeterminowani.

Dzień się był zapowiadał pogodny, mgły z wolna opadały odsłaniając spiętrzone wieże i dachy Krakowa. Było już po siódmej, miasto wylęgało na ulice. W głównym Rynku rozgłaszały się łoskoty bębnów, kroki tysięcy i niemałe gwary. Ratuszowy dzwon nieustającym dzwonieniem zwoływał obywatelów.

– Mamy jeszcze sporo czasu – zauważył Kościuszko i pozostawiwszy towarzyszów w bramie pałacu Wodzickich oddalił się z Fiszerem na swoją kwaterę.

Tymczasem w sali pałacu na pierwszym piętrze, widnej, ogromnej i za dnia jeszcze wspanialej się pokazującej, zbierali się ci wszyscy, którzy mieli asystować przy ogłoszeniu aktu powstania. Pierwsze miejsce jako gospodarz i wiekiem najstarszy brał generał Wodzicki. Po– tem szli: Kapostas, ksiądz Dmochowski, kasztelan Dębowski, hrabia Moszyński ze Zbylitowskiej Woli, szambelan Linowski, Tadeusz Czacki, Gabriel Taszycki, dwaj Śląscy: Andrzej i Jan, obaj wielcy patrioci, formujący oddziały kosynierów z niemałym uszczerbkiem własnych fortun, oraz paru oficjerów. Liberia roznosiła kawę i jej rzeźwiący zapach przepełniał komnatę. Tak jednak byli rozanimowani, iż mało kto wyciągał rękę po filiżankę.

Godzina wyznaczona na ceremonię zbliżała się z wolna, lecz nieubłaganie, przejmując wszystkich coraz większym zdenerwowaniem. Głosy wybuchały nieoczekiwanie i nie wiadomo dlaczego zalegały niepokojące, długie milczenia. Spojrzenia

Generał Wodzicki mimo takich eksplikacji powsiadłszy na niego zekpał od ostatnich, aż Kościuszko chcąc nieco załagodzić sytuację przytrzymał Lichockiego za pas i powiedział:

– Mój panie prezydencie, nie wchodzę ja w to, jakim byłeś względem Moskali, ale spodziewam się, że i dla mnie będziesz grzecznym. Cóż, rozkazałeś swoim pachołkom zwoływać lud pod ratusz?

Rumor wchodzących zgłuszył dalszą rozmowę, weszło bowiem paru oficjerów, a pomiędzy nimi Fiszer z Zarębą. Naraz bębny zagrały i zadudniała ziemia pod ciężkimi krokami.

– Batalion Czapskiego bierze dyrekcję na Rynek; i my tam zaraz ruszymy – objaśniał cicho Fiszer.

– Ja się wysunę naprzód. Mój moderunek tak w drodze ucierpiał, że wstyd mi ściągnąć na siebie oczy. Wolę się zaszyć między pospólstwo. Rad bym się też dowiedział o duchu Krakowa, co mi snadniej dopiąć w pojedynkę – odpowiedział Zaręba i upatrzywszy sposobną porę, wydostał się z pałacu.

Ogarnęło go prawie wiosenne powietrze. Nad miastem wisiały postrzępione mgły, przez które tu i owdzie przecierały się błękitne płaty nieba i wały białych chmur, a chwilami słońce blade niby opłatek. Dzień podnosił się pogodny, od pól pociągał wilgotny chłód, przejęty surowym oddechem ziemi, a chociaż po ogrodach i głębokich fosach leżały jeszcze kupy sczerniałych śniegów, już pierwsza wiosna pachniała w dziwnie słodkim powietrzu. Ptaki świergotały po nagich drzewach i blankach murów, a coś niepojęcie radosnego dźwięczało w głosach i zdawało się rozpierać wszystkie serca. Snadź i te wiośniane podmuchy zrobiły swoje, bo Kraków przybierał zgoła niezwyczajny wygląd, gdyż tłumy świątecznie wystrojone, rozanimowane, burzliwe i wesołe, wylęgały ze wszystkich domów. Każda z ulic stawała się bełkotliwym szumiącym strumieniem, którym mrowia ludzkie spływały w główny Rynek, jakoby w morze rozburzone, sfalowane i tysiącami głosów bijące. A nad tym zlewiskiem, ujętym w cembrowiny prawiecznych kamienic przedziwnej struktury, mariackie wieże strzelały w błękity, wynosiły się spiętrzone dachy i attyki, misterne zręby Sukiennic, strażowała potężna wieża Ratusza i jakoby w czas przypływu mewy, tak kołowały nad głowami stada białych gołębi. Prospectus był bardzo cudny, do zastanowienia zmuszający.

Martwe zazwyczaj miasto budziło się z długiego letargu i na głos powinności ojczyźnie stawało do apelu. Bowiem wielkie polskie święto miało się obchodzić na tym prastarym Rynku, wpośród tych murów odwiecznych, które widziały Łokietków, widziały Kazimierzów, widziały Jagiellonów, widziały Batorych i Sobieskich, gdzie przez długie wieki srebrne surmy rozgłaszały chwałę zwycięstw, gdzie odprawowały się hołdy pruskie i moskiewskie, gdzie koronacyjne pochody, tryumfalne wjazdy, przewagi głośne na świat cały, zasługi bohaterów i wielkość Rzeczypospolitej świeciły nieśmiertelnymi blaski, gdzie snuły się nieprzeliczone pokolenia, gdzie przepływały czasy świetności, zarówno jak i klęsk, gdzie każdy kamień przemawiał głosem przeszłości, gdzie każdy wiek trwał zaklęty w kształt godny siebie. W tym przenajświętszym sanktuarium Polski, pod Wawelskim Wzgórzem, stojącym na straży "narodowego pamiątek kościoła", miał znowu zahuczeć Zygmuntowski dzwon na zmartwychpowstanie.

Wśród tych murów, niby w "arce przymierza między dawnymi a nowymi laty", miała się rozgłosić ewangelia nowego żywota narodu. Więc też spod łachmanów nędznego bytowania zaczynała przezierać królewska purpura odwiecznej stolicy. Dumny majestat przeszłej wielkości zdawał się mieć swój tron w każdym, choćby najlichszym pachołku. Snadź czucie tego było powszechnym, gdyż kto jeno żył, spieszył na Rynek i dając duszę wzniosłym uniesieniom prostował się w słusznej pysze i toczył zadzierzysto oczami. A tłumy narastały z minuty na minutę, że gwary były już jednym ogromnym szumem, z którego tu i owdzie wydzierały się strzeliste okrzyki nawoływań, dźwięki jakowychś trąb, to nawet piosenki nie wiadomo przez kogo rzucane. Że zaś ruch kołowy był powstrzymany, tym głośniej słyszały się wrzawy, tupoty kroków i tysiączne pogłosy i dzwony.

Jakoś po dziewiątej, gdy mariacki hejnał prześpiewał, cechy krakowskie zaczęły ściągać na Rynek. Szły w ordynku, ze sztandarami na przedzie i odznakami, a przy odgłosie trąb i wtóre dzwonów ustawiały się pod Ratuszem.

Nieco z boku wzięła miejsce żydowska deputacja: siwe brody, kunie kołpaki, atłasowe chałaty i białe pończochy znacznie ich wyróżniały.

Ciżby tak gęstniały, że między Sukiennicami, ratuszem a połacią domów przeciwną nie sposób się było przecisnąć. Niekiedy tłumy kolebały się gwałtownie i parły ku ulicy Świętej Anny, skąd miał się ukazać Kościuszko.

Powstawały z tej przyczyny niemałe sprzeczki, zamęty i warcholy, zwłaszcza iż akademicy łącznie z młodzieżą kupiecką i

rzemieślniczą poczynali sobie coraz bujniej. Na każdym kroku widziało się ich poprzepasywanych czerwonymi bandoletami, na których: "Śmierć lub zwycięstwo", "Równość i wolność", "Wiwat Kościuszko", "Jedność i niepodległość", "Za prawa i ojczyznę" i wiele najrozmaitszych zdań wyrażone były białymi literami. Byli, którzy jeno czarne sylwetki Kościuszki pokazywali, przypięte na kapeluszach lub piersiach. Wszędy zaś spotykało się ludzi uzbrojonych. Kto przy szabli, nieraz odwiecznego kształtu, kto ze strzelbą na ramieniu, kto z całym arsenałem nożów i pistoletów za pasem, kto nawet z halebardą lub kosą na sztorc obsadzoną. Nie brakowało wideł i prostych okutych drągów, co przy zadzierżystych minach, kawalerskich fantazjach i pobudzonych animuszach i zawziętości przeciw nieprzyjaciołom ojczyzny niemało przyczyniało się do ustawicznych tumultów i groźnych zajść. Nierzadko też na widok person, pomawianych o przyjaźń dla Łykoszyna lub o wyznawanie targowickich pryncypiów, wszczynały się zapamiętałe wrzaski:
– Na szubienice zdrajców! Rozsiekać! Bigosować! Dawać ich tutaj! I wraz z gradem złorzeczeń setki rąk chciwie się darło ku jaśnie wielmożnym gardzielom. Szczęściem, stłumiono te ekscesy w samym zarodku. A przy tym uwagę powszechności ujarzmiała coraz gorętsza chęć zobaczenia Kościuszki. Jakoż i nadeszła ta chwila, gdyż przed samą dziesiątą zagrały bębny.
– Idzie! Kościuszko! Cicho, mospanowie! Cicho!– zawrzały przeciwne głosy. Tłum nagle przycichnął, zwarł się w jednym dreszczu, serca załomotały, a oczy wszystkich poniosły się w jedną stronę.
Bębny warkotały coraz bliżej, potem trąby wrzasnęły niebosiężnymi glosy, huknęła sfornie wojskowa kapela i z ulicy Świętej Anny wypłynęła wielka chorągiew i niby amarantowy obłok powiała nad głowami. Biały Orzeł rozwijając władcze skrzydła unosił się coraz wyżej. Niezmierny krzyk wstrząsnął powietrzem i ustokrotniony odbiciem o mury, bił pod niebo nie milknącymi długo echami. Zadygotała ziemia pod ciężkimi, mierzonymi krokami żołnierzy.
– Miejsca! Na strony! Na strony! – padły rozkazy i w mgnieniu oka uczyniła się przed wojskiem szeroka, pusta ulica. Błysnął gęsty las bagnetów, zażółciły się rabaty, rozbłysły mosiężne blachy u kapeluszów. Batalion regimentu Czapskiego w bojowym moderunku, zwarty na mur, sypał krokiem miernym i uroczystym. Na czele pod chorągwią postępował Kościuszko w asyście

oficjerów i cywilnych. Kiedy znaleźli się na prost wylotu Szewskiej, batalion rozłamał się na cztery części i utworzywszy wielki czworobok, stanął z bronią u nogi. Wtedy wszystkim oczom odsłoniła się postać Kościuszki.

Stał w pośrodku wojsk i ludu, wyniosły, surowy, wielki, jakoby posąg wszystkiej Polski, zjawiony tęskniącym oczom w tej cudów godzinie.

Właśnie słońce wybłysło spoza chmur otaczając go złocistą glorią majestatu, zaś z piersi tysięcy wybuchnęły grzmiące okrzyki.

Jakoby szał ogarnął ciżby, wrzeszczano ze wszystkiej mocy, machano rękami, a z okien i balkonów, z galerii Sukiennic i Ratusza powiewano chustami, rzucano kwiaty, płakano.

Lecz kiedy bębny nakazały spokój, zaległa taka cisza, że słychać było trzepotanie chorągwi i wystraszony lot uciekających gołębi.

Wystąpił naprzód Linowski, a rozwinąwszy wielki papier rozpoczął odczytywać: Akt powstania obywatelów i mieszkańców województwa krakowskiego.

Czytał głosem wyraźnym, równym i niezmiernie donośnym:

"Wiadomy jest światu stan teraźniejszy nieszczęśliwej Polski. Niegodziwość dwóch sąsiedzkich mocarstw i zbrodnie zdrajców ojczyzny pogrążyły ją w tę przepaść."

Słuchano z zapartym tchem i nadzwyczajną uwagą.

"...nie masz rodzaju fałszu, obłudy i podstępu, którymi by się te dwa rządy nie splamiły dla dogodzenia swojej zemście i chciwości."

Pomruk wzbierającej burzy zaszemrał w ciżbach.

Linowski czytał coraz dobitniej, głos jego bił spiżowymi dźwiękami gniewów, gdy jął oskarżać aliantów o zbrodnie, spełniane nad wolnym narodem. Zdrady wypominał nikczemne, wiarołomstwa, deptanie najświętszych praw wolności, a nawet i czucia, tyranię, rozszarpywanie ojczyzny, pogwałcenie traktatów, całą litanię podłości, barbarzyństwa, gwałtów i zbrodni, cały ogrom nieszczęść i upadku, w jaki pogrążyli Rzeczpospolitą. Głos jego urastał do potęgi gromów, druzgotał okropnością przedstawianych krzywd i wstydem hańby przepalał.

Otwierały się nie przyschnięte rany i wszystkie krzywdy stawały w pamięci. Gniew wzburzył serca, poniżona duma i majestat człowieka i obywatela zawyły w sercach krwawą żądzą odwetów i zemsty!

A Linowski jakoby przed sądem narodów i odwiecznej sprawiedliwości wołał głosem ogromnym, głosem wszystkiej uciemiężonej Polski:

Rzeczpospolitą. Zaś ani słuchać nie chciał przedstawień rozsądku, jako praktyki paryskich sankiulotów zastosowane w Polsce mogą zaszkodzić powstaniu: odstręczą umiarkowanych i wystraszą szlachtę.

– Powiesić z tysiąc, a reszta skapituluje! – uznawał tylko takie remedium. Takim też duchem przejęte desideria i instrukcje koncypował dla socjuszów w klubie "Obrońców Wolności" zebranych. Zaręba miał je przewieźć do Warszawy; ale Zarębą jęły targać buntownicze wątpliwości.

– Żołnierzem jestem, wodzem mi Naczelnik, a powinnością posłuszeństwo i walka w polu – zdeterminował otrząsając się z awersją. Zwłaszcza to formowanie politycznej fakcji za plecami Naczelnika, może nawet i przeciwko niemu, przejmowało go zgryzotą. Zali mógł się przykładać do takiej sprawy? Wydawała mu się niegodną zdradą ubóstwianego wodza! Innymi teraz oczami spojrzał na swoich przyjaciół z klubu "Obrońców Wolności". I przeraził się obrazem panowania fakcjonistów i pospólstwa – obrazem zamętów, terroru i nieuniknionej wojny domowej. Przykład Francji utwierdzał go w tym przeświadczeniu. Zaś z wielu półsłówek Dmochowskiego, nieoględnie rzucanych w zapale dyskursów, wychodziło, jako Naczelnik miał być tylko powolną kukłą w rękach Kołłątaja.

– Jakże? – zastanawiał się, przejęty gniewem i troską. – Wódz ma iść pod dyktaturę klechy? Prawy da pierwszeństwo podstępnemu? Najwyższa cnota i patriotyzm – ustąpi miejsca maksymom, widzącym zbawienie jeno w szubienicach! Nie może tak być! – protestował w duszy, spoglądając na Dmochowskiego.

Ksiądz pisał pod oknem wychodzącym na ciemną uliczkę, że tylko profil jego głowy znaczył się wyraźnie. Często się prostował, gryzł pióro, zażywał tabakę, wyciągał palce u rąk, aż trzeszczały stawy, śmiał się cichym, okrutnym śmiechem i rzucał się z powrotem do pracy, z takim rozmachem atakując papier, jakby godził w nieprzyjacioły. Jego sucha twarz mieniła się w grze najróżniejszych dyspozycji serca, bladoniebieskie oczy świeciły lodowymi blaski, a przez zaciśnięte wargi wił się przyśmiech podobien do migotu puginału.

– W rogowej szafie znajdziesz waszmość kiełbasę, chleb i gorzałkę! Przegryź, jeśliś głodny – poradził nie odrywając się od pracy. – Zaraz skończę. A sentymenta wybij sobie z głowy. Rozumem wszystkiego dochodź, nie pobłądzisz.

– Sam rozum chuda szkapa, niedaleko na niej zajedzie! – zaśmiał się rubasznie.

Ksiądz wkrótce skończył i wręczając mu pismo wyznał z naciskiem:

– Stawiam jeno principia, waszmość resztę wyłożysz ustnie. Jak tylko ksiądz podkanclerzy przyjedzie, znajdziemy się rychło w Warszawie. Kiedy wyruszasz?

– Kiedy mi rozkaże Naczelnik. – Skłonił się po wojskowemu i odchodził.

– Jeszcze jedno – zatrzymał go dźwigając się z miejsca – przypominam, jako każdy z klubistów powinien najgłębszą tajemnicę i posłuszeństwo.

– Ojczyźnie powinien, nie f akcji! – mruknął, szarpnięty gniewną przekornością i nie zważając na jego dłoń wyciągniętą do pożegnania wyszedł pospiesznie.

– Właśnie moją powinnością , uwiadomić Naczelnika o formującej się kabale! Wrzał, przyprowadzony do wzburzenia, i w pierwszym poruszeniu postanowił wydać te zamysły. Nim się jednak przedostał do Naczelnika, przyszło zastanowienie i rozwaga wzięła górę nad denerwacją i gniewem.

– Dawałem na sekret kawalerski parol! Niepodobna mi zdradzać socjuszów! Łamał się w sobie czas jakiś, błąkając się bezradnie po Szarej kamienicy, którą był Żeleński, kasztelan biecki, oddał do dyspozycji Naczelnika. Przeto cały ogromny dom przedstawiał się aktualnie jednym obozowiskiem. W sieni obszernej i wysokiej niby kościół rozkładało się wojsko; na dziedzińcu paliły się ogniska, parkotały kotły z jedzeniem i również mrowiło się od żołnierstwa; po schodach wiodących na piętra snuły się nieskończone sznury schodzących i wchodzących, brzęczały szable i ostrogi, rozlegały się rozmowy i ciężkie tupoty, a wszędzie połyskiwały bagnety i wrzał gorączkowy, zadyszany ruch. Bowiem na pierwszym piętrze znajdowały się kancelarie Naczelnika. W pierwszej izbie ze schodów, poprzedzonej ciemną antyszambrą, siedział kasztelan Dębowski w asyście skrybów, prowadzących regestra ofiar, jakie składano na cele insurekcji. Izba duża, sklepiona i mroczna, zapchana była ludźmi po wręby. Na szerokim stole pod oknem, na ławach, na podłodze nawet i gdzie się dało, piętrzyły się góry tobołów, paczek i przeróżnych rzeczy.

Kilkadziesiąt person różnego wieku, płci i stanu tłoczyło się do regestru, że pisarze zaledwie nadążyli konotować, bowiem wciąż napływali nowi ludzie i znoszono nowe ofiary: składano broń sieczną i palną, klejnoty, stopione srebra i połamane, stołowe zastawy, ciężkie dzbany i roztruchany, złote pektoraliki, staroświeckiego kunsztu manele, zausznice i pierścienie, trzęsienia od kołpaków, rzęsiście obsypane diamentami, pasy przerabiane złotą i srebrną nicią, srebrne faramuszki z kobiecych gotowalni, wyczynione marcypanową robotą, wschodnie kubki sadzone kamieniami, zapinki złote, guzy od kontuszów rznięte w koralach i drogich kamieniach. Niektórzy zaś gotowym groszem wyuczali po kilkadziesiąt dukatów, inni srebrem supłali po paręset złotych, a jakieś mieszczki wytartych trojaków przynosiły torebki, Byli deklarujący całe wozy mąki, zboża, słoniny i siana, które już stały w Rynku pod oknami. Byli, za którymi pachołkowie dźwigali kręgi ołowiu, beczułki prochów, torby skałek, postawy żołnierskiego sukna i ogromne sztuki płócien. Dawali stadka baranów i wołów. Którzy ofiarowywali wozy z zaprzęgami i woźnikami, którzy znosili stosy ładownic, wypełnionych gotowymi ładunkami, którzy znosili skóry, siodła z czaprakami, pasy do karabinów, pendenty i tornistry, którzy dźwigali toboły koszul i lejbików dla gemejnów. Nie brakowało i czystych szmat na flejtuchy. Dostawiono też sporą kwotę co najwybrańszych koni do harmat. Jacyś szewieccy majsterkowie przynieśli kilkanaście par butów submitując się pokornie, że nie mogą dać ojczyźnie więcej. Kapostas ofiarował pięć tysięcy kos. Ksieni norbertanek na Zwierzyńcu przysłała dwie armatki, dwa moździerze i jedne szmigownicę – i kto by tam wszystkich wyliczył i wszystko.

Na głos powinności stawili się wszyscy cnotliwi obywatelowie, że nie brakowało szlachty, księży i mnichów, mieszczan ni nawet pospólstwa, składającego ostatnie grosze na potrzeby ojczyzny. Zbrakło jeno najbogatszych, jaśnie wielmożnych, jak zawsze nieobecnych w podobnych okolicznościach. A że przy tym Kraków był z dawna podupadły wielce i cały kraj zrujnowany, więc summa summarum te ofiary w proporcji potrzeb insurekcyjnych były jeno przykładem poczciwości i żarliwego patriotyzmu podnoszącego ducha.

Zaręba przyglądając się czas jakiś ludziom i darom przeszedł do sąsiedniej komnaty, gdzie pod komendą szambelana Linowskiego pracowała osobista kancelaria Kościuszki, W następnym pokoju siedział on sam z generałem Wodzickim, któremu właśnie chirurg bandażował chore opuchnięte nogi.

Na widok wchodzącego Fiszer podniósł się od stołu.

– Masz sprawę do Naczelnika?

– Nie... nie... Przyszedłem za nowinami. Gdzie wojska wychodzą?

– W pole! Tyle ci jeno powiem: naprzeciw Moskalom!– szepnął mu do ucha.

– Fama rozgłasza, jako pod Skałą widziano już kozaków! Usiedli w kącie pod oknem. Z Rynku biły wrzawy głosów, turkoty wozów, porykiwania spędzonych stad, a niekiedy grania trąbek, aż pobrzękiwały szyby.

– Tak blisko jeszcze ich nie ma – szepnął Fiszer – ale z wielu stron nadciągają.

– Skutek ucieczki Łykoszyna. Ciężko się będzie wywinąć z tej matni.

– Przyjdzie chwycić byka za rogi!

– Żeby to nastąpiło jak najrychlej, bo już w mieście szerzą się popłochy!

– Nastąpi to prędzej, niźli sobie imaginujesz. Gdzie ci się spieszy?

– Nigdzie! Powłóczę się po mieście, a o zmierzchu pójdę do Parissota.

– Rozumiem: Kraków dał ci się we znaki! – zaśmiał się cicho. – Gdzie mu do Warszawy!

– Bezczynność raczej. Nie wypieram się, rad bym do Warszawy choćby w tej minucie i nie potrafię wyrozumieć, dlaczego mnie Naczelnik nie wyprawia.

– Szykuje ci jakąś szczególną funkcję. Tak sobie imaginuję! – dodał ostrożnie.

– I przyznam ci rację, Kraków nudzi mnie setnie. Mam powyżej uszów tego lamusa, gdzie żywe pomieszane z umarłem i zwalone na jedną kupę rupieci truchleje w czcigodnym zapomnieniu jak w grobie.

Wybiła godzina, wyznaczona na przyjęcie u Naczelnika. Fiszer porwał się do swoich powinności, gdyż w antyszambrze pełno już było wyczekujących.

I drzwi się prawie już nie zamykały w tej niezliczonej procesji.

Szła szlachta przyjezdna i okoliczna: buńczuczne posesjonaty w odświętnych kontuszach, pasach i pozłocistych karabelach; i szli chudopachołkowie przy szerpentynach na konopnych rapciach, w wytartych czamarach, z czapkami w garściach i kłaniający się na wszystkie strony. Szli mieszczanie, szły mnichy z odległych klasztorów; szły damy w czerni żałobnej i szły damy wyfiokowane, pachnące francuskimi wódkami. Przemykali się Żydzi z tajnymi wiadomościami. Były jakieś postacie proszalnych dziadów przypominające. Wpadali kurierzy obłoceni po czoła. Cisnęli się zdezarmowani oficjerowie. Nie brakowało modnych frantów,

I

W nocy z 22 na 23 marca 1794 roku jeden z najsroższej
spustoszonych przez czas i opuszczenie pawilonów tynieckiego
opactwa dawał obraz prawdziwego obozowiska. Bowiem pomimo
nie ustającej i nad wyraz przykrej pluchy już od samego zmierzchu
ściągały do niego drobne oddziałki żołnierzy najdziwaczniej
poprzebieranych, roztasowując się z wojskową sprawnością.
Rozpalano ogromne ogniska i w czerwonych brzaskach i gryzących
kłębach czarnych dymów coraz gęściej majaczyły srogie,
obrośnięte twarze. Wraz też wybuchały niemałe spory i zaciekłe
kłótnie o zaciszniejsze i suchsze miejsca, bowiem ogromna rudera,
będąca kiedyś generalnym refektarzem opactwa, przedstawiała się
po prostu opłakanie. W potrzaskanych murach, obdartych z
tynków, nie dojrzałeś już ani okien, ani drzwi, natomiast czerniały
w ich miejscach dzikie wyłomy, jakby wybite armatami. Przez
zapadnięte sklepienia widniały resztki dachów, częściej jednak
wskroś obnażone krokwie i łaty, niby przez żebra kościotrupa
patrzała noc i zacinał deszcz pomieszany ze śniegiem, zaś na
środku piętrzyły się kupy gruzów, porośniętych tarniną, lśniły
bajora i kałuże, a tu i owdzie śmigało w górę jakieś drzewko w
niepohamowanym roście. Po ścianach przeżartych wilgocią
błąkały się resztki malowideł, tkwiły spękane muszle, drążone w
marmurach, i żałosne strzępy stiukowych pilastrów. Nikomu to
jednak nie psuło humorów, a zwłaszcza sierżantowi z regimentu
generała Wodzickiego, Derysarzowi, który trzymał komendę nad
zbierającymi się oddziałami. Stał w głównych drzwiach,
prowadzących na dziedziniec i szerokich niby wierzeje stodoły,
kopcił lulkę, a podkpiwając ze wszystkich, raz po raz krzyczał
ogromnym głosem:
– Kto idzie? Meldować się tam, trąby jedne! Krzekorzą jak zmokłe
kokosze!
– Pierwszy pluton drugiej kompanii ze Skotnik! Pokornie melduję.
– Toczą się juchy niby antały. Wchodzić na pokoje! – zaśmiał się
dając im przejść. Jakoż wchodzili tęgim krokiem, zwartymi
trójkami, prężąc pokurczone postacie, ale tak przemiękli,
zabłoceni, w przeróżne łachy poprzybierani, że raczej dziadów i
włóczęgów niźli żołnierzy podobieństwo trzymający. Za nimi

ciągnęło parę żołnierek, objuczonych dziećmi, tobołami i najróżniejszym sprzętem.

– Trzeci pluton pierwszej kompanii z Sidziny! – meldował kłoś z głębi dziedzińca.

– Wchodzić! A obijać buciary z błota, bo mi na nic zapaskudzicie pawimenta – śmiał się rubasznie. – Ho! ho, pyski się im świecą jak rondle i kałduny sobie pozapuszczali! Mikołajczyk, a gdzie zostały wozy?

– W błocie! Pod samym klasztorem uwięzły, melduję pokornie.

– A dałeś znać w Samborku i Podgórkach?

– Wedle rozkazu! Ino ich patrzeć. Wozy już słychać w bramie – dodał.

– Pochodni! Poświecić i wtoczyć tutaj; miejsca dosyć i będzie poręczniej. Kilka pochodni buchnęło na wietrze oświetlając straszliwe błoto dziedzińca, klasztorne mury i parę wozów nakrytych zielonymi budami, które z niemałym wysiłkiem żołnierzów i koni podciągnięto pod refektarz i przetaczano do środka. Wagę miały nie lada, bowiem zawierały broń, moderunek i furaże dla ludzi i koni. Jakieś obwiązane głowy wyzierały spod bud i rozlegało się ciche kwilenie dziecka.

– Zległy tam które czy co? – zaniepokoił się Derysarz.

– To ino chorzy, Drabik z Balcerkiem, dziecko pani Jurkowej. Ustawiono wozy w głębi, z dala od ognisk, wyłożono konie i zakrzątnięto się koło rozpalenia jeszcze jednego, największego ognia, przy którym nastawiono kotły na wysokich trójnogach. Zaczem gwar powstawał coraz większy i bieganina. Znalazła się wnet słoma, którą stroszono kupami w miejscach mniej wystawionych na pluchę. Rąbano na opał suche belki, skądciś przywleczone. Zabielało przy ogniskach parę niskich, pochodowych namiotów. Zaś kilku gemejnów, najsprawniejszych majsterków do wszystkiego, wysunęło się ukradkiem na penetrację i myszkowania. A że opactwo było godnie zaopatrzone, to nie upłynął i pacierz, gdy zaczęli powracać niosąc, co im wpadło w pazury i co tylko dało się porwać. Niejedna przy tym gąska zagęgała po raz ostatni w twardych żołnierskich rękach! A któryś z ostatnich wlókł za tylne nogi rozkwiczonego podświnka, nie zważając na klasztornego parobka, który wrzeszcząc i grożąc próbował mu go odbierać. Żołnierze skoczyli na pomoc kamratowi; ponieważ jednak parobek nie przestawał lamentować, sierżant rozkazał:

– A dajże mu tam w pysk i za drzwi!

kapoty i czerwone krakuski z pawimi czubami; kosy mieli na sztorc obsadzone, topory za skórzanymi pasami, rzęsiste nabijanymi mosiądzem, zaś na plecach zawinięte w płachty toboły. Siedzieli przy swoich ogniach cicho, schmurzeni jednak i wielce markotni z przyjęcia, jakie im zgotowali żołnierze, słyszeli bowiem dobrze docinki tak dojmujące, że już niejeden ledwie się hamował szczerząc jeno zęby niby pies rozwścieklony i warcząc. Ale skoro Jurkowa przysunęła się z baryłką i całym swoim kramem, ostro się wzięli gorzałkować przegryzając liczne kolejki suchymi kiełbasami a chlebem i se– rem. Wnet się im poprawiły humory; jaki taki hukał z kontentacji, ktoś przyśpiewywał, a któryś jął wyciągać cienko na piszczałce. Tego było już za wiele żołnierzom i dalejże rozpuszczać języory i coraz głośniej dojadać:
– Postępują sobie niby w karczmie, a fetory od nich biją, że niech Bóg broni.
– Wszy ich tak ekscytują. Gnojki oparszywiałe!
– Kołtuniarze! Wdziali pierwszy raz buty i myślą, że już są żołnierzami.
– Niech no zobaczą harmaty, a portki pogubią ze strachu.
– Wałkonie, juchy! Krowie ogony. Świńskie pociołki! – gadali coraz dosadniej. Mikołajczyk nie wzbraniał, a skoro Jurkowa powróciła na dawne miejsce i zabrała się do pończochy pilnując zarazem kuchty rozbierającego podświnka, zaszeptał do niej konfidencjonalnie:
– Żołnierze mają rację! Jakże od gnoju prosto na wojaczkę! – urażony się czuł do żywego.
– Juści, generał Kościuszek wie swoje, ale i człowiek nie jest przez rozumu. Niemałej to potrzeba nauki i egzercyrunków, żeby zostać żołnierzem. A taki świniopas od razu ma być zdatny? Machać kosą parobka to sprawa, nie żołnierska! Nalej no pani kusztyczek: ziąb mnie trzęsie, bojam się, żeby mi frybra na jutro nie wypadła. Zobaczymy, jak się te parobki sprawią przy jutrzejszym dobywaniu Krakowa. Łykoszyn ma harmaty, kosami ich nie ugryzie.
– Mój Boże – westchnęła ciężko – byle mojej chałupiny nie spalono przy tej okazji. Niewielka obrada, sześć stancyjek, ale stoi przy samej Bramie Sławkowskiej. Grzela, wysadź z woza mojego chłopaka, bo coś matyjasi – rozkazała kuchcie. – I gdziebym na stare lata przytuliła głowę, gdzie!
Tu jęła wzdychać, aż jej spęczniałe piersi tak się rozpierały, że dziw nie puściły guziki opiętej, granatowej kurty. Kobieta była gładka, frontowa i wielce przemyślna; cały regiment Wodzickiego, w

którym była wiwandierką, przepadał za nią. Nawet nie jeden z oficjerów ubiegał się o jej łaski, o czym z cicha szeptano.
Mikołajczyk długo robił grdyką, nim wreszcie kropnął prosto z mostu:

– Na mój rozum, powinna pani Jurkowa wziąć sobie przyjaciela...

– Żeby mną poniewierał i przepijał moją krwawicę, jak nieboszczyk...

– Trudno negować, jako hultaj był i ladaco, Panie świeć nad jego duszą! Znajdzie się i stateczniejszy! Jući nie taki kostera i pijus, jak na ten przykład ten kędzierzawy smoluch – splunął w jego stronę z awersją. – Znajdą się, którzy uszanują, fortuny przysporzą i przyczynią honoru, a nawet i ołtarza by się nie ulękli.

Przerwała im nagle wybuchła muzyka: bębenek brzękliwie zawarczał, piszczałka przebieraną nutą zagrała i skrzypki urżnęły od ucha.

– Cicho, psiekrwie! – skoczył do kosynierów z wrzaskiem Mikołajczyk. – Ani mrumru, bo o łby porozbijam instrumenty! Żywa dusza nie powinna o nas wiedzieć, a ci jak w karczmie! Cud będzie, jeśli tu kto nie przyleci ze sztabu.

W złą chwilę wymówił, gdyż właśnie wpadł kapitan Wasilewski, a za nim wylękły Derysarz. Dostało się kosynierom, a szczególnie ich oficjerowi, którym był Jacek Bujak, bywszy dyrektor dzieci w krakuszowickim dworze, od niedawna fortragowany na podporucznika; lecz ten ku podziwowi, chociaż poczerwieniał, postawił się hardo:

– Właśnie gotowałem się z powinnym raportem do generała Kościuszki, a nikt drugi nie ma mi nic do rozkazowania ni przygan. Zabawiali się z mojego przyzwoleństwa – grzmiał zaperzony tocząc wyzywająco oczami.

Wasilewski parsknął mu śmiechem w nos i krzyknął do swoich żołnierzów:

– Baczność! Jak się macie, dzieci? Dobry wieczór, Jurkowa i cipuchny! Rum powstał niesłychany i wśród niemałych wrzasków cisnęli się do niego z pytaniami nie bacząc na subordynację. Zwłaszcza żołnierki nie miarkowały swoich kontentacyj. Stał między nimi, roześmiany i również radosny wypytując o ewenty parotygodniowej rozłąki. Kobiety opowiadały na prześcigi, jedna przez drugą; słuchał cierpliwie, pogłaskując dzieci, które umorusanymi nosami trykały go w ręce. Człowiek był starszy, żołnierskiej postawy i donośnego głosu; twarz miał pogodną, dziobatą, czerwoną i oczy niebieskie, a chociaż brus, opryskliwy i

– Żeby to była prawda, co ten Kościuszek obiecywa, wszystkie chłopy przystałyby do niego. Żaden by gnatów nie żałował, a przyszłoby głowę położyć, położyłby. A któż by się to oparł wszystkiemu chłopskiemu narodowi? – zatoczył dziko oczami i trzasnął kijem w ogień, aż się głownie rozleciały. – Ale bo to panowie przyzwolą na sprawiedliwość! Póki mają nóż na gardzieli, a sami zaradzić sobie nie potrafią, to skamlą: "Chłopie, ratuj!" i niby temu złemu psu, nową budę obiecują za obronę. A niech się jeno na lepsze przemieni, to nam w nadgrodę dołożą jeszcze poborów i pańszczyzny. Coć rzekłem, prawdę rzekłem.

– Głupiś, Pietrek, jak ten rozdziawiony but! – powstał na niego starszy chłop o mądrych oczach i gębie naznaczonej plejzerem od ucha do nosa. – Nie panów idziema bronić, a jeno tej ziemi, wiary świętej i samych siebie. Mało ci to już nakładł w łeb pan Bujak, a ty cięgiem swoje jak ten baran: be i be, i trykasz łbem o ścianę. Trykaj sobie na uciechę, jeno drugim ducha nie odbieraj. Mądrzejsze od ciebie poszły.

– Ja się ta panów nie bojam – wyrwał się któryś zuchwale – po wojnie, jak prawo będzie za nami a kosy w garściach, to niechże z nami popróbują dawnego traktamentu. Juści, każdy powinien dać obronę matce rodzonej. Woła nas Kościuszek: idziewa bić, kogo nam przykaże.

– Czy to prawda, że on charakternik? – wtrącił któryś zwracając się do Kościuszki. – Mówią, jako potrafi przemienić się w kota i ptakiem w górę wyfrunąć?

– I że choć taki wielki generał, a chłopów za swoim stołem usadza, z niemi za pan brat, a panów nawet do sieni dopuszczać wzbrania.

– I pono sam król mu nakazał: Rządy bierz, panom za zdrady głowy ucinaj, a chłopów wynoś, ziemię im rozdawaj i na dworach osadzaj!

– Tak pono zrobili w onej Francji, gdzie Kościuszek samego ich króla zwojował. Padały kłopotliwe pytania, snuły się gawędy, roiły się baśnie i majaczyły wyobrażenia o świecie, o ludziach i sprawach. A zwracali się z taką ufnością, iż czuł się w coraz kłopotliwszym położeniu. Na chwilę wybawił go jeden z parobków zagadując:

– A może się wama chce jeść?...

Skwapliwie mu przytwierdził, bez wahania zabierając się do jedzenia. Któryś przepił do niego prosto z flachy: napił się jakoby małmazji; drugi podał na patyku kiełbasę przypieczoną w żarze: jadł ze smakiem; trzeci podtykał mu chleb gruby i czerstwy:

smakował w nim, jakoby w najprzedniejszych antypastach. Bujak, zaskoczony tą przygodą i zgorszony poufałością, z jaką chłopi traktowali Kościuszkę, siedział rozdygotany, cały w potach i gniewnie milczący.

Na dworze była noc, wiatr się targał, czasem śnieg pobielał siedzących, niekiedy deszcz zacinał, ale ogień wesoło trzaskał, ciepło przejmowało do kości, a gorzałka zdziebko rozbierała; więc też niejeden folgując sobie plótł, co mu ślina przyniosła na język, jak się to zdarza, kiedy ludzie się stowarzyszą, zdziebko podochocą i rozserdecznią, że każdy nawet nie pytany powiada swoje. Tykali materii tych, owych i przeróżnych. Nie brakowało głosów, obejmujących poczciwą troską całą Polskę. Niektórym roiły się orężne przewagi, śmiały się zdobycze i tryumfy, któryś znów głowił się nad niesprawiedliwością panów. Inny ciekawy był świata i pytał natarczywie o Warszawę, o króla, o dalekie kraje, o to, co za morzami. Pokazywali się przy okoliczności i niemali statyści. Przejawiały się niepowszednie rozumy i wielkie serca. Ten i ów nie ustrzegł się łez i tkliwych westchnień, gdy im Kościuszko wyłożył nieszczęścia, jakie spadły na Rzeczpospolitą. Potem znalazł się, który opowiadał bajki o wilkołakach i zaklętych królewnach; ale nie znalazł uznania, wydały się im nazbyt niepodobne do wiary. Starszy chłop z gębą plejzerowaną, jak się pokazało, bywszy żołnierz cesarski, rozwiódł się o wojnach. Tego słuchali w nabożnym skupieniu. Może i łgał, kto go ta wie, ale wtopili w niego rozgorzałe oczy wyrywając mu nieomal każde słowo. Tak bowiem trafnie oddawał bitwy zaciekłe, tumulty, granie harmat, obroty kawalerii, łupiestwa i mordy, i bujne, niefrasobliwe, hulaszcze życie żołnierskie, iż jakby je wraz z nim przeżywali. Śmieli się chmurząc i rozpalając na przemiany. Go– rętsi, jeśli się coś nie stawało wedle ich życzeń, pokrzykiwali junacko, dodając w trudniejszych terminach odwagi; poniektóry już nawet za kosą się oglądał lub macał za pasem topora.

Słuchał i Kościuszko, nie przestając się w nich rozglądać jakoby w rozwartych nagle księgach, zdumiewając się temu, co był w nich odczytywał. Zrozumiał, jako nie znał ich do tej pory, ani nawet imaginując, by takimi być mogli. Bowiem te paroby prosto od pługu i wideł, zalatujące gnojem i kożuchami, dawali mu obraz jakowychś wojów homeryckich. Grała w nich tak samo burzliwa, dzika krew i rozpłomieniały żądze przygód i nadzwyczajnych przewag, a zarazem pełni byli jakowejś dostojności, powagi, przystojnych manier, delikatności i niepohamowanej zaciętości. A pary w koniu! Zaraz jedziemy do Krakowa? – zwrócił się do Kościuszki.

– Ruszymy tam po południu, żeby stanąć o zmierzchu; tak radzi Wodzicki dla pewnych racji – odparł wzburzony, przemierzając spiesznie stodołę.

– By Łykoszynowi nie nastawać na pięty – wybuchnął Fiszer. – Ja bym nalazł sprawcę, tego bigosu. Nie darmo generał był w takich faworach u króla jegomości, nie darmo też odradzał powstanie i straszył – jurzył zaciekle przeciw Wodzickiemu. Nic jednak nie wskórał; Kościuszko tylko wzruszył ramionami i poszedł do kosynierów. Występowali w pochód pod wodzą Bujaka cale sprawnie i pokazując żołnierską postawę. Powiódł ich głębokim jarem ku Wiśle. Kościuszko dosyć długo patrzał na migoty kos i kapot, aż zginęli z oczów w nadbrzeżnych zaroślach. Wisła pełna, nalana roztopami, występująca tu i owdzie z brzegów burzyła się, ciemne fale niby wały toczyły się bełkotliwie, błyskając raz po raz bryłami lodów i śniegów. Dzień robił się cichy i dosyć jasny, przymrozek ściął błoto w grudę, łamiącą się pod stopami. Z wysokiego brzega widać było rozległy kraj, wsie poprzywierane do ziemi, pola pełne jeszcze śniegów i rozlewisk, drogi podobne zakrzepłym strumieniom, wzgórza lesiste, a niegdzie wieże kościołów. Stężała mgła zasnuwała kotliny i modre ściany dalekich borów. Organy zahuczały w klasztorze; to go wyrwało z zadumań, a glos sygnaturki powrócił do wytężonej pracy. Zapędził do niej Fiszera wraz z Zarębą. I cały ten dzień 23 marca przepędził w surowym milczeniu. Nie pomogły zwyczajne krotochwile Fiszera; uśmiechał się z nich jeno wargami, daleki w sobie od pustoty i tego, co się działo dokoła. W milczeniu przyjmował gońców z różnych stron, odbierał doniesienia i wysyłał jakieś rozkazy. Czasem pił gorącą, czarną kawę, której mu dostarczał Fiszer, przemierzał stodołę i znowu brał się do rozpatrywania planów warszawskiego powstania, dyktował Zarębie uwagi w najprzeróżniejszych materiach. A gdy pod wieczór wyjechał chłopski wóz, ubrał się w jakąś opończę, nacisnął na głowę baranią czapę i tak przebrany ruszył do Krakowa.

– Tutaj rzucą się losy żywota lub zagłady – powiedział ujrzawszy miasto. Wysiedli przed pałacykiem Wodzickiego, stojącym pod murami Krakowa za tak zwaną Szewską Furtą, prawie naprzeciw ulicy Świętej Anny. Kościuszko szepnął hasło dyżurującemu w bramie oficjerowi, który nie poznawszy go z racji przebrania i ciemności rozkazał wartom przepuścić. Wodzicki już oczekiwał na

23

niego w sali na pierwszym piętrze, gdzie miała się odprawić ostatnia narada, determinująca wybuch powstania. Jakoż pokrótce zaczęli się schodzić najznaczniejsi ze spiskowców, jacy się byli aktualnie znaleźli w Krakowie.

Pierwszy zjawił się szambelan Aleksander Linowski, dniem naprzód przybyły na tę okoliczność z Wiednia; potem wszedł pułkownik regimentu Wodzickiego, A. Kczewski z kapitanem Wasilewskim, a na ostatku zakutani w płaszcze, z postawionymi kołnierzami, w kapeluszach nasuniętych na oczy pokazali się: Andrzej Kapostas, bankier z Warszawy, zbiegły szczęśliwie przed aresztowaniem; ksiądz Franciszek Dmochowski, przybyły z Drezna, prawa ręka księdza Kołłątaja, którego choroba jeszcze przytrzymała za granicą; generał ziemiański Jan Ślaski oraz kasztelan Dębowski. Witali się w milczeniu, obsiadając okrągły, wielki stół zawalony papierami. Sala była duża, ponura i dziwnie mroczna; mosiężny pająk na kilkadziesiąt świec dawał żółtawe, jakby gromniczne światło.

Fiszer z adiutantem Wodzickiego, Biegańskim, asystowali naradzie w pełnym uzbrojeniu na wszelką okoliczność. Przez uchylone podwoje do sieni, przemienionej w kordegardę, połyskiwały bagnety dwóch gemejnów. Bywał tam również Zaręba, postawiony na straży przez samego Kościuszkę.

Narada trwała długie godziny z krótka przerwą na posiłek zawczasu nagotowany na długim stole pod ścianą przy czym usługiwali adiutanci, albowiem dla utrzymywania sekretu nie dopuszczono nawet najzaufańszych ze służby Wodzickiego. Mało jednak jedli, pili jeszcze mniej i bardzo prędko powrócili do przerwanych obradowań.

Juści, jako duszą zgromadzenia był Kościuszko. On udzielał głosu i jego krótkie zdania, wypowiadane ze spokojnym żarem przeświadczeń, brzmiały mocą rozkazów. Mało kto mu się przeciwił lub w czym kontrował.

Wzywano też parę razy Zarębę, w materiach warszawskiego powstania indagując. Składał wyjaśnienia, jak powinne raporta, głosem nie dopuszczającym wątpienia, i powracał na swoje miejsce w kordegardzie w coraz większej denerwacji. Wiedział, iż ostateczna decyzja wybuchu zapaść musi nieodwołalnie. Słyszał zdeterminowaną godzinę, porządek i miejsce, gdzie jutro ma być ogłoszony powszechności akt powstania; lecz pomimo tego miotały nim wciąż głuche obawy, żeby coś nie stanęło na przeszkodzie. Ćmił lulkę za lulką i promenował się po sieni, nie jakby przed obliczem groźnej prawdy, wyłaniającym się z ciemności przeznaczeń. Biorąc taką dyspozycję umysłu za skutek przemęczenia trudami dni ostatnich, poszedł do swojej stancji i jak był stał, rzucił się na łoże, nagotowane za parawanem z zielonej kitajki. Ale i tam nie opuściła go troska czująca, i tam dopadły dręczące pytania i obsiadłszy duszę jakoby stadem drapieżnego ptactwa, złowróżbnie zakrakały.

Po chwili Zaręba zobaczył go znowu na wielkiej sali pochylonym nad planami. Późno już było, świece w pająku gasły jedna po drugiej, coraz mroczniej spozierały ze ścian oczy konterfektów, coraz mgliściej rysowały się sprzęty, a skrzydlaty rycerz stawał się jeno cieniem ledwie dojrzanym. Wtem jakieś krzesło odsunęło się z gwałtownościami zaskrzypiała posadzka. Zaręba stanął we drzwiach. Kościuszko promenował się z wolna, cyrkulując dokoła stołu i raz po raz przystawał, by coś zobaczyć na mapie lub przeczytać w regestrach. Uderzyła północ. Duszno mu się naraz zrobiło, powietrze nazbyt nagrzane i przejęte zapachami świec gasnących przyprawiało o zawroty głowy, zaś ta sala wydała się naraz jakby grobową izbą, pełną ciemności i nieodgadnionych przerażeń.

– Otworzyć okna! – rzucił krótki rozkaz, spełniony w milczeniu przez Zarębę. Wystawił zgorączkowaną twarz na chłodne powiewy. Noc wtargnęła do sali a wraz z nią spłynęły dźwięki jakiejś oddalonej muzyki.

– Kapela o północy, co to znaczy? – spytał oczekującego rozkazów Zarębę.

– Hejnał z wieży Mariackiej, jak zwyczajnie, przegrywany co godzina.

Hejnał rozgłaszał się coraz cudniej, jakby noc zaśpiewała senną litanię mrących godzin. W niezgłębionej cichości i ciemnościach rozświergotały się złociste trele, niby ptakowie przed wschodem śpiewający radosną pieśń do słońca. Polały się perliste kaskady i wytryskały dzwonne fontanny. Słodko zaszeleściły deszcze niebiańskich melodii. Gorącym i niebosiężnym pacierzem grała niewidzialna kapela. Płomiennymi usty zdały się śpiewać zburzone ciemności. A kiedy hejnał przechodził w ledwie dosłyszane pianissimo, powietrze zdawało się drgać jakby warem szemrzących w południową spiekotę kwiatów, jakby wonnym pogłosem zbóż, przegarnianych skrzydłami omdlewających żarów. Ziemia śpiewała niebu hymn szczęścia. Zasię chwilami dominował głos mocny, uroczysty i rozległy – niby głos duszy samotnej, wyznający się wszystkiemu światu ze swoich nieśmiertelnych tęsknot i marzeń. Za czym podniosły się jakieś skargi jękliwe, jakieś żałosne błagania zawodziły w przemglonych pustkach, jakieś szlochy zrozpaczonych. Lamentowała straszna nędza żywota.

Odstąpił na stronę, przejęty do żywego i wzburzony. Nagła niemoc ogarnęła nim, że zasiadł ciężko przy stole. Myśli wzięły inny zgoła obrót, chwiejny i smutny. Poczuł się jak człowiek, gdy mu zbraknie gruntu pod nogami, a on stanie w bezradnej męce zrozpaczenia i niepewności.

"Powszechna ufność składa w twoje ręce ster skołatanej Rzeczypospolitej" – zadźwięczały mu w mózgu słowa Wodzickiego. Zatargał się w sobie, w skroniach zabiło młotami, serce przestawało bić, cofał się w przerażeniu jakby przed straszliwą zjawą Golgoty.

– A gdzież król, strażnik namaszczony? Gdzie hetmani? Gdzie urodzeni przewódcy tej ziemi nieszczęsnej? Czemuż nie stają na czele? – szeptały pobielałe wargi w stronę skrzydlatego rycerza. – Czemuż złożyli na moje słabe barki ten ciężar nadludzki? Zali godzien jestem takiego wywyższenia?

– Zali podołam i wydźwignę? – myślał coraz trwożniej i w tym chwilowym upadku ducha zobaczył wszystko zgoła niemożliwym do dokonania. Zdumiewał się nawet własnemu zuchwalstwu. Słabym się naraz poczuł, samotnym i bezradnym, jak źdźbło, przymuszone stawiać czoło nawałnicom. Walczył jednak ze sobą, łamał się i szamotał. Burza się w nim rozszalała. Myśli się rwały niby ogniki, szarpane przez wichry. Bezsilność dawała gorzki posmak rozpaczy. Klęski widział, upadek, zatratę, a co jeszcze przed godziną zdało mu się niezłomne i pewne, waliło się teraz struchlałym rumowiskiem. Straszna noc zwątpienia opadła duszę.

– Boże, miłosierdzia! Boże! – jęczał rozpięty na krzyżu nadludzkiej męki. Wybiła pierwsza. Zaręba, jakby skamieniały, stał w drzwiach kordegardy nie spuszczając z niego oczu. Rozumiał, co się w nim dzieje, i ujrzawszy respons na swoje niepokojące pytania, cierpiał wraz z nim nieopisane udręki.

Naraz Kościuszko, jakby uciekając przed ostatecznym zwątpieniem, rzucił się do planów porozkładanych na stole. Szukał ratunku w regestrach i sumariuszach sił zbrojnych, czytał długie litanie spiskowców po województwach. Przeglądał ranglisty oficjerów podkreślając niektóre nazwiska. Rozpatrywał miejsca, zajmowane przez nieprzyjaciół, wykreślał marsze, konotował szarpały się jak pobłąkani ptakowie. Ktoś promenował się nieustannie, przeraźliwie skrzypiąc butami. Byli, którzy wciąż wyglądali oknami. Żadna rozmowa się nie wiązała, urywano w pół zdania i rozchodzono się bez widocznych powodów. Dygotały udręczone serca, zrywały się ciężkie westchnienia i przyspieszone oddechy. Ktoś gorzko się użalał na własny pektoralik za fałszywie pokazywane godziny. Ktoś znowu natarczywie indagował Kapostasa o Warszawę, pomimo iż nie dostał ani słowa responsu, gdyż bankier, wciśnięty w głęboki fotel, przyglądał się z natężoną uwagą skrzydlatemu usarzowi. Linowski z papierami pod pachą nieustannie kogoś zagadywał i obdzielając w zamian cichymi uwagami kręcił się niespokojnie po sali. Czacki po sto razy zbliżał się do półek z książkami, wyciągał po nie łakomie ręce i nawet nie tknąwszy odchodził spiesznie przyglądać się konterfektom. Tylko generał Wodzicki pozostawał zimny i spokojnie baczący na wszelkie okoliczności. Co chwila bowiem odbierał od ordynansów jakieś ciche doniesienia z miasta i co chwila również rozsyłał rozkazy przez Biegańskiego i drugich oficjerów, że prawie nie zamykały się drzwi od kordegardy. On zaś przybrany, jak na taką chwilę przystało, w paradny mundur, przepasany orderową wstęgą, w białej peruce, wysoki, chudy, z poradloną twarzą żołnierza, któremu życie zbiegło w posługach Rzeczypospolitej, siedział pod jednym z okien, zapamiętale kurząc lulkę i ledwie dojrzany w obłokach dymów.

Czas wlókł się niemiłosiernie wolno, że już ogarniało wszystkich wzburzenie z denerwacji wyczekiwań. Więc gdy się ukazał pomiędzy nimi Kościuszko, w sali uczyniło się jakby jaśniej i weselej. Porwali się witać jakby dawno niewidzianego. Wszystkie oczy wpiły się w niego z natarczywością. Zarzucono go pytaniami, a otoczywszy nie pozwalano prawie się ruszyć z miejsca.

W obejściu dworny i prosty zarazem, foremnej postaci, z włosem nieco zwichrzonym, z czołem jasnym i otwartym, piękny wyraz dobroci, o spojrzeniu wyniosłym i jakby zadumanym, ujmujący słodyczą, uśmiechem i szlachetnością, dawał ze siebie obraz człowieka, w którym nie mogła postać nikczemność, fałsz ni egoizm. Promieniował niby słońce – ogrzewał i rozjaśniał. Może byli w narodzie więksi od niego wodzowie i statyści, ale nie było większego serca, większego umiłowania ojczyzny i większej cnoty poświęceń. Przeto górował jako orzeł w locie podniebnym nieprześcigły.

Spoglądano w niego z uwielbieniem. Rozjaśniły się najchmurniej zasępione oblicza i spokój wracał do serc. Ożywili się, jakby im nagle do żył zwątlałych napuszczono świeżej i bujnej krwi.

Kościuszko pomówiwszy prawie z każdym zabrał się do picia kawy, gdy kapitan Wasilewski wpadł do sali meldując zadyszanym głosem:
– Imć Lichocki z rajcami miejskimi. Mają sobie za dyshonor powolność rozkazom pana Generała! – dodał nie bez ukrytej intencji.

Jakoż wszedł Filip Lichocki, prezydent Krakowa, w asyście imci panów Czałczyńskiego wiceprezydenta, Tomasza Krzyżanowskiego syndyka i Jana Wytyżkiewicza zarządcy. Wchodzili odęci i rozsrożeni, dając poznać minami, jako ulegają jeno przymuszeniu. Szczególniej Lichocki, nad miarę ambitny i zadufany w swoim dostojeństwie, pokazywał lekceważenie dla zgromadzonych, uważając ich za uzurpatorów i warchołów. Wodzicki powstał na niego z gniewem.
– To ty, niegodziwcze, jesteś prezydentem Krakowa?
– Ja nim jestem – odparł czerwieniąc się, srodze dotknięty traktamentem i rozumiejąc, że mu to nic dobrego nie wróży.
– Wiedziałeś, że Łykoszyn będzie uciekał z miasta i znać mi o tym nie dałeś!
– Nie wiedziałem – wystawił się mężnie. – A że tam krupne baby na trecie mełły ozorami o spodziewanym wyjściu Moskali, nie sądziłem powinnością moją takowe bajki Generałowi donosić...
– Nie rzucaj mi klimkiem w oczy, niegodziwy arystokrato!
– Nigdy nie miałem dyspozycji do łgarstwa – zaperzył się – opowiem z rzetelnością, jak było: Owo wczoraj z rana o piątej godzinie, kiedym jeszcze spał, dobił się do mnie sierżant moskiewski i powiada: "Jest rozkaz od jaśnie wielmożnego Łykoszyna, komendanta, byś, panie prezydent, zaraz do niego przyszedł, bo będziemy wychodzili z miasta."

Kazałem przywołać Zaydlera, prowentowego, i poszliśmy. Kiedym dochodził jego kwatery, właśnie z bramy wyjechała w kolasce Łykoszynowa, a szwadron jazdy i kozacy stali gotowi pod kamienicą. Na kwaterze, już w pustych pokojach, zastałem Łykoszyna. Oddał mi książki pożyczone od pana Heppena, klucze od wypróżnionych magazynów i powiada: "Bądź zdrów, prezydencie, a daleko do Pińczowa? Czy zdążę tam na południe?" Po czym wypadł z domu, siadł na konia i na czele jazdy wyjechał z Krakowa przez Sławkowską Bramę. Prawdziwość mojej relacji mogą poświadczyć wszyscy. Ani słowa nie ująłem, ni też dodałem.

"Mając więc niezłomne przedsięwzięcie zginąć i zagrzebać się w ruinach własnego kraju albo oswobodzić ojczystą ziemię od drapieżnej przemocy i haniebnego jarzma, oświadczam w obliczu Boga, w obliczu całego rodzaju ludzkiego, iż używając niezaprzeczonego prawa odporu przeciwko tyranii i zbrojnej przemocy, wszyscy w duchu rodackim, obywatelskim i braterskim łączymy w jedno siły nasze i zaręczamy sobie nawzajem nie oszczędzać wszelkich ofiar i sposobów, jakich tylko święta miłość wolności dostarczyć zdoła ludziom, powstającym w rozpaczy na jej obronę. Uwolnienie Polski od obcego żołnierza, przywrócenie i zabezpieczenie całości jej granic, wytępienie wszelkiej przemocy i uzurpacji, ugruntowanie wolności narodowej i niepodległości Rzeczypospolitej, ten jest cel święty powstania naszego."

Przerwał, by złapać powietrza: ni jeden szmer nie zmącił modlitewnej cichości, jeno oczy paliły się ogniami powstrzymywanych uniesień i twarze dawały obraz najgłębszej uwagi, czułości i skupienia.

Przeczytał jeszcze zarys urządzeń, jakie muszą powstać, żeby insurekcja w skutkach pomyślnych zawiedzioną nie była i przeszedł do szczegółów:

"Za powszechną więc nas wszystkich wolą stanowimy, co następuje:

Primo: Obieramy i uznajemy niniejszym "aktem naszym Tadeusza Kościuszkę za najwyższego i jedynego Naczelnika i rządcę całego zbrojnego powstania naszego..."

Nagle jakoby orkan się zwalił i wybuchnął wszystkimi potęgami żywiołów.

– Niech żyje Kościuszko! Wiwat! Niech żyje Naczelnik! Niech żyje! Uczynił się nieopisany zamęt, ledwie kordony żołnierzów odparły napór uderzających ciżb. Wzdymali się niby morze do dna rozburzone i rozszalałymi falami bijące. Wszystkie głosy, wszystkie spojrzenia i wszystkie czucia, pijane uniesieniem radości, leciały pod stopy Naczelnika. Burze okrzyków, tysiączne wołania, gdzie już płacze radości, gdzie jeno ręce wzniesione, gdzie twarze zalane łzami zachwyceń, gdzie rozwiedzione ramiona, gdzie oczy obłąkane w szczęściu nadludzkim – dawały słaby jeno obraz tego, co się działo w sercach i umysłach.

Nikt już nie słuchał dalszego czytania Linowskiego. Zbędne już im były słowa i zgoła niepotrzebne w tej chwili, kiedy stał wśród nich On, Wódz, Naczelnik Narodu, Władca wszystkich dusz, prawdziwy król powszechności! On wydźwignie Rzeczpospolitą! On zaprowadzi sprawiedliwość! Prawdziwą wolność ugruntuje! Ufna radość przepełniała serca i głosiła się dokoła, łączyła pobratane dłonie i wśród płaczów roztkliwienia rzucała ludzi sobie w objęcia przyjaźni.

Trwało to pewien czas, aż znowu twardy warkot bębnów nakazał milczenie.

Naczelnik wystąpił na środek czworoboku; wyrwana z pochwy szabla zamigotała w słońcu, podniósł ją w górę i z oczami wzniesionymi, podobien do archanioła wzniosłością oblicza, przysięgał narodowi:

– "Ja, Tadeusz Kościuszko, przysięgam w obliczu Boga całemu narodowi polskiemu, iż powierzonej mi władzy na niczyj prywatny ucisk nie użyję, lecz jedynie jej dla obrony całości granic, odzyskania samowładności narodu i ugruntowania powszechnej wolności używać będę. Tak mi, Panie Boże, dopomóż i niewinna męko Syna Jego..."

Przestał tocząc dokoła wniebowziętymi oczami.

Pochyliły się przed nim sztandary, wojsko sprezentowało broń, kapele uderzyły tryumfalną fanfarą, zadzwoniły we wszystkich kościołach dzwony, ze wszystkich piersi wyrwał się krzyk niezmierny i Zygmuntowski dzwon zahuczał, aż zadygotały mury; bił z wolna, głosząc uroczyście dalekim ziemiom i miastom, i morzom, i górom, i ludom, całemu światu i wszystkiej Polsce zmartwychpowstania godzinę.

II

– Qui non est nobiscum, est contra nos – zakończył obszerne wywody ksiądz Dmochowski, zabierając się do pisania. – Zaczekaj, waszmość, na instrukcję!

Zaręba, który miał z nim tajną naradę imieniem klubu "Obrońców Wolności", obsunął się na jakieś krzesło, śmiertelnie przemęczony. Dyskurowali bowiem od paru godzin, a teraz już przebrzmiał hejnał Mariackiej wieży i dzwony po kościołach rozgłaszały południe. Ta właśnie długa narada, przeplatana zaciekłymi dygresjami, namiętna i co chwila grożąca wybuchem partykularnych animozji, przyprawiła go o wielkie wzburzenie.

Ksiądz bowiem wydał się jakobinem najkrwawszego wzoru i z nieprzezwyciężonym uporem powtarzał swoje generalne principia: doskonała równość, śmierć króla i objęcie rządów przez Kołłątaja. Tymi tylko sposoby mniemał wydźwignąć brząkających łańcuszkami i pieczątkami. Znalazł się i poeta z sążnistym dytyrambem na cześć wodza. Zgłaszali się ludzie mający sekret pewnego zwycięstwa. Inni zasię znali niechybne sposoby wyniszczenia wrogów z kretesem. Dopraszała się przed oblicze Naczelnika różna biedota, filuci, wydrwigrosze i ludzie wiecznie cisnący się do wszystkich możniejszych. Trafiła się i chłopska para z pobliskich Bronowic, z koszykiem jaj i gąską w podarunku, którzy zaraz w progu gruchnęli na kolana, wybuchając lamentliwą skargą na jakieś żołnierskie swywole. Cisnęli się nawet, którzy pragnęli jeno nasycić oczy widokiem ukochanego wodza, wyrazić mu swoją radość i wziąć ze słów jego święty wiatyk nadziei.

Słowem, jakoby pan zasiadł na majestacie z powszechnej ufności zbudowanym, tak niby rzeka wezbrana niosły się przed niego serdeczne troski, bezgraniczne uwielbienia, krzywdy zadawnione, sieroce łzy, powinne hołdy, prośby i skargi.

Na próżno Fiszer mnożył przeszkody, na próżno szambelan Linowski wystawiał utrudzenie Naczelnika i brak czasu. Fala wzbierała z minuty na minutę, takimi molestacjami szturmując w strzeżone podwoje, że Naczelnik rozkazał dopuszczać wszystkich.

Zaręba nie widząc końca tych audiencji wyszedł na świat.

Dzień był jasny, nagrzany a przejęty chłodnymi powiewy, jak, to bywa w początkach kwietnia. Słońce stało jeszcze wysoko. Strzeliste wieże i dachy miasta pławiły się w bladym, złotawym świetle. Grały szyby wyniosłych kamienic. Spokój leżał na wysokościach pod szaromodrawym niebem, gdzie stada gołębi wirowały wystraszonym lotem. Zasię na dole, w gęstwie ulic, placów i domów wrzały tysiączne gwary, głosy muzyk, porykiwania stad, tętenty końskie, turkoty wozów i jakby szamotania burzy, miotającej się wśród murów. Albowiem główny Rynek i przyległe ulice dawały obraz walnego jarmarku. Na całej połaci między Sukiennicami a Mariackim kościołem ledwie się było można przecisnąć wśród mrowia wozów z furażami, bryk pod białymi budami, chłopskich wasągów, koni wyłożonych, wołów spędzanych z różnych stron, bab z kramami, chłopstwa i przeróżnej liberii.

Na każdym kroku widziało się ciągnące z dalszych stron, srodze obłocone, dworskie kałamaszki, karoce, pojazdy, przypominające strukturą odległe czasy, podwody pełne podróżnych tobołów, kredensów i spyży.

Zaś co pewien czas maszerowały przez Rynek bojowe kolumny wojsk, wychodzących w pole przy grzmiącej muzyce trąb,

piszczałek, suchym warkocie tarabanów i wrzasku pauprów i pospólstwa, wieszającego się po bokach. Rozwinięte chorągwie, furkoty proporców, migotanie bagnetów, twardy, akuratny łomot kroków i marsowe postacie żołnierstwa wyruszającego na wroga budziły powszechne uniesienia. Jakby szał radości ogarnął tłumy. Zatrzeszczały rzęsiste aplauzy; powiewano czapkami, krzyczano ze wszystkiej mocy, błogosławiono, żegnano łzami, zachętą, pacierzem, obdarowywano, czym kto jeno mógł. Kto grosze dawał, kto złotówki, kto i dukata wciskał w twarde żołnierskie ręce. A ile kiełbas ponieśli, wiele chlebów i flach z gorzałkami! A kiedy w jakiejś chwili wyrwała się z ciżby znana wszystkim piosenka:
Do broni! bracia, do broni!
Dzień sławy dla nas przychodzi!
Tłumy zawtórowały z entuzjazmem nie do opisania. Cały Rynek buchnął w niebo taką potęgą zapału, szczęścia i radości, aż mury zadygotały, załomotały chorągwie i zakolebowały się drzewa. Śpiewali jak jeden mąż, czuciem jednym porwani, jedną wiarą zwarci i jedną nadzieją pijani.

Gdy zasię szeregi przeszły, pospólstwo zbierało się pod Szarą kamienicą i dojrzawszy w oknach pierwszego piętra choćby cień przypominający Kościuszkę, wiwatowało na jego cześć długo i burzliwie. Rozanimowanie było tak powszechnym, iż co chwila znajdowały się powody zbiegowisk, tumultów, wzburzeń i okazowywania najżywszej radości. Nawet prawieczne pałace i domy otaczające Rynek, zrujnowane, obdarte z tynków do żywej cegły i kamienia, ponure, z pozabijanymi oknami, prawie opuszczone, przybierały weselszą postać pod ozdobą powywieszanych chorągwi i dywanów. Nie raziły nawet łachmany pospólstwa i nędza, wyzierająca ze wszystkich twarzy i kątów. Radość nadawała wszystkiemu tęczowe farby nadziei. Tchnienie wielkości uskrzydlało duszę, wynosząc ją ponad nędzę szarych, przyziemnych bytowań. Bowiem cały Kraków żył pod wtór tarabanów, wymarszów, głuchego dudnienia przetaczanych harmat, żołnierskich piosenek, ognistych przemówień, patriotycznych uniesień i wojennych wieści, nadlatujących ze wszystkich stron. Każda nowina znajdowała wiarę i głębokich wyznawców. Każda szynkownia stawała się klubem zawzięcie politykujących. Każda plotka szerzyła się gwałtownie niby ogień. Najnieprawdopodobniejsze wieści wstrząsały do głębi. Rozporządzenia Naczelnika i władz świeżo uformowanych rozlepiane po murach odczytywano w modlitewnym skupieniu.

Nie brakowało i trwóg, niepokojów i fałszywych alarmów. Byli, którzy jako kruсy krakali najgorsze horoskopy. Byli z rozmysłem, a po cichu sączący jady zwątpień i niewiary, i tacy, dla których wszystko przybierało kształt przerażenia, klęski i upadku. Miasto żyło w gorączce, naprężeniach i zmieniających się z godziny na godzinę nastrojach. Lecz pomimo wszystko dawało obraz wytężonej pracy, zabiegów i patriotyzmu. Zbierano broń, formowano milicję, składano ofiary. Po kramach i sklepach sprzedawano konterfekty Kościuszki, puginały wolności, narodowe kokardy, bandolety z napisami, piosenki, patriotyczne pisma, mapy. W kuźniach dzień i noc kuto kosy i piki, toczono szable i bagnety. Po klasztorach wyrabiano ładunki. Kobiety w oknach i po głębokich sieniach skubały szarpie i szyły bieliznę dla żołnierzy. Mówiono sobie "obywatelu". Przysięgano na wolność, równość i Kościuszkę. Zawzięcie tropiono za szpiegunami. Całe miasto wylęgało na ulice zbrojnie i wrzaskliwie, gdy prowadzono kozaków złapanych w okolicach. Publicznie nazywano zdrajcami targowiczan domagając się na nich szubienicy. Sadzono drzewa wolności. Klubiści na oczach powszechności palili konterfekty króla jegomości. Młodzież paryską modą paradowała we frygijskich czapkach. Sypano szańce pod Wawelem i dokoła Krakowa. Co dzień o świtaniu wychodziło przeszło trzystu ludzi do tej roboty: szli starzy i młodzi, bogaci i biedni, arystokraci zarówno jak i pospólstwo. Nie brakowało znacznych dam ni gamratek. Były to regimenty pracy, maszerujące przez miasto ze śpiewami, zbrojne w łopaty, taczki, żelazne łomy...

Kto zaś był czulszego serca na niedolę ojczyzny, zaciągał się do wolentariuszów.

Opustoszały sklepy, handle i warsztaty, gdyż wszystka młodzież stanęła pod insurekcyjnymi chorągwiami. Napływali z przedmieść i miasteczek, przedzierali się mimo zdwojonych straży z cesarskiego kordonu, uciekali z klasztorów. Major Jagielski egzercyrował ich od rana do późnej nocy pod Ratuszem.

Właśnie Zaręba przecisnął się był na drugą stronę Rynku, gdzie na ogromnym kwadracie ocembrowanym głowami gapiów uczyli się wojskowych obrotów. Było ich paruset, podzielonych na drobne oddziały, pod wodzą starszyzny z regimentu Wodzickiego. Jagielski miał nad nimi generalną komendę, a sierżant Derysarz, podoficer Mikołajczyk prowadzili egzercyrunek. Nauka szła dosyć nieskładnie i tępo, gdyż zbieranina to była szczególniej pstrokata. Obok szlacheckich synków, sejmikowych rębaczów i jarmarcznych obiboków znajdowali się mniszkowie zbiegli spod klasztornej klauzury, rzemieślnicy, kupczykowie, przeróżna liberia, pokłóceni z ekonomskimi kijami parobcy, dezerterzy i ultajstwo pourywane z postronków. Jednym pachniały żołnierskie swywole, drugich pędziła żądza przygód, trzecich zaś kondemnatki przymuszały chronić się pod chorągwiami. Stawali i z przyrodzonego animuszu. Byli, którym żołnierka widziała się jedyną deską ratunku. Większość jednak pchnął w szeregi święty głos powinności. Słowem, były to zgoniny nawiane podmuchami gotującej się wojny ze wszystkich kątów Polski. Każdy też był na swój sposób obdarty, nieledwie w łachmanach, lecz gęby mieli zabijaków na każdą sprawę zdeterminowanych. Naród był przy tym niesforny, burzliwy, przebiegły, do karności nieprzywykły, w szelmostwach nieprzebrany, a posłuch za kajdany uważający. Trzeba go było wziąć w żelazne garście, by na jakiego takiego żołnierza przerobić. I akuratnie trafili; wprawdzie komendant Jagielski, mimo srogich maksym, jakie wyznawał, był ciapą, lecz sierżant Derysarz i podoficer Mikołajczyk pokazali się w sam raz. Derysarz ze szczególniejszą pasją pieścił się z nimi po swojemu, nie przepuszczając żadnych uchybień, a żołnierz był srogi i wymagający.

– Pluton, marsz! Na prawo zwrot! Stój! Równaj się! – grzmiała po sto razy jedna i ta sama komenda i po sto razy sierżant, przelatując przed rozwiniętym szeregiem, wyrównywał front pięścią, kolanem i kpinami.

– Wciągnij kałdun – wrzeszczał – mocium tego, gdzie to zostawiasz kulasy! Ty, trąba, nie zadzieraj łba, bo ci gołębie napuszczą! Mikołajczyk miał inne zgoła sposoby egzercyrunku, cichsze, ale przy których niejeden gwiazdy zobaczył w południe, popuścił juchą lub splunął własnymi zębami. I posłuch znajdował prędszy, że jego plutony sprawniej wykonywały obroty, maszerując z takim wigorem, aż błoto rozbryzgiwało się na wszystkie strony.

Zaręba przystąpił do Jagielskiego z zapytaniem:

– Cóż to za franty w obcisłych białych portkach? Chodzą niczym tancmistrze.

– Górale z Nowotarszczyzny! Chwaty i zbóje pierwszej wody.

– Za dużo laktansów – mruknął rozpatrując się w twarzach i postaciach.

– Takim najbardziej pachnie wojenka i ojczyzna nie jest czczym słowem.

– A tamci przed Derysarzem? Istne łamignaty, paroby jak tury!

– Cieńskiego z Polanki ludzie! Sam ich zwerbował w kordonie cesarskim.

– Generalnie mało tu widzieć chłopstwa! – zauważył lustrując szeregi przebrane w kapelusze wojskowego kształtu, natomiast nierzadko powiewające łachmanami.

– Dziedzice bronią ich na wszystkie sposoby. Wczoraj z niemałą burdą odebrali mi kilkunastu swoich zbiegłych poddanych. Prawo mają za sobą. Wzięli ich w dyby i pognali kijami jak stado. Nawet Naczelnik nie mógł przeszkodzić!

– Ja bym chłopów nie dał, a dziedziców przepędził choćby kolbami! – warknął.

– Chciałem tak postąpić, ale przyleciał Fiszer z dyspozycją, żeby się nie przeciwić, bo szlachta może podnieść larum na całą Rzeczpospolitą, czego ze względu na aktualne okoliczności unikać nam potrzeba. I słuchać musiałem! – westchnął ciężko.

– Psiakrew – zawrzał poruszony do gniewu – byle szlachetka ma swoje prawa, nie ma ich tylko ojczyzna! Jakżebym pragnął takiej okazji! – wzdychał żarliwie i napatrzywszy się do syta egzercyrunkom, ludziom i miastu, gdy zmierzch zaczął zapadać, pociągnął do zajazdu Parissota na Floriańskiej. Tam bowiem w izbie od podwórza, obszernej, niskiej i pełnej fetorów gorzałek i zwietrzałego piwska, zbierali się klubiści. Ku niemałemu zdumieniu zastał tam Kapostasa na rozmowie z Siedleckim, plenipotentem podkomorzyny Górskiej, gorącym patriotą, lecz również, jak i bankier, zaliczanym do moderantów.

– Właśnie imieniem podkomorzyny poluję na porucznika – przywitał go na wstępie, odciągając do kąta na dłuższą i sekretną rozmowę.

Tymczasem w izbie w miarę następującej nocy zbierało się coraz więcej osób. Wchodzili na palcach, lękliwie, z minami srogich spiskowców i przywitawszy się umówionymi znaki zabierali miejsca przy dużym okrągłym stole, ustawionym na środku. Parę łojówek w mosiężnym świeczniku rozniecało żółtawe, dymne światło. Stołowy chłopak z głową okręconą w białą ścierkę, drzemał pod zielonym, pękatym piecem. Z sąsiedniej stancji przedzierał się brzęk naczyń, a niekiedy wrzaskliwe głosy pijaków. Klubiści rozmawiali z cicha, obzierając się podejrzliwie na milczącego Kapostasa i szepcących na stronie. Kurzono tylko zawzięcie lulki, że wkrótce dym wypełnił niską sklepioną izbę, że ledwie było można rozpoznać twarze. Dopiero wejście Żukowskiego, miejskiego patrona, ożywiło socjetę. Żukowski, człowiek dorodnej postaci, twarzy gładkiej i ozdobionej pięknym, sumiastym wąsem, pomimo znacznej cyrkumferencji wielce żywy i ognistego temperamentu, stawał się duszą każdej kompanii. Zadzierżysty, kąśliwy, w gębie obrotny, nie przebierający w słowach, zaciekły jakobin, choć nosił się po polsku w kontuszu i przy karabeli, był postrachem wszystkich spokój miłujących. Z jego też wejściem wnet się zagotowało, powstały spory i głosy nabierały wigoru. Zjawiły się również cynowe dzbany z piwem, a tu i owdzie zalakowana flacha.

Kilku młodzieńców, poprzepasywanych bandoletami, patrzyło w niego jak w obraz nie opuszczając ani słóweczka. Rozmowa stawała się powszechną o ewentach dnia, nowinach, plotkach i nadziejach. Żukowski, protestant z zasady, z pasji i z pieniackiego usposobienia, burzył się powstając ogniście na wszystko, co zrobiono bez jego współudziału. Oponentów mieszał z błotem i wydrwiwał. Wszędzie widział jeno zdrajców, jurgielników i głupców.

Wejście Berniera w kompanii Kuczerowicza, Wolfa, Sztumera i Wilanta podnieciło jeszcze jego zapalczywość. Były to persony w mieście rej wiodące i socjusze, stanowiący jądro krakowskich jakobinów. Rzucił się do nich o poparcie swoich dowodzeń.

– Oto cnotliwi obywatele! Prawda czy nieprawda? Najlepiej wiedzą, co się dzieje. Mówcież, aspanowie. Cóż słychać?

– Bardzo źle – odpowiedział Wilant, najstarszy, chudy jegomość, napychając krogulczy nos tabaką. – Bardzo źle! – powtórzył złowrogo, zabierając się do kichania. – Naród się burzy i niepokoi. Bezczynność i pobłażliwość władz nie budzi otuchy w pomyślne skutki powstania. Złe wiadomości lecą ze wszystkich stron...

– Exemplum: Kozacy byli wczoraj pod Szycami – przerwał mu Wolf.

– Wiem gorsze – jął prawić Kuczerowicz, ogromny, łysy, z kwitnącym nosem i twarzą osypaną pryszczami; srodze wysadzony brzuch oparł na rancie stoła i odsapnąwszy gadał, pryskając śliną dokoła:

– Znajomy ksiądz uciekł spod Pińczowa! Wiecież, dlaczego? Oto przed wielkimi siłami Moskali ciągnących na Kraków!

– W mieście już powiadają, jako brygada Madalińskiego rozbita ze szczętem. Z pewnych ust wiem! Plotek bym nie powtarzał – wyrzekł nieśmiało Sztumer.

– A ja wam powiem najgorsze! – zabrał głos Bernier, Francuz, ale czujący po polsku i gorący patriota. – W mieście zmawiają się, aby skoro tylko wojska wyruszą w pole, oddać się pod cesarską protekcję!

Nowina była wagi niezmiernej; wszystkie oczy wpiły się w niego z niepokojem, on zaś podniósł się i żywo gestykulując jął siekać prędkimi, syczącymi wyrazy:

– Ja wiem kiedy! Ja wiem gdzie! Ja będę wiedział kto! Tyle wam jeno zawierzę, że dzisiejszej nocy chodziła deputacja na Podgórze do cesarskiego komisarza. Bayr przyjął ich z otwartymi ramionami. Paktowali z nim do świtania. I musiano tam zawrzeć jakieś haniebne układy! – poczerwieniał nagle i bijąc pięścią w stół, aż zadzwoniły naczynia, zakrzyczał: – To zdrada główna! Domagam się na zdrajców szubienicy!

Porwali się żądając ściślejszej relacji. Odmówił zasłaniając się tajemnicą in statu, którą zaraz poniesie Naczelnikowi. Strach i przygnębienie zasępiły oblicza. Nowina zdawała się nie do wiary, ale przynosił ją człowiek godny, żarliwy patriota i doskonały jakobin. Spoglądano więc na siebie w cichym przerażeniu. Nawet Zaręba srodze się zaniepokoił, na co zaszeptał mu do ucha Kapostas:

– Bajędy strachajłów, zbierane po kafenhauzach i rynkach. Słuchajmy cierpliwie dalej tych osłów, poprzybieranych we lwie skóry!

I czekali niedługo, bowiem Żukowski zaintonował na ten sam tenor:

– Po owocach ich poznacie je! Prawda czy nieprawda? Cóż to mamy dzisiaj? Ostatni marca. Ileż czasu od proklamowania insurekcji? Cały tydzień. I cóż przez tyle dni uczyniono? Pytam się, cóż uczyniła Rada Narodowa? Nic jeszcze nie uczyniła – odpowiedział wodząc tryumfalnie oczami po kompanionach.

– A ja się pytam – skorzystał z przerwy Kuczerowicz – czemu jeszcze nie wystąpiła Warszawa? Czemu Poznań milczy? Czemu Wilno nie ruszyło? My tutaj, boże świąty, wystawiamy się na sztych, nadstawiamy głowy, na nas cała moc moskiewska spada, my boże świąty, pierwsi możemy paść... – wyrzucał coraz żałośliwsze słowa.

– Nie to jest groźne – przerwał mu niecierpliwie Bernier – ale to, że targowiczanie spiskują, księża spiskują, arystokraci spiskują, zdrada chodzi w biały dzień i naigrawa się z ojczyzny! I wszystko bezkarnie. Trybunału żądam i szubienic!

– Skoro się tak zaczyna, nietrudno przewidzieć skutki – zakrakał Wilant.

– A któż to pierwszy wołał na Ratuszu: króla zdetronizować i zdrajców powywieszać! Prawda czy nieprawda? Nie w smak im to poszło, radzi mostów za sobą nie palić. A któż się domagał wyrzucenia ze sali królewskiego konterfektu? Znowu ja, i znowu na darmo! Ja pierwszy wołałem: rewolucję dokonywa się rewolucyjnymi praktykami. Ja pierwszy żądałem: skonfiskować majętności kościołów, arystokratów i opieszałych; ogłosić uniwersał o zrównaniu stanów, zniesieniu tytułów i zaprowadzeniu doskonałej równości. Żądałem zaprowadzenia trybunałów rewolucyjnych, szubienic na każdym placu i wieszania zdrajców, wieszania arystokratów, wieszania podejrzanych! Nie słuchano mnie! A dlaczego? Bowiem u góry siedzą zamaskowani wrogowie ludu! Bowiem tyranowie przywdziali maski patriotów! Prawda czy nieprawda? – grzmiał coraz potężniej.

– Właśnie nieprawda! – padł mocny, spokojny głos z ciemnego kąta.

– Kto śmie! Zdrada! – zaryczał w gniewie Żukowski. – Mości panowie, do broni! Zdrada! Rumor się uczynił, porwali się z miejsc, zamigotały puginały i kilkanaście stalowych żądeł zmierzyło w piersi Kapostasa, który nie bacząc na zabójcze żelaza wystąpił na światło. Poruszony był do głębi, ale wyrzekł spokojnie:

– Schowajcie broń na prawdziwe nieprzyjacioły! Nie pusta ciekawość mnie przywiędła, chciałem jeno posłuchać mężów radzących de publicis. I byłbym głosu nie zabierał, lecz skoro tutaj padło tyle inwektyw i insynuacji, skoro jakieś zawiedzione ambicje przewodzą, skoro byle bajęda znajduje wiarę, a strach kieruje opiniami, muszę wystąpić i powiedzieć: W tydzień po przysiędze już bunty! już formowanie spisków przeciw władzy przez was ustanowionej! już warchoły! już nieszczęsne liberum veto! Rozumiałem was mężami in statu, a widzę poczynania fakcjonistów. Kto zaś mówi: lepiej niech przepadnie Polska, jeśli miałaby powstać nie na obraz moich maksym, ten ci ją po trzykroć zabija! Chodźmy, poruczniku, nic tu po nas.

Ustępowali im z drogi bez słowa, nawet Żukowski zaskoczony srogą reprymendą, nie zdobył się na respons. Powszechna konsternacja odprowadzała ich w grobowym milczeniu, gdy drzwiami, do których się kierowali, wpadł Gabriel Taszycki z Januszewiczem, sekretarzem Akademii, duszą i głową krakowskiego sprzysiężenia.

– Wiecie – wołał od proga – nadzwyczajne nowiny! Cielecki w Sieradzkiem podniósł powstanie. Toruń również powstał, nawet nie przepraszając króla pruskiego wyrżnięto jego knechtów co do nogi. W Gdańsku wylądowali Francuzi, przy ich pomocy wierni gdańszczanie przywrócili panowanie Rzeczypospolitej. Niektóre komendy dywizji ukraińskiej ruszyły ze swoich leż i jak burza roznoszą wrogów, zastępujących im drogę, na szablach i kopytach. Litwa lada dzień wybuchnie! Oto macie pewne nowiny!

Kapostas wyszedłszy przed dom szepnął smutnie do Zaręby:
– Tyle prawdy w tym co i w tamtych, trwożnych wieściach! Bajędy i oman!
– Nawet pierwsze rozumiem bliższymi, prawdy. Waszmość odchodzi?
– U pani starościny wolbromskiej dzisiaj asamble, obiecałem przyjść. Zbiera się tam wyższa socjeta krakowska i wszyscy bawiący przejazdem. Pani Dembińska wzór patriotek i poświęcenia. Warto się jej pokłonić.
– Żałuję, lecz powinienem oczekiwać na Fiszera w tym zajeździe! – submitował się i pożegnawszy Kapostasa powrócił do Parissota, jeno już do głównej izby od ulicy, gdzie było pełno gwarów i dymów z lulek.

Zebrała się liczniejsza kompania miejskich personatów, przejezdnej szlachty i oficjerów. Rozprawiano z ożywieniem, a niekiedy z gorącością, buchającą ostrymi kontrowersjami, że Zaręba znalazł się jakoby na dnie kipiącego kotła. Dopiero usadowiwszy się w jakimś ustronniejszym kącie zaczął to i owo wyławiać ze sprzeczek i dyskursów. Przeszkadzały mu jeno pijackie wrzaski, huczące nieustannie z bocznej stancji. Lusztykowali tam oficjerowie ze swoimi gamratkami. Brzęki kielichów, piski dziewczyn, sprośne przyśpiewki, nieprzystojne słowa i żołnierskie klątwy hulały tam wraz z szaloną wesołością.

Znany dobrze Zarębie głos Biegańskiego górował nad wszystkimi, trzymał prym i najczęściej pobudzał towarzyszów do śmiechów, tupań, dzikich okrzyków i wznoszenia coraz innego zdrowia. Pito na umor i zabawiano się, jak zwyczajnie przed wymarszem na wojnę. Ale generalną uwagę zwracała obszerna nisza w głębi, gdzie siedziała kupa okolicznej szlachty: kontuszowa, podgolona, wąsata, miniasta, głośno wyznająca swoje opinie, tracące staroświecczyzną, i dziedzicowskie, święte racje. Kwitnął pomiędzy nimi, na pierwszym usadzony miejscu, gruby bernardyński przeor, o czerwonej i pełnej niby księżyc twarzy, wspartej na obfitych kondygnacjach tłustych podbródków, przyozdobionej potężnym nochalem ślicznej farby śliwkowej.

Mówił przez nos reformacką modą, gęsto szpikując wywody łaciną i jeszcze gęściej zalewając wzniosłe cytacje wielkimi szklenicami wina. Snadź dyskursy, jakie prowadzili, były gorzkawe w posmaku, bowiem mimo częstych kolejek twarze mieli skwaszone, posępnie brzmiały słowa i troska wyzierała z oczów. Dawali obraz zebranych na pogrzebową stypę. Deliberowali też nad sprawami de publicis, jakby odprawowali egzekwie wśród długich pauz, ciężkich westchnień i nieledwie płaczów.

– A w konkluzji bunty i rebelie! –determinował ponuro i z najgłębszym przeświadczeniem stary Chwalibóg. – Jeno patrzeć, jak rozbestwione podżeganiami chłopstwo rzuci się na nas i primo impeto zacznie wyrzynać, rabować i palić! Jeśli ta rewolucja zwycięży, to kaput z nami, mości panowie!

– Frukta to nikczemnych maksym i niedowiarstwa! – rzekł swoje ktoś drugi.

– Co poczyna się nie z Bogiem, przeciwko porządkowi świata się aklamuje!

– Volenti non fit iniuria – szepnął mnich wycierając spoconą łysinę.

– Co przeor powiada? A któż z nas pragnął tego, co się aktualnie zaczyna?

– Vide, cui fide – dorzucił jak wyrocznia, macając za szklenicą.

– Słyszane to rzeczy! – zabrał głos szlachcic tak chudy, że grały mu gnaty przez granatowy kontusz; twarz miał na podobieństwo szabli, strzępiaste wąsiska i siwy, srodze zwichrzony czub na długiej głowie. – Chamom wolność i ziemię! Moją ziemią i moimi poddanymi sobie dysponują! I kto? Rzeczpospolita! prawa! konstytucje? Zaś by! Jacyś zwarcholeni oficjerkowie, jakieś głodne sawanty, jakieś pierwsze lepsze skurczybyki! Zali to krotochwila? A my, panowie bracia, pozwalamy czynić ze siebie pośmiewisko, my szlachta, my sól tej ziemi, my jedyni panowie tej Rzeczypospolitej!

– huczał groźnie Jacek Kluszewski.

– Veto, powiadam! Veto! – podjął namiętnie siwy, ale zadzierżysty szlachcic w pawiowym kontuszu, wspaniałej postawy i pięknego oblicza. – Więc ja, Kasper Męciszewski, szlachcic z dziada pradziada, od prawieków broniący swoją krwią tej ziemi, od prawieków stanowiący fundamentum tej Rzeczypospolitej, mam mieć odjęte wolności i przywileje! Mnie, Kacprowi Męciszewskiemu, mogą nadawać prawa jakieś Kościuszki, jakieś skryby, jakieś zbrojne ultajstwo! Chrystusie ukrzyżowany! Królowo Korony Polskiej, ratujcie, bo nie wytrzymam! – wołał z rozpaczą.

– Vana sine viribus ira! – żgnął niby z przypadku przeor.
– Bezsilnego! Co też jegomość powiada! – zaprotestował gorąco
najmłodszy pomiędzy nimi, Sobieniowski, rudy jak lis i zapalny
niby siarka. – Otóż nie! Właśnie ważyłem w głowie pewien zamysł,
miałem go wyłożyć indziej, ale kiedy okoliczności przymuszają,
zaraz wyłożę: Eo instante zawiązać konfederację: za wiarę,
ojczyznę i klejnot szlachecki! Rozesłać uniwersały, a sto tysięcy
szabel nas poprze. Wszystek naród szlachecki opowie się przy nas
jak jeden mąż. Innej rady nie znajduję.
– I powtórzy się historia nieszczęsna barskiej! – szepnął smutnie
Chwalibóg.
– Właśnie iż się powtórzyć nie może! Barska miała przeciwko
sobie prawie wszystkie sąsiedzkie potencje, a za nami stanie cała
potęga najjaśniejszej gwarantki, stanie król pruski, staną wszyscy
monarchowie, walczący z hydrą rewolucji. Wszakże hasłem naszej
konfederacji będzie walka za wolność, porządek, święte zasady, za
monarchię i Boga! – wrzał, porwany zapałem.
– Nie krzycz tak głośno! Posłyszy który z tamtych frantów i każe
cię przyaresztować. Mają władzę. Może się przy tym waści coś
niemiłego przygodzić – ostrzegał szydliwie przeor. – Gotowi
zapomnieć się! Gbury są, wiadomo.
– Mnie aresztować! Niechaj spróbują – burzył się uderzając dłonią
po głowni karabeli. – Kto by mnie śmiał tknąć! – wyzywał tocząc
zdziczonymi oczami.
– Królom obcinają głowy, to i do szlacheckiej skóry dobrać się
potrafią – jurzył z jakimś tajonym rozmysłem bernardyn.
Rozmowa przeto przybrała obrót ostrzejszy, namiętny i przejęty
rozdrażnieniem. Rozsrożone oczy krzyżowały się ze spojrzeniami
mieszczan niby szable tnące ze ślepą, mściwą uporczywością
gniewów. Niekiedy leciały ku nim kąśliwe, zaczepne słowa,
niekiedy urągliwe, wyzywające śmiechy. Nie dali się jednak
sprowokować. Siedzieli porozpierani przy stolikach, zajęci jedynie
grą w domino, kurzeniem lulek, piciem i dosyć swarliwymi
dyskursami. Ale Zaręba, biorący miejsce jakby na miedzy dzielącej
obie socjety, dobrze widział, że pod tym pozornym spokojem
dygotali ledwie powstrzymywaną wściekłością, że ten i ów
zgrzytał zębami przeklinając z cicha na czym świat stoi. Odwieczne
awersje groziły wybuchem lada chwila i Zaręba był
zdeterminowany wystąpić, chociażby przyszło do szabel,
przeciwko braciom szlachcie. Na szczęście do burdy nie doszło, nie
musiała być na rękę przeorowi, gdyż skierowawszy rozmowę na

inne materie wyrzekł na końcu:
– Chciałbym sobie wyimaginować, który z nas najpierwej uczyni
akces do powstania. Podniosła się cała burza, każdy z osobna i
najuroczyściej przysięgał o niezmienności swoich opinii. Nawet
myśl o akcesie wydawała się im zdradą i zaprzaństwem. Przeor się
bronił, całował najbliższych, dolewał wszystkim i dobrodusznie
prawił.
– A jeśli za Kościuszkiem opowie się cały naród? Pora jeszcze
zawrócić! Uderzyć w pokorę! Jak to powiadają: pokorne cielę dwie
matki ssie.
Juści, że tym wywołał jeszcze gorętsze protestacje i wzburzenia.
Zaręba zdumiewał się obrotności, z jaką bernardyn prowadził
swoich kompanionów do jakiegoś, sobie jeno wiadomego celu.
Przerwał mu te mimowolne podsłuchiwania Fiszer, który wpadł do
kafenhauzu, jak zawsze buńczuczny, strojny, miniasty,
pobrzękujący szablą i ostrogami, roześmiany i witający się na
wszystkie strony.
– Mam dla ciebie rozkaz – szepnął siadając przy nim i podając
szarą, zalakowaną kopertę – rozkaz Naczelnika, otworzysz go na
miejscu, w Rzeplinie. Ślaski już tam pojechał rano. Konie i twój
mantelzak czekają przed domem. Możesz jechać, kiedy zechcesz,
byleś jeno zdążył do Rzeplina na świtanie. Uprzedzam: cztery mile
i droga, że i do piekła gorsza być nie potrafi.
– Moje gnaty zwyczajne wszystkiego. Naczelnik już wyruszył?
– Nie wiem. Wojska pomaszerowały do Bosutowa. Są ważne
doniesienia. Lada dzień przyjdzie do spotkania z Moskalami. Bóg
jeno wie, jak wypadnie: harmat mało, jazdy mało i licha, cała
nadzieja w piechocie, garść to jednak nikczemna! – szeptał
zatroskany.
– Męstwo i poświęcenie musi starczyć za liczbę – odrzekł z wiarą
Zaręba.
– A musi! Chodźmy do towarzyszów! Słyszysz, jak się zabawiają?
Wypijemy strzemiennego i pojedziesz. Na jedną tylko minutkę!–
prosił serdecznie.
Ale Zaręba, nie dając się niczym skusić, wyszedł pospiesznie.
Przed kafenhauzem czekał wózek i spod budy odezwał się jakiś
głos.
– Powinne służby panu porucznikowi! Jestem ojciec Anioł,
kapucyn kapelan kosynierów Ślaskiego! Jedziemy razem do
Rzeplina.
– Bardzom rad kompanii! Będzie weselej i ojciec musi znać drogę.

– Jak swój różaniec! Juści, zawżdy milej duszy, jak jedna drugą ruszy. Noc była ciemna, przejmował mroźny wiatr, na ulicach było pusto i właśnie, gdy ruszali, mariacki hejnał zaczął wyśpiewywać swoje cudne trele i zegary wybijały dziesiątą godzinę.

III

Pora była wczesna, przedświtowa, ziemię obtulały jeszcze grube kożuchy mroków, jeno na niebie poczynało się już nieco przecierać i wskroś chmur rozsypanych szarawymi stadami, leciał ku zachodowi blady, jakby przetrwożony księżyc. Dzień był już niedaleki, zwiastowały go bowiem piania kogutów i pierwsze przebłyski zórz. Niekiedy zawiewał zimny, przenikający wiatr. Brał też cale grzeczny przymrozek, jaki nawiedza pola o wczesnej wiośnie, że ścięta na grudę ziemia łamała się z chrzęstem pod nogami wolontariuszów Ślaskiego, stojących głębokimi szeregami przed rzeplińskim dworem. Prawie dwa tysiące zbrojnego chłopstwa pokryło wielki majdan jakoby śniegiem, przyprószonym sadzami nocy. Mrowili się gąszczem nieprzejrzanych cieniów. Las pik i kos, osadzonych na sztorc, polśniewał w mrokach lodowymi soplami. Stali rozwiniętym frontem, ramię przy ramieniu i w przepisanym ordynku, z oficjerami na swoich miejscach.

Bił od nich szmer cichych szeptań i pobrzęków; pary oddechów przysłaniały twarze szarym tumanem, że nie sposób było rozpoznać.

– Zewrzyj się! Baczność! – przeleciała grzmiąca komenda.

Zbrojny lud zwarł się w nieprzełamaną ścianę zjeżoną lśniącymi grotami. W ganku dworu pod wysokimi kolumnami wystawiony ołtarz rozmigotał się nagle jarzącym światłem. Obraz Częstochowskiej wyzierał spośród świateł, choin i kwiatów, jakoby z obłoków.

– Naprzód! Marsz! – padł znowu krótki rozkaz. Zadudniała ziemia pod ciężkimi krokami; jakoby ciemny bór poruszył się z miejsca i szedł szeleszcząc rozchwianymi konarami, ogromny i groźny.

– Stać! Do nogi broń!

Ucichły bicia kroków tysięcy; szczęk przerzucanej broni wionął niby wicher i zbrojny lud znieruchomiał nagle i jakby wrósł w ziemię o kilkanaście kroków przed ołtarzem. Pęk znaków i chorągwi wykwitnął przed frontem, stanęli pod nimi oficjerowie z kapitanem Kaczanowskim i Janem Ślaskim, generałem ziemiańskim, na czele. Na flankach nieco jeno naprzód wysunięci dobosze, przybrani weselnie w pawie kity i wstęgi u czapek, z pałeczkami w rękach, czekali tylko znaku, aby uderzyć w tarabany. Zasię na stronach i pod białymi ścianami dworu cisnęło się chłopstwo niby na odpuście. Dwie ogromne lipy, dźwigające się pod oknami, obwieszone były chłopakami, jakby stadem rozćwierganego ptactwa.

Poruszyły się naraz ciżby i zaszemrały, gdy w ganku zasiadła imć Ślaska, de domo Walewska, siostra wojewody sieradzkiego, pani obywatelskiego ducha i cnót wielkich, prawdziwa matka poddanych, matrona postaci wspaniałej, a mimo lat pięknego jeszcze oblicza. Otoczył ją liczny fraucymer i najmłodsi synaczkowie. Kilku sąsiadów i rezydentów stanęło na stopniach ganku, rozglądając się ciekawie po szeregach. Widniały bowiem w tej przedświtowej bladości niskiego nieba jak łan zbóż, polśniewających sinymi kłosami.

Dzwonek zabrzęczał i ksiądz proboszcz ze Skały wyszedł ze mszą świętą.

Na jakiś znak zbrojne zastępy padły na kolana, pochyliły się gąszcza kos i pik, wszystkich przejęło uroczyste skupienie.

Rozmodliły się dusze, z warg spływały gorące szepty pacierzy, że zdało się, jakoby ten rozdrgany, wzmagający się szmer był tajemniczym śpiewem wszystkiego przyrodzenia o słońcu, cieple, bujnym roście i świętych łaskach budzącej się wiosny...

Aż owo dzwonki dały sygnał na Podniesienie.

Bębny zawrzały rzęsistym grochotem, trąbki uderzyły fanfarą, pokłoniły się chorągwie; jęk zerwał się palącym wichrem, rozpinały się ramiona, gdzieś z cieniów buchnęły łkania kobiet i naraz runęli w proch przed Majestatem.

I kiedy msza przeciągnęła się dalej, znowu przyszły chwile żarliwych rozmodleń. I znowu tysiące wiernych serc w tym momencie żywota może ostatnim przywierało w kornej czci do stóp Częstochowskiej.

Chłopskie rycerstwo modliło się wszystką mocą wiary i ufności.

Chłopskie rycerstwo suplikowało żarliwie o zwycięstwo nad wrogiem.

"Przyczyń się, Królowo Korony Polskiej! Ziścij błagania! Wyproś u Syna."

Niby młoty zabiły rozpalone serca. Gdzie już łzy brużdżą srogie oblicza, gdzie z szeregów wyciągają się błagalne ręce i ktoś głośno wzywa Boskiej pomocy. Święte uniesienia ogarniają zbrojne męże. Nagła burza wezbranej potęgi rozpręża przygięte w jarzmie karki, skrzepią dusze i ponosi je szlakiem chorągwianym na bój zaciekły, na zwycięstwo, na wolność!

– Jezu, Maria! Jezu! Hej! – rwą się upalne westchnienia. Ledwie już gardziele zdołają wydać głos jakiś. Ledwie już serca pomieszczą czucia. Dziw, dusza nie wyrwie się jak ptak w obłoki. Pazury ściskają drzewce aż do bólu. Pot zalewa czoła. Twarze stają w łunach. Dygot wstrząsa. Pioruny migocą w oczach jadowitymi połyskami mieczów. Bezmierna, cicha radość przejmuje szeregi. "Daj śmierć, daj rany, ale spraw zwycięstwo!" Oto prośba jedyna, oto pacierz powszechny, oto wiara dufna, wybuchająca niebosiężnym krzykiem tysięcy, i bije ku gasnącym gwiazdom, do zórz widnym już krwawym rąbkiem wschodu, unosi się w nieskończoność i tam leci, gdzie nawet najzuchwalsza myśl nie dosięga.

– Żołnierzu polski! – zagrzmiał naraz tubalny głos od ołtarza. – Żołnierzu! – powtórzył ksiądz tocząc dokoła orłowymi oczyma – któryś z dobrawoli stanął pod chorągwiami Polski, któryś gotowy wylać za nią krew swoją, mówię ci: Uczyniłeś, jak Pan Bóg przykazał, jak uczynić byłeś powinien. Pytam się jeno, za kogo to jeszcze wybierasz się wojować? Czy i za panów, jak ten i ów głupi powiada? Nie wierz kpom. Za pohańbione kościoły, za sponiewieraną świętą wiarę, za swoją wieś, którą ci wrogowie łupią i palą, za swoją wolność i ziemię bić się będziesz! Za swoją ziemię i wolność będziesz wojował, żołnierzu. Bowiem na Polskę, niby paskudna szarańcza, zwaliły się nikczemne somsiady i dalejże ją rozrywać na strzępy! Wrogi nie wybierają, co pańskie a chłopskie, jednako paląc, rabując i do nędzy przywodząc. Ostatnią krowinę wyprowadzą ci z obory, ostatni kęs chleba odbiorą, ostatni grosz ukradną. Wszystka Polska we łzach i uciemiężeniu! Ciężkie terminy spadły na tę prześwietną Rzeczpospolitą! Więc kto jeno żyw, kto ma Boga w sercu i sumienie, staje w obronie matki rodzonej! Generał Kościuszko zwołuje na wielką wojnę wszystkie mieszkańce tej ziemi, wszystkie stany i wszystkie chłopy polskie. To mówię ci, chłopie czy panie, spadaj na wrogów, gdzie ich dopadniesz, i bij psubratów; bij kłonicą, bij orczykiem, bij kamieniem i czym ci się jeno żywnie spodoba, byłeś ich tylko prał do ostatniego dechu, do ostatniej pary. I ty, żołnierzu, bądź bez miłosierdzia dla nieprzyjaciół wiary i ojczyzny! Zwycięstwo albo śmierć! A zbawisz Polskę, wolność weźmiesz w nagrodę i największym panom równym się staniesz. Zasię pogromione twoimi rękami wrogi wnukom swoim zapowiadać nie przestaną:

"Nie zaczepiajcie chłopskiego narodu. Cichy on i sprawiedliwego serca w pokoju, ale straszliwy i nieprzebłagany w wojnie. Cudzego on nie łakomy, lecz swojego z garści nie popuści, a krzywdy nie daruje." A pamiętaj tam jeden z drugim, że nie grzechem jest wytępiać wroga, a jeno zasługą przed Bogiem i narodem. Bo jeśli padniesz w tej potrzebie i już w białej szacie niewinności zapukasz do niebieskich podwojów, święty Piotr wyjrzy i zapyta: "A coście to za ludzie?" to śmiele wołajcie: "My polscy żołnierze!" – "Cóżeście znacznego dokonali, że się tak na dwór Boski ciśniecie?" – "Pobilim wrogów i dalim gardła, za wiarę i Polskę." Zdziwuje się temu wielce święty Namiestnik, może i głową pokręci, może zrazu i nie powierzy, że to jeszcze do tej pory rycerzów w sukmanach do nieba nie wpuszczał. Ale wy nic, jeno wołajcie: "My kosyniery pana Ślaskiego! My som chłopy z Rzeplina, ze Skały, z Cianowic, z Przegini, z Sułoszowej, z Jerzmanowic, z Łaź, i gdzie się tam który uplągł, które z dobrawoli stanęlim bronić Rzeczypospolitej: otwórz, święty Pietrze!" Wysłucha i rzeknie: "Kiedyście tacy poczciwi, to wejdźcie." I otworzą się przed wami święte wierzeje wiecznej szczęśliwości! Sprawiedliwe lenungi wypłacą ci w niebie, żołnierzu, a na ziemi sto mszów odprawi się za ciebie i wspominać cię będą po wiek wieków, zaś wdowy i sieroty opatrzy szczodrze Rzeczpospolita! Płaczcie, ojcowie i matki – wołał potężniej dosłyszawszy szlochania – płaczcie! Pofolguj swoim łzom i ty, jaśnie wielmożna dziedziczko, aby się spełniło wedle Pisma Świętego: "Czyja siejba w płakaniu, tego żniwo weselem się stanie." Nie łamać szeregów!– zagrzmiał widząc wyginający się tu l. owdzie front. – Stój w miejscu! Amen!

Po czym przystąpił do poświęcenia znaków i chorągwi, nastożonych na stopniach ganku. Odprawowała się ta ceremonia bardzo uroczyście i wśród rzewnego nastroju, a kiedy skończywszy modlitwy pokropił wodą święconą wszystkich dokoła, chorążowie dźwignęli w górę bojowe sztandary. W perłowym powietrzu świtów jakby zaszemrały orle loty. Królewski biały ptak uniósł się na skrzydłach amarantów.

Na ten obraz zagrały trąby, zawarczały wszystkie bębny, mosiężne kotły huknęły, zakolebał się gwałtownie las pik i kos, wyrwane z pochew szable zamigotały błyskawicami, lunęła karabinowa salwa i z tysięcy gardzieli buchnął ogromny krzyk:

– Zwycięstwo albo śmierć!

– Żołnierze! – wołał ksiądz wskazując chorągwie. – Oto święte znaki, które was powiodą na bój, na zwycięstwo i na wolność!

– Zwycięstwo albo śmierć! – zerwał się głos tysięcy i od uderzeń kos o kosy poszedł brzękliwy łomot, jakoby bicia niezliczonych żelaznych cepów. Bojowa zawierucha ogarnęła wszystkich.

Wichura krzyków, strzałów i uniesień zatargała chorągwiami, że załopotały rozwijając amarantowe skrzydła i pokazując na przemian to orła białego, to pszeniczny złoty snop na skrzyżowaniu kosy z piką i napis z dala widny: "Żywią i Bronią", złotem aftowany.

– Baczność! Równaj się! Stać! – huknęła komenda. Przycichło, szeregi stanęły zwartym, nieprzełamanym murem.

Ksiądz stanąwszy na stopniach ganku podniósł wysoko srebrzysty krzyż i przy blaskach zórz jął odczytywać rotę przysięgi. Czytał z wolna, wyraźnie i z taką mocą, jakby wrębując w umysły na wieczną rzeczy pamięć. Wiara zaś powtarzała niby pacierz jednym wielkim głosem. Przysięgali warem serc ofiarnych, wszystką duszą i wszystką dufnością, że ten zgodny chór podobien się stawał w swojej mocy wiosennym grzmotom, huczącym gdzieś nad polami.

– W kozły broń! Odstąp! – padła znowu komenda po skończonym, ślubowaniu, że w mgnieniu oka broń zastożyła się na majdanie w akuratnych odstępach, a karne szeregi poszły w rozsypkę. Każdy leciał do swoich zebranych na stronach.

Wraz też z dworskich oficyn wyniesiono potężne kotły z gorącą strawą i kuchty jęły rozlewać barszcz, dawać chleby i kawały mięsa pozatykane na patykach. Pod lamusem stojącym z boku dworu wytoczono cale grzeczne antały z gorzałką i piwem, którymi szafowali podoficerowie. Potworzyły się na majdanie bezładne obozowiska, jakoby na jarmarku, cichsze jeno i sforniejsze, chociaż gęsto upstrzone kobiecymi przyodziewami. Ugwarzano się, pojadając zarazem należycie. Nad porządkiem czuwał Jacek Bujak z Bartoszem z Rzędowic, bowiem starszyzna poszła na śniadanie do dworu. Jeno dziedziczka we własnej osobie rozdzielała pomiędzy kosynierów pierniki, słodzone ciasta i suche kiełbasy, jakie za nią dźwigali w koszach pachołkowie. Zasię synaczkowie, każdy na swoją rękę, wtykali żołnierzom paczki z tytuniem i krótkie, wiśniowe lulki. Nawet proboszcz, jak był na przysiędze w komży i stulę, tak się promenował nie szczędząc poczciwego słowa, otwartej tabakierki, a gdzie i skaplerzów.

Gwar panował na majdanie znaczny, lecz dziwnie przystojny i w należytą powagę obleczony. Owszem, zdarzało się, iż jakieś matczysko popłakiwało żałośnie, że tam któryś z ojców wzdychał i sfrasowany łeb pazurami orał, że jakaś opuszczona dziewka wybuchała wstydliwie tajonym szlochem, lecz wszystko ginęło w radosnym rozgwarze, jakoby w szumie borów o wschodzie słońca.

Śmiały się oczy, spłomieniały twarze, wrzała krew bujna i serca nabrzmiewały junacką ochotą na święte gody bojów, przygód i azardów.

I poranek się był zapowiadał cudny, właśnie w sam raz, żeby rozweselać człowiecze dusze. Księżyc zaszedł, chmury się gdzieś zapodziały, niebo się uczyniło jakby z perłowej, lśniącej masy i na wschodniej stronie rozlewały się rubinowe zorze, gęsto przetkane smugami litego złota i seledynu. Dzień wstawał pogodny i cichy. Dymy z kominów biły prosto niby topole. Powietrze pachniało szczypiącym w nozdrzach przymrozkiem. Świetlisty namiot nieba rozpinał się coraz szerzej i błękitniej na przyjęcie słońca, o którym już wieściły gońce zórz, przebudzeni ptakowie, porykiwania stad i radość ogarniająca ludzi, radość dziwnie bujna, wylana i zarazem uroczysta. Cieszono się powszechnie, jakby w dniu wielkiego święta. Majdan wrzał od śmiechów i pokrzyków wzbierającej mocy. Niecnotliwe krakowskie junactwo, burzliwe i nieposkromione, pełne tężyzny, pobrzękiwań, przyśpiewek, pawich czubów, fantazji, zuchwałości a wesela, panowało niepodzielnie wśród kosynierów. Komu tam powstały w sercu frasunki? Komu tam straszne były trudy, znoje i rany? Komu tam co ważyła nawet śmierć sama?

Hej! Niech jeno trąbki zagrają, niech jeno bębny zawarczą i Naczelnik powiedzie! Runą jak burza i wszystek świat wraży na kosach rozniosą!

Rozpalone imaginacje dawały cudne farby obrazom bojów, tryumfów i przewag.

Jakoby tęcze snuły się te baśniowe rojenia przez wszystkie dusze i polśniewały we wszystkich spojrzeniach. A podsycał je niestrudzenie Jacek Bujak. Tyczkowaty, zawsze spocony, nieśmiały a zapalczywy, uwijał się między kupami, ognistymi słowy zagrzewając ducha. Do pomocy miał paru krakowskich akademików z bandoletami na ramionach i z oficjerskimi feldcechami przy szablach. Owszem, słuchali go z uważaniem, choć śmieszył swoją postacią i płaczliwym głosem, że ten i ów z cicha przekpiwał lub czynił złośliwe a trafne uwagi. Bowiem duszą obozu był kto drugi, za którym chodziły rozmiłowane wszystkie oczy. Był nim Bartosz z Rzędowic, kniazia Szujskiego bywszy poddany! Chłop w sile lat, krzepki jak dąb, w barach rozrosły, średniak wzrostem, gibki w pasie, chyży i rączy niby jelonek.

Twarz miał suchą i przystojną, oczy niebieskie, nos prosty, wąsy krótko przycięte, zęby wilcze, rozum niepowszedni, a serce lwie. Rzucił grunt, żonę i dzieci, pana, i prawie pierwszy stanął pod insurekcyjnymi sztandarami. Ślaski przeznawszy go w lot, niemałą z niego miał wyrękę i pomoc przy werbunkach. Roztropny bowiem był, przebiegły, jedyny do sekretu, a przy tym wytrwały, twardy i nakazujący sobie posłuch. Z przyrodzenia krewki, zawsze skory do wypitki i wybitki, wesoły jak szczygieł, zuchwale na każdy azard się ważący, wzbudzał w chłopstwie głęboką ufność i ślepe przywiązanie. Więc chociaż jeszcze na żadną szarżę fortragowany nie został, znaczył w obozie tyle, co sam kapitan Kaczanowski, którego zresztą żarliwie wyręczał w egzercyrunkach i komendzie.

Stal był właśnie pod lamusem rozpowiadając o czymś kamratom tak wesoło swoim zwyczajem, że pokładali się od śmiechów, gdy Bujak nakazawszy zakładać konie do wozów naładowanych furażami, spyżą i mantelzakami, poleciał do komendanta zasięgnąć języka względem wymarszu.

I niemało się stropił obrazem, jaki był ujrzał w dworskiej jadalni. W jarzących światłach pająków widniały twarze zatroskane, nieledwie posępne. Wesoły ogień trzaskał na kominie, sędziwe a brzuchate gąsiory stały na stole, smakowite zapachy łechtały nozdrza, służba uwijała się na palcach i Ślaski co chwila molestował panów braci, sam podsuwając półmiski, a skinieniem rozkazując nalewać co najstarsze tokaje! Nie osiągał jednak zamierzonych skutków. Siedzieli bowiem dziwnie smutni, milczący i schmurzeni. Somsiedzi zdawali się drzemać nad pełnymi kielichami, zaś oficjerowie zebrani przy sobie, przeglądali planie okolic Krakowa nie rozmawiając jak tylko w materiach wojskowych. Nawet kapitan Kaczanowski nie miał zwyczajnego humoru; siedział sfrasowany, wzdychał, odgarniał wzgardliwym ruchem dania, nasłuchiwał czegoś od strony dalszych komnat, a tylko niekiedy zwracając się do Ślaskiego szeptał z grobowym animuszem.

– Jasiu! napij się do mnie! – wypijał duszkiem i milczał w dalszym ciągu.

– Jakiż giez cię ukąsił? – zagadnął go wreszcie Ślaski.

– Trapi mnie, czy aby chłopy dotrzymają placu regularnym wojskom.

– Stawię głowę o zakład, że dotrzymają!

– Żeby się zdarzyły okoliczności małych utarczek, pochodów, dłuższych następowań, to by się rychło zaprawili w żołnierce, lecz jak się ma aktualnie, lękam się spotkania nawet z Łykoszynowymi rotami. Niechby im tak na przywitanie plunęli z harmat! Zwieją, gdzie ich oczy poniosą. Gdzie tam parobkom prosto od cepa mierzyć się z prawdziwym żołnierzem!

– Nie zlękną się i harmat, uręczam! Poznałem ich naturę i nieraz mi aż dziwno, skąd w tym chłopstwie bierze się tyle wojennego animuszu i kawalerskiej fantazji.

– Animusz animuszem, a grunt egzercyrunek, sprawność, obroty i karabin dla żołnierza. Znasz mnie, iż byle czym się nie trapię.

– Wojna zrobi z nich żołnierzów, jakich drugich na świecie nie najdziesz.

– Wiem, będą młócili nieprzyjacioły niby cepami – szepnął zniechęcony i kwaśny – do każdej bijatyki w sam raz się przygodzą, nie neguję. Dla mnie zaś, starego żołnierza, tyle się widzą warci, co i pospolite ruszenie albo Kawaleria Narodowa. Szczęściem, jako do posłuszeństwa nieco lepiej wdrożeni. Pij do mnie, Jasiu! To mi dopiero wojsko, do którego można przystąpić tylko z wiatrem! – splunął.

– I dobrze urodzeni nie pachną z natury larendogrą. Jak się z nich zbierze stutysięczną armię, to ci przestaną śmierdzieć!

– Wojaczka tym chamom do cna we łbach poprzewracała! Szlachta się użala, że przez twoje werbunki poddani się burzą przeciwko swoim panom.

– A cóż dopiero powiedzą, kiedy Naczelnik wyda uniwersał, poręczający wolność każdego chłopa stojącego pod sztandarami! Przestaną się wtedy burzyć.

– Nie posłuchają! Ślaskich, szczerbiących swoje fortuny dla miłości ojczyzny i ludzkości, nie naliczy w Polsce nawet i mendla!

– Na nieposłusznych prawom ustanowią się trybunały!

– Pij do mnie, Jasiu! A któż to przyniewoli do posłuszeństwa jaśnie wielmożnych? – Jaśnie wielmożni? Wiadomo, kruk krukowi oka nie wykolę. By szlachta broniła Rzeczypospolitej z takim ferworem, jak umie bronić swoich fortun i przywilejów, jedna wraża noga nie postałaby w naszych granicach. I byłyby zbędne takie medicamenta heroica, jak werbowania chłopstwa – podkreślił z naciskiem. – Bujak, cóż tam nowego?

– Wszystko nagotowane do wymarszu! Przyszedłem po rozkazy!

– Bym sam coś wiedział! Czekamy na kuriera z Krakowa, powinien być lada chwila. Jeszcze nie skończył, gdy pod dwór zajechał długi wasążek pod zieloną budą i po chwili wszedł Zaręba w asyście kapucyna.

- Od Naczelnika do jaśnie wielmożnego generała Ślaskiego! – meldował podając opieczętowaną kopertę. Nim Ślaski odczytał, Kaczanowski rzucił się na szyję przybyłemu i wolał radośnie:
- Zaręba! Jakże się masz! A to fortunnie się składa! Nowy duch we mnie wstąpił. Prezentuję waszmościom: Zaręba, porucznik artylerii koronnej! I prosto z Warszawy, co? – nie dał mu jednak przyjść do słowa. – Hej! służba, dawać tu jeść i pić, a prędko! Ledwie się trzyma na nogach! Siadajże, waszmość! Nasze drogi pod zdechłym Brysiem. Takim rad z waścinego przyjazdu! Cóż tam w Warszawie, powiadaj, bo mnie krew zaleje z niecierpliwości! Chyba sobie podpiję na takie święto! – wołał rozanimowany.
- Mości panowie, rozkaz Naczelnika! – odezwał się Ślaski otwierając papier. – Wymarsz ma nastąpić natychmiast. Podpułkownik Kaczanowski obejmie komendę i poprowadzi kosynierów do wsi Koniuszy. Porucznik Zaręba pozostanie przy nim aż do dalszej dyspozycji. Kapitanie, oto patent na twoją podpułkownikowską szarżę. Winszuję ci awansu z całej duszy! – uściskał go serdecznie, dając przystęp towarzyszom, cisnącym się z radosnymi powinszowaniami. Kaczanowski zaskoczony nieoczekiwanym faworem Naczelnika, ledwie wykrztusił:
- Bóg wam zapłać! Jeszcze ja czegoś znacznego dokonam, choćby z tymi parobami. Bujak, trąbić na zbiórkę! Ruszamy! Nim to jednak nastąpi, powiadaj waszmość o Warszawie, bo ginę z ciekawości! Jasiu, pij do mnie, okrutnie mi zaschło w gardle.
- Zdrowie podpułkownika Kaczanowskiego! – wniósł Ślaski półkwartowym kielichem. Aż dwór zadygotał od wiwatów, krzyków i karabinowej salwy pod oknami na cześć nowego podpułkownika. Podochocony Ślaski rozkazał wydać kosynierom beczkę gorzałki, zaś dla swojej kompanii przynieść co najstarsze gąsiory! Rozpoczęła się pospieszna pijatyka, niezmierne ożywienie ogarnęło wszystkich. Pito na umór i wiwatowano bez przestanku, lecz pomimo tych wrzasków Zaręba musiał składać obszerną relację o Warszawie, Mówił ogniście i z wielkim poruszeniem.
- Miody najsłodsze lejesz mi w serce! – przerywał mu co chwila Kaczanowski. – Słuchajcie, waszmoście! Słuchajcie! – wrzeszczał nie mogąc się już pohamować, aż w jakimś miejscu zerwał się i ryknął: – Za zdrowie Warszawy!
Spełniono toast duszkiem, trębacze za oknami zagrali fanfarę, bębny zawarczały.
- Inny wigor poczułem w kościach! – wyznawał się radośnie i gdy Zaręba jął przedstawiać gorącego ducha Warszawy i pragnienie

walki, znowu mu przerwał:

– Bić psiekrwie, bić i pobić! Oto moja żołnierska maksyma, oto moja filozofia! Niczego nam więcej nie potrzeba! Reszta głupie wymysły sawantów, piecuchów lub zdrajców! Prać wroga, gdzie się da i czym się da, to mi jedyna polityka! Daj pyska, poruczniku! Razem deklarowaliśmy się czasu Wielkiego Sejmu na prawo miejskie, to i razem pójdziemy aktualnie w chłopską służbę. Byle to jeno ojczyźnie wyszło na dobre. Jasiu, piję zdrowie twoich kosynierów! Ślaski porwał się z miejsca i gdy nalano kielichy, wygłosił uroczyście:

– Wnoszę zdrowie nowych obywatelów Rzeczypospolitej! W twoje ręce, Bartosz! – zwrócił się do wchodzącego właśnie Bartosza, który jakby nagle skamieniał w progu. Wetknięto mu w garść pełny kielich, otoczono, trącano się jak z równym. Oprzytomniawszy rychło, podniósł w górę kielich i ryknął ze wszystkiej mocy:

– Do ostatniej pary za Polskę i wolność! Wiwat Naczelnik! Wiwat wszystkie stany! Rumor powstał niesłychany, wiwatowania bez końca i prawdziwa pijatyka. Roztkliwienie ogarnęło całą kompanię. Ściskano Bartosza jak rodzonego brata. Każdy cisnął się do niego z kieliszkiem i serdecznymi wynurzeniami. Niejeden już płakał, pobudzony świętym obrazem zgody i miłości. Któryś przypasywał mu swoją karabelę. Ktoś już przypuszczał do herbu i nazwiska. Tylko jeden Kaczanowski nie stracił głowy, bowiem w jakiejś chwili krzyknął jakby przed frontem:

– Basta! Bartosz do szeregów! Mości panowie, wyruszamy! Na to właśnie weszła pani Ślaska ze swoim fraucymerem i domownikami. Zaczęły się tkliwe, pospieszne pożegnania, zwłaszcza iż za oknami grały już trąbki, warkotały bębny i ziemia dudniała pod stopami tysięcy.

Pito jeszcze strzemiennego, pito zdrowie pani domu, rodziny, domu, przyjaciół, somsiadów, nieobecnych, Kościuszki, że co chwila buchały wrzaski wiwatów niby salwy i brzęki tłuczonego szkła. Prawiono oracje, których nikt nie słuchał! Ściskano się, brano w ramiona, padano damom do nóg i płakano z rozczulenia. Skorzystał z tego zamętu Kaczanowski, bo ujrzawszy swoją bogdankę, do której wzdychał całą zimę, śliczną pannę Maciejowską, wielkiego domu sierotę, na opiece Ślaskich pozostającą, przysunął się do niej skwapliwie.

– Moje najniższe służby! Z pożegnaniem staję przed waćpanną. Panna, cudna niby majowy poranek, zatrzepotała trwożnie złocistymi rzęsami, na różane policzki padły bladością i wyrzekła z

powstrzymaną żałością:
– Jedź, waszmość, z Bogiem i niech cię anieli święci strzegą od złej przygody.
– Bóg zapłać za poczciwość, ale zdaje mi się, jako waćpanny już więcej nie zobaczę...
– Powiedziała mi wczoraj kabała, że wrócisz zdrowy! – zasromała się nagle wyznania.
– Moje ty krocie! – wykrzyknął, zuchwale atakując jej rączki. – Moje ty krocie! I na tym musiał poprzestać, powinność oderwała go od lubej, wołano na niego, wojsko czekało na wodza, wszyscy wychodzili w ganek i panna umknęła z drugimi. Dzień był na świecie, widno się zrobiło, siwy mróz pokrywał ziemię, z dachów już kapało, zorze pobladły, gdyż słońce co tylko miało się pokazać. Niebo zdało się być wydęte, jakby szklane, bez chmur, niebieskawe. Powietrze pachniało przymrozkiem. Nad ziemią słał się jeszcze niski, rzadki tuman mgiełek, przez który białe kapoty kosynierów dawały obraz zagonów rozkwitłej gryki, nad nimi powiewały suche badyle kos, pik i bagnetów. Ciche szepty brzęczały niby pszczoły. Stali rozwiniętym frontem we cztery bojowe kolumny; w odstępach, czyniących podobieństwo głębokich ulic, widnieli dobosze. Oficjerowie zajmowali powinne miejsca, zaś flanki okrywały sekcje fizylierów z karabinami o nastawionych bagnetach.
Kaczanowski obrzucił wzrokiem wodza zbrojne zastępy, zabłysnął szablą i krzyknął:
– Hufiec w kolumnę, półsekcjami, dyrekcja na lewo krok drożny! Marsz! Ruszyli z miejsca ostro i wraz zagrała kapela do wtóru krokom, bijącym w ziemię; maszerowali defilująco przed dworem, skręcając na drogę wyboistą, wijącą się w łagodnych spadkach wskroś nagich sadów.
Z ganku leciały za nimi błogosławieństwa, słowa tkliwych pożegnań, znaki krzyża, wiewania chustami, a nawet ciche szlochania fraucymeru. Zaś chłopstwo, ciżbiące się na majdanie, wybuchało lamentami, kobiety zawodziły wniebogłosy, a co młodsi wieszali się po płotach, drzewach i zrębach, byle dłużej się napatrzyć, jak rozciągnięta kolumna, niby wstęga barwista, połyskująca ostrzami grotów, pawimi czubami, białością sukman, przewijała się wśród niskich chałup, poletek, sadów i zarośli, opłyniętych jeszcze modrawą przysłoną mgieł porannych.
Ostatni właśnie pluton był przemaszerował i ostatnie furażowe wozy się przetoczyły, że nawet kapelę słychać było coraz ciszej,

gdy pokazało się słońce. Wyniosło się nad światem ogromne i czerwone, niby oko Pańskiego majestatu. Wtedy na ganku poprzyklękali, a sama dziedziczka zaintonowała pobożnie:
Kiedy ranne wstają zorze,
Tobie ziemia, Tobie morze,
Tobie śpiewa żywioł wszelki:
Bądź pochwalon, Boże wielki!
Wiatr był się poruszył od wschodniej strony i poniósł dufnością przejęte głosy za wojskiem, że ten i ów odwracał oczy na biały, wyniosły dwór, na wieś przywartą do wzgórza, na pola rodzone, ten i ów westchnął żałośnie, a niejeden cicho zapłakał.
– Krok podwójny! Broń do woli! Marsz! – śmignęła niby biczem twarda komenda.
I szli już karnie, ostro i w powinnym ordynku. Spływali ze wzgórz niby rzeka, burząca się w ciasnych brzegach, spieniona, rozmigotana w słońcu, kręta i niczym niepowstrzymana W swoim biegu. Któryś na przedzie, by ulżyć nabranemu sercu, zaśpiewał drygliwego krakowiaka; trąbki jęły z cicha przywtórzać, niekiedy warknęły hulaszczo bębny, a czasem piszczałka dodała wigoru, że szeregi rozśpiewały się ze wszystkiego serca i ochoty. Zdawało się, jakoby żurawiane klucze, nisko przeciągające nad ziemiami, zaśpiewały radosną pieśń powitań. W porankowym, cichym i chłodnym powietrzu, pod niebem, polśniewającym najcudniejszymi bławatami, wśród ciemnych, osędzielizną okrytych borów i pogarbionych pól jeszcze przymglonych i niegdzie po wyżach grających tęczowymi farbami szronów, w słodkich promieniach słońca, te pleśnie zdawały się stawać żywym głosem tryumfującej wiosny. Tryskały w niebo jak młode pędy, pijane mocą, radością i weselem. I ledwie ścichała jedna piosenka, już druga biła w niebo, już trzecia świergotała nad polami niby skowronkowie, już dalsze dzwoniły nieustannie.
Śpiewali radośnie i smutnie, żartobliwie i zgoła nabożnie, weselnie i na żałobną, posępną nutę. I z tym śpiewem rozgłośnym, bujnym i serdecznym maszerowali niepowstrzymanie wskroś pól niezmierzonych, jeszcze szarych, a jeno tu i owdzie zielonymi płachtami ozimin przytrząśniętych, wskroś lasów mrocznych i chłodem dyszących. Parli się drożynami podobnymi do rzek błotnistych, gęsto nasadzonych kamieniami; przez wąskie i głębokie jary, gdzie zimno tchnęło ze skalnych zboczy, a pod nogami chrupały poczerniałe śniegi; niby węże pełzali przez nagie wzgórza, zasiane złomami białych skał; przechodzili wsie zapadłe

w sady i przywarte do ziemi, nędzne, obdarte a cudne w przepychach wiosny i słońca.

Mijali kościoły, krzyżami znaczące daleką, nieskończoną drogę. Mijali białe pańskie dwory, wynoszące się pysznie nad ciżbami pokrzywionych chałup. I Męki Pańskie na rozstajach spoglądały na nich przekrwionymi oczami. I przydrożne drzewa witały cichym poszumem. I sama ziemia zdała się budzić pod ich stopami z zimowych odrętwień. Grzmieli bowiem, jak pierwsza wiosenna burza! Wiosna wraz z nimi spływała. Zmartwychwstania nowina rozniosła się po ziemiach. Rozgłaszały ją nieustannie skowronkowe świergotania, niesły ją ciepłe, pieszczotliwie całujące powiewy. Coś o niej tajnie szemrały pokręcone przygięte do ziemi sady. Coś powiadały pszczoły, burzące się po ulach. Coś krzyczeli przelatujący ptakowie i coś bełkotały zadyszane ruczaje i poniki, srebrzystymi pasmami połyskujące w słońcu. Wieść się niesła niby błyskawica, oblatująca w mgnieniu pół świata. Wiedziały już o niej ziemie i góry wiedziały, wiedziały i bory. Wiedziało całe przyrodzenie. Bowiem na dnie wszystkiego zawrzało coś, od czego rozum się mieszał, a serce zamierało z dziwnej lubości, że człowiek byłby leciał bez pamięci gdzieś, za czymś, w cały świat; byłby się chwytał tych złocistych promyków, śmiał się, klękał przed słońcem, przed każdym zielonym ździebłem i przed każdym listkiem bił pokłony, a zarazem chciało mu się płakać z niewypowiedzianego szczęścia, rozbierała go tęsknosć i bujna radość kazała śpiewać, krzyczeć, biec w pola i zdawać się na wolę każdej szalonej przygody.

Wiosnę śpiewały chłopy, ciągnące na krwawe boje!

Już pąki topoli były nabrane i pachnące niby usta dziewczyny; już w miejscach zacisznych i nagrzanych stokrotki podnosiły różane rzęsy; już listki blade i wilgne, niby świeżo wyklute pisklęta, rodziły się w słonecznej pieszczocie! Pierwsze motyle leciały jak biały okwiat wiśni. Niekiedy bocian przepływał nisko nad szeregami okrywając żołnierzy cieniem. Gdzieś niebami, znaczące się jeno przeciągłym krzykiem niesły się ciągi dzikich gęsi. Bydło ryczało po oborach! Jaskółki śmigały rozświergotanymi kulami. Dzieci wraz z pieskami szalały po drogach. Dzwony biły z nie dojrzanych kościołów. Czasami stada kruków przeciągały na północną stronę, że długo dawały się słyszeć złowróżbne krakania. Niekiedy wiatr stoczył się z szumem ze wzgórz, załomotał chorągwiami, zadzwonił na ostrzach, stargał pawie pióra i pognał z chichotem na bory i lasy.

A kiedy słońce podniesło się wyżej i spłynęły szrony i grudy, zamrowiło się po polach; ludzie wychodzili na robotę, wyjeżdżały wozy, ciągnęły brony, pędzono stada lękliwych owiec na zrudziałe zbocza wzgórz, pługi zaprzężone w czerwone woły odwalały czarne, lśniące ski– by, a już miejscami, na świeżych i nieco przeschniętych rolach dojrzał chłopów, jak przepasani w szare płachty, posiewali ziarna półkolistym akuratnie wymierzonym ruchem; ale na widok maszerujących wojsk, na pogłos śpiewek i turkotów trąbek, na migotanie kos porzucali pracę i kto jeno żyw, leciał przyglądać się z bliska żołnierzom.

– To nasi! Chłopy! Jezu miłosierny! Chłopy idą na wojnę! – wrzały zdumione krzyki. Stawali w osłupieniu! Kobiety wybuchały płaczem, szlochały dziewki, poznawano bowiem niejednego ze swoich w szeregach.

– A kaj to ciągniecie, kaj? – pytali sfrasowani starce.

– Na wielką wojnę! Za wolność bić się idziema, za Polskę! – odkrzykiwali dumnie, junacko, potrząsając bronią i hardo tocząc oczami.

I maszerowali dalej wśród błogosławieństw, płaczów i podziwów.

Bywało, iż gdy przechodzili wsie, wszystka ludność wysypywała się na powitanie, wynoszono im, co kto miał, dzieląc się radośnie ostatnim kęsem chleba. Zdarzało się, iż jakiś chłopak niby urzeczony przystawał do szeregów i szedł za głosem trąbek, za wiewem proporców i kos migotem, szedł na śmierć lub zwycięstwo. W jakiejś wsi kościelnej przyjmowano ich biciem dzwonów i świętymi obrazami, a ksiądz ognistym przemówieniem pokrzepił na ciężkie boje. Było, że i jakiś dwór pański na roścież otworzył serca, gumna i podwoje na przyjęcie chłopskiego rycerstwa.

I na krótkim odpoczynku sam dziedzic jaśnie wielmożny Wielowiejski ugaszczał ich, czym jeno mógł. A gdy odchodzili, kazał dać cztery konie i wozy wyładowane różnym dobrem i żołnierskimi moderunkami, zaś Kaczanowskiemu wsadzono do bryki srodze pękaty tobół, wypchany jadłem i napitkami. Ale zdarzały się i mniej fortunne przyjęcia. Maszerowali bowiem i przez takie wsie, w których z rozkazu dziedziców kołowroty zastawali zamknięte, chałupy jakby wymarłe, a w opłotkach i obejściach ani żywej duszy – gdzie tylko pospuszczane z łańcuchów pieski naszczekiwały zajadle. Żołnierstwo szemrało na takie praktyki, lecz Kaczanowski, jadący wraz z Zarębą dobrze wymoszczoną bryką na końcu kolumny, nie zwracał na to uwagi, zajęty indagowaniem towarzysza o Warszawę, a głównie rozpowiadaniem o cnotach i gładkościach imć panny Lusi Maciejowskiej.

Jechali wolno, konie, chociaż tęgie i wybrane, szły stępa, krok za krokiem, bowiem droga stawała się coraz cięższa. Rozmiękłe, rzadkie gliny naszpikowane kamieniami, pełne wybojów i kałuż; miejscami grząśnie i ruchome niby wody bajory; miejscami potoki, rozlewające się w jeziora, poznoszone mosty i rozmyte wiosennymi deszczami groble czyniły niemałe przeszkody pochodowi. Kolumna rozciągała się niby wąż pełzający z trudem przez wzgórza i doliny.

– Aż mnie zatyka z lubości, jak o niej wspomnę! Stoi mi na oczach! – wzdychał.

– Czy to już po deklaracji? – pytał Zarębą, setnie już znudzony i srodze senny.

– Ustaną w tym błocie! Bujak, Bartosz, uważać! Rozłażą się na strony niby cielaki! Równaj się! – krzyknął nie tracąc z oczów kolumny ani na chwilę. – Nie mogłem! Jakże, pora to na zrękowiny! Ptaszka moja złocista!

– A pewnyś waszmość chociaż jej sentymentów?

– Nie było akuratnej sposobności wyrozumienia jej w tym względzie. Nieraz ja zaczynałem cyrkulować w tę stronę, ale panna, jako że przekorna z przyrodzenia, oczkami jeno wierci, żarcikami sadzi, a do konfidencji nie dopuszcza. Mniemam jednak, że jest mi przychylna, niejeden luby dowód zakonotowałem w pamięci. Nawet imć Ślaska nieraz dawała mi to rozumieć.

– Waszmość w czepku urodzony, boć tam i Andzia trawi czas na tęsknocie...

– Andzia? Mówże mi o niej! Cóż porabia ta cipuchna, co? – rozrzewnił się wspomnieniem, lecz dotknięty nazbyt szczerymi relacjami, skręcił pospiesznie w inną stronę.

– Coś nie widać Ślaskiego! Miał wkrótce wyruszyć za nami.

– Może stronami przebrał się już do Koniuszy.

– Psiakrew, te drogi! Dobrze, jeśli tam się dowleczemy na północek.

– Z pewnością wyczekuje nas Naczelnik...

– Niepodobna przyspieszyć! Patrz utytłani w błocie niby świntuchy! Dziw, nie pogubią kulasów! Prędzej, chłopcy! Marsz! Marsz! – zagrzmiał wychylając się z bryczki, ale jakby na złość, znowu cały tabor się zatrzymał. Kilka wozów utknęło w błocie i konie zapadły się po brzuchy. Powstała znaczna mitręga.

Przeszkody mnożyły się na każdym kroku i pochód się opóźniał.

Kraj był cudny, wysoki, górzysty, porosły lasami, pełen wiosek, dworów i kościołów, dający co chwila rozległe widoki na dolinę Wisły i aż dalekich, sinych Tatrów sięgające, lecz do marszów większymi siłami zgoła nieprzysposobiony. Głębokie, wąskie parowy, niesłychanie strome zbocza, spadziste drogi, nieprzebyte błota, wezbrane rzeczki, gliniaste, do dna rozmiękłe ziemie, często w miejsce gościńca kamienista dróżka, przemieniona w rwący potok, w najwyższym stopniu krępowały ruchy wojsk, a szczególniej taborów. Miejscami trzeba było rąbać lasy i mościć nimi bajory, kłaść mosty, rozkopywać jary, konie przeprowadzać stronami, a wozy przenosić na drągach. Wszystko jednak przezwyciężano wśród nieustających śpiewek, drwin, wrzasków i śni na chwilę nie słabnącego animuszu.

– Towarzystwo w takich okolicznościach już by sadziło diabłami, a klęło na czym świat stoi, a ci jeszcze sobie stroją żarciki – admirował szczerze Zaręba.

– Bo zwyczajni trudów, błota i nadstawiania własnymi gnatami – odburknął jakoś sennie Kaczanowski i już się nie odezwał do samej Goszczy którą był wyznaczył na nieco dłuższy wypoczynek. Zasię skoro kosynierzy roztasowali się nad wielkim stawem, rozlanym w pośrodku wsi, przepadł w jakimś wozie taborowym. Ale jak tylko trąbki zagrały na wymarsz, znalazł się na powinnym miejscu. Stał przy wyjściu ze wsi niby włodarz, bacznymi oczami przeglądający stada mimo przepędzane. Kolumna rozwijała się w tęgim, wypoczętym marszu.

– Bartosz, a wyciągać kulasy! Wieczór za pasem.

– Melduję pokornie, że już niedaleko, za tym borem – wskazał granatową pręgę horyzontu.

– Trzymaj krok! Prędzej, chłopcy, prędzej! Naczelnik nas czeka – zachęcał. Wesoły był po wypoczynku i żartobliwie usposobiony, a kiedy znowu kałamaszka potoczyła się za wojskiem, powrócił do lubej materii sławiąc nad miarę zalety swojej bogdanki.

– Urodą przenosi wszystkie, jakie znałem – zapewniał ogniście. – A poczciwa i zdatna do wszystkiego. I gospodarna! Takich krupniczków, jakie ona przyprawia, nie piłeś waszmość nigdy w życiu. Przy tym nie żadna udana trusia, co to wobec kawalera rumieńczykiem się okrywa, podłogę oczkami wierci, pary z gęby nie popuści, niby się to sroma, a dobrze wie, gdzie raki zimują. Moja przeciwnie, rozmowna, rezolutna i potrafi palnąć, że w pięty pójdzie. Nie zaczynaj z taką, jeśliś niepewny swojego. Fortunę też ma grzeczną w Sandomirskiem. Co tam dłużej obwijać w bawełnę, kocham się! Zaręba, jak mi Bóg miły, strasznie się kocham. Słyszysz?

– Słyszę i gorąco admiruję takowe sentymenta. Całym sercem życzę, aby fortunne okoliczności pozwoliły podpułkownikowi zapalić pochodnie Hymenu – wyrzekł z szorstką nieco porywczością, bowiem nagle przypomniała mu się Ceśka i dziwna tęsknota zagrała w jego sercu, nie nazbyt skorym do miłosnych tkliwości.

– Bóg ci zapłać! Niech no wojna się skończy, a w mig się ożenię! Zobaczysz mnie jeszcze waszmość osiadłym na roli! Ha! ha! będę wołki wypasał, gorzałę pędził, zboże spławiał do Gdańska, pieniał się ze somsiady, syny płodził, na sejmikach gardłował i po urzęda sięgał, jak przystało poczciwemu człowiekowi. Miły Boże, dajże mi tej szczęśliwości zażywać choćby z kopę latek. Jak bym się na nowo urodził! Patrz, waść, jak pięknie na świecie, jakby na jakimś italskim kopersztychu! Człowiek sobie folguje, a nie wiadomo, co nam jutro przyniesie fortuna – zasępił się na chwilę. – Do diabła z melancholią! Napijmy się lepiej. Mam pod siedzeniem przedni miodek, w sam raz na taką wiosenną aurę i miłosne termedie. W twoje ręce, poruczniku! Pijmy, a reszta jakoś tam będzie! Co się nam smucić! Nie darmo śpiewają:

Kieliszek braciszek, gorzałeczka siostra,
Rączka przyjaciółka, do gęby zaniosła.

Wnet ja waści wykuruję ze złych humorów! Teraz na drugą nogę. A może i waści nie oszczędzi ten szelma Kupido? Szepnij imię miłowanej, a wypijem jej zdrowie i każę na jej cześć dać salwę!

Nie doszło jednak do tego, bo Zaręba się jakoś wykręcił zagadując o czym innym.

Kaczanowski gadał bezustannie i gęsto różne zdrowia koncypował nie przestając jednak ani na chwilę baczenia na wojsko, gdyż w jakimś miejscu huknął rozgłośnie:

– Krok podwójny! Raz, dwa! Raz, dwa! Kapela, zagrać mi, a siarczyście! Jakoż prostowały się natychmiast ustające w błocie szeregi, kapeliści rznęli od ucha, zrywały się znowu junackie piosneczki, a tarabany głuchym warkotem dawały takt mocnym, sprężonym krokiem i długa kolumna, zjeżona błyszczącymi grotami, raźnie maszerowała wskroś rozsłonecznionych pól.

Dzień się już był kończył, gdy w jakimś miejscu szeregi wynurzyły się nagłym skrętem z mrocznych lasów na świat, zalany krwawą pożogą zachodu.

– Koniusza! Pokornie melduję! – ozwał się Bartosz wskazując nieco na prawo srogą górę, wynoszącą się samotnie niby wyspa na rozległym morzu ziem spiętrzonych i zastygłych. Oblewały ją czarne lasy, a na szczycie, w łunach zachodu, majaczyły kościelne wieże i jakieś białe mury.

– Patrzy na orłowe gniazdo!– szepnął Zaręba podnosząc perspektywę do oczów.

– Za dobry pacierz staniemy u podnóża – dołożył jeszcze Bartosz.

– Ciężko się będzie na nią wciągać, zwłaszcza taborom – sfrasował się Kaczanowski. – Musi tam być przed kościołem jaki plac. Znasz tę górę? – zwrócił się do Bartosza.

– Toć moja parafia! Miejsca tam dosyć choćby dla całego wojska! Co zaś do dróg, to jedna idzie prosto do kościoła zakosami, stroma jeno i żmudna. Ale kto nie chce wstępować do Koniuszy, ma drogę obiegającą całą górę, która wychodzi do traktu na Słomniki. Dymy widać gęste na wierzchołku, pewnikiem biwaki.

– Prawda! Prędzej! Chłopy, prędzej! Zagrać fanfarę, niech nas dosłyszą! Rozwinąć chorągwie! Ostrym krokiem! Marsz! Marsz! Słońce zachodziło za burą, wielką chmurę. Mrok prószył na ziemię popielnym oparem. Głębokie doliny zapływały mgłami, że zdały się być jeziorami, ujętymi w modrawe ściany borów lub w skaliste cembrowiny łysych poszarpanych wzgórz.

Trąby grały rozgłośnie i w mrokach coraz gęstszych kolumna szarzała niby wielka, wzburzona rzeka, tocząca się z głuchym bełkotem. Niekiedy zaświeciły nad nią ostrza kos, a niekiedy załopotały chorągwie, jakoby ogromne skrzydła ptaków, lecących w purpurowych zorzach i brzaskach.

– Słońce zachodzi źle, pewna plucha w nocy! Bujak, tabory wysunąć na czoło! Koniusza wyrastała przed nimi coraz groźniejszym cieniem, jakby sięgającym rozkrwawionego nieba. Bił od niej mrok, chłód i pogłosy dalekich wrzaw. U samego podnóża, na skrzyżowaniu dróg, pod kamiennym .Chrystusem, siedzącym z twarzą wspartą na ręku, już oczekiwał Ślaski.

– Widziałem was z daleka, może od godziny, a nie mogłem się doczekać – zwrócił się do Kaczanowskiego – zdaj służbę któremu z oficjerów, bo musimy prędzej stanąć przed Naczelnikiem, Bartosz, a dawajże konia panu podpułkownikowi!

– Mości poruczniku, bierz komendę i prowadź dalej kosynierów.

– Sama droga doprowadzi cię na miejsce – dorzucił jeszcze Ślaski. Pojechali tak spiesznie, aż iskry posypały się spod kopyt.

Zaręba nie tracąc czasu zaraz w ich ślady pociągnął kolumnę.
Droga była fatalna, stroma, naszpikowana odłamkami skał,
wyboista, miejscami nawet niebezpieczna, szczególniej dla koni i
wozów, a tak ciemna z racji boru, który ich okrył czarną,
nieprzeniknioną płachtą, że musiano zapalić pochodnie. W
czerwonych, smolistych brzaskach dawali obraz fantastycznego
korowodu cieniów. Na domiar złego zaczął mżyć drobny,
uporczywy deszcz i z wolna droga przemieniała się w potok. Z tych
różnych okoliczności zmitrężyli tyle czasu, że już noc zapadła, nim
się dowlekli na szczyt wzgórza.
Fiszer, oczekujący na nich na górze, zakrzyczał już z daleka:
– Zgasić pochodnie! Nie wolno żadnych świateł ni krzyków! Cicho
tam!
– Zali tak blisko Moskale? – zaszeptał Zaręba.
– Zbliżają się z paru stron i na pewno obserwują tę górę. Miejsce
dla kosynierów pod kościołem! Nie popuszczaj z garści, bo lada
chwila mogą zaalarmować na dalszy pochód. Lecę meldować o
waszym przyjściu.
– Jeszcze słówko: gdzie główna kwatera?
– W tym białym domu obok cmentarza. Naczelnik srodze zajęty,
siedzi u niego cały sztab z Madalińskim i Manżetem. Ale jeśli
szukasz towarzyszów, znajdziesz ich w karczmie, jest tam już
Biegański. Za jakie pół godziny przylecę do was.
Ale Zaręba myślał przede wszystkim o kosynierach. Kolumna
wydostając się na wierzchołek rozlewała się cicho niby woda,
zajmując wyznaczone miejsca. Rozbito parę namiotów, zaś z
wozów Bujak rozkazał postawić jakby barykadę, pod osłoną której
rozkładali się żołnierze. Chorągwie i znaki umieszczono w
dzwonnicy i obstawiono wartami. Kościelny parkan, zakończony
daszkiem, dawał schronienie niejednemu. Przytulali się, gdzie
mogli, lecz większość musiała się kontentować gołą, kamienistą
ziemią, że ta część placu z racji białych sukman dawała pozór jakby
przyprószonej śniegiem. Że ognie były wzbronione, ciżbili się dla
ciepła coraz gęściej i pojadając gwarzyli z cicha. Cały zresztą
wierzchołek wzgórza, nadspodziewanie obszerny, był zatłoczony
wojskiem, namiotami i taborem. Kilkanaście chałup i wszystkie
budynki tak były zapchane żołnierstwem, że chłopstwo szukało
schronienia po sadach i w boru. Wszędzie stały warty i rygor
panował srogi, wojenny. Wyloty dróg spadających w doliny były
szczególniej obsadzone, stały w nich nawet armaty nabite
kartaczami.

Noc szła ciemna, ni jedna gwiazda nie migotała na niebie, zawalonym burymi, skołtunionymi chmurami. Wiatr huczał w dolinach i bił w lasy niby przypływ gniewnego morza. Na górze zaś nie drgnęła nawet gałązka, cicho było i ciemno, tyle jeno, że deszcz szemrał nieustannie, a tu i owdzie żarzyły się lulki. Pomimo nakazanego spokoju ściszone szeptania, kroki, parskania koni, szczęki broni czyniły głuchy szum jakoby wód płynących niedojrzanym łożyskiem wskroś ciemności.

Zaręba spenetrowawszy cały plac i wszystkie obozowiska stanął jakby na warcie przed główną kwaterą. Pożerała go ciekawość rezultatów narady. Niestety, okna szczelnie zasłonięte okiennicami nie dawały zajrzeć do wnętrza, zaś z głosów, jakie się niekiedy wydobywały, nie sposób było wyrozumieć cośkolwiek. Co chwila ktoś tam wchodził, a wtedy strumień światła chlustał z białej sieni na stratowane klomby, straże wartujące pod oknami i na drzewa, wynoszące się przed gankiem niebosiężnym pióropuszem. Dojrzał też jakieś konie przywiązane do sztachet i kupę ludzi siedzących na ziemi. Parę łojówek w podróżnych świecznikach, przysłoniętych z góry derą, rozpiętą na szablach wetkniętych w ziemię, oświetlało nieco jakieś młodzieńcze twarze. Była to młódź szlachecka, same gołowąsy, która pouciekawszy ze szkół i domów przystała do insurekcji. Formowali jakby przyboczną gwardię Naczelnika. Któryś z nich dojrzawszy stojącego oficjera zaprosił go do kompanii. Zaręba się wymówił i poszedł zlustrować swoich kosynierów. Prawie wszyscy spali nie bacząc na deszcz i przejmujące zimno, czuwały jeno warty postawione przy wozach i znakach oraz Bujak. Znalazł go pod oficerskim namiotem, na barłogu, latarnia stała na ziemi, czytał przy niej jakąś książkę. Chciał się zrywać na nogi, lecz Zaręba nie dopuścił i przysiadłszy na słomie spytał żartobliwie:

– Regulamin służby czy Ksenofont?

– Prawa człowieka. Ewangelia wszystkich ludów i wszystkich czasów!

– I, nie osłoni od kuli ni pchnięcia bagnetów! – rzekł lekceważąco.

– A jednak ta broń skuteczniej zwalcza tyranów niźli harmaty i armie! – zawołał górnie po swojemu i powstał gotowy do zaciekłych dyskursów.

– Kto ma zginąć, ten zginie, choćby miał na sercu samego Jana Jakuba!

– Padnie za ludzkość i szczęście przyszłych pokoleń. Zginie bohatersko, a z krwi jego wstaną mściciele – wybuchnął obcierając spoconą twarz i ręce, gotowy już do najzaciekłejszych sporów i dowodzeń, rozanimowany i wyzywający.

– Waćpan naszpikowany wzniosłymi maksymami niby zając słoniną – zauważył nie bez irytacji i poszedł do karczmy ogrzać się nieco i pożywić.

Karczma murowana, z ogromnym, łamanym dachem, wspartym na potężnych słupach, stała akuratnie naprzeciw kościoła. Pod ścianami i w sieni wielkiej jak stodoła leżeli pokotem żołnierze i połyskiwały stogi karabinów. Zaś w izbie czarnej, obszernej i przetłoczonej niezmiernymi belkami, buzował się tęgi ogień na trzonie komina, przysłoniętego niskim okapem, i wrzało niby w ulu. Spora kompania oficjerów zabawiała się kielichami, wielu drzemało po ciemnych kątach, a byli, którzy rozciągnięci na kupach siana chrapali, aż się rozlegało. Z alkierza dochodziły brzęki szklenic i pijackie wrzaski. Grano tam w karty i pito. Snadź im przewodził Biegański, gdyż najczęściej dawał się słyszeć jego zapalczywy głos.

Zaręba zasiadłszy przed ogniem zapalił lulkę i puścił wodze jakimś dziwnie smutnym rozmyślaniom. Czuł się znużony, wyzbyty ze sił i wielce niespokojny. Jakby na coś czekał i czegoś się obawiał. Naraz podniósł zdziwione oczy: stał przed nim jakiś młody, smukły chłopak i dziwnie znajomym głosem mówił:

– Nie poznaje mnie waszmość? Jestem Stach Górski!

– Stach! Śmierci bym się spodziewał prędzej niźli ciebie. Jakże się masz? No, siadaj, mów! Co cię tutaj zagnało? – pytał, głęboko poruszony niespodzianką.

Chłopak przysiadł się i wyznawał, jako uciekł ze Sieniawy, z dworu księcia generała ziem podolskich, i wstąpił do wojska. Pachniała mu wojaczka, szabelka i wrony konik. Prawie dzieciuch, czarny jak kruk, śliczny, o czerwonych wargach, promiennym oku i panieńskiej cerze, dawał pozór wypieszczonego papinka, nie umiejącego ani be, ani me, a w istocie był młodzieńcem rokującym najpiękniejsze nadzieje. Zaręba cieszył się nim jak rodzonym bratem, chociaż mu tylko wypadał ciotecznym i w dodatku był synem nienawistnego kasztelana. Chłopak pokazował się bystrym i pojętnym nad swój wiek, umiarkowanym w sądach i opiniach, szlachetnym i o wielce dwornych manierach. Hardo nosił głowę i z góry spoglądał, lecz ubrany był skromnie, w krótki kożuszek, baranią czapkę i jałowicze buty. Głos miał przy tym ujmujący, delikatne obejście i czarujący uśmiech. Porucznik opowiedział mu o matce, zatrącił o Izie, ale nie wspomniał o kasztelanie.

– Ja wiem, że mój ojciec zaprzedany imperatorowej – zaczął nie bez goryczy – nie krył się z tym w listach. Najgorsze, iż z tydzień temu przyjechał do Sieniawy Klotze, aby mnie zawieźć do Petersburga. Miałem być pomieszczony w kawalergardach następcy tronu.

– Aż tak! To patrzy na kasztelana: żądny fortuny i wyniesienia.

– Właśnie w tę porę gotowałem się z towarzyszami uciekać do Kościuszki. Nie wiedziałem, co począć! Ojciec nakazywał pod błogosławieństwem, Klotze nalegał, nawet sam książę generał zachęcał. Komuż winienem był posłuszeństwo?

– Ojczyźnie! Ręczę, jako twoja matka dumna będzie z takiego postąpienia.

– Żal mi ojca: tyle sobie na mnie zakładał nadziei! Zali mogłem służyć wrogom? A jakby mi kazali podnieść oręż przeciwko ojczyźnie? Strach mi nawet pomyśleć – pobladł, łzy mu zaświeciły w oczach i groza podnosiła włosy – sam powiedz, com był powinien?

– To, coś uczynił. Uwielbiam taką determinację. Postąpiłeś jak prawy Polak.

– Uciekliśmy ze Sieniawy we czterech: ja, Cieński, Bobrowski i Toczyłowski; gnaliśmy lasami, żeby zmylić pogonie, Klotze na pewno mnie wyszlakuje.

– Tutaj jesteś przezpieczny, nie obawiaj się niczego. Pod kim służysz?

– Pod samym Naczelnikiem. Jest nas wolonterów przy jego boku ze stu. Jeździmy na podjazdy. Już nawet zażywałem utarczki z kozakami – pochwalił się radośnie.

Zaręba jął go w tej materii obszerniej indagować, kiedy wpadł Bartosz.

– Pokornie melduję – zaszeptał strwożony – jakiś dziedzic przyjechał ze starościńskimi sługami i chce siłą odbierać swoich zbiegłych parobków.

– Co? Śmiał aż tutaj, do obozu? Chodź, Stachu, zobaczysz rzecz niepowszednią. Bartosz, co bądź się zdarzy, pamiętaj, ani pary z gęby! Sekret jak na spowiedzi! Kiedy dochodzili biwaku kosynierów, Bartosz zaszeptał niespokojnie:

– Czy pan komendant wyda tych chłopów? – strach zadygotał w jego głosie.

– Zobaczysz! Przyprowadź paru co najtęższych parobków i czekaj rozkazów. W namiocie Bujaka czekał tęgi, wysoki szlachcic w piaskowej opończy, podbitej futrem. Twarz miał krotochwilnego opoja, wyłupiaste oczy, konopne, nastroszone wąsiska i stentorowy głos.

– Jestem Jaworski z Krakuszowic – prezentował się z niemałą godnością.

Zaręba rzucił swoje nazwisko i traktując go z wyszukaną grzecznością, jakby najmilszego gościa, przymuszał do rozmowy o gospodarstwie, pogodzie i sąsiedzkich stosunkach. Jaworski pienił się, przysapywał i czas jakiś odpowiadał politycznie, lecz w końcu zbrakło mu cierpliwości i gruchnął prosto z mostu:

– Ja tam, panie święty, matko jedyna, nie przyjechałem na asamble i dyskursy. Przed obliczność generała Kościuszki nie dopuścili mnie, więc tandem rżnę do oficjera kosynierów i powiadam: żądam wydania moich poddanych. Byli wczoraj w Rzeplinie, więc są tutaj, w obozie. Dam ja bobu tym ultajom. Trzech parobków i jeden żonaty: summa summarum, dwanaście dni pańszczyzny pieszej i dwa konnej, nie licząc już powinności w naturaliach. To nie bagatela, zwłaszcza teraz, kiedy wiosenne roboty się zaczynają.

– Masz waćpan katalog tych ludzi?

– Oto jest: Michał Zawada, Józef Szczepanów, Adam Mikołajczyk i Tomek Barabasz.

– Bartosz, przyprowadź ich tutaj! Jeśli zechcą dobrowolnie wracać z waćpanem, nie będę ich przyniewalał do pozostania – wyrzekł surowo i obejrzał się za siebie. W odchylonych skrzydłach namiotu stał Bujak, a za nim kupa chłopów. Oczy się im paliły złowrogo, dały się słyszeć krótkie sapania i przestępowanie z nogi na nogę. Jaworski zapalczywie wywodził swoje prawa, żalił się i groził na przemiany.

W jakiś pacierz Bartosz przyprowadził tych zbiegłych. Stanęli w drzwiach namiotu nieruchomo jak posągi. Światło latarni zaledwie wyjawiało ich twarze i posępnie rozgorzałe oczy. Kosy ściskali w rękach, topory błyskały za pasami.

– A psy jedne! A gnojki! Ja wam pokażę wojaczkę! – wrzasnął Jaworski trzęsąc pięścią.

– Milczeć i ani kroku z miejsca! – huknął Zaręba i zwrócił się do chłopów. – Dziedzic przyjechał po was! Jeśli macie ochotę, to wracajcie z nim do domu...

– My nie dziedzicowi, Polsce przysięgalim – wyrzekł pierwszy Zawada.

– Nic mu do nas, my som żołnierze Kościuszka.

– Któż by chciał wracać do jarzma i pod bat, lepiej by zdechnąć pode płotem.

– To z panów najgorszy. Pies ma u niego większe znaczenie niźli poddany, kątownik, o bele co każe tłuc do ostatniego dechu, do żywego mięsa obdziera, głodem morzy i dziopom nie przepuszcza. Mało tego, bo łońskiego roku zaprzedał dwóch parobków do cesarskiego wojska. Wszystkie chałupy płaczą na niego! Krzywdą jeno ludzką żyje! Miłosierdzia nie zna! Piekielnik to nad piekielniki!

Padały ciężkie słowa oskarżeń niby kamienie na bardzo podniesioną głowę Jaworskiego. Jeno wąsy szarpał, ściskał kurczowo głownię szabli, a zbiesionymi oczami nienawiści jakoby świdrem przewiercał parobków.

– Tandem, powracać nie chcecie? – przerwał skamlenia Zaręba.

Runęli przed nim w proch i czepiając się jego nóg zawyli w śmiertelnej trwodze:

– Na miłosierdzie boskie, nie wydawaj nas, panie, temu piekielnikowi!

– Dosyć. Odstąp! Marsz na swoje miejsca! Słyszałeś waćpan respons! Nie mam nic do nadmienienia. Moją powinnością bronić ich przed każdą przemocą.

– Protestuję! Panie święty, matko jedyna, protestuję! – zaryczał już siny z gniewu, ledwie władnący mową i strasznie dotknięty. – Jak to, ja nie mam prawa do moich poddanych? Waszmość wyprawia sobie ze mną niegodne igraszki! Waszmość gwałci kardynalne prawa Rzeczypospolitej. Obranyś waszmość z rozumu czy co? Wolne żarty, nie mnie brać na plewy! Chłopcy, chwytać moich ludzi, zakować w dyby i na wozy! Nuże, a pospieszać! Sam sobie wymierzać będę sprawiedliwość! Prędzej tam!

– Bujak, kto się tknie choćby palcem tych ludzi, wsypać mu pięćdziesiąt odlewanych.

– Wedle rozkazu się stanie, panie poruczniku! – trzasnął ręką w daszek i wyszedł.

– Tego kpa znam, był dyrektorem moich dzieci, podmawiał chłopstwo do buntów... Teraz mi jasno, teraz miarkuję, w jaką wpadłem kompanię! Rebelizantów!

– Nie będę się tłumaczył, jeno przypomnę: który z poddanych stanie pod chorągwiami insurekcji, wolnym ma być od pańszczyzny i powinności. Jeno Kościuszko władny jest szafować ich krwią i życiem. Waść nie masz do nich najmniejszego prawa.

– Właśnie że mam: jak mi się spodoba, odpuszczę ich w żołnierkę, ale na przymus odpowiem szablą! Do króla pójdę ze skargą, przed trybunały, na sejm!

– Nie wrzeszcz, waćpan! I coś jeszcze rzeknę, wysłuchaj: oto nie masz wstydu ni sumienia! Kraj w upadku, nieprzyjacioły w granicach, kto jeno poczciwy, stawa w obronie ojczyzny, Kościuszko ogłosił świętą wojnę o całość, wolność i niepodległość. Nawet chłopstwo się garnie pod chorągwie na głos powinności, ale dla waści i jemu podobnych najważniejszą sprawa: zachowanie pańszczyzny! Milsze wam jakieś parszywe psie Wólki niźli ojczyzna! Podłe egoisty!

– Nie przyjechałem słuchać peror, jeno po swoich zbiegłych poddanych!

– Nie podnoś, waść, głosu i ruszaj sobie do wszystkich diabłów!

– Jak? Do mnie taka mowa? Może się przesłyszałem, może mnie słuch myli?

– Toć powtórzę, żeś cymbał i wynoś się, pókim dobry! – zawołał Zaręba.

– Za taką obelgę zapłacisz mi krwawo, hetko pętelko! Popamiętasz Jaworskiego! Nie puszczę ci tego płazem, smyku jeden! – wyrwał szablę i rzucił się ku niemu.

– Rata! – krzyknął Zaręba, nawet nie racząc się zasłaniać przed ciosem. Wpadło sześciu żołnierzów z nasadzonymi bagnetami.

– Wyprowadzić tego jegomościa na dół, na trakt do Goszczy. A będzie się opierał, burdy wyrabiał, bronił: macie kolby. Bujak, poprowadź! Precz z nim!

Zakotłowało się nagle pod namiotem; lecz po chwili Jaworski był rozbrojony, zakneblowany, gdyż ryczał niby wół zarzynany, i wyniesiony.

Stach Górski patrzał w Sewera oczami przerażenia i zarazem admiracji.

– Narobi wrzasku na całą Rzeczpospolitą! – nieśmiało zauważył.

– Niechaj krzyczy. Nie obejdzie się tam bez dotkliwych pamiątek! Oto masz szlacheckie fanaberie! Cokolwiek byś poczynał dla szczęścia i ocalenia ojczyzny, musisz takiego pierwszego lepszego cymbała molestować o przyzwoleństwo. Bowiem on jest panem Rzeczypospolitej i może krzyknąć: Nie pozwalam! I może ćwiertować ją na części i bezkarnie sprzedawać! Niepodobna znosić tego dłużej! – skarżył się przejęty zgorzkniałymi czuciami.

Rozmawiał w tej materii do późna, lecz zaraz po odejściu kasztelanica rzucił się na słomę i natychmiast zasnął.

Nie słyszał nawet powrotu Kaczanowskiego i wołań Ślaskiego, spał jak zabity.

Wkrótce cisza oprzędła całą Koniuszę i sen pogasił wszystkie gwary i ruchy. A jakoś wnet po pierwszych kurach deszcz był ustał, zrobiło się chłodniej, chmury opadły w doliny, niebo się przetarło i tu i owdzie zaświeciły gwiazdy. Potem zaś księżyc wypłynął na modrawe nieskończoności. Świat przemieniał się w senne majaczenie. Srebrzysty welon spowił kiry nocy. Ziemia stała się już tylko wzburzonym morzem sinych mgieł, po których niby chmury płynęły czuby gór i czarne majaki lasów. Nie wiadomo już było, gdzie kończy się ziemia i zaczyna niebo. Wszelaki kształt był już tylko skrzeniem świateł i mroków. Bezdenna otchłań się rozwarła milczenia i tajemnicy. Wszystkie żywioły zapadły w senne upojenia.

Aż wiatr zbudzony gdzieś w nizinach przybiegł zatargać odrętwiałymi drzewami. Nagie gałęzie chwiały się cicho, lękliwie, jakby goniąc za własnym cieniem. Nawet się zdało, iż czarna wieża kościoła również się kołysze. Na placu drżały połyski karabinów, poustawianych w kozły. Grudy uśpionych żołnierzów znaczyły się rzędami, niby czarne zagony. Niekiedy rżały gdzieś konie. Stąpania wart odmieniały się równo i monotonnie, jak ruchy wahadeł. Wozy rzucały mętne, przerywane groble cieniów. Niekiedy podnosiły się jakieś senne głowy, ktoś zakaszlał, szczęknęły bronie, zaskowyczał pies obozowy. Cisza potem stawała się jeszcze uroczystsza.

Tylko w głównej kwaterze czuwano. W jakiejś chwili otwarły się drzwi, ktoś wyszedł i bezszelestnie snuł się między uśpionymi wojskami.

– Wer da? – wołały straże nastawiając bagnety. Cień przystawał.

– Warszawa! – padało hasło. Żołnierz prężył się, karabin wracał na ramię, a cień majaczył w coraz innej stronie. Żołnierskie psy chodziły za nim nieodstępnie. Czasem pochylał się nad pośpionymi szeregami; to słuchał ech z głównego obozu, rozbitego pod Koniuszą na skalbmierskiej drodze, ale najczęściej wsparty na armacie, zapierającej drożną gardziel, patrzał czułymi oczami troski w nieprzejrzane dalekości, jakby w duszę własną, a może w jutro, wstające z niezgłębionych otchłani przeznaczenia?...

IV

Pora była jeszcze wczesna, na świtaniu; na wschodzie rozpalały się pierwsze zorze, a niskie niebo zaczynało się, podnosić i przecierać z ciemności. Szare mgły pokrywały ziemię jakoby wzburzonymi wodami, z których tu i owdzie wytryskiwały samotne drzewa, łysiny skalistych wzgórz i czarne lasy, pnące się na wyniosłości. Niezmierny spokój rozpościerał się nad światem. Oszroniałe gąszcze, jakoby z perłowej masy uczynione, stały zdrętwiałe, bez ruchu. Powietrze było stężałe, rzeźwe i bardzo słuchliwe. Nie przepadał szmer choćby najlichszy. Bełkotały nie wiadomo gdzie jakieś strumyki. Z dolin od wsiów, zatopionych we mgłach, dochodziły piania kogutów i niespokojne naszczekiwania. A gdzieś z południowej strony, jeno daleko, daleko, zadrgały głucho i trwożliwie jakby bicia dzwonów i brzask pożarów zatlił się w mrokach krwawymi zarzewiami. Zdawały się tam pomnażać czarne chmury skłębionych dymów. Gasło to jednak w świtaniach i ściekało. Natomiast skowronki coraz liczniej śpiewały nad ziemią. Kroki pikiet, brodzących we mgłach, bity akuratnie i miarowo jak wahadła zegarów. Niekiedy zagrzmiał tętent przelatujących podjazdów. Czasem zatargał krzyk straży żądających hasła i twardy zgrzyt odwodzonego kurka! Czuwano wszędzie żarliwie i nieustannie.

Koniuszą, widna nad morzem mgieł niby czarny korab unoszący się w spienionych odmętach, zawrzała ruchem i rozbłysnęła ogniskami. Wstawał również i główny obóz, zatoczony pod górą, nad drogą do Skalbmierza, skryty pod drzewami i cały jeszcze we mgłach. Wielkie ogniska rozkwitały w szarych ćmach czerwonymi krzakami dając niekiedy widzieć majaki oddziałów, zwierających się do wymarszu, chwiejne zarysy łbów końskich, pęki lanc z obwisłymi proporcami lub czarne gardziele harmat. Obóz zawrzał wytężonym ruchem, ale pomimo pośpiechu, z jakim zwijano namioty i upakowywano wozy, nie dojrzał bezładnej gorączkowości, bowiem wszystko odprawowywało się w wymierzonym tempie i wedle komendy. W miarę jeno przybywającego dnia wzmagał się pośpiech i głośniały końskie rżenia, skrzypy wozów, brzękania zaprzęgów, nawoływania i krótkie rozkazy.

Właśnie pod tę porę zadzwoniła gdzieś z góry sygnaturka na znak rozpoczynającej się mszy świętej. Obóz z nagła przybrał postać cichszą i bardziej skupioną. W nieprzejrzanych tumanach i brzaskach ognisk rozszeptały się pacierze jakby szmerem niezliczonych liści. Zaś po rosie spływały z Koniuszy echa śpiewań i przejmujące, dalekie grania organów. Msza odprawiła się prędko, gdyż pokrótce zaśpiewały dzwony ogromnym głosem. I jeszcze były coś rozgłaszały na wszystkie strony świata, gdy na urwistej i krętej drodze z Koniuszy pokazał się oddział kawalerii. Pędzili na dół, ginęli oczom na skrętach, znowu migotali na białej drodze, aż zjechawszy na podgórze przepadli w nizinnych mgłach na długą chwilę. Pokazali się dopiero za obozem, na wzgórzu znacznie wyniesionym, przy gardzieli szerokiego wąwozu.

Naczelnik się pokazał ze swoim sztabem i asystą konnych wolonterów. Obóz ścichnął, znieruchomiał i dech przytaił. Wszystkie oczy darły się do niego przez mgławe przesłony niby przez ogromną, zapoconą szybę.

Owo w tym momencie słońce się pokazało, ogniste płomienie trysnęły na świat, mgły nagle skłębione zaczęły bić w górę pierzastymi słupami niby dymy z niezliczonych kadzielnic. Wielka chorągiew dźwignęła się przy Naczelniku i zagrała trąbka. W odzewie wszystkie tarabany naraz zabiły, suchy grochot posypał się prędko, mocno, nakazujące i wraz zadudniła ziemia pod krokami tysięcy. Armia ruszyła w pochód.

Wynurzali się spod góry, z mgieł rzednących i leśnych mroków, jakoby z wnętrza samej Koniuszy, owi bajeczni rycerze, śpiący tam od prawieka, którzy gdy pora nadeszła i trąby zagrały, powstali na krwawe boje, na zbawienie ojczyzny.

Zagrzmiała ziemia pod kopytami, zalśniły lance i powiał szum proporców biało–zielonych. Ukazała się straż przednia, oddział wyborowej kawalerii, uformowanej z poszczególnych szwadronów Madalińskiego, Manżeta, Biernackiego i Wirtemberga. Wiódł ich major Rożniecki na ścigłym siwoszu, czwaniąc nim przeróżne obroty. Konie mieli rosłe, suche, zwrotne i o krwie gorącej. Siedział na nich lud dorodny, zarówno towarzysze, jak i pocztowi. Spod wysokich, czarnych czap, przepasanych na skos białymi sznurami i zdobnych w białe kity, widniały twarze ogorzałe, nastroszone, konopiaste wąsiska, oczy niebieskie, a miny srogie. Pierwsze szły szwadrony Madalińskiego pod porucznikiem Zborowskim. Chłopy drapieżnym orłom podobne, ci to właśnie pierwsi podnieśli chorągiew insurekcji; sam żołnierz wyborowy i w ogniu wypróbowany. Porwali się z Różan i Ostrołęki, wymówili posłuszeństwo królowi i hetmanom, a zawróceni spod Warszawy racjami polityki poszli na przebój ziemiami króla pruskiego wycinając mu garnizony, rozbijając oddziały, łapiąc kasy i obalając graniczne słupy. Znaczyli swój pochód trupami knechtów i paleniem pruskich urzędów, rozsiewając blady strach, sięgający aż Berlina! Jechali czwórkami, każdy szwadron z osobna i ze swoimi oficjerami na czele, z karabinami na plecach, z długimi lancami u prawego biodra, pochyleni nieco naprzód, spokojni a uważni.

Sprezentowali broń przed Naczelnikiem i gdy padła komenda, porwali się z miejsca galopem, aż zafurkotały proporce, oficjerskie białe płaszcze wzdęły się na kształt skrzydeł i linia czerwonych pantalonów z białymi lampasami zamigotała rozwianą wstęgą. Za nimi w przepisanym odstępie wyłaniały się głębokie szeregi piechoty. Dwa prawie kompletne bataliony regimentu Wodzickiego. Żołnierz rosły, barczysty, dobrany wzrostem i zgoła w nowym moderunku: granatowe kurty z różowymi rabatami i takież pantalony, obcisłe z lampasami. Na głowach wysokie, czarne kołpaki z wąskimi daszkami, nad którymi trójkątna, wysoka mosiężna blacha z orłem, czyniąca z kołpaka podobieństwo biskupiej infuły; denko czerwone i strojne zakrzywione niebieskie pióro; skórzana podpinka pod brodą; białe flintpasy, ledewerki, czarne z białymi orłami patrontasze, cielęce tornistry przy boku, płaska blaszana flasza u pasa i karabin z nasadzonym bagnetem na ramieniu. Oto była postać tych walecznych żołnierzów. Przed pierwszym batalionem jechał na karoszu major Lukke, a drugim dowodził major Kalk.

Maszerowali w przepisanym porządku, ściśniętym frontem, z doboszami w odstępach między kompaniami i młodszymi oficjerami na bokach. Przeszło tysiąc doborowego żołnierza; ława serc mężnych i oddanych ojczyźnie. Mimo drożnego marszu przeciągali przed Naczelnikiem wyciągnięci i sprężeni jak na defiladzie, rypiąc nogami, aż się otwierało błoto. Krok przy tym trzymali tak akuratnie mierzony, że las bagnetów dawał pozór stalowej, równej szczotki.

Naczelnik pochylając się z konia obejmował ich zadowolonym spojrzeniem, znajdując ich w wyśmienitej kondycji, o czym był nawet mówił do stojących pobok: Zajączka, Madalińskiego, Manżeta i Fiszera.

Potem zazieleniła się niby łan kompania artylerii Deybla: dwanaście armat różnego wagomiaru, cugi dobrane do maści, czarne i w czarnych zaprzęgach. Za każdą półbaterią jaszcze amunicyjne i porządkowe wozy, zielono pomalowane. Konnowody w czerwonych, wysokich rogatywkach z białymi kitami na przodkowych koniach. Kanonierzy w zielonych kurtach z czarnymi obszlegami, przy szablach, w stożkowych kapeluszach z podwiniętym rondem i rozstrzępionymi, białymi piórami, maszerowali z prawej strony, zaś bombardierzy z wyciorami na ramionach i amunicyjnymi torbami, przewieszonymi przez plecy, jak czasu marszu w bliskości nieprzyjaciela, trzymali krok tuż za armatami. Baterie przesuwały się powoli, miejscami nawet utykając, gdyż wozy, jaszcze i lawety zarzynały się w błocie aż po osie. Nieraz wypadało doprzęgać zapasowe cugi, a całą kompanię ruszać do pomocy. Rwały się zaprzęgi, przez co i czasu niemało zmitrężono.

Rudawe, długie cielska harmat, toczące się na niskich łozach, dawały podobieństwo straszliwych krokodylów, jakoby gotowych do skoku. Czekało się, rychło li te potwory zaryczą i buchną ogniem i żelazem.

Dowodził nimi kapitan Laskowski.

Naczelnik lustrował działa ze szczególniejszą uwagą, bowiem na tej broni zwykł był zakładać wielkie nadzieje. Cóż, kiedy ich kwota była w proporcji potrzeb nikczemna!

Nowy grochot bębnów i głuche bicia kroków odwróciły jego zatroskane oczy.

Nadchodził batalion trzeciego regimentu imienia Czapskiego pod kapitanem Waligórskim; ludzi pół tysiąca, różniących się jeno żółtymi rabatami i kapeluszami.

Po nim następował szóstego regimentu Ożarowskiego batalion drugi pod starym pułkownikiem Szyrerem. Batalion wiódł ze sobą dwa działa trzyfuntowe.

Zaczem znowu pokazała się kawaleria długą kolumną zbrojnych mężów i koni wesoło parskających. Czoło kolumny sprezentowawszy broń przed Naczelnikiem ruszyło truchtem. Łoskot bębnów i tętent koni dawał podobieństwo przelatującej burzy. Przemknęło ośm szwadronów Madalińskiego, główna siła jego brygady, wyprowadzonej niespełna miesiąc temu aż hen znad Narwi. Znać było na nich trudy gwałtownych pochodów i nieustannych przerąbywań się wskroś nieprzyjacielskich zasieków. Właśnie o tej porze, gdy już były mgły opadły i słońce zaświeciło im w oczy, łacno dojrzał ich wymizerowanie. Wielu miało jeszcze głowy w zakrwawionych szmatach i na twarzach ledwie podgojone plejzery. Moderunek też pokazował się zszarzany i obdarty, zaś wychudzone, poszerszeniałe konie jeno grały żebrami. Przeciągali jednak miniasto, buńczucznie i z nie osłabłą ochotą na nowe trudy, boje i rany...

Za nimi przejechało również ośm szwadronów z brygady Walewskiego; tych brygadier Manżet osadził na miejscu, że dziw konie nie zaryły nozdrzami w błocie, zasalutował Naczelnikowi i ruszył na czele swojej brygady naprzód.

Ledwie zady ostatniego szwadronu zginęły w wąwozie, kiedy cała droga od Koniuszy zabieliła się jakby śnieżną nawałą i tysiącznymi migoty. Następowała potężna kolumna kosynierów. Prowadził ją Kczewski, bywszy pułkownik regimentu Czapskiego, wraz ze Śląskim i adiutantami. Chłopi pokazali się w zwartych szeregach, niby młody, brzozowy gaj, jednako śmiali, gib– cy i biali. Pokrywała ich niby ruchoma fala maków rozkwitłych, nad którą gęsto chwiały się sine, połyskliwe kłosy pik, kos i bagnetów. Walili mocno, prędko i niefrasobliwie, jakby na procesją. Już tu i owdzie pękały szeregi, łamały się linie i gubili krok, a na widok Naczelnika zapomnieli o wszelkiej subordynacji, bowiem naraz tysiące czerwonych krakusek wyleciało w powietrze i wybuchnął ogromny, niebotyczny krzyk. – Niech żyje Naczelnik! Niech żyje nasz ociec! – I wraz jęli czynić pokłony chorągwiami. Szczęściem następujące tuż piechoty tak potężnie na nich napierały przymuszając do pośpiechu, że przeszkodziły rozsypce całej kolumny, wielu już bowiem darło się na wzgórek do stóp Naczelnika.

– Podwójny krok! Marsz! Marsz! Biegiem! – grzmiał zgniewany Kaczanowski do swoich żołnierzów, następujących na pięty kosynierom. I sprawił, co był chciał, nie dopuszczając większego rozprzężenia. Prowadził bowiem cztery kompanie wyborowej piechoty: dwie z regimentu Czapskiego i dwie Ożarowskiego. Kościuszko powierzył mu asekurację kosynierów. Funkcja była ważna i dowód niemałej wiary w jego zdatność, ale chociaż komendę przyjął, sprawował ją nie nazbyt usatysfakcjonowany. Właśnie w tej materii był się zwierzał Zarębie obok jadącemu.

Po nich już tylko ciągnęły tabory pod osłoną żołnierzy municypalnych Krakowa.

Naczelnik przepuściwszy ostatnie szeregi wjechał na dość wyniosłe zbocze wąwozu i podniósłszy do oczów perspektywę, przeglądał maszerującą armię. Pokazowała mu się garścią znikomą, ledwie się znaczącą w przestrzeniach. Chmurniał nie odpowiadając na jakieś słowa Zajączka, jakby jeszcze raz obliczał te skąpe siły do proporcji wrogów, przeciwko którym wyruszały: sześciotysięczny korpus, powstający zuchwale na wszystką potęgę imperatorowej i króla pruskiego!

Zali to nie szaleństwo?

Spiął konia ostrogą i wymijając żołnierzów, patrzał im w twarze. Każdy starczył na dziesięciu! Mówiły mu to spojrzenia, pełne

89

męstwa i bezgranicznej miłości ojczyzny. Każdy da głowę z uniesieniem! I położyć ją musi!

Dumał podnosząc wzrok na orły szamocące się na chorągwiach: Padniemy wszyscy, lecz krzyk ginących obudzi sumienie powszechności. A skoro raz ocknie się Rzeczpospolita, walczyć musi aż do zwycięstwa!

Skręcił nieco na stronę i polami pospieszał na czoło armii, okryty jakby chmurą oddziałem wolonterów cwałujących za nim.

Zasię wojska, mitrężąc sporą kwotę czasu z racji ciężkich dróg i utykania w błocie artylerii, maszerowały rozciągniętą kolumną, wyginającą się po sfalowanych polach wstęgą rozmigotaną barwami tęczy. Powiewały nad nią proporce i lśniły lasy bagnetów. Czasem zagrała trąbka, zawarczały bębny lub rozdzwoniły się na kamieniach kopyta szwadronów. Świeciło blade słońce, skowronki śpiewały nad głowami wszystką radością, niebo rozpinało się seledynową oponą i tchnienia wiosennej aury przejmowały lubością. A dokoła roztaczał się kraj cudny, wysoki, dziwnie pofałdowany, pełen niespodzianych rozpadlin, długich grzbietów, wąskich dolin, bełkocących wezbranymi potokami, głębokich, mrocznych wąwozów, rodzajnych pól, wiosek, rozłożonych u stóp wzgórz, dzikich pustek, zielonych łąk, czarnych lasów, stawów podobnych do modrych oczów pogubionych w nizinach i szarych skał występujących z ziemi niby pięście gniewnie grożące. Kraj cudny, ale mało sposobny do obrotów większymi masami wojsk i niebezpieczny, gdyż na każdym kroku zjawiały się przeszkody, tamujące poruszenia i mogły czyhać zasadzki. Armia z tej przyczyny posuwała się z wolna i z niezmierną ostrożnością, prawie z palcami na kurkach karabinów. Konne i piesze patrole nieustannie brodziły dokoła z uwagą, przetrząsając najbliższą okolicę, zaś na dłuższych odpoczynkach wojsko przybierało postać wyczekującego napadu wroga. Nie wypuszczano z garści karabinów.

– Jaka nakazana dyrekcja? – zagadał Kaczanowski Zaręby.

– Oczywiście na Skalbmierz; gdzie dalej pomaszerujemy, ani sobie imaginuję.

– A ja wiem jedno: że od Warszawy nadciąga Tormasow, od wschodu czai się tu gdzieś Denisow, od Lublina pospiesza Rachmanow; i Łykoszyn także musi być niedaleko, że idziemy jakoby w nastawiony sak, w który jeśli pozwolimy się wpędzić, to i całej garści kłaków z nas nie pozostanie. Wyszliśmy, aby ich pobić! Szukajże wiatru w polu! Paskudna okolica, na staje nie odkryjesz przyczajonego wroga. Górki, gaiki, białe chatki, strumyki; brakuje tej sielance pasterza z piszczałką i owieczek z błękitnymi szarfami, a byłoby jak na teatrum! – drwił klnąc na przemian.

– Masz podpułkownik humory, jak po occie siedmiu złodziejów! A może jaka kontuzja?

– Sam nie wiem, co mnie do pasji przyprowadza. Chyba bliskość bitwy, którą czuję w powietrzu! A może waść podejrzewa, że mnie tak ekscytuje dowództwo nad kosynierami Kczewskiego? Kawalerski parol, nie pragnąłem tego honoru i sam na tę szarżę doradzałem tego starego kpa. Ślaski z polecenia Naczelnika indagował mnie w tej materii. Wolałem dostać w asekurację tych nowych obywateli. Ho! ho! niech no mi się zachwieją w ogniu, dam ja im bobu! Mniemam, jako na taką okazję długo czekał nie będę. Zobaczysz, jak będą brali nogi za pas!

Zaręba zbył ten przedmiot milczeniem, szło mu o nierównie ważniejszą sprawę.

– Czy istotnie Moskale nadciągają i z tylu stron?

– Prawda, i rachują ich na kilka tysięcy. Naczelnik miał pewne wiadomości, a nie dopuszczając, aby nas przydybali w Krakowie i może wygnietli, postanowił wystąpić naprzeciw. Niemały to azard ruszać z taką garścią!

– Od tego wystąpienia zależy powodzenie insurekcji i przyszłość Rzeczypospolitej.

– Jakby waść słyszał, że takie same racje podawał Naczelnik. Zadanie nasze bardzo ciężkie: trzeba nam nie dopuścić połączenia się nieprzyjaciół, rozerwać sieć, jaką nas chcą ułowić, i maszerować na Warszawę. Tom słyszał w nocy na naradzie w Koniuszy. Tylko Zajączek się temu przeciwił. Nie lubię rudego pyska tej wielmożności. Zawsze stawia veto i wściekły, jeśli nie postawi na swoim. Większy to ambit niźli zdatność. A przy tym przybiera pozór srogiego jakobina, żeby łacniej przycinać każdej zasłudze i cnocie!– mówił z nietajoną niechęcią.

– Trudno o bardziej utrafiony konterfekt. Cóż to za wsie przed nami?

– Pierwsza nad drogą Imbramowice, zaś tamta za nią, nieco na prawo, Gruszów – objaśniał zaglądając do marszruty – tam właśnie mamy wyznaczony dłuższy odpoczynek. Piechota już nawet sięga opłotków. Naturalnie, do chałup się nie dociśniemy, przyjdzie nam rozkładać się na błocie. Żeby nas tylko nie ugościł jaki rzęsisty deszczyk! – szepnął wskazując na długą szarą chmurę, zaciągającą słońce.

Naraz w Imbramowicach czy też gdzie za nią zatrzeszczały karabinowe wystrzały, zrazu pojedyncze, rozsypane i bezładne, a po chwili już regularnymi salwami.

– Baczność! Formuj się w kolumnę ściśniętą! Kolumna przez lewo w tył – zwrot! – zakrzyczał Kaczanowski, bowiem już cała armia drgnęła gwałtownie wstecznym rochem. Bębny biły krótkim, groźnym werblem. Zagrały trąbki kawalerii. Komendy grzmiały ze spokojną mocą. Adiutanci pędzili z rozkazami, aż koniom grały wątroby. Wojska cofnąwszy się nieco, rozwijały się na polach szerokim frontem przed Imbramowicami. Piechota wzięła stanowiska z obu stron drogi, armaty zatoczono w przerwy i na boki, kawaleria stanęła na flankach, rezerwy na wskazanych sobie miejscach, zaś kosynierzy sformowani w ściśniętą kolumnę, strzeżoną na skrzydłach przez kompanię Kaczanowskiego, pozostali na drodze jakby wrośnięci w ziemię. Tyralierskie łańcuchy czołgały się z karabinami gotowymi do ataku. Kiedy armia ustawiła się do bitwy i jakby zakrzepła w miejscach, strzały rozległy się mocniej, gęściej i bliżej. We wsiach wybuchały straszne lamenty i krzyki. Czasami dochodziły tętenty koni, wrzaski jakieś nieludzkie i głuche szczęki broni. Wrzask podniósł się niebosiężny, gdy jakaś chałupa w Gruszowie stanęła w ogniu i wystrzeliły fontanny czarnych dymów. Wojska jednak stały nieporuszone, twarze były skupione w zasłuchaniu, oczy błyszczały żywiej, serca się tłukły niby spętane ptaki, a garście silniej ściskały kosy, lance czy karabiny.

Naczelnik raz po raz ukazował się przed frontem z trębaczem, otrębującym rozkazy. Jakieś szwadrony, odłamujące się z flanków, wymykały się gdzieś na strony.

– Już ich docinają, ani jedna kozacka noga ujść nie powinna – powiedział Fiszer osadzając konia przy Zarębie.

– Chwała Bogu, doda to wojskom ducha.

– Ba, nie wiadomo, czy za tym podjazdem nie następują główne siły. Na razie nic jeszcze pewnego. Trzeba czekać! – szepnął i pognał do taborów pozostawionych dalej. Zaległo uroczyste milczenie jakoby w czas nabożeństwa, wojska stały z przytajonym tchem, zasłuchane w odgłosy potyczki, która zdawała się przetaczać ze strony na stronę; wieś i sady zasłaniały walczących, lecz już słyszeć się dawały coraz bliższe wrzawy, tętenty i gorączkowe, prędko następujące salwy. Wkrótce zaś na polach z prawej strony Imbramowic pokazały się konie bez jeźdźców, zbiesione, całe w pianie i pędzące na oślep. Potem kilkunastu kozaków, leżących na końskich karkach, rwało ze wszystkich sil próbując się przemknąć pomiędzy wzgórzami a kawalerią stojącą na swoich stanowiskach. Szwadrony ani raczyły spojrzeć na tę czerń uciekającą w popłochu, natomiast tyralierzy, przyczajeni w zaroślach, przywitali ich z boku rzęsistym i celnym ogniem; kilku spadło na ziemię, a reszta, snadź oprzytomniona strzałami i widokiem wojsk, zawróciła w miejscu z niesłychaną sprawnością i akuratnie pod nastawione lance nadbiegających dragonów Zborowskiego. Na oczach wszystkiej armii zawiązała się krótka, rozpaczliwa walka. Kozacy zwartą kupą i rozpuściwszy konie uderzyli pikami. Dragoni gruchnęli z pistoletów. Wstęga ognia i dymów przeleciała. Zamigotało kilkadziesiąt szabel siekąc bez pardonu. Splątany wir ludzi i koni okręcał się dokoła, jak kiedy wicher pochwyci kupę zwiędłych liści, zakotłuje nimi, zatarga, rozmiecie a kręci bezustannie niby wrzecionem. Nie sposób było rozeznać ludzi w tej zawierusze, zaledwie dojrzał oszalałe skręty koni i migotania szabel. Czasem złowrogo zgrzytnęły żelaza, koń wypadał z odmętu, raz po raz buchał chrapliwy, nieludzki krzyk i raz po raz jakiś człowiek spadał pod kopyta. Wszystko odprawiało się tak błyskawicznie, że nim się dobrze przyjrzano, kozaków już nie stało; dragoni roznieśli ich na szablach, porąbali, zatratowali i na głos trąbki, nie chowając okrwawionych szabel, ruszyli z powrotem.

Chłopstwo rzuciło się łapać konie, obdzierać zabitych i zbierać rozrzuconą broń.

Wojska snuły najszczęśliwsze horoskopy z tej zwycięskiej potyczki, ale wciąż czuwały z bronią u nogi, gotowe na każdą okoliczność. Oficjerowie stali na swoich miejscach, dobosze czekali z podniesionymi pałkami, trębacze z trąbkami w rękach. Zapalone lonty dymiły cienkimi pasmami, amunicyjne jaszcze były otwarte, paszcze armat narychtowane, kanonierzy na swoich miejscach, cugi z przódkarami również.

Czas dłużył się wszystkim niezmiernie; głód już skręcał kiszki, drętwiały nogi, ciężyła broń, niejednego morzył sen, lecz co pewien czas wstrząsał znieruchomiałymi szeregami krótki, twardy głos komendy:

– Baczność! Stać! Baczność!

Tak przechodziła godzina za godziną. I tak przeszła reszta dnia. Słońce skryło się za wyniosłymi, lesistymi wzgórzami, cień padł na niziny i chłód wstawał z przemiękłej ziemi.

Zmierzch sypał na świat szarym tumanem zimnych oparów. W pierwszej z brzega chałupie Imbramowic odbywała się narada, badano rannych jeńców i wyczekiwano z rosnącym niepokojem powrotu rozesłanych podjazdów. Było już zupełnie ciemno, gdy pojawił się znowu przy Zarębie Fiszer.

– Nareszcie! Już mnie diabli biorą z wyczekiwania! – zagadał Kaczanowski.

– Rozkaz Naczelnika! – zasalutował podając mu długi, nie zapieczętowany karteluszek,

– Nim skrzeszą ognia i przeczytam, dostanę z ciekawości pypcia na języorze.

– Nie ma sekretu, powtórzyć mogę: "Podpułkownik Kaczanowski natychmiast obsadzi swoimi kompaniami Imbramowice i weźmie pod szczególny dozór trakt do Skalbmierza. Na okoliczność pojawienia się nieprzyjaciela w ciągu nocy zatrzymywać go ma jak najdłużej, zbada jego siły i cofać się będzie do głównych sił. W razie spokoju opuści pozycje o świcie."

– Widzę, dyspozycje odmienione. Nie idziemy już na Skalbmierz? – ledwie wykrztusił.

– Zmieniły się okoliczności. Armia pomaszeruje akurat w przeciwną stronę.

– Przebóg, czyżby od tamtej ściany już nam zagradzali drogę!

Fiszer pochyliwszy się z siodła szepnął im z trwożnym naciskiem:

– Mówię sub secreto: jesteśmy jakby otoczeni z trzech stron! Tylko cicho, na Boga!

– Bywało się w gorszych opałach! Zmienia to jednak postać rzeczy. Rozkaz to rozkaz, ale jakże mi odpowiadać za dobry skutek bez armat i choćby szwadrona kawalerii?

– Zapomniałem dodać, że dwa granatniki i jedną sześciofuntówkę już prowadzi waszmości porucznik Małachowski. I stawi się na rozkazy szwadron z brygady Manżeta!

– Cóż postanowiono względem kosynierów? pytał Zaręba, głęboko poruszony wieściami.

– Pułkownik Kczewski już dostał rozkazy. Pozostaną przez noc na tych polach, zajmą miejsca wojsk odchodzących na nowe pozycje. Mają się tak roztasować i tyle zabrać miejsca, jakoby biwakowała wszystka armia!

– Fortel dla zamydlenia oczów! Z tego konkluduję, jako Moskale gdzieś blisko!

– Być może, jako aktualnie już patrzą na nas z tamtych gór z prawej strony i na wprost! – wskazał pogarbione i czarne linie lasów, oddalone zaledwie o parę wiorst. Jasne niebo wydawało ich stromość i rozległość. – Mości poruczniku – zwrócił się do Zaręby – Naczelnik przyzywa cię do swojego boku. Do fortunnego jutra, panie podpułkowniku! – popędzili spiesznie w stronę Imbramowic.

Kaczanowski z prawdziwą przykrością rozstawał się z Zarębą, wobec jednak wyraźnego rozkazu jeno zaklął siarczyście i przystąpił gwałtownie do wypełniania poleceń wodza. W jakąś godzinę wszystko było dokonane na godne przyjęcie wrogów i wieś pogrążona w ciemnościach i ciszy dawała obraz jakby wymarłej.

Równocześnie i kosynierzy rozkładali się na opuszczonych przez wojska stanowiskach. Zatoczono bardzo szerokie obozowisko. Rozbito kilkadziesiąt namiotów, a kilkaset niewielkich ognisk, rozrzuconych bezładnie i na dużej przestrzeni, buchnęło w niebo czarne niby smoła. Rozmigotała się cała nizina, wrząca już niemałym gwarem i krętaniną. Zwłaszcza po gorącej strawie, kiedy przedzwoniły kociołki, humory jęły się podnosić i coraz swobodniej ujawniać. Wielką do tego przyczyną okazały się żołnierki, jakie były ściągnęły do obozu wraz z taborami, każdą bowiem obsiadły kupy parobków, suszących do nich zęby i po swojemu baraszkujących. Juści, dłużne nie pozostawały, że zaś gęby miały wprawne i w słowach nie przebierały, to niefrasobliwy śmiech nieustannie rozlegał się przy ogniskach. A że starszyzna niczego nie wzbraniała, więc doszło do tego, iż gdzieś w środku obozu zagrała chłopska kapela: skrzypki rżnęły od ucha, bębenek warczał i basy pobekiwały drygliwie do wtóru, że tu i owdzie prawie same nogi jęły przytupywać i jakieś zawadiackie piosneczki wylatywały niby pobrzękiwania pasików. Obóz przybierał postać odpustowego zbiegowiska, lecz z dala mógł się istotnie wydawać obozem wielkiej armii, dufnej w swoją siłę. Nieposkromione śmiechy, śpiewy, grania i światła rozchodziły się daleko w nocnej cichości. Z wolna też i ludzie ze wsiów pobliskich: z Imbramowic, z Gruszowa, ze Smoniowic, przywabieni tym zgiełkiem, ściągali pośpiesznie całymi gromadami, jakby na dziwowisko. Stawali zrazu z daleka, nieśmieli, rozciekawieni, a nie mogący zawierzyć własnym oczom.

Jakże, toć za dnia widzieli tysiące maszerującego wojska, tysiące konnicy przewalało się drogami, poszóstne cugi ciągnęły harmaty, szły nieskończone wozy, widzieli starszyznę na wspaniałych

koniach: a tu jeno pokazywały się oczom same chłopskie twarze i chłopskie ubiory! I odprawowała się zabawa niby na jakimś chłopskim weselu! Ki diabeł poprzemieniał! Przecierali sobie oczy.
– Patrzajta no, ludzie! Samo chłopskie wojsko! Parobki z Rzędowic, z Żydowa, z Koniuszy i ze wszystkich okolicznych parafii! Sami nasi! – dziwowali się niepomiernie, przysuwając się coraz bliżej. Bartosz zapraszał do ognisk, a straże nie wzbraniały. I nabrawszy śmiałości runęli całą kupą do obozowiska. I dalejże witać swojaków obłapiać się z nimi, a cieszyć. Niejedna matka ułapiła za szyję swojego chłopaka i niejedna dziewczyna. Końca nie było uciechom, gawędom i radościom, oblewanym rzęsistymi łzami powitań.

Pułkownik Kczewski rozkazał pejzanów należycie ugościć. Do nóg mu padły starce w podziękowaniach, czym głęboko poruszony kazał im przynieść gorzałki wysłuchując przy tym długiej litanii błogosławieństw.

Godnie się też odpłaciło chłopstwo za ten przyjacielski traktament, gdyż niezadługo zjawiły się całe wozy naładowane żywnością, zaś prócz tego wiedli na postronkach spasione wieprze, wiedli cielęta i barany nie rachując już drobiu.
– Co to znaczy? Dla kogo? – pytał zdumiony obfitością darów pułkownik.
– Melduję pokornie: Dla wojska! Dla Polski! – odpowiadał prosto Bartosz.
– Żeby ordynaryjne chamstwo miało tyle czucia dla ojczyzny! Świat się przewraca do góry nogami – myślał pułkownik nie mogąc tego wymiarkować. Schronił się pod namiotem rozbitym z dala od gwaru, nasłuchując szemrzących borów, zali nie wydadzą jakichś zdradnych nieprzyjacielskich zamysłów. Ślaski z kapitanem Casparim zawieruszyli się gdzieś z chłopami, więc sam był przymuszony czuwać nad bezpieczeństwem wszystkich niby żuraw. Co pewien czas lustrował straże i przez Bartosza, warującego przy nim nieodstępnie, utrzymywał czucie z Kaczanowskim. A czas mu się przy tym dziwnie przedłużał i ze wzmożonym niepokojem wyczekiwał świtania. Jeszcze do niego było daleko, zaledwie dziesiątą wydzwonił mu do ucha pektoralik. Noc też stawała się coraz ciemniejsza i od zachodu podnosił się wiatr, staczał się niekiedy ze wzgórz i ze świstem roznosił głownie ognisk.

Tymczasem główna armia, zaraz, skoro się ściemniało, wziąwszy się z miejsca na lewo, ruszyła między wsie Przemęczany a

Radziemice, drogą wielce błotnistą i stopniowo wznoszącą się pod górę. Wojska opuszczały swoje pozycje w największej cichości, oddział za oddziałem i nieznacznie wsiąkały w gęstniejącą noc. Zapadała taka nieprzenikniona ciemność, że na krok nic nie rozpoznał i każdą kompanię czy szwadron musiał prowadzić wytyczny w asyście chłopów, znających wszystkie okoliczne wertepy. Posuwano się też jakby po omacku, krok za krokiem i ze ściśniętymi kolumnami. Błoto tłumiło żywsze odgłosy. Koła wozów i harmat, pokręcane słomą, zaledwie dawały znać o sobie. Nikt się nie mógł odezwać głośniej. Oficjerowie szeptem wydawali rozkazy. Wzbroniono palić lulki. A za Radziemicami, na zboczach porytych starymi łomami wapniaka i pełnych głębokich, zalanych jam i pułapek, kawaleria poprowadziła konie za uzdy, że cały ten pochód dawał podobieństwo jakby czarnej chmury, pełzającej niepowstrzymanie wskroś pól i wzgórz, porośniętych krzakami. Zaś te stąpania tysięcy ludzi i koni, nie dojrzanych w ciemnościach, dawało impresję, jakby plusku nieustannej ulewy czy wodospadu. Podobieństwo utwierdzał głuchy turkot jakiegoś młyna od strony Radziemic. Dopiero kiedy poruszył się wiatr i zaszumiały lasy, nic już nie zdradzało pochodu wojsk. Tylko w ciemnościach przydrożne drzewa siekły gałęziami po twarzach, że żołnierz kłął w rozdrażnieniu drogi, kamienie, noc i wszelkie zawady, zwłaszcza iż z chwilą wymarszu niepokój jął się wdzierać do umysłów. Nie potrafili wymiarkować, co się stało. Czemu zbaczają z drogi wytkniętej rano i zgoła w niewiadomym kierunku? Co znaczy ten marsz nocny, prawie ucieczka, i do tego po takich psich wertepach? Lęk przejmował serca. I jakby na cięższą udrękę i podsycanie obaw z opuszczonych pozycji leciały za nimi wzmagające się wrzawy i świeciły coraz jaskrawsze łuny. Czyżby to nieprzyjaciel rozkładał się na ich dawnych stanowiskach? A może już następują? Skóra cierpła na takie przypuszczenie i niejeden mimo woli przyśpieszał kroku. Trwożne szeptania wrzały w szeregach i oczy odwracały się z utajoną obawą. A prawdy nie wiedzieli nawet oficjerowie maszerujący wraz ze wszystkimi. Na krótkich odpoczynkach przykładano uszy do ziemi: żadnych tętentów ni oznak pogoni ani żadnego podejrzanego głosu, nic, jeno poszumy wiatru, bełkoty jakichś rzeczułek i niekiedy rżenia końskie.

– Marsz! Marsz! – popędzały ciche rozkazy; żołnierz brał broń na ramię, prostował grzbiet i maszerował dalej już znacznie spokojniejszy.

Mijali jakieś wsie zacieśnione kamiennymi płotami, a strasznie błotniste; jakieś wody, ledwie siwiejące z nocy, mieli po jednej, to po drugiej stronie; jakieś orne pola sprawdzały nogi, utykające na czubatych zagonach i w głębokich bruzdach. Kościół podobien wyniosłej skale zamajaczył na chwilę. Głębokie wąwozy, obrośnięte lasem, że tylko nad głowami szarzał pas nieba, zanurzały ich w ciszę i noc jeszcze czarniejszą. Czasem przeprowadzały ich drzewa wyciągnięte nad drogą niby pikiety sprężone w powinnej postawie. Niekiedy podnosili się na obnażone grzbiety zasiane głazami, gdzie było znacznie widniej i przestronniej, a wiatr krzyczał przeciągle w same uszy i uderzał rozkolebanymi barami.

I tak przechodziły długie, zda się, nieskończone godziny.

Sen kleił powieki, ciężyła broń, nogi się plątały i niejednemu tak się już troiło w głowie, iż byłby utknął nosem w jakim rowie i pozostał tam bez pamięci, lecz z racji zwartych szeregów płynęli niepowstrzymanie naprzód, jak rzeka wezbrana w ciasnym łożysku i tocząca się ciężarem masy i nabranego rozpędu.

Było już dobrze po północy, gdy armia się rozłożyła na jakimś polu osłoniętym lasem zacisznym i na tyle widnym, że można było rozpoznać mrowiących się po nim ludzi Żołnierz przysiadał, gdzie był stanął, i nie wypuszczając broni zabierał się skwapliwie do sucharów i manierek.

Pole było nieco spadziste i na samym dole, przy drodze, szarzało jakieś domostwo, w którym rozkwaterowała się główna kwatera.

Zaręba, chociaż całą drogę przebył w orszaku Naczelnika i parę razy był przyzywany do jego boku, nie kwapił się wraz z drugimi do ciasnych izdebek, tak się bowiem czuł śmiertelnie przemęczony, że pozostał na dworze, koniowi popuścił popręgi, okręcił się burką i przycisnąwszy się do ściany natychmiast zasnął. I nic go nie potrafiło rozbudzić, nawet Górski próbujący się z nim koniecznie rozmówić. Koń snadź również znużony położył się przy nim i tak spali obtuleni w noc i ciszę, jaka wnet ogarnęła wszystek świat. Obóz jakby zamarł. Nawet główna kwatera nie dawała znaku życia, przysłonięte okno broniło od ciekawych. I wiatr z wolna przestawał szumieć.

Czuwały jeno konne i piesze pikiety gęsto porozstawiane.

Równo jednak z pierwszym świtem, kiedy niebo na wschodzie pobielało i wierzchoły gór wynurzały się z morza ciemności, Naczelnik ukazał się przed kwaterą, skoczył na konia i tylko w asyście Zajączka i trębacza pomknął ku Janowiczkom. Nim straże zdążyły sprezentować broń, już go przysłoniły drzewa niedalekiego parowu.

Wraz też zabito werbla i wojska w jednej chwili porwały się na nogi.

Dzień czwartego kwietnia 1794, wypadający w piątek, ów nieśmiertelny racławicki dzień, podnosił się jasny, przejęty cichością i operlony rosami. Zorze rozkwitały na wschodniej stronie i w ich purpurowych brzaskach zaświergotały pierwsze skowronki. Powietrze dyszało wiosną. Rosa siwą wełną pokrywała ziemię i drzewa. Świat z wolna wyłaniał się z chaosu nocy, jakoby w czas stworzenia, i oczom tkliwym na powaby natury pokazował się w dzikiej, pierwotnej urodzie. Okolica jawiła się w szczególniejszej piękności: górzysta, przeorana parowami, strojna tu i owdzie w lasy i w zielone płachty ozimin, a patrząca siwymi oczami stawów i rozlewisk. Pod wzgórzami w szarych mrokach świtań przebłyskiwał kręty Cieklec srebrzystymi pasmami migotów. Dzwoniły jakieś niewidzialne ruczaje i poniki. Ale mało wielbiono te cuda, jakie był jasny dzień odsłaniał, bowiem oczy przetarte z krótkiego snu orały z niepokojem w mrokach i głuchych dalach.

Obóz pogrążony jeszcze w cieniach zawrzał zwyczajną krętaniną i codziennymi zabiegami. Żołnierz zajmował się jakby do wymarszu na paradę. Rozlegały się śmiechy, żarty i złośliwe uwagi; lecz spodem tej piany codziennych zabiegów krążyły wieści szeptane do ucha i jakieś słowa krakały o bliskości nieprzyjaciela, o jego ogromnych siłach i o nieuniknionej bitwie. Wiedziano tam, z czym powracają rekonesanse i w jaką stronę zmierzają nowe podjazdy, przemykające się skrajami lasów i ciemnymi jeszcze parowami. Stary żołnierz, czując wzbierające nad głową niebezpieczeństwo, tym żarliwiej opatrywał broń, zakładał świeże skałki i próbował ostrza lanc i bagnetów. Nie uszli też powszechnej uwagi pomimo oddalenia oficjerowie wyczekujący Naczelnika przed główną kwaterą ni ich zasępione twarze i tajemnicze narady.

Jakoż istotnie, w miarę podnoszącego się dnia, twarze ich chmurniały zdradzając źle maskowane zgryzoty. Wielka planta, rozłożona na stole wyniesionym pod chałupę, ściągała wszystkich do siebie. Raz po raz ktoś nad nią nisko pochylony wodził palcem po liniach i znakach, a potem odwracał zatroskane oczy na okolicę, coraz jaśniej na widok występującą.

Generał Madaliński w kudłatej burce na ramionach i w czerwonej, wysokiej konfederatce promenował się przed domem okrążając wielką gnojówkę, na której gdakało całe stado wystraszonych kur, przystawał niekiedy i powlókłszy oczami po szeregach formujących się na polu, ruszał dalej i coraz niecierpliwiej szarpał jasne, nastrzępione wąsy. Brygadier Manżet, coś dziwnie ponury, kołysząc się na pałąkowatych nogach, rozmawiał w drzwiach z majorem Lukką. Kapitan od artylerii Laskowski otoczony towarzyszami wskazywał na plancie strome zbocza i kręte górskie drożyny i klął siarczyście. Stary pułkownik Szyrer szeptał do ucha krępemu kapucynowi, a kwatermistrz Wasilewski siedząc na przyzbie gwizdał.

Wolontery z Górskim na czele stali na stronie przy swoich koniach.

Niepokój brzmiał w szeptach, czaił się w oczach, rył się w twarzach i szarpał sercami. Rozmawiali, a oczy mimo woli brodziły po lasach i uszy nasłuchiwały. Sytuacja bowiem przedstawiała się groźnie, a nawet wprost beznadziejnie.

Wojska zajmowały podłużne płaskowzgórze, ostro wynoszące się z południa ku północy, od zachodu zamknięte zboczami ściętymi równo jakby nożem; od wschodu bagnistą niziną, przerżniętą strumieniami, za którymi gwałtownie podnosiły się wzgórza porośnięte lasami; zaś od południa leżały wysokie grzbiety Górki Kościejowskiej. Jakoby żelazna obręcz więziła armię znajdującą się w kotlinie. Pozycja pokazywała się pułapką prawie bez wyjścia. Pogorszały jeszcze sytuację zwarte lasy, głębokie parowy, mokradła i strome zbocza, niezmiernie utrudniające wszelkie ruchy masami. Na północy za dziemierzyckim dworem wynosił się bór, przerwany parowami i lasami, a łącząc się z lasami Marchocic i Racławic wielką płachtą spływał po spadzistości do drogi wiodącej z Dziemierzyc do Janowiczek. Na wprost tej drogi, stanowiącej oś rozłożonej armii, nad dworem. Janowiczek wyrastało Zamczysko, góra podobna do olbrzymiego kopca i przenosząca wszystko swoją wysokością; od niej na prawo, niby zastygłe fale, rozchodziły się kamieniste grzbiety Górki Kościejowskiej, Wrocimowic, Lelowic Górnych i będzińskie lasy, niby potężny amfiteatr, piętrzący się zwałami wzgórz i borów.

I właśnie ów amfiteatr zajmowali Moskale.

Podjazdy doniosły, że już obsadzili Marchocice, Racławice, Zamczysko, Górkę Kościejowską i Lelowice Górne, czyli wszystkie wyżyny i wszystkie wyjścia.

Zagrodzili drogi od północy, od południa i od wschodu i przyczajeni po lasach na dogodnych, górujących stanowiskach, pięćkroć liczniejsi czekali gotowi.

Jedynie wolna strona od zachodu, w razie przegranej i odwrotu, strome zbocze Smoniowic było nieprzebytą tamą i stawało się grobem. Nie pozostawało jak zwyciężyć lub zginąć. Rozumiał to Madaliński i rozumieli wszyscy zebrani oficjerowie. Generał nie stracił ducha i wyszedłszy na szersze pole przed formujące się oddziały, z perspektywą przy oczach uważnie lustrował okolice, a zwłaszcza płaszczyzny nadające się do działań kawalerii. Fiszer z konotatką w ręku nazywał każdą miejscowość i objaśniał. Madaliński długo medytował nad położeniem, ale powróciwszy rzekł:
– Tak czy owak, a z tej diabelskiej matni wyrąbać się musimy! I wyrąbiemy się, panie generale! – wraz odpowiedzieli w najgłębszym przekonaniu. Szczególniejsza zaszła przemiana we wszystkich; bo o ile z początku dręczyły ich niepokoje, obawy i wszystko jawiło się w najposępniejszych farbach, to obecnie, gdy każdy już zważył całą grozę położenia i zajrzawszy śmierci w oczy, własnej duszy się spowiadał, nabierali cale innego animuszu. Prostowały się hardo postacie i spojrzenia skrzyły się ogniem dumy i pewności. Jakby właśnie w tę porę wschodzące słońce rozpalało w nich radość i dziką moc męstwa. I ani kto mógłby imaginować okoliczność klęski! Lwie serca biły zgodnie jedną wiarą i pewnością. Wróg zapędził ich w matnię!
– Wyrąbiemy się! – wołali z żelazną determinacją. Wróg pięćkroć silniejszy, ma potężną artylerie, zajął górujące stanowiska, może atakować od razu z trzech stron. Zali kępa trzcin oprze się huraganowi?
– Niechaj uderza! Czekamy! Tym chwalebniejsze będzie zwycięstwo i większy tryumf – odpowiadały wszystkie czucia zestrzelone w jedno pragnienie i w jedną pewność.
Kwestia była rozstrzygnięta, że poniechano tej materii. Rozmowy potoczyły się o innych sprawach, dopomagał do nich żarliwie Fiszer swoimi żartami, wesołą twarzą i niefrasobliwym śmiechem. Miał zawsze jakąś facecję do opowiedzenia.
Baczność, Biegański ucieka z jakimś skarbem! – zwrócił uwagę na adiutanta, który z ogromnym garem w rękach wyszedł spoza węgła chałupy i siadł na przyzbie.
– Kto by sięgnął po mój skarb, weźmie w łeb! – groził wesoło Biegański. Jakaś bosa babina, podkasana do kolan, a z głową omotaną w czerwoną chustę, niosła za nim miskę runtową i jajka w podołku koszuli. Nalał w michę, trzymającą ze dwa garnce, wybił

w nią jaja i przyprawiwszy w należytej proporcji pieprzem i solą przywołał Zarębę, frasującego się pod krzywą wiśnią sumiennie ogryzaną przez jego konia. Porucznik przypiął się do miski z niekłamanym zapałem. Znalazły się wnet i dwa cudne charty Manżeta oraz kilka kundlów skomlących na stronie. Nie wytrzymał również i Fiszer z paru towarzyszami. Byli ciekawi tej uczty.

– Ordynaryjny chłopski żur na osikowym kołku, tyle że zasypany kaszą, omaszczony pół kopą jaj i śmietaną. Niegodne to waszych brzuniów, mości panowie – dworował Biegański – i ma tę przykrą właściwość, rozdymę, co w bitwie czy marszu może być przyczyną wielce ambarasujących przypadków. Zaręba, spieszysz się, jakby cię gonili! Siadaj, Fiszer! Jeśli za nic uważasz swoje zdrowie, spróbuj! No, raz, dwa, trzy! Halt, dosyć!

– Specjał, jak Boga kocham! Każę nagotować dla Naczelnika. Hej, babuś, sam tu!

– Niech Pan Bóg opatrzy, księże kapelanie! – zakrzyczał naraz wystraszony Biegański do kapucyna kierującego się w ich stronę. Uśmiechnął się pobłażliwie i poszedł dalej.

– Przepaścisty niczym studnia; widziałem wczoraj na Koniuszy, jak nalał w siebie spory cebrzyk maślanki. Miałby tego żuru na jeden łyk – usprawiedliwiał się Biegański. Naczelnik powrócił z Zajączkiem i zniknął w chałupie. Fiszer poleciał za nimi, a reszta oficjerów się rozproszyła. Dojadali już spokojnie, kiedy pole przed kwaterą rozbieliło się szeregami kosynierów. Kczewski ze Śląskim poszli do Naczelnika, zaś Kaczanowski oddawszy konia ordynansowi przysiadł się do Zaręby.

– Jakże tam przeszła noc? – spytał porucznik – zaszły jakieś przeszkody w marszu?

– Owszem, noc spokojnie, a ranek syto! Wyruszyliśmy późno, pokazało się bowiem, że zniknęło kilkunastu chłopów. Znaleźli ich po wsiach u swoich bab pod pierzynami. Zwojujże świat z takim żołnierzem – dał upust niechęciom. – Cóż Moskale?

– Leda chwila dadzą znać o sobie. Jak waszmość znalazłeś wojska?

– W doskonałej kondycji. Baraszkują niby w koszarach. A jakiż duch w sztabie?

– Pewni, że jak nas nie pobiją, to my ich rozniesiemy! – ruszył dowcipem Biegański.

– Nie pora na krotochwile! – powsiadł na niego Kaczanowski.

– Naczelnik wzywa waszmość podpułkownika! – meldował Fiszer asystując mu do kwatery. Biegański popędził za nimi. Zaręba zaś zawiesiwszy koniowi torbę z owsem poszedł wałęsać się między

wojskami już gotowymi do wymarszu.
Cudnąż bo przybrały postać owe dziemierzyckie pola, pokryte
rozwiniętymi oddziałami. Tysiące proporców igrało z porannym
powiewem; tysiące lanc i bagnetów kwitnęło długimi zagonami,
okrytymi jakoby źrałym, kłosistym zbożem.
Rżały konie gryząc wędzidła i grzebiąc niecierpliwie nogami.
Wiały pióra i kity przy czapach i kapeluszach. Wiały chorągwie i
znaki. Mieniły się w słońcu barwy.
Tysiące srogich, żołnierskich twarzy czekało jeno znaku; tysiące
oczów płonęło nieulękle; tysiące wiernych, polskich serc rwało się
do walki za wolność i ojczyznę.
Stały głębokie szeregi piechoty z bronią u nogi. Falowały nieco,
niby wody poruszane ukrytym nurtem, brygady kawalerii.
Szczupła artyleria w pochodowym ordynku zalegała część drogi. A
nieco niżej przy parowie, wiodącym do Janowiczek, i dokoła
głównej kwatery szumiały chłopskie zastępy, pstre od kapot,
rozmigotane kosami, czerwonymi ferezjami i rogatywkami. Przy
nich niby owczarki pilnujące stada stały kompanie
Kaczanowskiego.
Słońce świeciło jasno i niezgorzej dogrzewało. Powietrze niosło
upajający smak wiosny. Skowronki śpiewały nad głowami. Od
lasów pociągały zapachy, że aż w nozdrzach wierciło. Szwadron
Zbrowskiego przystroił się w całe pęki niebieskawych
przylaszczek, zaś drugie zatykały za kokardy kołpaków zielone
gałązki choiny, jakby na jakieś gody. Boć i zgoła weselna dyspozycja
przepełniała serca. Żołnierz był niezgorzej wypoczęty, syty,
gorzałką skrzepiony, ochotny do bitki, a wszystek bujnym
animuszem wrzący. Wzmogły się jeszcze humory, gdy wraz z
taborami pokazały się żołnierki. Radosny szmer poszedł po
szeregach. Prawie co parę kroków dojrzał szepcące pary. Kobiety
wieszały się u boków mężów i przyjaciół. Dzieci wesoło harcowały
za rozwiniętymi frontami. Wiwandierki z baryłeczkami na pasach i
z kramami pełnymi różności kręciły się między żołnierstwem,
witane przyjaźnie. Jurkowa, szczególniej uważana w regimencie
Wodzickiego, ze łzami witała kamratów.
A sierżant Derysarz, ukontentowany jej widokiem, wystąpił
szarmancko:
– Jurkowa, mocium tego, o ślicznych kolorach niby róża!
– Ktoś w nią z bliska nadmuchał, to się przez noc rozwinęła–dociął
któryś z gemejnów.
– Dmuchnę ja ci w ucho, aż ci się w ślepiach zaróżowi! –

odkrzyknęła ze śmiechem.

– Cały regiment wyglądał pani Jurkowej! – podchlebiał stary podoficer Mikołajczyk.

– Rada bym była przylecieć choćby na skrzydłach, ale przez tych parobów zmitrężyliśmy niemało czasu. Maszeruje to chłopstwo niczym krowy na jarmarek. Pułkownik aże zbladł ze złości! Pono na srogą bitwę się zanosi? – spytała ciszej.

– Jatki tu będą, moja pani Jurkowa, prawdziwe jatki. Właśnie na tę okoliczność chciałbym coś poradzić – rzucił tajemniczo, odciągając ją na stronę. Nie zdążył jednak, bowiem w tejże chwili wybuchnęły wrzawy, tupania i śmiechy.

– Szarak! Huzia go! Łapaj! Bierz go! Huzia! – zakrzyczeli z szeregów. Zając sadził polami dziemierzyckimi, a prosto na wojska. Gnały za nim chłopskie kundle zawzięcie naszczekujące. Sadził szczupakami nie zważając na wrzaski, psy zostawały coraz dalej. Naraz zabielały z prawej strony charty Manżeta biorąc go w swoje obroty. Szarak, snadź stary gracz, jednym susem przesadził głęboką drogę do Janowiczek i rwał jak szalony w stronę dziemierzyckiego dworu. Charty śmigały za nim niby białe strzały. Skręcił gwałtownie w prawo. Przeleciały go w zaślepieniu. Zdążył się znacznie odsądzić. Dojrzawszy fortel rzuciły się w pogoń wyciągnięte jak struny, prawie nie dotykające ziemi Wojska umilkły, czekano końca z zapartym tchem i z jakąś zabobonną ciekawością.

Szarak dobywał ostatnich sił; naraz wywinął młynka i zbiwszy ich z tropu przejechał im pod samymi nosami. Zaskowyczały krótko i złowrogo. Nastało mgnienie wahania. Biały talerz szaraka ledwie się znaczył na szarym polu. Pognały takim pędem, że się wydawało, jakby płynęły powietrzem, tak ruchy były szybkie i falujące. Już dopadały, już nawet się zakotłowało, gdy zając jakimś ostatnim, rozpaczliwym rzutem cisnął się na szeregi, stojące o kilkanaście zaledwie kroków. Bezwiednie się otwarły przed nim i bezwiednie się zamknęły dla psów. Ogłupiałe, zjuszone, latały bezradnie, skowycząc i próbując się przedrzeć. Kolby zagradzały im drogę. Przyleciał ordynans i wziąwszy je na smycze oćwiczył w zapłacie.

Dobry czy zły omen przed bitwą, panie sierżancie? – pytali żołnierze Derysarza.

– Diabli wiedzą, mocium tego. Na dwoje babka wróży. Niby zły, z drugiej jednak strony... Zbrakło już czasu na wysnuwanie horoskopów: bębny zabiły na wymarsz.

Naczelnik ukazał się przed frontem, jechał przy nim kapelan z krzyżem w ręku. Komendy przeleciały po szeregach i wojska jęły się sprawnie dzielić i rozłamywać na części formując się wzdłuż drogi do Janowiczek, we trzy korpusy złożone z różnej broni. A kiedy zagrzmiały kapele, zagrochotały wszystkie tarabany i podniosły się chorągwie i znaki, każdy korpus ruszał w swoją stronę.

Pierwszy poprowadził Zajączek na lewo, w pola od strony północnej. Na czele drugiego, przeważnie kawalerii, stanął Madaliński, a wziąwszy z miejsca dyrekcję na prawo zajął stanowisko wsparte o szeroki wąwóz od Wrocimowic idący.

Trzeci korpus, główne siły, Naczelnik posunąwszy na skraj płaskowzgórza rzucił we środku, na poprzek drogi do Janowiczek, mając przed sobą potoczystość pól spadających aż pod Zamczysko, przerżniętych pod tą górą strumieniami, a bliżej siebie łańcuchem pagórków, zarośniętych krzakami. Od lewej strony, prawie przed samym frontem, jeno znacznie niżej, za drogą tworzącą parów, miał las na dół schodzący; tam przywarli w zupełnym ukryciu kosynierzy z półbaterią i asekuracyjnymi kompaniami Kaczanowskiego.

Skrzydło Zajączka, rozwinięte w czystym polu, żadnej naturalnej obrony nie miało.

Utworzona tym kształtem pozycja z racji znacznego wyniesienia z daleka była widna i dająca niejakie podobieństwo wielkiej reduty, z frontu opasanej parowem, na węgle lasem na dół schodzącym, zaś z lewej strony jeno żywymi piersiami żołnierzów. W przerwach między skrzydłami a centrem usypano baterie pod takim kątem, by działa skrajne mogły sukursować, sztrychując boki następujących.

Tabory cofnięto w tył, na rozstaje dróg przed Dziemierzycami. Naczelnik z adiutantami, pomiędzy którymi był Zaręba, zajął jakąś prawieczną mogiłę, wyniesioną nad drogą do Janowiczek, z której mógł ogarniać wojska, już w porządku batalii uformowane i czuwać nad ruchami następującego nieprzyjaciela.

Jakoż Moskale nie kazali długo na siebie czekać.

Godzina była trzecia z południa, gdy z prawej strony zatrzeszczały pierwsze strzały.

Nad zaroślami podniosły się obłoczki dymów. Gdzieś głucho zadudniła ziemia. Na pagórkach między jałowcami pokazały się nieprzyjacielskie jazdy. Powiew przynosił dalekie pogłosy jakiejś

dziwnej śpiewki. Śpiewali awansując na bok Madalińskiego.
Z nie dojrzanej jeszcze strony zagrzmiały armaty; nie donosiły jednak, kule prały ziemię daleko przed frontem. Madaliński stał nieporuszony, tylko szwadrony przedniej straży pod majorem Lukke ruszyły naprzeciw. Po wydobyciu się z wąwozu poszły z miejsca kłusem i szeroką ławą. Zagrochotały prędkie salwy. Krzyk wstrząsnął cichym powietrzem.
Zawiązała się utarczka. Zwarli się raz i drugi. Rozbłyskiwały szable i po krótkim zmaganiu się Moskale jęli się cofać. Lukke chciał ich zgarnąć z lewego flanku: wymknęli się ku Kościejowskiej pod osłonę armat, bijących stamtąd coraz potężniej. Potem pokazali się na górujących pozycjach w stronie Racławic. Sytuacja miejsca nie sprzyjała widokom atakowania.
Madaliński, ściągnąwszy z powrotem szwadrony, całą swoją kawalerię przesunął za wąwóz, na szeroki wzgórek, mocno go ubezpieczywszy.
Równo z końcem tej akcji na lewym skrzydle pokazały się nieprzyjacielskie piechoty, artyleria i głębokie kolumny jazdy. Spuszczali się ze wzgórz, z lesistych parowów i dróg.
Pustowałow wyprowadzał całą armię na szczupłe siły Zajączka.
W czystym, przesłonecznionym powietrzu widać było mimo oddalenia jak na dłoni zielone szeregi jegrów, rozwiane żółte sztandary z czarnymi orłami, czerwone koła jaszczów i nieprzejrzane gąszcze bagnetów. I wyraźnie dochodziły grania trąbek, bicia bębnów i głuche, a mocne kroki maszerujących. Wzbierali z wolna, niby chmura pełna piorunów. A jednocześnie i na wyniosłościach z prawej strony i naprzeciw, po lasach, formowała się jeszcze groźniejsza nawałnica. Słychać ją było coraz wyraźniej. Dudnienia toczących się armat, stąpania tysięcy koni, marsze licznych pułków, chociaż zakryte dla oczów lasami brzmiały w powietrzu jakoby szumem rzeki z gór spadającej.
Naczelnik wyjechał przed front. Wojska stały z karabinami u nogi, karne i zdeterminowane. Twarze były uroczyste i surowe, brwie ściągnięte, spojrzenia zimne.
Kawaleria zwarła się jak bór, że jeno niekiedy z tych cichych głębin zadzwoniły kopyta, zaparskały konie i powiał szum proporców. Przy armatach trzeszczały rozpalone lonty, jaszcze stały otwarte, przódkary i cugi w tyle, kanonierzy na powinnych miejscach; trębacze i dobosze w oczekiwaniu komendy.
Żelazny spokój bił od szeregów gotowych na śmierć. Tchnienie wielkości owiewało tę garść bohatyrów, nieulękle patrzących w

chmury nadciągających nieprzyjaciół.

Świeciło radośnie słońce, nagrzany wietrzyk pieściwie muskał twarze i poruszał sztandarami. Na tle szarych pól, w obręczy zielonych lasów i kamienistych wzgórz, pod niebem lśniącym najcudniejszym bławatem, w powietrzu pachnącym pierwszą wiosną i przejętym świergotami ptaków ten hufiec, ledwie się znaczący barwami, kładł się zuchwale w poprzek burzy nieprzemożonym progiem.

Naczelnik czuł to całą istnością i rozumiejąc jako zbliża się chwila, od której rozpoczną się nowe dnie polskiego żywota, popędził przed szeregami. Spromieniona twarz grała mu najgłębszymi poruszeniami duszy, oczy ciskały błyskawice, postać brała kształt wymierzonego ciosu; leciał jak wicher palący i w jakimś miejscu osadził konia, uniósł się w strzemionach i wyrwawszy szablę, podobien orłu chwały i zwycięstwa, wołał ogromnym głosem:

– Żołnierze! Za wolność i niepodległość! Zwycięstwo albo śmierć!

– Zwycięstwo albo śmierć! – niebosiężny krzyk wybuchnął mocą świętej przysięgi. Jakby w odpowiedzi zagrały moskiewskie armaty.

Pustowałow rzucił swoje piechoty do ataku.

Zajączek przywitał je ciągnionym, nieustającym ogniem, a półbateria Kaczanowskiego, ukryta w lesie i dobrze celowana, orała mu szeregi czyniąc w nich głębokie szczerby. Ani drgnęli maszerując niepowstrzymanie po pochyłości jak staczająca się lawina. I pod przykryciem flankowego ognia armat i dymów naraz pierwsze linie podniósłszy nieludzki wrzask biegiem uderzyły na bagnety.

Zajączek wytrzymawszy to pierwsze, straszne uderzenie, cofnął się gwałtownie o kilkanaście kroków, zasypał batalionowymi salwami, a odpowiadając zuchwałym kontratakiem wziął ich na bagnety. Zachwiali się, jak kiedy rozjuszone bydlę w największym pędzie wytnie niespodzianie o mur. Wtedy Manżet z jazdą zajechał im z prawego boku i zanim się zastawili frontem, skuł lancami pierwsze szeregi, poszarpał następne i już dobierał się na tyły. Drugie linie stały bezradne nie mogąc strzelać, aby nie razić swoich w plecy; dopiero kozacy z wyciem zastąpili mu drogę. Szwadrony w mgnieniu oka niby na paradzie odmieniły szyk i pomimo ciężkiego terenu rzuciły się na nich z niepohamowanym impetem. Nie wytrzymali ani Zdrowaś Maria. Manżet ogarnął ich z obu skrzydeł i wsiadłszy na karki pognał przed sobą jak stado wylękłych baranów. Chciał ich rzucić na szeregi drugiej linii, ale ogień flankowych kartaczów przymusił go do odwrotu. Tymczasem piechota, odepchnięta przez Zajączka i mocno przerzedzona, cofała się w porządku na dawne stanowisko.

Pustowałow już nie następował tak natarczywie, ale baterie nie przestawały bić, nieustannie groziły jazdy, a piechoty, otworzywszy gęsty ogień, co pewien czas robiły poruszenia jakby do generalnego atakowania. Były to fałszywe manewra celem uwięzienia sił i uwagi, bowiem równocześnie druga potężna kolumna moskiewska zaczęła awansować na środek i skrzydło Madalińskiego. Pokazała się na wzgórkach porośniętych krzakami i uderzyła mocno, zapamiętale napierając.

Słońce się przyćmiło od dymów i zadygotała ziemia, jakby się zwalił huragan.

Kolumna atakowała zaciekle raz po raz to środek, to prawe skrzydło, usiłując za każdą cenę skruszyć i przełamać ten żywy, niezwalczony wał. Bronili się jak lwy, odpierając atak za atakiem. Ogień węgłowych baterii wyrywał głębokie szczerby, celne salwy strzelców prażyły niemiłosiernie; Lukke z jazdą bił niby taranem, że w atakujących szeregach trup gęsto padał i powstawało zamieszanie. Pomimo takich wstrętów kolumna spowita dymami, zionąca ognistymi paszczami dział, miotała się po polach z dzikim rykiem niby potworny gad, bijący na oślep łbem, zjeżonym tysiącami bagnetów. I chociaż wielokrotnie odrzucana niezłomnym męstwem, dziesiątkowana i miażdżona, powracała uporczywie i wzmożona posiłkami, następowała z taką siłą, że w końcu zdobyła górzyste stanowisko Madalińskiego. Całą jazdę rzucił jej od lewego flanku. Niby o skałę, odbiła się o potężne zastępy jegrów. Wtedy, przywiedziony do ostateczności poprowadził cały swój korpus do kontrataku. Nie odzyskał jednak wzgórza i musiał się cofać za wąwóz pod straszliwą ulewą żelaza. Popłoch wkradł się w szeregi. Moskale darli się za nim szturmowym, krokiem, z flanku baterie rozwijały ogień natężając go co chwila. Bronił się jak osaczony dzik cofając się krok za krokiem, spychany coraz bardziej na środek ogólnych pozycji. Na domiar złego szwadron Kawalerii Narodowej Biernackiego, mając wszystko za stracone i ogarnięty paniką, haniebnie pierzchnął z pola przyczyniając się do chwilowego zamętu.

Położenie stawało się groźnym; na szczęście nadbiegły w samą porę posiłkowe piechoty i po zażartej walce na bagnety powstrzymały wroga osadzając go w miejscu.

Naczelnik nakazywał bronić pozycji nad wąwozem do ostatniego tchu.

Już coraz ciężej przychodziło stawiać czoło wrogowi, przeważającemu liczbą i artylerią.

Bowiem świeża, jeszcze potężniejsza kolumna moskiewska pokazała się na lewym skrzydle i wraz z wojskami Pustowałowa zaczęła następować z całą forsą.

Bitwa rozgorzała na całym froncie.

Dwie armie jakby chwyciły się wpół i mocując się, szamocąc, gnąc w skręty, biły się ogarnięte szaleństwem, pijane krwią i mordem. Szczupłe polskie zastępy walczyły z zawziętą, zimną furią straceńców. Nie ustępowały już ani piędzi ziemi. Co chwila zatapiały je tumany kurzawy, dymów i ognia, że jeno krwawe płachty chorągwi targanych zawieruchą, rozwiane proporce i płoty lanc wskazywały ich pozycje. Zdały się być nikłą wysepką, przeciwiącą się nieustraszenie rozszalałym potęgom żywiołów. Biły w nich całe orkany piorunów. Wyżerały mózgi ogniste rozwieje błyskawic i dręczyły nie milknące kanonady. A co pewien czas głębokie szeregi jegrów niezliczonymi falami spadały na nich z dzikim skowytem nienawiści – i rozpryskiwały się jak fale podarte o bohaterskie piersi obrońców.

I tak przechodziły długie godziny śmiertelnych zapasów i zmagań. Bitwa huczała jak burza przetaczając się z miejsca na miejsce i bijąc nieustannie grzmotami armat, gradem kul i dziką, obłąkańczą wrzawą.

Zaś niekiedy nastawały nagłe, nieoczekiwane przerwy. Bitwa jakby zamierała, obie armie jednako znużone krwawym trudem nabierały tchu. Wrzała tylko gorączkowa praca poza frontami, w ambulansach, gdzie opatrywano ranionych.

Opadały dymy i pod promiennym słońcem i niebem błękitnym śpiewały skowronki.

Ale w tej dziwnej, chwilowej ciszy tym okropniej podnosiły się jęki rannych i konających, wołania o ratunek i jakieś rozdzierające szlochy. Pokazywało się pobojowisko zasłane trupami koni i ludzi, stosami połamanej broni, strzępami krwawych szmat. Całe pole zdawało się drgać, krzyczeć i płakać. Człowieczy ból wył strasznymi ranami. Czołgali się na czworakach umierający. Słaniały się jakieś postacie, podobne maszkarom zlepionym z krwi, błota i ran, a wrzeszczące nieludzkimi głosami. Okropnie charczały zdychające konie. Ze wszystkich stron rozbrzmiewał łkający jęk, podobien klangorom żurawi odlatujących za dalekie, dalekie morza.

I ledwie zadyszane piersi wytchnęły, ledwie przewiązano rany i obtarto czoła uznojone krwią i potem, ledwie pijane okropnościami oczy spojrzały w słońce, w błękity nieba i we świat wiosną dyszący – już znowu zabiły bębny, grały trąbki, grzmiały działa.

Bitwa rozpoczynała się na nowo. Na polach nieprzyjacielskie szeregi, podobne do płotów najeżonych bagnetami, poruszały się w różne strony, sypały ogniem, zwierały się i odmykały, maszerowały z miejsca na miejsce sprawiając się w szyki gotowe do natarcia. Nad bateriami wykwitały kłęby czarnych dymów. Z flanków zaczęły się wysuwać oddzielne komendy jazdy. Wkrótce mógł rozpoznać nawet gołym okiem czerwonych kozaków Denisowa, dragonów Rachmanowa i huzarów Muromcewa, jak z wyciem, świstem, śpiewaniem, przy wtórze mosiężnych blach i trąb pędzili na skrzydła.

Naprzeciw podnosiły się szwadrony Madalińskiego, Manżeta i Zbrowskiego, ochoczo występujące na harce. Ruszyli w skok, aż ziemia zadzwoniła pod kopytami, a koniom zagrały śledziony. Nieśli się rozwiniętym szykiem, równo jak pod miarę, głowa w głowę, z pochylonymi lancami w pierwszych liniach, uderzali z prawiecznym okrzykiem: "Jezus, Maria!" i z takim niepohamowanym impetem, że zwykle nieprzyjaciel nie wytrzymawszy ciosu szedł w rozsypkę. Brali na szable pierzchające hordy i gonili tak daleko, dokąd się tylko dało, nieraz w zapale aż pod same paszcze armat.

Ale i piechoty do ostatniego gemejna potykały się z niezrównanym męstwem, stałością i wzniosłą wzgardą niebezpieczeństwa. Żołnierz pijany czadem krwie, prochów i walki zapamiętywał się w zawziętości. Za nic już sobie ważył rany, za nic śmierć, za nic wielką przewagę nieprzyjaciela. Prześcigali się w bojowych azardach. Niejeden jak orzeł uderzał na całe stada. Bili się za wolność, za ojczyznę i za Naczelnika w jednej osobie, który wciąż był na wszystkich oczach i zawsze tam, gdzie mogło grozić niebezpieczeństwo. Żołnierz czuł się pod jego okiem bezpieczny. On zaś jednako w gęstym ogniu, jak i w bagnetowych rzeziach, spokojny i zamknięty w sobie, czuwał niezmordowanie nad parowaniem ciosów przeciwnika. Nie uszło przy tym jego uwagi zachowanie się w boju żołnierzów i oficerów. Każdemu natychmiast wymierzał sprawiedliwość, a szczodry był w łaskach i tak tkliwego serca, że nieraz sam podtrzymywał ranionych. Umierali też z jego imieniem na stygnących wargach. A gdzie się pokazał, tam rosły serca, wzmagały się mdlejące siły i utrwalała się niezachwiana wiara w zwycięstwo. Nierzadko widziano go na mogile z perspektywą przy oczach, śledzącego obroty nieprzyjaciela. W jednym z takich momentów stanął przed nim chorąży Dębowski z raportem od Kaczanowskiego.

– Dwa regimenty, cztery ciężkie baterie, liczne jazdy – czytał półgłosem z karteluszka i podniósł raptem oczy na las na dół schodzący, ale niepodobna było dojrzeć pól za nim położonych.
– Powiedz podpułkownikowi, że dobrze! – rzucił krótko. Zjechał z mogiły i samoczwart, z nieodstępnym Fiszerem, Bieganskim i Zarębą, odprawiwszy na stronę chorągiew wolonterów, ruszył pomiędzy walczące wojska. Jechał stępa nie zważając na świszczące dokoła strzały. Przyglądał się ze szczególną uwagą szeregom. Walczyli wciąż z niezachwianym męstwem. Oficjerowie dystyngowali się nad wszelkie pochwały. Baterie celnie dyrygowane ani jednego naboju nie miotały na próżno. Jazdy niby stada sokołów raz po raz biły na wroga. I wśród straszliwych odmętów bitwy, wśród dymów, kanonad, nieustających atakowań i coraz sroższego naporu wojska trzymały się z niewzruszoną stałością. Lecz jego zatroskane oczy łacno dojrzały, że żołnierz się już wyczerpywał, że nabrzmiałe ręce od ciągłego nabijania i strzałów ledwie już utrzymywały rozpalone karabiny, że konie ledwie się już trzymały na nogach od ciągłych szarż i wycieczek, że fronty były coraz cieńsze, że ubytków nie było czym zastępować. Jedyne rezerwy jeszcze nie wyczerpane stanowiła chłopska ruchawka, uzbrojona w kosy, oraz kompanie Kaczanowskiego. Mimo woli obejrzał się na pola za frontem; stało tam kilkanaście namiotów okolonych wałami rannych, między którymi bielały komże kapelanów i kręcili się chirurgowie. Odwrócił zasmucone oczy na walczące szeregi, ledwie widne w dymach i błyskach.
– Wytrwają jeszcze z godzinę, może ze dwie – konkludował równając topniejące wojska z chmarami następujących Moskali. – A co potem? – wzdrygnął się; chłodem śmierci przenikła ta myśl. Tormasow trzyma wielkie rezerwy na moment decydujący i może je pchnąć lada chwila na punkt upatrzony. – Rozważał patrząc z niepokojem na środek swoich pozycji i skrzydło Madalińskiego, wciąż osłabiane dla podtrzymywania Zajączka, na którego napierano z coraz większymi siłami. Na to właśnie skrzydło z wolna przetaczała się cała bitwa. Niebezpieczeństwo takiego obrotu pokazowało się oczywiste, ale sposobu zaradzenia

skutecznego nie było. Nie miał czym należycie zasłonić wschodniego boku. Nie miał również ani jednej zbędnej kompanii do ubezpieczenia centrum. I targając się w bezsilności, jeszcze raz przejrzał doniesienie Kaczanowskiego i zażądał od Fiszera planty okolicy. Nie sposób było ją rozpatrywać na koniu, szarpał ją wiatr i uprzykrzenie świstały kule. W pobliżu, ale o dobre strzelenie, paliło się duże ognisko, siedziała przy nim kupa rannych i stały jakieś konie. Na widok wyższych szarży odstąpili na stronę. Fiszer przyniósł bęben, na którym Naczelnik jął rozpatrywać położenie gruntów i kierunek parowów i dróg.

Kaczanowski bowiem meldował o formowaniu się Moskali na polach za lasem.

Jasno wychodziło, że tylko z tamtej strony Tormasow mógł wymierzyć ostateczny cios.

Po dłuższych medytacjach Naczelnik podniósł głowę znad karty, dziwnie przemieniony; twarz mu grała radością i oczy strzelały błyskawicami. Napisał na bębnie jakieś dwa rozkazy i zwrócił się do Zaręby.

– W skok do Kczewskiego! Ten drugi oddaj Kaczanowskiemu; znajdziesz ich w lesie nad parowem. Na wszelki przypadek weź sobie jakiego żołnierza – spojrzał po lżej rannych. Wystąpił jakiś potężny wyrostek z twarzą obwiązaną, a zuchwałymi oczami.

– Melduję pokornie: mój koń zdrowy, mnie tylko pysk przechlastali... jeśliby był rozkaz...

– Któżeś? – spytał Naczelnik; podobał sobie w rezolutach i junackich postawach.

– Pocztowy spod porucznika Zborowskiego. Urodzonym Dmowski z Dmoch, województwa podlaskiego – nie zaniedbał prezentacji – na towarzysza nie pozwoliła ojcowska fortuna...

– Ruszajcież z Bogiem! Któryś z was musi dowieźć rozkazy. Zaręba zasalutował, przeżegnał się i zmacawszy w olstrach pistolety, konia spiął i popędził, a okrążywszy skrzydło Madalińskiego wydobył się za parów i pod ogniem moskiewskich flankierów gnał polami jak wicher.

Naczelnik spojrzał na zegarek; było już dobrze po szóstej. Wieczór się zbliżał. Słońce leciało na dół. Góry i lasy kładły długie cienie. Rosa pokrywała ziemię i pociągał chłód. Dymy wiszące nad polami modrawe, poszarpane przędzą, kolebały się od grzmotów.

Ognie strzałów błyskały coraz wyraźniej i bitwa srożyła się z coraz większą gwałtownością. Nieustannie trzeszczące salwy karabinów ledwie się dały zauważyć przy huku dział. Ciężkie baterie ryczały głosami, od których wszystko dygotało, a drzewa przyginały się do ziemi. Co chwila jęk rozdzierał powietrze i buchał hukiem piorunu. Z przeszywającym wizgiem leciały granaty i pękając dawały obraz garści rozżarzonych węgli, ciskanych na szeregi. W przedwieczornej cichości te dzikie wrzawy bitwy nabrzmiewały głosami huraganów. Niekiedy wydobywał się ponad wszystko świst, chichoty i nieludzkie wycia jakby tysiąca oszalałych diabłów: to kozacy rzucali się do boju. Zasię chwilami spływała ze wzgórz ku zorzom wieczornym bijąca pieśń, szeroka, smutna, rozkołysana tęsknym poszumem borów, oddających rozełkanymi echami. To śpiewały moskiewskie piechoty, następujące ścieśnionymi kolumnami.

Bataliony Wodzickiego, pchnięte naprzeciw, odpowiadały siarczystymi przyśpiewkami, jakoby obertasowych hołubców trzaskaniem, przeplecionym żałosnym zawodzeniem lub osmęconą, rzewną nutą, i wraz do wtóru rypiącym gwałtownie tarabanom uderzały zapamiętale na bagnety. Rzucali się w pląsach, obrotach i podrygach, jakoby w taniec. Śpiewy gasły w potokach krwi. Rwali się do siebie z zajadłością wygłodniałych wilków. Buchały przeraźliwe krzyki, jęki, klątwy. Człowiek polował na człowieka. Pierś uderzała o pierś. Zgrzytały żelaza. Wolność potykała się z ciemięstwem, żołnierz świętej sprawy z niewolnikiem. Łamały się szeregi. Każdy uderzał na upatrzonego. Każdy, by nie być zabitym – zabijał. Tworzyły się okropne kłębowiska, w których jeno dojrzał okrwawione bagnety i szable, nieprzytomne twarze i oczy oszalałe. Powietrze wrzało rozjuszonym wrzaskiem. Bito się na wszystkie sposoby. Śmiertelnie splątane wiry przewalały się po pobojowisku. Krew bluzgała pod nogami. Ludzie padali ciężko jak podcięte drzewa. Raz po raz ryki bólów tryskały jakby fontannami krwi. Nierzadko zapaśnicy walili się na ziemię i tarzając się w zaciekłej walce i własnej krwi marli, zatratowani przez swoich i wrogów. Gorącość bitwy nie pozwalała brać niewolnika. Mordowano się bez pardonu i miłosierdzia. W strasznych tumultach, gdzie już nie było miejsca na broń, chwytano się za gardła, za łby, za włosy i prano o ziemię, duszono, rwano pazurami. Walczono na bagnety, na szable, na kolby, na noże i na pięście, a w potrzebie i zęby umiały zadawać rany i śmiercie. Bito się do ostatniego tchu Bataliony Wodzickiego walczyły z takim męstwem i niepowstrzymaną furią, że nieprzyjaciel zdziesiątkowany i rozbity szukał ratunku w bezładnym cofaniu się w tył. Wtedy bębny gwałtownie nakazały

zwycięzcom powrót i drugie linie zakrywając ich sobą
występowały na front szturmowym krokiem, z bronią do strzału.
– Plutonami ogień! Pierwszy pluton zaczynaj! Tuj, cel, pal! Nabijaj!
– podnosiły się twarde, miarowe komendy i na zbroczone i
stratowane pola, pełne trupów, konających, porzuconych
rynsztunków, okrwawionych szmat i tlejących się pakuł od
przybitek, występowały no– we szeregi. Rozpoczynała się bitwa
ogniowa. Salwy trzeszczały za salwami, dymy znowu zasnuwały
pobojowisko, huki armat wstrząsały ziemią, błyskawice strzałów
ślepiły, a śmierć ciągnęła dalej swoją nieubłaganą kośbę. Napierały
ze wszystkich stron piechoty, uderzały jazdy i grzmiały wszelkie
kalibry dział. Moskale całą przewagą swojej liczby i artylerii
znowu próbowali przełamać i zgnieść polskie szeregi. Trzymały się
jednak niepokonanie, niezachwianie, utrzymując szyk i porządek.
– Tuj, cel, pal! Nabijaj! Tuj, cel, pal! Nabijaj! – rozlegały się jednako
czujne komendy. Niekiedy, gdy wojska pod osłoną dymów z bliska
na siebie nacierały i ogień stawał się rzęsistszy, a gęściej wywracali
się żołnierze, te same głosy rozkazywały:
– Otwórz szeregi! Rannych i zabitych za front! Zamknij! Ścieśnij
się! Tuj, cel, pal! Nabijaj!
I tak szło w kółko na całym polu walki, jakoby w straszliwym
kieracie.
Na wielkiej baterii sześciodziałowej, usypanej na węgle pomiędzy
centrum a skrzydłem Zajączka, dobrze umocnionej szańczykami,
panował taki sam spokój i porządek.
Kapitan Laskowski sam rychtował działa i znaczył stopień
odległości, a po każdym wystrzale kazał naprowadzać armaty na
miejsca, przez co bateria nie zmarnowała ani jednego pocisku
zadając ciężkie straty nieprzyjacielowi.
– Pierwsze działo od lewego pal! Nabijaj! Drugie działo pal!
Nabijaj! – wołał przeciągle tubalnym głosem sprawdzając co
trochę wiatr i gdy zawiewał z prawej strony, armaty zaczynały grać
z lewej półbaterii, żeby dym nie zasłaniał.
– Huncwoty, huczą i grzmią jak na odpuście. Myślą, że nas tym jak
Turków wystraszą! – odezwał się wzgardliwie na straszliwy ryk
moskiewskich baterii. Naczelnik stał przy nim.
– Nasze szczęście, mają kiepskich kanonierów. Poniosła jakie
straty bateria?
– Dwa konie zabite, trzech gemejnów rannych i wóz kowalski
zdruzgotany. Można wytrzymać!
– Ale jak długo? – rzucił nasłuchując wściekłych kanonad ciężkiej

artylerii.

– Mam jeszcze po pięćdziesiąt pełnych strzałów na działo nie licząc kartaczów. W tej chwili zjawił się konny z raportem od Kaczanowskiego.

Naczelnik przeczytawszy doniesienie pchnął z rozkazami Fiszera do Zajączka, Biegańskiego do Madalińskiego i poszeptawszy coś Laskowskiemu skinął na swoich wolonterów.

Popędzili galopem głęboką drogą ku Janowiczkom. Las schodzący na dół wnet ich osłonił od strzałów. Mroczno było w parowie, drzewa dygotały od grzmotów. Wąski pas nieba nad głowami znaczył kamienistą i błotną drogę. Naczelnik tak popędzał konia, że w kilkanaście minut pokazały się pola. Na brzegu lasu, dobrze jednak ukryte w gąszczach, już czekały wybrane kompanie kosynierów ze Ślaskim na czele. Przeszło trzystu chłopa co najwyborniej egzercyrowanego w wojskowych obrotach stało w cieniu drzew, podobni do smukłych a potężnych pni. Obok uformował się oddział Kaczanowskiego.

Naczelnik nakazawszy najgłębsze milczenie posunął się na sam skraj lasu. Na obszernym polu, zbiegającym ku dworowi w Janowiczkach, widniały moskiewskie wojska, wyciągnięte w pochodową kolumnę. Szły jakby od Racławic i w najzupełniejszej cichości, bez zwykłych trąbień, bębnów i wrzawy. Na czele poruszało się kilka ciężkich baterii, dobrze okrytych piechotą i chmarami jazdy. Łatwo można było odgadnąć, że biorą dyrekcję ku wschodowi, właśnie na skrzydło Madalińskiego. Cios był obmyślany doskonale: zgnieść słaby flank i runąć przeważającymi siłami na tyły Zajączka! Taki plan obiecywał niechybny skutek: klęskę Polaków. Los jednak zdarzył inaczej.

Naczelnik przejrzawszy sytuację miejsca rzekł do Kczewskiego prędko:

– Wszystko teraz zależy od niespodziewanego i mocnego uderzenia w bok tej kolumny. Spokojnym się wydawał, ale przy wydawaniu rozkazów głos mu się łamał.

– Kaczanowski, awansuj waszmość na środek, ja uderzę z chłopami od czoła. Tylko nie bawić się strzelaniną! Na polu biegiem i od razu brać na kosy i bagnety! Pułkowniku – zwrócił się do Kczewskiego – ubezpiecz resztą kosynierów nasze tyły i dziemierzycki parów. Górski, zasłonisz z wolonterami prawy bok od jakowejś niespodzianki.

– Obywatelu Generale! – wystąpił Zaręba – pozwól mi wziąć udział w tej akcji jako prostemu żołnierzowi. Pragnę pod twoim okiem

115

walczyć, a choćby i zginąć.

– Rób, co uważasz. Mości panowie, pamiętajcie: wroga trzeba bić, jeszcze raz bić i pobić! Spojrzał po szeregach i wydobywszy szablę zawołał donośnie:

– Naprzód w imię Boga! Podwójny krok! Marsz! – Nacisnął konia i pojechał przed frontem. Chłopi ruszyli z miejsca jak jeden, przesuwając się między drzewami jakimś przyczajonym, wilczym krokiem. Ślaski prowadził czołową kompanię, mając pod ręką Bartosza. Zaręba stanął przy nim z wydobytą szablą. Przy drugiej szedł Bujak. Trzecią wiódł porucznik Munkiewicz. Maszerowali w uroczystym skupieniu, w mrokach dziwnie świeciły im oczy, z warg płynęły gorące, porwane szepty pacierzów; febra trzęsła niejednym.

Nagle las się urwał i jasny dzień uderzył w oczy. Zawahali się na mgnienie. O jakieś sto kilkadziesiąt kroków przed nimi wyrosła moskiewska kolumna, płynąca wielkim półkolem ku Wrocimowicom, niby wezbrana groźnie rzeka.

– Kosy do ataku! Za wolność i ojczyznę! Naprzód, chłopy! – zagrzmiał głos Naczelnika. Wraz załomotały wszystkie bębny i biły przyspieszonym tempem do ataku. Porwali się jak burza, z okropną wrzawą i krzykiem.

Gwałt powstał w kolumnie. Zagrały spiesznie trąby i bębny. Gorączkowo odprzodkowywano armaty. W zamieszaniu rozpoczęli bezładną strzelaninę.

– Biegiem! Biegiem! Biegiem! – krzyczeli coraz szybciej oficjerowie.

Nagły huk wstrząsnął powietrzem, kartacze chlusnęły warem ognia i żelaza.

– Jezu! – ktoś jęknął, ktoś się zwalił, a reszta pędziła groźna, rozjuszona, niepowstrzymana. Jeszcze nie dobiegli, gdy kartacze znowu rzygnęły im prawie w same twarze.

– Bij w nich! Jezusie, Maryjo! Bij, kto w Boga wierzy Za mną! – ryknął Bartosz rzucając się z kosą na asekurację dział i tnąc straszliwie. Chłopy spięły się za nim, jakby tabun dzikich koni, kosy wzniesły się wstęgą błyskawic i spadły piorunami. Runęli jak orkan, druzgocąc wszystkie przeszkody. Zawyła dzika zawierucha! Prali jakoby cepami, jeno nie ziarno tryskało spod tej młocki, ale krew z ran okropnych, odwalone łby, obcięte ręce, krwawe strzępy ciał. Bartosz prowadził niby zjurzony odyniec, a za nim, jako potężne warchlaki, szły rozsrożone kumy tnąc straszliwymi kłami na śmierć.

Bartosz pierwszy rzucił się na armaty, kanonierów pogromił, roztlały już zapał przydusił czapą i wyrwał jak żądło, a skoczywszy okrakiem na zdobyczne działo zakrzyczał:

– Moja harmata! Moja, psiakrew! – I kto się zbliżył, marł pod ciosami jego kosy. Kum Świstacki zdobył drugą. Bujak wziął trzecią, lecz pozostał na niej przewieszony i podarty jak szmaty bagnetami. Ale wtedy, jak przez wyłom w pękniętej tamie, chlusnęła spiętrzona fala chłopów na połamane szeregi Moskalów. Rozpoczęła się rzeź, urągająca wszelkim wyobrażeniom. Nieludzki ryk wydzierał się raz po raz. Siekli, jakby gęsty i zwarty łan, do czysta. Siekli bez miłosierdzia. Co chwila zrywała się chmura migotów i co chwila okropny krzyk bił w niebo. Kto żebrał pardonu – marł nie wymówiwszy jeszcze tego słowa. Kto się próbował bronić – padał jak zrąbane drzewo. Jakaś rota przywiedziona do rozpaczy, próbowała ich powstrzymać bagnetami. Hej, nie przeszło i Zdrowaś, a już leżała pokotem, poćwiertowana jak woły. Kozacy próbowali stawić czoło. Luty wicher tak nie rwie, nie łamie drzew, nie roznosi liści, jak prędko rozsypali się krwawą sieczką pociętych ciał. Walili zwartą ławą, zmiatając kosami, co się tylko dało.

Kaczanowski ze swoimi kompaniami dokazywał nie mniejszych przewag, wgryzając się w nieprzyjacielskie boki jakoby żelaznymi kłami. Porwany bojową furią walczył nie szczędząc własnych sił, zaś jego chorąży Krzysztof Dębowski, zuchwały młodzik o niepohamowanej waleczności, prawie sam jeden zdobył baterię dział ze wszystkimi zaprzęgami i amunicją. Dokonał tego na oczach Naczelnika i upojony zwycięstwem, szalał bijąc w nieprzyjaciół niby grom, roznoszący śmierć i przerażenie.

Kolumna pod takimi ciosami jęła się gwałtownie miotać, niby przydeptana żmija, na darmo usiłując się sprężyć i rozwinąć. Sytuacja miejsca już nie pozwalała na odzyskanie przewagi, nie dopuszczała nawet zebrania myśli. Naczelnik bowiem czuwał nieubłaganie, prowadząc atak za atakiem.

– Za wolność! Za całość! Za niepodległość! Naprzód! – grzmiał nie pozwalając im na oprzytomnienie.

Moskale, ogarniani potężnie od czoła, szarpani coraz zajadlej z całego boku, spychani na kupę, splątani, gęsto znacząc pole trupami i rannymi, zaczynali się już na wszystkie strony wyginać, chwiać i kolebać.

Naraz Zaręba dojrzał, że ostatnia bateria, jaka im jeszcze pozostała, i to najcięższego kalibru dział, próbuje się wydobyć z ciżby, że już zaprzęgi prane batami ruszają z miejsca. Jeszcze chwila, wydostanie się na wolniejszy plac, otworzy ogień i wszystko stracone! Włosy mu powstały na głowie i błyskawicowo zmierzył całą przepaść niebezpieczeństwa.

– Za mną, chłopy! Kosy do ataku! Biegiem! Biegiem! – zakrzyczał rzucając się naprzód. Zagrodził mu nagle drogę płot bagnetów, kozackich spis, wycierów, a nawet i drągów. Sto ciosów zagroziło śmiałkom! Skoczył pierwszy, chłopi runęli za nim niepowstrzymaną nawałnicą. Zarębie w pierwszym starciu rozleciała się szabla, wyrwał któremuś kosę i cisnął się wściekłym rzutem na całą kupę. W mgnieniu oka uformowała się zawierucha, opętańczo rycząca, pokryta kurzawą i tryskająca potokami krwi.

Ale chłopi przemogli, rozgromili, wycięli co do jednego i zdobywszy armaty rwali się naprzód z niemałym wrzaskiem zwycięstwa. Zaręba prowadził, a groźny wojennym wyćwiczeniem, męstwem i zimnym objęciem sytuacji mnożył uderzenia, rozbijał kupę po kupie i tak szybko a uporczywie następował, że czoło kolumny rozprysło się pod uderzeniami chłopskich pięści jakoby krucha szklana zastawa. Świst kos, straszliwa siła ciosów, od których rozłupywali się ludzie jak szczapy, przejmowały Moskalów taką zgrozą i strachem, że widząc niechybną śmierć uciekali, ciskając broń i co im przeszkadzało.

Naczelnik w jakiejś chwili przywołał Zarębę.

Stawił się cały w krwi, w podartej kurcie, ledwie dyszący, ale upojony niezmierną radością.

– Widziałem, coś dokonał. Ojczyzna ci tego nie zapomni – uściskał go czule.

– Moja powinność – ledwie wyszeptał z utrudzenia – zasługa to kosynierów, Obywatelu Generale!

– Zasłużyli się ojczyźnie ponad spodziewanie. Ale to potem. Bierz konia i pędź z rozkazem do Zajączka! Powiedz, co się tu dzieje. Ma wszystkimi siłami atakować, całą forsą. Porzucił go pędząc do walczących. A już zarówno żołnierze Kaczanowskiego, jak i kosynierzy zdawali się być wściekli; pijani walką i własną mocą, oszaleli, często bez czap, a nawet i bez kurt i kapot, zjuszeni krwią własną i nieprzyjaciół, straszliwie się zwijali przy tym okropnym żniwie. Chłopi wyrąbywali ten człowieczy bór z nieopisaną furią, a bór z jękiem żałosnym walił się pokotem, wył miłosierdzia i litości. Nie przepuszczali nikomu. I krzykając junacko, niekiedy z dzikim śmiechem rąbali jakby na wyprzódki, który prędzej, który mocniej, który więcej.

Kiedy Zaręba ruszał do Zajączka, kolumna była już przełamana, rozbita i uciekała na wszystkie strony świata w panicznym popłochu.

W dogasającym dniu, w modrawym zmierzchu i cichości, jaka świat ogarnia wraz z następującą nocą, tragicznie brzmiały krzyki rozpaczy, jęki rannych i konających. Docinano broniących się jeszcze tu i owdzie. Jakiś oddział jazdy, osłaniający sztabowe powozy, torował sobie drogę pałaszami, ogromna żółta chorągiew z czarnym orłem powiewała nad nimi. I już się wymykali, kiedy pod kaplicą, naprzeciw dworu w Janowiczkach, spadł im na karki Górski z wolonterami, rozbił w mgnieniu oka, powozy zagarnął, sztandar wydarł i wziąwszy na szable pognał bez pamięci aż na błotne łąki Racławic. Co nie padło od miecza, potopiło się w bagniskach. I gdzie jeno się obrócił, mógł już dojrzeć sromotnie pierzchających. Wielu spróbowało schronienia w lesie na dół schodzącym; tych Kczewski przywitał kosami, a przyczajeni tyralierzy pożegnali celnym ogniem, że z krzykiem rozpaczy uciekali, gdzie ich oczy poniosły. Prędki zmierzch, a głównie rozkaz wzbraniający pogoni salwował resztki rozbitej kolumny.

Bitwa skończyła się równo ze dniem.

Jeszcze na lewym skrzydle Zajączek gromił, aż trzęsła się ziemia od huków, wrzasku i tętentów, a już trąby uderzyły zwycięską fanfarą. Zagrały kapele. Tarabany jęły bić tryumfalnym marszem i ze wszystkich stron tryskały w niebo krzyki radości!

Owo po skończonej walce Zajączka, w której Pustowałow poległ, a jego korpusy w szybkiej rejteradzie szukały ocalenia, zwycięskie wojska zaczęły ściągać na punkt wyznaczony.

Naczelnik stał konno na wzniesieniu, cały w łunach pochodni i ognisk, jakoby w złocistych gloriach, z daleka widny wszystkim oczom. Pokazywał się tak rozjaśniony radością i strzelisty niby pacierz dziękczynny za ten szczęśliwy dzień dla ojczyzny.

Wojska ściągały z wolna z szumem niemałym i gwarem; niektórzy ze śpiewem, podobnym do szczęku rąbiących mieczów; niektórzy z hulaszczą, pijaną piosneczką; niektórzy zaś z czapkami w rękach pobożnymi głosy czcili miłosierdzie Pańskie.

Wracały uznojone piechoty, całe w plejzerach, krwawych szmatach, poczerniałe od dymów, a świecące upojonymi oczami; powracały groźne jazdy w poszumie proporców; wracały baterie w bojowym porządku, z zapalonymi lontami. Wszystkie wojska defilując przed Naczelnikiem składały wraz trofea zdobyte na nieprzyjacielu. Spiętrzały się stosy broni i wszelakiego rynsztunku.

Oddawano pozdzierane ordery. Zatykano w ziemię oznaki rot i batalionów. Prowadzono jeńców; niewielu ich było, ponieważ zaciekłość walki nie pozwalała brać niewolnika. Górski stawił się ze zdobytym sztandarem. Naczelnik zgromił go za to, że wbrew zakazowi poważył się ścigać uciekających; na zakończenie dostał jednak pochwałę za męstwo. Defilada zajęła sporo czasu, gdyż Naczelnik oddawał sprawiedliwość każdej zasłudze. W obliczu wojsk ucałował czule Zajączka, Madalińskiego, Manżeta, Lukkę i Kaczanowskiego, nie pomijając nawet niższych szarż.

Na ostatku, z przyczyny dalszej drogi, nadciągnęli kosynierzy. Już z dala niesły się pogwary, śmiechy i pokrzyki jakby powracających z jarmarku. Wiedli ze sobą dwanaście zdobytych armat. Groźne, spiżowe paszcze, obficie zlane krwią pokornie przyległy u stóp Wodza. Chłopska wiara stanęła półkolem, chorągiew z orłem i snopami dumnie powiewała.

Naczelnik podjechawszy przed front wzruszonym głosem zawołał:

– Chłopi! Swoim męstwem w znacznej mierze przyczyniliście się do zwycięstwa! Dziękuję wam imieniem Polski. Krwią za nią wylaną podpisaliście swoją wolność. Świadczę, jako wolni jesteście i równi każdemu. A czego dokonaliście, zachowa wdzięczna potomność! Zaś ciebie, Bartoszu, od dzisiaj Wojciechu Głowacki, placuję chorążym przyszłych grenadierów krakowskich. Daj mi swoją kapotę, mości Głowacki: będę ją nosił do końca wojny jako znak poważania i miłości dla nowych obywatelów Rzeczypospolitej!

– Niech żyje Naczelnik! Wiwat naród! Wiwat wolność! – zerwały się huragany uniesień i wraz z wieścią o zwycięstwie leciały po wszystkiej Polsce echami wstającej wolności. Nad ranem Biegański wraz z Zarębą ruszyli do Warszawy, lecz dla bezpieczeństwa każdy inną drogą.

V

Teatr wrzał ukropem braw, długo nie milknących i tak gwałtownie potęgowanych tupaniem i krzykami, że trzęsły się ściany i gasły światła. Aktorowie stali w owej ulewie rzęsistych aplauzów, jakby nieco skonsternowani, wylękło zezując ku marszałkowskiej loży. Skoro jednak przycichło, Bardos znowu zaśpiewał:
Gdzie się w niewoli żyje,
Nie masz tam wzajemności;

Pies na powrozie wyje,
Każdy pragnie wolności.
Publicum podchwyciło melodię i wraz wszyscy zaśpiewali
jednym, ogromnym głosem. Szczególniej śpiewał parter zapchany
młodzieżą wojskową i cywilną. Nawet z wielu lóż wtórowały głosy
zapału i uniesień. Strojne damy do pół wychylone z lóż, twarze w
gorączce, oczy w błyskawicach, ręce złożone do braw, ciche łzy
entuzjazmu i ta zwrotka w powszechnym rozanimowaniu bijąca
zgodnym rytmem czucia wolności to był obraz Narodowego Teatru
na reprezentacji Krakowiaków i górali w dniu 8 kwietnia.
Patrzcie, Polacy, patrzcie.
Jak mało wam potrzeba
Do niewoli, którą macie:
Kajdan, wody i chleba.
Tysiące pięści podniosło się groźnie i ryk wstrząsnął teatrem.
– Precz z tyranami! Precz z niewolą! Precz z aliantami!
Niemądry, kto wśród drogi
Z przestrachu traci męstwo;
Im sroższe ciernie, głogi,
Tym milsze jest zwycięstwo.
Teatr już słuchał z tchem zapartym, w milczeniu, jeno mimowolne
okrzyki, westchnienia i niekiedy jakiś przejmujący szloch dawały
miarę powszechnego poruszenia, że kiedy spadły zasłony, niełacno
się otrząśnięto z tych patriotycznych ekscytacji. Spoglądano na
siebie przejawionymi oczami uniesień i zarazem zdumienia.
Właśnie wtedy był wszedł Zaręba i poszeptawszy na stronie ze
spiskowcami, przypadkowo napotykanymi, przecisnął się na przód
parteru i wsparty o barierę, grodzącą miejsca muzykantom
wyznaczone, najspokojniej rozglądał się dokoła. Był jak zwyczajnie
po wojskowemu, niezwyczajnie tylko wymizerowany i blady, lecz
dorodnością oblicza i foremnej postaci ściągający uwagę dam. Stal
pod migotem lornetek, niby pod krzyżowym ogniem, nieulękle
parując zaczepne spojrzenia i uśmiechy, tak zdawało się tym
jedynie zajęty, że ani kto zauważył, jako raz po raz ktoś brał od
niego jakieś sekretne słówka i roznosił je w ciżbach. Bowiem teatr
natłoczony był od stropu do pawimentów. Aż ćmiło się w oczach
od strojów i piękności. Parter był nabity i jakby wybrukowany
głowami mężczyzn, zaś cztery piętra lóż wystawiały się być
amfiteatralnie spiętrzonym żardynem, gdzie pod blask rzęsistych
świateł grały najcudniejsze kwiaty wdzięków. A wszędzie połyski
diamentów, pióra, obnażone ramiona, łabędzie szyje, fryzury

kunsztowne, promienne oczy, wargi nabrane purpurą, suknie utkane jakby z pajęczyn i motylich skrzydeł, migotania wachlarzów i strzeliste spojrzenia, wszędzie bogactwo, uroda i wyszukana dworność manier. Wizytowano się wedle zwyczaju po lożach. Słychać było brzęki szabel i skrzypienia drzwi. Niekiedy z loży do loży leciały słowa powitań. Spojrzenia krążyły w nieujętych lotach. Gwar się podniósł. Modne franty w pasiatych frakach, z włosami misternie wzburzonymi, okręceni w chusty po brodę, z gałkami lasek pod wargą, wykrygowani, opięci, brzękający łańcuszkami, pieczątkami, kręcili się nieustannie po lożach i parterze. Nieustannie też rozlegały się po różnych piętrach przenikliwe wołania teatralnej liberii:

– Afisz reprezentacji! Libretto Krakowiaków i górali. Afisz!

– Cóż to za socjeta? Prawie nikogo nie znam! – pytał Zaręba jakiegoś towarzysza.

– Patriotyczni łyczkowie ze swoimi magnifikami i progeniturą! – posłyszał szydliwie. Nie pytał więcej, bowiem rozdarły się zasłony i rozpoczął się mowy akt spektaklu. Skończył się również rzęsistymi brawami, długo nie milknącymi, on zaś tym ciekawiej lustrował owe publicum, rzadko spotykane w takiej proporcji na reprezentacjach. Odszukał pomiędzy nimi panią Barssową z córkami i panią Radzimińską. Konopka siedział przy nich. Dopiero w lożach dolnych, nad parterem, o ile rozsunięte złocone kraty pozwalały, zobaczył więcej znajomych twarzy. Obok królewskiej, na wprost sceny, ciemnej i zasłoniętej, brała miejsce pani generałowa Mokronowska ,ze swoim ślicznym fraucymerem. Tuż za nią siedziała piękna Jula Potocka ze synaczkami, zaszeptana z Gardinerem, angielskim rezydentem. Nieco dalej pani Grabowska w asyście jakichś fircyków; w białej peruce, wyblechowana, upstrzona muszkami, wyczupirzona i nadęta, dawała podobieństwo sowy drzemiącej wśród gawronów. Była i pani hetmanowa Ożarowska z kompanią rosyjskich dam i oficjerów. Dziwiła niemało obecność starej księżny wojewodziny Jabłonowskiej, otoczonej dworem przyjaciół, ludzi znanych z obywatelskiego ducha. Księżna cieszyła się u powszechności taką estymą, że wszyscy uchylali przed nią czoło jako przed doskonałym wzorem cnót i patriotyzmu. Generalne jednak zdziwienie wywoływała słynna Luhlli, nigdy nie spotykana na polskim teatrze. Wystawiała się na przedzie loży piękna, strojna, połyskująca rosą diamentów, zimna i do modnej kukły podobna. Siedziała, obojętnie przyjmując ciekawe, natarczywe spojrzenia i złośliwe uwagi parteru. Woyna rozpierał się przy niej z cynicznie drwiącym uśmieszkiem i częstym, niedbale maskowanym poziewaniem.

Naraz uwaga powszechna zwróciła się w inną zgoła stronę. Padła wieść o Racławicach i szerzyła się jak pożar. Szeptano ją sobie na ucho, pod sekretem: podawano z ust do ust, z piętra na piętro; wszędzie znaczyła swój ślad wybuchami radości, ledwie stłumionymi okrzykami, osłupieniem niespodzianych zdumień, gdzie nawet łzami cichego szczęścia. Zwłaszcza parter wzburzył się i zaszumiał jak morze. Nie było końca gorączkowym dyskursom. Twarze stawały w łunach i błyskawicach uniesień. Ściskano sobie dłonie i padano w ramiona. Piersi zaledwie zdołały objąć czucia wzmożone. "Racławice! Naczelnik! Zwycięstwo!" Te słowa huczały w teatrze niby wiosenne, upajające gromy. Powietrze stawało się upalne. Zagrała krew. Sprężały się chęci natychmiastowego zmierzenia się z wrogiem. Imaginacje snuły obrazy zwycięstw. Trzaskano w szable. Znikały niepodobieństwa. Dusze płonęły ekstazą poświęceń i miłości. Już głośno dawano wyraz swoim opiniom i nadziejom. Nawet marzenia przyoblekały się w słowa płomienne, nasycone krwią. Naraz wszyscy zagadali zgoła inaczej, bo wyniośle i zuchwale. Nie zważano na szpiegunów ni oficjerów rosyjskich, siedzących z panią Ożarowską i w marszałkowskiej loży. Wysykano jakiegoś oficjera Polaka w moskiewskim mundurze. Natomiast Zakrzewskiego, prezydenta Warszawy czasu Wielkiego Sejmu i jednego z twórców Konstytucji Trzeciego Maja, który się był pokazał w loży pani Mokronowskiej, przywitano burzliwymi okrzykami radości. Parter manifestował swoje patriotyczne czucia przy każdej zdarzonej okazji.

Ale byli i niewierni Tomasze pytający z niepokojem każdego ze znajomych:

– Zali to prawda, co mówią? Zali to nie kabała Igelströma czy Buchholtza? Odsyłano ich do naocznego świadka, do Zaręby, stojącego na dawnym miejscu. Ścisk się już był czynił przy nim. Wszystkie spojrzenia leciały do niego, spojrzenia uwielbień, zachwytów i nieledwie modlitw. Śledzono każde jego poruszenie, a każde słowo brano w serca jakoby komunię. Stał się naraz dla wszystkich drogim i kochanym. Cały teatr mówił jedynie o nim. Już szeptano nie tylko jego imię, ale i o jego wojennych przewagach powstawały fantastyczne opowieści. Już fama wieńczyła go nimbem nadzwyczajnych zasług. Już damy, że był urodziwym, widziały w nim prawdziwego bohatyra i zbawcę ojczyzny. Niejeden kwiat, przywiędły od gorących całunków, leciał mu do nóg. Brał to jedynie za jakiś przypadek. Rozumiał bowiem, że przyczyną powszechnego poruszenia i szeptów była wiadomość o zwycięstwie, ale ani mógł imaginować takie generalne zajmowanie się swoją osobą. Z tych względów niektórym spiskowcom, winszującym mu sukcesów, odpowiedział porywczo:

– Że raport Naczelnika przywiozłem? Konie, na których jechałem, mają większą zasługę. Rozpoczął się nowy akt spektaklu. Mało jednak zważano na perypetie sztuki, a skoro się pojawił na scenie Bardos, parter natarczywie zażądał powtórzenia piosenek. Śpiewano je znowu przy takich samych aplauzach, krzykach i entuzjazmie.

Po skończeniu piosenek ktoś z publiki podał jakiś karteluszek Bardosowi. Bogusławski, grający tę rolę, przeczytał spiesznie i prosząc o ciszę wystąpił na przód sceny. Zapadło takie milczenie, że słyszeć się dawały łomotania serc, gorączkowe oddechy i skrzypienia podłóg. Oczekiwano w najgłębszym napięciu i niecierpliwości.

Bogusławski zaśpiewał głosem grzmiącym jak wojenna pobudka: Na polach Racławic krwawo, Z nich okrzyk w niebo bije: Zwycięstwo!

O miejże powstania męstwo, Warszawo! Naczelnik woła: Warszawo!

Wszyscy porwali się z miejsc i wraz wybuchnął nieopisany orkan krzyków.

Zarębę ktoś wyprowadził z parteru i zawiódł do loży pani Mokronowskiej, gdzie rad nierad musiał złożyć obszerniejszą relację o Racławicach. I pomimo śpiewów, rzęsistych braw i tupotów, od których teatr trząsł się i dygotał niby we febrze, Zakrzewski próbował go jeszcze indagować w różnych materiach; na szczęście zjawił się Woyna i pod jakimś bardzo ważnym pretekstem wyprowadził na korytarz.

– Że ci to przyszła ta genialna myśl ratowania mnie z prawdziwej opresji!

– Margrabianka rozkazała mi cię ocalić choćby za cenę własnego życia – śmiał się Woyna.

– Margrabianka? Nie znam. Ach, to ta królewska gamratka – szepnął lekceważąco.

– Mam cię do niej zaprowadzić żywym czy umarłym. Przysiągłem i spełnię.

– Oszalałeś, widzę. Mam iść do niej z wizytacją? Jutro ogłoszą mnie za jej amanta, dziękuję!

– Tak sobie ważysz opinię cnotliwego, racławicki herosie! Nie obawiaj się. Prosi cię...

– Byłem jej prezentowany w Grodnie, ale wątpię, aby mnie zapamiętała.

– Pamięta i prosi cię na chwilę rozmowy. Jeśliś niepewny siebie, to przy świadku...

– Coś w tym się kryje! I radzisz, abym poszedł? – pytał zgoła przyjacielskim tonem.

– Proszę cię o to. Nikt cię nie zobaczy! Nawet te bogdanki, które ci rzucały kwiaty...

– Dlaczego nazwałeś mnie racławickim herosem? – zapytał nagle z niepokojem.

– Wiem od margrabianki, żeś przyjechał prosto z obozu Naczelnika.

– Ona wie! Zaczekajże! Ona ci to powiedziała? Niepodobne do wiary.

– Parol kawalerski. Dziwiła się nawet, że po takiej drodze jesteś jeszcze w teatrze.

– Znaczy, iż jeszcze ktoś trzeci przyjechał z relacjami, i to do króla!

– Albo do Igelströma, co zresztą na jedno wychodzi.

– Trudno mi się z tym pogodzić! Prawda, Tormasow mógł powiadomić ambasadora o swojej klęsce pod Racławicami. Czego ona może chcieć ode mnie?

– Wyglądasz jak lew, który by po walce chętnie pożarł co smacznego...

– Właśnie mi teraz w głowie amory! – wzruszył wzgardliwie ramionami.

– A propos amorów! Nie pęknij ze śmiechu, zakochałem się po uszy.

– Po staremu, trzymają ci się krotochwile. Może potrzebujesz drużby? Służę ci...

– Myśl przednia. Pomówimy o tym. Chodźmy, damy nie powinny na nas czekać. Zapukał umówionym sposobem do jakichś drzwi, otworzył je liberyjny. Mały przedpokój oddzielony był od loży ciężką, wiśniowej barwy, zasłoną. Margrabianka siedziała przy zaciągniętej kracie, pilnie lustrując scenę i publiczność. W loży, urządzonej z przepychem, szumiało wzburzone morze głosów niby w muszli, że aby się zrozumieć, rozmawiano szeptem. Podała Zarębie rękę obciągniętą w białą rękawiczkę, pokrytą misternymi malowidłami. Patrzyła przy tym z taką zimną przenikliwością, że jakby lód poczuł w sercu i poruszył się niespokojnie. Z bliska wydawała mu się nawet piękniejszą i jeszcze bardziej przypominającą maskę. Rysy miała jakby rznięte w słoniowej kości, zastygłe, twarz bladą, wielkie oczy, nos orli na podobieństwo dzioba i pełne, czerwone usta, niby otwarta krwawa rana; ciągnęły jak gorejące otchłanie. Mówiła głosem niskim o pieściwych brzmieniach. Postaci była foremnej, smukła i gibka o ruchach niespodzianych, gnąca się wężowymi skręty lub w nagłości tygrysich sprężyn rozdygotana. Jej czarne oczy połyskiwały zdradną tonią, zaś chwilami zapalały się w nich zielone skry. Rozmawiała dwornie, ale jakby z rozmysłem wtrącając gminne i dosadne wyrażenia.

– Pan może nie wie, że jestem wróżbiarką? – zwróciła się do Zaręby przeskakując nagle z innej materii – bardzo pragnę zobaczyć pańską rękę.

– Nie znajdzie pani w niej nic godnego ciekawości – szepnął skonsternowany.

– Bardzo interesująca! Bardzo! Tutaj za ciemno. Jean, zasłona! – rozkazała. Liberyjny spuścił grube firanki na kraty, uczyniło się znacznie ciszej. Przeszli w głąb loży, do stolika, na którym służący postawił świecznik z płonącymi świecami. Wzięła znowu jego rękę i długo rozpatrywała zagmatwane linie dłoni.

– Niezwykłe losy! Bujne życie! Niesłychane szanse! – szeptała z patosem jarmarcznych wróżbitek, motając go przy tym spojrzeniami, jakby siecią niewidzialną. Słuchał z dwornym uśmiechem, zdziwiony raczej, niźli przejęty.

– Wielkie ukochania i wielkie cierpienia! – ciągnęła palcem po jego dłoni.

– Kto wierzy, będzie zbawiony! Zbawiajcie się! – zadrwił Woyna sięgając po kapelusz. Taka burza znowu zahuczała w teatrze, że margrabianka zasłoniła spiesznie uszy.

– Niepodobna już wytrzymać – jęknęła opadając w złocony fotelik – przyjdź pan do mnie po spektaklu, Woyna zna drogę. Powiem, co wyczytałam w dłoni, tutaj nie mogę zebrać myśli. Proszę mi dać słowo, że nie będę czekała na próżno. Mam ważną sprawę, może nawet związaną z tym, co pan dzisiaj przywiózł od Naczelnika. Zadrżał topiąc w niej zaniepokojone oczy. Jej krwawe usta uśmiechnęły się zagadkowo.

– Przyjdę z pewnością! – powiedział z taką prawdą, że już więcej nie nalegała. Wyszedł zaraz, ale w korytarzu zatoczył się na ścianę; ledwie go Woyna podtrzymał.

- Teraz dopiero poczułem forsowną jazdę, nogi mi zesztywniały...
w głowie się kręci...
- Zabieram cię do siebie, musisz nieco wypocząć, A może cię
urzekła ta Sybilla?
- Kości mi się rozłażą i ledwie już patrzę na oczy. Chodźmy na
powietrze.
- Śmiechu warte, lecz znam osoby, którym odkryła najtajniejsze
ewenty życia. Podobno król nic nie poczyna bez jej wróżb. Tym go
przy sobie trzyma.
- Nie na wiele mu się to przydaje. Nie jej wróżby mnie zdumiały...
Ciekawa persona...
- I pono biegła w swojej sztuce miłośnica.
- Kto drugi parsknąłby śmiechem na twoje "pono", ale ja ci wierzę.
Powszechność sądzi.
- Powszechność sądzi mnie kochankiem każdej, która się ze mną
pokaże na ulicach. Może kiedyś powiem, co ja mniemam o
powszechności, kiedyś, bo aktualnie nudzi mnie ta materia.
Wyjdźmy drzwiami od sal redutowych, tam pusto.
- To lepiej, wyjdę niepostrzeżenie. Niepotrzebnie pokazywałem się
w teatrze.
- Ta brawada dawała pozór, jak byś się krokiem nie ruszał z
Warszawy.
- I to miałem na celu, a wyszło przeciwnie. Słyszysz, co się tam
wyrabia? Byli już w dziedzińcu Krasińskich, a jeszcze goniły za
nimi huragany braw, krzyków i śpiewań. Teatr rzęsiście oświetlony
przybierał w ciemnej nocy podobieństwo korabia burzliwie
żeglującego. Przed głównym wyjściem tłoczyło się mnóstwo
pojazdów, służby, pachołków z latarniami do odprowadzenia
pieszych, konnych laufrów z pochodniami i marszałkowskich
dragonów, trzymających w ryzie kupy swywolnego ultajstwa.
- Znam Warszawę, ale nie imaginowałem jej tak zapalną -
oświadczył Woyna.
- Boś znał tylko górną socjetę, popioły dawno zetlałe, ale dopiero
pod nimi, na spodzie tają się wielkie żary, wielkie czucia i wielkie
dusze.
- Nie neguję, a jeśli z taką samą furią powstaną do boju, biada
wrogom!
- I biada zdrajcom! Stratują ich żelazne stopy gniewu. Gdzie
Biegański?
- Śpi w arsenale u Dobrskiego. Próbowali go zbudzić: klnie, kopie i
pistoletami grozi.

– Wyprzedził mnie o sześć godzin – szepnął markotnie. – Razem ruszyliśmy spod Racławic!

– Jakże tam było? Rozumiesz moją ciekawość?

– Opowiem ci w domu. To jeno wiedz: Zwycięstwo; Naczelnik – wódz; chłopy – bohatyry! Przy bramie z dziedzińca Krasińskich na Długą stał mocny oddział piechoty z kozakami i jedną armatą. Palili ogień, jakby na biwaku gdzieś w polach.

– Mają się na baczności – mruknął Zaręba penetrując jegrów.

– W całym mieście straże zwiększone w czwórnasób. Weszli na Miodową, prawie ciemną i pustą z racji rozkazu marszałka, by wszystkie sklepy zamykano równo ze zmierzchem. Wcześnie było, zaledwie po ósmej. Siał drobny deszczyk, jakby przez sito. Błoto chlupało pod nogami. Rzadkie latarnie dawały skąpe światło. Pod Gdańskim Domem, gdzie kwaterował Zubow, trzymała straż półkompania grenadierów kijowskich w bojowej gotowości.

– Snadź się lęka wykradzenia przez wielbicielki – zauważył drwiąco Woyna.

– Co wiesz o tej rzekomej margrabiance?

Woyna opowiadał nie oszczędzając jej pod żadnym względem, lecz pomimo ironicznego tonu i drwin zdradzał zupełną wiarę w jej wróżbiarstwo. Pokazywał się przy tym zabobonnym, jak prawdziwy ateista. Zaręba słuchał deliberując równocześnie nad niepokojącym, go pytaniem: Od kogo wie, co przywiózł od Naczelnika? Ale przechodząc obok pałacu Borcha mimo woli przystanął. W apartamentach Izy błyszczały światła.

– Wstąpię na chwilę do kasztelanowej – nagle zdeterminował, sam nie wiedząc dlaczego – jutro nie będę miał czasu. Daruj im, za godzinę stawię się u ciebie z pewnością.

– Mówi się: kasztelanowa, a myśli się: piękna Iza! – zaśmiał się ironicznie. – Potrzebuje pociechy, ciężkie bowiem terminy na nią przychodzą!

– Nie wiem o niczym. Cóż jej zagraża? – pytał żywo, żywiej nawet, niźli chciał.

– Spod Racławic wracasz, bohatyrze; zaraz to znać, skoro nie wiesz, jaki tutaj panuje płacz i zgrzytanie zębów i jaki ordynaryjny strach trzęsie najpiękniejszymi łydkami wielkiego świata Warszawy! I to od dnia, w którym przyszła wiadomość o krakowskiej insurekcji. Słodkie dnie polsko-moskiewskiego aranjuezu minęły jak sen. Skonały nagłą śmiercią wspólne przyjacielskie promenady, baliki champétre, wizytacje, teatry amatorskie i miłosne intrygi. Wszyscy gotują się do ucieczki. Już panią Załuską wysłał Igelström do Królewca. Już wyżsi oficjerowie również odsyłają swoje żony w bezpieczniejsze miejsca. Cała nasza górna socjeta wzdycha tęskliwie do Petersburga! Ucieka tam, kto jeno może! Najgorętsi adherenci Moskwy nie poznają na ulicach swoich wczorajszych socjuszów! Patrzę się i boki mi pękają ze śmiechu. Myślę, że Zubow nie pozostawi szambelanowej na zmienne azardy wojennej fortuny.

– Śmiałe przypuszczenia! – przerwał mu dość raptownie. – Za godzinę będę u ciebie.

– Pamiętaj: kamienica Roeslera, drugie piętro, i wejście od Senatorskiej. Ja wracam na chwilę do teatru, muszę się porozumieć z Konopką.

– Mówi się: Konopka, a myśli się: piękna Barssowa! – oddał mu wet za wet.

– Spudłowałeś. Myśli się: piękna panna Radzimińska! Oto prawda i wyznanie zarazem.

– Radzimińska, siostra rotmistrza! Czy ja się nie przesłyszałem?

– Nie. Ale czemu przypisać to zdumienie! Czyżbyś miał na nią jakie widoki?

– Mam przecież narzeczoną. Zdziwiłem się jak gap. Śliczna panna – pilnie się wykręcał.

– A ponieważ chciałeś drużbować, trzymam cię za słowo. Nie spóźniaj się! I poleciał. Zaręba wchodząc w dziedziniec pałacowy obejrzał się za nim i pomyślał:

– Skoro się dowie o historii z Zubowem, gotowa tragedia. Biedny chłopak. I pełen troski o przyjaciela wszedł do pałacowej sieni.

– Już od godziny oczekują pana porucznika – oznajmił poufale stary, znajomy służący.

– Czekają na mnie! Cóż to znowu za facecje? Wstąpiłem zupełnie przypadkowo.

– Wszyscy zebrani są w bawialni pani szambelanowej. Jest i panna Terenia! Przeleciał schody i jak wicher wpadł do zacisznego pokoju.

– No i macie go we własnej osobie – mówiła tryumfująco kasztelanowa całując go czule na przywitanie – i przynosisz nowiny od Stasia!

– Mam nawet list od niego. Kto panią kasztelanową uprzedził o tym?

– Moi przyjaciele wczoraj wieczorem – szepnęła z jakimś zaświatowym uśmiechem.

– Więc nie panna Luhlli? – pytał, owładnięty jakby ciemną trwogą.

– Nie znam tej osoby nawet z widzenia! – wyrzekła z nieskrywaną awersją. Obejrzał się tonącymi oczami. Był w bawialni, siedzieli przy okrągłym stole, w blaskach świec płonących w białych, farfurowych kandelabrach; patrzyli na niego przyjaźnie. Przemógł to jakieś mgnieniowe przyćmienie umysłu, być może powstałe z przemęczenia i przywitawszy się ze wszystkimi zasiadł przy nich. Okazywali się dla niego uprzedzająco dobrzy i czuli. Marcin Zakrzewski z rozłożonymi rękami, przemieniony na motowidło, z którego Terenia zwijała jakieś barwne nici, ucałował go serdecznie. Iza patrzyła w niego oczami uwielbień. W bawialni było ciepło i widno; ogień wesoło trzaskał na kominku. Rozmawiano półgłosem. Służba przesuwała się bez szelestu. Więc po tygodniach, spędzonych na koniu, po biwakach, pochodach i bitewnych przygodach, po chłodzie i głodzie, poczuł się naraz w lubej atmosferze rodzinnego domu. Szambelan zadysponował obfity posiłek i sam nakładał mu z półmisków. Iza czuwała, by mu niczego nie brakowało. Przybrana w skromny dezabil złotawej barwy, z włosami gładko przyczesanymi nad czołem, a spiętymi na karku w grecki węzeł, była piękna tą pięknością pierwszych lat dziewczęctwa. Nie mógł się jej napatrzyć. Uderzała mu do głowy jak wino. Nawet kasztelanowa mimo posępnej czerni i twarzy widmowej jaśniała dzisiaj szczególniejszą pogodą.

– Staś pisze, że Naczelnik zganił go i zarazem wyróżnił. Jak to rozumieć? Opowiedział, jak było, nie szczędząc mu przy tym pochwał i szczerego uznania.

– Więc stawał tak mężnie i z takim azardem? – Słodka duma przepełniła jej serce.

– Bohatyrsko! Mam o tym szczegółowe relacje – zaznaczył z naciskiem.

Spojrzenia skrzyżowały się nad jego głową w niemym porozumieniu.

– To porucznik nie wraca spod Kościuszki? – wyrwała się po swojemu Terenia.

– Niestety, wracam tylko z Grabowa! – odparł spokojnie z pozorami najszczerszej prawdy. I korzystając skwapliwie ze zboczenia rozmowy w tę stronę, narzekał na kłopoty, jakie na niego spadły wraz ze śmiercią ojca. Czy wzbudził wiarę, nie mógł wymiarkować, lecz tyle zyskał, że rozmowa potoczyła się w bieżących materiach. Szambelan nie bez złośliwej intencji dokuczenia Izie wydrwiwał popłoch, jaki się szerzył pomiędzy towarzystwem polskorosyjskim, a w końcu powiedział:

– Przyjaciele obligują, byśmy na te straszne czasy wyjechali do Petersburga. Mogą się tutaj powtórzyć paryskie historie. O siebie się nie obawiam!

– A ja zapowiadam, że z Warszawy się nie ruszę – powiedziała ze stanowczością Iza.

– Nie odpowiadam za następstwa. Przestrzegam, to moja powinność.

– I ja nie wyjadę, chociaż kasztelan codziennie nalega – oznajmiła kasztelanowa.

– Ja się tam niczego nie boję i nigdzie nie uciekam – zadeklarowała Terenia.

– Pod komendą Marcina nic nie grozi – rozśmiał się Zaręba.

– Mam jeszcze Königowskich ułanów – dodała dumnie – tysiąc wiernych szabel i tatusia.

– Zostajesz aktualnie w Warszawie i na dłużej – zwróciła się Iza do Zaręby.

– O ile rachuby nie zawiodą, pozostanę. I myślę, iż dla wszystkich będzie w Warszawie pozostać najbezpieczniej. Chyba że ktoś ma ciężkie obrachunki z narodem...

– A jak te straszne jakobiny pomordują nas wszystkich? – wystrzeliła Terenia.

– Może i niektórych pomordują, nie wszystkich jednak – odpowiedział żartobliwie.

– Bo wiem, jako spiskują na samego króla! Ale niech się ważą! Nasi ułani już są w Warszawie, dzisiaj przysięgali na wierność królowi, dadzą oni bobu spiskowcom!

– I panna Terenia będzie broniła króla!

– Do ostatniego tchu! I Marcin będzie bronił z gwardią! – zapewniała gorąco.

– Marcin, a jeśli do tego czasu znowu dostanie abszyt od panny Tereni?... Żachnęła się obrażona i uciekła. Marcin pogonił za nią amfiladą pokojów. Szambelan się podniósł, jego nieodstępny Kubuś przypomniał porę lekarstwa. Pozostali we troje, ale kasztelanowa zapadła w jakieś odrętwiałe milczenie nie odpowiadając nikomu, może nawet nie słysząc ich głosów. Wybiła właśnie dziewiąta i Zaręba podniósł się do wyjścia.

– Uciekasz? Tak ci pilno czy tak ci ze mną nudno? – spytała bez ogródek.

– Pilno, czekają na mnie o wyznaczonej porze. Uwierzysz, że wolałbym pozostać z tobą.

– A tak mnie unikałeś! – powiedziała ze szczerością wielce

kłopotliwą dla niego.

– Od chwili, w której mnie ostrzegłaś, musiałem się kryć, a potem wyjechałem. Boże, toż jeszcze ci nie podziękowałem za ocalenie moje i towarzyszów! I nie wiem, jak to wyrazić! Stali przy sobie blisko, prawie się dotykając piersiami. Zagrała w nim pijana, szalona żądza pochwycenia jej w ramiona i całowania nabranych, purpurowych ust. Patrzyła bowiem tak wyzywająco, była tak kusząco piękna, tak zdała się być gotową na wszystko, że w głowie mu się zakręciło. Powstrzymał się jednak i tylko ucałował jej ręce; były chłodne i nie oddawały uściśnień. W oczach jej zabłysła jakby mgła łez.

– Dziękuję ci całą duszą w imieniu ocalonych. Postąpiłaś wzniosie.

– Ciebie pragnęłam widzieć wolnym, tylko ciebie... – posłyszał namiętny szept.

– Dług mojej wdzięczności nigdy nie będzie spłaconym – sięgnął po jej rękę; cofnęła prędko.

– Igelström wie o wszystkim i ma spiskowych w obserwacji – szepnęła – wiem, że układają nowy regestr tych, którzy lada dzień mają być pochwyceni przez Baura. Czy jesteś na nim wymieniony, nie wiem. To ci jeszcze chciałam powiedzieć. Odpłacisz mi, jeśli będę wiedziała o dniu wybuchu.

– Jeszcze nie zdeterminowany, ale będziesz wiedziała – zapewniał gorąco.

– I niech się wszystek świat zawali! – wyrzekła z niewysłowioną boleścią. Zadrżał na ten jęk rozpaczliwy, zbudziła się w nim jakby dawna miłość, pełna jeno współczucia i litości. Straszliwy żal zaszarpał mu sercem. Stała przed nim taka bezbronna i żałosna, taka dziwnie inna, bliska i jak siostra droga. Nic z tego nie wyraził, nie śmiał, obawiając się nieprzewidzianego obrotu.

Już przy drzwiach posłyszał za sobą jej kroki, odwrócił się wyczekująco.

– Czy to prawda, że się żenisz? Nie wierzyłam pogłoskom – spytała otwarcie.

– Mam narzeczoną – odpowiedział nieco wykrętnie, sam nie wiedząc dlaczego. Ale to pytanie, uderzające jakby kamieniem, przywróciło mu równowagę chwilowo straconą. Poczuł się opancerzonym na wszelkie ciosy.

– Życzę ci szczęścia! – powiedziała cicho i odeszła jakoś chwiejnie i bardzo powoli. Widział, jak siadła na dawnym miejscu, wsparła się łokciami o stół i łzy popłynęły z jej oczów ciężkimi sznurami pereł. Dawała im spływać, jakby krwi z rany śmiertelnej. Płakała spokojnie, bez jęków i szlochań, beznadziejnie.

Cóż miał począć? Uciekł poruszony do trzewiów, zacinając zęby, aby nie zakrzyczeć z jakiegoś szarpiącego bólu. Wciąż miał przed sobą jej twarz zakrzepłą na kamień i radloną strugami łez. Te jej łzy zalewały mu serce zgryzotą i wszystkimi furiami nagle zbudzonych żalów. Kochała go! Miał teraz oczywisty dowód. Ale nie chciał temu zawierzyć. Krwawił serce wspominaniem jej zdrad i życia, wydzierał z pamięci, zohydzał przed samym sobą i pomimo tego płakała mu dusza nad grobem umarłej miłości. Płakała nad nią i zarazem nad sobą.

Woyna czekał zniecierpliwiony i natychmiast wyszli z kwatery. W drodze – margrabianka mieszkała niedaleko, na Krakowskim obok kamienicy Wasilewskiego – Woyna jął się spowiadać ze swojej miłości. Mówił innym, niźli zazwyczaj językiem i sposobem. Aniby kto rozpoznał z jego słów płomiennych i tkliwych dawnego cynika, kpiarza i hulakę. Nawet głos mu brzmiał jakby flotrowers w noc majową, rozśpiewaną słowików trelami, a zapachami kwiatów dyszącą. Nie wyszydzał żadnej z takim żarem, z jakim teraz wystawiał tę jedyną. Był jej wyznawcą i czcicielem.

Zauważył to Zaręba pomimo swoich udręczeń i spytał z nieukrywaną irytacją:

– Jesteś już po deklaracji?

– Czekam sposobnej okoliczności. Jeszcze się obawiam rekuzy. No, i jestem przymuszony przyprowadzić swoje interesa majątkowe do jakiego takiego ładu. Na szczęście stryjaszek zapisał mi znaczne dobra w sandomirskim województwie.

– Właśnie wybrałeś porę na miłosne gruchania!

– Na miłość zawsze jest pora. Z małżeństwem tylko bywa inaczej. Nie myślę ja o Hymenie teraz, pod grzmoty dział, chociaż zwłoka mi nie na rękę i nie do smaku.

– Można konkludować, jako pewny jesteś wzajemności. Może to jakiś dawny sentyment?

– Poznałem ją przed miesiącem u pani Mokronowskiej i z miejsca utonąłem. Pewności nie mam, ale imaginuję sobie, że mi sprzyja. Bywa, iż kobieta sama nie wie o swoim uczuciu, aż do chwili wyznania amanta.

– Musisz znać i jej brata rotmistrza?

– Znam i przyznaję, że ten pan brat nudzi mnie setnie swoją traiczną twarzą i opiniami parafialnego pedanta. Wydaje mi się być tępszym od swojego konia.

– Sąd z gruntu mylny; to człowiek oświecony, jeno srodze

doświadczony przez złe losy i przeto posępny i zgryźliwy. I panna też nie pierwsza lepsza z brzegu... Wiem, i to mnie aż przeraża. Patrzę na nią prawie codziennie i wciąż znajduję inną, niepodobną do wczorajszej. Humory ma tak zmienne, że ciężko mi się połapać w sytuacji, bo raz mnie unika, odstręcza, słówkiem nie zachęci, to znowu szuka mnie i godziny całe przesiadujemy w najczulszej zgodzie. Mieszka obecnie u Barssowej; wiem od Konopki, jako często rozmawia z nim o mnie...

– Miała pono inklinację do klasztoru, jakiś czas była w nowicjacie wizytek!

– Wspominała, brałem to za panieńskie fantazje; co to dzisiaj chce klasztora, jutro pragnie umierać, pojutrze wyjść za królewica, zaś kończy się nową robą od Łazarewiczowej i tańcami przez trzy dni z rzędu. Znam ja te panieńskie faramuszki. Jeśli jednak zajdzie okoliczność, stoczę o nią walkę choćby z Panem Bogiem i nie oddam..

– Słuchając cię myślę: To mówi ktoś drugi, nie Woyna. I zdumiewam się przemianie.

– Mniemasz, jakom doszczętnie zbaraniał? Chwalę sobie ten stan głupawej szczęśliwości. Czy wiesz, że panna Zofia strzela z pistoletu jak mało kto? I ćwiczy się w tym niestrudzenie.

– Z taką nie zadzierać, bo w łeb palnie z lada przyczyny. Krzywdy nie daruje – szepnął Zaręba. Stanęli pod niskim, zaledwie piętrowym domkiem, wciśniętym pomiędzy wysokie kamienice. Na odgłos kołatki otworzył im służący z koślawą łojówką w ręku.

– Tutaj kończy się moja misja. Niech ci dalej sprzyja fortuna – oznajmił żywo Woyna.

– Nie idziesz ze mną? Byłem pewny twojej asysty.

– Powiedziano: Woyna zna drogę. Woyna też spełnił powinności i teraz rusza w swoją stronę – zaśmiał się z jego zakłopotania, popchnął nieco do sieni i zatrzasnął za nim drzwi. Służący poprowadził go na piętro i oddał olbrzymiemu pajukowi, przybranemu z węgierska, ten zaś otworzył przed nim wyzłocone podwoje białego salonu rzęsiście oświetlonego. Zaręba wszedł posuwiście i zatrzymał się na środku, wodząc zdumionymi oczami dokoła – nie było nikogo. Salon był urządzony ze smakiem i nie lada przepychem. Lśnił cały od białości, zwierciadeł i złota. Pawimenty wykładane drzewem różanym dawały podobieństwo kobierca bogatego barwami. Drzwi były zamaskowane zwierciadłami. Na suficie amorki, splecione wieńcami róż, pląsały radośnie na łące pełnej motyli. Upajający zapach hiacyntów białych rozchodził się z przecudnej żardiniery, drążonej w marmurze złotawym. Meble o wyszukanych kształtach, złocone, były obciągnięte bladoliliowym bławatem, dzierganym w kwiatuszki. Cztery kandelabry z farfuru, stojące w rogach na postumentach, obficie siały światłem. Jedna ze ścian dźwigała naturalnej wielkości portret Stanisława Augusta z jego lat dawniejszych. Przedstawiał pięknego młodzieńca w stroju francuskim, rozpartego w złocistym karle przy stoliku, na którym leżały rękawiczki, laska i kapelusz. Żaboty, koronkowe manszety, diamenty, biała peruka w misternych puklach, błękitny frak w złoty rzucik, słodkawy uśmiech, wypieszczone ręce, białe kiuloty z pękiem wstążek przy kolanach i niedbała, wzgardliwie leniwa poza dawały obraz jakiegoś wymuskanego paniątka. Jeno że mądre, wyraziste oczy kłóciły się z tym strojem wykwintnego modnisia. Patrzał król, ujawniony w postaci prawego muscadina, ulubieńca dam i bohatyra buduarów. Patrzał majestat spośród jedwabnych łachów i świecideł. Ta dziwna dwoistość nadawała portretowi szczególny urok.

Dojrzał to Zaręba nie mogąc się napatrzeć do syta. Odchodził i znowu powracał. Te królewskie, przenikliwe oczy przykuwały go do miejsca.

Dopiero odgłos jakichś kroków zbudził go z medytacji. Jakaś Murzynka czarna jak noc, w czerwono–żółtych szatach, skłoniła się przed nim zapraszając wymownym gestem do pójścia za sobą. I powiodła go amfiladą małych, ciemnych pokojów. Na jego pytania odpowiadała francuszczyzną, z której nie pojął ani jednego słowa. Szedł wielce podekscytowany niezwykłością sytuacji i tajemniczością. Przechodził jakieś korytarze, jakieś schodki wybite w murach i prowadzące na dół, to w górę, że po paru minutach zupełnie już nie rozeznawał, gdzie się znajduje. Wreszcie otworzyła drzwi do niskiej, sklepionej izby. Znalazł się w mrokach, przesianych czerwonawym brzaskiem. W ogromnym kominie narożnym, pod nisko zwisłym okapem żarzyła się kupa węgli, owiana błękitnawym płomieniem. W tych blaskach rozpoznał margrabiankę, siedzącą przy samym trzonie, z kartami w rękach. Wskazała mu miejsce naprzeciw siebie. Czarna wiedźma przyniosła stolik i postawiła go między nimi. Margrabianka stasowawszy karty rozkazała mu je zebrać lewą ręką i trzy razy. Uczynił posłusznie. Rozkładała je w głębokim skupieniu. Dwa śnieżnej białości koty z czerwonymi oczami skoczyły jej na kolana i zwinąwszy się w puszysty kłębek mruczały monotonnie.

– Przeszłość! – wyrzekła tak obcym zgoła głosem, że zadrżał oglądając się mimo woli. Zaczęła czytać z kart jakoby z księgi dzieje jego przeszłości. Nic się nie ukrywało przed jej strasznym widzeniem. Niekiedy badała linię jego dłoni. Chwilami czuł w sobie lodowate groty jej spojrzeń przeszywających. Opowiadała nie pomijając niczego. Wzbudziła w nim pamięć całego życia. Przesuwał się widmowy korowód lat przeszłych, pomarłych zdarzeń, miłości, uniesień, zgiełkliwy tłum tego, co było, zapomniane majaki.

– Co to jest? Skąd ona wie? Zali takim byłem? Zali to moje dzieje? – zdumiewał się coraz głębiej udręczony. Przeglądał się, jakby w czarodziejskim zwierciadle, nieubłaganie odbijającym zarówno zło, jak i dobro. Nie oszczędzała jego dumy ni próżności zdzierając wszelkie osłony pozorów. Jej zimny głos miał świst batoga i ranił boleśnie.

Jeszcze nie zebrał rozpierzchłych myśli, gdy stasowawszy nowe karty oznajmiła sucho:

– Teraźniejszość! – Karty upadały z szelestem jak obumarłe liście jesieni. Stał na wiotkiej krawędzi pomiędzy otchłaniami "wczoraj" a przepaściami "jutro". Jeszcze wszystko miał żywe w sercu i pamięci. Sprawdzał z bijącym sercem historię prawie każdego dnia. Pokazywała je w przemijającej prawdzie. Odkrywała udział w spisku, wyprawę do Paryża, stosunki z Izą. Nie zapomniała o Krakowie ni Racławicach.

Słuchał zdrętwiały i przerażony tym jakimś okropnym rabunkiem, jaki się spełniał nad jego duszą. Poczuł się obnażonym do najtajniejszej nagości. Palił go jakiś niewytłumaczony wstyd. Nie śmiał spojrzeć na nią. Cierpiał, jak muszą cierpieć wystawieni pod pręgierzem. Czuł się obdartym i niezmiernie pokrzywdzonym. Nie miał już nic swojego i tylko dla siebie. A przy tym groza zjeżała mu włosy na głowie i strach dziki, obłędny chwytał za gardło żelaznymi pazurami.

– Przyszłość! – zabrzmiał daleki, jakby z przestrzeni płynący głos. Ostatnim wysiłkiem chwycił ją za rękę i wyszeptał błagalnie:

– Nie mogę! Boję się! – zęby mu szczękały i śmiertelny chłód przejmował serce. Zdała się nie słyszeć i klasnęła w dłonie. Czarna wiedźma postawiła na stole wielką kryształową kulę, napełnioną bezbarwnym płynem i okrywszy wróżkę ciemnym płaszczem, zahaftowanym w srebrne znaki zodiaku, jęła sypać na węgle jakieś suche zioła. Buchnęły gęstymi dymami, rozszedł się odurzający, gorzkawy zapach i zielonawa mgła wypełniła izbę pokrywając wszystko rozdrganym, połyskliwym tumanem.

Margrabianka wyciągnęła ręce nad kulą i szepcąc jakieś niezrozumiałe słowa patrzyła w kryształ długą chwilę, aż ów płyn zaczął mętnieć, burzyć się i pryskać.

– Jeśli masz mężne serce, spojrzyj: zobaczysz, co ci zapisało przeznaczenie. Umilkła, oczy się jej zawarły, zesztywniała w tej pozie, nawet krwawe usta pobielały na płótno. Wzburzone włosy, poprzeplatane perłami, przybrały podobieństwo wężów. Kula zagrała barwami tęczy i świeciła, jakby utajone w niej słońce rozbłysło. Spojrzał i już nie potrafił się oderwać.

Widział w głębi kryształu jakiegoś człowieka okutanego w płaszcz, z kapeluszem nasuniętym na oczy i w czarnej masce na twarzy, a siebie stojącego naprzeciw. Krzyknął z podziwu! Przyglądał się samemu sobie! Nieznajomy coś mówił. Kto to może być? Znał skądściś ten głos. Obraz zniknął, nim potrafił skupić uwagę. Ujrzał się w arsenale wpośród spiskowych. Noc, prowadzi Izę jakimiś zaułkami, przelatują kozacy. Świt na niebie, dzwony biją, dalekie strzelania, krzyki, bitwy, ulice, pożary, trupy i krew. Woyna z okrwawioną Radzimińską na rękach! Jakieś tłumy na ulicach! Jakieś sceny niezrozumiałe, jakieś zdarzenia, w których widzi siebie, a zgoła nie pojmuje związku ze sobą. Obrazy lecą jakby na skrzydłach błyskawic; nie potrafi nawet zapamiętać, już patrzy na siebie jak na obcego i obojętnego. Ale majaki ludzi, spraw, miejsc i zdarzeń przepływały wciąż rwącym potokiem, coraz jeno bledsze, dalsze i bardziej mu niepojęte. Czuł się już śmiertelnie wyczerpanym, ledwie się trzymał na nogach i wsparłszy się o stolik, jakby zamierającymi oczami patrzył na dziwną scenę: jakaś bitwa wrzała dokoła, otoczyła go czerń kozacka, broni się szablą; pękła, chwyta więc z ziemi karabin, grzmoci kolbą, odpiera ciosy; nacierają ze wszystkich stron i naraz dostał piką w twarz, ktoś go pałaszem rąbie przez głowę, ktoś piersi przebija bagnetem. Wypuścił broń i pada na kupę trupów! Już nic więcej nie widzi, w oczach robi mu się ciemno, brakuje tchu, nogi się uginają, odbiega przytomność i padł ciężko na ziemię jak kłoda.

Kiedy otworzył oczy, margrabianka siedziała przy nim z rzeźwiącymi solami. Porwał się na nogi srodze zawstydzony i gorąco się sumitował. Położyła palec na ustach.

– Ktoś pragnie pomówić z panem, ale musisz dać parol na sekret.

– Na niewidzianego! W jakiejże materii ma być rozmowa i z kimże?

– Możesz mu waszmość zaufać. A jeśliby to był ten, któregoś widział przed chwilą? Pamięć niedawnych widzeń buchnęła mu do mózgu panicznym strachem, zerwał się gwałtownie do ucieczki, ale nie zdążył, bo właśnie stanął przed nim ów nieznajomy, obtulony w płaszcz, z kapeluszem nasuniętym na oczy i w czarnej masce. Zaręba cofnął się przerażony, przetarł oczy i obejrzał się dokoła. Nieznajomy siedział naprzeciw niego.

– Siadaj, poruczniku, chwiejesz się na nogach – ozwał się uprzejmie.

Boże, ten sam głos znany mu skądścić! Te same ruchy i postawa!

– W trzy dni zrobiłeś drogę spod Krakowa, kawalerzysta z ciebie nie lada.

– Byle pachołek tego samego dokona! – odmruknął burząc się nagle.

– Czy raport Kościuszki o bitwie racławickiej będzie opublikowany powszechności?

– Waszmość bierze mnie na spytki? – żachnął się zgniewany już nie na żarty.

– Obliguję gorąco tylko o respons.

– Nie rozpowiadam sekretów pierwszemu lepszemu – wybuchnął opryskliwie, bowiem sceną wróżeń i przemęczeniem doprowadzony do denerwacji nie panował już nad sobą – zachodzi jakaś omyłka. Waszmość bierzesz mnie za kogoś drugiego. Ja nic nie wiem o jakimś raporcie Kościuszki, o bitwie racławickiej pierwszy raz słyszę i znikąd nie przyjeżdżam. A zresztą nie myślę się suplikować.

– Estymuję taką oględność; nie wykręcisz mi się jednak, wiem o tobie wszystko...

– Udław się tym waćpan, a mnie poniechaj. Dosyć mi tej krotochwili. Widzę naplątaną kabałę, jakby na reducie: tajemnicze podziemia, mistyczne przepowiednie, czarodziejskie sztuki, jegomość w masce i dziwne indagacje. Nie wiem, jaki jest cel tego wszystkiego, i dochodził nie będę, ale bądź waćpan zdrów i do tej zabawy poszukaj sobie innego. Ja nie twojej maści – ruszył spiesznie do drzwi.

– Nie wyjdziesz bez mojej woli – zagrzmiał za nim władczy, rozkazujący głos. Odwrócił się groźnie jak żbik napastowany i stanął naraz niby wrośnięty w ziemię. Król we własnej osobie siedział przy kominie, bez maski już i kapelusza. Poznał go z pierwszego rzutu oka i wielce skonsternowany niespodzianką sprężył się w powinnej postawie i z nachmurzoną twarzą zaszeptał:

– Najjaśniejszy panie, anim imaginował o takim honorze! Pokornie suplikuję o przebaczenie.

– Ognisty z ciebie kawaler i kąśliwy jak osa. Siadaj przy mnie bez ceregieli. Fatigatus, widzę, jesteś, nogi ci drżą, pobladłeś. Siadaj!

– Czynię to jeno na wyraźny rozkaz – opadł na wysunięty trzon komina, bokiem do ognia.

– Zachodzą takie okoliczności, że potrzebuję pewnych wiadomości... ty je wiesz...

– Bylem je znał i mógł powiedzieć, pytaj, najjaśniejszy panie! – szepnął lodowato.

– Daję ci moje słowo, jako wszystko, co mi powiesz, będzie pogrzebane między nami. Zaręba struchlał, rzęsisty pot wystąpił mu na czoło i trwogą załomotało serce. Chwila stawała się osobliwa i szczególniej ciężka. Jak ma sobie postąpić? Wszak pyta go król i w materiach, które chował w skrytości, pod pieczęciami przysięgi. Musi odmówić posłuszeństwa. Nikt nie jest mocen zwolnić go z raz danego słowa. Wprawdzie król obiecuje parol na sekret. Ale od zachowania tajemnicy zależy powodzenie insurekcji, podnoszonej przeciwko jego socjuszom i jemu. A może zawierzyć królewskiemu słowu? A jeśli wyda Igelströmowi, żeby ocalić siebie i zarobić na względy imperatorowej! Nigdy! Nigdy! Wirowały w nim myśli podobne gwałtownym, oślepiającym błyskawicom, aż nagle zdeterminował i opanowawszy wewnętrzny dygot odpowiedział z wielką godnością i przejęciem:

– Najjaśniejszy panie, powinienem ci posłuszeństwo, ale jeszcze więcej powinienem ojczyźnie. Odpowiem na to, na co mi pozwoli przysięga, dobro sprawy i mój honor.

– Takiś to! – szepnął niemile dotknięty król i zrzuciwszy z ramion płaszcz jął niecierpliwie przemierzać izbę. Tarł czoło, znać w nim było jakieś wahanie; kilka razy przystawał przed nim i odchodził, nie mogąc się na coś zdeklarować. Trwało to niedługo, lecz Zarębie wydawało się nieskończonością. Stał sprężony, goniąc za nim oczami. Burza znowu srożyła mu się pod czaszką. Wszystko, co był kiedyś o nim wiedział, słyszał i myślał, powstało teraz w pa– mięci, wzmożone jeszcze. Stawiał go przed trybunałem swojego sumienia i niemiłosiernie osądzał. Zdał się być jego sędzią i zarazem katem.

– Chce mnie pociągnąć za język i wydać aliantom – myślał nienawistnie. – Niedoczekanie twoje, królu! – szydził zacinając się w sobie na kamień – nie przemienisz mnie na swojego konfidenta, królu! – srożył się coraz zacieklej – nie stanę się ja Judaszem!

wołał wyniosłą wzgardą, uważał go bowiem za generalną przyczynę wszystkich klęsk Rzeczypospolitej, za najgorszego z parycydów. I byłby z przyrodzonej porywczości skoczył mu z tym do oczów i wypowiedział bez ogródek, gdyby nie ten jakiś majestat, bijący od niego, i poszanowanie, zaszczepione w duszy od dzieciństwa dla pomazańca. A przy tym, kiedy znowu zasiadł przed kominem w brzaskach ognia, znalazł go dziwnie zmienionym, budzącym raczej współczucie niźli nienawiść. Widział przed sobą starego człowieka, pochylonego pod brzemieniem lat i zawodów, o twarzy obrzękłej, zrytej troskami i wargach spalonych gorączką. Mądre, wyraziste oczy zamglone smutkiem wbił w ogień i coś medytował.

Przybrany był skromnie w kadecki granatowy mundur z czerwonymi obszlegami, przy prostej szpadzie. Zaręba widywał go na posiedzeniach sejmowych, na paradach różnych, na kadeckich uroczystościach, na promenadach i zawsze jako króla, otoczonego przepychem, pompą, pokorną ciżbą dworaków i pełnego majestatu, i wyniesionego ponad powszechność! Zasię teraz pierwszy raz w życiu patrzał na niego jak na człowieka, tylko szczególniejszym losem wyniesionego na tron, i czucia jego przybierały obrót życzliwszy.

Naraz król wyprostował się i uczyniwszy znak masoński mistrza rzekł hasło:

– Szabaleth!

Zaręba jakby poderwany nadludzką siłą rzucił się ku niemu i odpowiedziawszy znakiem wtajemniczenia, stopnia i hasłem skłonił się przed nim trzy razy wedle ceremoniału i wyrzekł głuchym, schrypniętym ze wzruszenia głosem patrząc mu pilnie w twarz:

– Posłuszeństwo aż do śmierci, mistrzu i bracie.

– Siadaj przy mnie, pomówimy otwarcie. Nie mogłeś odpowiedzieć królowi, to zawierzysz bratu. Wprawdzie to nie na kapitule, ale mam prawo żądać od ciebie na każdym miejscu.

– Posłuszeństwo aż do śmierci, mistrzu i bracie – powtórzył przyjętą formułą.

– Więc ci rzeknę: Zapomnij o królu, zapomnij nawet o mistrzu, a mów do mnie jak do brata, jak byś mówił ze swoją duszą i sumieniem, jak byś się wyznawał na spowiedzi. Chcę usłyszeć prawdę, szczery sąd, opinię nie zmąconą żadnymi względami, człowieczy głos!...

Co się działo w Zarębie, niepodobna tego oddać w mowie. Słyszał, widział, czuł, rozumiał, a razem wydawało mu się to niepokojącym snem i jakimś diabelskim omanem, jakby dalszym ciągiem widzeń w kryształowej kuli. Myślał, iż to, co się stało przed chwilą, na żaden ludzki sposób nie jest podobne prawdzie. A jednak była to rzeczywistość, bardziej wstrząsająca jego trzeźwym umysłem niźli czarodziejstwa margrabianki. Król pokazujący się mistrzem loży masońskiej! Król szukający tajnej rozmowy z prostym porucznikiem! I do tego w takich okolicznościach! Miało to pozór fantastycznej bajędy! Ale nie pragnąc już tego zgłębiać ni brać na rozwagę stał się powolny rozkazom mistrza. Czuł się przymuszonym do posłuszeństwa. Zwarł się jeno w czujności, jak czasu bitwy, na ciosy, mogące uderzać z nieprzewidzianej strony. Wzrosła też w nim podejrzliwość i zatargał głuchy niepokój przed niewiadomem.

– Mam relację o tobie i twoich peregrynacjach po świecie – zaczął król przeglądając w świetle komina jakiś regestrzyk. – Azardowałeś się – podniósł oczy na niego.

– W dobrej sprawie, najjaśniejszy panie! – mruknął, niemile dotknięty jego wyznaniem.

– Nic ci też nie wypominam! Pokazują tu ciebie jako mojego jawnego wroga, lecz i zarazem jako człowieka w sprawach publicznych nie szukającego fortuny ni własnego wyniesienia. I wiem, jakim hołdujesz maksymom. Nie eksplikuj się, każdemu chętnie pozostawiam jego opinię. Jesteś synem miecznika Zaręby? Ledwie odpowiedział, tak nim poruszyło to niespodziane pytanie.

– Szczególne! – zasępił twarz patrząc w jakąś dawno odeszłą przeszłość – dziwnie się plecie. Znałem kiedyś twego ojca – dodał król żywo – wyniosły to był szlachcic i zmiennych humorów; zali żyje jeszcze?

– Niedawno zamknął oczy! Całe podlaskie województwo opłakuje go szczerymi łzami żalów! – powiedział, podrażniony królewską wzmianką i jej tonem.

– Pomińmy przykre materie. Wezwałem cię na rozmowę, bo przekładam otwartego nieprzyjaciela nad podchlebców. Wzbudziłeś we mnie wiarę. I powtarzam, mów ze mną, jak byś rozmawiał ze sobą, bądź echem powszechnych mniemań. Wiele spraw nie dochodzi do mnie, a powinienem wiedzieć o wszystkim. Czasy są brzemienne w nieobliczalne następstwa. Świat się trzęsie w posadach. Padają trony i ludzkość pragnie nowym bóstwom wznosić nowe ołtarze. Nie rozstrzygam, zali się ziszczą marzenia filozofów. Może to jeno wieczny sen o szczęśliwości ludzkiej. Więc znajduję naturalnym, że i my płacimy ciężki haracz powszechnemu zamętowi. Polska znalazła się na tragicznym pograniczu czasów, jakoby na krawędzi dnia i nocy, a że skłócona do głębi, słaba i rozdarta, łacno stać się może łupem mocniejszych! I już nie wiadomo, skąd wyglądać ratunku! – załamał bezradnie ręce.

– Musimy go naleźć w sobie! – rzucił porywczo nie bacząc na etykietę. Król, jakby tego nie słysząc, ciągnął dalej z bolesnym naciskiem.

– A na domiar złego generał Kościuszko podnosi żagiew wojny domowej, której następstwem być musi ostateczny upadek i podział kraju.

– Wojny domowej? – przerwał mu Zaręba – insurekcja nie jest wymierzona przeciwko tobie, najjaśniejszy panie, ani przeciwko panującym stanom, boć jej świętym hasłem: wolność, całość i niepodległość! – wstrzymał się raptem, zbyt wiele było do powiedzenia.

– A cóż Kościuszko zamierza uczynić ze mną? – podchwycił prędko król.

– Nie wiem – odparł szczerze – nie wyznawał się w tym względzie w mojej obecności. I w głównej kwaterze nic w tej materii determinowanego nie słyszałem. Wiem tylko, że Naczelnik poza sprawami aktualnymi chętnie i często dyskuruje o Polsce na wzór amerykańskiej republiki ukształtowanej! Jego to ulubiona myśl!

– Więc nie gotuje mi doli Ludwika XVI? – wracał uparcie do tego przedmiotu.

– Znalazłem go dalekim od terrorystycznych opinii. Człowiek to wzniosłego ducha! Żyje myślą podźwignięcia Polski i uszczęśliwienia ludzkości. Prawdziwy filantrop.

– Być może. Kołłątaj jednak z klubem "Obrońców Wolności" spiskują przeciwko mnie.

– Za generalny cel uważają walkę z tyranami. Pragną przekształcenia Polski sposobami, jakimi zwycięża francuska rewolucja. Walczą o prawa człowieka i obywatela Umowę społeczną J. J. Rousseau'a przyjęli za ewangelię. Progresję i szczęście ludzkości mają za najwyższe prawo. Chcą panowania cnoty i rozumu. Za hasło wzięli: wolność i równość! – objaśniał żywo, lecz bez widocznego zapału

– Wszystko, co wiedzie do zniwelowania, wiedzie do sytego barbarzyństwa – szepnął dość cierpko król. – Powiedz, którzy tak skwapliwie wyciągają ręce po królewskie głowy? Padło kilkanaście nazwisk, a w pierwszym rzędzie: Kołłątaj, ksiądz Dmochowski, ksiądz Meier, d'Aloe, Maruszewski, Konopka, Pawlikowski i mniej znani. Z wojskowych nie wymienił ani jednego; nie chciały mu przejść przez gardło, dusił się nimi.

– Nie obcy mii ten katolog, spodziewałem się tylko uzupełnienia.

– Wielu nie pamiętam – submitował się pokornie – wielu nie zmam, a wielu pokazuje się na zebraniach pod maską.

– Wiem i o damach, jakie uczestniczą w tych krwawych sabatach.

– Widywałem je zawsze zamaskowanymi. Wyróżniają się zapalczywością, z jaką domagają się egzekucji wszystkich pomawianych o zdradę. Pozwól mi dodać, najjaśniejszy panie, że na wielu punktach rozchodzę się z klubistami – dodał szczerze.

– Znam pomiędzy nimi takich, którzy jedną rękę wyciągają do mnie po łaski, a w drugiej chowają puginał na okoliczność odmowy. Żebrzą i grożą. Tacy przybierają potem postacie Koriolanów i swoje cnoty i miłość ojczyzny szumnie obnoszą wśród powszechności. Znam i te pisma burzące przeciwko mnie. Nazywają mnie nieprzyjacielem ludzkości, tyranem, żądają mojej głowy, bo nie chciałem opłacić ich milczenia. Nikczemna kuźnica, pryskająca jadem obmowy i fałszów!

Zaręba słuchał ze ściśniętym sercem i z nachmurzoną twarzą.

– Znam co do jednego całą tę zgraję paszkwilistów i nie mogę przeszkodzić ich plugawym fałszom i haniebnym oskarżeniom. W Polsce po staremu wszyscy mają prawo strofowania króla, jeno król jest poza prawem nawet własnej obrony i nie może, jak tylko kupić dla siebie sprawiedliwość! Chcą w nim widzieć jedynie szafarza faworów i łask. Chcą go mieć kukłą, by snadniej się nim posługiwać dla swojej wygody i partykularnych profitów. Z tronu słyszy się tylko jeden głos: "Dawaj!" i widać jeno drapieżnie wyciągnięte ręce. A potem krzyczą tym głośniej: "Rozdaje Rzeczpospolitą, trwoni dobro powszechne." Snadź po to, aby się stało, jak gdzieś powiedziano: Za podany chleb weźmiesz kamieniem. I niedaleko mi szukać przykładów. Exemplum prawie cały kor artylerii, aktualnie konsystującej w Warszawie. Zaręba poruszył się gwałtownie, zaczepiał jego przyjaciół i socjuszów.

– Szczególniej grożą się przeciwko mnie właśnie ci, których z nikczemnego stanu podniosłem do prerogatyw należących się tylko urodzonym. Nie żałowałem dla nich ofiar własnej szkatuły ni zabiegów przed stanami, by ich fortragować na wyższe szarże. I pozyskałem najzaciętszych nieprzyjaciół.

– Najjaśniejszy panie, fałszywie ci przedstawiono – zaczął gorąco Zaręba.

– Zali niewdzięczność jest jedyną cnotą Polaków? – ciągnął król nie zważając na jego słowa.

– Nie obronisz! Zresztą nie żalę się, stwierdzam jeno jeden z tysiącznych dowodów niewdzięczności. Życie strawiłem na zabiegach koło dobra Rzeczypospolitej, a nie doczekałem się innej nadgrody jak nieufność, oskarżenia i niezrozumienie. Jakaś głęboka przepaść mnie dzieli od powszechności. Za wszystko złe mnie winują! Dlaczego? Za co? Pytam, odpowiedz szczerze!

– Rozkazujesz, najjaśniejszy panie, i winienem ci posłuszeństwo, ale...

– Odłóżmy etykietę na stronę, nie pora na nią – ostrzegał zniecierpliwiony.

– Przede wszystkim nie mogą darować zdobycia tronu protekcją imperatorowej.

– A kiedyż to w Polsce osiągano koronę bez pomocy ościennych potencji? A kiedyż to wola narodu wynosiła na tron, a nie opłacone głosy elektorów! Mów dalej! Mów!

Zaręba jął z żołnierską otwartością i cale nie dobieranymi słowy opowiadać grzechy, o jakie powszechność oskarżała króla. Były pomiędzy nimi ciężkie, wciąż żywe w pamięci, a przy lada okolicznościach wypominane na sejmach i sejmikach. Były i przewiny, o których dziwne powieści rozchodziły się po dworach siejąc wzburzenia i gniewem zapalając cnotliwe serca. Ale były i takie zgoła niepodobne do prawdy, a rozsiewane na ucho, pod pieczęcią tajemnicy. Zaręba, wychowany w domu nieprzyjaznym królowi, gdzie skwapliwie zbierano wszystkie bajędy, formując z nich coraz cięższe oskarżenia, był istotnie doskonałym echem malkontentów. A że i sam przyuczył się widzieć w królu sprawcę wszelkich klęsk Rzeczypospolitej, więc jego relacja miała gorzki posmak bezwzględnej szczerości. Wypowiadał wszystko bez osłon. Zrazu nawet satysfakcjonowała go ta rozkosz smagania samego majestatu. Pastwił się rozumiejąc, jako dokonywa znacznego czynu. A litania owych wypominków ciągnęła się od pierwszego rozbioru aż do dni ostatnich. Kładł mu na głowę koronę, uwitą z cierni nieszczęśliwego panowania, i okrywał purpurą, na której wypisywały się dzieje niezatartymi głoskami: Pierwszy rozbiór! Rządy Repnina! Wywiezienie senatorów! Sprawa Ugromowej! Powolność na każde skinienie carowej! Zgniecenie przy jej pomocy konfederacji barskiej! Marnotrawstwa dóbr koronnych! Faworyci! Haniebne rządy Ponińskiego! Konszachty z sąsiednimi potencjami! Zamachy na wolność! Wojna 1792! Akces do targowicy! Sejm

grodzieński! Ratyfikacja traktatów rozbiorczych!
Wyliczał bez zająknięcia, lecz w jakiejś chwili dojrzawszy
królewską bladość urwał.
– Proszę cię, nie każoluj mnie, mów! – posłyszał dobrotliwą
zachętę.
Król słuchał na pozór spokojnie usiłując nie pokazywać po sobie
tej męki biczowania, jaka nim targała. Nawet uśmiech przywołał
na zbielałe wargi, przesmutny uśmiech upokorzeń, a oczy grały mu
coraz boleśniejszymi poruszeniami duszy. Chwilami zwierał się w
sobie i przytajał jakby przed razami; na próżno jednak, bowiem
niebaczne i zuchwałe słowa Zaręby smagały nielitościwie,
dosięgając najtajniejszych zakamarków. Sądy i oskarżenia, jakie był
słyszał, wdeptywały go po prostu w błoto niby nikczemny
łachman, tak splugawiony zbrodniami, że godzien jedynie wzgardy.
Niełacno przyszło mu uwierzyć, jako to o nim samym mowa, jako
to jego własny konterfekt w tak hydliwej malowany postaci! Ale
uwierzyć był przymuszony.
Król w nim cierpiał, cierpiała duma, lecz najsrożej cierpiał
sponiewierany człowiek.
Zaręba ciągnął dalej, ale już wiele pomijał, wybierał łagodniejsze
słowa i zaczynał go oszczędzać. Jakaś niepojęta litość zbudziła się
w jego sercu. Już żałował swojej powolności jego rozkazom. Poczuł
jakiś przykry niesmak. Często marły mu słowa na ustach.
Zachwiały się w nim nagle dawne wiary, jakie miał w tym
względzie. Stało się bowiem, że wypominając królewskie winy
przeciw narodowi w tym zarysie zawierającym dzieje haniebnych
lat kilkudziesięciu spostrzegał coraz wyraźniej obraz drugi,
nierównie ogromniejszy i bardziej wstrząsający – obraz całej
polskiej społeczności. Czymże był król w tym rozległym stafażu?
Jednym z milionów ludzkiego mrowia czy też jedynym sprawcą
powszechnej doli? Któż potrafi dać respons? Nowa udręka ścisnęła
mu serce i odebrała głos że siedział milczący, szarpany jeno
wątpliwościami własnego sumienia.
– Królowi w Polsce nie wolno niczego" a odpowiada za wszystko!
– posłyszał naraz głos, przejęty niechęcią i nieskrywanym żalem. –
Potwierdzasz, com już był rzekł: Niewdzięczność to jedyna cnota
Polaków – dorzucił jeszcze.
Ta gorzka konkluzja nie dopuszczała zdawkowego responsu.
Przykre milczenie zapanowało pomiędzy nimi. Zaręba postanawiał
już nic nie mówić, siedział osowiały i wielce ze siebie
nieukontentowany, zaś król zaczął się promenować po izbie. Ginął

w panujących mrokach i co pewien czas wynurzał się w brzaskach dogasającego ognia bladym zarysem widma; gruby kobierzec nie dawał słyszeć jego kroków. Dopiero po długiej chwili zaklaskał w dłonie i komuś w ciemnościach rozkazał:

– Dorzuć do ognia: zimno!

Czarna wiedźma wypełzła skądściś i po chwili buchnęły żywe, radosne płomienie, jawiąc przed oczy całe wnętrze izby, wybitej chińskimi, żółtymi makatami w błękitne smoki, że wydawała się być kopulastym namiotem. W głębi naprzeciw komina i na niskim ołtarzu z farfuru niebieskiego siedział złocisty Budda ogromnej postaci, z rękami splecionymi na obwisłym brzuchu. Wiedźma zapaliwszy przed nim kadzielnice zniknęła bez szelestu. Wykwitły strugi dymów roznosząc przejmujące zapachy piżma.

– Są prawdy, które pojmą dopiero przyszłe pokolenia – zaczął znowu król siadając na dawnym miejscu – i winy mogące być poczytywane za zasługi...

Zegar nad kominem wybijał jakąś późną godzinę, huczał niby uderzenie gonga.

– Prawda nie ma ojczyzny, przeto bywa traktowana jak uprzykrzony włóczęga! Zabobony i ciemnota oto jedyni tyranowie ludzkości – mówił patrząc w ogień i grzejąc ręce; potem zaś z wolna i z namysłem począł objaśniać te grzechy przeciwko ojczyźnie, o jakie pomawiała go powszechność. Była to obrona jakby przed trybunałem własnego sumienia zanoszona. Zwracał się do Zaręby, ale odpowiadał raczej sobie i swojej zaniepokojonej duszy. Bronił się oskarżając zarazem powszechność. Jego słowa, dyszące szczerością, przebłyskiwały ostrzami jadowitej wzgardy i wyniosłości. Nawet w eksplikacjach taiła się być może słuszna duma niezrozumianego człowieka. Chwilami zabierał głos poniżony majestat. Mówił jak do równego sobie umysłem i objęciem materii in statu. A misterna dialektyka, górne maksymy i piękność wysłowienia nadawały jego dowodzeniom kształt niewzruszonej prawdy. Rozmowa migotała niby pas tkany w przecudowne farby. Z wyznań przechodził do konfidencjonalnej pogawędki, ze spraw minionych do projektowań, ze spraw Rzeczypospolitej do aktualnych, salonowych debat, nie zaniedbując przy tym indagowania względem przygotowań insurekcyjnych, pewnych ludzi i dnia wybuchu. Czynił to jakby mimochodem, bez szczególniejszego nacisku. Zaręba nie przygotowany na to, co go spotykało, czuł się niezmiernie onieśmielony. Nie mógł się zgoła połapać ni z tym, co był słyszał, ni z dyspozycjami własnego serca. Przecież ani imaginował, aby miasto znienawidzonego nalazł króla męczennika swoich powinności, jenialnego reformatora, króla, poświęcającego każdą chwilę swego żywota pracy nad oświeceniem i podźwignięciem kraju. Bał się zawierzyć własnym uszom, a zawierzyć musiał. Któż się to bowiem przed nim użala? Któż tkliwiej czuje niedolę powszechną? Któż głębiej pragnie odmiany? Któż lepiej rozumie niebezpieczeństwo? Zaiste, tylko on, król, wielkiego serca obywatel i mąż na miarę największych, jacy byli w narodzie! Rozmyślał nie podejrzewając, że może król próbuje go skaptować i urobić na instrumentum sobie oddane. Dopiero później przyszło mu to na myśl, a tymczasem słuchał oczarowany i przywiedziony do kapitulacji wobec swoich dawnych mniemań i opinii. Ustępował, ale nie bez zastrzeżeń i rezerwy. Rozmowa przeciągnęła się długo w noc.

VI

Tego roku dzień Palmowej Niedzieli, chociaż wypadał prawie w połowie kwietnia, przypominał dzień późnej jesieni, bowiem od samego rana mżył deszcz, że ani na chwilę rynny nie przestawały bełkotać i panowało przejmujące zimno. Warszawa tonęła w błocie i szarudze. Ale pomimo tak przykrej aury Krakowska Brama dawała obraz jakby oblężonej przez rozanimowane tłumy. Owo zaraz po nieszporach, kiedy ciżby wysypywały się z kościołów, zasiadł był w niej Barani Kożuszek na swoim zwyczajnym miejscu w głębokiej framudze i wyprawiał takie ucieszne brewerie, że ciżbiono się coraz gęściej nie bacząc na ziąb ni pluchę. Siedział na znacznym podwyższeniu z daleka widny, i jak zwyczajnie swoim zuchwałym sposobem przypinał łatki najznaczniejszym personom, nie przepuszczając i przejeżdżającym przez Bramę. Co chwila też żądliwe słówka wśród śmiechów, drwin, a niekiedy i rzęsistych aplauzów goniły za skonsternowanymi wielmożami. Znała go z tego wszystka Warszawa. Nie darowywał nikomu, jednako smagając grzechy możnych, jak i przywary pospólstwa. Zasię biczem najsroższym był na damy, znane z rozwiązłego życia i przyjaźni z Moskalami; tym przycinał najszpetniej podając ich imiona na publiczną wzgardę. Jego jadowite epigramaty i wierszyki podawane z ust do ust wciskały się wszędzie i zawsze trafiały w sedno. Z nieubłaganą pasją prześladował zdrajców i egoistów. Obdartych ze skóry wystawiał na pokaz i publiczne urągowisko. Był jakby żywym i czujnym sumieniem narodu. Obawiano się go i nienawidzono, ale nie było ucieczki przed nim; dosięgnął choćby i na królewskich pokojach. Przekupić go było niepodobna i dosięgnąć, o złoto bowiem nie dbał, a broniła go miłość pospólstwa. Przy okoliczności setki piersi podnosiło się w jego obronie i już nieraz dobrze oberwali marszałkowscy pachołkowie.

Przybrany w kożuszek srodze połatany, w baraniej czapie, z torbami przewieszonymi przez plecy, z brodą siwą i kosturem pielgrzymim, dawał pozór prawdziwego dziada, pod którym się taił ktoś wielce oświecony i nader czuły na nieszczęścia ojczyzny. Często też sprawiał wrażenie obłąkanego; widywano go nieraz, jak godzinami rozmawiał ze sobą, jałmużny odrzucał i znajomych nie poznawał. A co by był za zacz, jakie traiczne ewenty przywiedły go do tak nikczemnego stanu, tego nikt nie wiedział, nawet jego socjusze spiskowi, którym był gorąco oddany i pod ich szczególną opieką pozostawał. Właśnie dzisiaj widział się być niezmiernie poruszonym i po różnych zwyczajnych konceptach i drwinach podniósł się naraz i potoczywszy oczami dokoła wyjął z jakiegoś ukrycia małą gilotynę, z łokieć może trzymającą, na obraz prawdziwej uczynioną.

Wołał pokazując ją ludowi:
Patrzcie, cud machina!
Zarówno królowi,
Jak i mospanowi
Gładko łeb ucina!
Postawił ją na szerokim gzymsie i wyjąwszy z zanadrza lalkę, kształt człowieczy pokazującą i przybraną w biskupie szaty, zagrzmiał gromowym głosem:
Na zdrajców wołam kary
I na jurgielniki!
Niech łby spadną w koszyki
Jak w kabzę talary!
Za zdrady zapłata – jednako pobrata:
I tego za ruble, i tych za dukata!
– Sądy otwieram, mości panowie, kapturowe sądy! Sprawiedliwość ma głos! Lalkę nasadziwszy na długi kij pokazywał na wsze strony i jął prawić:
Z kurierem jeździ na przedzie
I w poszóstnej rozpiera się karecie,
Wszystek w purpurze i fiolecie;

Za złoto naród do zguby wiedzie.
Któż to? Nie wiecie?
– Prymas! Prymas! – zakrzyczało kilkanaście głosów.
Za twoje zdrady, prymasie,
Niech piekło się tobą pasie.
Wsunął lalkę pod gilotynę, nóż błysnął i prymasowska głowa
spadła obcięta. Tłum cofnął się nieco pod wpływem podziwu i
zgrozy. Barani Kożuszek wydobył nową figurkę w czerwonym
kontuszu i pokazując ją wołał:
I piekła dla tego za mało,
Nawet śmierć jego zbrodni nie opłaci;
W pogoni za koroną i chwałą –
Zaprzedał wrogom współbraci!
A kto na ojczyznę podnosi rękę
I wraże wprowadza regimenty,
Tego wydać na wieczną mękę,
I niech na wieki będzie przeklęty!
– Potocki! Szczęsny Potocki! – wybuchnął potężny okrzyk. –
Potocki! – wrzeszczeli dalsi. Tłum się zakłębił groźnie, rozbłysnęły
oczy, podniosły się pięście, przekleństwa posypały się niby
kamienie, a kiedy Barani Kożuszek oddawszy na gilotynie
nienawistną głowę rzucił ją pod nogi, zaczęli ją deptać i miażdżyć, i
kopać jakby głowę plugawego gadu. Nienawiść zagrała w sercach,
każdy chciał bić i rozdzierać choćby konterfekt tego sprawcy
nieszczęść, hańby i zbrodni! A zaledwie się uspokoiło, już dziad
pokazując nową kukłę wołał zawzięcie:
Zdrajco, jurgieltniku, inflancki biskupie,
Już cię nie obroni twoja carowa!
Sprzedawałeś ojczyznę, ty plugawy trupie:
I kat cię za to pochowa!
– Kossakowski! Śmierć mu! Na pohybel! – zawrzeszczano ze
wszystkich stron. Obciął mu akuratnie głowę i świeżą lalkę
wystawiał na pokaz.
Patrzcie, oto wielki regimentarz!
Z Polski pragnie zrobić smętarz.
Sama podłość, sama zdrada;
Jakaż na takie zbrodnie rada?
Gdy własne wojska sprzedaje carowej,
Śmierć! Patrzcie, już dryga bez głowy!
– Hetman Ożarowski! Ze skóry obłupić! Końmi rozedrzeć! –
krzyczano zawzięcie. Przyciszył ich Barani Kożuszek potrząsając

nową figurą.
Nic mu ojczyzna ni cnota!
Wszystko poświęci dla złota.
Dusza jego jest z błota,
Nie człowiek, to a sama podłota!
– Ankwicz! Ankwicz! Dawać go tu nam w pazury! Na postronek!
Ankwicz!
Już bije twoich zbrodni godzina!
Naród cię skazał, zabija i przeklina!
Zaledwie obciął mu głowę, gdy naraz przeraźliwy gwizd przeszył
powietrze; kilkanaście rąk wyrwało dziada z framugi i poniosło w
bezpieczne miejsce, gdyż właśnie nadjeżdżał marszałek koronny w
asyście swoich dragonów, którzy dojrzawszy kupę pospólstwa z
przyzwyczajenia przypuścili szarżę, płazując, kogo się dało.
Powstał nieopisany krzyk i po chwili nie było już nikogo pod
Bramą, jeno tu i owdzie walał się w błocie jakiś kornet lub jęczał
stratowany.
Nie upłynęło jednak pacierza, kiedy Barani Kożuszek zjawił się na
dawnym miejscu i wystawiając pokraczną figurę Moszyńskiego
wołał donośnie:
Ni diabeł, ni święty!
Srogą pychą odęty,
Nosi garb i wielbi diamenty.
Ojczyźnie służy trocha,
Lecz i aliantów kocha,
A ma sobie za cnotę,
Że zbiera polskie złote.
Więc niech cię porwą czarci,
Grafie, pomiocie bękarci.
Znowu zebrał się niemały tłum i od Starego Miasta ściągało coraz
więcej ludzi, że Staszek obsadził swoimi strażami wyloty
sąsiednich ulic, aby się nie dać zaskoczyć marszałkowskim lub
kozackim patrolom, zaś Barani Kożuszek, snadź wzburzony
przygodą, z niesłychanym ferworem sypał jadowitymi
wierszykami, coraz to nowe obcinając głowy. A jurzył tak
skutecznie, że tłumy wrzały jak burza wzbierająca z minuty na
minutę. Co chwila zrywały się okrzyki gniewów, klątwy i groźby. Co
chwila tłum się skłębiał gorączkowo i kołysał niby fale w ciasnym
łożysku zamknięte. A przychodziły momenty, iż ciżby stały z
zapartym tchem, oniemiałe, kamieniejące w zgrozie i zasłuchane w
strasznych litaniach, jakie dziad wygłaszał swoim jękliwym,

przejmującym głosem:
Regestr mam jeszcze niemały:
Branicki, Rzewuski, zuchwały
Złotnicki, co sprzedał Moskwie Kamieniec,
Boscamp, Szwykowski, Skarszewski;
Oto jest zbrodniarzów wieniec
I polskiej hańby krwawy rumieniec.
A jedna dla wszystkich zapłata:
Śmierć z ręki kata!
– Śmierć! – wybuchnął jednym ogromnym głosem tłum. – Śmierć zdrajcom! Wywoływane nazwiska głęboko wrażały się w umysły, nizali je sobie w pamięci krwawym różańcem głów poświęconych katowi. Nasycały się zemstą stare krzywdy i poniżenia, i nędze, i głody. Odwieczna zawiść wyciągała drapieżne pazury po głowy wielmożów, po te głowy sprawców własnej i ojczystej niedoli. Nareszcie widzieli sprawiedliwość sprawującą swoje słuszne rządy. Wzgarda i nienawiść rozpierała serca. Nie było już miejsca na litość. Pobłażliwość przybierała pozór nikczemnej zbrodni. Ale w głębiach, na spodzie, pod wzburzonymi czuciami urastała dzika żądza wolności. I srogi gniew na nieprzyjacioły ojczyzny wstawał. I jakieś jeszcze lękliwe marzenia o powszechnej szczęśliwości rozkwitały. I niewytłumaczona radość brała na tęczowe skrzydła i pod nieba ponosiła. I pragnienie czynów wielkich i ofiarnych, pragnienie jakiegoś dobra i wszystkie wzniosłe czucia jęły targać tym szarym, wynędzniałym pospólstwem. Prostowały się nagle karki, jarzmem niewoli przygięte do ziemi. W przebudzonych duszach roiły się niepojęte, zuchwałe myśli o prawach, o Rzeczypospolitej, matce dla wszystkich, o braterstwie i powszechnej równości. I coraz żywsza troska wyzierała z rozognionych oczów i twarzy, poradlonych ciężkimi ewentami życia. Aplauzowali Baraniemu Kożuszkowi, ale już tu i owdzie ważono jego oskarżenia na szali powszechnego pożytku; już nawet niejeden z rozważniejszych robił ciche zastrzeżenia co do pewnych person. Brała górę ostrożność i strach o własną skórę, niedowierzający demagogicznym maksymom. A poniektórzy już z pewną trwogą patrzyli na kupy wzburzonego ultajstwa, gotowe do wszelakich wybryków i gwałtów. Więc też skoro pierwszy zmierzch zasypał miasto, wielu odsuwało się na strony, w cienie kamienic i zmykało do mieszkań. Właśnie był w tę porę Barani Kożuszek wystawił na pokaz figurkę, wspaniałym płaszczem czerwonym przyodzianą i błyszczącą złotą koroną.

– Król! Król! – zawrzały głosy i zmilkły w oczekiwaniu. Dreszcz trwogi wstrząsnął tłumami. Wszyscy przytaili dech. Zabiły silniej serca i zgroza wyjrzała z oczów. Zaczął Barani Kożuszek:

W imię Ojca, Syna, Ducha!
Kto ma uszy, niechaj słucha,
Kto ma oczy, tym pokażę,
Jak królewskie bledną twarze,
Jak królewska spływa jucha,
Jak miecz zmiecie – podłe śmiecie.

– Veto! Dosyć tego! – przerwał mu gwałtownie Kiliński przepychając się ku dziadowi. – Zabraniam wszelkich krotochwil z osobą króla jegomości! – ryczał majster grożąc sękatym, kijem. – Wara! Chcesz rzezać łby jaśnie panom: nie przeciwię się takiej dyspozycji, ale od majestatu wara, bo łby polecą w drzazgi! Wynoś mi się, pókiś cały! Fora ze dwora! – grzmiał rwąc się zapalczywie do bitki, nie bacząc na srogie miny ultajstwa i jakichś żołnierzów, którzy otoczywszy Baraniego Kożuszka jęli warczeć niby rozjuszone wilki.

– Królewski kundel! A pójdziesz! Huzia go! A do budy! Szpiegun! Huzia!

– Sam tu, cechowi! Pobronię króla! Do mnie, szewcy! Kijami psubratów! – krzyczał Kiliński rzucając się naprzód. I byłoby przyszło do burdy, bowiem sporo ludzi wzięto jego stronę, lecz i przeciwnicy zebrali się w niemałej kupie. I już obie strony zaczynały się zwierać, kląć, wytrząsać pięściami, chwytać za boki, dobierać się łbów i tarmosić, gdy zjawił się Konopka z kilkunastu kanonierami.

– Milczeć i rozchodzić się! Kacper! Rozpędzić hołotę.

Kacper jakby klinem uderzył w tłum, rozszczepił go na dwoje, potem rozbił na czworo i ogarnąwszy każdą kupę z osobna rozpędzał na wszystkie strony. Nie obyło się bez lamentów, a nawet tęgich razów, jakich w potrzebie nie żałowali kanonierzy.

Konopka zaś ująwszy majstra pod ramię osadził go w miejscu i rzekł spokojnie:

– Ja swoje racje wyłożę, chodź aspan na stronę.

– Puść mnie waszmość! Jakem Kiliński, nie dopuszczę poniżania majestatu!

– Nie wydzieraj się, bo nam tu na karki sprowadzisz marszałkowską psiarnię.

– Jak Pana Boga kocham, sam ją przywołam, niech temu dziadowi nasypią batów.

– Łapże go acan i przytrzymaj! – zaśmiał się Konopka.

Kiliński się obejrzał: pod Krakowską Bramą było pusto, a po Baranim Kożuszku nie pozostało ani śladu, jeno kupa jego adherentów zachodziła z prawego flanka, jakby pragnąc wziąć odwet na majstrze i jego socjuszach, trzymających się blisko.

– Wiem, gdzie go szukać – wrzał zaperzony – nieraz mi donoszono, jako burzy naród przeciwko królowi po bilarach i kafenhauzach. Dzisiaj na własne uszy słyszałem i nie daruję. Jakem Kiliński, do poniżania majestatu nie dopuszczę!

– Nic mu nie zagraża i aspan niepotrzebnie się o niego kłopoczesz.

– Powinnością poddanego stawać w obronie swojego króla!

– Mój panie majster, znam cię poczciwym i gorącego serca patriotą, aleć rzeknę: są sprawy, do których nie radzę wtrącać swoje trzy grosze – ostrzegał rozdrażniony.

– Skoro materia publiczna, prawo mam i wydrzeć go sobie nie dam

– wolał hardo – i to mi się właśnie nie podoba, że się formuje jakaś kabała przeciwko królowi. Konopka żachnął się zniecierpliwiony, lecz umitygowawszy się pociągnął go na róg Senatorskiej, pod daszek sklepu Jarzewicza, gdzie było zaciszniej, i rzekł twardo:

– Przypomnij sobie aspan dolę obrońców Capeta!

– Czego te łajdusy chcą od mojej czeladzi – zaniepokoił się majster, dojrzawszy, jak ultaje otoczywszy jego ludzi zaczynają ich brać w swoje obroty.

– Chcą się im dobrać do skóry – zaśmiał się drwiąco Konopka,

– Widzi mi się, że ci sami, którzy stawali w obronie Baraniego Kożuszka.

– Snadź nie pozwalają sobie dmuchać w kaszę!

– Z dobrej woli dziada nie stróżują! Ktoś ich musi formować i płacić. Ale kto by? Gęby obwiesiów spod szubienicy. To może wziąć zły obrót. Poszczerbią mi ludzi, zbóje!

– Nie dopuszczę! – świsnął w szczególny sposób i wszystka banda rozpierzchła się, jakby w nią trzasnął piorun; szewcy zakrzyczeli tryumfalnie i rzucili się w pogoń. Majstra aż zatkało ze zdumienia, wreszcie po dłuższej chwili odzyskał głos.

– Teraz mi jasne, kto inspiruje tę bosą komendę – wykrztusił z nieukrywaną pogardą.

– Chciałem, byś aspan to zrozumiał i dobrze sobie zapamiętał. Masz swoich cechowych, którymi się chełpisz, i zdaje ci się, że wszystko pospólstwo za tobą. Widzisz, jako jest inaczej! Weź ż tego naukę i nie stawaj mi na drodze, bo nie zdzierżysz. Więc jeszcze raz powiem: z obroną króla nie wyjeżdżaj! O złą przygodę nietrudno.

153

Majster pogniewał się na dobre i głosem, nie dopuszczającym wątpliwości w jego szczerość, zaczął mówić tak ogniście, aż mu chwilami brakowało tchu.

– Tak mi, Panie Boże, dopomóż, jako od dzisiejszego dnia ja Kiliński biorę króla jegomości pod szczególną opiekę. Com rzekł, święcie dotrzymam. Pogróżek się nie boję. Waszmość jest szlachcic, a ja prosty człowiek, zobaczymy, czyje będzie na wierzchu. Dziękuję za honor rozmowy i Bóg zapłać za oświecenie. Mądrej głowie dość dwie słowie. Nie jestem edukowany, ale swój rozum mam. Rozumiałem: patrioci, a widzę: królewskiej krwie chłeptacze okrutni. Rozumiałem: bohatyrzy, wstający za wolność, a widzę: fakcjoniści! Rozumiałem: Polskę chcą zbawić, nieprzyjacioły wygnać, sprawiedliwość utwierdzić i wolność, a widzę, iż jako stało się we Francjej, po króla sięgają i gotowi nawet na Boga podnieść ręce! Tu drogi się nasze rozchodzą, mości panie Konopka! Generał Kościuszek będzie wiedział, jakich ma pomocników! Mną rządzą nie jakobińskie maksymy wyczytane w księgach, a jeno prosta powinność względem króla i ojczyzny. Do insurekcji, do walki z najazdem, do walki o wolność, równość i całość stawam i daję choćby ostatnią kroplę krwi, ale fundamentów powszechności Boga i fundamentów tej Rzeczypospolitej, króla, również bronił będę do ostatniego tchu. Wylazło szydło z worka! Dobrze mi o tym wiedzieć! Dzisiaj króla pod topór, jutro konie do kościołów, a pojutrze Andzię posadzicie na ołtarzu u Fary! – Skłonił się dumnie i niezmiernie poruszony szedł w stronę Podwala.

Konopka szepnąwszy coś na ucho jakiemuś człowiekowi, który się przy nim znalazł, odszedł w przeciwną stronę.

Kiliński poczuł się dotkniętym w swoich najświętszych uczuciach. Nie był partykularnym przyjacielem króla, lecz majestatu bezwzględnym wyznawcą. Niebawem słowa Konopki dały mu wiele do myślenia. Oświeciły go w sprawach, o których nigdy nie rozmyślał, jak o codziennym pacierzu, tak nie nastręczały wątpliwości. Boga i króla uważał za nietykalnych i poza wszelkimi deliberacjami. A przy tym żarła go urażona ambicja. Miał się za wyrocznię pospólstwa i za naturalnego jej wodza, a tu ni stąd, ni zowąd wyrasta Konopka z oddaną sobie bandą ultajstwa. Niełacno przychodziło mu się z tym pogodzić. Miał się też za ważne instrumentum sprzysiężenia, w którym zdało mu się, iż przeznawał wszystko na wylot, a nic nie wiedział o formującej się antykrólewskiej fakcji. Stropił się tym niezmiernie. Musi ktoś znaczny stać za Konopką? Medytował obcierając spocone czoło.

Ale kto? Komu król stoi na zawadzie? Nie generałowi Kościuszce! Na spiskowych zebraniach również nie słyszał i słowa przeciw królowi. A może targowicy! Podejrzenia zaroiły się w nim kłębami coraz hydliwszego robactwa. A może carowej i królowi pruskiemu? Niechybnie. Zwaliwszy króla i przywiódłszy kraj do anarchii, a może i wojny domowej, łatwiej go będzie pokonać i zagrabić. – Jezu miłosierny! – jęknął, porażony grozą tej straszliwej myśli. – Zali to możebne, by taki Konopka szedł im na rękę i przedawał ojczyznę za Judaszowe srebrniki? Nie chciał przypuszczać, ale myśl raz wzbudzona okręcała mu duszę bolesnymi skrętami zgrozy i podejrzeń. Wszak więksi od niego brali jurgielty od ościennych potencji. Wszak więksi dygnitarze Rzeczypospolitej przyczyniali się do jej zguby! Prawda! Przyznawał w duszy, lecz do Konopki miał takie wątpliwości, aż się przeżegnał i uderzył w piersi ze skruchą, odpędzając podejrzenia. Więc aby się pozbyć tych udręczeń, wszedł do traktierni Poltza na Podwalu, naprzeciw pałacu Igelströma położonej. Nie znalazł tam żadnego z kamratów, tylko w kącie przepijali do siebie jakieś skryby z ambasadorskiej kancelarii. Napił się piwa dla ochłody i wyszedł, ale na ulicy dopędził go przyjaciel z czasów młodości, niejaki Karski, przez traiczne przygody zabrany przez Moskalów, przymuszony na prawosławie i aktualnie zatrudniony w tajnej kancelarii ambasadora; przez niego to miewał pierwszorzędnej wagi ostrzeżenia.

– Jasiu! – zaszeptał Karski wyprowadzając go na ulicę – mam ci coś do powiedzenia.

– Wstąpmy gdzie na kieliszek, na ulicy nieprzezpiecznie – obejrzał się na przechodniów.

– Muszę wracać do kamratów, żeby się czegoś nie domyślili, wyszedłem niby to z potrzebą. Przyjdę do ciebie trochę później; żeby mnie tylko kto nie zobaczył...

– Masz, babo, kaftan! Akuratnie dzisiaj u mnie generalne zebranie cechmistrzów i starszej czeladzi! Masz coś ważnego?

– Od czego pewnie zależy twoje życie i twoich dzieci! – powiedział mu w samo ucho.

– Jezus Maria! Pewnie nowe aresztowania! – Nogi się pod nim ugięły z przerażenia.

– Coś groźniejszego! Koło dziesiątej przylecę i opowiem. Ma mnie nikt nie widzieć.

– Mój wiernik będzie czekał w sieniach i zaprowadzi cię prosto na górę! Karski powrócił do traktierni, a majster mocno sfrasowany i zaniepokojony szedł Podwalem, sapiąc z udręczeń i co chwila przystając. Nie poznawał nawet znajomych.

– Siarczyste pioruny z tym ciągłym strachem. Człowiek jak ten szarak głowy się boja wyściubić przed psami! – medytował ze złością. – Ciągle proszę zaczynać, sprać to tałałajstwo i wygonić na cztery wiatry! Raz kozie śmierć! Kunktatory, psiekrwie! Co to może być? Groźniejsze od aresztowania! – Jakoś ckliwo zrobiło mu się na sercu i w gardle tak zaschło, że prawie mimo woli pociągnął do szynkowni przezwanej "Indią", na rogu Podwala i Wąskiej. Szynkownia była w piwnicy i schodziło się do niej po kilkunastu stopniach. Parę izb niskich, licho oświetlonych zapełniały tłumy, zwłaszcza w środkowej, najobszerniejszej, gdzie wydawano jadła i napitki, było jakby nabite głowami, a co chwila zrywały się oklaski, śmiechy i takie dzikie wrzaski, aż chybotały się światła łojówek, pozatykanych w żelazne wilki na ścianach. Majster zaledwie docisnąwszy się do drzwi zajrzał tam i stanął jak wryty. Barani Kożuszek stał na ławie i recytując jadowite, podburzające wierszyki, zabawiał tłumy obcinaniem na gilotynce głów swoim kukiełkom.

– Jeśli mnie oczy nie zwodzą, to dziad spod Krakowskiej Bramy?

– Tenci sam! Przysala, że niech go drzwi ścisną! – odparł jakiś sąsiad.

– Aż dziwno, iż mu to przechodzi bezkarnie – wyrzekł ktoś drugi.

– Dobrze gada, niech ciemni przejrzą, jakich to mają panów! – dorzucił kto inny.

– A niechby sobie plótł na uciechę głupich – warknął gniewnie Kiliński – niespełna rozumu, wiadomo! Ale on i na królewską osobę powstaje! O, właśnie rozpoczyna! Milczeć, szołdro jedna, skurczybyku! – wrzasnął nie mogąc już wytrzymać. – Raz temu potrzeba koniec położyć. Zniewaga majestatu! Nauczę ja cię moresu! – zawrócił nagle.

– Gdzież to aspanowi. tak pilno? – pytał ktoś, wyraźnie zapierając mu drogę.

– Diabli komu do tego! – odrzucił porywczo i siłą utorowawszy sobie drogę wyszedł z szynkowni i ruszył w stronę Nowomiejskiej Bramy. Nie ubiegł jednak nad kilkanaście kroków, gdy go opadły jakieś draby z groźnymi minami.

– Majster leci po marszałkowskich! Panu majstrowi nie w smak Barani Kożuszek? Radzę po dobroci, nie wtykaj nosa, gdzie nie dasz grosza! – gadał mu jakiś.

– A to co? Napaść na gładkiej drodze! Precz mi, bo pożałujecie...

Raptem jakaś szmata spadła mu na głowę i oczy, jakieś żelazne pazury chwyciły za gardziel, posypał się grad kijów na plecy i stracił przytomność.

Oprzytomniał dopiero w swojej stancji, na łóżku, stała przy nim zapłakana żona, czeladź i cyrulik z miską pełną krwi, na głowie poczuł zmoczone chusty.

– W imię Ojca i Syna! Co się stało? – zawołał przerażony, rozglądając się po izbie. Naraz przypomniawszy sobie całą awanturę, aż spąsowiał z bezsilnego gniewu i rozważając różne szczegóły słuchał relacji żony, prawiącej w kółko a płaczliwie, jako go to przynieśli nieprzytomnym, jako posłała po cyrulika, jak się wylękła itd.

– Fraszki małe ptaszki – przerwał jej niecierpliwie – chwała Bogu, czuję się cały!

– Mogło być gorzej! Ale uważaj kum na siebie – wystąpił z perorą cyrulik – masz kompleksję krwistą i właśnie gorzałka pędzi gęste humory do głowy. Nie mówię półkwaterek, nawet dwa, to i dla konkokcji żołądka użyteczne i flegmę rozpuszcza, i przeciwko kolce skuteczna obrona. Owóż radzę: ostrożnie, kocię, gdy idzie o cię.

– Nie bajdurz, kum! Nie gorzałka była przyczyną! – porwał się i opadł z jękiem.

– Cóż to kumowi? Słabo? W głowie się mąci? To zawsze bywa po krwie puszczeniu.

– Gnaty mnie ano bolą – zaskarżył się boleśnie.

– Potłukłeś się kum przy upadku, gorzałką z tłustością warto by wysmarować...

– Idź, kum, do diabła z medykamentami! – Przypomnienie basałyków doprowadziło go do takiej pasji, że wypędził cyrulika, skrzyczał żonę i zaczął się spiesznie ubierać.

– Laboga, toć ósma za pasem, zaczną się schodzić! Odpłacę ja ci, panie Konopko, takim traktamentem, że go popamiętasz! – mruczał groźnie, rozcierając sobie boki.

– Waluś, gamoniu jeden, dawaj czarny kontusz i pas dropiaty. A ruchaj się, do stu piorunów! Zawołaj pani majstrowej!

Majstrowa stanęła w drzwiach zadąsana i z zapłakanymi oczami.

– Moja Marysiu, każ antał z piwem angielskim odbić i postawić na koziołku, gąsiory ze sklepu przynieś, pieczenie po kraj i pozwól grabek i nożów; niech się przyuczą jeść obyczajnie. Ale jeśli przyjdzie Karski, zabaw go i daj mi znać. Czegóż się boczysz i miny stroisz? Po takim przypadku to i anioł by się wściekł, a nie dopiero grzeszny człowiek! A nie żałuj niczego, trzeba wystąpić godnie – grzmiał z dawną energią i przemógłszy dolegliwości zeszedł na dół pomagać w uprzątaniu izby i sam ustawiał na dużym stole, ukrytym za parawanem, przeróżne specjały i niemałą kompanię gąsiorków i flach.

Zebranie miało być liczne i ważne; schodzili się cechmistrze najważniejszych kunsztów i starsza czeladź na generalną naradę i złożenie uroczystej przysięgi.

Długa, sklepiona izba od frontu, gdzie zwyczajnie stały szewskie warstaty, przemieniła się nie do poznania; umieciona, wysypana żółtym piaskiem, zastawiona rzędami krzeseł i ław, obitych zieloną trypą, dawała podobieństwo sali przyjęć. Okiennice były zawarte i przysłonięte, niskie szafy pełne skór i kopyt zginęły pod zielonymi kitajkami. Pod okrągłym saskim piecem, ściśniętym mosiężnymi obręczami, ustawiono stoliki i dwa paradne fotele dla księdza i komisarza Głównej Rady. W mosiężnych świecznikach, poustawianych na szafach, jarzyły się grube świece z blichowanego wosku. Na jednej ze ścian i w miejscu widnym wisiał Kościuszko, wyobrażony czarną farbą i otoczony wieńcem z bukszpanowych gałązek. Konterfekt Naczelnika dziwnie utrafiony rzucał się w oczy i zdawał się panować nad całą izbą.

– Maryniu, trzeba nieco wykadzić! Nie każdy uważa zapach skór za larendogrę. Majstrowa rozżarzywszy trociczki na jakiejś pokrywie tak wykadzała, że niebieskawy dym wypełnił izbę, a Kiliński kichnąwszy raz i drugi rzekł z przechwałką:

– Pachnie jak na królewskich pokojach! Nagotowane jakby dla senatorów! Waluś, zobacz no, czy Iwan Iwanowicz w swojej stancji. Żeby nie zrobił jakiego szpasa...

– Nie wrócił jeszcze, jeno deńszczyk siedzi a wygrywa na bałabajce...

– Ten zapłacony! Maryniu, poślij kapitanowi zraz pieczeni i sporą karafkę anyżówki, żeby jak skoro powróci, miał się czym zabawić, a nie podsłuchiwał.

Rozstawił jeszcze straże z zaufanych czeladników w sieniach i pod kamienicą. Gdy wybiła ósma, zaczęli nadchodzić zaproszeni. Ściągali się w krótkich odstępach czasu, a tak srodze okutani w płaszcze i z nasuniętymi na oczy czapami, że z pierwszego wejrzenia niepodobna było kogo rozpoznać.

Kiliński przyjmował w progu, z każdym witając się kordialnie, znaczniejszym kłaniał się w pas i wszystkich usadzał wedle wieku i piastowanych godności.

Prócz cechmistrzów i starszej czeladzi przyszło paru delegatów od konfraterni kupieckiej, nieco obywatelów i kilku abszytowanych oficjerów. Starszyzna pozajmowała krzesła i ławy, zaś czeladź wzięła miejsca pod oknem, w przystojnym oddaleniu. Zebrało się z górą sześćdziesiąt osób, sam wybór kunsztów, rzemiosł i konfraterni.

Kiliński mimo znacznej utraty krwie i rozbolałych kości zwijał się siarczyście, gadał za dziesięciu i z coraz większą pewnością siebie przybierał pozór wodza. Pomagała mu w tym przyrodzona zuchwałość, obrotność języka i zadzierżysta mina. Majster był przy tym foremnej postaci, a cale przystojnego oblicza. Czarne jak kruk wąsy podkręcał junacko i rad wysuwał się na oczy. Nie grzeszył modestią i w mowie był prędki, zapalczywy i przetykający dyskursa rubasznymi facecjami. Nie gardził też wesołą kompanią i niejedną noc przy kielichach przesiadywał. Lubił się chełpić i nad drugich wynosić, ale że znali go poczciwym, że pierwszy był do nadstawiania łba, że i worka nie szczędził, i patriotą był gorącym, i rozum miał bystry, i wielką estymę u pospólstwa – to chętnie przyzwalali mu przewodzić nad sobą nawet oświeceńsi i znaczniejsi w mieście. Kogo zaś nie zniewolił do sprzysiężenia namową, wiarą w powodzenie i miłością ojczyzny, tego umiał zażyć z mańki albo i nawet pogrożą zapędzić i twardo w ryzach trzymać. Zażywał uważania, lecz i strach budził niemały.

Właśnie był rozpoczął prawie o celu dzisiejszego zebrania, gdy wszedł ksiądz Meier z porucznikiem Zarębą i skłoniwszy się obywatelom zajęli miejsca przy stole.

– Obywatelu, proszę przeczytać regestr obecnych – zwrócił się Zaręba do Kilińskiego.

– By się tu jaka parszywa owca nie zabłąkała – ktoś zauważył. Czytanie katalogu nazwisk zajęło sporą kwotę czasu, ponieważ przy każdym były wymienione wszystkie tytuły, których pomijać nie wypadało.

W pierwszym szeregu byli od konfraterni kupieckiej delegaci, szlachetni: Aleksander Muradowicz, Wilhelm Horalik i Antoni Krieger, senior konfraterni młodziańskiej; potem obywatele i posesorzy, jak Borakowski, Klause, Piotrowski i drudzy; potem Efraim Osselewski, aptekarz miasta Warszawy, tak od konfraterniów, jako i od cechów, niemniej obywatelstwa warszawskiego delegowany. Zaczym szedł katalog starszych zgromadzeń, jak Michał Borowski – cyrulików; Józef Sierakowski – rzeźników; Meysner – mydlarzów; Dybiński – kowalów; Fischer –

kuśnierzów; Korn – jubilerów i złotników; Oswald – stolarzów; Rochus Schlechtinger – kotlarzów; Szczepański – introligatorów; Mathias Bauer – blacharzów; Nobis – piernikarzów; Sbociński – rymarzów; Gugenmus – zegarmistrzów; Chądzyński – krawców; Kiliński – szewców; Szczerbiński – rybaków; Tomasz Jakimowicz – mieczników itd. Lista starszej czeladzi okazała się znacznie dłuższa.

Kiliński odczytywał z wolna i raz po raz wynurzała się z tłumu jakaś twarz i odzywał się coraz to inny głos. Zaręba mając przed sobą drugą listę podkreślał ołówkiem każde wymienione nazwisko, przyglądając się ludziom z ciekawością.

Po skończeniu ksiądz Meier wystąpił ż krótką przemową.

– Obywatele! – wołał niskim, przejmującym głosem, tocząc zapalczywymi oczami po twarzach.

– Zbliża się święta chwila walki. Już drżą tyranowie! Już lud podnosi miecz karzący, już świta zorza sprawiedliwości! Lada godzina rozlegnie się krzyk: "Do broni, obywatele! Za wolność, równość i niepodległość!" Więc i nadchodzi pora, byśmy się przed Majestatem Ojczyzny związali przysięgą, jako stawamy przy niej i bronić jej będziemy wszystką mocą i do ostatniego tchu.

Ubrał się w komżę i stułę, krzyż podniósł do góry. Dwóch ludzi stanęło przy nim z zapalonymi gromnicami. Zaręba wydobywszy szablę przybrał postawę przepisaną.

– Powtarzajcie za mną, obywatele! – wyrzekł ksiądz uroczyście.

Padli na kolana i jak jeden powtarzali rotę przysięgi: "Przysięgamy Bogu Wszechmogącemu, w Trójcy Świętej Jedynemu i Najwyższemu Naczelnikowi siły narodowej, Tadeuszowi Kościuszce, jako sekretu powierzonego nie wydamy i do obrony ojczyzny w każdym momencie i na każde zawołanie staniemy i bronić jej będziemy. Tak nam dopomóż, Boże, i niewinna męko Syna Jego święta."

Po czym rozpoczęły się akuratne dyskursa. Przewodził im ksiądz Meier, a pióro trzymał Krieger, senior konfraterni kupieckiej-młodziańskiej.

Zaręba siedzący na stronie słuchał, patrzał i coraz głębiej się zdumiewał. Już był znał tę socjetę z przeróżnych zebrań i okazji, szczególniej czeladź, którą od pewnego czasu miał pod swoją komendą – i prawie ich nie poznawał, tak mu się aktualnie pokazowali przemienieni. Ci sami ludzie, te same twarze, a zgoła niepodobni. Nawet inaczej się jakoś poruszali. Miny mieli zadzierżyste, a nacechowane godnością. Niejednemu z oczów wyzierała nieustępliwa hardość. Ani śladu pokorności, uniżenia i służalstwa. Przemawiali otwarcie, z ferworem i nie przebierając w wyrazach, a pomimo tego panowała przystojność i powaga.

Wydało mu się, jakby się znajdował we francuskim Konwencie; ta sama górność wysłowienia, ten sam patriotyczny żar, ta sama troska o Rzeczpospolitą, o powszechność, prawa i sprawiedliwość. Nawet ustępy przeciwko tyranom przejęte były taką samą wzgardą i nienawiścią. Obradowali jakby prawi przedstawiciele ludu. Zwłaszcza ci z konfraterni kupieckiej zwracali uwagę szerokością opinii, rozumem i znajomością materii in statu. Nie krępowali się w sądach o dygnitarzach i duchowieństwie. Nie zaczepiano tylko króla. Zaręba połknął niejedną gorzką uwagę o szlacheckich rządach. Wiele też słusznych prawd utkwiło mu w pamięci. Chwilami z tych dyskursów rozbrzmiewały echa jakobińskich maksym, a nawet padały ostre skargi na szlachtę, ale ponad te wypadkowe rekryminacje górowało serdeczne pragnienie ratowania ojczyzny. Nie skąpiono dla niej niczego. Głęboka troska zasępiła wszystkie czoła. Deliberowano też głównie nad przyspieszeniem insurekcji i o środkach, jakie podejmowali się dostarczyć. Po czym każdy ze starszych imieniem swojego cechu deklarował pewną kwotę ludzi zdatnych do broni, wojennego rynsztunku i gotowego grosza. I kiedy to wszystko zostało zapisane, odczytano raport Kościuszki o bitwie racławickiej. Powstali na znak uwielbienia dla Naczelnika, zaś Krieger, człowiek młody, zdatny i żarliwy patriota, przemówił gorąco:

– Obywatele! Cechy i zgromadzenia zadeklarowały ofiary, jakie dać mogą. Ale tego nie dosyć! Musi dać każdy, na co go stać. Bo jakiekolwiek bądź kto ma sposoby ratowania ojczyzny, nie może ich bez występku zaniedbywać. A każdy grosz służy ku pomnożeniu siły zwycięstwa! I popierając słowa czynem złożył na stoliku przed księdzem Meierem złoty zegarek z łańcuszkami i pieczątkami. Przykład podziałał. Cichy a uroczysty zapał przejął serca. Niejednemu pociekły łzy z oczów. Jęli się prześcigać w darach. Supłali się do ostatnich złotówek. Zdejmowano ślubne obrączki. Kosztowne zapinki i guzy od żupanów posypały się na stół. Byli, którzy przynieśli ze sobą precjoza żon, córek i matek, składane może przez całe pokolenia; szły na potrzeby ojczyzny.

Wilhelm Horalik ofiarował dziesięciu gemejnów z całym uzbrojeniem i lenungi dla nich przez cały czas wojny. Kiliński obiecywał całą kompanię wysztyftować i deklarował złożyć na ręce Zaręby pareset karabinów, jakie był w cichości zgromadził.

Co chwila ktoś deklarował wśród uroczystego milczenia to buty, to uprzęże, to wozy, żołnierski moderunek i na co tylko kogo było stać. Dawali nawet nad możność, ale tak szczerze, jakby z poczucia prostej powinności i zupełnie na trzeźwo, bowiem dopiero po zapisaniu wszystkich ofiar przez pisarza Kiliński jął zapraszać na gorzałkę.

Zaręba widząc, jako się to może przeciągnąć późno w noc, spróbował się chyłkiem wyśliznąć. Majster go jednak przytrzymał i do kieliszka przyniewolił. Trącał się więc, z kim wypadło, i poznajamiał z najznaczniejszymi personami. Rad był nawet temu, chociaż spieszyło mu się na zebranie "Obrońców Wolności"; ale słyszeć opinie i sądy mieszczaństwa była to okazja nie do pogardzenia, zwłaszcza iż wino rozwiązywało języki, a serca stawały się skłonne do swobodnych wynurzeń. Świat się przed nim otwierał nowy i nadzwyczajnie ciekawy. Zdumiewał się po prostu, znajdując w tym plebsie tyle rozsądku, a nade wszystko miłości ojczyzny.

– Jakże waszmość znajduje moich kamratów? – zagadnął go na stronie majster.

– Że godniejszych i cnotliwszych nie szukałbym pomiędzy senatorami.

– A co! wszystkich zjednałem – chełpił się – poszli za moim głosem.

– Ojczyzna ci tego nie zapomni! Pierwszy będę świadczył przed Kościuszką.

– Generał wie, co trzymać o mnie. Jesteśmy w komunikacji! – szepnął tajemniczo. Zarębie wydało się to przechwałką, poczuł to Kiliński, gdyż rzucił porywczo:

– Mam list od generała w kieszeni; nie wolno mi tylko zdradzać jego materii, ale traktuje mnie jak przyjaciela. Mam ja coś drugiego na wątrobie...

– Słucham, choć Bóg mi świadkiem, powinność mnie wzywa w inną stronę. Kiliński opowiedział zajście z Baranim Kożuszkiem, spotkanie z Konopką i swoją bolesną przygodę w "Indii". Wrzał cały z gniewu i obrażonej dumy.

– Słusznieś postąpił, obywatelu – pragnął pochwałą nadać inny obrót rozmowie. Kiliński nie dając się zbić z tropu zaczął się gorzko użalać na Konopkę.

– Musiał ktoś druga nasłać swoich ludzi – przerwał mu stanowczo Zaręba.

– Mam ci ja wrogów i zazdrośników, bo któż ich nie ma, jeśli coś znaczy w mieście i prawdy ludziom w oczy nie szczędzi? Nikt by się jednak nie ważył podnieść na mnie rękę...

– Trzeba dojść prawdy. Szkoda, że pora wojenna nie po temu – zauważył z naciskiem. – Nie daruję swojego. Co się odwlecze, to nie uciecze. A jakom sobie przysięgał bronić majestatu, tak samo święcie wypełnię. Nam tu francuskich sankiulotów do szczęścia nie potrzeba. Bo to pewne, że się jakobińska sekta uformowała i będzie chciała próbować swoich rządów. A ich maksymy wiadome: ani Boga, ani króla! Na szczęście Kiliński zwąchał pismo nosem i choćby sam jeden naprzeciw stanie. Tak mi dopomóż, Panie Boże! – grzmotnął się w piersi podnosząc wyzywająco głowę. – Sawanty psiekrwie! Z Bogiem precz, a króla na postronek! Ja, Kiliński, się pytam: A cóż by pozostało ludziom? Swywola chyba i nic więcej. Jak równość, to równość. Jak nie ma grzechu, to nie ma kary. Każdy by skoczył wydzierać swój dział. Oddawaj, co masz, temu, który nigdy nic nie miał albo swoje przehultaił. Nie ma Boga, to nie ma króla, stróża praw ludzkich, i nie ma księdza, stróża praw niebieskich. Hulaj dusza bez kontusza! W to graj wszystkiemu ultajstwu. Szlachta szczególniej może za to zapłacić. Na waszmościa szablę znajdzie się sto drągów i cepów. Milionom zbuntowanego poddaństwa nie poradzi. Exemplum, jak to było w Humańszczyźnie. Naród nie urzędów się boi, jeno Boga i praw. Wiem ja, przed czym przestrzegam. I widzi mi się, jako Konopką nie sam ze siebie poczyna; patrzy mi na czyjeś instrumentum, komu zależy na zaprowadzaniu anarchii i upadku Rzeczypospolitej – prawił. Zaręba mitygował go przedstawiając Konopkę w innym świetle i starając się zniszczyć jego podejrzenia i obawy. Majster trwał mocno przy swoim, a na zakończenie rzekł zapalczywie:

– Waszmość mi gotów krzyknąć: "Pilnuj, szewcze, kopyta!" Zaś ja na to: Właśnie to czynię i na swywolnych i nieposłusznych po szewiecku wezmę się do pocięgla i nie pozwolę sobie odebrać praw przyrodzonych – jakby pogroził przechodząc jeszcze do Karskiego i zapowiedzianych przez niego wiadomości.

– Jeśli będą ważne – szepnął Zaręba kierując się do drzwi – czekam o każdej godzinie w nocy. Wyszedł na ulicę. Stanął przy nim chłopak z latarnią i zasalutował.

– Dobrze, poświeć, a wyciągaj nogi, żebyś zdążył, bo ci uciekną i dostaniesz figę marynowaną.

– Jestem na służbie, pokornie melduję! – podniósł latarnię oświetlając swoją kurtę.

– Fajfer od mirowskich! Któż cię tu przysłał? – zdumiał się czyjejś troskliwości.

– Pan Konopka! Ja się nazywam Felek, proszę pana porucznika – meldował z dumą. Zaręba przyspieszył kroku. Miasto już spało, zaledwie tu i owdzie świeciło jakieś okno. Deszcz mżył nieustannie. Bełkotały rynny i lało się z dachów. Przemykali się pod samymi kamienicami. Na ulicach było pusto i ciemno, tylko liczniejsze niźli zazwyczaj moskiewskie warty stały na rogach i przed kwaterami generałów. Na Krakowskiem spotkali kozaków człapiących się środkiem ulicy. Liche światła latarń ledwie dawały rozpoznać w ciemnościach drogę,

– A cóż ty robisz w komendzie pana Konopki? – odezwał się Zaręba.

– Co mi przykażą. Dzisiaj przez cały dzień rozlepialim ze Staszkiem i kamratami raport generała Kościuszka! Zrywalim też z murów rozporządzenia Moskalów i marszałkowskie! Potem byłem w asyście Baraniego Kożuszka pod Krakowską Bramą i gdzie indziej. Pan Konopka nakazał krzyczeć przeciw arystokratom!

Spojrzał uważniej na chłopaka: chudy był, niewyrośnięty, o bladej, mizernej twarzy i niezmiernie bystrych oczach, prawe dziecko ulicy, snadź przygarnięte przez pułk mirowski i w jego barwy przybrane. Minę miał zadzierżystą i głos starego pijaka.

– Felek, dostaniesz złotówkę, jeśli mi odpowiesz prawdę.

– Wedle rozkazu. Już nie pamiętam, jak złocisz wygląda i jego wnuczka dziesiątka.

– Kto w "Indii", wiesz, na rogu Podwalu i Wąskiej, pobił dzisiaj jednego majstra?

– Nie wiem, pokornie melduję. Ja stałem przy Baranim Kożuszku, a skoro pokazywał lalkę, krzyczałem: "Śmierć!" W ariergardzie był Staszek ze starszymi... może to oni...

– Masz swoje i zmiataj! Sam już trafię – odprawił go przed pocztą.

– Życzę dobrego zdrowia panu porucznikowi! – pieniądz wsadził w zęby i zasalutował. Zaręba ruszył ku Karmelitom, pomiędzy krainy gesto porozstawiane i kałuże. Wyznanie Felka pokazało w prawdziwym świetle rolę Konopki. Trzeba było obmyśleć jakąś satysfakcję dla Kilińskiego; był potrzebny dla sprawy i słusznie obrażony. Zwłaszcza teraz wobec jego zapewnień o związkach z Kościuszką. Poczuł się tym odkryciem jakoś przykro dotknięty! Żeby Kościuszko znosił się tajnie z jakimś tam szewcem! To mu się zgoła nie podobało. Miał to prawie za uchybienie godności wodza.

Jedenastą wydzwonił mu do ucha pektoralik, kiedy skręcał od

Karmelitów na lewo w ciemną uliczkę, biegnącą tyłami domów Krakowskiego ku Bednarskiej. Uliczka była spadzista, niebrukowana i strasznie błotnista; środkiem bełkotała woda, spadająca bystrym strumieniem gdzieś na dół. Domy wynosiły się na wysokich podmurowaniach, że do furt prowadziły strome schodki. Z prawej strony szarzał wysoki klasztorny mur, spoza którego wychylały się olbrzymie drzewa, zaciemniając do reszty. Ledwie rozpoznał kamienicę Barssa; miała zakratowane okna, zaś wybite z obsady stopnie ruszały się pod nogami niby klawisze. Przystanął dosłyszawszy jakieś kroki za sobą; szereg cieniów skradał się pod murami. Od strony Bednarskiej również nadchodzili. Wszyscy zmierzali do tej samej furty. Kołatano w jeden umówiony sposób, każdy też wymawiał toż samo hasło. Otwierały się zamczyste drzwi, jakoby do klatki zawartej jeszcze z drugiej strony żelazną kratą. Poza nią, w ciasnej sieni, przy mdłym olejnym kaganku ktoś w czarnej masce uchylając kraty pilnie zaglądał w twarze nadchodzących. Po czym każdy z przepuszczonych nakładał maskę i krętymi schodkami spieszył na pierwsze piętro do stancji, służącej kiedyś Barssowi za kancelarię. Tam na środku wynosił się okrągły stół nakryty czarno, zaś na nim ustawione w trójkąt płonęły trzy woskowe świece, leżała otwarta księga, puginał i trupia czaszka szczerzyła żółte zęby.

Stawali pod ścianami, gdyż prócz krzesła dla przewodniczącego drugich siedzeń nie było. Mówiono szeptem obtulając się szczelniej płaszczami i nasuwając głębiej kapelusze, żeby się nie wydać głosem ni ruchem.

Izba słabo rozświetlona zdawała się napełniać mrocznymi cieniami.

Zaręba naliczył ich trzydzieści trzy, a nie rozpoznał ani jednej osoby. Drażniła go ta tajemniczość. Szczególna zaś woń pachnideł niezbicie wskazywała obecność kobiet. Próżno chciał je rozeznać wśród jednakich płaszczów i masek. Stanął więc na uboczu pod oknem, coraz niechętniej dysponowany i zły na siebie. O wyjściu jednak nie było mowy. "Obrońcy Wolności" uformowani byli na sposób lóż masońskich i tak samo ich rytuał i hierarchię otaczała nieprzenikniona tajemnica. Na generalnych kapitułach nakładano maski, a zamiast nazwisk oznaczali się numerami na znak doskonałej równości. I pod gardłem nie wolno się było z tego wyznawać przed obcymi. Obowiązywało bezwzględne, ślepe posłuszeństwo. Za cel mieli walkę z tyranią i szczęście ludzkości. Każdą drogę wiodącą do osiągnięcia tych skutków uważali za świętą. Na tym punkcie Zaręba najpierw poróżnił się z nimi. Później znalazły się i drugie przyczyny, iż odstręczał się coraz bardziej. Niedawna rozmowa z Kilińskim dawała karmę dręczącym podejrzeniom.

– A jeśli istotnie pod tymi górnymi hasłami przyczaja się podła zdrada? Jeśli to jeden z nikczemnych sposobów sączenia jadów anarchii? Jeśli tylko jesteśmy tutaj bezwolnymi narzędziami wrogów Rzeczypospolitej? Jak dojść prawdy? – dumał trwożnie. Jakaś wyniosła postać zabrawszy miejsce przy stole uderzyła trzy razy w księgę. Otoczyli ją zwartym kołem pochylając głowy na znak posłuszeństwa mistrzowi.

– Obywatele! – zabrzmiał surowy głos, nie znał go Zaręba. – Wyłożę krótko. Za parę dni uderzymy na nieprzyjacioły! Jutro, pojutrze, chwila wybuchu zdeterminowaną będzie. Walka musi być przeprowadzona do szczęśliwego końca. Miecz zemsty spełni, co spełnić powinien. Dnie ciężkich walk przed nami! Ale nie będę mówił, jak tylko o naszych celach – celach obrońców wolności, aby rewolucja dokonała się zgodnie z naszymi hasłami: śmierć tyranom, wolność i równość! Owo jednak, aby krwawy posiew wydał słodkie frukta powszechnej szczęśliwości, powinniśmy wprzódy wyplenić pola ojczyste z nikczemnych chwastów! Zatem konkluduję: Winnych zdrady, winnych tyranii, winnych narodowego zaprzaństwa ogłaszam za wrogów ludu, wyjmuję spod praw i sąd otwieram. nad nimi. Obywatele, każde nazwisko, jakie padnie, jest obrazem najohydliwszych zbrodni, jest hańbą rodzaju ludzkiego. Mocą sumiennego przeświadczenia powiadam: Winni są. Sprawdzone ich zbrodnie, zważono ich niegodziwości, a wy osądzicie stopień kary, na jaki zasłużyli. Pogwałcona cnota, znieważone sumienie i zdradzone człowieczeństwo – oto straszny, nieubłagany trybunał, który mocen wydać ich ciała śmierci, a imiona powszechnej wzgardzie. Niechaj wschodzące słońce wolności nie oświeci już odrażającego oblicza tyranów. Niechaj zapanuje cnota, równość i braterstwo. Skończył i zasiadł wyjmując z zanadrza plikę szarych karteluszów.

– Proszę o głos! – zawołał ktoś z ciżby.
Zaręba drgnął rozpoznawszy głos Jasińskiego; nie wiedział o jego przyjeździe.

– Na sejmie grodzieńskim – ciągnął pułkownik śpiewnym akcentem – po ratyfikacji traktatu rozbiorowego szef Działyński pod pozorem masońskiej kapituły zebrał był braci i zelantów na sąd, na którym unanimitate vocum zadekretowano śmierć głównym hersztom targowicy. Czy był przy tym kto z obecnych? Podniosło się kilka rąk i kalka głosów potwierdziło. – Więc pytam, zali te wyroki wykonano? – głos jego zaświstał niby klinga. – Nie, ani jeden włos z głowy nikomu nie spadł. Nie dochodzę przyczyny: ni miejsce, ni pora. Wołam jeno, a jeśli opieszałość albo, co gorsza, pobłażliwość i teraz jeszcze powstrzyma miecz karzący nad głowami osądzonych, to nasze wyroki stać się mogą igraszkami niegodnymi mężów rewolucji! Jeśli mamy siłę, uderzajmy nieubłaganie, ale strzeżmy się płonnych pogróżek. Wrogowie je pochwycą i nie zawahają się przed zemstą. – Jakiekolwiek zapadną wyroki, będą spełnione – zagrzmiał twardy głos mistrza.

– Wotuję ryczałtem za śmiercią wszystkich oskarżonych – dodał jeszcze Jasiński. Mistrz skinął ręką i gdy zaległo milczenie, przeczytał głośno.

– Ankwicz! Wyrokujcie, obywatele – kartę z tym nazwiskiem rzucił przed siebie.

– Śmierć! – zabrzmiał jeden głos i trzydzieści trzy sztylety uderzyły zapamiętale w kartę.

– Szczęsny Potocki! – czytał wyjmując z pliki pierwszą lepszą z brzega.

– Śmierć! Śmierć! – spadły gwałtowne ciosy i niby stalowe dzioby poszarpały papier.

– Branicki!

– Śmierć!

– Rzewuski!

– Śmierć!

– Kossakowski biskup – wymawiał ciskając karty ze wzgardą i nienawiścią.

– Śmierć! – powtarzali, zaciekle bijąc puginałami, jakoby w żywe serca.

– Prymas!

Zaledwie uderzyło w kartę kilka sztyletów, reszta zawisła w powietrzu.

– Wyrok powinien być jednomyślny. Nie ma zgody, więc odkładam – wyrzekł mistrz. Ale zgoda znowu nastąpiła przy nazwiskach hetmanów: Ożarowskiego i Kossakowskiego; obaj zostali skazani na śmierć, jak również i wielu jeszcze innych. Litania oskarżonych zawierała sto kilkadziesiąt nazwisk. Była pomiędzy nimi garść plebejów i Żydów, ludzi nikczemnych kondycji, lecz większość należała do pierwszych rodów Rzeczypospolitej. Już samo wyliczanie robiło wstrząsające wrażenie. Słychać było spod masek ciężkie westchnienia, czasem stłumiony krzyk, a niekiedy jakby łkanie rozpaczy. Wielu bowiem usłyszało niespodzianie nazwiska swoich krewnych i przyjaciół. Ból, żal, wstyd i gniew zaszarpał niejednym sercem, że tym mocniej, tym namiętniej wybuchały głosy wyroków. Śmierć! Śmierć! Niby płyty grobowe zwalali na głowy wyklętych. I raz po raz na szare kartelusze spadało stado drapieżnych błyskawic, rozdzierających je na strzępy. Zrywał się grzmot uderzeń, jakoby łoskot spadających toporów. Każdy zabijał z mocą najgłębszych przeświadczeń. Niektórzy dawali postać, jakby się potykali, pierś o pierś uderzając, dumnie sprężeni, zasię inni bili skrycie, znienacka i z tym większą zawziętością, jeszcze drudzy ze spokojnym rozmysłem a z taką siłą, że sztylety więzły w deskach stołu. Byli, których ciosy spadały lękliwie, jakby w obawie, iż spod nich wytryśnie żywa, ciepłakrew. Zwracało uwagę kilka masek sztyletujących z furią; iż ciosy chybiały kart, ponawiały je, jakby dobijając leżących. Zaręba podejrzewał w nich kobiety.

Prędko skazano kilkadziesiąt osób na śmierć i wykonano wyroki in effigie; resztę, przeszło sto nazwisk, pozostawiono do późniejszej decyzji.

Po czym mistrz położywszy dłoń na księdze praw człowieka uroczyście wygłosił:

– Wyjęci spod praw i skazani, od tego momentu są poza społeczności obrębem; można z nimi postąpić jak z dzikimi zwierzęty – wytępiać bez miłosierdzia. Nie mają być jednak poszwankowani na honorze i majętnościach członki ich rodzin, jeśli w niczym nie zgrzeszyli przeciwko ojczyźnie. Obywatele: dwa, trzy i pięć, waszą powinnością dokonać wyroków. Na szubienicach ma być napis: "Kara dla zdrajców ojczyzny". A jeśliby któren uszedł karzącej dłoni, obwiesić jego nazwisko na placach.

Trzy maski skłoniwszy się przed mistrzem usunęły się na stronę.

– Obywatele: cztery, siedem i dwanaście, zaś waszą będzie powinnością natychmiast po wybuchu insurekcji ubezpieczyć skazanych i oskarżonych aresztem i strażami. Kto by osłaniał winnych, poniesie karę zdrajców. Wolność! Równość! Braterstwo!

Zamknął księgę, puginał schował i zdmuchnął dwie świece na znak skończenia.

– Za pozwoleniem! – wyrwał się jakiś głos protestujący.

– Loża w ciemnościach, już nikt nie ma prawa głosu – ostrzegano.

– Jeszcze jeden nie został osądzony i to najgroźniejszy.

– Któż taki, kto? – posypały się mimowolne pytania wbrew regulaminowi.
– Król! Żądam na niego sądu i kary!
Milczenie zaległo, skrzyżowały się spojrzenia, powstały szepty.
– Nie udecydowano jeszcze komisarzów wodzom przydać się mających.
– I nie nastąpiło porozumienie względem oskarżonych dam! – podnosiły się sprzeciwy.
– Żądamy sądu i kary na króla! – wybuchnęły naraz dosyć liczne i natarczywe głosy.
– Jeśli większość oświadczy się za deliberacjami w tej materii, mogę światła loży zapalić! – ogłosił mistrz jakoś niechętnie.
Miasto wotowań sztylety posypały się na stół, mistrz je przeliczył.
– Trzydzieści wotów affirmative. Zaczem otwieram sądy nad królem.
– Zakładam veto – wystąpił niespodzianie Zaręba – loża "Obrońców Wolności" nie może uzurpować sobie praw przynależnych sejmującym stanom! Części nie wolno stanowić o tym, co jeno –wola powszechności decydować powinna. Tylko konwokacyjny sejm jest mocen postanowić o najwyższym zwierzchnictwie – mówił z lodowatym spokojem.
– Rewolucja sama jest prawem!
– Rewolucja jest matką nowej ludzkości, nowego życia i nowych praw! – krzyczano.
– Ale nie ma być matką pożerającą swoje dzieci jak maciora – padł jakiś głos sprzeciwu.
– Żądam sądu i kary na króla! – powtarzał ktoś swoje z niezmienną uporczywością.
– Jeszcze nigdy królewska krew nie została przelana, przez Polaka!
– I nie daj Bóg, aby się znalazł tak odrodny syn ojczyzny – podniosły się nowe wołania.
– W tym właśnie źródło naszego upadku i hańby –– zagrzmiał ktoś namiętnie: w tym właśnie, iżeśmy oszczędzali królewskie łby; w tym, iżeśmy nie pienili mieczem magnackich chwastów! Król mógł działać na szkodę kraju, ale był nietykalny! Magnaci najzdradniejsi również byli nietykalni. A przez to swobodnie wyrastały zbrodnie, rosło uciemiężenie, mnożyli się tyranowie, a lud cierpiał i ginęła Polska. I zginie, jeśli jej nie zratujemy.
– Zbawić jeno może rewolucja! Tylko lud mocen jest wywyższać i poniżać, bo jeno lud panem i źródłem praw. Wotuję za śmiercią Stanisława Augusta, bywszego króla.

– I któż się ośmiela zaprzeczać nam prawa determinowania, nam, głosowi ludu?
– Zaprzeczam! Jesteśmy fakcją, nie zaś reprezentantami.
Zaprzeczać się ważę!
– Odwołaj, nieszczęsny! Zginiesz, zdrajco, królewski zbirze! – zerwała się zawierucha krzyków i wraz też kilkanaście sztyletów godziło w pierś Zaręby jadowitymi żądłami.
– Uderzajcie! Wasza wola! Stawam w obronie prawa! Nie ulęknę się tyranów! Oczy świeciły złowrogo, puginały groziły coraz bliżej, gniew huczał w głosach; zaledwie mistrz zdołał uspokoić powszechne wzburzenie.
– Jeśli odsłonisz maskę, głos twój pójdzie na deliberację – postanowił. Zaręba zawahał się przez mgnienie, coś jakby strach ścisnął mu serce.
– Odsłoń się! Wykluczyć go! Obrońca królów nie godzien zasiadać pomiędzy nami! Precz z Judaszami! Śmierć nieprzyjaciołom ludu! – posypały się głosy niby kamienie.
– Jestem obrońcą praw i nieprzyjacielem zamaskowanej tyranii – zawołał grzmiąco i zerwawszy maskę odrzucił ją wraz z płaszczem. Pokazał się w artyleryjskiej, zielonej kurcie, przepasany oficerską szarfą, z krzyżem Virtuti Militari na piersiach i przy prostej szabli. Stał prosty, wyniosły, piękny uniesieniem. Był blady jak płótno, usta mu drgały hamowanym wzburzeniem, ale oczami toczył nieulękle. Postąpił kilka kroków ku mistrzowi.
– Kto to? Zaręba! Porucznik artylerii! Był delegatem do Paryża! Żołnierz spod Racławic! Zaufany Kościuszki! – leciały szepty, ustępowali mu z drogi.
– Zdemaskowany nie ma prawa pozostawać dłużej na zebraniu – padł wyrok.
– Jestem posłuszny prawu i przysiędze.
Skłonił się w stronę mistrza i wyszedł z dumnie podniesioną głową.

VII

Miasto tonęło jeszcze w szarej i suchej mgle; z tych wczesnej godziny pierzastych tumanów zaledwie majaczyły wyniosłe mury Arsenału. Potężne ściany starożytnej struktury widniały jakoby spod mętnej i sinawej wody. Nawet przysadziste narożne baszty, pocięte strzelnicami, dawały postać oblepionych przemiękłą wełną. Od strony ulicy Długiej czerniały pryzmy działowych kul, w akuratnych odstępach postożone, zaś cztery harmaty rychtowały długie gardziele ku Bielańskiej, Długiej i Lesznu. Zwodzony most nad szeroką fosą, pełną przegniłego błota, prowadził do niskiej, na głucho zawartej bramy.

Warty, stojące co parę kroków z karabinami na ramionach, miały pozór kamiennych słupów, nie salutowały bowiem nawet oficjerów, przemykających się do wąskiej furty; otwierała się tylko na hasło. Drugie wejście do arsenału, nie mniej strzeżone, było od strony Nalewek.

Za, główną bramą, uczynioną z dębowych bali, żelaznych sztab i zawaloną od środka worami piasku i kamieniami, czaiły się granatniki przy zamaskowanych strzelnicach i biwakował pluton kanonierów.

Ze sieni, przypominającej obszernością beczkowatą nawę kościelną, prowadziły wejścia do sal zbrojowni oraz na piętra, zaś ostatnie na lewo, na kwaterę komendanta, pułkownika Dobrskiego. Była to amfilada niewielkich, sklepionych izb z oknami na wewnętrzny dziedziniec, obudowany pawilonami składów, koszar i artyleryjskich warstatów.

Na kwaterze mimo wczesnej godziny kancelaria już pracowała i panował ruch znaczny, bowiem co trochę ktoś wpadał z raportami. W ostatniej stancji przy środkowym stole siedziały wyższe szarże. Brzask kilku świec, tłumiony przemglonym porankiem, zaledwie pozwalał rozeznać twarze.

Wszedł porucznik Zaręba.

– O świcie przyniósł mi te odpisy Kiliński – meldował podając generałowi Cichockiemu kartelusze zapełnione drobnym pismem.

– Wedle Jego zapewnień, pochodzą z tajnej kancelarii Igelströma.

Cichocki pochłonąwszy je podał w milczeniu Dobrskiemu; ten przeczytawszy zaczął kląć i podsunął papiery generałowi Orłowskiemu, byłemu komendantowi Kamieńca. Na ostatku powędrowały pod okno do długiego stołu, przy którym pracowało kilku młodszych oficjerów. Czytano je z niezmierną uwagą.

– Nie chce mi się wprost uwierzyć! – odezwał się Cichocki do Zaręby.

– Majster głową ręczy za prawdziwość odpisu. Mieliśmy z tego samego źródła już parę ważnych doniesień i wszystkie okazowały się prawdziwymi.

Zjawił się kapitan Chomentowski; witał się ze wszystkimi, jakby jeno nie spostrzegając Zaręby, który to wziął jako zapłatę za wczorajszą obronę króla.

- Hetman - rozpoczął Cichocki, raz jeszcze przeglądając kartelusz - rozkazał dowódcom wszystkich wojsk konsystujących w Warszawie, aby na przypadek powstania łączyli swoje komendy z moskiewskimi wojskami i wespół uderzali na buntowników. Nieposłusznych poleca brać pod areszt i odsyłać do ukarania Igelströmowi. Ordonans wydany imieniem króla, że bez królewskiej zgody, to pewne. Wiedziałbym coś o tym.

Chomentowski pokręcił głową wątpiąco.

- Mamy jeszcze coś lepszego: odpis listu biskupa Kossakowskiego do ambasadora! Budująca epistoła godnego pasterza. Radzi w zaufaniu, jak zdusić grożącą wybuchem insurekcję i przeszkodzić zbliżaniu się Kościuszki do Warszawy. Rada cale niegłupia. Owo poucza: żeby w Wielką Sobotę, w czasie rezurekcji, Ożarowski wojska koronne rozproszył, wysyłając je pod pozorem asysty przy nabożeństwach do wszystkich kościołów w Warszawie. Tak podzielone oddziały należy natychmiast otoczyć moskiewskimi wojskami, a upatrzywszy stosowną chwilę wezwać je do złożenia broni. Jeśli nie posłuchają, uderzyć na nie bagnetem i dokończyć kartaczami, równocześnie zdobyć arsenał, zająć główne urzędy i wziąć pod swoją opiekę króla. Rozbrojone wojska i lud, pozamykany w kościołach, nie staną na przeszkodzie. Takim jest tenor biskupiego orędzia! Cóż waszmość na to? - pytał Chomentowskiego.

- Uprzedzając groźne zamysły uderzyć choćby dzisiaj w nocy!

- Jutro zdeterminujemy dzień powstania - odezwał się Dobrski.

- A jeśli znowu będzie odłożone, a tymczasem ambasador posłucha chytrej rady i nim się spostrzeżemy, rozpędzi nas i pobije? - niepokoił się Orłowski.

- Musi rozpocząć od arsenału, a niechaj spróbuje go brać! - zawarczał Dobrski.

- O ile znam Igelströma - wtrącił Cichocki - za radą Kossakowskiego nie pójdzie, będzie w niej węszył podstęp. Oni tylko w oczy świecą sobie bakę, ale za oczy jeden drugiemu szyje buty. Wiadomości mam za prawdziwe i groźne, przymuszą nas do rychłej decyzji. Biskup zarabia sobie na słuszną wdzięczność.

- Po Efialtesie stanie się drugim patronem zdrajców - podniósł się głos spod okna.

- Gdzie zbrodnie publiczne zostają bezkarne, tam nie masz rządu i praw, tam wolność nigdy ugruntowaną nie będzie - szepnął żałośnie Orłowski.

- Te zbrodnie nie pozostaną bezkarne - upewniał Chomentowski -

i koronowanych tyranów dosięgnie sprawiedliwość. Nikt ich nie obroni – spojrzał ponuro na Zarębę. Porucznik zbladł i odpowiedział wyzywającym wzrokiem. Przez chwilę smagali się srogimi oczami gniewów. Ich stara przyjaźń konała w tym mgnieniu, Zameldowano Berka Joselewicza. Porwał się na to Dobrski i zakrzyczał:

– Róbcie z tym Machabeuszem, co uważacie, ale ja powtórzę swoje: do arsenałów Żydów nie dopuszczę i pod swoją komendą mieć nie chcę! – wybiegł zaperzony.

– Poruczniku! – zwrócił się Cichocki do Zaręby – w teatrze zbiera się kompania wolonterów aktora Rutkowskiego; trzeba ich zaprzysiąc, wciągnąć w regestra, jako tako wyekwipować i wyznaczyć im stanowiska. Weź ich pod swoją komendę...

– Jeszcze jedno! –wołał Dobrski oknem z dziedzińca. – Siodeł i uprzęży ze swoich składów nie wydam tej hałastrze! Niech jeżdżą na oklep i uzbroją się tykami od chmielu.

– Żebyś tylko nie poszedł w niewolę pięknych komediantek – ostrzegał po chwili Cichocki.

– Wedle rozkazu, panie generale! – mruknął posępnie Zaręba i wyszedł. W pierwszej stancji natknął się na Berka, przyglądającego się bateriom w dziedzińcu. Żydowin był słusznego wzrostu i przystojnej twarzy, czarny jak kruk, srodze wąsaty i z kabłąkowatymi nogami. W kawaleryjskiej granatowej kurcie, przy szabli i ostrogach, przepasany szarfą, prezentował się cale godnie. Jeno haczykowaty nochal, królicze czerwone obwódki oczów i głowa pokryta wełnistymi pierścionkami pokazywały słodką nację krajowego cudzoziemca.

– Obywatelu poruczniku! – zagadał zabiegając mu drogę – czy Mała Rada otrzymała uniwersał Naczelnika do Żydów?

– Nie słyszałem. Może o tym wie kancelaria! – odpowiadał, zajęty czym innym.

– Obywatelu poruczniku! – z prędkości mowy aż się zachłystywał.

– Na taki uniwersał czeka cała Litwa i Korona! Naczelnik go nam obiecał! Niech się tylko ukaże, a wszyscy Żydzi opowiedzą się przy Polsce! I bronić jej będą! I nie poskąpią krwi ni mienia! Do mnie już dniem i nocą zgłaszają się ochotnicy! Ja się więc pytam...

– Odpowiedzą generałowie, właśnie czekają na obywatela! – przerwał mu i odszedł. Na ulicach już było widno; podniosło się słońce i spod opadających mgieł wyłaniał się cudny, wiosenny dzień. Nagrzane powiewy muskały twarze, ptaki świergotały po drzewach i dachach, pachnąca młodą zielenią aura przejmowała lubością. Otwierały się okna, dzieci z krzykiem goniły się po ulicach.

Jeno Zaręba obcy był temu, co się dokoła wyrabiało. Nienawiść, jaką był wyczytał w oczach Chomentowskiego, dopiekała niby świeżo otrzymana rana. Postąpił przecież wedle sumienia i nie bez obaw rozważał następstwa swojej wczorajszej deklaracji. Spodziewał się ostracyzmu socjuszów, a nade wszystko plotek i podejrzeń. Rozumiał się pomawianym o jakieś niskie, niegodne pobudki, a może nawet o schlebianie królowi i zabieganie o jego fawory! I w takiej przykrej dyspozycji serca i udręczonego umysłu wszedł bocznymi drzwiami do teatru.

Mrok zalegał ogromną salę, tyle że na proscenium kopciło się parę kaganków i gdzieś z górnych lóż migały się smugi mętnego światła. Dopiero oswoiwszy się nieco z tym mrokiem, dojrzał oddział wolonterów egzercyrujący się na widowni. Przy nieustannym warkocie tarabanu kilkudziesięciu młodych ludzi z karabinami na ramionach, w modnych fraczkach, przepasanych czerwonymi bandoletami, w kapeluszach z białymi piórami, czyniło przeróżne obroty rypiąc nogami, aż cały teatr dygotał. Aktor Rutkowski w czerwonym płaszczu, odrzuconym na ramiona, ze wściekle zielonym pióropuszem na głowie, opasany do pół piersi czerwoną szarfą ze złotymi frędzlami i ze szpadą w ręku, prowadził wolonterów cale sprawnie, jeno komendę podawał głosem, jakby chciał przekrzyczeć ryki wełn morskich i huraganów. Po każdym znaczniejszym obrocie z parterowych lóż sypały się rzęsiste brawa, słowa uznania i fiołki. Siedziały tam młode i stare aktorki w asyście podżyłych amantów i przyjaciół. Sam Bogusławski, dyrektor kompanii aktorów, brał miejsce na scenie przed zapuszczoną zasłoną niby na generalnej próbie spektaklu, jeno miasto scenariusza trzymał w ręku prawidła mustry dla wolonterów, z których od czasu do czasu podpowiadał cicho Rutkowskiemu. Musztra odprawowała się z niezmiernym zapałem, iż co chwilę grzmiały ostre stąpania, bijące akuratnie do taktu tarabanu.

Niekiedy w przerwach garście cukrów wzmacniały bohatyrów, zaś piękne rączki obcierały uznojone czoła i twarze.

Zaręba, przystanąwszy w cieniu lóż, uważnie przyglądał się obrazowi.

– A chodźże do nas! – rozległ się nad nim głos Woyny.

– Krok w miejscu! Raz, dwa, raz, dwa – srożyła się komenda.

– Sewer, nasze księżniczki pragną cię uwielbić, bohatyrze spod

Racławic! – krzyczał Woyna zapraszając do loży. Zaręba wszedł bardzo niechętnie.

Woyna z nieporównaną brawurą prezentował mu wszystkie komediantki.

– Oto "Piękna Nieznajoma", sama Wenus pokazałaby się przy niej karczemną dziewką. Oto dumna "Ximena i Zelia" w jednej zjawiona postaci; oto boska Terpsychora z Axur; oto smętne "Dziecko Miłości"; oto Tymona Odludka słodka heroina; oto ze Szkoły Obmowy najmowniejsza; oto posępna "Emilia Galotta"; oto Wyspy Olczyny pasterka niebiańska; korowód muz najprzedniejszy, korowód bohatyrek, wiernych żon, wzniosłych matek i wdów traicznych. Masz i antyczne ciotki, piekielne sekutnice, hydliwe potwory, hetery rozwiązłe, anielskie pannice i kapłanki Amora, zaś razem najmilsze babusy, teatrowi narodowemu oddane, dzielne patriotki, a nade wszystko oficjerów uwielbiające. Dixi! – recytował jednym tchem swoim krotochwilnym sposobem i chybił celu, miasto bowiem aplauzów posłyszał sykania i protestacje. Komediantki nad facecję przekładały aktualnie wojenne obroty, grochot bębnów i głos komendy, srogą Bellonę napominający.

Zaręba, również nieusposobiony, rozkazał sporządzić regestr i przystąpić do przysięgi.

Jakoż po chwili zasłona poszła w górę i w głębi sceny, na tle rozwalin jakiegoś rzymskiego miasta, okazał się marmurowy, wyniosły ołtarz; z boków wznosiły się cztery połupane, obwinięte bluszczami kolumny, na kapitelach siedzące białe orły spuszczały z dziobów czerwoną wstęgę z napisem: Pro patria!

Przy głuchym warkocie bębnów oddział wolonterów wkroczył na scenę; trupa aktorów z Bogusławskim na czele ustawiła się na stronie, a kiedy na ołtarzu zapłonęły krwawe pochodnie, zjawił się przed nim jakiś ksiądz w komży i z krzyżem w ręku.

Zaręba, dobywszy szabli, w krótkiej przemowie wezwał do przysięgi na wierność ojczyźnie i Naczelnikowi. Powtarzali za księdzem rotę przysięgi w uniesieniu.

Po skończeniu Zaręba odciągnąwszy Woynę na stronę zapytał:

– Nie podoba mi się ten ksiądz. Sądząc z mowy, to jakaś cudzoziemska wywłoka?

– Włoch, nazywa się Martelingo. Prawie domowy Ksawerego Działyńskiego.

– Martelingo, widziałem to nazwisko w proskrypcyjnym regestrze Konopki.

– Patrzy na niego. Bibosz to przedni, kostera i w ciągłej pogoni za dukatem. Był miłosnym spowiednikiem króla jegomości baletu. Złośliwi nazywali go po prostu rajfurem. Między duchowieństwem cieszy się najgorszą opinią; już go w nuncjaturze oskarżano, jako na dzień parę mszów odprawia. Zabawiał się i w drugi sposób, bowiem kiedyś urządzał w Bruhlowskim pałacu dla najwyższej socjety Teatrum pokus św. Antoniego. Kilkanaście cudnych pokus, przybranych jeno we własne skóry i precjoza, dawało spektakl nad miarę swywolny. Po– no baron Asch z legacji rosyjskiej i Zubow patronowali temu przedsięwzięciu. Oto masz prawdziwy konterfekt tego męża.

– Wkręcił się tutaj nie bez przyczyny i gotów o wszystkim donieść Baurowi.

– W teatrze znajdziesz go codziennie, zna wszystkie sekreta. Uwaga! Idzie. Włoch w asyście paru aktorek zbliżył się do nich; czarny, gładkiej twarzy, wykrygowany, giętki, cały w ukłonach i dygach, w rzymskim mantoleciku na ramionach, pachnący, z utrefionymi włosami, dworny, wygadany, dawał postać doskonałego labusia.

Przyczepił się do Zaręby adorując go wyróżniającym sposobem. Woyna zaprosił całą kompanię na sztokfisza po kapucyńsku. Poszli więc wszyscy do traktierni w domu Latura, w którym przeważna część aktorów zamieszkiwała.

W obszernej stancji z oknami na kościół Pijarów, gdzie już wszystko było przygotowane, uczyniło się wnet gwarno jak w ulu. Zadzwoniły pierwsze kielichy.

To liczne bractwo, zbywszy się karabinów i wojskowych odznak, rzuciło się do stołów z niepohamowanym męstwem. Sporo było pomiędzy nimi fircyków i miejskich frantów, kręcących się koło teatru, oraz paru literatów. Że zasię amfitrion hojnie traktował wyborowymi winami, nie żałując przy tym pieprznej przyprawy frywolnych wielce dowcipów, zabawa z miejsca przybrała postać siarczystej pohulanki. Nawet Zaręba zgubił rychło swoją posępną dyspozycję i usadowiony pomiędzy najpiękniejszymi aktorkami, jął namiętnie zabiegać o ich fawory.

Po nasyceniu głodu, kiedy wjechały na stół baterie pękatych, sędziwych gąsiorków, Woyna wniósł zdrowie wolonterów. Odpowiedział mu Rutkowski w kwiecistej i z bohatyrską swadą wygłoszonej przemowie. Traktiernia zatrzęsła się od wiwatów! Czułością dla ojczyzny wezbrane serca pofolgowały sobie łzami. Ogarnęło wszystkich patriotyczne uniesienie. Przysięgano sobie walczyć do ostatniej kropli krwi! Spełniano kielichy dozgonnej przyjaźni. Po czym zaczęto wnosić najprzeróżniejsze zdrowia; prym w nich trzymał pucołowaty, smukły młodzieńczyk, zaczynający aktor Żółkowski, sierżant wolonterów i najzagorzalszy jakobin. Sypał wierszami jak z rękawa i prawił takie koncepty, że pokładano się od śmiechu. Literaci nie zabierali głosu, tylko jeden z nich, mały i chudy, z twarzą głodomora, w wytartej zielonej bekieszy i z włosami jakby zjedzonymi przez mole, przepijał z każdym z osobna i niekiedy znacząco chrząkał, a kiedy się uspokajało w oczekiwaniu toastu, mówił:

– Powiadajcie swoje, właśnie koncypuję przemowę, nalejcie mi tymczasem.

I nalewał się do dna z niezamąconym spokojem, reszta zaś wrzała coraz głośniejszym gwarem. Zaczęto opowiadać anegdoty i facecje. Ksiądz Martelingo opowiadał Boccacciowe historyjki z tak wyrazistą mimiką i sprośnymi ruchami, że zaśmiewano się do łez. Potem Żółkowski udawał wielce trafnie znane w mieście persony, naśladując je w mowie, postaciach i ruchach. Ktoś znowu zaczął udawać głosy ptaków i zwierząt, że traktiernia napełniła się świegotem, ujadaniem psów i rykami bydła. Ktoś zaczął śpiewać jakąś arię, zaimprowizowana kapela zagrała do wtóru; jeden trąbił na zwiniętej dłoni, drugi udawał basetlę na nodze od stołu, trzeci bił w taraban, a ostatni przebierał palcami na wargach wypuszczając głos na podobieństwo flotrowersu. Wesołość dochodziła już do szczytu, aż przyleciał gospodarz meldując, jako zgorszone tym tłumy zbierają się przed traktiernią. W odpowiedzi Woyna wyrzucił go za drzwi rozkazując podać ostryg i szampańskiego.

Pili już na umór. Wielu już chrapało po kątach, wielu walało się pod stołami, zasię reszta szalała powtarzając pełnymi głosami jakąś piosenkę i rozbijając flachy.

Naraz piękna Terpsychora spróbowała tańcować; że ciasno było na podłodze i pełno rozbitego szkła i kałuż, Zaręba jednym ruchem oczyścił stół i postawił ją na nim. Zatańczyła wściekłą sarabandę. Nie było końca wrzaskom, brawom i bisom. Zatańcowała więc jeszcze kozaka, po czym opuściły ją nagle siły i zleciała w ramiona Zaręby; coś długo nie mogła się oderwać z jego piersi. Porucznik był wesołym nad miarę, przepijał z każdym, bratał się ze wszystkimi, krzyczał i śpiewał z drugimi, całował i był całowany, brał na suweniry jakieś wstążki i rozdawał dukaty, przysięgał wieczną miłość i w tej chwili zapominał o całym świecie. Wreszcie zaczął huśtać na nodze jakąś figę z niebieskimi oczami, a tak śliczną, jasną, różaną, pełną dołeczków i lubych okrągłości, że w końcu porwał ją na ręce i biegając z nią po izbie, na śmierć zacałowywal.

Ledwie był skończył tę lubą zabawę, kiedy jeden z kredencarzy wcisnął mu w rękę jakiś podłużny karteluszek, osądził go zwyczajnym billet doux, ale dojrzawszy jego czerwoną barwę, natychmiast oprzytomniał i przeczytał. Mistrz nakazywał podążyć na zebranie do generała Mokronowskiego i relację złożyć jeszcze dzisiejszej nocy. Miasto podpisu czerniała jeno liczba jeden, ujęta w nawias. Nawet rad był temu rozkazowi, słusznie rozumiejąc, jako z loży "Obrońców Wolności" jeszcze go nie wykluczono. Wyszedł bez pożegnania i w sieni spotkał się z Woyną.

– Wychodzisz? – zdziwił się, gdyż starościc nie lubiał przerywać sobie zabawy.

– Mam jeszcze przed nocą ważne sprawy, a ty?

– Wezwano mnie do Arsenału, służba! – oświadczył wymijająco. Rozeszli się pośpiesznie.

Zaręba pojechał na swoją kwaterę i zdziwił się niepomiernie, zastawszy w domu formalną inwitację generałowej Mokronowskiej właśnie na dzisiejsze zebranie. Spędził to na zbieg okoliczności i przebrawszy się po cywilnemu, już o zmroku wchodził do antyszambry Mokronowskich na Krakowskiem i oko w oko spotkał się znowu z Woyną! Ledwie przemówił ze zdumienia.

– A to niespodzianka i zbieg okoliczności – uśmiechnął się pomieszany i przywstydzony.

– Albo jednobrzmiące rozkazy! – szepnął otwarciej Woyna

– Inwitacje – poprawił z naciskiem – zastałem swoją w domu i jestem.

Woyna uśmiechnął się pobłażliwie i wziąwszy go pod ramię weszli na pokoje. Wyszła naprzeciw generałowa i głosem nie dopuszczającym wątpienia oznajmiła:

– Witam waszmościów! Moje panny pokończyły aftowanie sztandarów, jutro je poświęcimy u Świętego Krzyża. Chodźcie podziwiać i chwalić.

W obszernej bawialni, pełnej porozstawianych krosien i stolików, panien i dam zajętych pracą, ze starą księżną wojewodziną Jabłonowską na czele, widniały rozpięte na ścianach bojowe chorągwie. Jedna, przeznaczona dla kosynierów, pokazywała na dnie czerwonym złoty snop pszeniczny, nad nim skrzyżowane kosy, a w otoku pod laurowym wieńcem złotem wyrażony napis:

"Żywią i Bronią". Druga była chorągwią Ziemi Mazowieckiej; na czerwonej płachcie srożył się Biały Orzeł. Na białych ścianach chorągwie grały jakby kałuże krwi; zasię napis na kosynierskiej ciągnął oczy budząc szczególniejsze uczucia i napędzając łzy do oczów.

Woyna po dłuższej admiracji skłoniwszy głowę w stronę panien rzekł uroczyście:

– Hołd oddawam i cześć cnym sentymentom i kunsztowi afciarek.

– Te chorągwie powiedą nas do sławy i zwycięstwa! – dorzucił ogniście Zaręba. Na co znów Woyna zasiadłszy do otwartego klawicynu zagrał Marsyliankę i począł śpiewać cudnym, porywającym głosem. Zerwały się panny od krosienek, powstała sama wojewodzina Jabłonowska, zbiegły się z drugich pokojów damy, zjawiło się nie wiadomo skąd kilkunastu mężczyzn i wszyscy wraz zaśpiewali powtarzając z nie słabnącym uniesieniem pierwszą zwrotkę po kilka razy. Wszystkich przejęło czułe poruszenie, łzy pociekły z oczów, twarze się spłomieniły, a z piersi rwał się ten śpiew najgłębszej miłości ojczyzny i wolności. A już Zośka Radzimińska, stojąca wpodle Woyny, z oczami utkwionymi w chorągwie, dawała ze siebie obraz prawej Bellony! Duszę dawała w ten śpiew zapamiętały, górny i bohatyrski. Była piękną, lecz w tym momencie zdała się być jednym cudem, wzniosłością i zarazem gniewem. Spod spiętych groźnie czarnych łuków brwi oczy jej gorzały żarami wulkanów, twarz pobladła na płótno, a niski głos huczał jak dzwon na bój, na walkę, na śmierć!

Wreszcie panny zasiadły z powrotem do krosien, wyszywania na bandoletach przeróżnych napisów i wszystko powróciło do zwyczajnego ładu. Kupa młodych oficjerów pilnie się zasługiwała przy nawijaniu kordonków, podawaniu kłębuszków i rysowaniu ołówkami napisów. Nie brakowało i cywilnych elegantów, bowiem fraucymer generałowej składał się z panien reprezentujących pierwsze domy w województwie.

Woyna szeptał na boku z Radzimińską; spojrzenia panien często zezowały w ich stronę.

W sąsiedniej komnacie przez otwarte, wyzłocone podwoje widać było kilkanaście dam z miasta, nigdy nie spotykanych na asamblach znaczniejszych domów. Generałowa traktowała je ze szczególną uprzejmością. Zajęte były chrupaniem cukrów, skubaniem szarpi i narządzaniem długich bandażów. Całe kupy białych szmat i płócien stożyły się na posadzce. I przy nich kręciło się do pomocy kilku oficjerów.

– I my się gotujemy – szepnęła generałowa Zarębie – codziennie
schodzimy się na taką właśnie zabawę. Nie ma już stanów, gdy
idzie o ojczyznę – dodała nazywając zebrane damy; były to
przeważnie żony i córki wielkich kupców, miejskich obywateli,
bankierów i członków magistratu, a zaledwie kilka pań z wyższego
świata.

Obejrzał się dokoła, jakby szukając kogoś.

– Kogóż waść tutaj nie najduje? Zbieramy się partiami, co dzień
gdzie indziej...

– Myślałem spotkać panią Barssową! – szepnął zniżonym głosem.

– Lwica rewolucji i bożyszcze jakobinów nie czułaby się swoją
pomiędzy nami! – powiedziała z nieukrywaną awersją, powstając
na wejście nowego gościa.

Z tych słów wymiarkowawszy opinie, jakim aktualnie hołdowała
generałowa, miał się na baczności i większą zwracał uwagę na to,
co się dokoła działo. I posłyszawszy rozmowy z komnaty generała
posunął się tam, jakby w rekonesansie. Przy okrągłym stole brała
miejsce liczna kompania sprzysiężonych wprawdzie, ale samych
moderantów i mieszczan w sporej kwocie. Królował pomiędzy
nimi głośny swojego czasu Ignacy Wyssogota Zakrzewski, były
prezydent Warszawy, obrońca miast na sejmie i pierwszy, który się
był przepisał na prawo miejskie. Człowiek był mądry i cnotliwej
duszy obywatel, i wielce miłowany przez miejskie pospólstwo;
mąż już w latach, ale pomimo wieku i siwizny krzepki Jeszcze,
postaci wspaniałej i pięknego oblicza. Nosił się po francusku i
wielbił Voltaire'a. Za nimi siedzieli posobnie: Ksawery Działyński,
Szymon Szydłowski, Franciszek Gautier, Jan Horain, Józef Wybicki,
Franciszek Tykiel, Andrzej Ciemniewski, Franciszek Makarowicz,
Wincenty Borakowski, Eliasz Alve i wielu drugich. Generał
Mokronowski siedział z papierami przed sobą i piórem w ręku.
Generał Cichocki paląc lulkę krążył po komnacie, nie biorąc
udziału w dyskursach. Deliberowano nad dniem wybuchu; kilku z
mieszczan, a szczególniej Morin, bankier i spólnik Kapostasa,
przekonywał zgromadzonych o konieczności odłożenia terminu
powstania. Podnosiły się żywe sprzeciwy. Rozmowa stawała się
coraz żywszą.

Mokronowski spostrzegłszy Zarębę odprowadził go do bokówki.

– Mam dla waści miłe słowa, jeśliś ciekawy – przemówił bardzo
łaskawie.

– Ciekawym, bo się znikąd takowych słów nie spodziewam, panie generale.

– Toć powiem prosto: król bardzo cię wysławiał za jakąś przysługę mu oddaną. Nie w smak mu poszła ta pochwała, lękał się jakiegoś podstępu.

– Musiałeś zasłużyć na tak miłościwe słowa najjaśniejszego pana – próbował indagować:

– Podobało się królowi mieć to przysługą, co było jeno powinnością poddanego.

– Nie będę cię wyłuskiwał ze sekretów, ale toć powiem: mógłbym cię uplasować przy królewskiej osobie, byłby z tego niemały profit dla naszej sprawy – powiedział z żołnierską otwartością.

– Panie generale – odparł, poruszony niespodzianą propozycją – rozumiem honor, ale znajduję takie obowiązki o wiele przewyższające moją zdatność. Pozwolę sobie mniemać, jako do takowych funkcji musi być odkomenderowany, kto giętki w karku, obrotny i słyszący jak trawa rośnie. A przy tym moje principia nie byłyby ścierpiane na Zamku.

– Jak uważasz! Miałem cię rojalistą. Namyśl się jeszcze, nieczęsto się zdarzają tak fortunne sposobności – usilnie go namawiał.

Lecz nie dokonawszy niczego odszedł nieco kwaśny i obruszony.

Zaręba zaś powróciwszy do bawialni pomiędzy rozszczebiotane panny zauważył zmianę, jaka zaszła w starościcu: miał wypieki na policzkach, ponure spojrzenia i trzęsły mu się ręce. Siadł przy nim i przeglądając jakieś angielskie kopersztychy zapytał:

– Co ci się stało? Doszedłeś z panną do porozumienia? – Pożałował tego pytania.

– Łatwiej z nią dojść do konfidencji niźli do jakiego ładu – odparł łzawo Woyna. – Jakbyś postąpił – mówił zniżonym, gorączkowym głosem – gdybyś na szczerą deklarację posłyszał: "Kocham cię! Żoną twoją nie będę, ale jeśli chcesz, będę twoją kochanką, jeno pod warunkiem, że mi potem pozwolisz zginąć!" Pojmijże taką mowę! Co byś zrobił?

– Wziąłbym ją chyba, zginąć nie pozwolił, a jeślibym kochał, gotów bym na postronku zaciągnąć do ołtarza! Kobiece fanaberie trzeba łamać albo od nich uciekać.

– Nie wiem jeszcze, co zrobić, ale gotów jestem na każde szaleństwo... na każde...

– Nie poznaję cię, to mowa nie twoja! – szeptał ze szczerym współczuciem.

– To słodka pieśń tryumfującej miłości – drwił sam ze siebie – ale co ty wiesz o tym, człowieku szczęśliwy! Kochałeś jeno w

pochodach i na rasztakach; co ty wiesz?
– Rad bym zapomniał, że kiedyś wiedziałem. Jedźmy! – zerwał się nagle jak sparzony.
– Poczekaj, muszę się jeszcze rozmówić... – Obejrzał się, Zośki nie było w pokoju.
– Nie uważasz, jak tutaj się kaptuje mieszczaństwo i moderantów?
– Nawet ci powiem sprawy, jakie się ważą na dzisiejszym zebraniu – odparł ożywiając się znacznie – agituje się wybór wodza na czas nieobecności Kościuszki i rządu, który by objął władzę natychmiast po wybuchu powstania.
– Te sprawy należą do decyzji jutrzejszego generalnego zebrania Rady.
– A tymczasem nazwano mi już parę nazwisk tutaj wybranych; pełną listę przyślę ci jutro rano, może ci się przyda do powinnego raportu – spojrzał mu w oczy.
– Nie rozumiem cię! Do jakiego raportu? – okrył się zdumieniem jak maską.
– Nie lada z ciebie gracz i jedynyś do sekretu. Nie będę grał z tobą w ciuciubabkę i wyznam: Byłem jednym z trzech, którzy na wczorajszej kapitule wzięli twoją stronę.
– Ciszej, na Boga, ściany mają uszy – pochylił głowę nad kopersztychami – sprawiłeś mi ulgę tym wyznaniem. Byłem pewny, że po tym, co zaszło, wykluczą mnie z loży.
– I nie zważałeś na następstwa, to mnie przerażało.
– Parę cali żelaza w piersiach od zamaskowanego socjusza – uśmiechnął się przymuszenie.
– Ustawa przewiduje i takie zakończenie.
– Znam ją, przywoziłem z Paryża. Mam już dosyć tej jakobińskiej maskarady.
– Sama ostrożność nakazuje nie zrywać z lożą otwarcie – przestrzegał.
– Jedźmy, pomówimy o tym obszerniej w domu. Moje konie czekają przed pałacem. Ale powróciła Zośka i porucznik nie doczekawszy się końca ich szeptań odjechał sam. Na kwaterze oczekiwało go tyle przeróżnych spraw, że nazajutrz prawie o świtaniu poleciał do arsenału, gdzie już codziennie zbierała się Miała Rada, przeniesiona spod Sfinksów w obawie przed Baurowskimi szpiegunami, tutaj bowiem był ośrodek wszystkich konspiracji i powstańczych przygotowań. Owo i z tej przyczyny arsenał aż dygotał w posadach od wzmożonej nieustającej pracy. Dziedzińce były zapchane ludźmi, jaszczami, harmatami i wojennym

rynsztunkiem. W stajniach gromadzono coraz więcej cugów. W kuźniach i ludwisarni dzień i noc gorzały ogniska, pracowały miechy i biły młoty. W reperacyjnych warstatach broni ani na chwilę nie umilkały skrzyboty pilników i złowrogie piszczenia brusów, toczących szable i bagnety. Kołodzieje, szewcy, krawcy, rusznikarze, siodlarze i miecznicy przepełniali niskie pawilony.

Nawet w kazamatach, w ciasnych, sklepionych komorach wrzała gorączkowa robota; wyrabiano tam karabinowe naboje i działowe pociski pod szczególnym nadzorem Dobrskiego. Wyrabiano je również po klasztorach, jak u Kapucynów na Miodowej, u Dominikanów na Freta i u Bernardynów na Krakowskiem. Dozór nad tymi fabrykami miał ojciec Serafin. Właśnie spotkał się z nim w dziedzińcu Zaręba. Mnich był strasznie wymizerowany.

– Więc dzisiaj generalne zebranie? – spytał, ciężko dysząc i pokaszlując.

– Dzisiaj. Mniemam, jako najpóźniej wystąpimy w piątek w nocy.

– Daj, Boże, jak najprędzej. Muszę waści powiedzieć o Konopce. To wściekły człowiek. Spotkałem go przed chwilą u tego ludojada, księdza Meiera. Nie miarkuję, z czego poszło, ale jak wszedłem, krzyczał na cały głos, że jeszcze kajdany brzęczą, a już spiski przeciw wolności formują, że moderanci z królem tajnie się znoszą i kontrrewolucję gotują, że generał Cichocki tylko pozornie trzyma ze spiskiem, a całą duszą zaprzedany królowi, któremu o wszystkim donosi. Tak się w końcu zbiesił, że groził, jako nie czekając powstania zacznie wieszać arystokratów i z moderantami zrobi porządek. Notabene, ma na zawołanie całą bandę sankiulotów, gotowych na każde skinienie. To jest rezolut, nie cofnie się przed żadnym azardem – ostrzegał, niemało poruszony.

– Od paru dni tyle się na mnie wali, że mi już łeb pęka od przeróżnych turbacyj! – jęknął Zaręba i poszedł w swoją stronę.

Był w najgorszym usposobieniu i tak skłopotany i nie mogący zebrać myśli, że zepchnąwszy co najpilniejsze sprawy, poszedł na miasto bez potrzeby i celu. A na domiar złego, skoro go owionęło wiosenne powietrze, przejęte zapachami pól i zieleni, poczuł w sobie jakąś głuchą, niezmożoną tęsknotę. Czasami gonił oczami żurawiane klucze, lecące nad miastem z przejmującym, dalekim klangorem. Czasami jakieś zielone drzewo, pławiące się w słońcu, przyciągało jego uwagę. A czasami burza jakichś złych przeczuć i udręczeń porywała go w okrutną zamieć. I nie potrafił się otrząsnąć i zapanować nad sobą, jak nie mógł znaleźć powodów takiej dyspozycji. Na niczym zeszedł mu cały dzień, a nie mogąc się doczekać wieczora, o pierwszym zmierzchu poszedł do koszar artylerii na zebranie. Naturalnie było jeszcze za wcześnie i wielka sala na piętrze stała pusta i mroczna. Zajrzał do kantyny na parterze; siedziała tam garść młodych oficjerów, część grała w bilard.

Zaręba pił wino, palił lulkę i zbierając rozprószone myśli błądził oczami po ścianach, przybranych w obrazy bitew, konterfekty sławnych wodzów i broń. O parę kroków od niego przy stoliku pod oknem siedziało dwóch poruczników artylerii: Linowski i Caspari, z jakimś młodym podporucznikiem, którego twarzy nie pamiętał, a który rozmawiał namiętnie i tonem nie dopuszczającym sprzeciwów. Towarzysze patrzyli w niego z podziwem uwielbienia, jeno niekiedy wtrącając jakieś lękliwe słowa. Traktował ich z pyszną wyrozumiałością. Poruszał najprzeróżniejsze materie, a o wszystkim miał zdanie zuchwałe i niewzruszenie pewne. Rąbał jakby toporem i rozbijał nieubłaganie, i to zarówno Arystotelesa, jak i maksymy francuskich jakobinów. Natrząsał się nad nimi.

Zwróciło to uwagę Zaręby, zaczął pilniej nasłuchiwać i ukradkiem spozierać.

Podporucznik był średniej miary; złożony sucho, barczysty i o wypukłych piersiach, dawał obraz zdrowia i młodości, zastanawiała jeno długa twarz, blada i srodze pofałdowana, zacięte wargi, duży nos, ogromne czarne "oczy, czoło nadmiernie wysokie i w skroniach rozwinięte, pobrużdżone i pionową zmarszczką naznaczone. Głowę miał wielką, czarnym zwichrzonym włosem pokrytą, przegarniał je ustawicznie długimi palcami. Mówił prędko, wybuchając co chwila gniewem, szyderstwem, śmiechem lub dumą. Wciąż zapalał lulkę gasnącą mu ustawicznie. Nie tykał wina, jakie mu skwapliwie podsuwali. Pomimo młodych lat sawant to był nie lada, bowiem swoje dowodzenia popierał sentencjami, branymi z ksiąg całego świata i wszystkimi językami. Wykład miał trudny i zawiły.

– Skąd idziemy? Nie wiem i nie pytam – mówił jakby w ekstazie. – Czym jestem? Wolą świadomą. Może urodziłem się z promieni Bożego spojrzenia. I od tej pory lecę przez nieskończoność ja słońce, ja gwiazdy, ja marzenie o sobie. Niekiedy przypominam sobie, jak byłem przydrożnym kamieniem. Czasem wiem, kiedy byłem huraganem miotającym kosmosami. Czasem widzę swoje awatary i wędrówki po słońcach i planetach. Byłem kolejno wszystkim we wszystkim wszechświecie, nim poczułem się jestestwem. I oto po milionach lat stałem się nieśmiertelnością.

Otom jest! Oto już wiem, jakom jest. Byłem, kiedy ten nędzny glob stawał się dopiero mgławicą i będę, gdy się obróci w kosmiczne pyły. Ale pozazdroszczono mi potęgi. Tę ziemię zrobiono moim więzieniem. Skowanego w ciało rzucono pod nogi przemocy. Szatan siadł przy mnie na straży! Zerwałem pęta i stanąłem do walki. Strącono mnie w otchłanie cierpień, niemocy i śmierci. Przemogę jednak okrutne potęgi. Moim będzie zwycięstwo! Moją będzie moc i panowanie. Gwiazdy będę zapalał tchnieniem i światy będę wywodził z mej woli wszechwładnej. Wierzę w to i wiem o tym. Jakże mi więc dbać o życie i sprawy jego? Wszystko, co ziemskie, to jeno gra sił materialnych i wiecznych przemian. Czymże jest moje ciało? Łachmanem, który odrzucę przed progiem zmartwychwstania. Wiele jest pałaców duszy mojej w nieskończonościach i nie wiem jeszcze, gdzie i jaki kształt widomy przybierać będę. Ale czuję, jako na ziemię już nie powrócę i życiem ludzkiego robactwa więcej żyć nie będę. Mam awersję do życia. Tęsknota porywa mnie na swoje tęczowe skrzydła i niesie do mojej prawej ojczyzny, w bezkresy! – dokończył bezsilnym szeptem.

Zadumał się, nie śmieli przerywać milczenia, słychać było przyspieszone oddechy i niemal kołatania ich serc poruszonych. Myśli mieli pogubione i zmącone czucia, patrzyli oczami powracających z głębin marzenia.

Powiedział im jeszcze coś po cichu, a dokończył głośniej, jakby wyzywająco:

– Jestem czymś więcej niźli Polakiem: jestem człowiekiem–i zerwał się z krzesła. Powstali wszyscy, bowiem nad głowami rozlegały się już liczne stąpania i gwary.

– Cóż to za jeniusz! – spytał Zaręba na schodach Linowskiego.

– Podporucznik artylerii fortecznej Wroński, pochodzi z Lublina. Słyszał go waszmość?

– Piąte przez dziesiąte. Prawił, jakby się napił szaleju. Konia z rzędem, kto zrozumie. Linowski tak gorąco wystąpił w obronie przyjaciela, aż mu Zaręba rzekł zniecierpliwiony:

– Mnie się jednak te mądrości wydały womitami z naczytanych książek, co jeno dowodzi, jako nic a nic na nich się nie rozumiem – złagodził w zakończeniu.

– Jeniusz to, jakiego w Polsce, a może i we świecie jeszcze nie bywało. On jeden poradziłby zaprowadzić we świecie nowy porządek.

– Czy aby zdatny do służby? Taki filozof nie odróżnia zwykle rury do barszczu od karabina.

– Nie ma u nas drugiego, który by się lepiej rozumiał na wszystkim, co się tyczy artylerii i fortyfikacji. Wszak już w szkole za swoją zdatność miał być wysłany królewskim sumptem do Paryża na naukę wyższej matematyki. A przy tym rezolut, sam się napiera ze mną i Casparim iść na stanowisko w dziedzińcu Krasińskich.

– Zobaczymy, jak ten jeniusz będzie się sprawiał pod kulami.

Wejdźmy, już pora. Sala była ogromna i mroczna, okna miała pozasłaniane i zaledwie parę świeczników, stojących na stołach, rozkrzążało nieco światła. Osób było już sporo i po ciemnych kątach słyszeć się dawały szeptania i brzęki szabel. Co chwila jeszcze ktoś spiesznie nadchodził i turkotały zajeżdżające pojazdy. Ale nastrój panował dziwnie ospały. Jakby lęk przyczajał się w mrokach. Szeptano sobie na ucho i trwożnie. Twarze widniały blade, gorączkowe spojrzenia i niepewne ruchy. Niepokój władnął duszami. A kiedy ostatni z nadchodzących przynieśli wiadomość, jako pomnożone wojska moskiewskie rozciągnęły się po wszystkich ulicach i postawiły warty co kilkanaście kroków, powstało silne poruszenie. Czyżby odkryto spisek? A może ktoś wydał zebranie i zaciągają sieci, aby wszystkich wyłapać? Tysiące złowrogich przypuszczeń zakrakało w duszach. Podniosły się głosy, aby wobec grożącego niebezpieczeństwa rozejść się, póki czas. Zwłaszcza obywatele cywilni dawali wyraz swoich obaw, najgłośniejsze roznosząc zamieszanie i niepokoje. Dopiero kiedy Chomentowski zapewnił, jako dwie kompanie kanonierów z harmatami strzegą bezpieczności, nastąpiło jakie takie uspokojenie. Podniosły się natomiast głosy rozmów, zgromadzenie bowiem było bardzo liczne, sto kilkadziesiąt person, samych najznaczniejszych sprzysiężonych, przepełniało salę zajmując wszystkie ławy pod ścianami i miejsca.

Zaręba stojący samotnie na uboczu przyglądał się Wrońskiemu, który otoczony młodzieżą wojskową, coś im namiętnie rozpowiadał. Patrzyli w niego jak w cud niepojęty.

– Słusznie powiadają: "Wystaw pełne koryto, a świnie się znajdą" – szepnął mu rubasznie ojciec Serafin. – Fakcja "Obrońców Wolności" na stanowisku. Uważaj, waszmość, podają sobie jakieś karteluszki. Konopka ma minę dyktatora! Coś spiskują...

Zaręba zbył go milczeniem nie czując się w usposobieniu do kontrowersji.

– I moderanci w komplecie – szeptał niestrudzenie mnich – będą znowu nastawali na odroczenie; nie darmo Gautier z Morinem obrabiają Kilińskiego. Majster nie pozwoli się przekabacić. Nie dałbym mu rozgrzeszenia, choć taki poczciwy.

– Dobrze, iż mi ojciec przypomniał – zaczął Zaręba odciągając go na stronę – muszę ojcu zakomunikować, co Rada postanowiła. Od jutra mają we wszystkich kościołach zasiąść w konfesjonałach nasi księża do słuchania wielkanocnej spowiedzi, a pod tym pozorem będą rozdawali spiskowym: hasła, termin wybuchu, komu potrzeba, to i naboje, no i będą ich zaprzysięgać przy komunii. Jest tutaj na sali ksiądz Meier, ksiądz Jelski i ksiądz Wrześniewski, może się z nimi ojciec porozumie.

– Pomysł bezbożny używać do takich spraw konfesjonału z kościoła, nie przyłożę do tego ręki. Profanacja! Nie, nigdy! – odrzekał się, przejęty zgrozą i strachem.

– Taki jest rozkaz, spełnienie go jest patriotyczną świętą powinnością.

– Już wiem! Boże, co ze mną wyrabiają te Belzebuby! Któż mnie z takiego postępku rozgrzeszy?

– Własne sumienie, zwycięstwo dobrej sprawy i wdzięczna pamięć przyszłych pokoleń.

– Baj baju, chłop śliwy rwie, a jeno ich dwie! – wyrzekł płaczliwie.

– Czy mnie oczy nie zwodzą? – zawołał nagle. – Jasiński z Grosmanim! – i wskazał radośnie na przeciskających się w stronę Chomentowskiego. Zaręba przysunął się do nich i po serdecznych powitaniach z pułkownikiem i z "municypałem wileńskim" pozostał już przy socjuszach z loży. Konopka witał go jak zwyczajnie, zaś ksiądz Meier i Chomentowski z wyróżniającą życzliwością. Nawet był rad takiemu obrotowi sprawy.

Otoczono Jasińskiego, który jak zwykle piękny, smukły, z włosami w puklach spływających nieledwie na ramiona, Z oczami pełnymi błyskawic, porywający i wzniosły, opowiadał o wileńskich przygotowaniach i usposobieniach. Głos mu brzmiał niby spiżowa tarcza pod uderzeniem brzeszczota, przenikał żarem i przesycał otuchą. Już sam jego widok, jakoby obraz samej cnoty, samej wiary i stałości skrzepiał serca i myślom dawał lot podniebny.

– Zaczynajcie! – wołał donośnie, aż w sali uczyniła się cichość. – Chwila jedyna, jeśli pozwolicie jej przeminąć, nie powróci. Cała Polska na nas czeka! Wilno już gotowe! I wojska, i lud, i szlachta, i nawet Żydzi! Czekamy na hasło Warszawy. Na Litwie wszystko już gotowe, nawet postronki dla zdrajców! Uderzajcie! Nie ma już przeszkód nad opieszałość, bojaźń lub niewiarę, a tego suponować nikt by się wam nie ważył – grzmiał ogniście. Właśnie wybiła oznaczona godzina i Wielka Rada ukazała się w komplecie.

Zasiedli przy długim stole na środku sali, drugi obok zajęła kancelaria.

Generał Cichocki zabrał pierwsze miejsce, otoczony liczną asystą, jak generałów: Deybla i Orłowskiego, pułkowników: Dobrskiego i Poniatowskiego, oraz paru majorów i kapłanów. Z cywilnych byli: kasztelanie Mostowski, Antoni Trębicki, Ksawery Działyński, brat szefa regimentu, Józef Wybicki, Ciemniewski, Eliasz Alve, Kiliński, Maruszewski i jeszcze kilku poważnych mieszczan. Jasiński z Grosmanim zostali zaproszeni do stołu Rady.

Cichocki otworzywszy posiedzenie udzielił głosu kapitanowi artylerii, Grzegorzowi Roppowi.

Mówił zwięźle i po żołniersku, gorąco nawołując do powzięcia ostatecznej decyzji.

Po czym reprezentanci regimentów i miasta zgłaszali swoją obecność i plenipotencję.

Następnie wybrano komendantów poszczególnych kwartałów miasta i oddziałów, mających być odkomenderowanymi w pomoc ludowi.

Wszystko szło dziwnie składnie, prędko i bez zbędnych dyskursów.

Dopiero kiedy na porządek przyszedł wybór tymczasowego wodza powstania, zgromadzenie ożywiło się niezmiernie i fakcja "Obrońców Wolności" podniosła głowę.

Rada wysunęła Stanisława Mokronowskiego. Na to ozwały się aprobacje i klaskania.

A kiedy Cichocki w dłuższym przemówieniu wysławił jego ciche a wielkie zasługi dla insurekcji, jego cnoty obywatela i patrioty, jego zdatność jako wodza, jego wziętość i uważanie w całym kraju, cała sala zatrzęsła się od okrzyków:

– Zgadzamy się! Niech żyje generał Mokronowski! Niech nas prowadzi!

– Żądamy mieć wodzem szefa Działyńskiego! – zakrzyczeli naraz fakcjoniści. – Szef Działyński wiele tygodni temu pochwycony od Moskalów i wywieziony do Kaługi! Strata to dla nas niepowetowana! – tłumaczył Cichocki.

– Nie chcemy Mokronowskiego! Zaufany przyjaciel króla. Targowiczanin! – wołali licznie.

– Na takie niegodne inwektywy odpowiem: Sam najwyższy Naczelnik w liście do Rady poleca jego kandydaturę. Kto ciekawy, może przeczytać! – wrzasnął Cichocki. Opozycja umilkła i generał Mokronowski został obrany tymczasowym komendantem siły zbrojnej Księstwa Mazowieckiego. Moderanci tryumfowali.

Wtedy fakcja "Obrońców Wolności" wniosła projekt wybrania tymczasowego rządu, który by z chwilą wybuchu powstania objął władzę – uzasadniał go ksiądz Meier. Ze wszystkich stron podniosły się namiętne protestacje.

– Nie wolno nam uzurpować sobie praw sejmujących stanów! – ostrzegał Józef Wybicki.

– Pierwej zwycięstwo, wypędzenie nieprzyjaciół, a potem rząd! – grzmiał Cichocki. Konopka, ksiądz Meier, Trębicki, Chomentowski w długich wywodach dawali coraz nowe racje, gruntujące nieodzowność natychmiastowego sformowania rządu.

Cichocki widząc, jako deliberacje się przeciągają, przerwał je oświadczeniem:

– Nie mamy w tej materii instrukcji od Naczelnika, wobec czego dyskusję zamykam i przechodzimy do czynności najważniejszej, zdeterminowania dnia wybuchu.

– Zgoda! Dobrze! Po tośmy tu przyszli! – ozwały się liczne głosy. Nim jednak do tego przystąpiono, czytano raporty o siłach i środkach powstania. Pułkownik Dobrski dał regestr zapasów arsenału.

Kapitan Ropp wyszczególnił siły moskiewskie i polskie oraz ich stanowiska w mieście.

Porucznik inżynierów, Kubicki, wyliczył punkty oporu, fortyfikacje rogatek i domy przysposabiane do obrony, gdzie mieli mieć pozycje wolonterzy.

A w ostatku Chomentowski dał obraz położenia, przymuszający do natychmiastowego powstania. Obraz wypadał groźny, położenie było nad wyraz niebezpieczne.

– Moim zdaniem powinniśmy wystąpić najpóźniej w piątek – zakończył kapitan. Moderanci pragnęli przesunięcia terminu jeszcze na jakiś tydzień.

– Jeśli cała sprawa nie ma przepaść, nie odkładajmy ani na jeden dzień – zabrał głos kapitan Mycielski. – Słyszeliście obywatele przed chwilą: Naczelnik prawie otoczony i nie w możności przedarcia się do nas. Nieprzyjaciele uzuchwaleni naszą bezczynnością wzmagają się na siłach i odwadze. Prusacy ciągną na pomoc moskiewskim wojskom rozbitym pod Racławicami. Stan jest okropny, jeszcze zwłoka i będzie rozpaczliwy. Zaczynajmy choćby w piątek! Zaczynajmy, na Boga, by nie było za późno!

Na to wystąpił Kiliński, był głęboko poruszony i głos mu się łamał, gdy zawołał:

– Nie w piątek, we czwartek zaczynać musimy! Powiem dlaczego. Już znacie obywatele, co listy Ożarowskiego i Kossakowskiego zapowiadały? Dołożę jeszcze, co wiem najpewniej, bo ze samej kancelarii Igelströma. Oto Moskale postanowili, jako w Wielki Piątek o zmierzchu, skoro ludność znajdzie się w kościołach, uderzyć na nią i wyrżnąć! Zasię, by się im to przedsięwzięcie udało, naprzeciw każdego kościoła mają przygotowane harmaty nabite kartaczami, pochowane po sieniach, sklepach i parterowych kwaterach. Widziałem je żywymi oczami, dotykałem ich tymi rękami.

– Zali to możebne? Bajędy powiada! Egzageracja! – ozwały się dość liczne głosy.

– Słuchajcie mnie – rzucił się na kolana i wołał z rozpaczą – przysięgam w obliczu Boga ukrzyżowanego, jako prawdę mówię! Zaczynajmy we czwartek! Zaczynajmy! Tyle jednak sprawił, iż stanęła jednogłośna uchwała: rozpoczęcia powstania dnia 17 kwietnia we czwartek o godzinie świtania. Znakiem rozpoczęcia miał być strzał armatni, dany spod Żelaznej Bramy, i bicie dzwonów.

Przeczytano jeszcze generalny plan działania i rozkaz Cichockiego:

"Aby jutro, we środę, dobrze przed północą, zameldowali się w Arsenale wszyscy naczelnicy cyrkułów, delegaci regimentów, dowódcy wolonterów, a to z powinnymi raportami i w zbrojnej gotowości do wystąpienia."

Na tym zakończono to ostatnie zebranie.

Nazajutrz, we środę, dzień przyszedł w nieco odmiennej postaci, mgławy był bowiem, chłodny i deszczem grożący. Wszystko jednak się toczyło jak co dnia i nie wtajemniczony ani by przeczuł nadciągające wypadki. Wszędzie było pełno i gwarno, zarówno po bilarach, jak i kawiarniach i szynkowniach. Sklepy były przepełnione i targowały w najlepsze. Zasię jeno z racji Wielkiego Tygodnia unosiły się po mieście smakowite zapachy wielkanocnych specjałów i nie słyszało się muzyckich rzempołów. Na ulicach panował wielki ruch i gwar, pomnażany jeszcze turkotami licznych pojazdów i tętentem przelatujących ordynansów z kresami. Szczególniej rojno i gwarno było na Freta, Długiej i Starym Mieście. Na Długiej przed oknami, poza którymi piękne dziewczęta szyły kornety i stroje, kręcili się jak codziennie różni franci i młodzi oficjerowie. Ciżbiono się przed jatkami rzeźników, gdzie w obramieniu białych i różowych hiacyntów, na zwojach wędzonych kiełbas paradowały pieczone prosięta z jajkami w ryjach lub szczerzyły kły dzicze łby, uwieńczone bluszczami. Nie mniej żarliwie admirowano jatki cukierników pełne bab, mazurków i wszelakiego ciasta. Widać się dawało sporo przyjezdnych, wałęsających się od sklepu do sklepu. Dzieci latały z grzechotkami. Po rogach ulic sprzedawano wielkanocne baranki, misternie ze śnieżystej wełny uwinięto. Na stacjach stały jak zawsze powozy do najęcia. Kościoły z powodu Wielkiej Środy i spowiedzi do późnej nocy stały otwarte. Pod tym pretekstem u Kapucynów na Miodowej gromadziła się spiskowa młodzież. W bocznej nawie siedział ojciec Serafin i spowiadał każdego, który się ujawnił umówionym znakiem. Za czym po komunii odebrawszy przysięgę rozdawał wraz z błogosławieństwami bandolety, naboje, kartelusze z instrukcją i hasło na jutrzejszą walkę. Toż samo u Bernardynów czynił ksiądz Jelski; toż samo ksiądz Meier na Freta u Dominikanów, a drudzy prawie we wszystkich kościołach'. Nawet Barani Kożuszek, siedzący na swoim zwykłym miejscu, rozdawał spiskowcom rozkazy, czasem naboje, a niektórym nawet puginały.

Szło wszystko sprawnie i cicho. Zgromadzano się bez zwracania uwagi i rozpraszano się na znak starszyzny, ostrożnie się przebierając na wyznaczone miejsca. Ani kto mógł imaginować, co się taiło w tych tłumach, mrowiących się po ulicach jakby bez potrzeby i celu. I kto by tam zwracał na pospólstwo uwagę! Jakże? Toć była prawie sama młódź cechowa, kupczykowie, lokajstwo, ludzie bez wyraźnej kondycji, zbiegli poddani, liberia bez miejsca i zdezarmowani żołnierze.

I nikt juści nie wiedział, jako czuwali nad nimi oficjerowie, kierujący każdym ich poruszeniem. I nikt też się nie zastanowił, dlaczego natychmiast po zamknięciu sklepów ulice bardzo rychło opustoszały.

Uczyniło się pusto, cicho i ciemno, zaczął padać rzęsisty deszcz.

VIII

Noc z 16 na 17 kwietnia 1794 nie odznaczała się niczym szczególniejszym. Padał drobny, uporczywy deszcz, bełkotały nieustannie rynny i aura była cale przykra. Czasem zawiewał wiatr, przejęty zapachami pierwszej zieleni. Po niebie leciał księżyc, przysłaniany co chwila chmurami. Warszawa zdawała się najspokojniej spać. Ulice leżały ciemne, puste i rozszemrane

191

deszczem niby górskie szczeliny, w których tu i owdzie rozlegały się obwoływania moskiewskich wart, szczęki karabinów, a czasami tętenty kozackich patrolów. Godzina była późna i na pozór miasto, jak każdej nocy, pogrążyło się w niefrasobliwym odpoczywaniu. Ale poza tą maską, nałożoną dla zmylenia czujności wrogów, wrzało gorączkowe życie zbliżającej się chwili wybuchu. Za zgaszonymi oknami czuwało tysiące przytajonych ludzi; tysiące w głębiach domów osłoniętych nocą gotowało się do walki i tysiące ze wzmagającym się biciem serca nasłuchiwało znaku do powstania. Każdy dom zdał się dygotać wyczekiwaniem.

Jakoż po dziesiątej zaszedł był szczególny wypadek: oto gromada jakichś ultajów rozbiła wszystkie latarnie w całym śródmieściu i rozbiegła się na wsze strony wygwizdując piosenki z Krakowiaków i górali. Na ten umówiony znak i pod osłoną niezgłębionych ciemności, jakie ogarnęły miasto, rozpoczął się jakiś tajemniczy, przyśpieszony ruch. Otwierały się bez szelestu bramy. Uchylały się drzwi sklepów i okiennice. W niektórych oknach zamigotały jakieś światełka. Pod murami kamienic zamajaczyły szeregi cieniów. Gdzieniegdzie zabrzmiało głośniejsze słowo. Spoza niedomkniętych furt wionęły przejmujące szlochy pożegnań. Zawrzały ściszone szepty. Owdzie wyrwał się zduszony płacz, podobien do skowytów. Odgłosy kroków ginęły w szmerach deszczu. Ze wszystkich stron, prawie ze wszystkich domów ktoś się wydzierał z najdroższych objęć i spieszył na wyznaczone stanowiska. Błogosławieństwa leciały za nimi. Przebierali się ostrożnie, najgłębszymi cieniami, czasem prawie na czworakach, gdyż trzeba było wymijać gęste warty i kwatery generałów, przed którymi biwakowały całe kompanie wojsk w bojowej gotowości stojących. Najliczniej jednak prześlizgiwano się w stronę Arsenału, na ulicę Długą.

Arsenał był sercem i mózgiem insurekcji.

W obszernych izbach od strony dziedzińca, zajmowanych przez komendanta, pułkownika Dobrskiego, zgromadziło się zaraz po zapadnięciu ciemności kilkudziesięciu najznaczniejszych spiskowców. Była to jakby święta agapa pod hasłem walki o wolność, ostatnia komunia dusz wzniosłych, głęboka chwila obcowań, w której więcej wypowiadają spojrzenia niźli słowa, w której nikt się nie zwierzał, a każdy szept stawał się najgłębszą spowiedzią. Nastrój panował braterski a wielce powściągliwy. Rozmawiano mało i cicho. Nikt już nie myślał o sobie. Każdy już skończył swoje partykularne rachunki i dumał o nieznanem.

Uśmiechano się do siebie jakimś widmowym uśmiechem tkliwości. Wszystkie dusze zdały się brać lot niedosiężny i gubić w nieokreślonych marzeniach. Każdy jakby nasłuchiwał nieskończoności. Oczy paliły się gorączkowo, ale w twarzach widniała zimna, żelazna determinacja i spokój.

Izby sklepione, niskie i bielone, urządzone z żołnierską modestią, zasnute były modrymi pasmami dymów. W środkowej długi stół zastawiono zimnymi daniami. Mało kto jadł, jeno namiętnie palono. Ordynansi roznosili czarną kawę, kapciuchy z tytuniem i wiśniowe lulki.

Co chwila przychodziły z miasta raporty i wiadomości; kierowano je do generałów siedzących w ostatniej, na roścież wywartej stancji. Nikt się bowiem z młodszych nie turbował, co zawierały. Stali kupami, siedzieli, spacerowali, jak się komu spodobało. Nie zważano na szarże ni godności. Wszyscy rozumieli się być żołnierzami jednej sprawy. O jutrze ni o walce, jakby już za progiem czekającej, nie ważono się wspominać. Natomiast słyszeć się dawały dyskursa w najbłahszych materiach. Niekiedy wytryskiwał przyciszony śmiech. W jednej z izb grano najspokojniej w szachy.

W jakimś kącie przy świetle krzywej łojówki Zaręba coś spiesznie konotował pod ciche dyktando Maruszewskiego. Kilkunastu cywilnych, uzbrojonych w szable i z pistoletami za pasem, czytało między sobą ostatnią "Gazetę Hamburską". Ksiądz Meier w sutannie do kolan, w butach z ostrogami, z kieszeniami wypchanymi krócicami i nabojami, pochylony nad ogromnym bębnem, robił korektę odezwy, jaka miała być nazajutrz rano rozrzucona po mieście. Był nawet stolik, gdzie ojciec Serafin grał w ćwika z kapitanem Mycielskim, spierali się zawzięcie i co trochę rozchodzili. W pierwszej stancji od wejścia na długich parapetach i półkach pod ścianami leżały szable, pistolety, puginały, ładownice, skałki, torby nabojów i stosy wszelakiego rynsztunku. Brał, co komu było potrzeba. Właśnie jacyś kadeci dobrawszy sobie szablę próbowali obcinać knoty u świec zapalonych, ale że tylko świece padały ofiarą, zaciekle ponawiali ćwiczenia.

Czasami, nie wiadomo, z jakiej przyczyny, zapadało milczenie; wtedy krzyżowały się zaniepokojone, trwożne spojrzenia, ręce mimo woli szukały rękojeści szabel, a z dziedzińców nadpływał gwar wojsk, turkoty przetaczanych armat i głuche, przytłumione bicia kilofów, wyłamujących w basztach arsenału nowe strzelnice dla dział.

Ktoś głośniej się odezwał czy szabla brzęknęła o kamienną posadzkę i wszyscy wracali do dawnego stanu, jeno oczy niecierpliwiej spoczywały na wskazówkach zegara. Co pewien czas wpadał komendant Dobrski, stary żołnierz o suchej, wygolonej twarzy, orlim nosie i oczach świecących jak ostrza. Przelatywał izby niby burza, rzucał jakieś rozkazy, porywał któregoś z oficjerów i znowu leciał na piętra, do zbrojowni, do kazamat, w dziedzińce do ukrytych stanowisk armat, wszędzie, gdzie było potrzeba dojrzeć, rozkazać i pobudzić przygotowania. Był to żołnierz surowy aż do zaparcia się siebie, cnotliwy obywatel i patriota żarliwy, wola niezłomna, uosobienie powinności i czujniejszy nad wszelkie pojęcie stróż Arsenału.

Izby szły amfiladą i w ostatniej przez drzwi szeroko powywierane widać było białą perukę i czerwoną twarz generała Mokronowskiego. Siedział przed wielką plantą Warszawy; stosy kart sytuacyjnych leżały obok, porucznik od inżynierów, Kubicki, oznaczał na nich czerwonym ołówkiem stanowiska i domy zajęte przez Moskalów. Mokronowski, wyniesiony wolą sprzysiężonych oficjerów na dowódcę sił zbrojnych Warszawy, był nim jeno de nomine, bo de facto sprawował te obowiązki generał Cichocki, aktualny komendant Warszawy, którego ustawicznie o coś indagował. Brał przy nich miejsce stary Deybel, dowódca artylerii koronnej, wraz z kapitanem Chomentowskim, duszą sprzysiężenia, który promenował się po stancji nie odzywając się do nikogo. Kasztelanic Mostowski przybrany jakby na królewskie asamble, pachnący, utrefiony i dworny wykwintniś z piękną twarzą i srogimi, okrutnymi oczami, oglądał wiszące na ścianach kolorowe kopersztychy, wystawiające mitologiczne, frywolne sceny. Generał Orłowski, dawny komendant Kamieńca, chrapał na ławie pod ścianą, obtulony włochatą, krymską burką.

Było już po jedenastej, gdy wpadł dyżurny oficjer i stanął przed Mokronowskim.

– Melduję pokornie: Wolontery w dziedzińcach i wszystko już gotowe.

– Generale! – zwrócił się Mokronowski do Cichockiego. – Rozkazuj, czas na stanowiska!

– Mości panowie delegaci od wojsk i miasta, prosimy bliżej! – ozwał się rozkazująco Cichocki.

– Kapitanie Chomentowski, sprawdź, waszmość, katalog obecnych. Rum się uczynił, wszyscy stanęli przed progiem w powinnej postawie.

– Regiment gwardii pieszej! – przeczytał donośnie Chomentowski. Wystąpił na przód major Milford z porucznikiem Ostaszewskim.
– Regiment gwardii konnej, mirowscy – dodał z życzliwym uśmiechem.

Prezentowali się kapitanowie Kosmowski i Bogusławski; ten ostatni zameldował:
– Trzeci delegat porucznik Strzałkowski aktualnie na służbie, trzyma straż na Zamku.
– Regiment szefostwa Działyńskiego. Major Zeydlitz wraz z kapitanem Mycielskim wysunęli się na czoło.
– Regiment ułanów królewskich.

Kapitan Zieliński i rotmistrz Wojciechowski ściągnęli powszechną uwagę, bowiem dopiero od paru dni pozyskał ich dla insurekcji Kiliński.
– Korpus artylerii koronnej!

Major Pieściński, major Górski i kapitan Ropp, persony powszechnie wielbione i fundamenta insurekcyjnej organizacji, wystąpili wśród przyjaznych szmerów.
– Korpus pontonierów i inżynierzy! Pułkownik Bogucki z porucznikiem Kubickim stanęli przy poprzednich.
– Chorągiew marszałkowska!
– Pozyskana dla sprawy i mnie poruczono delegację – meldował Zaręba.

Potem stawiali się dowódcy poszczególnych komend i kwartałów, i ważnych stanowisk, jak abszytowany kapitan Witkowski, porucznicy artylerii: Banczakiewicz, Linowski, Caspari i Zaręba, dowódca oddziału broniącego prochowni, pułkownik Poniatowski, oraz oficerowie wyznaczeni do prowadzenia oddziałów wolonterskich i czuwania nad ludowymi masami. Każda bowiem ulica miała wyznaczonego dowódcę oficjera.

Po skończeniu generał Cichocki przemówił krótkimi, jakby rąbanymi szablą słowy:
– Obywatele–żołnierze! Pora nam iść na stanowiska. Walkę rozpoczynamy o świtaniu. Gdy ryknie strzał harmatki spod Żelaznej Bramy i zabiją dzwony, uderzajcie! Hasłem naszym: Wolność i Kościuszko! Wszyscy znacie instrukcję działań. Każdy z dowódców niechaj zapamięta: nie pozwolić Igelströmowi komunikacji z jego oddziałami, za żadną cenę nie dopuścić połączenia się moskiewskich wojsk, nie dopuścić wkroczenia Prusaków do miasta, bronić Arsenału i raczej go wysadzić w powietrze niźli oddać. A poza tym trzeba nam wroga bić, jeszcze

raz bić i pobić! Tak mówi Naczelnik i tak nakazuje konieczność! Idziemy na walkę o wolność, całość i niepodległość. Nie pozostaje nam jak zwycięstwo lub śmierć.

– Zwycięstwo albo śmierć! – buchnął ogromny krzyk.

– Lwom nie będę zalecał męstwa. Niechaj każdy spełni powinność! Z Bogiem! Żegnał się z każdym z osobna. Splątały się dłonie i ramiona. Za jedno biły serca i radośnie zapłonęły oczy. W braterskich uściskach stapiały się dusze. Nie było zbędnych słów ni roztkliwiań. Hardo spoglądali w śmierć. Młode orły rwały się do lotu. Rumieńce zbarwiły blade jagody. Zagrała rycerska krew. Święta powinność porywała na śmiertelne azardy. W obronie ojczyzny powstawał nieprzełamany mur piersi. Te męże wybrane, cnoty najrzadsze, sama wierność, samo poświęcenie i najgórniejsza młodość, nie pokazując nad zimną determinację, ruszali radośnie lać krew za ojczyznę, wyrywać ją z wilczych szponów i ginąć za jej wolność i szczęście.

– Zaiste, syny ojczyzny najprzedniejsze, bohatyry! – szeptał Mokronowski, a pomimo swoich wolteriańskich opinii żegnał ich krzyżem i błogosławił.

Zaręba przecisnął się do niego z jakimś niebieskim karteluszkiem.

– Obywatelu generale! Melduję wiadomość otrzymaną w tym momencie.

Generał przeczytał spiesznie i rozpromieniony zawołał do odchodzących:

– Mości panowie! Dwie wiadomości: kanclerz Sułkowski skończył przed godziną.

– Wykpił się od szubienicy! – wyrwał się jakiś zuchwały głos.

– Druga ważniejsza. Poruczniku – zaszeptał dyskretnie – papier pachnący i widzę kobiece pismo. Nie pytam kto, jeno czy można zawierzyć?

– Trzeba, obywatelu generale! Głowę stawiam za prawdę! – odparł z naciskiem, chowając do kieszeni karteluszek otrzymany od Izy. Zrumienił się przy tym jak panna.

– Traf zrządził, że mamy hasło wydane moskiewskim wojskom na jutro: Suworów! Zapamiętajcie: Suworów! Cóż masz na planie czynności? – zwrócił się znowu do Zaręby.

– Spieszę objąć komendę nad Starym Miastem, jaką mi wyznaczono.

– Nieco z drogi, ale żebyś mógł się przedostać na Krakowskie Przedmieście...

– Wedle rozkazu, obywatelu generale! Jestem delegatem

marszałkowskiej dragonii; objąłem też dowództwo nocnego rontu, który może swobodnie cyrkulować po mieście...

– Fortunna wielce okoliczność! To zajedź na moją kwaterę i powiedz generałowej, żeby o świcie przeniosła się na Zamek! Krakowskie będzie placem największych bitew. Pałac nie nazbyt ubezpieczony. Nie wiem, czy pozostawiona obrona wystarczy...

– Melduję pokornie, jako na tę ewentualność ma pospieszyć z pomocą Sowiński z kadetami. Mają przykazane osłaniać flanki regimentu Działyńskiego.

Skłonił się i wyszedł pospiesznie, ale w pierwszej stancji zastąpił mu drogę Radzimiński. Blady był, traiczny, wpadnięte oczy gorzały ponuro, buchał gorączką.

– Powiedz mi o Woynie, co to za człowiek?

– Bój się Boga, teraz, kiedy nie mam ani chwili do stracenia i w takich okolicznościach!

– Jutro zginę. Mam ostrzeżenie z góry! Pokazał mi się jeden z przodków. To znak niechybny, zawsze to się staje, jeśli który z Radzimińskich ma zginąć. Na mnie przypada kolej, więc muszę się ubezpieczyć co do siostry. Powiedz, o coć pytam?

– Muscadin, cynik, gracz, a zarazem człowiek wyższej miary. Przekonałem się o tym.

– Deklarował o rękę Zosi, i to w nadzwyczajnych okolicznościach. Nie wiem, co począć?

– Toć powiem: człowiek pewny, a jak obecnie, i znacznej substancji dziedzic.

– Wierzę, ale małżeństwo niemożliwe. Musiałbym powiedzieć o jej nieszczęściu.

– Pozostaw to im. Miłość znajdzie najskuteczniejsze remedium. Co zaś do twoich przywidzeń, wzburzonej imaginacji to skutek. Bądź zdrów, nie wiadomo, komu z brzega... Opuścił go; ojciec Serafin, idący przy jego boku, wyrzekł zasmucony:

– Nie zawsze najdzie, kto szuka! Rotmistrz wyraźnie będzie szukał śmierci. Muszę wracać do klasztoru. Niechże cię, poruczniku, Bóg strzeże! – rzucił mu się na szyję.

– Da Bóg, jako obaj spotkamy się w zdrowiu. – Zrobiło mu się jakoś ckliwo i markotno.

– Modlę się o jutro i drżę; jakaś trwoga mnie obłazi niby robactwo. Muszę dyscypliną wypędzić takową dyspozycję. Płakałbym; starość to czy nikczemny strach?

– Sił nam, ojcze, potrzeba i spokoju na jutro. Raczej podchmielić przed bitwą wypada żołnierzowi niźli deliberować nad tym, co będzie! Lepiej, ojciec, przypilnuj, żeby w murach klasztoru od Danilewiczowskiej wybito akuratne strzelnice.

– Już wybite, sam je maskowałem chrustem. Byle jeno granatniki przyszły w porę!

– Skoro rozruch się uczyni, mój Kacper przyprowadzi je i zostanie ojcu do pomocy.

– Wolność i Kościuszko! – wykrzyknął naraz mnich i zginął w mrokach i ciżbach. Zaręba przepychał się do swojego rontu, stojącego na tyłach, od strony Nalewek. Arsenał dawał podobieństwo ula, tak pełen był głuchego szumu przygotowań. Na piętrach i w basztach narożnikowych od strony Długiej ciemno było i cicho, tam już bowiem, za furtami, bramami i oknami, założonymi worami piasku, rozkładała się piechota w bojowej gotowości. Przy strzelnicach, którymi gardziele armat groziły w obie strony Długiej, ku Bielańskiej i Lesznu, brali miejsca kanonierzy. W kominach, przysposobionych do tego użytku, pod rusztami gorzały ognie do rozpalania brandkul. Pod ścianami stały otwarte skrzynie z działowymi nabojami i kozły karabinów. Oficjerowie snuli się nieustannie wzdłuż gmachu świeżo przerąbanymi przejściami. W dolnych izbach, niskich i ciasnych z powodu nadmiernej grubości murów, biwakował oddział wolonterów, uzbrojonych w topory, kosy i piki, gotowych do odpierania szturmów. Zasię w obszernych dziedzińcach, obmurowanych gmachami, jakoby w studniach, panował nieopisany ruch. Pochodnie poprzyczepiane do ścian pomimo deszczu i wiatru grały w ciemnościach krwawymi płachtami migotliwych brzasków, w których niby majaczenia roiły się zarysy ludzi, koni, armat i wozów, i broni. Zdało się, iż popękają mury od natłoków. Żołnierze zajmowali bramy, sienie i tulili się pod ścianami nie wypuszczając z garści karabinów. Na środku podwórz stały baterie harmat, przyodziane od niepogody w zielone gzła. Tuż przy nich zaprzężone cugi chrupały obroki z kobiałek i torb płóciennych. Ładowano amunicyjne jaszcze. Sposobiono ambulansowe wozy. Rozdawano kanonierom i asekuracyjnej piechocie szelki do przeciągania dział w razie zdarzonej potrzeby. A w ostatnim dziedzińcu już na tyłach Arsenału, obwiedzionym jeno murem i niskimi szopami, porządkowały się dwa szwadrony jazdy, ściągniętej jeszcze za dnia po parę koni, aby nie zwracać uwagi. Segregowano konie do armatnich zaprzęgów, sprowadzone z miasta pod różnymi pozorami. Rozdawano broń i ładunki ochotniczym oddziałom, które wysuwały się w cichości w stronę

Ogrodu Krasińskich i gdzieś przepadały. Niekiedy przelatywały krótkie komendy i słychać było w ciemnościach miarowe, ostrożne stąpania. Czasem koń zarżał, szczęknęły bronie, jakieś koło trzasnęło o kamień, ale poza tym wszystko odbywało się w głuchym milczeniu i sprawnie jakby na paradzie. Bowiem nad wszystkim czuwał niestrudzenie komendant Dobrski, niby duch wszędzie obecny. Nic nie uszło jego uwagi. I zawsze znajdował się tam, gdzie właśnie było go potrzeba. Zaglądał nawet w podziemia, do kazamatowych komór, w których odlewano kule i wyrabiano naboje. W świetle latarń wiszących u niskich sklepień, przy szerokich stołach pracowało kilkadziesiąt osób w najgłębszej cichości. Komendant, przywdziawszy na buty filcowe pantofle dla bezpieczności, lustrował wszystkie kazamaty sprawdzając wagę prochów każdego kalibru działowych ładunków. Najczęściej jednak zaglądał w ostatni dziedziniec, do fortyfikacyjnych robót, jakie się tam prowadziły pod nadzorem porucznika inżynierów Kubickiego. Wzmacniano mury worami piasku i narożnik okopywano szańczykami. Mimo nocy i szarugi robota szła gorączkowo, latarnie migotały jak świętojańskie robaczki i mrowiło się mnóstwo ludzi. Dudniła ziemia pod uderzeniami łopat i kilofów.

– Mogą nadciągnąć od Muranowa; na tych sześciofuntówki do sztrychowania Nalewek – pouczał komendant. – A ci, co by się darli od Ogrodu Krasińskich, dostaną w twarz kartaczami! Przyciągać granatniki, prędzej! – przynaglał.

Zaręba wyminąwszy go w bramie zasalutował i dał koniowi ostrogą. Ciemność go ogarnęła, że zaledwie majaczyły łamane zarysy dachów. Deszcz mżył nieustannie i wiatr, poczynał zamiatać błotniste ulice. Jechał z wolna, dziesięciu zaprzysiężonych dragonów człapało za nim. Hetmańskie hasło i marszałkowskie odznaki dawały mu możność swobodnego krążenia po całym mieście. Miał do świtania zaledwie parę godzin, a wiele spraw do załatwienia. Myślał jednak tylko o Izie. Obiecał jej kiedyś powiadomić o godzinie wybuchu. I teraz wobec usług, jakie oddała sprawie, przyrzeczenia dopełnić powinien. Zatargały nim obawy. A jeśli wyda Zubowowi? Odpędzał tę myśl natrętną i straszną. Chwiał się i wahał. A przy tym wzrastała w nim obawa o jej bezpieczeństwo. Był prawie pewny, jako Konopka na konskrypcyjnej liście ją zapisał. Uważał swoją powinnością odwrócić od niej ten cios hańby, a może i śmierci. Ostrzegła kiedyś przed aresztowaniami, teraz znowu odsłoniła hasło wrogów.

Sprawiedliwość wymaga słusznej nagrody. Tłumaczył się przed sobą. Odpędzał przyczyny tkliwszej natury. Z tej strony miał się za ubezpieczonego.

– Spełnię, com powinien i niech sobie dalej radzi sama! Kwita byka za indyka! – zakonkludował zupełnie uspokojony i ruszył z kopyta.

W parę minut powstrzymał oddział pod kratami pałacu Borcha na Miodowej. Rozkazał im zaczekać, a sam przedostawszy się w dziedziniec ruszył bocznym wejściem do apartamentów szambelanowej na pierwsze piętro. Otworzyła mu przerażona pokojowa i drogę zaparła.

– Obudź panią szambelanową. Sprawa wagi najwyższej! Ruszaj prędzej!

Po chwili pokojowa wprowadziła go do gotowalni. Weszła Iza, snadź prosto z łóżka, w jakiejś złocistej robie, podbitej futrem, z włosami w nieładzie, różowa jeszcze od snu, prawie nieprzytomna i cudniejsza niźli zwyczajnie.

– Daruj mi! Dasz mi słowo na sekret, to powiem ważną dla ciebie nowinę – zaczął z miejsca.

– Masz moje słowo, dotrzymam święcie! Powstanie wybucha, kiedy? – uprzedziła.

– O świtaniu! Sygnałem strzał armatni i bicie dzwonów! Wszystko już gotowe...

– Pojmuję wagę tej chwili. Siadaj! Gorączka bucha od ciebie! – wydawała się być spokojną.

– Nie mam czasu. I jeszcze jedno ci rzeknę: Uciekaj z, tego domu, salwuj się, póki pora. Pałac jest pod dozorem. Jeszcze zdążysz! Mogą napaść i mogą się stać straszne rzeczy!

– Egzagerujesz! Wszak nie wypowiadacie wojny bezbronnym kobietom!

– Wszyscy podejrzewani o sprzyjanie Prusakom i Moskalom mają być wzięci pod areszt, sądzeni i karani! – wyrzekł z niezmierną przykrością.

Iza stanęła jakby ugodzona w serce, krwawy płomień oblał jej twarz i szyję. Zrozumiała całą grozę swojej sytuacji. Straszliwy wstyd ściskał za serce, ale odezwała się ironicznie:

– Gotujecie nam szafoty! – spojrzała z niewypowiedzianą wzgardą.

– Mogłabyś się schronić u Wizytek – puścił mimo uszów jej słowa – każ budzić męża i kasztelanową. Macie zaledwie trzy godziny czasu. Nie należy tracić ani mgnienia.

– Niechaj się stanie, co się ma stać! Nie ruszę się z miejsca! –

zdeterminowała uparcie.

– Nie zdajesz sobie sprawy z grozy, jaka wisi nad tobą.

– Czegóż chcą ode mnie? Cóż ja komu zawiniłam? – zaskarżyła się jak dziecko.

– To wojna, powszechny rozruch; lud przyprowadzony do wściekłości Bóg wie jakich może się dopuszczać gwałtów. Ofiarą zawziętości mogą paść i niewinni. Najlżejsze podejrzenie w takich razach starczy za wyrok. Napatrzyłem się podobnych rzeczy w Paryżu – tłumaczył poczciwie. – To przenieś się na moją kwaterę, tam ci włos nie spadnie z głowy! A jeśli i to nie, pozostaje Barssowa, mogę ją zaraz uprzedzić–zabiegał z różnych stron.

– Nie! Nie! Nie! – upierała się z niewytłumaczoną zaciekłością.

– Snadź rachujesz na jakąś potężniejszą pomoc! – wyrzekł zniecierpliwiony i dotknięty.

– Sewer! – jęknęła jakby pod uderzeniem i naraz oczy jej rozbłysły, a z przebolesnym uśmiechem szepnęła: – Jakiś ty wzniosły! Nienawidzisz, a chcesz mnie ratować!

– Ja cię nienawidzę! Ja! – wybuchnął krzykiem przytłumionej tkliwości, ale natychmiast się zmitygował i dodał surowo. – Radzę ci jak siostrze. Nie mogę nawet dopuścić myśli, co się z tobą stać może! Błagam cię, posłuchaj mojej rady!

Ogarnęło ją znękanie; opadła na krzesło, rzęsiste łzy polały się z jej oczów.

– Już widzę, co się ze mną stanie, widzę; powleką mnie pod pręgierz i ogłoszą za bezecną i nad głową przybiją napis: Kara dla zdrajców ojczyzny! –zaszeptała jakby w nagłym obłędzie

– Boże, jakie to straszne! I za co? Za co?

Ten rozełkany szept zatargał mu wnętrznościami. Pochwycił jej rozpalone dłonie.

– Iza, na miłość boską, uspokój się! Jestem przy tobie i nie dam cię nieszczęściu, obronię przed każdą złą przygodą – zapewniał gorąco – posłuchaj mnie tylko!

– I ty mnie potępiasz? I ty mnie znajdujesz winną? – łkała żałośnie.

– Pragnę cię ratować; zali to nie starczy za respons? – był już zrozpaczony. Obtarła łzy i długo patrzyła w niego oczami takiej miłości, pokory, uwielbień i zarazem smutków, że nie mogąc wytrzymać tego spojrzenia, puścił jej ręce i chciał się odsunąć. Już mu się krew burzyła i tracił panowanie nad sobą; nim jednak zdążył, rzuciła mu się na szyję wybuchając ognistym potokiem wyznań i skarg.

– Kocham cię! Nie uciekaj ode mnie! Kochałam cię zawsze! Niech wypowiem, co mi udręcza serce. Kocham cię. Zawsześ taki srogi, taki daleki, taki nieubłagany. Miej litość nade mną. Nauczono mnie pacierza, a nie nauczono, jak trzeba żyć! Nie potępiaj mnie. Twoja wzgarda doprowadziła mnie do wszystkiego. Tak czekałam, że powrócisz ze słowem miłości! Boję się! Odejdziesz i umrę z rozpaczy. Nie pozostawiaj mnie samej, kochanku mój, panie mój! Pamiętasz wtedy na Woli? Serce mi pęka! Czekałam dnie i noce, nie powróciłeś! Konałam z tęsknoty! Nie opuszczaj mnie! Ja ci otworzę duszę i błagać będę, i płakać u twoich nóg, aż mi przebaczysz! – szeptała wśród namiętnych pocałunków, uścisków i łez; wreszcie wyzbyta z sił obsunęła się na podłogę. Pochwycił ją w porę, zaniósł na szezlong i trzeźwiącymi solami przyprowadził do zmysłów.

Czas jakiś milczeli oboje; rozglądała się rozgorzałymi oczami, z trudem łapiąc powietrze, on zaś stał wsparty o ścianę, oślepiony żarami, wstrząśnięty. Myśli leżały omdlałe i pogubione, jeno przesłodkie czucie wiedziało, że oto bezmierne szczęście go przepełnia, oto radość przesyca, oto pijany jest czarem, upojeniem i miłością. Już nie pamiętał jej zdrad. Nie pamięta, jaką zna, jeno jaką miłował dawniej, jaką był sobie utkał z bujnej imaginacji tęsknot i marzeń. Już nawet zapomniał o wszystkich swoich powinnościach. Chwiał się niby podcięte drzewo, nim się na jakąś stronę przeważy i runie.

– Uciekajmy – porwała się gwałtownie – będę gotowa za chwilę! Zabierz mnie sobie i nie oddawaj nikomu. Jam twoja na wieki. Uciekajmy, gdzie oczy poniosą! Na jakiś bezludny kraj świata, gdzieś do Italii słonecznej, za morza i góry! Kochanku mój luby! Na jakiejś łące zielonej szomierka starczy nam za pałace, bo szczęście będzie z nami! Pasterzu mój tkliwy! I dnie nam popłyną w miłości i upojeniu! – szeptała rozegzaltowana, zgoła nieprzytomna, obsypując go namiętnymi pieszczotami.

Wyrwał się nareszcie z oszołomienia i spojrzał rzeczywistości w oczy.

– Iza! – próbował ją zbudzić ostrożnie – nie pozwalajmy się unosić wzburzonym imaginacjom! O czym roimy, niemożebne! Iza, ja muszę odejść, woła mnie powinność!

– Cóż to mnie obchodzi? Kocham cię! Tyś moja ojczyzna! Miłość jest naszą powinnością. Odzyskałam cię i nie puszczę! O wszystek świat nie stoję!

– Powróćmy do rozsądku! Rozważ naszą sytuację! Nie pora nam marzyć o szczęściu!

– Nie kochasz mnie! – jęknęła w rozpaczy. – Nigdy mnie nie

kochałeś!

Uklęknął przed nią i w słowach czułych, prostych a przejętych stłumionym żarem przedstawiał niezniszczalność jej marzeń. Oszczędzał przypomnień jej zmienności, nie czynił żadnych wyrzutów. Pragnął jej spokoju i na rozsądną drogę naprowadzał. Przerywała mu pocałunkami, czasem w jej łzach tonęły jego słowa, niekiedy rozdzierające łkania głuszyły. W końcu jednak rozum wziął górę nad egzageracją.

– Więc cóż ja teraz pocznę? – zawołała odrywając się od jego piersi.

Nie ważył się na odpowiedź. Musiał ją zostawić własnemu losowi.

– Cóż się ze mną stanie? – stanęła bezradna, posągowi zrozpaczonej podobna. – Rozumiem wszystko! Szalona byłam! Szczęście było przy mnie i pierzchnęło jak ptak. I każde z nas pójdzie w swoją stronę. Ciebie woła ojczyzna, czekają cię wielkie zadania i górne czyny są twoim przeznaczeniem. Ale cóż się stanie ze mną? Boże, jakaż ja będę samotna i nieszczęśliwa. A jednak to twoja wina! – bluznęła mu niespodzianie w twarz jadem wyrzutów. Oczy jej zapłonęły ponurym ogniem Nemezydy.

– Moja wina? – cofnął się, jakby przepaść otwarła się pod jego stopami.

– Twoja wina! Gdybyś mnie kochał, nie oddałbyś nikomu! Nie kochałeś mnie nigdy! Z tego poszły wszystkie moje nieszczęścia! – nienawidziła go w tym momencie.

– Więc twoje zdrady i twoi kochankowie, i całe twoje życie to moja wina? Ja cię nie kochałem? Na Boga, miejże choć iskrę sumienia! – wybuchnął strasznym rozżaleniem.

– Sewer! Przebacz! – wystraszyła się dzikim obliczem jego boleści.

– Już sama nie wiem, co mówię. Nie patrz tak na mnie! Nie przeklinaj, bo ci tu skonam u stóp twoich! Przebacz mi wszystko! Żebyś wiedział, jak teraz piekielnie cierpię! Tak, to moja wina, moja! Jakże mi straszliwie żal! A odrobić już nie można niczego! Zapomnij mi krzywd! Rozstańmy się jak przyjaciele! Dla mnie wszystko się skończyło! Jeśli cofniesz swoją braterską dłoń, na resztę życia nie pozostanie mi nic, nawet nadziei. Leć swoim górnym szlakiem, rycerzu i bohatyrze, leć, orle wielbiony! Twoich podniebnych lotów nie może pętać żadna miłość! Moja dusza nieodstępnym śladem pójdzie za tobą. Będzie żyła okruchami twojej sławy i szczęścia! – mówiła ze wzniosłą i heroiczną rezygnacją, pokazując zarazem nadludzką moc panowania nad sobą, chociaż serce pękało z boleści i duszę szarpały wszystkie

furie rozpaczy. Zabijała w sobie nawet nadzieję.
Takiej, jaką się objawiła w tej chwili, nie znał jeszcze i zapamiętał
na zawsze.
Przystała na wszystko, co proponował dla jej bezpieczeństwa.
Stanęła pomiędzy nimi cicha, uroczysta zgoda, zapieczętowana
braterskim uściskiem dłoni. I zdobywali się na niesłychane
męstwo przy rozstaniu. Rozchodzili się przyjaciółmi, ale ciężko im
przychodziło rozerwać splątane dłonie. Ciążyli do siebie z
nieprzepartą mocą. Usta szukały ust, ramiona wyciągały się do
siebie, w przymglonych oczach wrzały nieugaszone, głodne wary
pożądań. Kocham, śpiewały błyskawice spojrzeń. Kocham, dyszały
spieczone wargi. Kocham, łomotały serca! Nie ulegli jednak sile
oślepłej miłości. Przezwyciężyli własne uczucia. Jakiś
nieprzezwyciężony nakaz trzymał ich od siebie w przystojnej
odległości. I przez gwałt nad sobą, przez mękę, na żywym grobie
miłości utwierdzali przyjaźń dozgonną. Rozumieli jeno, że tak być
musi. Przy rozstaniu nie padło ani jedno słowo żalów ni skarg.
Mężnie przenieśli ostatnią chwilę.
    – A niechże wszystkie amory zatrzasną pioruny! – klął Zaręba,
pędząc co koń wyskoczy na Krakowskie do pałacu
Mokronowskich. Na szczęście brakło mu czasu na rozmyślania.
Warty stojące przed bramą wpuściły go do środka. Pomimo tak
późnej godziny w całym pałacu panował wielki ruch. Służba
wystraszona, prawie nieprzytomna, kręciła się na wszystkie strony
w gorączkowym pośpiechu. Gdzieś z głębi domu dolatywały
babskie lamenty i płacze. Frontowe komnaty stały już
powywierane, puste i zaniesione błotem i wapienną kurzawą.
Obicia ze ścian były pozdzierane i wszelkie sprzęty wyniesione.
Kilkunastu gemejnów, przysłanych do obrony, pracowało nad
barykadowaniem bram i frontowych okien, zabijanych deskami i
materacami. Pomiędzy oknami wybijano strzelnice. Opatrywano
broń i znoszono naboje, widły i siekiery.
    Zaprowadzono go do generałowej; siedziała w izdebce zawalonej
po sufit gratami, przy łojowej świecy, zajęta pisaniem wiersza Na
wybuch powstania. Nie omieszkała mu też przeczytać
przydługiego nieco wstępu.
    Chwalił gorąco, nie rozumiejąc zresztą, do czego zmierza. Była to
bowiem oda, naszpikowana imionami bogów i wzywająca ich
pomocy dla Polski i Kościuszki. Odważył się wreszcie wyłożyć
prośbę i życzenia Mokronowskiego.
    Generałowa porwawszy się z miejsca wykrzyknęła pompatycznie:

– Gdzie ty Gajus, tam ja Gaja! Generał w obliczu wrogów, pod
kulami, w azardach życia, a ja miałabym nikczemnie opuścić
zagrożone stanowisko! Raczej śmierć przenieść niźli hańbę!
Widziałeś przygotowania obrony? Sama je zarządziłam.
Nie pozostawało, jak uwielbiwszy bohatyrską dyspozycję serca i
oddając należną cześć męstwu, wielkoduszności i wzniosłym
cnotom generałowej odejść w pokorze. Uczynił to ze
skwapliwością, lecz w sieniach zastąpiła mu drogę jejmość Liwska,
zaufana generałowej, pani beczkowatej cyrkumferencji, a
rozgdakana niczym kwoka.
– Nie mówiła generałowa o nieszczęściu, jakie nasz dom
nawiedziło?
– Jako żywo, ani słowa! Umarł kto?
– Żeby to, stokroć gorzej! Zginęła nam panna Radzimińska! –
zaszeptała łamiąc ręce. – A było tak: O dobrym zmierzchu
narychtowałam cały nasz fraucymer, aby go przeprowadzić do
Wizytek dla przezpieczności! Patrzę, brakuje Zośki. Wołam, nie ma.
Szukamy: jak kamień we wodę! Myślałam, że mnie krew zaleje.
Zmówiłam nowennę do świętego...
– Mościa wojszczanko, ale tak mam czas wyliczony! – przerwał jej
dość niecierpliwie.
– Jesteś waść przyjacielem jej brata, to słuchaj. Przepadła! Po nitce
dalejże do kłębka i wydało się, że wyszła o zmroku w czarnym
płaszczu i z kapucą nasuniętą na oczy. Widziały ją warty przed
pałacem! Słyszane to rzeczy! Juści ktoś musiał na nią czekać na
ulicy! Któraż by to uciekała sama i po co? Zgubiona dziewczyna! Co
na to powie rotmistrz? Co powie świat? Taki wstyd i hańba! To
musi być sprawka starościca Woyny: ciągle przesiadywał i wciąż
szeptali po kątach. Zaraz mówiłam i przestrzegałam.
– Woyna deklarował się wczoraj o jej rękę. Mówił mi rotmistrz.
– Nie może być! To już jestem jak tabaka w rogu! A źle jej z oczów
patrzało. Deklarował się! Ale miała też jakieś konszachty ze
Sowińskim od kadetów!
– Sługa waćpanny dobrodziejki! Dalibóg, dłużej nie mogę! –
odbiegł, jakby goniony. Jechał z powrotem ku Zamkowi, jeno już z
wolna i rozglądając się bacznie na strony. Deszcz był ustał,
natomiast podniósł się wiatr i rzedły ciemności.
– Melduję pokornie – zaszeptał wachmistrz – naprzeciw Świętego
Krzyża stoi półbateria z lufami w Nowy Świat wyrychtowanymi.
Okrywa ją kompania jegrów i kozacy. Coś juchy przewąchują! –
trzasnął dłonią w daszek i odsunął się w bok.

– Woyna ją wykradł, to oczywiste – rozmyślał o pannie – ale kiedy się deklarował, to po cóż by mu ten rapt? Musi w tym być coś drugiego! Gdzie ruszyć, amory! – żachnął się. Mijali Królewską, gdy wachmistrz znowu zameldował.

– Pod Saską Kuźnią armaty i patrzą na cały batalion. Ćma się tam rucha...

– Stać! – otrząsnął się naraz ze wszystkich myśleń i uczuć niby z powiędłych liści, twarda żołnierska powinność zagrała mu w mózgu. – Talikowski – zwrócił się do wachmistrza – bierz komendę i czterech dragonów, spenetruj Królewską, Graniczną, Żelazną Bramę i wróć Senatorską na Stare Miasto. Uważaj, czy nie szykują czego na Końskim Targu pod Saskim Pałacem! Dziedzińce w Marywilu przejrzyj. Marsz! Któryż tam z resztą?

– Wachmistrz trzeciego szwadronu, Wypijanek, melduję pokornie – i podjechał bliżej jakiś żołnierz, którego nawet z bliska nie można było rozpoznać w ciemnościach.

– Weź trzech ludzi, uważaj, Bednarską na dół, brzegiem Wisły, Rybakami; powrócisz Mostową. Bacz, co się tam dzieje! Miej oczy i uszy! A duchem!

– Wedle rozkazu, panie poruczniku. I stawię się na Starym Mieście.

– Właśnie. Wywijaj się więc, mój Wypijanku!

Rozjechali się. Zaręba został tylko z jednym dragonem. Wymijał dosyć częste patrole kozackie, wyciągnięte gęsiego i przemykające się pod kamienicami. Wymieniali hasła i rozjeżdżali się bez słowa. Przed pocztą również stały armaty i dawały się rozróżnić amunicyjne jaszcze. Dosyć liczna asekuracja tuliła się pod kamienicą na rogu Trębackiej.

A jakby dla większego zaniepokojenia natknął się jeszcze pod Krakowską Bramą na oddział jakiejś jazdy. Stała niby ciemny mur i w takiej cichości, że ani koń nie zarżał, ni zadźwięczała podkowa.

Zaręba skręcił w Senatorską i rzuciwszy lejce żołnierzowi wszedł do domu Roeslera. Kamienica jak wszystkie na pozór była ciemna i uśpiona, w dziedzińcu jednak uwijali się jacyś ludzie, stały konie i migotały latarnie. Szeptano po kątach.

Woyna kwaterował od Senatorskiej; już na schodach dawały się słyszeć jakieś wrzawy.

– Lusztykuje sobie w najlepsze! – konkludował z niemałą przykrością.

W obszernej antyszambrze, za niskim przepierzeniem liberia grała w karty tak zaciekle, że nikt go nie zauważył. Drzwi na wprost stały zawarte, jeno z bocznych, nieco uchylonych płynęły liczne głosy. Pełno tam było dymu i ludzi. Grano w karty przy dwóch stolikach, pito w przerwach i wesoło się zabawiano. Porwał się do wchodzącego Woyna i chciał wciągnąć do kompanii.

– Nie mam ani chwili czasu. Przyjechałem z ważną sprawą! – cofnął się na próg.

– To chodźmy, gdzie ciszej – poprowadził go do frontowej, dużej sali. Świeca paliła się w kominie postawiona.

Trzy okna były do połowy wysokości założone worami piasku, w ścianach czerwieniały otwory świeżo drążone do strzelb, zaś na długim stole leżały karabiny, szable, pistolety, torby nabojów i skałek, topory i piki.

– W imię Ojca i Syna! Ależ to prawdziwa fortalizacja, i to na prost Miodowej! Można będzie prażyć z flanków przez pałac pani krakowskiej i od czoła! Żeby tak wciągnąć choćby trzyfuntówkę, dałby im bobu! Nigdym się tego nie spodziewał po tobie!

– Bagatela! Kiliński mi pomógł! Mów, co chciałeś, muszę wracać do gości! Wiesz, bierz diabeł ważne nowiny, chodź do kompanii, same godne pijusy i zabijaki! – Trochę gramy i trochę pijemy, śpiewając nawet Miserere przy wtórze kielichów i pobrzęku złota. Nie marszcz się, bojowy sygnał zastanie nas na stanowiskach – żartował po swojemu, przybrany był jak na gody, utrefiony i zlany wonnościami.

– Panna Radzimińska uciekła od Mokronowskich. Z tym przyjechałem.

Woyna spoważniał, jakiś cień zmroczył mu twarz i oczy przygasły.

– Jest w miejscu bezpiecznym i przystojnym, daję ci na to kawalerski parol. Deklarowałem się o jej rękę. Rotmistrz postawił mi się jeżem i responsu nie dał.

– Mówił mi o tym. Rozumiem, jakoś z panną już po słowie? – mimo woli odwrócił oczy. Woyna zajrzał mu przenikliwie w twarz, obaj mieli w myśli tajemnice jej nieszczęścia.

– Zgadłeś! Miałżem czekać braciszkowego przyzwoleństwa? – jakiś gorzki uśmiech przewiał mu po wargach. – Sprawa to już moja i Zośki. – Stłumiwszy jakieś słowa, ciągnące mu się na usta, zawołał siląc się na wesołość – Musisz się z nami napić! Nie odmawia się przyjacielowi, szczególniej w takiej chwili! – Opadło go nagle takie wzburzenie, że zadygotał febrycznie nie mogąc wydobyć z siebie ani słowa więcej. Zaręba nolens volens przyłączył się do kompanii. Po chwili Woyna rozkazał nalewać szampańskie.

– Przyjaciele i socjusze! – zabrał głos podnosząc kielich do góry i tocząc błędnymi oczami po twarzach – wnoszę ten kielich za cześć i chwałę śmierci!

Wychylił do dna i kielich roztrzaskał o ziemię.

Mróz przeszedł kości, wszyscy zdrętwieli, nikt nie wypił, uczyniła się złowroga cisza. Naraz porwał się jak lew kasztelanic Mostowski i zakrzyczał dziko:

– Piję na zwycięstwo i śmierć wrogom! Na tryumf i chwałę życia!

Zawtórowali mu wszyscy krzykiem i brzękiem pucharów! Za czym poczęli wnosić przeróżne zdrowia, jedno po drugim. Jakby szał ogarnął umysły i serca, szał ochoty bojowej, radości, wesela. Karty poszły w kąt, złoto rzucono służbie, pito na umór.

Tylko Woyna, skonfundowany nieprzewidzianym obrotem swojego toastu, pił w milczeniu i z jakimś traicznym namaszczeniem, a Zaręba spełniwszy parę kielichów wyniósł się niepostrzeżenie.

Właśnie druga z północy wybijała na Ratuszu, gdy znalazł się w swojej kwaterze na Krzywym Kole. W przymkniętej tylko dla oka bramie trzymał wartę jeden z jego żołnierzów, bowiem cały zajazd pełen był zbrojnego ludu. Pod szopami i w ciasnych dziedzińcach stały już w zaprzęgach armatnie cugi. Ledwie się przecisnął pomiędzy śpiącymi: leżeli pokotem w bramie, na schodach i po kurytarzach. Ze wszystkich stron rozlegały się chrapania i na każdym kroku stożyła się najrozmaitsza broń.

Kacper dogonił go ze stajenną latarnią i weszli razem do mieszkania. Kolacja, dawno już ostygła, stała na stole. Zaręba przypiął się do niej łapczywie.

– Wyprawiłeś listy do Grabowa?

– Wziął je jeden znajomy Żydek i doręczy. Żaden z naszych parobków iść nie chciał.

– Niby jak to? Kazałeś i nie posłuchali? W jakiejże to masz ich subordynacji?

– My tu, powiadają, przysłani przez panienkę na wojnę, a nie do rozwożenia kresów.

– Zuchwałe juchy! – uśmiechnął się. – Zapal świece! Muszę się przystojnie przyodziać.

– Juści, na tamten świat trzeba się wybierać chędogo – zauważył Kacper dość wesoło.

– Może mi jeszcze śmierć nie pisana. Bóg da, że mnie oszczędzą kule i ciosy.

– Przywiozłem dla pana porucznika stalową koszulkę, dała mi ją panienka.

– Ceśka? Nie może być!

- Panienka Marynia. Znalazła się w lamusie, ojciec Albin ją wychędożył i narządził, reformaci w Brześciu poświęcili, a panienka kazała przywieźć. W sam raz by pasowała na pana porucznika. Sztychem jej nie przebije, próbowałem; kula też nie rozerwie. Może by się przygodziła w dzisiejszej potrzebie? – zachęcał nieśmiało.

– Będę stawał w kolczudze? Miejże rozum. Dobre to było kiedyś, na walkę z konia. Pewnie, jako cięcia i sztychy taka zbroja odeprze, ale kuli karabinowej nie strzyma – odpowiadał zabierając się do przebierania, jak to był zawsze czynił na bitwę, w spodnie ubranie łosiowe, czystą bieliznę i najlepszy moderunek. Kacper przeczyścił nowe, dwururkowe, angielskie krócice i najstaranniej je nabił; szablę pociągnął na podręcznym brusie i troskliwie opatrywał rzemienie i sprzączki. Rozmawiali przy tym o Grabowie, skąd był powrócił przed paru dniami. Miał sporo do opowiadania, zwłaszcza iż porucznik był ciekawy wszystkiego, co się tam dzieje.

– A panna Ceśka powiedziała mi w oczy: "Niech mnie jeno słuchy dojdą o powstaniu Warszawy, choćby sama przyjadę. Choćby przyszło na oklep!"

– Ona gotowa na każdy azard – mile go połaskotała taka dyspozycja. – Cóż tam porabiają stryjaszkowe kumy?

– Rany boskie, to w listach nic nie stoi? Przecież pan Domaradzki z panem Chmielińskim pojechali do Parczewa zaciągnąć się pod chorągwie do pana pułkownika Grochowskiego, ksiądz Albin zaś z panem Rogatką zbierają na swoją rękę wolonterów.

– Stare to graty, ale wzór miłości ojczyzny doskonały.

– Wszyscy mieli przyjechać do Warszawy. Choroba starszego pana popsowała zamysły.

– Pisze mi stryj o tym i srodze wyrzeka na losy. Panna Ceśka go pilnuje?

– Nie w smak to pannie; widziałem, rwie się niby z łańcucha. Juści dokoła wre jak w garnku, pachnie prochem, a ona przymuszona siedzieć w miejscu.

– Jak z listu można wyrozumieć, nie wysiedzi! – obleciała go trwoga.

– I ja tak miarkuję. Czy podać ten ryngraf po panu mieczniku? – spytał nieśmiało. Zaręba obejrzał spory obrazek Matki Boskiej Kodeńskiej, malowany na miedzianej blasze, sczerniały od starości, a pogięty jakby od razów czy kul.

– Zawada pewna, zaś pożytek wątpliwy. Rzuć tam do rupieci. Basta, mój drogi, już na mnie czas. Ale pamiętaj, skoro rozruch uczyni się w mieście, przebierz się do mirowskich, tam ci wydadzą granatniki. Twoja w tym głowa, iżby je przewieźć do ogrodu Kapucynów. I pozostaniesz tam do pomocy ojca Serafina. Może się już nie zobaczymy. A uważaj na siebie! Nie pierwszyzna przecież – dodawał mu kontenansu.

Kacper padł mu do nóg; podniósł go i przyciskając do piersi ucałował jak brata.

– Da Pan Jezus, nie zginę, a kabalarka Kwiatkowska na Piwnej też mi dobrze wróżyła.

– Czekajże, toć i ja widziałem swoją przyszłość! – wzdrygnął się na wspomnienie Luhlli. – Mam ocalić życie... Mniejsza z tym. Któż przewidzi obroty fortuny? – obejrzał się po kwaterze z jakąś utajoną żałością i wyszedł prędko, jakby przed roztkliwieniem uciekał.

Noc była jeszcze głęboka, miasto spało, w ulicach leżała nieprzenikniona ćma, jeno w górze nieco spłowiałe niebo dawało dojrzeć zarysy dachów, wież. Gdzieniegdzie świeciły gwiazdy. Czasami zamiatał wiatr targając wywieszonymi godłami. Niekiedy pod kamienicami przemykał się jakiś cień, skrzypnęła jakaś okiennica lub zaszemrał ściszony, lękliwy głos. Potem przychodziły chwile takiej cichości, że słyszeć się dawały dalekie tętenty kozackich patrolów i szumy nie dojrzanych drzew.

Zaręba zlustrował wszystkie posterunki, ukryte w śródmieściu po bramach i sieniach.

Wszędzie czuwano z palcami na cynglach. Wszędzie serca biły za jedno.

Dragonom, którzy powrócili z penetracji, rozkazał czekać na Zapiecku, a sam zapukał umówionym sposobem do sklepu na rogu Starego Miasta i Świętojańskiej. Drzwiczki uchyliły się natychmiast i wszedł po schodkach do podziemia.

– Melduję pokornie, matka zaraz stanie – bełkotał Staszek zapalając światło. Piwnica pokazała się być kramem przekupki. Pod ścianami stały wory z mąką i kaszami, u niskiego sklepienia wisiały zwoje kiełbas, wianki cebuli, szczotki, kłęby postronków i jakieś kolorowe szmaty. Ostry zapach kapusty i śledzi przepełniał niską izbę.

Spoza przepierzenia pokazała się schludnie ubrana; kobieta, niestara jeszcze, o żółtawej twarzy i bystrych niebieskich oczach, zażywna w sobie i ruchliwa wielce.

– Jak się macie, matko? Cóż tam nowego? – witał ją przysiadając na jakimś koszu.

– Niewiele, panie poruczniku. Pokornie melduję, że na pewno cosik przewąchują. Cały dzień kręciłam się pomiędzy nimi. Wszystkie małe komendy pościągali do kupy. Mają też zakazane wydalać się z koszar na miasto. Nie wolno nawet rozbierać się im do spania. Dużo oficjerek szykuje się do wyjazdu. Powiadali, jako na dniach Prusacy nadciągną im na pomoc – mówiła krótko, po żołniersku, składając akuratne relacje o domach i ulicach, gdzie się były zebrały większe siły moskiewskie. Była używana na prześpiegi, gdyż pod pozorem handlu włóczyła się ze swoim kramikiem po koszarach i kwaterach.

Zaręba podziękował jej gorąco, kobieta jednak westchnęła frasobliwie.

– Żeby jeno generał Kościuszek w porę nadciągnął! W nim wszystka nadzieja.

– Niech się Kłaczkowa nie turbuje! W Warszawie damy sobie radę i bez niego.

– Moskali kupa; co żołnierz regularny, to nie wolontery, które jeszcze prochu nie wąchały. Byłam dwadzieścia lat wiwandierką, to się na tych sprawach rozumiem.

– Gdzieżeś podział armatę? – zapytał rozglądając się dokoła.

Staszek się zaśmiał i podprowadziwszy go do głębokiej framugi okiennej pozrzucał główki kapusty, stosy marchwi; podsunął w bok beczułki z minogami i wielkie gary z namoczonym stokfiszem: pokazała się spod nich lufa trzyfuntówki. Paka z amunicją stała pod oknem i przy niej na rogożach spało dwóch kanonierów.

– Sam diabeł jej nie wypatrzy! Plunie rychtyk w Zapiecek i Piekarską. Niech jeno moja kokoszka zagdacze, a psia twarz słoniowa polecą z mochów kłaki! – dowcipkował swoim zwyczajem, wyprowadzając porucznika na ulicę.

Zaręba poszedł na Zamek. W bramie pod Zegarową Wieżą trzymali straż mirowscy, należący do spisku. Rozkazał się prowadzić do dyżurnego oficjera. Strzałkowski, porucznik, z twarzą cudnego pazia i barami niedźwiedzia, płakał nad jakąś książką.

– Cóż tu nowego u ciebie? – spytał Zaręba siadając przy długim stole kordegardy.

– Poprosić porucznika Zakrzewskiego! Mój drogi, nie przeszkadzaj, jestem właśnie w najtkliwszym miejscu! – odparł rozbawionym głosem nie odrywając oczów od książki. Jakoś po chwili wpadł Marcin, zły jeno wielce i czymś podekscytowany.

– Powtórzę ci, com przed godziną posłał do Arsenału – udobruchał się nieco lulką, gdyż w królewskich antyszambrach palić nie było wolno – król wie na pewno, co się gotuje. O zmierzchu Ryx wprowadzał jakąś personę tajnym przejściem z biblioteki. W przeciągu wieczora prymas przysyłał aż dwa razy z listami. Wzywano na jakąś naradę Boscampa. Ankwicz konferował z hetmanem u Moszyńskiego. Pani Tyszkiewiczowa wywiezła od króla jakiś pak, dwóch lokajów ledwie go udźwignęło do pojazdu. O samej północy przylatywał kurier od Igelströma.

– List przejęty i odesłany do Arsenału. Równo z północą przerwana została wszelka komunikacja Zamku ze światem! – wtrącił Strzałkowski podnosząc oczy na nich.

– Nic o tym nie wiedziałem. Muszę wracać na służbę; król jeszcze nie śpi, może mnie potrzebować. Czy wiesz, Terenia w Kozienicach – zwrócił się żałośnie do Zaręby.

– Któż ją skazał na tak srogą pokutę?

– Juścić ojciec. Wyprawił pono jakąś scenę szambelanowej, Terenię zabrał i ekstrapocztą pod konwojem wysłał do domu. Rozumiesz co? Bądź zdrów!

– Czekajże. Na cóż się zdeterminowałeś? Za parę godzin uderzamy.

– Staję przy królu do ostatniego zdechu – rzekł z mocą – to moja psia powinność. Całą duszą jestem z wami, sam wiesz; źle czynię dla sprawy, ale królewskiej osoby nie odstąpię.

– W nagrodę wierności podyndasz z nim na jednym postronku – zadrwił Strzałkowski.

– Ale nie powiedzą, jako Marcin Zakrzewski nie dopełnił swojej powinności.

– I z Rawyś rodem, wierny trubadurze, proszę! Dziwno, żeś się taki uchował. Marcin wyleciał z furią. Zaręba stanął w jego obronie, gdyż Strzałkowski, wyznający najskrajniejsze jakobińskie opinie, był prawą ręką Chomentowskiego, ale porucznik jęknął:

– Nie przeszkadzaj! Manon skazują na deportację. Rozumiesz otchłań cierpienia? Tyle wdzięku i tyle miłości! O nikczemna przemocy! – i zalał się rzewnymi łzami żalów. Zaręba wzruszył wzgardliwie ramionami i wyszedł, a znalazłszy się znowu na Starym Mieście wstąpił do księdza Meiera. W obszernej i długiej sieni natknął się na nieoczekiwany zgoła obraz. Przy kilku tarabanach siedziały kupy oberwanego ultajstwa, grali w chapankę, gęsto ją zakrapiając anyżówką. Przy krzywych łojówkach ledwie dojrzał ponure spojrzenia, zbójeckie gęby i miny prawdziwych obwiesiów. Najróżnorodniejsza broń błyskała pod ścianami. Była to przyboczna asysta Konopki, pozostającego pod wodzą Piotrowskiego. On sam spał w pierwszej izbie, rozciągnięty na kanapie; nie przeszkadzały mu łomoty drukarskiej prasy ni gwar kilku kobiet, składających odbite właśnie karty jakiejś odezwy do koszów i zawiniątek.

W drugiej stancji pod oknem ksiądz Meier siedział nad jakimś rękopisem.

– Jest Konopka? Szukam go już od południa.

– Konopka na czułych pożegnaniach u swojej bogdanki – odpowiedziała Andzia, podnosząc głowę z księżego posłania – wiem, że tam wszedł jeszcze o zmierzchu.

– I ty z nami! Czekasz na sygnał? Że się to nie boisz? – dziwił się podchodząc do niej.

– A cóż to szlachetna osoba myśli, że ja nie człowiek jak i drudzy? – wywarła gębę – zobaczy mnie osoba przy robocie, będę na żywo rozrywała, choćby pazurami!

– Powiedziałem bez złej myśli. Żal mi Andzi. Kule nie szczędzą nawet pięknych dziewczyn.

– Dałabym na sto mszów, żeby mnie pierwsza kula nie minęła – zaszlochała.

– Co ci się stało? Andziu, może potrzebujesz pomocy? – usiadł przy niej na łóżku.

– Jestem jak ten pies, co się wyrwał hyclom! Porucznik nie wie, ale gdyby nie Piotrowski, to bym już z ogoloną głową siedziała w Prochowni. Znajdę, kto mnie wydał marszałkowskiej psiarni. Przycupili mnie w domu, narobiłam piekła, posłyszeli somsiedzi, ktoś doniósł Piotrowskiemu, zebrał naprędce swoich i już na Mostowej, spod samej Prochowni mnie odbił. Nie mieli prawa do mnie, podatki płacę, na swoich gratach siedzę, zgorszenia nie daję. Za przyczynę dawali, jakobym w Café au bon Gout robiła awantury po pijanemu. Byłam tam z Diwowem i juści za kołnierz nie wylewałam, ale oficjery potłukły szyby i co się dało. Niech sobie ich karzą, a ode mnie wara! Najadłam się wstydu, że do sądnego dnia nie zapomnę. Niech mi nos spuchnie jak karmelicka bania, jeśli ja to daruję! Człowiek jestem czujący i taka dobra, jak i te uherbowane lafiryndy, a może nawet lepsza, bo ojczyzny wrogom nie sprzedaję – opowiadała wybuchając na przemian to płaczem, to gniewem i żalami.

Tyle dokazał współczuciem, perswazją i poczciwymi słowy, że zasnęła utulona. Wyniósł się nie przemówiwszy do księdza Meiera, który ani zauważył jego obecności. Przedostał się do winiarni Fukiera, gdzie miał się spotkać z Kilińskim. Majster już się tam zabawiał od paru godzin z kamratami. Zajmowali ciasną stancyjkę od podwórza, dobrze schowaną przed oczami. Parę flaszek stało dokoła świecznika na dużym okrągłym stole. Śpiewali Godzinki jakimiś dziadowskimi, jękliwymi głosami. Jakiś starszy, chudy jak wiór, łysy, z obwisłymi siwymi wąsami, w rogowych okularach na czerwonym nosie, śpiewał z otwartej książki. Zarębie spomniały się stryja Onufrego z kumami słynne rekolekcje w podziemiach. Te mu się wydały bardziej na miejscu. Pili mało wiele, a śpiewać się zdawali z czystej pobożności.

Majster złożył relację o swoich ostatnich zarządzeniach; były pomyślane na każdą okoliczność chytrze i przewidująco. Niektóre zdumiewały zuchwałością.

– Waści karmiono szpakami – wyrzekł ze szczerym uznaniem Zaręba.

– Ma się głowę na karku nie tylko dla proporcji! Moja maksyma: Gdzie nie poradzi siłą, tam fortelów spróbować. O nic ja się tak nie turbuję, jak żeby zaraz z miejsca capnąć za kark Igelströma. Sierakowskiego ludzie, ze sto wybranego chłopa, same tęgie bykokłuje, rzucą się na ambasadę znienacka. Drabiny, osęki, pakuły maczane w smole i wszystko potrzebne do szturmu już nagotowane. Pan porucznik odchodzi? Napijmy się...

– Przejdę się trochę, dopiero trzecia! Wolność i Kościuszko, mospanowie!

– Wolność i Kościuszko! – odkrzyknęli zrywając się z miejsc. Zapragnął wrócić do siebie na kwaterę, ale na powietrzu poczuł naraz niesłychane znużenie. Pod kamienicą Baryczków przysiadł na kamiennej ławie, aby nieco odpocząć i zebrać myśli. Ciemno było jak w piwnicy, wiatr ustawał i rozpościerała się głucha, niepokojąca cisza. Wilgotny ziąb przejmował do kości; okręcił się burką i przyparłszy się do muru ani wiedział, jak zasnął. Gdy otworzył oczy, już niebo poszarzało i ratuszowa wieża wynosiła się jakby z głębin mrocznych topieli. Nie mógł się przezwyciężyć, same oczy się zawarły i sen go znowu przytulił.

Wstawał dzień, modrawe świty rozlewały się w ulicach, że domy dawały się widzieć jakby zanurzone w przemglonych wodach. Rosy obficie ściekały z dachów. Nad połacią domów od strony Wisły niebo poczynało się rumienić, powiało jakieś tchnienie niepojętej lubości, zaświegotały pierwsze jaskółki, okna wysokich pięter zagrały różaną farbą bladych zórz.

Naraz zerwał się na równe nogi.

Daleki grzmot strzału armatniego rozdarł ciszę i pomnażał się echami.

Jeszcze słuchał, kiedy zadzwonił dzwon od Fary, bił w jedną stronę, ponuro, mocno, gorączkowo, na trwogę, a za nim wnet zahuczał drugi, potem trzeci, czwarty, dziesiąty i po chwili dzwoniły już ze wszystkich stron i ze wszystkich kościołów jednym ogromnym jak świat niebosiężnym głosem, jakoby stado orłów lecących nad miastem zaśpiewało spiżową pieśń na bój, na śmierć, na zwycięstwo! Miasto zerwało się ze snu. Powiał ognisty dech wojny. Zbrojny lud wysypywał się z domów, zaturkotały wytaczane armaty, rozlegał się miarowy tupot maszerujących oddziałów, leciały twarde słowa komend, w mrokach ulic zaczerwieniły się bojowe sztandary, na wszystkich posterunkach zaczęły bić tarabany i suchy, nieprzerwany, bojowy grochot brzmiał niby nadciągająca burza. I naraz ze wszystkich piersi buchnął straszliwy, wstrząsający krzyk:
– Do broni, obywatele! Do broni! Do broni!

IX

Dzień 17 kwietnia
Generał Cichocki, zawieszony na wyniosłej baszcie Arsenału, toczył orlimi oczami po mieście wynurzającym się z ciemności. Czuwał już tam od samej północy. Wyglądał świtania. Niekiedy zbiegał na baterię, przemykał się wskroś dziedzińców zapchanych zbrojnym ludem, wskroś mrocznych kazamat pełnych żołnierstwa, wyzierał strzelnicami, stawał na szańcach od strony Nalewek i w głębokim skupieniu nasłuchiwał głuchego milczenia nocy, jakoby oddech śpiącego huraganu brał w siebie.

Straże stały na swoich miejscach nieporuszone jak posągi, trzeszczały płonące lonty, szmery westchnień stawały się podobne szmerom opadającej rosy. Noc była jeszcze. Wraz z pierwszymi zorzami dźwięki jakiejś godziny zahuczały w cichości niby gromowe uderzenia młotów. Dreszcz wstrząsnął ludźmi, załomotały serca. Nadchodziła pora.

Jakiś strzał armatni rozdarł ciszę i lunęły ostre karabinowe salwy.
– Kapitan Kosmowski uderza na Żelazną Bramę! Kanonierzy, na miejsca!

Dzwony jęły podnosić niebosiężne larum: biły od Zakroczymskiej, biły od Freta, biły od Starego Miasta, biły z Krakowskiego, biły z Leszna. Rozdzwoniło się wszystko powietrze. Spiżowy krzyk spadał w uśpione i mroczne ulice jak pioruny mury wstrząsające.

Powiała groza. Wybuchały jakieś zgiełkliwe, przerażone głosy. Śmierć zdała się łomotać do wszystkich domów. Bito gwałtownie w bębny. Ponure głosy trąb huczały ze wszystkich stron. Zadudniała ziemia, całe gromady spieszyły ze wszystkich sił do Arsenału.

Na Długiej dał się słyszeć tętent konnicy, wrzaski i gęsta, bezładna strzelanina. Jeszcze chwila i od strony Miodowej zamajaczyła chmura koni, ludzkich głów i rozwianych proporców. Pędzili jak nawałnica całą szerokością ulicy, aż grały koniom śledziony. Pierwsze i trzecie działo: Cel! Pal! Nabijaj! – rozległa się spokojnie komenda.

Zatrzęsły się mury. Szwadron Kawalerii Narodowej dopadł nad fosy Arsenału; ciężkie kule armat osłoniły go przed chmarami napastliwego kozactwa. Wraz też zagrały bębny i spod murów wystąpiły piechoty prażąc rzęsistym ogniem nieprzyjaciela. Pierzchnął i rozwiał się jak dym znacząc jeno drogę trupami ludzi i koni.

Arsenał przybrał bojową postawę. W jakimś modlitewnym skupieniu kanonierzy zajęli swoje miejsca na bateriach; zadymiły rozpalone lonty. Odsłoniętymi strzelnicami wyjrzało tysiące luf. Piechoty stanęły pod bronią. W dziedzińcach wszystko czekało tylko sygnału; armaty w zaprzęgach, konnowody na koniach, jaszcze w cugach.

Na basztach wywieszono bojowe znamiona, jakoby archanioł wojny powiał krwawymi płachtami. Przywitał je powszechny okrzyk, bębny i sprezentowana broń. Z miasta dochodziły coraz gęstsze odgłosy strzałów, bicia dzwonów i grochotania bębnów.

– Do broni! Do broni! – wzmagał się krzyk ogromny, jakby domy domom, ulice ulicom i ziemia niebu podawały ten święty nakaz głosem huraganu, grzmotami gromów.

– Giesler z pontonierami nadciąga ogrodem. Moskali ma na piętach – meldowano Cichockiemu.

Jakoż w modrawym powietrzu zaczerniała zwarta kolumna. Dwieście pięćdziesiąt chłopa maszerowało podwójnym krokiem, rwali z karabinami w garściach, gotowi do kontrataku. Pułkownik Giesler prowadził, na flankach tarabany biły pobudkę.

Od dziedzińca Krasińskich sypały się za nimi moskiewskie salwy.

– Półbateria. Cel! Pal! Nabijaj!

Właśnie dopadali wywartej bramy, gdy okrył ich grzmot i płaszcze dymów. Armaty powstrzymywały moskiewskie piechoty.

Cichocki uradowany pomnożeniem obrońców rozkazał dać im

wypoczynek, ciągnęli bowiem z Pragi, a sam poleciał na front Arsenału, do niskich okien, pod którymi kłębiły się już całe tłumy; skoczył na parapet i zakrzyczał:

– Do broni! Do broni, obywatele! –i jął wyrzucać bojowe rynsztunki.

W drugim oknie czynił toż samo pułkownik Dobrski, w trzecim Chomentowski. Tłum zawrzał okrzykami, a tysiące wyciągniętych drapieżnie rąk chwytało w powietrzu lecące karabiny, szable, torby nabojów, piki, kosy i siekiery na długich rękojeściach.

– Komendant wolonterów, sam tu! – zawołał generał. Wystąpił Krieger, starszy z konfraterni kupieckiej, młodzian ognisty, wyniosły, jastrzębiowi z twarzy podobien. Sylwetkę Kościuszki miał przypiętą do kapelusza, gołą szablę w garści, przepasany przez pierś czerwonym bandoletem, na którym bielił się napis: "Równość, wolność, braterstwo." Zasalutował przed Cichockim.

– Uważaj, coć rzeknę: wojska do walk frontowych, a zbrojny lud ma uderzać na tyły i boki. Nękać wroga w sposób, jaki nastręczą okoliczności, oto pryncypalne zadanie wolonterów! Ruszajcie z Bogiem! Zwycięstwo albo śmierć!

– Zwycięstwo albo śmierć! – odkrzyknęło tysiące i potrząsając bronią ruszyło na Bielańską. Na Lesznie zagrały armaty, trąbki, karabinowe salwy i dzika wrzawa walki buchnęła w niebo, a po chwili z rogu Przejazdu ryknęły moskiewskie ciężkie działa i grad kul posypał się na mury drąc tynki, łupiąc gzymsy i futrowania okien. Dymy i kurz przysłoniły ulice, zaś pod tą osłoną gęsta kolumna piechoty występowała do szturmu.

Tego właśnie czekał Cichocki, bo gdy zbliżyli się na jakieś dwieście kroków, plunął im w twarze kartaczami. Straszliwy krzyk wstrząsnął powietrzem. Ale batalion moskiewski wziął krok podwójny i z nastawionym bagnetem leciał naprzód.

Arsenał zaśpiewał szaloną pieśń ognia i żelaza. Zadymił jak wulkan.

Przy biciu bębnów, z rozwiniętymi sztandarami Chomentowski wypadł z piechotą.

– Hura! Hura! – wrzasnęły moskiewskie roty.

– Wolność i Kościuszko! – odkrzyknęły polskie szeregi. Runęli na bagnety z taką furią, że nieprzyjacielska linia nie wytrzymawszy uderzenia podała się w tył, pękła i poszła w rozsypkę. Kawaleria skoczyła za pierzchającymi, ale powstrzymały ją armaty i trąbki z Arsenału, wołające na powrót.

Moskale cofnęli się na Leszno i tam ustawicznie niepokoił ich lud, bowiem wciąż słyszeć się dawały strzelaniny, wrzaski, a niekiedy i huki armatnie.

Arsenał przycichnął, a natychmiast po odparciu szturmu generał Mokronowski w otoczeniu paru konnych pojechał na Zamek. Była to chwila, gdy spod pierwszych świtań miasto jęło się wynosić jakoby z modrawych odmętów i kiedy na Starym Mieście Kiliński rozbroił miejskie straże i obsadziwszy Ratusz stanął na czele zbrojnego ludu.

– A teraz capniemy Igelströma! Naprzód, obywatele! Za mną! – krzyknął i błysnąwszy szablą powiódł swoją kohortę Wąskim Dunajem.

Zaręba z połową marszałkowskich dragonów postępował w ariergardzie.

Maszerowali prędko i sprawnie, i z wielkim animuszem, a ledwie wyminęli Piwną, gdy rozległy się za nimi strzały i wrzaski: to Kazanowski z garścią wolonterów dobywał miejskiego domu na rogu Nowomiejskiej, gdzie się zamknęło kilkudziesięciu Moskali.

– Kupą, obywatele! – sprawiał swoje szeregi Kiliński już na Podwalu. – Biegiem! Biegiem! Paruset wybranego chłopa, zbrojnego w strzelby, kosy i topory, poniosło się jak burza. Spóźnili się, niestety: ulica przed pałacem zapchana już była piechotą i jazdą.

– Naprzód! – ryczał Kiliński. – Naprzód! Bij, zabij! Bij, kto w Boga wierzy! Rzucili się na regularne wojska z nieopisanym męstwem i zajadliwością. Przywitał ich gęsty, rotowy ogień; zawahali się nieco, lecz kiedy kozacy ze świstem i krzykiem zaszarżowali, zaczęli się cofać pozostawiając niemało trupów i rannych.

Zaręba osłaniał odwrót odcinając się jak dzik napastliwej psiarni i doprowadziwszy rozproszonych pod zasłonę kamienic Wąskiego Dunaju, tknięty nagle jakimś okropnym przewidywaniem, krzyknął na dragonów i spiąwszy konia ostrogami pognał niby wicher przez Stare Miasto na Zapiecek. I ledwie był zdążył! Już tam panował niesłychany popłoch, lamenty i ludzie biegali jak obłąkani, bowiem Piekarską niby wezbrana groźnie rzeka płynęła zwarta kolumna moskiewskiej piechoty. Szczęściem maszerowali z wolna, zabawiając się po drodze rabowaniem domów i pastwieniem się nad mieszkańcami. Uderzył na nich ze swoją garścią i nie powstrzymawszy musiał się cofnąć w Stare Miasto.

Chwila była groźna i decydująca. Zjawił się Kiliński i wnet, co było jeno pod ręką, wozy, beczki, kamienie, stragany i bramy furt, uformowały spiętrzoną barykadę, zamykającą wejście w Rynek, za którą przyczaili się wolonterzy. Zajęto narożne domy i wszystkie okna obsadzono strzelcami. Konopka ze swoimi ultajami obsadził część ulicy Piwnej. Kolumna dosięgnąwszy Zapiecka zaczęła się formować do szturmu. Zaręba na czworakach przedostał się do sklepu Kłaczkowej. Kanonierzy spokojnie stali przy ukrytej armacie. Staszek trzymał zapalony lont. Porucznik narychtował działo, nastawił kąt strzału i gdy tarabany zagrzmiały do ataku, a kolumna ruszyła ostrym krokiem, trzasnął w nią kartaczami. Równocześnie z domów i spoza barykady rozpoczęła się rzęsista strzelanina. Kolumna rzuciła się nieco w bok niby zwierz ugodzony znienacka. Ryknął drugi strzał, roznosząc śmierć i zamieszanie. Moskale zaczęli się cofać w porządku, kierując gęsty ogień na domy i barykadę. Armata zaryczała po raz trzeci, a wraz też z Piwnej uderzył Konopka.

– Bij psubratów! Bij! Za mną! – wrzasnął Kiliński rzucając się z wolonterami na Moskali. Ze wszystkich okien posypały się na nich strzały, cegły, ławy, stoły, donice z kwiatami i gary wrzącej wody. Powstała dzika kotłowanina. Lud rzucał się na cofające się szeregi z drapieżnością wygłodniałych wilków. W ciasnej i mrocznej ulicy straszliwe wrzaski, grzmoty bębnów, huki wystrzałów i brzęki rozbijanych okien przewalały się niby orkan. Topory, bagnety, kosy, piki i drągi migotały ulewą błyskawic i piorunów. Raz po raz wybuchał przerażający ryk mordowanych. Bito się bez pardonu i miłosierdzia. Komu brakło broni, zabijał pięściami i rwał zębami. Nie było zmiłowania. Kto padł, ginął zatratowany, a któren z moskiewskich gemejnów dostał się do niewoli, tego następujące z tyłu kobiety i wyrostkowie rozdzierali żywcem. Z powodu gorącości potyczki, ciasnoty miejsca i zawziętości niepodobna było temu przeszkodzić.

Kiliński walczył na przedzie i tylko słychać było niekiedy jego potężny głos.

– Naprzód! Bij, zabij! Naprzód! Bij! Właśnie już byli Moskalów zepchnęli na Piekiełko, gdy jakiś konny dopadł Zaręby.

– Major Ropp wzywa pana porucznika. Moskale atakują Nowomiejską Bramę. Zagrała dragońska trąbka, kiedy z innej strony przyleciał nowy ordynans.

– Porucznik Strzałkowski prosi o armatę!

Zaręba wydawszy stosowne polecenie Staszkowi popędził z

dragonami na Freta.

Zasię armatę wyniesiono ze sklepu Kłaczkowej i pociągnięto na Zamek, gdzie już wybuchnął popłoch i niesłychane zamieszanie. Strzałkowski bowiem na odgłos pierwszych strzałów i bicia dzwonów zebrał swoją kompanię w dziedzińcu i zagarnąwszy plutony gwardii pieszej, które miały go zluzować, kazał trąbić na wymarsz. Sprawiło to taki skutek, że z królewskich pokojów przyleciało kilka osób z Ryxem na czele.

– W imieniu króla zabraniam wymarszu. Co czynisz, nieszczęsny? – wrzeszczał groźnie.

– Formuj się! Kolumna drożna! Stać! Nabijaj! – komenderował spokojnie porucznik. Zatrzaskały stemple, nabijano pospiesznie i w dowolnym tempie, jak czasu bitwy. W bramie Pod Zegarem zbierało się uzbrojone pospólstwo. Od Piekarskiej leciały bitewne wrzawy, granie trąbek, bębnów i strzały. Gdzieś z miasta huczały armaty, a nad głowami coraz potężniej rozlegało się ponure bicie dzwonów. W mrocznych jeszcze dziedzińcach zamkowych zapanowało zamieszanie i trwoga, zwłaszcza gdy warty opuściły swoje stanowiska.

– Panie poruczniku, armata już czeka! – meldował zaziajany Staszek.

– Podnieś chorągiew! Artyleria na czoło! Ile masz nabojów?

– Trzydzieści! – odparł Staszek stając przy armacie z zapalonym lontem.

– Kolumna, krok podwójny! Marsz! – wydobył szablę. Bębny zawarczały i kolumna ruszyła. Król w otoczeniu jakichś person zjawił się od strony sali sejmowej i zastąpił im drogę.

– Ani kroku! – zakrzyczał. Blady był, rozdygotany, z gołą głową i szpadą w ręku.

– Najjaśniejszy panie, wzywa nas honor i powinność! – wystąpił śmiało Strzałkowski.

– Wasz honor i obowiązek nakazuje wam pozostać przy mojej osobie – przemówił groźnie – bez mojego rozkazu nie wolno się wam ruszyć z miejsca. Król wam nakazuje!

– Ojczyzny jeno słucham i ona nas wzywa! Na ramię broń! Marsz!

– Wolność i Kościuszko! – zerwał się krzyk ogromny i oddział ruszył tak prędko, że król zaledwie zdążył usunąć się przed stratowaniem.

Strzałkowski zajął Krakowską Bramę i ubezpieczywszy strażami wyloty Senatorskiej i Podwala strzelał od czasu do czasu w kierunku pałacu ambasady. Wkrótce przyłączył się do niego

Konopka i obsadziwszy strzelcami narożne domy rozpoczął polowanie na Igelströmowych ordynansów, próbujących się przedrzeć przez kordony. Nie udało się to ani jednemu.

Tymczasem Zaręba poniósł się z dragonami jak wicher do Nowomiejskiej Bramy i wpadł w odmęt walki, jaka się tam toczyła z całym batalionem kijowskich grenadierów pod wodzą Titowa, który na odgłos rozruchów porwał się ze stanowiska przy kościele Panny Marii na Nowym Mieście pragnąc przyjść z pomocą Igelströmowi. Nastawał mu nieco na pięty Sierakowski ze swoimi rzeźnikami; ale Titow nie pozwalając się wciągnąć w utarczkę przynaglał jeszcze wojska do prędszego pochodu. Prowadził cztery działa i miał szwadron kozaków w awangardzie. Maszerował z rozwiniętymi znamionami, przy hucznej kapeli kotłów, bębnów i brzękadeł, przerażających świstach, śpiewach i dzikich porykiwaniach. Ciągnął szumnie, jakby na podbicie wszystkiego świata. Spróbował skręcić w Świętojerską, lecz zaniepokojony ogniem armat, sztrychujących tę ulicę od strony Ogrodu Krasińskich, powiódł zwarte szeregi ku Długiej.

Do połowy Szerokiej Freta batalion maszerował nie zaczepiany już ani jednym strzałem, lecz skoro jego czoło zaczynało dosięgać Długiej, major Ropp, czuwający w Nowomiejskiej Bramie, przywitał je kartaczami i gradem karabinowych strzałów.

Titow odpowiedział salwą wszystkich armat i rotowym, regularnym ogniem.

Zawiązała się gwałtowna bitwa.

Moskiewskie roty kilkakrotnie rzucały się do ataku na Bramę, lecz za każdym razem dziesiątkowane kartaczami, darte bagnetami i cięte szablami dragonów Zaręby, cofały się w coraz większym nieładzie.

Titow widząc daremną stratę czasu i ludzi, sprawiwszy jaki taki porządek w szeregach poprowadził je biegiem ku Długiej, ale w tejże chwili uderzono na niego ze wszystkich stron: Sierakowski z tyłu Wąską Freta, z boku od Świętojerskiej wypadł Rutkowski z wolonterami, z paulińskiego klasztoru następował zuchwale Kiliński, od czoła zaś Ropp zagradzał drogę kartaczami. Strzelano też ze wszystkich okien, dachów, sklepów i bram. Dymy przysłoniły ulice, od grzmotów i krzyków zadygotały mury.

Batalion bronił się słabo i rażony ze wszystkich stron, bity, szarpany, miażdżony gradami dachówek, kul i kamieni, zaczął się łamać, mieszać i oglądać za ratunkiem.

Wtedy Zaręba zuchwale uderzył na armaty, wyrąbał kanonierów i opanowaną baterię oddawszy Kilińskiemu runął z dragonami na rozbite szeregi, roznosząc je na szablach i kopytach. Batalion poszedł w rozsypkę. Rozpoczęły się straszliwe łowy. Lud prawie z gołymi pazurami rzucał się z niesłychanym męstwem na żołnierzów. Krwawe błoto zachlupało pod nogami. Stosy trupów zaległy pobojowisko. Ryki zabijanych i jęki rannych rozdzierały powietrze. Dymy przysłoniły ulice. Nie było już słychać komendy ni pojedynczych głosów. Wszystko tonęło w zgiełkliwym chaosie walki. Ucichły nawet strzały. Mordowano się białą bronią. Na darmo błagano łaski. Na darmo bronili się zrozpaczeni. Na darmo powiewano białymi płachtami. Nie dawano pardonu. Zabijano bez miłosierdzia i litości, tępiono do ostatniego. Tu i owdzie grenadierzy zwarłszy się w czworoboki próbowali stawić czoło bagnetem i kolbami. Lud spiętrzał się dokoła niby fala, spadał na nich z wyciem huraganów i rozszarpywał, marli z ponurą rezygnacją. Bito się kupami i potykano się pojedynczo. Bito się po sieniach i sklepach. Bito się w podwórzach i w domach, na każdym miejscu, gdzie dopadnięto uciekających. Widzieć się dawały kłęby ciał, taczające się po brukach w dzikim szale walki. Zwłaszcza przy wylocie Długiej bitwa dawała obraz przerażających jatek, krew spływała ku kościołowi Dominikanów formując niemałe kałuże. Kosy, bagnety, rzeźnickie noże, drągi, topory, a nawet pazury i zęby pracowały tak rozwścieklone a skutecznie, że w godzinę z tysiąca grenadierów ocaliło się ucieczką na Miodową może ze trzystu gemejnów, reszta pocięta, niby krwawe snopy na żniwnym polu.

I lud poniósł straty niemałe, szczególniej dużo było rannych.

Właśnie słońce już weszło, gdy trąby i bębny zagrały zwycięską fanfarę.

Dowódcy jęli nawoływać do szeregów i sprawiać wśród nich ład jaki taki.

Ściągali pod kościół Paulinów z krzykiem niezmiernego tryumfu; maszerowali potrząsając zwycięsko bronią, osmaleni prochem, w krwawym błocie unurzani, w łachmanach, ociekający krwią, cali w ranach, a z twarzami radosnymi jak ten wstający, cudny poranek wiosenny. Zasię z jakowychś nor i zaułków, z piwnic i ścieków wypełzły mrowia ultajstwa, rzucały się do uprzątania pobojowiska i obdzierania trupów.

Major Ropp, ledwie dyszący z utrudzenia, rozkazał Zarębie wziąć armatę i strzec wylotu ulicy Długiej, a Linowskiego z Casparim i dwoma działami pchnął do oczyszczenia dziedzińca Krasińskich i przerwania z tamtej strony komunikacji Igelströmowi, sam zaś wezwany przez pułkownika Poniatowskiego popędził z pół szwadronem Kawalerii Narodowej na Muranów przeciw następującym Prusakom.

– Brać armaty na szelki i naprzód! – rozkazał Linowski, szablą wskazując drogę. Setki rąk porwało je z uniesieniem i przy śpiewach i łoskocie bębnów popędzili na Świętojerską, pod kratę dziedzińca Krasińskich. Zajmowała go moskiewska konnica, zabawiająca się strzelaniem w ogród i po domach.

Linowski zaatakował ją armatami, zasię Rutkowski z domu Latura i Kiliński z Teatru jęli prażyć akuratnym ogniem i z wolna następując próbowali okrążenia.

Kawaleria cofnęła się w Miodową.

Linowski zajął dziedziniec, podsunął się do bramy wychodzącej na Długą i ustawiwszy armaty nieco z boku, rozpoczął strzelać w Miodową, zapchaną wojskami. Kiliński spoza krat raził celnymi strzałami, a Rutkowski opanowawszy narożny dom Collegium Nobilium strzelał z okien i z dachów. Wojska cofnęły się gwałtownie w głąb ulicy aż do pałacu Borchów. Ryki się tam podniesły i wrzaski jakoby w dzień ostatecznego sądu. Dał się widzieć srogi popłoch i zamieszanie. Bębny grzmiały do ataku.

Linowski sam rychtował działa i przykładał lont, Caspari czynił toż samo; ale trzyfuntówki niewiele szkodziły nieprzyjacielowi, zaczęły już nie donosić.

Wówczas z Miodowej ryknęły ciężkie działa i zmietły polskich kanonierów, porucznik Linowski zginął rozerwany na strzępy. Lud pierzchnął uprowadzając jedną armatę. Gęste salwy pogoniły za nimi. Powrócili jednak z Casparim i porwawszy pozostałe działo zdążyli jeszcze schronić się w Świętojerską. Moskale bowiem następowali głębokimi szeregami, oczyszczając przed sobą drogę armatami. Zajęli z powrotem dziedziniec i zdobywszy sam pałac, a nie mogąc się wedrzeć do ogrodu, gdy ogień Arsenału bronił przystępu, rzucili się do rabowania domu Latura i następnych.

Druga zaś część wojsk zaatakowała Senatorską. Snadź Igelström postanowił rozerwać obręcz zacieśniającej go insurekcji. Wojska ruszyły z paradą przy rozwiniętych znamionach i dźwiękach kapeli. Piechota z bagnetem w ręku dopadła Senatorskiej, jakby do szturmu, ale przywitana straszliwym ogniem ze wszystkich domów, a kartaczami od czoła i z boku od Krakowskiej Bramy, cofnęła się w nieładzie pod osłoną armat i odległości. A domy nie przestawały ani na chwilę ziać morderczym ogniem. Strzelano z domu Teppera; strzelano z pałacu biskupów krakowskich;

strzelano z pałacu Pod Gwiazdą Kossakowskich; a szczególniej i najrzęsiściej strzelano z domu Roeslera. A z rogu Koziej raz po raz rzygała kartaczami armata Kacpra z ojcem Serafinem na czele, którzy ją przyciągnęli od Kapucynów w najkrytyczniejszym momencie. Od Bramy strychowal ulice Strzałkowski.

Pięć razy uderzały wyjące ze wściekłości hordy, poganiane nahajami kozaków i za każdym razem, jakby odbijając się łbami o nieprzełamany mur, cofali się pokrywając ziemię zabitymi i rannymi. Nie mogąc przełamać rozpoczęli strzelaninę spod domów i z krużganków kościoła Kapucynów, zaś od czasu do czasu bili z armat. Domy nie przestawały odpowiadać czyniąc się podobne wulkanom, nieustannie miotającym ogniem i grzmotami. Ojciec Serafin również niekiedy strzelał ze swojej armatki, a w przerwach porywał karabin i polował na upatrzonego, po czym najspokojniej powracał na stanowisko i do przerwanych pacierzów.

Nie milknące ani na chwilę bicie dzwonów, wystrzały, warkoty bębnów i wrzaski dawały poznać, jako insurekcja już na wszystkich wyznaczonych punktach wybuchnęła. Walczono na Lesznie, na Długiej, na Muranowie i na Faworach. Walczono również na Nowym Mieście, w paru miejscach nad Wisłą, na Miodowej i na Senatorskiej. Z każdą minutą potężniały zgiełki walk i coraz więcej zbrojnego ludu wysypywało się w ulice, że równo ze wschodem słońca cała Warszawa utonęła w wojennej zawierusze i trzęsła się od grzmotu dział. Gorączka owładnęła miastem i wszystkie serca rozdygotały się trwogą zarówno jak i nadzieją. Na zewnątrz miasto dawało pozór obumarłego: sklepy stały zawarte, parterowe okna przysłonięte okiennicami, w wielu kamienicach furty były zabarykadowane, ulice zionęły pustką i trwogą. Jeno Krakowskie, od Zamku aż do ulicy Królewskiej, stawało się nadmiernie zgiełkliwe, bowiem co chwila przelatywali jacyś jezdni: cwałowały co koń wyskoczy oddziały kawalerii, turkotały ambulansowe wozy i amunicyjne jaszcze, przenoszono rannych, a najczęściej zbrojne gromady, wrzeszcząc: "Do broni!", bijąc w bębny i strzelając w powietrze przewalały się niby burza. Czasem brzęczały szyby, nie wiadomo przez kogo wybite, świstały kule i od grzmotu armat sypały się z kamienic dachówki. Psy też wyły w całym mieście od samego świtania i z domów, spoza okiennic i bram dobywały się ciężkie szlochy i rozpaczliwe jęki.

W kościołach klasztornych wystawiono Przenajświętszy Sakrament, przed którym mnisi śpiewali Suplikacje, zaś w zakrystiach, kruchtach i nawach opatrywano rannych.

Właśnie już było się słońce wyniosło nad Pragę, kiedy gdzieś od Nowego Światu zaryczały ciężkie działa i do Strzałkowskiego w Krakowskiej Bramie przypadł stary Żyd.

– Rozkaz generała Cichockiego dla komendanta Konopki! – bełkotał zadyszany. Zjawił się Konopka i odebrał karteluszek, w którym Cichocki rozkazywał mu, aby łącznie z Kilińskim uderzyli na tyły wojsk moskiewskich, walczących z regimentem Działyńskiego.

– Powiedz generałowi: Kiliński bije się na Freta, ja zaś natychmiast wyruszam.– zdeterminował i zagwizdawszy w szczególniejszy sposób na swoją bandę, poprowadził ją Krakowskim Przedmieściem. Pociągnęli niby wilki na łowy, wyciągniętym szeregiem przemykając się pod domami, z karabinami w garściach. Był to wybór najgorszego ultajstwa; obdarci, nieledwie bosi, ale z minami zuchwałych obwiesiów, doskonale uzbrojeni, w jednostajnych czarnych kapeluszach z czerwonymi piórami, w bandoletach przez piersi z napisami: "Śmierć tyranom", dawali obraz prawych sankiulotów. Trzymał ich żelazną ręką i mógł przemienić w bohatyrów wolności; tak ślepo byli mu posłuszni. Konopka zagarniając po drodze zbrojne kupy pod swoją komendę przynaglał do pośpiechu, gdyż odgłosy bitwy były coraz żywsze. Jakoż regiment Działyńskiego już się cały pokazował w bojowej akcji.

Właśnie nastąpiła pora, kiedy pułkownik Hauman fałszywymi atakami przymuszał Moskalów do zwrócenia całego frontu przeciw Nowemu Światowi, by tym skuteczniej mogły wysłane oddziały zajmować flanki gotując się do generalnej rozprawy.

Moskale sformowali na Krakowskiem przed kościołem Świętego Krzyża potężny czworobok z dwóch batalionów piechoty, dwóch szwadronów jazdy i ośmiu armat ciężkiego wagomiaru. Dowodził nimi generał Miłaszewicz i pułkownik książę Gagaryn.

Hauman następował z Nowego Światu i z uporem, jakby próbując łbem rozbijać żelazny wał nieprzyjaciół, uderzał raz po raz. Odrzucany ogniem piechoty i kartaczami dział stojących pomiędzy pałacem Branickich a kościołem Dominikanów Obserwantów, cofał się aż do Wareckiej i sprawiwszy przetrzebione szeregi znowu atakował nie dając nieprzyjacielowi czasu do zastanowienia. Ponosił przy tym niemałe straty, ale mając na uwadze cel ostateczny, nie szczędził ludzi i nie ustawał. Przewłóczyła się ta walka całe godziny, lecz swego dokonał. Napastowany bowiem tak zażarcie nieprzyjaciel, sformowawszy front przeciwko niemu, a zasłoniwszy boki jazdą, ruszył wszystkimi siłami. Hauman profilując z ciasnoty ulicy wystąpił z tak szalonym odporem przeciw naciskającym batalionom, że te nie mogąc uderzać całym frontem, stłoczone na niewielkiej przestrzeni, a niemiłosiernie bite od czoła, były przymuszone do cofnięcia się aż za Świętokrzyski kościół. Ale w odwrocie wystąpiły moskiewskie ciężkie działa. Zadygotały od grzmotów domy i jakby nieustający huk piorunów rozdzierał powietrze. Dopomagały rzęsiste salwy piechoty, gotującej się do nowego ataku. Nim zdążyli uderzyć, Hauman wysłał co najcelniejszych strzelców, którzy opanowawszy wieżę Dominikanów, pałac Karasia i Świętokrzyskie dzwonnice, rozwinęli z nich morderczy ogień do kanonierów. Wspierała ich w tym przedsięwzięciu armata bijąca z rogu Świętokrzyskiej, a szczególniej druga, dobrze ubezpieczona na Sułkowskiem i strzelająca kartaczami. I stała się rzecz wierze niepodobna; półbateria moskiewska, najbardziej wysunięta, zamilczała z braku obsługi. Kanonierzy leżeli wybici co do jednego. I niechybna śmierć porywała każdego ze śmiałków próbującego się do niej przedostać. Na próżno też jedne i drugie wojska chciały ją uprowadzić. Obie strony broniły sobie dostępu tak zajadle, że armaty przez dłuższy czas stały opuszczone, pokryte jeno trupami i rannymi.

Naraz załomotały ponuro tarabany i Hauman poprowadził regiment do ataku.

Generał Miłaszewicz wytrzymawszy natarcie odpowiedział kontratakiem wszystkich sił.

Rozpoczęła się zażarta walka, prowadzona wedle surowych reguł sztuki wojennej.

Zrazu więc wszystko szło dziwnie sprawnie, akuratnie i niemal jakoby na paradzie.

Bębny biły twardo, ponuro i nieustannie. Tu i owdzie grały trąbki. Salwy karabinowe szły po salwach. Grzmiały kapele. Przelatywały ostre krzyki komend. Szczękały żelaza. Na krótko zrywały się tętenty konnicy. Dudniała głucho ziemia pod krokami tysięcy. Chmury modrawych dymów przysłoniły pobojowisko, rozdzierały je ogniste smugi wystrzałów. Niekiedy wynosiły się żółte znamiona z czarnymi orłami. Czasem bujna pieśń zrywała się z odmętów walki. Szeregi rozwijały się i zwijały wedle rozkazów. Dwa wojska, niby dwie groźnie spiętrzone fale, raz po raz uderzały na siebie ze wściekłością i rozbijając się o męstwo przeciwnika, spływały w głąb pozostawiając jeno zabitych i rannych.

Wracały jednak uparcie i niezmożenie, bijąc w siebie z coraz większą zawziętością. Moskale ciężarem swojej masy, liczniejsi w dwójnasób, już zaczynali brać górę.

Owo w tym groźnym momencie zagrały nagle trąbki na flankach i polskie oddziały runęły na nich równocześnie ze wszystkich stron. Porucznik Sypniewski mimo najcięższego ognia uderzył z kompanią fizylierów od pałacu Branickich. Od strony Sułkowskiego wystąpił porucznik Lipnicki, torując sobie drogę kartaczami. Z domu apteki za Świętokrzyskim kościołem wypadł podporucznik Woliński z chorążym Urbanowskim i niczym nie powstrzymaną lawiną bagnetów przedzierał się do armat. Porucznik Witkowski z dziedzińca pałacu Małachowskich prowadził kompanię i krokiem równym i zwartym szykiem rzucił się od razu na bagnety pozostawiając za sobą stosy trupów. Od Szkoły Rycerskiej pokazał się Sowiński z plutonami kadetów i wspierany załogą pałacu Mokronowskich i zbrojnym ludem, czynił niemałą dywersję. Szedł mu z pomocą kapitan Zabilski, potężnie szarpiąc moskiewską flankę.

Bitwa w bardzo krótkim czasie jęła przybierać inny zgoła obrót. Osadzone w miejscu moskiewskie bataliony napadem z flanków, bite ze wszystkich stron i ogarnięte popłochem, zaczynały się mieszać, łamać i z wolna cofać. Skończyła się regularna bitwa i rozpoczęła rzeź. Zamilkły armaty. Bito się już na białą broń. Żołnierz potykał się z żołnierzem. Pierś uderzała o pierś. Wreszcie i karabinowe strzały przycichły, nie było czasu na nabijanie. Bagnet i kolba pracowały coraz zażarciej wśród tłoków i wrzasków. Już szable siekły migotem błyskawic i rozlegał się głuchy odgłos kolb i szamotań.

Na Krakowskiem, jakoby w kotlinie ocembrowanej murami pałaców, w jarzących promieniach słońca i pod wiośnianym niebem z niepokalanego błękitu srożyła się przerażająca zawierucha i w kurzawach, dymach i potokach krwi przewalała się od brzega do brzega z porykiwaniem orkanów. Dzika rozpacz wzięła się za bary z szaleństwem.

Połamane moskiewskie szeregi, napastowane z furią, gniecione ze wszystkich stron i spychane do środka, skłębiły się w olbrzymie wiry, szamotające się z dzikim wyciem w żelaznych pazurach insurgentów. Raz po raz jakieś roty zwarte w mury czworoboków, najeżone karabinami, pijane krwią, mordem i rozpaczą, rzucały się niby pocisk na przebój – i marły pod bagnetami zrąbane, bite na wszystkie sposoby i rozdzierane, że tylko nieludzki, okropny krzyk brzmiał po nich przez dłuższą chwilę i niósł się żałośnie w przestworza.

Działyńczycy jako lwy rzucali się w pojedynkę na całe roty; jako drapieżni, nieustraszeni orłowie spadali na całe stada. Walczyli z nieopisanym męstwem, z pogardą śmierci, z szaleństwem archaniołów zwalczających szatana. Bojowa furia jednako ponosiła wszystkich. Nie było już szarż – byli jeno bojownicy, rycerze, oswobodziciele, bohatyrzy!

– Wolność i Kościuszko! – ten ci jeno krzyk bojowy targał się z piekielnych chaosów bitwy.

Z tym hasłem na ustach walczyli. Z tym hasłem ginęli. Z tym hasłem zwyciężali.

Ale i wróg walczył mężnie i drogo sprzedawał swoje życie. Miłaszewicz zrozumiawszy przegranę nakazał cofać się krok za krokiem w stronę Królewskiej.

Ale wtem pokazała się od Wizytek potężna gromada uzbrojonego ludu. Straszne kosy zalśniły w słońcu, las pik zakołysał się nad głowami. Konopka spieszył na przedzie ze swoimi obwiesiami. Z niesłychanym wrzaskiem ponieśli się na moskiewskie szeregi.

Ruszył im naprzeciw książę Gagaryn z jazdą i odrzuciwszy impetem nieco w tył, chciał się salwować ucieczką w Królewską ulicę. Zastąpił mu drogę major Zeydlitz, który przedarłszy się przez Saski Dziedziniec uderzył z Końskiego Targu, rozbił i pognał pod ciosy sformowanych na nowo tłumów Konopki. I stało się, jak żeby gradowa ciężka chmura zwaliła się na szwadrony, porwała je piekielną mocą i zmiesiwszy w potworne kłębowisko jęła nimi miotać na wszystkie strony niby kupą uschłego listowia. Gromowe ryki rozdarły powietrze. Nie dojrzał nad migoty broni, nad jakieś majaczenia ludzi, twarzy, koni, rąk i ciosów. Nie usłyszał nad obłąkańcze wycia i głuche łomoty jakoby tysięcy cepów bijących zapamiętale i nieustannie. Czasem kwik koński zagórował na mgnienie. Chwilami zaś huragan zdawał się przycichać, że biły w niebo jęki okropne, charczenia, zgrzyty żelaza, odgłosy szamotań i pojedyncze wrzaski mordowanych.

Walka była krótka i tak mordercza, iż zaledwie kilkunastu kawalerzystów zdołało się wymknąć; reszta leżała zwalona krwawym omłotem śmierci, wraz ze swoim dowódcą księciem Gagarynem, który pono uderzony od kowalczyka z Saskiej Kuźni rozpaloną sztabą, padł z rozbitą głową.

Konopka rzucił się po tym zwycięstwie z sukursem Haumanowi.

Podobien bogom z urody, bez kapelusza, z włosem w rozwianych puklach, blady, z piorunami w oczach, wzniosły, z szablą w ręku, okrwawiony, płomienisty a baczny na ewenta walki, prowadził lud, pierwszy rzucając się do boju i roznosząc śmierć i przerażenie. Ale Moskale już zaczęli ciskać broń, wołać pardonu i powiewać białymi płachtami. Nieprzyjaciel, zniesiony, gęstym trupem pokrył pobojowisko. Umilkła bojowa zawierucha, natomiast tym okropniej rozbrzmiały jęki umierających, rannych i błagania litości. Chwila była jedyna, kiedy Miłaszewicz przypadł do Haumana błagając o życie.

– My pokonanych nie mordujemy! – odpowiedział mu wyniośle pułkownik i odebrawszy szablę rozkazał Konopce, by pozbieranego niewolnika odprowadził do Prochowni na Mostową.

Regiment pomaszerował w stronę Zamku wśród nieopisanego entuzjazmu tłumów, jeno kapitan Mycielski strzegący cały czas bitwy tyłów na Wareckiej, pozostał z jedną armatą przed Saską Kuźnią dla ubezpieczenia wylotu Królewskiej ulicy.

Wieść o zwycięstwie błyskawicą obleciała miasto wzbudzając wszędzie niesłychaną radość i podnosząc serca. Z całego śródmieścia, kto jeno żyw, leciał naprzeciw zwycięzców maszerujących w bojowym ordynku, z rozwiniętym sztandarem, przy grzmiącym łoskocie kotłów, graniu trąb i piszczałek. Nieustające owacje przeprowadziły ich po drodze, co tak zatrudniało w marszu, że dopiero o samym południu stanęli pod Krakowską Bramą. I natychmiast nie bacząc na znużenie tylogodzinne walką, parę kompanii poszło na ochotnika w pomoc ludowi, daremnie szturmującemu pałac Igelströma na Podwalu.

Prawie o tej samej porze na kwaterze komendanta w Arsenale zebrano się na krótką naradę. Brali w niej udział: Cichocki, Deybel, Orłowski, Gieslcr, Chomentowski, Dobrski oraz paru młodszych oficjerów. Tak jednak byli zgorączkowani oczekiwaniem wiadomości od Haumana, że nikt nie zdobył się na rozpoczęcie dyskursów. A jakby na dobitkę ordynansi, wysłani do powzięcia języka, nie powracali. Wybiło już południe, meldowano o jakowychś niezwyczajnych wrzawach pod Zamkiem, o zmilknięciu strzałów na Krakowskiem, ale rezultat bitwy pozostawał jeszcze niewiadomym. Najgłębsze zaniepokojenie targało sercami.

Natomiast nieustannie przychodziły wiadomości z drugich stron miasta. Przynosili je żołnierze, to kobiety, to Żydzi, to nawet dzieci, a najczęściej kwestarze. Składano je ustnie, ale trafiały się i relacje pisane ołówkiem na zmiętych, często zakrwawionych karteluszach. Na ogół brzmiały pomyślnie, tak jednako bałamutne w szczegółach, zwłaszcza co do ruchów wojsk moskiewskich, że porucznik Kubicki, który je przyjmował, aż potniał z denerwacji, nie mogąc z nich wymiarkować jasnego obrazu walk i sytuacji; każde bowiem przesunięcie stanowisk powinien był oznaczać na wielkiej plancie Warszawy czerwonymi lub niebieskimi szpilkami. Na próżno też meldował swoje wątpliwości, nie dawano uwagi jego słowom.

Dobrski często wybiegał w dziedzińce i powracał coraz chmurniejszy. Chomentowski tak zawsze panujący nad sobą i zamknięty, wciąż szukał okazji do sprzeczek. Orłowski widział wszystko na czarno, Deybel mimo lat i reumatyzmów snuł się ustawicznie po kwaterze zrzędząc i strofując. Giesler, ukryty w kłębach dymów, klął nieustannie i spluwał. Młodsi zaś, jak Banczakiewicz i Pieściński, siedzieli pod oknem obgryzając paznokcie z tłumionej wściekłości. Tylko jeden generał Cichocki wydawał się być spokojnym. Z jego szerokiej i krótkiej twarzy niepodobna było wyrozumieć prawdziwego stanu duszy. Szare, głęboko osadzone oczy patrzyły zimno i bacznie, zdawał się jeno wciąż nasłuchiwać, przy czym drgała mu dolna warga i na policzkach występowały czerwone plamy.

Jakieś bębnienia rozległy się w dziedzińcach. Rozkazał dowiedzieć się przyczyny.

– Wolontery Kilińskiego przynieśli trupa Linowskiego i kanonierów – meldowano.

– Żeby mi trwożyć wojska! – zakrzyczał groźnie. – Kto śmiał się rozporządzać?

– Taki widok może pobudzić żołnierzów do słusznej zemsty! – wystąpił Chomentowski. Generał nie podjął rzuconej rękawicy, odwrócił się i zamilkł. Zamilkła i reszta. Dalekie wrzawy bojów przedzierały się na kwaterę słabymi echami. Cichocki niecierpliwie otworzył okno. Upajające powiewy wiosny, przesycone słońcem i zapachami wtargnęły do niskich, zimnych i zadymionych izb. Dały się słyszeć wróble świergotania, odgłosy strzałów i dzwonienia napływały żywiej i rozgłośniej.

– Porucznik Lipnicki! – zameldował żołnierz otwierając drzwi na rozcież. Pokazało się w progu jakoby widmo człowiecze, blade, okrwawione, w podartym mundurze.

– Powinny raport pułkownika Haumana! – szepnął usiłując się wyprężyć.

– Rannyś! Cyrulika! – rozkazał Cichocki rzucając się na raport. – Zwycięstwo! Miłaszewicz zniesiony i w niewoli. Przeszło tysiąc niewolnika! Wszystkie działa zabrane!

– Melduję pokornie, jako spóźniłem się z raportem – suplikował się Lipnicki przyszedłszy nieco do siebie – przyczyna była, że na Wierzbowskiej ubito pode mną konia, zaś na Bielańskiej raniono mnie flankowym ogniem z Tłumackiego. Sporo czasu przeszło, nim potrafiłem się zebrać i dosięgnąć Arsenału.

– Ojczyzna ci tego nie zapomni – odpowiedział mu Cichocki zabierając się do głośnego czytania raportu. Skupili się przy nim wszyscy. Relacja była obszerna i poruszająca wiele materii. Hauman dawał obraz aktualnych stanowisk moskiewskich, oparty na doniesieniach szpiegów. Konkluzja z tego wychodziła groźna, jako Moskale posiadając główne siły jeszcze nie naruszone i potężną artylerię muszą się pokusić o zdobycie Arsenału i pójść z pomocą Igelströmowi. Potwierdzały te mniemania zeznania jeńców, które w aneksach dołączał do raportu.

– Wyprowadzą z dziesięć tysięcy regularnego żołnierza! – ktoś szepnął sfrasowany.

– Zliczymy ich po zwycięstwie! Radźmy, jak pobić te hordy! – rzucił wyniośle Cichocki. Zameldowano posłańca z pola walki.

– Powinny raport kapitana Mycielskiego! – objaśniał Kuba, fajfer od Działyńskich. Mycielski donosił o ruchach Klugena, młodszego Igelströma i o wyruszeniu spod rogatek Jerozolimskich głównych sił generała Nowickiego. Błagał również o ubezpieczenie Saskiego Dziedzińca, którym mogą przejść na Arsenał.

– Ani jednej zbędnej armaty, ani jednej zbędnej kompanii! – zabiadał Dobrski.

– Podporucznik Wroński! – rozkazał Cichocki, coś nagle zdeterminowawszy. Zjawił się przyzwany i stanąwszy w progu, bystro toczył oczami.

– Weźmiesz półbaterię sześciofuntówek, po sto strzałów na działo, w połowie kartaczowych, zapasowe jaszcze, rezerwowe cugi, obsługę i zajmiesz natychmiast Saski Dziedziniec.

– Wedle rozkazu, panie generale! – zasalutował cofając się zarazem do wyjścia.

– Czekaj! Mycielski z piechotą i wolonterami Konopki stoi przy Saskiej Kuźni, przyjdzie z pomocą. Powierzam ci stanowisko wagi najwyższej i ufam, jako spełnisz swoją powinność. Nie przepisuję ci porządku czynności, postąpisz, jak będziesz rozumiał. Z Bogiem!

– Ten młokos nie ma eksperyjencji! – mruknął niechętnie Deybel po jego wyjściu.

– Ale bardzo zdatny! Znam go bliżej i polegam na nim w zupełności.

Rada odbywała się pospiesznie, kiedy oznajmiono wysłańca od Kilińskiego. Majster donosił, jako Moskale w Dziedzińcu Krasińskich gotują się do wystąpienia. "Szarpać ich ze wszystkich stron i zatrudniać." Napisał krótki rozkaz Cichocki.

– Rotmistrz Radzimiński! Wołać natychmiast! – zakrzyczał, naraz porywając się z miejsca.

Stanął w progu rotmistrz ponury jak noc i milczący.

– Okryj waszmość swoim szwadronem Wrońskiego i przeprowadź do Wierzbowskiej. Po chwili rozległy się szalone tętenty i turkoty armat pędzących galopem, a po mgnieniu i brzaski karabinowych wystrzałów, gdy bateria przelatywała w poprzek Długiej.

Znowu przylecieli z wiadomościami od Kosmowskiego z koszar Mirowskich.

Raport był krótki: Moskale na Lesznie formują się w kolumnę atakową.

Cichocki napisał rozkaz Kosmowskiemu, aby posiłkując Kriegera, kiedy nieprzyjaciel ruszy na Arsenał, uderzył mu na tyły i z flanku od Orlej i Solnej.

– Burza wzbiera i lada chwila zwali się na nas – zauważył spokojnie.

Jakby w odpowiedzi zagrały armaty od strony Miodowej.

– Na stanowiska, mości panowie! Na stanowiska!

Jakoż istotnie groźna burza, trzaskająca piorunami, nadciągała z paru stron. Była godzina druga z południa, kiedy zagrzmiały armaty najcięższego kalibru i rozpoczął się atak na Arsenał. Moskale występowali od Leszna, uderzali przez Ogród Krasińskich i głębokimi, zwartymi szeregami posuwali się ulicą Długą.

Huknęły naraz kapele, zabiły bębny, dzikie "Hurra!" wstrząsnęło ulicami i trzy potężne kolumny jak trzy tarany zionące ogniem dział z karabinów uderzyły na Arsenał. Ziemia zadygotała od grzmotów i czarne, duszące dymy przysłoniły słońce. Cichocki oblatując wszystkie stanowiska nakazywał surowo:

– Ani strzału! Stać na miejscach! Czekać komendy! Spokojnie!

Arsenał dawał podobieństwo korabia na spiętrzonych wełnach dymów, ognia i grzmotów. Wynosił się chwilami ze skłębionych tumanów i zapadał z powrotem. Milczał jednak niby skała nieporuszona wpośród rozszalałych żywiołów. Straszliwa zamieć działowych pocisków uderzała w mury ze wzrastającą siłą i gwałtownością. Moskiewskie piechoty przysuwały się coraz bliżej, prażąc nieustającym rotowym ogniem.

– Wszystkie baterie! Cel, pal, nabijaj – przeleciał nareszcie rozkaz Cichockiego. Arsenał przemówił głosami gromów i błyskawic.

Moskale drgnęli pod tą ulewą żelaza, lecz napierani z tyłu przez ściżbione masy, płynęli naprzód, niby wzburzona fala, coraz potężniej bijąca w kamienne tamy. Chwila się stawała groźna i nieobliczalna w następstwa. Arsenał bronił się ze wszystkiej mocy. Artyleria rozwijała najtęższy ogień. Armaty biły salwami. Każda strzelnica zionęła morderczym ogniem. Strzelano z okien, murów, a nawet i dachów. Dziedzińce pełne były dymów i kurzawy. Nieludzkie wrzaski wdzierały się do wnętrza. Od gradów ciężkich kul, tłukących jakoby piekielnymi dziobami, wszystko się trzęsło i dygotało. Tu i owdzie spadały sufity na głowy obrońców, leciały zawieruchy cegieł i tynków. Otwierały się nagle wyłomy w ścianach. Waliły się mury. Padały wybite bramy. Jęki rannych rozdzierały powietrze. Niekiedy brandkule z piekielnym chichotem uderzały w dachy. Wybuchały pożary. Czasem granaty rwały się w zatłoczonych dziedzińcach. Moskiewskie baterie ciężkich dział nie ustawały ani na mgnienie bijąc takim huraganem żelaza, iż zdawało się, jako lada chwila wszystko się rozwali w gruzy i nie pozostanie kamień na kamieniu.

Arsenał bronił się niby lew osaczony.

W niskich izbach, salach i kazamatach, przepełnionych gryzącymi dymami, jakby na dnie rozszalałego morza leżała bełkotliwa cisza i wszystko odbywało się w spokoju i z niesłabnącą sprawnością. Żołnierze byli tak pełni ekstazy i skupienia, że obrona przybierała chwilami podobieństwo jakiejś dziwnej uroczystości. W bladych, na kamień stężałych twarzach, w rozpłomienionych oczach i w zwartych postawach widniała nieprzełamana moc i dostojeństwo. Śmierć krążyła dokoła. Śmierć wyła na każdym kroku. I śmierć drapieżnymi szponami szczerbiła szeregi. Nikt na to nie dawał baczenia. Nieulękłe patrzyli w przeznaczenie. Każdy trwał niby skała na swoim stanowisku. Panowało przy tym głębokie milczenie. Po zabitych ścieśniały się szeregi i walka ciągnęła się dalej.

Słychać się jeno dawały komendy, szczęki armatnich zamków, zgrzytania wyciorów, jednostajne trzaski stempli, wybuchy i nieustający war szeptanych pacierzy.

Już ustawały ręce od pracy, parzyły lufy, ćmiło się w oczach i dech zapierały gorzkie, prochowe dymy. A od ciągłych grzmotów i wstrząśnień, bojowej gorączki, wytężonej uwagi wszystko zaczynało przybierać kształty straszliwego majaczenia. Ale od dowódcy aż do ostatniego gemejna jednako spełniali swoją powinność i jednako gotowi byli umierać.

Generał Cichocki wciąż był na wszystkich oczach. Zjawiał się wszędzie, gdzie był powinien, gdzie było potrzeba rady, pomocy i decyzji. Był duszą Arsenału i obrony.

Rozmawiał z Radzimińskim, stojącym z jazdą w dziedzińcu, kiedy właśnie zamilkły wraże armaty i buchnął krzyk niezmierny. Moskale rzucili się do szturmu. Wyjrzał jakąś strzelnicą: masy wojsk, zjeżone bagnetami, pędziły na fosy i szańce.

– Wszystkie baterie kartaczami! Cel, pal, nabijaj! – rozkazał podnosząc perspektywę do oczów.

Zamigotała wstęga błyskawic i ulewą piorunów uderzyła w szturmujące szeregi. Nieludzki ryk wydarł się z piersi tysięcy. Jakoby kolczaste bicze pękających granatów jęły smagać, siec i rozdzierać na strzępy. Zawyły rozsrożone roty i dzikie, pijane wściekłością rzucały się niepowstrzymanie naprzód. I zdawało się, jako nic ich powstrzymać nie zdoła. Kładły się niby bór pod uderzeniem huraganu, zawalały fosy trupami i niczym nie zmożone rwały się do nowych szturmów. Ze ślepym męstwem, spiętrzonymi falami biły w Arsenał i miażdżone, podarte i zdziesiątkowane, jak fale odpływały gdzieś w głąb, aby za chwilę powrócić z jeszcze większą siłą i uporem.

Ale i Arsenał bronił się coraz potężniej, zwłaszcza iż na tyłach szturmujących kolumn podniosły się bojowe zgiełki i gęste strzelaniny. Zbrojny lud spieszył na pomoc.

Kiliński napadał z dwóch stron, szarpiąc na wszystkie sposoby. Od Freta grały działa Zaręby coraz bliżej i częściej. Z Leszna również ryczały armaty. Kapitan Kosmowski z Orlej, a Krieger od kościoła napierali zajadle.

Moskale, osaczani w żelazną obręcz powstańców i bici z Arsenału, zaczynali już nieco słabnąć, chwiać się, mieszać.

Pochwycił ten moment Cichocki. Trąbki rzuciły sygnały i piechoty jęły się pospiesznie wysuwać do kontrataków, kiedy naraz straszliwy huk wstrząsnął murami. Wschodnia baszta wyleciała w powietrze. Arsenał zadygotał aż do fundamentów. Olbrzymi słup ognia, dymów i murów targnął się posępną fontanną w górę i opadł zasypując rumowiskami dziedziniec i część ulicy Długiej.

Moskale w obawie dalszych wybuchów cofnęli się gwałtownie w tył, ale po chwili, profilując z gęstej kurzawy i dymów, runęli jak potok na wyłamane ściany.

Nie zaskoczyli jednak Cichockiego. Na rumowiskach już czekały piechoty z karabinami do strzału, armaty nabite kartaczami i wolontery z kosami.

Bitwa zawrzała z nową siłą i zawziętością bezprzykładną.

Traicznie długie chwile ważyło się zwycięstwo. Bowiem przychodziły momenty, jako ciężka artyleria moskiewska i regularne wojska zdawały się brać widoczną górę i wtedy Arsenał, zalewany orkanami pocisków i falami szturmów, przybierał postać jakoby otwartej mogiły, broniącej się już bez tchu, bez pamięci, z rozpaczą szaleństwa i z niewysłowionym bohatyrstwem. Rozpacz podnosiła siły, rozpacz dawała moc nadludzką. Każdy walczył za dziesięciu. Każdy stawał się już ciosem niechybnie śmiertelnym. Każdy zmagał się ze wszystkimi. Chwilami milkły armaty, ścichały karabiny, ustawały nawet wrzaski, a jeno wśród ponurych rzężeń, jęków i przekleństw szamotały się dziko wojska, walczące białą bronią. Pierś łamała się o pierś, zgrzytały żelaza, charczały rozdzierane gardziele, trzaskały gnaty i wyły zbiesione gromady. Chwytano się już za bary i bito z wściekłością o ziemię, o mury, o działa i wozy. Przychodziły chwile, w których nie było nic nad głosy rozpaczy, mordów i niebłaganej nienawiści. Oślepiające migoty szabel, fontanny krwi, potworne rany, sztychy bagnetów, straszne ciosy kos, świsty spadających toporów, łomoty drągów, zakrwawione pięście, oszalałe oczy, krwawe maski twarzy, obłąkańcze ruchy, czasem salwa, niekiedy jakiś podziemny ryk tratowanych, niekiedy warkoty bębnów, trąbki jazdy następującej z flanków, obłoki dymów – oto jakby zjawiony obraz szaleństwa miotającego się z głuchym porykiem pod murami Arsenału.

Przemogło bohatyrstwo! Wolność zatryumfowała nad niewolnikami.

Zwiastuncm zwycięstwa było rozbicie Tiszczewa. Zgnietły go piechoty gwardii i lud atakujący z Leszna, Tiszczew padł śmiertelnie ranny, a reszta jego batalionu wywiesiła białą chorągiew. Wtedy Cichocki zwrócił się wszystką mocą przeciw kolumnom bijącym z Długiej i z Ogrodu Krasińskich. Z obrony przeszedł do ataków i niby orzeł raz po raz spadał na wyjące hordy żołdactwa. I niemało wspierany kupami zbrojnego ludu, zbiegającego się coraz liczniej, uderzał nieustannie nie pozwalając wrogowi na wytchnienie i nie dając mu ani chwili opamiętania.

Owo w tymże czasie podporucznik Wroński, zajawszy Saski Dziedziniec i przy pomocy Konopki obsadziwszy bramę od Królewskiej armatami i strzelcami, ze drżeniem nasłuchiwał grzmotów od strony Arsenału. A już z ledwie hamowaną niespokojnością wyglądał korpusu Nowickiego, o którego ruchach co chwila mu donoszono. Był już na Grzybowie, zaś znaczna część jego wojsk nadciągała Marszałkowską. Za chwilę mogli wkroczyć na Królewską. Na zatrzymanie całej armii Wroński miał około stu ludzi i dwie armaty! Prawda, niedaleko, bo pod Saską Kuźnią, stał jeszcze Mycielski z trzema kompaniami działyńczyków. Razem była to garść przeciwko tysiącom! Podporucznik ducha nie tracił, ale dla zabicia udręki jął gorąco dyskurować z Konopką.

Siedzieli pod murem ćmiąc lulki, oczy same strażowały u wylotu ulicy.

Dzień był bardzo cudny. Niebo wisiało błękitne, lśniące i bez chmur. Rozświergotane loty jaskółek przecinały je czarnymi wężownicami. Ze Saskiego Ogrodu płynęły upajające powiewy. Powietrze było pachnące wiosną i nagrzane. Po drzewach śpiewały ptaki. W niedojrzanych wysokościach słychać było przelatujące dzikie gęsi. Wiosna szła wszystkim światem. Jeno ziemia dygotała od nieustannych grzmotów armat. Miasto huczało niby ul wzburzony. Ze wszystkich stron buchały bitewne zgiełki. Tu i owdzie nad ulicami podnosiły się dymy pożarów. Niekiedy słychać się dawały jazdy przelatujące cwałem. Puste ulice dawały podobieństwo grobom otwartym, śmierć jeno nimi chodziła posiewając trupami. Wojna głosiła się na wsze strony biciem bębnów, graniem trąb, wrzaskiem kapel, rykami armat, mordem i pożogą. A nad nią ze wszystkich wież kościelnych huczały dzwony nieustającą pieśnią trwogi.

Wroński sprzeczał się z Konopką o Marata, uważał go obłąkanym mordercą. Wprawdzie wyznawał jakobińskie maksymy, lecz marzyły mu się nowe lądy, podnoszące się spod rumowisk starego świata, lądy arkadyjskiego szczęścia i wzniosłej harmonii pełne.

– Zjawiony Mojżesz przyniesie tablice nowych praw. Nie dziś, to jutro, a wstanie jeniusz, za którym pójdzie ludzkość! A może powróci jeszcze Chrystus! – marzył głośno.

– Ludzkość nie potrzebuje jeniuszów – szepnął Konopką – wystarczy jej gilotyna!

– Tylko jeniusz może jej wskazać słoneczne drogi, tylko jeniusz może ją wywieść z tej strasznej niewoli chaosu, w jakiej grzęźnie. Któż ma stanąć na szczycie nieskończonej drabiny?

236

– Jeniusz jest tyranem, przeczy równości. Jeniusz ma tylko swoje cele.

– Zwierciadło świata! Prawy głos człowieczy przed Bogiem, Jego namiestnik na ziemi.

– Być może, ale ja to między bajki włożę! – zaśmiał się rubasznie Konopka.

– Tymczasem zaś sprawy muszą się potoczyć taką koleją: głodni – niech się nasycą; nadzy – niech się przyodzieją; skrzywdzeni – niech się pomszczą; poniżeni – niech się wywyższą. Oto jest prawdziwa ewangelia rewolucji. Resztę oddaję śmierci. Precz z majaczeniami!

– Bóg nie jest majaczeniem, wieczna tęsknota nie jest chimerą, to istota serc naszych.

– Bóg umarł! Najstraszniejszy z tyranów obalony! Króluje nam rozum, nie zapominaj!

Stado kruków spadło na dachy Saskiego pałacu rojowiskiem rozchwianych skrzydeł, szponów i krakań posępnych. Kilkanaście opadło na brzozy przy murze, pod którym siedzieli. Zakraczały skrzekliwie, ważąc się na wiotkich gałązkach. Brzozy w białych, przeczystych gzłach stały niby zesromane dzieweczki, obtulone zielonymi warkoczami. Owiane chmurą bladych, pierwszych listków, dyszały słodką wonią. Zdały się być pieśnią wiosny, bijącą na słońcu. Jawiły się w niewysłowionej cudności.

Konopka objął je tkliwymi oczami, a uszczkniętą gałązkę przytknął do warg spalonych.

– Kto wielbi naturę, Bogu hołd składa – wyrzekł uroczyście Wroński.

Nieprzyjaciel pokazał się w końcu Królewskiej. Na czele maszerowały bataliony piechoty, po nich szła jazda pod młodszym Igelströmem, potem znowu zwarte zastępy grenadierów i w końcu oddziały kawalerii Kaminiewa i kozacy. Dziesięć armat wielkiego wagomiaru toczyło się w odstępach batalionowych. Prócz tego każdy batalion posiadał jeszcze po dwa działa. Naczelne dowództwo sprawował podpułkownik Klugen.

Kolumna pokazywała się groźna, przeszło trzy tysiące ludzi i szesnaście armat.

A cel mogli mieć tylko jeden: przeforsować przejście, oswobodzić Igelströma i zdobyć Arsenał.

Czarna, brzemienna nieszczęściem chmura zawisła nad insurekcją.

Wroński, stanąwszy na murze pod osłoną brzóz, z perspektywą przy oczach patrzał w moskiewskie wojska. Szalone myśli przelatywały mu przez głowę, obłędne myśli lęków. Przerażenie zjeżało mu włosy. Szukał jakowegoś ratunku i nie znajdował. Pot zalewał mu oczy, dygotał cały i ledwie się już trzymał na nogach. Nadziei jednak nie tracił.

A kolumna niby rzeka płynęła z wolna całą szerokością ulicy. Żółte sztandary i znaki powiewały nad lasem bagnetów, trójkątne kołpaki kształtem biskupiej tiary grały w słońcu mosiężnymi blachami. Ciężki, akuratnie mierzony krok tysięcy boleśnie odzywał się w jego sercu. Maszerowali spokojnie i w poczuciu własnej potęgi, przy warkocie bębnów, rzegocie brzękadeł, krzykach i śpiewach wybuchających radosną falą głosów. Ściszone odległością grzmoty armat z Arsenału biły raz po raz jakby do wtóru.

Mycielski przyleciał na naradę; trwała sekundy, zdeterminowali bowiem jedno:

Bronić przejścia do ostatniego tchu.

Wroński wytoczywszy armaty na ulicę wyrychtował je w następujące szeregi. Otworzono jaszcze i kanonierzy stanęli z zapalonymi lontami na swoich miejscach. Konopka obsadził okna pałacowego pawilonu, kilkadziesiąt strzelb groziło z flanku. Mycielski z piechotą przytajony pod Saską Kuźnią czekał stanowczej pory.

Wszyscy jakby skamienieli na stanowiskach.

Bitwa w tych okolicznościach przybierała postać bohatyrskiego szaleństwa.

Trzecia wybiła z południa, gdy jakiś szwadron, wysforowawszy się naprzód galopem, ruszył na wywiady. Flankowy ogień z pawilonu przywitał go tak skutecznie, że straciwszy kilkunastu ludzi zawrócił w największym popłochu.

Wroński gruchnął w ślad za nim z obu armat, a nim rozwiały się dymy, strzelił po raz drugi.

Kolumna osadziła się w miejscu, on zaś wraz z działami cofnął się w bramę, właśnie na porę, kiedy zagrały ciężkie baterie i jęły trzaskać salwy za salwami.

Bitwa się rozpoczęła, dziwna jeno i zgoła niepojęta w swoich obrotach i przebiegu.

Moskiewskie wojska pomimo miażdżącej przewagi następowały słabo, uderzały z wahaniem i zatrzymywały się z niewiadomych przyczyn. Raz po raz wybuchały dzikie wrzaski żołdactwa, grzmiały tarabany, baterie zaczynały ryczeć i zwarte masy zrywały się gwałtownie z miejsca; lecz skoro Wroński zagadał kartaczami, a

Konopka z okien pawilonu otwierał celny a rzęsisty ogień, cofali się na dawne miejsce w bezradnym popłochu. Wychodziło, jako nie wiedzą, co robić ze sobą. Bowiem niekiedy rozpoczynali karabinowy ogień i salwy za salwami siekły okoliczne dachy, okna, domy i świstały w pustych ulicach. To znowu baterie waliły, aż ziemia dygotała i od miotów wichury brzozy pod murem pokładały się z jękiem i szumem. Wreszcie szarżowała kawaleria na bramę, kartacze Wrońskiego i niechybne strzały Konopki. Wroński zaś z Konopką profitując z takowych obrotów chwytali w lot każdą okoliczność do skutecznego szarpania wroga. Wroński co chwila zmieniał stanowisko, bił zuchwale z czoła, strzelał z bramy, to sztychował wzdłuż Królewskiej. Sam celował, sam zapalał i w potrzebie wraz z kanonierami przetaczał działa. Napadał, cofał się i krył za murami w miarę okoliczności. Rozpłomieniony walką, gardzący niebezpieczeństwem, ostrożny a zuchwały, baczny a napastliwy, w postanowieniach nagły i jak cios druzgocący, dawał obraz władnego, nieulękłego męstwa. Konopka, nie ustępując mu w niczym, jeszcze przewyższał w błyskawicznych obrotach, bowiem na czele swoich obwiesiów, przemienionych w boju na falangę nieustraszonych rycerzy, rzucał się niby żrący płomień. Spadał na wrogów szarpiąc ich, jak się tylko dało. Co chwila w innej stronie rozlegał się jego przeszywający świst. Strzelał z okien pawilonu. Grzmiał z dymników i dachów pałacowych. Raził celnie spoza drzew Saskiego Ogrodu. W ten sposób prowadzona walka przeciągała się długie godziny z niemałym uszczerbkiem dla Moskalów.

Dopiero koło szóstej, właśnie gdy pod Arsenałem ucichły działa, Klugen zdecydował się na stanowcze działanie. Zagrzechotały bębny i armia ruszyła do ataku.

Wroński cofał się od bramy krok za krokiem, powstrzymując napierające masy kartaczami od czoła i flankowym ogniem Konopki. Schronił się do Bruhlowskiego pałacu nie przestając i stamtąd strzelać przez Saski Ogród w boki następującej kolumny.

Pierwsze bataliony zdobywszy bramę i dziedziniec, a nie dojrzawszy nigdzie przeciwnika rzuciły się na Saski pałac z tryumfalnym okrzykiem zwycięstwa. Słabe straże elektorskie uciekły lub zostały wybite. Boczne pawilony zarówno jak i sam pałac zahuczały dziką wrzawą żołdactwa. Ustała wszelka dyscyplina i rozpoczął się rabunek. Nie pomogły komendy oficjerów ni nawet ich prośby i płazowania. Hordy jęły nasycać głód grabieży i zniszczenia. Zabrzęczały rozbijane szyby i oknami poleciały bezcenne farfury, meble i sprzęty. Dobrano się wreszcie do podziemnych sklepów i tysiące flach i gąsiorów gasiło nienasycone gardziele. A gdy wytoczono smoliste beczki i antały, pijatyka stała się powszechna. Pito z flach i gąsiorów, pito kociołkami, pito prosto z beczek, pito z kałuż rozlanych – pito do ostatniego tchu, na śmierć.

Naczelne bataliony grenadierów przemieniły się wnet w bezładne kupy oszalałego swywolą ultajstwa. Dzika, bełkotliwa i pijana wrzawa zatrzęsła murami. Już tu i owdzie zabrzęczały bałabajki. Ściany zdały się pękać od tłumów. Pijane żołdactwo rozbijało się w ciasnych przejściach, salach i antyszambrach z rykiem burzy ogarniętej wściekłością. Łamano wszystkie zapory i drzwi. Bito kolbami porcelanowe pająki. Roztrzaskiwano zwierciadła. Miażdżono butami kryształy i szkła weneckie. Chińskie wazy pryskały w tysiączne skorupy. Z furią obtłukiwano farfurowe kominki. Przy wtórze wycia i śmiechów rozszarpywano gobeliny i obicia ścian. Przypuszczano zajadłe szturmy do konterfektów i obrazów; piękne damy, króle, rycerze i święci, pocięci pałaszami, postrzelani, podarci bagnetem, wylatywali za okna. Niegdzie na pawimentach z różanego drzewa, dających obrazy najcudniejszych kobierców, już rozpalano ogniska, podsycane szczątkami sprzętów. Karty ksiąg i kopersztychy porwane na strzępy fruwały niby stada motyli w gryzących dymach, napełniających pokoje. Bagnet i kolba, pięście i nogi pracowały na wszystkie sposoby, pozostawiając za sobą jeno plugawą ruinę.

A uciecha sięgnęła szczytu, kiedy zjawiły się obozowe dziewki, które stadem zjuszonych rują suk wdarły się z wyciem na pokoje. Zabawa przybrała nowy obrót. Kilkunastu mołojców, złupiwszy szatnię elektorską, w perukach, złocistych frakach, kryzach i królewskich płaszczach puściło się w tany wytupując wściekłego kozaka. Brzęczały do wtóru bałabajki, ryczały gamratki, biły kolby i puste gąsiory, a tłuszcza wyła wszystkimi głosami rozbestwionych bydląt. Zasię w drugich salach, dokoła ognisk, na kanapach, poduszkach, stosach kobierców, roztasowywali się niby na biwakach. Poszły z rąk do rąk świeże flachy i zaczęli śpiewać z wolna, miarowo, tęskliwie, a coraz ogromniej i rozgłośniej.

Wtem od Krakowskiego runął niezmierny okrzyk i jęły trzaskać atakowe salwy.

To Mycielski ściągnąwszy, skąd się dało, nadmierną liczbę trąb, bębnów i kotłów, upatrzywszy stosowną porę, nakazał z całej mocy zagrzmieć w instrumenta i równocześnie uderzył na resztę kolumny stojącej w Królewskiej ulicy. Wsparły go kupy zbrojnych wolonterów.

Klugen, snadź osądzając po okropnej wrzawie i furii ataku, jako ma sprawę z przeważającymi siłami, nakazał trąbić na odwrót. Odstępowali tak pospiesznie, że to wyglądało na ucieczkę. Niemałą tego przyczyną byli maroderzy, którzy ogarnięci ślepym popłochem jęli uciekać z pałacu obłąkanymi stadami. Rozgniatano się na śmierć w ciasnych przejściach. Wyskakiwano oknami. Porzucano zrabowane skarby, porzucano nawet karabiny i patrontasze, byle jeno unieść życie. Nawet spici do nieprzytomności próbowali uciekać na czworakach. Powstał piekielny zamęt i naraz ryk rozpaczy wydarł się ze wszystkich gardzieli, bowiem Konopka przedostawszy się od strony ogrodu wsiadł im na karki, pędził przed sobą i wymiatał niby plugawe śmiecie. Krew spłynęła schodami, bluzgała na stiukowe ściany, tryskała aż na sufity i formowała kałuże po salach. Zawiązały się krótkie a straszliwe zawziętością bitwy, gdzie już nie było pardonu ni miłosierdzia. Wycia rozpaczy, śmiertelne jęki, głosy błagań daremnych i ogłuszające tumulty walk, zlane w jeden straszliwy chór, podnosiły się niekiedy aż do krwawych zórz zachodzącego słońca. Nim zapadł zmierzch, na pobojowisku pozostali jeno zabici, a gdzieniegdzie kwiliły żałosne, opuszczone głosy konających.

Na rozkaz Cichockiego Wroński z Konopką popędzili z pomocą domom na rogu Miodowej i Senatorskiej, przeciwko którym Igelström, osaczany coraz ciaśniej i napierany ze wszystkich stron, wywierał całą złość usiłując się tamtędy przerwać. Ale dom Teppera, pałac biskupów krakowskich, pałac Pod Gwiazdą i kamienica Roeslera, ukryte w chmurach dymów i zionące nieustannym ogniem karabinów, dawały postać fortalicji niezdobytych. Słońce zaszło, mrok wypełnił głębokie kanały ulic, ale nie było mowy o śnie i odpoczynku. Warszawa trzęsła się od grzmotów dział. Bito się we wszystkich stronach miasta. Walczono z jednakim męstwem. Walczono do upadłego.

X

Noc z 17 na 18 kwietnia

O zmierzchu przycichły walki.

A w jakimś momencie noc zapadła i nieprzeniknione ciemności spowiły Warszawę. Niebo zawisło kirem, przebitym tu i owdzie jarzącymi gwiazdami. Ulice leżały czarne, puste i nieme. Ani jednego światła w oknach. Bezmiary niepokojących ciemności. Jeno gdzieś na krańcach zaczynały wschodzić łuny dalekich pożarów. W nieodgadnionych głębiach miasta wrzały niekiedy jakby bełkoty groźnie wzbierającego morza. Trwoga czaiła się w milczeniach ciemności. Zatrute tchnienia śmierci mroziły krew w żyłach. Przerażenie sunęło wskroś nocy z palcem na niemych, skamieniałych wargach. Niewiadome dygotało lękiem nawet w najmężniejszych sercach. Bowiem wszystek świat zdawał się być wydanym na łup złych mocy, nieszczęścia i ciemności. Arsenał czuwał nad miastem. Odpoczywał po znojnej pracy i zbierał siły – sposobił się na jutrzejszą ostatnią walkę. Obliczał straty i szykował nowe ciosy. Był znużony, a zarazem radosny pewnością zwycięstwa. Drzemał i trząsł się w gorączce przygotowywań. Milczał złowrogim milczeniem chmury brzemiennej piorunami.

Na kwaterze komendanta, we wszystkich izbach, na ławach, materacach, siennikach i prosto na podłodze spali ciężko spracowani oficjerowie. W ostatniej, najobszerniejszej stancji sam generał Cichocki spał na polowym łożu rozciągnięty, stary Deybel drzemał z głową na okiennym parapecie; spał, kto uchwycił sposobną porę.

Chomentowski ze sztabem i kancelarią pracował niestrudzenie. Gotowano plan generalnego ataku na Igelströma. Cichocki, budzony co chwila pytaniami, rzucał jakieś uwagi, momentalnie potem zasypiając. Nieustannie napływały wiadomości z miasta; leciał z nimi jakiś żołnierz przeskakując rozciągniętych pokotem, skradał się lękliwie jakiś Żyd, dreptali zakonnicy, przychodziły kobiety i wyrostkowie. Kubicki przy osobnym stole pod oknem, w świetle stajennej latarni, wybadywał wszystkich, skrzętnie konotując.

Niekiedy wpadał Maignan, lejb–chirurg, w białym, srodze zakrwawionym fartuchu, przynosząc wieści o konającym z ran Tiszczewie i drugich. Wypalił lulkę, napił się czarnej kawy i zasięgnąwszy języka o stanie spraw powracał do opatrywania rannych.

Niekiedy przewiał Dobrski burzliwym wichrem i porwawszy któregoś ze śpiących pędził w głąb Arsenału do robót, prowadzonych z gorączkowym pośpiechem.

Chomentowski co pewien czas krzyczał jakie nazwisko i natychmiast zrywał się z podłogi któryś z oficjerów, przecierał oczy i odebrawszy rozkazy wybiegał na łeb na szyję.

W pewnych odstępach czasu pojawiał się kuchta z ogromnym imbrykiem czarnej kawy, rozlewając ją akuratnie w przeróżne garnuszki, porozstawiane po stołach i parapetach. Na wszystkie strony słyszeć się dawały bicia młotów i ciężkie odgłosy robót. Wzmacniano popękane mury, stemplowano sklepienia, wspierano belkami zagrożone ściany, barykadowano wyłomy. Arsenał bowiem dawał postać groźnego pobojowiska. Na każdym kroku pełno było śladów zajadłej walki. Porysowane ściany, odpadłe tynki, wywalone okna, pozapadane sufity, stosy gruzów i osmalonych belek, kupy strąconych dachówek, podarte dachy, że gwiazdy zaglądały do środka, miejscami drabiny miasto schodów na piętra, krwią obryzgane mury, czerepy granatów pod nogami, połamane bronie i strzępy łachmanów. A wśród tych szczątków pełno żołnierzów różnej broni, wolonterów, kobiet i nawet dzieci. Karabiny w kozłach pod ręką, armaty w zaprzęgach i cugi w pogotowiu, i straże gęsto porozstawiane. W pierwszym i drugim dziedzińcu paliły się ogromne ogniska, kręgiem w czerwonych brzaskach i dymach rozkładali się żołnierze. Spali, jedli, przepijali gorzałką, grali w karty na bębnach i torbach, odmawiali różańce, a z jakiegoś kąta głosiły się nawet ściszone junackie piosenki. Wielu porozciąganych plecami do ognia chrapało w najlepsze. Kotły przystawione do ognisk parowały smakowicie, bowiem racje wydawano nieustannie, że w różnych stronach wciąż dzwoniły kociołki. Przy ogniskach, strzelających raz po raz żywszymi płomieniami, pokazowały się twarze srodze uznojone, często zakrwawionymi szmatami obwiązane, często śmiertelnie blade i jakby zastygłe w bojowej zapamiętałości, groźne i zarazem pełne skupionego męstwa i powagi. Owdzie ktoś rozpowiadał swoje bitewne przewagi z ferworem, przymuszającym do słuchania. Opatrywano sobie rany co lżejsze. Myto się i chędożono rynsztunki. Od strony artyleryjskich warsztatów zgrzytały niekiedy taczalniki, ostrzące szable i bagnety.

Jakieś kobiety tające się po ciemnych kątach szlochały niekiedy rozpaczliwie.

A czasem wśród ciżb, mrowiących się dokoła, przelatywało jakieś wypomniane imię.

Zabity! Ciężko ranny! Zdały się odpowiadać żałosne echa; ścichały wtedy rozmowy, rwały się głuche westchnienia i oczy leciały w stronę trzeciego dziedzińca, przemienionego na lazaret. Brama była zawarta i straż broniła tam przystępu.

Pod niskimi szopami, w obszernych kuźniach i prosto pod niebem na ziemi, przytrzaśniętej słomą, czerniały długie zagony, pełne krwawych snopów śmiertelnego żniwa. Latarnie przyczepione do ścian nieciły żółtawe, blade kręgi świateł, w których wszystko zdawało się jeno być gorączkowym majaczeniem. Groble człowieczych łachmanów drgały, krzyczały strasznie w przerażających skrętach i dygotach. Niekiedy niby upiór jakaś twarz napiętnowana śmiertelną męką wynurzała się z ciemności. Ktoś porywał się z barłogu i opadał z jękiem. Ktoś jeszcze w szale bojowym walczył, ruszał się na wroga i krzyczał. Ktoś rozdzierającym głosem przyzywał matki. Większość jednak, niby pocięte kloce, leżała bezwładnie, wpatrzona zamierającymi oczami w dalekie migoty gwiazd i bezkresy ciemności.

Ksiądz Jelski z sakramentami, w komży i z chłopcem niosącym zapaloną gromnicę, snuł się po tym krwawym polu niby białe widziadło, roznoszące ukojenie i nadzieje. Błądziły za nim ślepnące oczy, szły ostatnie westchnienia, zrywały się wołania i wyciągały się ręce jakby z głębin przepaści. Coraz to w innej stronie brzęczał dzwonek, spływały słowa przebaczeń, gromnica przechodziła z rąk do rąk i jakieś dusze syte żywota i jak ten płomyk drgające zrywały się do odlotu. Noc je zbierała w miłościwe ramiona i niosła nieskończonościom.

Pod Arsenałem natomiast panowała sroga dyscyplina i żelazny spokój. W szerokim kręgu, w ulicach i na placach biwakowały piechoty, działa i jazdy, gotowe na każdą okoliczność. Stały nie dojrzane, bowiem wzbroniono rozpalania ogniów, że jeno gdzieniegdzie żarzyły się lulki. Zasię spod murów i z fos dobywały się błyskania światełek i ciche szepty. Bractwo Miłosierdzia w czarnych kapuzach i maskach oczyszczało z trupów pobojowisko. Długie wozy, nakryte płótnami, o kołach obwiniętych słomą, ruszały w stronę Mylnej. Żałosne skomlenia i płacze kobiet wlekących się za nimi rozdzierały powietrze, porywał je wiatr dorzucając do głośniejących coraz potężniej zgiełków tej nocy wielce swarliwej.

Dochodziła północ i mimo ciemności, pustych ulic i domów jakby wymarłych ze wszystkich stron rwały się odgłosy tumultów i strzelaniny. Wybuchały nagle jakieś dzikie tętenty, wrzaski, pogonie i huki. Niekiedy grzmiały dalekie armaty: to Poniatowski strzelał spod Prochowni na pruskie stanowiska. Chwilami zaczynały bić gwałtownie dzwony, wzmagały się zgiełki, warczenia bębnów, szczęki broni, jakieś ryki, nie wiadomo skąd. Groza krzyczała w rozkrwawionych ciemnościach, zwłaszcza iż całe śródmieście otaczał wieniec pożarów. Nad Lesznem szalała zawierucha płomieni. Krwawe łuny podnosiły się nad Grzybowem. Czerwone zorze przysłaniane dymami wschodziło nad Faworami. Paliło się też na Nowym Świecie i na Solcu gorzały spichlerze Potockiego. Niepokój wzrastał z minuty na minutę. Łuny sięgały brzaskami aż na Krakowskie, gdzie z racji bezpieczeństwa od kuli i Moskalów ruch panował ogromny i dosyć gęsto paliły się biwakowe ognie. Obsiadali je żołnierze, wolonterzy i całe tłumy ludu, nie potrafiącego usiedzieć na swoich kwaterach. Bramy kamienic stały otworem, długie, czarne sienie były napchane. Nikt nie zasnął tej strasznej nocy. Wynoszono żołnierzom gorzałkę, a w niektórych parterowych mieszkaniach przygotowano stoły suto zastawione dla każdego zbrojnego. Po sieniach przy świetle latarń i pochodni opatrywano rannych. Ustępowano im chętnie własnych mieszkań i łóżek. I kościoły na Krakowskiem stały otwarte; przed ołtarzami w posępnych mrokach naw, rozświetlonych jeno odblaskami pożarów, całe rzesze modliły się o zwycięstwo, koiły się strapione dusze i płakały osierocone serca, zasię po kruchtach i korytarzach spali znużeni żołnierze. A wszędy mimo zwycięstwa pierwszego dnia insurekcji panowała głęboka powaga i jakby modlitewne skupienie. Z niemałym lękiem spoglądano w nadchodzące jutro. A noc zdawała się nie mieć końca. Godziny wlekły się żółwim krokiem udręczeń i niepokojów. Bowiem zaraz z północy, gdy niebo nieco pojaśniało i roje gwiazd rozpełzły się w bezmiarach, miastem jęły znowu wstrząsać febryczne dreszcze walki. Straszliwe wrzaski, odgłosy bitwy znad Wisły, spod łazienek Kwiecińskiego, w których się zamknął major moskiewski Mayer z armatą i dwiema kompaniami, broniąc się do upadłego, rotowe salwy, tylko jeszcze rzęsistsze i bliższe z Miodowej, częste "hurra" Moskalów rzucających się raz po raz do szturmów; pożary wzbierające krwawym morzem płomieni, bicia dzwonów, przemarsze insurekcyjnych oddziałów, lecących biegiem na nowe stanowiska, go- rączkowe fortyfikowanie domów niektórych, głuche bicia oskardów, wyrębujących strzelnice, niezrozumiałe komendy, niewytłumaczone popłochy, ogarniające mieszkańców, potworne bajędy, rozsiewane nie wiadomo przez kogo, tajemnicze ognie rakiet, wytryskujących ze świstem z pałacu Igelströma, głuche turkoty przetaczanych armat, korowody wozów przepełnionych trupami, sznury przenoszonych rannych, ciągłe wybuchy kobiecych lamentowań, mordy i rabunki w bocznych ulicach, popełniane przez moskiewskich maroderów, groźna postawa i wybryki pospólstwa – wszystkie owe ewenty tej straszliwej nocy dawały sytą strawę sercom lękliwym przepełniając je bezgranicznym przerażeniem, jakoby zbliżanie się nieubłaganego, ostatecznego sądu godziny. A już szczególniejszy strach padł na zdeterminowanych przeciwników insurekcji.

Adherenci Moskwy i króla pruskiego talarów, targowiczanie, podli egoiści, poczciwcy, wyznawcy złotego środka, spokoju i ciepłego przypiecka, dygotali pozamykani w mieszkaniach. Cała maszyna Rzeczypospolitej z pierwszym wystrzałem insurekcji została powstrzymana. Zamknięto wszystkie urzędy. Wszystkie funkcje zostały tknięte paraliżem. Nawet Rada Nieustająca nie dawała znaku życia, bowiem jej członkowie odcięci od świata, przerażeni niespodzianymi wypadkami, oczekiwali z biciem serca rychłego końca zawieruchy. Nie sposób się im było skomunikować ze sobą, gdyż pachołkowie najwierniejsi, powysyłani z listami, zbiegali do insurekcyjnych szeregów. Warty strzegące ich kwater złączyły się z powstaniem, poszły za głosem powinności. Blady strach zadygotał po pałacach jaśnie wielmożnych, zdanych na łaskę i niełaskę szalejącej rewolucji. O ucieczce z miasta niepodobna było marzyć. Rogatek strzegli insurgenci, a zresztą brakowało koni, zabranych przemocą na potrzeby wojny, i zabrakło służby, że pozostali opuszczeni w złoconych, cudnych klatkach swoich apartamentów, otoczeni przepychem kobierców, ścian, sprzętów, farfurów i brązów, ale głodni, bezradni, oczekujący śmierci z rąk wzburzonego pospólstwa, przepływającego z gniewnym pomrukiem pod ich pozasłanianymi oknami. Męką im był dzień upłyniony, lecz okropnością stawała się ta długa, piekielna noc. Trawili całe godziny z uchem wytężonym na każdy odgłos płynący z miasta, przeświadczeni z początku, jako ta haniebna rebelia przy pomocy wojsk alianckich zostanie zgnieciona w ciągu niewielu godzin, ale skoro dzień zakończył się zwycięstwem insurgentów, prysnęły słodkie nadzieje. Zasię następująca noc doprowadziła ich do szaleństwa. Przychodziły do pamięci wszystkie krwawe praktyki francuskiej rewolucji. Już wzburzone imaginacje widziały po placach i ulicach wyrastające drzewa szubienic. Każdy tłum zdawał się groźnie zmierzać w stronę ich pałaców. Bojowe tumulty odbijały się w ich sercach gromami szturmów i mordów. Krzyki zwycięstwa były zwiastunami niechybnej śmierci.

Co się musiało dziać w ich duszach, wypowiedzieć niepodobna. Ile zrobaczywiałych dusz posłyszało nagle głos sumienia! Ileż bezmiernych szamotań z własnym sercem! Ile dumnych protestów! Ile bezsilnej rozpaczy, gniewów i zdeptanej pychy! Jakie morza wzgardy do rozpasanego i tryumfującego motłochu! A ileż z tej przyczyny zdumień, głębokich podziwów, straszliwych żalów, okropnych kajań i ponad wszystko straszniejszych przewidywań! Świat walił się im na głowy. Ziemia zapadała się pod stopami. Śmierć wyła ze wszystkich stron, porywały rozsrożone odmęty. Odwieczne krzywdy wyciągały po nich nienasycone pazury, a mściwe furie smagały piekielnymi biczami strachów, upokorzeń, zgryzot i niemocy. I prawie żadnej nadziei ocalenia, że niejeden, odchodzący już od zmysłów z nieskończonego wyczekiwania, przebierał się w najlichszą odzież własnej służby i wymknąwszy się na miasto szukał schronienia po klasztorach lub wałęsał się po ulicach wraz z tłumami.

Nie lepiej działo się i na Zamku.

Król, opuszczony od wojska i dygnitarzy, w asyście jeno sióstr, pani Grabowskiej, Ryxa, Kicińskiego i kilkunastu najwierniejszych, pozostawał w strasznej niepewności. Był jeno niemym i dalekim świadkiem traicznych wypadków. Nikt nie przychodził do niego po rady, nie żądał rozkazów ni prosił o pozwolenia.

Jego majestat stał się nikłym cieniem, a odebraną władzę naród powierzył Kościuszce.

Jeszcze dzień przeszedł mu jako tako, gdyż utrzymywał z miastem stosunki za pośrednictwem Mokronowskiego i paru zaufanych; wysyłał listy do Igelströma przez Byszewskiego, pisywał do prymasa, starał się porozumieć z przywódcami powstania, zasięgał jakichś wiadomości w ambasadzie angielskiej, coś działał, o coś zabiegał, coś usiłował zawiązywać, ale z nastaniem nocy, skoro Kiliński zajął swoimi ludźmi wszystkie zamkowe wyjścia, komunikacje przerwały się zupełnie. Obywatele nie przepuszczali nikogo.

Obrażony król zamknął się w swoich apartamentach. Snuł się po komnatach niby echo czegoś, co już bezpowrotnie umierało. Nie przerywano mu tych dumań samotnych.

Marcin Zakrzewski uzbroiwszy służbę i paru paziów obsadził nimi od środka wszystkie wyjścia z królewskich pokojów i sam stanął na straży w głównej kordegardzie.

Ponury był jak noc i rozżarty na cały świat. Jakże, rozumiał, jako prędzej da się porąbać, niźli odstąpi królewskiej osoby. Miał to za

247

najświętszą powinność serca. Lecz nasłuchując grzmotów dział i odgłosów walki cierpiał niewysłowione męczarnie. Tam walczyli jego przyjaciele i towarzysze, lali krew za ojczyznę i zwyciężali bez niego. Biegał po kordegardzie niby wilk zamknięty w klatce i szalejący za wolnością.

W złocone podwoje grzmotnęły jakieś pięście, gwar się podniósł za drzwiami, dobijały się straże Kilińskiego. Pełno ich było w salach, po korytarzach i schodach.

Otworzył gwałtownie z obnażoną szablą w ręku, gniew nim miotał, ledwie się hamował.

– Czegóż obywatele sobie życzą? Król o tej porze audiencji nie udziela! Stropili się na chwilę, cofając przed jego gniewnym wzrokiem i gołą szablą.

– Właśnie chcemy zobaczyć króla jegomości! – wystąpił jakiś drab ogromny.

– Powiedziałem, jako nie pora! – huknął zatrzaskując im drzwi przed nosem. Ale król posłyszawszy rozmowy wyszedł z łaskawym pytaniem, czego im potrzeba. Pozdejmowali czapy i kapelusze, opuścili pałasze i strzelby, a ten sam drab przemówił:

– Kiliński przykazał nam strzec waszą królewską mość, żeby broń Boże nie stało się co złego, jako że to o przypadek w tym rozruchu nietrudno.

– I nakazał pilnować, żeby król nie uciekł do Moskalów! – dodał któryś otwarcie.

– Nie kręć szyją, kiedy do cię nie piją – powsiadł na niego groźnie dowódca.

– Powiedzcie Kilińskiemu, że król zawsze idzie z narodem, a nie z jego wrogami. Powiedział łzawo i przesmutnym głosem. Twarz wyrażała ciężką troskę i ból.

– Najjaśniejszy panie! My nie przeciwko twojej osobie! – bąknął dowódca obcierając tkliwe łzy.

Król wyciągnął do niego dłoń; ucałował ją ze czcią i namaszczeniem, jakby patenę, za nim uczynili to wszyscy po kolei, cofając się tyłem do wyjścia i kłaniając mu się do nóg. Zakrzewski otworzywszy na roścież okno wykrztusił przez zaciśnięte zęby:

– Aż dech zapiera od tych obywatelskich fetorów!

Król skinąwszy mu głową powrócił do siebie. Spacerował z komnaty do komnaty. Czasami patrzał w noc rozkrwawioną pożarami. Nasłuchiwał odgłosów walk, to coś pilnie konotował. Musiał strasznie cierpieć, bo wyglądał jak zdjęty z krzyża; niekiedy ocierał łzy, łamał ręce i ciężko, żałośnie wzdychał. Pokoje były oświetlone słabo, zaledwie tu i owdzie zapalona świeca rozjaśniała mroki, że wydawał się w nich podobniejszym do widma niźli do człowieka. Blady, traicznie zasępiony, samotny i opuszczony, dygocący za każdym głośniejszym wybuchem strzałów, dawał obraz człowieka gonionego przez furie. Niekiedy zabierał się do czytania i odrzucał książkę. Próbował stawiać pasjanse i nie wyłożywszy jeszcze wszystkich kart zapominał o nich. A że już chodzić nie miał sił, a wysiedzieć na jednym miejscu nie potrafił, szedł do ciemnego pokoju od strony dziedzińca i przyglądał się ogniskom, przy których biwakowały straże. To patrzał w ciemne okna kwatery hetmana Ożarowskiego, a najwięcej ciągnęły mu oczy oświetlone pokoje sejmowych kancelarii, gdzie zakwaterował się generał Mokronowski.

Ryx znalazłszy się przy jego boku zaszeptał do ucha:
– Najjaśniejszy panie, tam zebrali się najznaczniejsi obywatele należący do spisku, z Wyssogotą Zakrzewskim na czele. Z polecenia Kościuszki mają formować Rząd Tymczasowy!
– I bez porozumienia się ze mną! A tak mi obiecywał Mokronowski – jęknął cichutko i powrócił znowu do swoich królewskich komnat, do okropnych rozmyślań, do coraz piekielniejszych udręczeń i do zajadłej, nieubłaganej walki z własnym sumieniem.
– Z polecenia Kościuszki! A ja? – niewysłowiona gorycz zadźwięczała mu w głosie. Jakby w odpowiedzi z łazienek Kwiecińskiego zagrzmiała armata, że zatrzęsły się zamkowe mury i jakieś zwierciadło runęło mu pod nogi rozbryzgając się na sieczkę. Odskoczył w zabobonnej trwodze i zaczął wołać na Zakrzewskiego. I już go nie puścił od siebie.

Tymczasem wojska i zbrojny lud gotowały się gorączkowo na jutrzejsze walki.

Na Podwalu głębokim i ciemnym, niby górska rozpadlina, pracowano bez wytchnienia.

Mycielski objąwszy dowództwo nad kompaniami, przeznaczonymi do szturmowania ambasady, czynił rozległe przygotowania. W domach stojących naprzeciwko pałacu przebijano ściany dla wewnętrznych komunikacji i wydłubywano w murach liczne strzelnice. Najcelniejsi strzelcy zajęli wszystkie okna, nawet dymniki i dachy. Po sieniach gromadzono drabiny. Znoszono bosaki do rozrywania ścian i dachów. Ściągano olbrzymiej grubości kloce, jako tarany do rozbijania bram i murów. Kłęby pakuł i szmat, namoczone w rozpuszczonej żywicy, wynoszono na strychy, aby je zapalone rzucać na dachy pałacu. A wszystko odprawiało się w milczeniu, bez szmerów, prawie bez oddechów, gdyż wróg czuwał i od czasu do czasu strzelał w ulice rakietami, aby je nieco rozświetlić. Rozpoczynała się wtedy wzajemna strzelanina i powstańcze bębny biły do ataku. Ale alarmy były fałszywe i na nich się tylko kończyło.

Nie mniej gorączkowo przygotowywano się w kręgu zatoczonym dokoła Miodowej. Fortyfikowano niektóre domy, barykadowano wyloty ulic, ubezpieczano się rowami przed jazdą, sypano szańczyki pod działa, bito strzelnice, zasłaniano worami piachu okna i drzwi, ściągano amunicję, gromadzono nawet po kamienicach zapasy wody na okoliczność pożarów, że zanim noc zbielała, już wojska i lud zbrojny czekał na wyznaczonych stanowiskach. Objeżdżał je Cichocki wydając ostatnie polecenia i rozkazy. Męstwa zalecać nie potrzebował. Mycielski z niektórymi kompaniami swojego regimentu miał szturmować ambasadę. Kiliński, wzmocniony żołnierzem municypalnym, prowadził na Gdański Dom i kamienice wychodzące aż na Miodową. Ropp dowodził uderzeniem od Długiej. Odzyskany dom Latoura i Teatr Narodowy objął major Górski przy pomocy wolonterów Rutkowskiego. Od strony Świętojerskiej brały stanowiska gwardie piesze i lud Sierakowskiego. Ogród Krasińskich wziął pod armaty Arsenał wraz z odcinkiem Długiej i Bielańskiej. Od Tłumackiego, Mennicy i Daniłowiczowskiej szedł Kosmowski z gwardią mirowską i oddziałami Kriegera. Marywila strzegł pułkownik Zieliński, zbuntowane szwadrony ułanów Koeniga i spora kupa Żydów pod Berkiem Joselewiczem. W Koziej stanął Wroński, usypał poprzeczny szaniec i wciągnąwszy na niego swoje sześciofuntówki, strzelał raz po raz w Miodową. W asekuracji miał kompanię pontonierów i drugą działyńczyków. Zasię część niezbyt rozległą, lecz może najcięższą, bo dom Roeslera, pałac Pod Gwiazdą, pałac biskupów krakowskich i kamienice Teppera otrzymał Zaręba.

Jego zimne męstwo, pogarda niebezpieczeństwa, obrotność i wyższe talenta, okazane w ciągu dnia, zjednały mu u Cichockiego to zaszczytne i groźne zarazem wyróżnienie. Przyjął je bez szemrania. Ojca Serafina wraz z granatnikami odesłał do klasztoru, a przybrawszy do pomocy Kacpra i Maciusia, skoro jeno się zmierzchnęło, ruszył na zlustrowanie powierzonych sobie stanowisk.

Stan ich okazał się gorszym, niźli można było sobie imaginować.

Owe kamienice i pałace po całodziennym ostrzeliwaniu z karabinów i armat przedstawiały się opłakanie; powyrywane okna, dachy niby rzeszota, poszczerbione węgły, tu i owdzie zawalone sufity, pozapadane poddasza, bramy w drzazgach i podziurawione ściany dawały obraz rumowisk ledwie trzymających się kupy. I załogi znajdowały się nie w lepszej kondycji; mocno przetrzebione, głodne, wyczerpane, w ranach, ledwie już dech łapiące w ciasnych izbach, przepełnionych wapienną kurzawą i gryzącymi dymami, walczyły jednak z nie słabnącym męstwem. Trzeba mu było łatać, podpierać, uzupełniać straty, usuwać zabitych, wynosić rannych, dawać odpoczynek spracowanym, ściągać rezerwy, uzupełniać amunicję, broń i żywność, a wszystko wśród nieustającego ognia i przy częstych szturmach. Ale jego niezłomna wola uporała się ze wszelkimi trudnościami. Niby salamandra uwijał się w gradach kul, w dymach i pożarach, bowiem Moskale strzelali niekiedy kulami zapalającymi. Co pewien czas jego władczy głos, mocniejszy nad świsty kul i zgiełki, grzmiał po różnych domach, piętrach i dziedzińcach. I nie to, że się zamęczał i co chwila narażał życie, tego był zwyczajny, gdyby nie ta dręcząca troska o Izę.

– Co się z nią stało? – ten niepokój nie opuszczał go nawet w bitewnych zawieruchach. O zmierzchu posłał na zwiady Kacpra. Wrócił z nowiną, że pałac Borchów zajęli Moskale. Potem naparł się Maciuś. I dopiero o północy się przywlókł z przestrzelonym uchem, pochlastanym łbem i bez żadnej wiadomości. Nie potrafił się nawet zbliżyć do pałacu. Meldował o tym porucznikowi na kwaterze Woyny w domu Roeslera. Zaręba machnął niecierpliwie ręką i wszedł do frontowych pokojów. Obraz prawdziwego piekła roztoczył mu się przed oczami. Dom dygotał od kul działowych, ze ścian odpadały tynki, chwiały się podłogi, osypywały się pułapy, ciemno było, dymnie i duszno. Strzelano z okien i ze wszystkich strzelnic. Jakoby potworna zamieć waliła raz po raz w mury gradami kul, świstów i ogłuszających ryków. Błyskawice wystrzałów wyżerały oczy, wyjawiając zarazem na mgnienie szeregi przypartych do okien, do wyłomów, do strzelnic i bijących równo, spokojnie i ze straszliwą celnością.

Rannych i zabitych zastępowali oczekujący swojej kolei. Woyna w potarganym fraku, z głową obwiązaną, z tygrysimi oczami, a z przyśmiechem zatruwającej szydliwości na spieczonych wargach, niedbały, a jak cios raptowny w postanowieniach, czuwał nad ewentami walki, nad całością murów, okien i zasłon. Przechodził z pokoju do pokoju i z piętra na piętro cichym, niedosłyszalnym krokiem widma. Rzucał krótkie rozkazy, w potrzebie sam zawalał okna wypadłymi worami, gasił pożary, opatrywał rannych, śledził z dachów za obrotami Moskalów i dawał sygnały sąsiednim kamienicom. Całą jednak duszą był przy Zośce Radzimińskiej, strzelającej z narożnej stancji, najbardziej wystawionej na ogień nieprzyjacielski.

Dwóch jakichś frantów w strzępach pasiastych fraczków, w zakrwawionych halsztukach, z plejzerami na twarzach, unurzani w wapienno–krwawym błocie, podawali jej nabitą broń. Ona zaś przyczajona z boku wyłomu wybitego działową kulą, przygięta jakby do skoku, wypatrywała orlimi oczami ofiary. Strzelała nigdy nie chybiając. Była przerażająco piękna. Maską skamieniałego nieubłagania pokazywała się jej twarz blada i wychudła. Ściągnięte łuki czarnych brwi nadawały jej wpadniętym oczom straszliwy wyraz gniewu. Zdała się już być w posępną stronę śmierci przechylona i niby przeznaczenie okrutna. I nie bardzo wiedziała, co się z nią dzieje, gdyż na powitanie Zaręby odrzekła:
– Zabiłam piętnastu! – odetchnęła głęboko. – Karabin! – rzuciła wyciągając rękę za siebie. Wzięła na cel jakiś cień słaniający się pod pałacem biskupów i strzeliła. Ryk wyszarpnął się z mroków, przeciągły i okropny. Nasycona jego melodią znowu rozkazała:
– Karabin! Nałożyć świeże skałki! Zbierają się pod Tepperem! Tuj! Cel! Pal! Razem!
– Odprawujemy dzisiaj zrękowiny! – zaśmiał się Woyna odprowadzając Zarębę na tyły domu do jakiejś zaciszniejszej stancji, gdzie królował wielki stół, zastawiony jedzeniem i flaszkami. W sąsiedniej alkowie, na sienniku chrapał kasztelanic Mostowski, a w kącie leżało dwóch zabitych towarzyszów. Kałuże stygnącej krwi świeciły się na podłodze. Zaręba jeść nie mógł, pił jeno gorącą kawę całym imbrykiem, paliło go nieugaszone pragnienie. Po czym spojrzawszy na przyjaciela wzdrygnął się jakby przed zjawą.
– Co ci jest? Masz twarz śmiertelnie ranionego! – serce zabiło mu współczuciem.
– Zdrowy jestem, a umrę dopiero jutro – wyrzekł z najgłębszą pewnością.
– Oszalałeś! Oszaleliście oboje! Robicie jakieś trajedie! Człowieku, toć idzie nam wybornie, jutro dokonamy zwycięstwa, jutro nasze, jak Bóg w niebie! – porwała go nadzieja.
– Może i nasze, ale z pewnością nie moje, nie moje, nie moje –

powtarzał coraz ciszej.
- Zobaczymy! – zmienił materię – masz otworzoną komunikację przez pałac Pod Gwiazdą?
- Nie. Trzeba by łamać podwójne mury. A zresztą i po co?
- Na każdą okoliczność! Każę natychmiast wybić przejście.
Będziesz miał zapewniony odwrót na Krakowskie i przez pałac na Kozią i dalej.
- Parol kawalerski, jako się z tego domu nie ruszę; padnę z nim razem.
- Rzekłeś! Może przyjść ewentualność ratowania panny Radzimińskiej.
Woyna się nie odezwał. Dom dygotał, od ustawicznych wstrząśnień przygasała świeca i szczękały na stole talerze. Zaręba nie doczekawszy się odpowiedzi wyszedł na Krakowskie i przysiadłszy na schodach pod domem Roeslera, by nieco zaczerpnąć powietrza, wysłał Kacpra po Konopkę, biwakującego przy Krakowskiej Bramie.
Stawił się natychmiast w asyście swojej nieodstępnej kohorty.
- Rozkaz generała Cichockiego, żebyś waszmość ruszył z pomocą nad Wisłę.
- Mam ważniejsze zadania – odparł z pewnym lekceważeniem.
- Rozkaz wyraźny! Posłuszeństwo albo kula w łeb – zakrzyczał impetycznie.
- Ta mowa nie do mnie. Melduję, jako przez cały dzień nie żałowałem gnatów i biłem się, gdzie mi nakazano. Wroński z artylerii może zaświadczyć. Straciłem piętnastu ludzi. Aktualnie jednak – pochylił mu się do ucha – jestem pięć i na rozkaz Mistrza spieszę osaczać zdrajców i podejrzanych. Mogą się wymknąć wraz z moskiewskimi wojskami.
- Nie zazdroszczę waści tego procederu – mruknął z niechęcią.
Konopka zaświstał i otoczony lasem kos i bagnetów pociągnął w górę miasta.
Zaręba siedział czas jakiś w zadumie, wystawiając zgorączkowaną twarz na chłodne powiewy, płynące od Wisły. Było już dawno po północy. Noc się rozjaśniała i księżyc obiecywał wzejść lada chwila. Zgiełki nieco ścichały, jeno pożary rozlewały się coraz krwawszymi zorzami. Wiatr też wstawał i z szumem przewalał się ulicami.
- Sam pójdę spenetrować, kiedyście tego nie potrafili – wyrzekł zrywając się ze schodów. Nie pomogły prośby ni perswazje Kacpra. Uparł się i poszli.
- Straszny azard. Żeby się tak przebrać po moskiewsku, to nie

mówię – zauważył Kacper.

– Pokornie melduję – wystąpił Maciuś – skoczę na róg Miodowej; tam sporo leży zabitych, obedrę którego i w mig się stawię – nie czekał nawet pozwolenia.

Ledwie Zaręba zlustrował baterie Wrońskiego i jego asekuracje, kiedy powrócił Maciuś z tobołem pod pachą i poszli razem na Bielańską do ogrodów położonych za Mennicą.

– Jeszcze się ruchał: pięścią między ślepie i dawaj, bratku, co mi potrza – chwalił się Maciuś pomagając się przebierać porucznikowi. Nie zapomniał o niczym.

Przesunęli się cicho niby węże do ogrodu na tyłach pałacu Borchów, do którego latową porą schodzili się mieszczanie na piwo. Ogród był duży, zacieniony wielkimi drzewami, pełen brzozowych altan, bielejących w ciemnościach, stołów wkopanych w ziemię i niskich, długich szop, Z jakiegoś drzewa krzyczały wystraszone pawie.

Pałac wynosił się z głębi niby mroczna chmura, stał się ciemny i oniemiały.

W poszumach wiatru kroki patrolów rozlegały się dosyć wyraźnie. Wschodzący księżyc oblewał czerwonawym światłem czuby drzew i domów.

Kacper z Maciusiem pozostali przyczajeni gdzieś w krzakach.

Zaręba przebrany nie do poznania, znający hasło wydane wojskom i umiejący jako tako po rosyjsku, odważnie ruszył naprzód, resztę zdając na wolę przypadków.

Pierwszy kordon wart wyminął niezauważony przez nikogo. Przyspieszył kroków i już środkowe wejście zamajaczało przed nim, kiedy natknął się na żołnierza. Nie tracąc ani na mgnienie kontenansu, sprostował się w całej okazałości, szerokim gestem odsunął go z drogi, zuchwale zmierzając ku drzwiom.

Żołnierz sprezentowawszy broń poszedł w swoją stronę.

Długo stał w ciemnej sieni, zanim znowu zapanował nad sobą. Chrapania i straszliwy zaduch dowodziły, jako cały dół pałacu zapełnili żołnierze. Po omacku, potykając się o jakieś przedmioty i śpiących pokotem, przedostał się na front do głównej antyszambry. Wywarte na roścież podwoje dawały widzieć pałacowy dziedziniec, zapchany piechotą i jazdą. Od Senatorskiej dochodziły odgłosy gęstych salw. Poszedł na piętro do apartamentów Izy; schody tak straszliwie trzeszczały, że wchodził z długimi przestankami, przystając na każdym stopniu. A kiedy się znalazł w pierwszej stancji, księżyc się był właśnie wyniósł ponad domy i zaświecił przez powybijane okna: wszędzie na podłodze spali żołnierze. Przyciśnięty plecami do ściany, zmartwiały, długi czas się ważył, co robić dalej. Aż nareszcie azardując do ostatka, postanowił spenetrować całe mieszkanie. Spróbował szabli, wysuwała się z pochwy gładko, a wziąwszy krócicę do ręki, przechodził z największymi ostrożnościami wszystkie komnaty po kolei. Wyglądały jakby po gwałtownym trzęsieniu ziemi. Na każdym kroku potykał się o rumowiska i szczątki porozbijanych sprzętów. Poszarpane szmaty, potłuczone farfury i zwierciadła leżały całymi kupami. W sypialni Izy na jej łożu pod obdartym pawilonem majaczyły jakieś postacie. Odór gorzałki" flachy na stolikach i kobiece jupki na podłodze powiadały wyraźnie, kto się tam rozgościł.

Chodził już coraz odważniej, nie dbając, że raz po raz ktoś zaklął na niego lub się poruszył. Po Izie nie było ani śladu, na szambelana nie natrafił, nikogo ze służby nie zobaczył. Musieli się jeszcze w samą porę wynieść z pałacu. Odetchnął z niezmierną ulgą. Na powrotnej drodze zajrzał jeszcze do pokojów kasztelanowej. W pierwszej komnacie nie było nikogo, leżały jeno jakieś powiązane toboły, ale na progu drugiej stanął jakby rażony piorunem. Księżyc świecił prosto w okna i wyjawiał wszystko z okropną wyrazistością: na środku leżała zabita kasztelanowa, głowę miała porąbaną, otwarte, zastygłe usta zdawały się jeszcze krzyczeć. Dominikanin bielił się pod piecem. Kałuże zakrzepłej krwi plamiły pawimenty. Dokoła panował nieład gwałtownej grabieży i mordu.

Tylko pod oknem, w złoconej obręczy, drzemała papuga z głową wtuloną pod skrzydło, lecz na szelest jego kroków, strzepnąwszy piórami, zakrzyczała chrapliwie:
– "Bóg ponad wszystko."
Po czym rozbujawszy się z obręczą, zaczęła się śmiać.
Włosy mu powstały na głowie, zgroza chwyciła za gardło i wyszedł tak pospiesznie, że prawie nie zapamiętał, w jaki sposób przedostał się do swoich ludzi.
Wkrótce noc pobladła i na pełnym świtaniu we wszystkich ulicach zawarczały bębny do generalnego ataku na Igelströma.

XI

Dzień 18 kwietnia
Dzień podnosił się posępny, bez słońca. Niebo zwisało niskie, jakby zadymione. Miało się na odmianę i zdawał się grozić deszcz.

Powietrze przejmował surowy zapach krwi, prochu i spalenizny. Wysoko, zaledwie dojrzane kołowały stada kruków i wron. Na pobojowiskach pełnych trupów, zakrzepłych kałuż, zbroczonych szmat i człowieczych szczątków beznadziejna rozpacz załamywała ręce. Gromady kobiet szukały swoich najbliższych. Śmiertelnie znużone i wylękłe, błąkały się niby nieukojone tęsknoty, niby echa nie zgasłej jeszcze nadziei. Niegdzie pod murami, w bladych świtaniach, zwiastowały się posągami skamieniałej boleści, z głowami zabitych synów, mężów i ojców na kolanach. Jeszcze lały się łzy, jeszcze dusze umierały z niepokojów, jeszcze sieroce dole żebrały zmiłowania na progach kościołów, a nad nie pogrzebanymi krakali krukowie...

A już nowa burza wzbierała w mrocznych i ciasnych ulicach; od jej podziemnych porykiwań dygotała ziemia i trwożniej biły serca. Głuche pomruki przewalały się w przestrzeniach. Huragan zdawał się jeszcze szamotać z własnymi pętami. Zawiewały ogniste powiewy. Czasami grom wstrząsał jakby odgłosem straszliwych stąpań śmierci. Krew biła w skroniach młotami. Gorączka przepalała serca. Porywało bojowe uniesienie. Zaludniły się mroki. War szeptów przesycał ciemności. Miarowe, głuche kroki maszerujących oddziałów dudniły ze wszystkich stron. W głębiach ulic połyskiwały lasy bagnetów i płynęły krwawe płachty sztandarów. Ciche warkotania tarabanów, sygnałowe trąbki, komendy, szczęki żelaza, płonące oczy i zwarte na kamień twarze ogłaszały zbliżające się chwile bojów.

Aż porwała się straszliwego majestatu pieśń niebosiężna, zaśpiewały ją wszystkie armaty, wszystkie karabiny i wszystkie piersi. Runęły na siebie wrogie moce. Rozpoczął się generalny atak na Igelströma uwięzionego ze swoimi wojskami w ulicy Miodowej.

Pierwszy wystąpił Mycielski. Kompanie działyńczyków prowadzone przez Sypniewskiego, Ulanickiego i Urbanowskiego, wraz z ludem pod wodzą Kilińskiego, przypuściły gwałtowny szturm do ambasady od strony Podwala. Mroczna o świtaniu ulica tak się była zaciemniła, że nie dojrzał nad błyskawice piorunów. Przeraźliwe wrzawy i huki strzałów uderzyły w niebo.

Pałac bronił się nadspodziewanie. A przy tym górowali lepszą sytuacją miejsca i osłoniętymi stanowiskami. Ambasada bowiem stała w głębi obszernego dziedzińca, przedzielonego od ulicy żelazną kratą na wysokim podmurowaniu, zabezpieczonym stosami drzewa i kamieni, tylko dwa boczne pawilony dosięgały szczytami ulicy. Przyjęli też atak rzęsistym, rotowym ogniem, bijącym ze wszystkich pięter. Każde okno zionęło śmiercią. Strzelali nawet z piwnic i spoza krat. Mordercza ulewa lała się na szturmujących z taką siłą, że powstańcy straciwszy sporo w zabitych i rannych przymuszeni byli cofnąć się na boki, pod osłonę murów. Ale pokrótce atakujące fale powróciły i niepomne na śmierć i rany uderzały bez wytchnienia i z coraz większą uporczywością i furią.

Ciasnota miejsca nie dawała przystępu armatom, więc pod najstraszniejszym ogniem rąbano mury, bito w kraty klocami rozbujanymi na linach, miotano na dachy zapalone maźnice i pęki pakuł, wdzierano się na sztachety i każde nieprzyjacielskie okno było zasypywane huraganami kul.

Walka się przeciągała, Moskale bronili się z szaleństwem rozpaczy. Nie udał się również nagły napad na Gdański Dom, broniony przez Baura, ni szalona próba Kilińskiego przedarcia się w Miodową przez pałac Chodkiewiczów. Wszędzie napotkano na potężny odpór. Ale pomimo tego walka wzmagała się z minuty na minutę. Bito się już na wszystkich punktach i ognista obręcz zaciskała się coraz mocniej.

Grzmiały armaty na Długiej i od Senatorskiej. Ciężkie działa Arsenału wzięły pod ogień ogród i pałac Krasińskich. Od strony Daniłowiczowskiej przedzierał się do klasztoru Kapucynów Kosmowski z ludem Kriegera. Zaręba ze swoich stanowisk na rogu Miodowej otworzył regularny ogień, zasię bateria z Koziej nie traciła darmo ani jednej kuli sztrychując Miodową zapchaną nieprzyjacielskimi wojskami.

Igelström snadź zwątpiwszy w zwycięstwo postanowił za każdą cenę przedostać się w Nowiniarską i dalej do Marymontu, gdzie oczekiwały pruskie wojska. Przeto o dobrym dniu, pozostawiwszy bataliony Parteniewa na obronę ambasady i powstrzymywanie insurgentów, zabrał na wozy najważniejsze archiwa, cały sztab i z pozostałymi siłami torując sobie drogę armatą uderzył z Dziedzińca Krasińskich. Uderzył i rozbił się o nieprzełamany mur gwardii pieszej pod majorem Milfortem, wolonterów Sierakowskiego, Rutkowskiego, zbrojne kupy pospólstwa i baterie Roppa. Spróbował po raz drugi, ale i po raz drugi zwarte i karne szeregi rozprysnęły się niby fala o granitowe wybrzeża. Za czym rzeźnicy Sierakowskiego, zuchwałe bykokłuje, zbrojne jeno w kosy, piki i długie noże, rzucili się na idących w rozsypce Moskalów, sprawiając im taką krwawą łaźnię, że gdyby nie ich ucieczka i zasłona kartaczów, nie uszłaby może ani jedna żywa noga.

Igelström znowu powrócił w Miodową z całym sztabem i taborem, żołnierze pokryli się w domach i dziedzińcach przed kulami Wrońskiego, nieustannie orzącymi ulice. Po dłuższej przerwie generał Pistor, sformowawszy przy pomocy nahajek i gorzałki potężną kolumnę, pchnął ją gwałtownie na domy zasłaniające przejście w Senatorską.

Ze straszliwym wyciem runęło pijane żołdactwo i w pierwszym impecie zdobyli dom Teppera i pałac biskupów krakowskich, po czym z tym większą zapalczywością uderzyli na kamienicę Roeslera. Powstał piekielny chaos. W czarnych dymach, przecinanych ulewami wystrzałów, wiły się jakoby gromady potępieńców. Ziemia zadygotała od grzmotów. Uderzali w domy wściekłymi ciosami taranów.

Kartacze Wrońskiego szarpały ich z prawego flanku, zaś z lewego od Krakowskiej Bramy Strzałkowski prażył celnym ogniem, Woyna zasypywał od czoła gradami kul, walił rwanymi ze ścian cegłami, szczątkami sprzętów, resztkami posadzek i pułapów. Nie pomogło. Padali setkami, a tratując zabitych i rannych, pijani gorzałką i mordem, oślepli, głusi, nieprzytomni, darli się naprzód niczym niepowstrzymaną lawiną. Dopadli wreszcie murów; pod uderzeniami kolb, toporów i ramion wyleciały bramy i okiennice, wszystkie zapory rozsypały się w gruzy; wdarli się do kamienicy z wyciem rozjuszonego stada.

Woyna bronił się z bezgranicznym męstwem, lecz na trzask pękających bram zakrzyczał:

– Nie obronimy! Ratuj się, kto może! Prędzej, nie ma chwili do stracenia. Z pierwszego piętra jest wybite przejście do pałacu Pod Gwiazdą! My tutaj pozostaniemy – stanął przy Zośce. Opadły naraz wszystkie karabiny, nikt się nie poruszył, spoglądano w niemym zdumieniu. Chwila była traiczna. Kilkunastu ludzi, zaledwie żywych z utrudzenia, poszarpanych kulami, zaczadzonych krwią i prochem, zdeterminowanych bronić się do ostatniego tchu, drgnęło jakby pod uderzeniem bicza. Słowa Woyny poczuli niby policzek. Jakże, on pozostaje, a im rozkazuje uciekać! Wyniosła, bohatyrska duma zagrała w sercach.

– Zginiemy wszyscy! Obywatele, na swoje miejsca! – zawołał któryś z ponurą rezygnacją.

– Rata! Do mnie! – wystąpił nagle kasztelanie Mostowski – nie pora na heroiczne krotochwile. Padniemy wszyscy albo ocalimy się wszyscy. Pannę Radzimińską we środek! Nasadzić bagnety, krócice mieć na podoręndziu. Nic tu już po nas, przydamy się gdzie indziej.

Czwórkami!

Nikt nie zaprotestował, nawet Woyna stanął w pierwszym szeregu pobok Mostowskiego i frantów w pasiastych fraczkach. Zaczęli schodzić, jakby do otchłani, buchającej orkanami wrzasków, strzałów i dymów. Schody były tak zadymione, że szli po omacku. Schodzili równym, marszowym krokiem; naprzeciw z dołu zbliżał się ciężki łomot nóg i kolb. Serca biły jednakim rytmem uniesienia i ręce mocniej ujmowały karabiny. Chwile zdawały się wiekami. Jeszcze mieli pół piętra. Na skręcie, jeno gdzieś w dole, w błyskach strzałów zamigotały trójkątne czapy i bagnety. Zośka roztrzęsionym głosem jęła odmawiać pacierz. Niektórzy powtarzali. Jeszcze parę stopni. Jeszcze sekundy tej nieopisanej zgrozy.

– Jezus Maria! Bij, zabij! – krzyknęli ze wszystkiej mocy. I dwa huragany już bez wrzasków runęły na siebie ze straszliwą gwałtownością. Zawiązała się bitwa na bagnety, pałasze i kolby. Insurgenci niby górski potok spadali na podnoszące się w górę ciżby spychając je samą siłą uderzenia i ciężaru. Zdobywali stopień za stopniem. Krew lała się strugami ze schodów. Trup padał gęsto. Ranni ginęli w tłokach i pod nogami. Chwilami ryk bryzgał w powietrze wraz z fontannami krwi. Nie było nic słychać nad trzaski rozwalanych czerepów, świsty szabel, dzikie skowyty miażdżonych stopami, zgrzyty żelaza, syczące oddechy i rzężenia duszonych gardzieli, a chwilami jeno głuche uderzenia kolb, jakby nieustające bicia cepów.

Zdobyli sobie przejście, podwoje pierwszego piętra stały otworem, ocalenie było już za plecami, kiedy Moskale wzmocnieni sukursami, rzucili się za nimi na pokoje.

– Pannę Radzimińską w tył, za wyłom! Zewrzeć się i zasłaniać! – rozkazywał Mostowski. Nowa fala Moskali wtargnęła do komnat, huknęły strzały, a nim opadły dymy, wyrwał się okropny, wstrząsający krzyk. Zośka padła zabita! Woyna porwał ją na ręce i osłaniany przez towarzyszów cofających się krok za krokiem i broniących się do upadłego zmierzał do wyłomu.

W tej samej właśnie porze rozległy się salwy w podwórzu i wrzaski.

Przybywała pomoc. To Zaręba po klęsce w domu Teppera, zebrawszy rozproszonych żołnierzy i pochwyciwszy Wrońskiemu asekuracyjną kompanię działyńczyków, przedostał się do kamienicy Roeslera od strony Krakowskiego, grzmotnął salwą i wtargnąwszy w podwórze rzucił się z bagnetem na stłoczonych Moskalów. Rozbił ich w mgnieniu oka, stratował, wepchnął w bramę i posiekawszy, co się dało, wyrzucił na ulicę.

Oczyścił cały dom z plugastwa nakazując trupy powyrzucać oknami na głowy uciekających, a oswobodziwszy oblężonych, niby trąbą powietrzną runął w Senatorską, gdzie wzmocniony ludem z Marywilu ogarnął skrzydłami połamane szeregi, spędził je w Miodową niby stado oszalałe w popłochu i wsiadłszy im na karki pognał siekąc i tępiąc bez miłosierdzia.

W niepohamowanym impecie odebrał pałac biskupów i wżarłszy się w dom Teppera zapchany żołnierstwem, rabującym składy masy pozostałej po Kabricie, wycinał w pień. Walczył jak prosty żołnierz, w pierwszych szeregach i azardujący się nieustannie. Podarty bagnetami, okrwawiony, bez kapelusza i w strzępach munduru, szalał w najwyższym upojeniu walki i zwycięstwa. Kacper i Maciuś strzegli jego boków jako dwa wierne i niechybne ciosy. Szczególniej Maciuś, dla którego karabin pokazywał się być zabawką, wyrwawszy komuś okuty drąg czynił nim spustoszenia nie do wiary.

Owo w momencie kiedy Zaręba oswobadzał przyjaciół, Woyna ogarnięty dzikim strachem, przycisnąwszy Zośkę do piersi, zaczął z nią uciekać. Rozpacz go nosiła przez jakieś pokoje, kurytarze, zakamarki, dziedzińce, odmęty walk, straszliwe ciżby i zwarte w śmiertelnych szamotaniach gromady. Sam już nie wiedział, gdzie ucieka. Aż znalazł się na Koziej pod baterią Wrońskiego. Prawie siłą odebrano mu pannę. Była już konająca, rozerwana pierś broczyła czarną, gęstą krwią. Położono ją pod murem, w miejscu nieco zaciszniejszym od kul, na żołnierskich płaszczach. Bateryjny cyrulik chciał ją opatrywać, ale potrzeby nie było. Umierała cicho. Otwarte usta w krwawej pianie skąpane, twarz szara, oddech rzężący i trudny pokazywały stan już beznadziejny.

Woyna klęczał trzymając jej stygnące ręce. Patrzyła w niego i może widziała.

Jej szeroko otwarte oczy odbijały niebo wiszące nad głowami, niekiedy perły łez się stoczyły po jagodach, a czasem drgały wargi jakimś niewymówionym słowem.

– Zośka! Zośka! Zośka! – szeptał coraz ciszej a okropniej. Czuł się bezlitośnie zmiażdżony. Rozumiał tylko jedno: Zośka umiera, więc i on umrzeć musi. Takim ślubem związały się ich dusze. Tej wiary pragnął dotrzymać, szczęściem uważał swoją ostatnią powinność. Jakimś trafem znalazł się ojciec Serafin, odstawił karabin, z którym się nie rozstawał, włożył stułę i przyklęknąwszy z drugiej strony odmawiał modlitwy za konających. Uśmiechnęła się, jakby na przywitanie otwierających się przed nią niebiosów. Armaty Wrońskiego w mierzonych odstępach czasu strzelały kartaczami. Grady kul moskiewskich trzaskały w mury zasypując klęczących gruzami odbitych tynków. Gryzące czarne dymy zapychały wąską uliczkę. Dziki chaos walki przewalał się nad ich głowami. Nie wiedzieli o niczym, jeno ojciec Serafin modlący się żarliwie strzygł niekiedy uszami podnosząc zarazem oczy, jakby na świszczące górą kule, a chwilami nie mogąc pohamować swojej natury porywał karabin, biegł na szaniec i strzeliwszy w skłębione kupy wrogów powracał do przerwanych pacierzów. Zasię w chwili, w której Zaręba wdarł się do domu Teppera i armaty przycichły, aby nie razić swoich, mnich jak był ze stułą na szyi a karabinem w ręku, popędził do bitwy i już nie powrócił. Toczyła się bowiem walka o klasztor Kapucynów, zapamiętale broniony przez Moskalów, a jeszcze zajadlej szturmowany.

Dochodziło południe i słońce ukazało się blade, ledwie dojrzane w chmurach i dymach bijących z ziemi, gdy na Podwalu jęły się rozgrywać nieprzewidziane wypadki.

Z okien ambasady powiały białe chorągwie: ustały strzelaniny i dano poznać, jako Igelström wysyła na Zamek parlamentarzy, mających traktować o warunki kapitulacji.

Mycielski zawiesiwszy również ogień przepuścił ich pod eskortą całej kompanii.

Pertraktacje trwały dosyć długo. Raz po raz przejeżdżali wysłańcy ambasadora, to Mokronowski z Wyssogotą Zakrzewskim i paru obywatelami, na co lud srodze szemrał, obawiając się jakowegoś podstępu i zdrady. Ale na wieść o pertraktacjach bitwa na całym obrębie przycichła. Nikt jednak broni nie wypuszczał z ręki, a przeróżni obywatele z podmowy Konopki jęli wichrzyć pomiędzy tłumami, że już nie w jednym miejscu dawały się słyszeć gwałtownie wykrzykiwane groźby, protestacje i skargi.

– Nie ma zgody z wrogami! Zdradę nam knują. Nie wierzcie, to królewskie machinacje! Precz z układami! Do szturmu, obywatele! Chcą Igelströma ukraść naszej pomście! Do broni! Uderzać!

Rozruch przybierał już niepokojące kształty i ogarniając coraz większe tłumy groził nawet przerwaniem armistitium, czemu Mycielski jak mógł zapobiegał, ostro występując przeciw krzykaczom. Na szczęście pertraktacje skończyły się rychło i na niczym, bitwa rozpoczęła się na nowo. Ale szła jakoś ospale i bez dawnego animuszu. Snadź pokojowe układy osłabiły energię i porozdzielały opinię. Miasto bowiem szturmowania niejeden głowacz deliberował nad Igelströmowymi paktami. A już byli powiadający, jako Mokronowski uprowadził go z pałacu.

Wtem na ambasadzie po raz drugi wyniosła się biała chorągiew.

– Poddają się! Kapitulacja! Nie strzelać, obywatele! Igelström kapituluje! Jakby na potwierdzenie ze wszystkich okien pawilonów żołnierze jęli powiewać białymi chustami.

Kompanie działyńczyków stanęły z bronią u nogi, zaś lud wyległszy w ulice cisnął się pod kraty wyczekując otwarcia bram i zdawania się załogi. Nikomu już ani w głowie nie postały jakieś wątpliwości co do bezpieczeństwa, gdy nagle cały pałac zamigotał i straszliwa salwa runęła w bezbronnie stojące ciżby! Przeszło sto ludzi padło trupem na miejscu.

Ryk zatrząsł tłumami. Szaleństwo wściekłości porwało wszystkich do walki na śmierć i życie. Dzikie, nieugaszone pragnienie pomsty ponosiło niby huragan. Uderzono na pałac.

Kiliński rycząc niby tur ugodzony zachęcał do boju. Wojsko, lud, wyrostki, nawet kobiety, ogarnięte płomieniami gniewów, rzuciło się z furią do szturmu.

Ambasada utonęła w chmurach dymów, błyskawic i piorunów.

Widziano piękną Andzię, jak na czele kobiet, podobnych do hufca rozmrożonych diablic, rąbały mury siekierami i drągami.

Widziano, jak oficjerowie na prześcigi z gemejnami pięli się po wątłych drabinach do szczytowych okien, a bici kolbami, spychani, szczodrze oblewając krwią mury, darli się niepowstrzymanie.

Widziano setki ludzi pijanych zgoła szaleństwem boju, bez pamięci na żadne niebezpieczeństwa, w straszliwych ulewach kul nieustraszenie rozrywających kraty i mury.

Tysiące karabinów, kolb, toporów i drągów biło w pałac zapamiętale i darło go bez wytchnienia.

Leciały na niego kłęby zapalonych pakuł niby meteory, leciały kamienie, belki i dachówki.

Krew lała się potokami. Padali zabici i ranni. Padali śmiertelnie utrudzeni bez tchu i sił.

I napływały nowe fale z grzmiącym porykiem gniewów, zawziętości i niepokonanej mocy.

Pałac się jeszcze bronił.

Wreszcie porucznik Czapski ręcznym granatnikiem zapalił pawilon mieszczący stajnie i składy.

Buchnęły ogniste grzywy płomieni.

Tryumfalny okrzyk wydarł się z piersi tysięcy. Wraz też i padły rozbite bramy, a straszliwie wzburzony potok werwał się w podwórza, roznosząc wszelkie zapory. W mgnieniu oka wdarto się do pawilonów i uderzono na sam pałac.

Moskale bronili się rozpaczliwie, że w braku kul strzelali guzikami i kawałkami żelaza.

Rozpoczęło się ostatnie, przerażające zmaganie. Ludzie nastawali na siebie jako wilcy i jako wilcy tarzając się po ziemi darli się zębami i pazurami. W ciasnych i zadymionych izbach, salach i korytarzach, na strychach i nawet dachach i w piwnicach toczyła się nieprzerwanie okrutna, śmiertelna walka. Ogień ogarnął wszystkie budowle i huczał buchając krwawymi słupami, a czarne kiry dymów przysłaniały piekielny obraz mordów. Na darmo wróg wywieszał białe płachty: nikt mu już nie zawierzył. Na darmo składali broń: nikt nie znajdował litości! Na darmo rzucając się na kolana wyli o życie: nie było miłosierdzia. Wycinano ich w pień. Zdrady i zbrodnie ponosiły słuszną karę. Resztę pożerał ogień i rozszarpywało na strzępy rozjuszone pospólstwo.

Kiliński jeden z pierwszych wdarł się na partykularne pokoje ambasadora, lecz Igelströma nie pochwycił: salwował się ucieczką do pałacu Krasińskich, czym srodze zgryziony majster, zagarnąwszy archiwa i resztę skarbca, poleciał odbijać patriotów uwięzionych w pałacowych podziemiach.

W tymże czasie po drugiej stronie Miodowej, w klasztorze Kapucynów, toczyła się również bitwa. Moskale, obsadziwszy jeszcze w nocy klasztorne gmachy, przyjęli następującego od strony ogrodów Kosmowskiego tak rzęsistym i celnym ogniem, że atakujący straciwszy przeszło dwieście osób w zabitych rejterowali aż poza mury. Szczęściem, granatniki ojca Serafina, dobrze ubezpieczone, okryły odwrót powstrzymując kartaczami występujących z bagnetem grenadierów.

Dopiero kiedy Zaręba przyszedł w sukurs z domu Teppera, bitwa przybrała zgoła inny obrót. Porucznik bowiem, sprawiwszy ład w połamanych szeregach wojska i wolonterów, całą forsą, nie dbając na straty uderzył z dwóch stron na klasztor. Bitwa z miejsca poprowadzona gwałtownie, przemieniła się pokrótce w obłąkańczą furię. Prawdziwy orkan spadł na cichą siedzibę kapucynów. Bito się w sadzie, opłyniętym bladą zielenią pierwszych listków. Bito się w długich, grabowych szpalerach, sadzonych wzdłuż murów. Bito się na starym cmentarzu wśród odwiecznych drzew, pozieleniałych sarkofagów, krzyżów i mogił pozapadanych. Mordowano się na puszystych trawnikach, sadzonych żółtymi kwiatami kaczeńców. Krew obryzgiwała białe ściany klasztoru. Tratowano się na śmierć w żardinie, gdzie w rabatach grodzonych strzyżonym bukszpanem pachniały śnieżyste narcyzy, gdzie po dróżkach posypanych żółtym piaskiem rozlegały się jeno słowa pacierzów i brzęczenia różańców. Zabijano się na schodach i w długich, białych korytarzach, pełnych świętych obrazów, wiecznie płonących lamp, po celach i refektarzach. Walczono krwawo w kościele i po kaplicach. Walka wrzała wszędzie, na każdym miejscu. Kłębowiska ciał, ociekających krwią, niby gad stunogi, przetaczały się z okropnym wrzaskiem szaleństwa. Walczono nawet w podziemiach kościoła, zapełnionych stosami trumien dawno pomarłych braci. Przed Sakramentem, przeniesionym tam jeszcze z wieczora, klęczeli mnisi, w trwodze i szlochach modląc się o zmiłowanie.

Pod koniec bojów zabłądziła tam kupa żołnierzów, poszukujących schronienia; poukrywali się w ciemnych niszach i za ołtarzem, a poniektórzy powyrzucawszy nieboszczyków zajęli ich miejsca przysłaniając się wiekami trumien.

Wytropiono ich i wycięto co do jednego. Już wszędzie leżały góry trupów, jęczeli ranni, płynęły rzeki krwi. Wszędzie panowała niepodzielnie śmierć i dziki szał mordów.

Zaręba prowadził bitwę w okrutnym i bezlitosnym zapamiętaniu. Padł przy jego boku Maciuś, rozdarty bagnetami: ani spojrzał w jego stronę. Padł później ciężko ranny Kacper: zdawał się tego nie spostrzegać, wszystek jeno w skupionej uwadze nad ewentami bitwy zamknięty; zimny, ludzkim uczuciom niedostępny – sama wola jako brzeszczot niemiłosierna i ku pogromieniu nieprzyjaciół straszliwie napięta.

W jakiejś chwili zjawił się Woyna, podobien widmu z szarej, zakrzepłej na kamień twarzy. Zajrzał mu w oczy głęboko, ścisnęli sobie dłonie mocno, na śmierć i rozeszli się bez słowa.

Woyna walczył jak straceniec i szerząc dokoła okrutne spustoszenia padł śmiercią walecznych przy wdzieraniu się do klasztornych korytarzy. Stało się to na oczach Zaręby: nie pozwolił sobie nawet na westchnienie, jeno rozkazawszy odnieść ciało przyjaciela pod kościół czuwał dalej nad docinaniem wrogów.

I właśnie gdy już wytępiano ostatnich, ogromny, tryumfalny okrzyk oznajmiał o zdobyciu pałacu ambasady. I tam krwawa miotła śmierci wymiatała do czysta.

Jeno parę kompanii grenadierów salwowało się spod noża tłumów i płonących gmachów na ulicę, ale widząc drogi odcięte, bo i Dom Gdański już był zdobyty, i Baur kapitulował, zwarli się w czworobok pomiędzy pałacami Radziwiłłów i Chodkiewiczów, postanawiając drogo sprzedać życie. I nie ocalił się z nich ani jeden. Bowiem zbrojny lud, napływający ze wszystkich stron, runął na nich groźnie spiętrzoną falą. Jako kosiarze, kiedy pole z całego zboża kręgiem otoczą i wparłszy się mocno w ziemię ciąć go poczną, kładąc jakby wymierzone pokosy za pokosami, tako i tutaj odbywała się ta straszliwie akuratna kośba śmierci.

Aż wszystko się skończyło, na pobojowisku ostały jeno grudy pociętych trupów i krew, spływająca wartkim, spienionym strumieniem w ulicę Kapitulną.

Wojska ruszyły w pogoń za Igelströmem uciekającym w stronę Żoliborza.

Lud zaś rozgromiwszy ze szczętem ambasadę pochwycił na ramiona Kilińskiego i wśród nieustających okrzyków tryumfów poniósł go na Zamek.

Właśnie w tej porze na sali sejmowej odbywało się zebranie najznaczniejszych obywatelów, na którym imieniem Kościuszki ogłoszono Rząd Tymczasowy za ustanowiony, Kilińskiego powołano do jego składu. Generała Stanisława Mokronowskiego proklamowano komendantem Księstwa Mazowieckiego, a Wyssogotę Zakrzewskiego prezydentem Warszawy. Odprawowało się to przy grzmiących aplauzach arbitrów, przepełniających salę. Wchodził bowiem, kto chciał. Cisnęły się też tłumy, powracające prosto z pola bitew, jeszcze ubroczone krwią, często w nieopatrzonych ranach, w strzępach ubrań, śmiertelnie utrudzone, a niby słońca jaśniejące radością i szczęściem. Co chwila sala rozbrzmiewała potężnymi okrzykami na cześć Narodu, Kościuszki i Wolności.

Insurekcja zwyciężyła. Wolność zatryumfowała nad tyranią.

Jeszcze wrzały potyczki w różnych stronach miasta. Tu i owdzie broniły się kupy żołnierzów, pozamykane w domach, lub gromiono rabujących maroderów, ale Warszawa była wolna. Parę tysięcy moskiewskiego trupa zaległo ulice, drugie tyle poszło w niewolę, a reszta uciekała na wszystkie strony. Igelström, wymknąwszy się pościgowi, samotrzeć z Pistorem i Zubowem przedostał się do Prusaków.

O zmierzchu powracający z nieudałego pościgu za ambasadorem Zaręba wjechał w Miodową i musiał się nieco cofnąć przed kolumną jeńców prowadzoną do Prochowni. Obojętnie ślizgał się

oczami po głowach, gdy naraz zatargał: nim rozpaczliwy krzyk.
– Sewer! – głos był Izy.
Rzucił się do niej przerażony. Padła mu do nóg nieprzytomna.
Szambelan stał bezradnie. Porucznik Piotrowski, prowadzący
konwój, zaczął mu szeptać do ucha.
– Złowiliśmy tych ptaszków w pałacu Borcha. Spali popici. Dama
zaś to kochanka Zubowa. Mamy ją na konskrypcyjnej liście! A ten
robaczywy dziad ma michałki we łbie. Po krótkich pertraktacjach i
przedstawieniach odstąpił mu Izę wraz z szambelanem i
pokojową. Zaręba odprowadził ich do klasztoru Brygidek. Iza była
chora; mówiła w gorączce, często bezładnie, wyrozumiał jednak,
jako uciekła przed Zubowem na poddasze pałacu i tam
przesiedziała cały czas. Ściskała mu ręce, dziękowała i co chwila
spazmatyczny płacz rozrywał jej piersi. Szambelan zupełnie
nieprzytomny wciąż opowiadał jedno i toż samo.
– Pawie zaczęły krzyczeć! Uważasz, pawie zaczęły krzyczeć!
Noc już zapadała i Zaręba, otrzymawszy rozkaz Cichockiego
zajęcia obserwacyjnego stanowiska na Jerozolimskiej rogatce,
ruszał tam na czele sporego oddziału piechoty, jazdy i artylerii.
Drzymał na koniu z utrudzenia, nie bardzo wiedząc, co się dzieje
dokoła.
Warszawę ogarnął szał upojenia. Stare Miasto i Krakowskie
zapchane były rozwrzeszczanymi radośnie tłumami. Od pożarów
podnoszących coraz wyżej rozwichrzone, płomieniste grzywy
widno było na mieście. Świeciły wszystkie okna. Otwierano handle.
Turkotały wozy, wywożące trupów. Dawały się słyszeć dalekie
strzelaniny. Na każdym kroku widziało się nosze z rannymi, kałuże
krwi, połamaną broń, zrabowane sklepy i rumowiska. Tu i owdzie
dopalały się domy. Stosy ocalonych gratów zalegały ulice. Wojska i
zbrojny lud biwakowały na placach i rozkładały się pod
kamienicami. A wszędzie wrzała nieopisana radość i z serc
przepełnionych bezgranicznym szczęściem zrywał się krzyk
niebosiężny, mocniejszy nad śmierć: Wolność i Kościuszko!

XII

Alleluja! Alleluja! Alleluja! Śpiewały wielkanocne dzwony.
Śpiewały serca człowiecze, upojone zwycięstwem, i wraz też
śpiewała wszystka natura głosami czarów i cudów. Wielkanocny
dzień stał się jakoby bramą, przez którą wkroczyła na świat
królewna wiosna, spowinięta w słoneczne promienie i przepasana

zielenią. Iścił się słoneczny cud zmartwychwstania. Nowe królowanie zwiastowało się nad światem. Złoty trybularz słońca rozsiewał blaski, wonie i moce. Ciepła aura przejmowała lubością. Niebo rozpięło się lśniącym namiotem z bławatów. Przeciągał słodki, pieszczotliwy wiatr. Drzewa zdały się śpiewać hymny obłokami świeżej zieleni. Ptaki krzyczały jak oszalałe. Radością wrzała Warszawa. Radością brzmiały wszystkie głosy. Ulice były rojne i gwarne, kto jeno żył, wychodził na miasto. Każdy pragnął własnymi oczami sprawdzać miejsca bojów, każdy pragnął nasycić duszę echami zwycięstwa, sławić bohatyrów.

Ślady bitew widniały na każdym kroku. Obryzgane krwią ściany, spalone domy, powyrywane okna, rozwalone mury, potrzaskane bronie i wielkie place pozasypywane żółtym piaskiem świadczyły o morderczych walkach.

Ale wróg pobity! Insurekcja tryumfująca i Warszawa wolna! – odpowiadał sobie niejeden z tysięcy, którzy przy szablach, z karabinami na ramionach, w cudackich pióropuszach, przepasani bandoletami, z żoną u boku i dziećmi, snuli się od samego rana po mieście, z dumą pokazując miejsca swoich przewag.

Te tłumne i pobożne pielgrzymki odprawowały się do zgliszcz pałacu Igelströma, do Arsenału, do domów u wylotu Miodowej i pod Świętokrzyski kościół. Ciżbiono się tam godzinami w modlitewnym zgoła skupieniu i cichości. A już prawdziwe pielgrzymki odbywały się do kościoła Kapucynów, do trumien panny Radzimińskiej i Woyny, o których bohaterskiej śmierci rozniosło się po Warszawie. Leżeli obok siebie na niskim katafalku, w glorii jarzących świateł, zarzuceni gałązkami bukszpanu, pękami śnieżnych narcyzów i fiołków. Ciche msze za ich dusze odprawiały się nieustannie, a łzy żalów, tkliwe westchnienia i podziwy tłumów spływały długim pacierzem.

O wczesnej dosyć godzinie zjawił się Zaręba z Ceśką i stryjem, którzy byli zjechali do Warszawy wczoraj po południu. Porucznik stratą tylu przyjaciół dotknięty dawał postać wielce przygnębionego. Ceśka zaszlochała przy trumnach, zapłakał i stryj Onufry, dawny towarzysz pancerny starego Radzimińskiego. Wreszcie przemógłszy żałość poszli do ojca Serafina, dogorywającego w swojej cichej, samotnej celi. Powaliły go śmiertelne rany.

Tłumy przy zwłokach zmieniały się co chwila; jedni przybywali, a drudzy nasyciwszy duszę smutkiem cisnęli się w rynek Starego Miasta, pod Ratusz, obstawiony obywatelskimi wartami, gdzie zakwaterował się Rząd Tymczasowy. Witano przyjeżdżających dygnitarzów burzliwymi okrzykami. Wiwatowano na ich cześć. Kiliński nie mógł się nigdzie pokazać, tak go rzęsiście oklaskiwano. Generała Cichockiego wyrwano z karety i wśród radosnych wrzasków zaniesiono na Ratusz. Każdego z oficjerów przyjmowano z entuzjazmem. Bowiem każda sposobność była dobrą do wyładowania ze siebie nadmiarów szczęścia.

Po południu rozeszła się wiadomość, że pułkownik Sokolnicki pobiwszy Moskalów pod Karczewem powraca ze zdobytymi taborami i jeńcami. Całe miasto ruszyło na jego spotkanie do mostu na Bednarską, że musiał się bronić przed zasłużonymi owacjami.

Zasię o zmierzchu rozbłysły rzęsiste iluminacje, powywieszano transparenty, po oknach ukazały się ogniste kolumny z napisami, z portretów Kościuszki uczyniono jakby ołtarze, pełne świateł i kwiatów. Tu i owdzie zagrały kapele. Śpiewano po ulicach. Tłumy przewalały się po mieście niby morze kipiące nieokiełznanym weselem.

Ale wśród powszechnej radości, szałów i entuzjazmów krążyły wiadomości o aresztowaniu Ankwicza, Ożarowskiego, biskupa Kossakowskiego i Zabiełły. Przyjmowano te nowiny z wybuchami szalonej uciechy. Chodziły też bajędy o usiłowanej ucieczce króla do Moskalów, czemu miał przeszkodzić Kiliński. Nie brakowało i trwożnych wieści, jakby rozsiewanych umyślnie, że Igelström z wielkim wojskiem maszeruje na Warszawę obiecując nie zostawić z niej kamienia na kamieniu. Nikt się tym jednak nie przerażał. Wierzono bowiem w przywódców i ufano już teraz we własne siły i męstwo.

I w takiej weselnej dyspozycji przeszły święta Wielkiejnocy. Podtrzymały ją wiadomości otrzymane w parę dni później, jako Jasiński owładnął Wilnem, pobił Moskali, a hetmana Kossakowskiego, zdrajcę narodu, powiesił.

Potem jak ptakowie na wiosnę, tak zaczęły nadlatywać ze wszystkich krańców Rzeczypospolitej wieści, jedna radośniejsza od drugiej. Owo cała Litwa powstała, Kurlandia opowiedziała się przy Polsce, Libawa rzuciła okowy, Żmudź wypędza wrogów. Na Białej Rusi Prozor gromi. Ukrainne dywizje przedzierają się do Korony. Wielkopolska grzmi, bije i wygania! Że już cała Rzeczpospolita podnosi się w dawnej chwale i mocy, i majestacie.

Dnie i tygodnie przechodziły w gorączce oczekiwań, w krwawym trudzie znojów i walk.

Kto nie egzercyrował się w wojskowych obrotach, ten szedł do sypania wałów dokoła Warszawy.

Aż przyszły majowe rozruchy, wieszania zdrajców i uderzyła potem szczekocińska klęska.

I już złe wieści niby psy jęły kąsać serca oddane ojczyźnie. Zajączek przegrał bitwę pod Chełmem. Prusacy zajęli Kraków. Sierakowski przegrał bitwę pod Krupczycami. Nieco później przegrał po raz drugi pod Brześciem. Zwycięska obrona Warszawy podniosła znowu serca. Wyprawa Dąbrowskiego do Wielkopolski, zdobycie Bydgoszczy podtrzymywały jeszcze wiarę w zwycięstwo nad wrogami.

Kościuszko wytężał wszystkie siły, organizował, zbroił, zachęcał, groził i błagał obywatelów o ratowanie własnej ojczyzny. Nie przemógł jednak okrutnego przeznaczenia.

Nieskończone ofiary, morza krwi, nadludzkie poświęcenia i bezgraniczne wysiłki.

A po tym wszystkim – maciejowicki pogrom.

A potem rzeź Pragi.

A potem kres wszystkiego. Otchłań długiej beznadziejnej nocy.

Nie zginęła! Woła spod ruin i zgliszcz Dąbrowski, za gwiazdą Napoleona wiodący hufce wierne ojczyźnie na lata tułaczki, bojów, ofiar męki i poświęceń.

Księstwo Warszawskie. Królestwo Kongresowe. Marzenia stają się ciałem.

A potem wybucha rok 1830.

I znowu nowe mogiły, wygnania, ofiary i syzyfowa praca od początku.

A potem rok 1863.

Grobowe płyty przywalają umarłe i żywe; mogiła okuta kajdanami, a na straży nahaje.

Ale nie zginęła!

Burza się rozszalała. Oceany wystąpiły z brzegów. Zapadają się światy. Himalaje rozsypują się w gruzy, ale ze straszliwych odmętów, ze zmagania się żywiołów, z walki kosmicznych potęg podnosi się z wolna nowy ląd, zapala się nowe słońce, a na nim piorunami jaśniejące zgłoski:

Wolność! Całość! Niepodległość!

jak ongi, przed laty, na Kościuszkowskich sztandarach, i Jałt zawsze w każdym sercu pol– skim wyryte.

KONIEC

Czyżów i Winiary.

W ziemi sandomierskiej.
ANEKS[edytuj]
TOM II, CZĘŚĆ II.[edytuj]
ROZDZIAŁ V (FRAGMENT)[edytuj]
Zaręba "włóczył się" po ciasnych zabłoconych ulicach;
przesiadywał w kawiarniach i na posiedzeniach Konwentu.
Chodził też za wózkami skazańców, nie opuszczając ani jednej
egzekucji, pochodu lub zbiegowiska. Zaglądał do wszystkich
klopów.

Któregoś zmierzchu, gdy siedział w jednej z kawiarni Palais–
Royalu, pełnej świateł, obnażonych kobiet, wrzasków tysiącznego
tłumu i wykwintnych muscadins, przysiadł się do niego Fort i
wyciągając rękę, odezwał się przyjaźnie:
– Jestem bardzo rad, że cię spotykam, obywatelu. – Patrzał
życzliwie. Zaręba, chociaż rękę podał, nie zawierzył jednak jego
słowom ni twarzy.
– Czym ci mam służyć, obywatelu? – Czekał z pewnym niepokojem
i ostrożnością. Fort, nie wypominając swojej obrazy, jakby się
nigdy nie zdarzyła, potraktował go wręcz przyjacielsko,
ofiarowując mu się na przewodnika po mieście.
– Pokażę ci, obywatelu, prawdziwy Paryż! – upewniał, pożądliwie
spoglądając na butelkę. Zaręba, poleciwszy przynieść wina, wdał
się z nim w ostrożną pogawędkę. Rudy w miarę wychylanych
kieliszków stawał się mowniejszy i z coraz większą wściekłością
występował przeciw zamaskowanym wrogom ludu.
– Marat był prawdziwym ojcem ludu, ale reszta konwencjonistów
to zgraja podłych egoistów! Agenci Pitta i jurgieltnicy króla
pruskiego! – krzyczał, nie obawiając się podniesionego głosu. –
Świnie utuczone krzywdą ludu! Jeżdżą powozami, obżerają się u
Méota! Mieszkają w pałacach i knują spiski, jakby najdrożej
sprzedać Republikę księżom i arystokratom! Ale lud cierpi, milczy i
czeka! I zemsta czeka! Śmierć fałszywym patriotom! Śmierć
wrogom ludu! Niech żyje gilotyna! – wybuchnął namiętnie, aż
wszystkie oczy podniosły się na niego, a wielu ostrożniejszych
opuściło kawiarnię.
Zaręba, przezornie milczący, rozmyślał, że te gniewy mogą być
tylko hakiem, na który chciał go złowić i wydać rewolucyjnemu
trybunałowi. Podniósł się również i chciał wyjść jak najśpieszniej,
ale Fort, uczepiwszy się jego ramienia, sam go wyprowadził na
ulicę...
– Zejdziemy na parę dni do piekieł. Nie bój się, tobie i włos z

głowy nie spadnie: masz protekcję Couthona. Ja zaś nie dziś, to jutro kichnę do kosza. Boją się mojego języka! I za wiele wiem o tych łajdakach! Nudno, głupio i podle! – otrząsnął się z obrzydzenia. – Jak mi się sprzykrzy, to sam się zadenuncjuję!

I wytrzeźwiawszy na chłodnym, dżdżystym powietrzu, poprowadził go w dzielnice robotnicze, pomiędzy rzesze, mrowiące się w straszliwych zaułkach i ruderach, na sam spód paryskiego życia. Całe trzy dni nie rozstawali się z sobą. Sypiali, gdzie im wypadło, nawet w opustoszałych kościołach, rozgrzewając się ogniem z połupanych ołtarzów i posągów, na materacach z szat sakralnych. Tonęli w najostatniejszych norach nędzy, zbrodni i rozpusty. Schodzili coraz niżej, aż na samo dno, pod mosty, gdzie w zimne, deszczowe noce przytulały się tłumy bezdomnych; na śmietniki dusz ludzkich, gdzie nawet kat nie miał już nic do roboty, a tylko szpitale i wóz grabarza; w najgłębsze pokłady nieszczęścia i cierpienia, że w końcu Zaręba miał już dosyć tych peregrynacji.

– Masz tkliwą duszę, obywatelu! – szydził Fort. – Śmierdzą ci te citojeny!

– Więcej mnie boli! – i wzdrygnął się z nieopowiedzianej żałości.

– Pokazałem ci prawdziwą twarz ludu! Tych wydziedziczonych nawet przez rewolucję! Zwycięska burżuazja nie rzuciła im nawet ochłapów!

I podniecony dawno pieszczonym marzeniem, imaginował głośno chwilę, w której ten lud cierpiący, wytraciwszy swoich grabieżców i opiekunów, zasiądzie do godów życia!...

– I zacznie się między sobą pożerać! – wyrzekł smutnie Zaręba, zapraszając go do swojego hotelu; obiecał przyjść nazajutrz i odszedł jakiś dziwnie chmurny.

Zaręba był tak zmizerowany tą wyprawą, że patron, ujrzawszy jego twarz, zaśmiał się ironicznie i grożąc mu krótkim tłustym palcem, ostrzegał pobłażliwie:

– Ostrożnie, obywatelu! Szczególniej z blondynkami z Palais–Royalu! Wydają się bóstwami, a wypompują najtęższego i połkną niby ostrygę.

Zaś piękna Mimi, zobaczywszy, w jakim stanie powraca, odezwała się kwaśno:

– Obywatel się gdzieś awanturuje, a tu czeka pilny list! – Trzasnęła drzwiami. Chomentowski wzywał go w pilnej sprawie na dzisiaj w południe. Szósta dochodziła, gdy przeczytał te słowa, ogarnął się więc tylko i pomimo śmiertelnego znużenia poleciał. Nie zastał go już w domu, nie było go również w Regence, gdzie czasami pozwalał sobie na zbytek zagrania partii szachów. Postanowił zajrzeć jeszcze do Prokopa i tam na niego poczekać. Kawiarnia, dawniej licznie odwiedzana przez żyrondystów i sawantów, dziwnie opustoszała po ich upadku. Pozostali przy życiu omijali ją z daleka w obawie jakobińskich szpiegunów, co by groziło denuncjacją i szafotem. Znalazł więc Zaręba we frontowych stancjach zaledwie kilkanaście osób, jakąś trupią cichość i garsonów drzemiących po kątach. Wskazano mu izdebkę od podwórza, gdzie zbierali się Polacy. Tam było znacznie gwarniej i weselej. Przy długim stole siedziało kilkadziesiąt osób. Byli to emigranci po ostatniej wojnie z Rosją i przystąpieniu króla do targowicy, sami znaczniejsi oficjerowie, którzy, salwując swój honor i wolność, akcesu do niej nie uczynili i wynieść się z kraju byli przymuszeni. Pułkownicy: Chomiński, Kamieniecki; pod-pułkownicy: Baranowski, Bronikowski, Hadziewicz, Gorzkowski, Lipowski, Poniński, Szczutowski; majorowie: Giżycki, Magier, Gawroński, Gorzkowski, Cichowski; kapitanowie: Mackiewicz, Cichocki, Banczakiewicz i Wielhorski. Znał wszystkich z pola bitew nieszczęśliwej kampanii i z poprzedniego pobytu w Paryżu. Rzucili się do niego, spragnieni wiadomości z kraju. Otoczyli go ciasnym kręgiem, brali w ramiona, przyciskali do serc rozkołatanych radością; ktoś podał mu kawy, ktoś go usadził, i musiał odpowiadać na gorączkowe pytania. Brali w serca każde jego słowo, niby balsam kojący. Zapachniały im naraz dalekie pola, zagrały wspomnienia, ojczyzna jawiła się w majestacie tęsknoty. Srogie twarze, gęsto poznaczone plejzerami, pokryły rumieńce, ten i ów zapłakał, kto przysapywał ciężko i targał wąsy, kto klął siarczyście, komu straszna tęsknica ścisnęła serce, że siedział zmartwiały, a wszystkie dusze leciały na skrzydłach utęsknień w dalekie, ojczyste kraje... Wszak byli to rycerze bez skazy, cnotliwi obywatelowie i gorący patrioci, którzy przełożyli tułaczkę i nędzę nad hańbę powolności zdrajcom, a którzy w najstraszniejszych mękach czekali dnia powrotu do ojczyzny, chwili zmierzenia się z wrogiem i tryumfu świętej sprawy.

Zaręba opowiadał o kraju z całą ostrożnością, gdyż nie wszyscy należeli do sprzysiężonych, więc musiał wiele materii pomijać milczeniem, ale wszedł Chomentowski, odciągnął go do sąsiedniej stancji i rzekł:

– Nie chcą z nami traktować. Robespierre ma nas za uzurpatorów, bo otrzymał przez Desforgues'a zawiadomienie od lipskich emigrantów, że do układów przyjeżdża Barss, opatrzony plenipotencjami Wielkiej Rady. St. Just powiedział mi o tym otwarcie. Mają nas za fakcjonistów. – Moderanci górą. Nasze planty diabli biorą! – mruknął gniewnie. – Trudno, przynajmniej na razie. Niech Barss wykołacze od Francji pomoc i byle wybuchnęła insurekcja! Reszta już do nas należy. Tylko nasze systema może Polskę wydźwignąć z upadku! I wydźwignie! – dodał z mocą.

– To muszę natychmiast powracać do kraju.

– Dulfus czeka u mnie. Obgadamy sprawę i jutro pojedziesz.

I wyszli, nie żegnając się z nikim. KONIEC CZĘŚCI DRUGIEJ

TOM II, CZĘŚĆ III. W WARSZAWIE[edytuj]

ROZDZIAŁ VI[edytuj]

Powrócił jednak dopiero nad ranem. W sieni natknął się na Kubę. Chłopiec tak był spity, że nie pomogły szturchańce ni stawianie na nogi: walił się na tapczan jak kłoda. Rotmistrza już nie zastał, natomiast znalazł w swoim własnym łóżku Andzię, śpiącą również twardo; flachy na stole, dobrze napoczęte, i różne łakocie świadczyły o jej skrzętności. Uśmiechnął się jakoś dziwnie i poszedł się przespać do sąsiedniej kamienicy, do księdza Meiera.

Zastał go jeszcze przy pracy. Ksiądz, wielce poruszony, z głową obwiniętą w chustę, w jakimś kwiecistym a srodze zaplamionym szlafroku, zawzięcie koncypował jakieś pismo. Cynowy dzbanek z czarną kawą i otwarta tabakierka stały na podorędziu. Grube woskowe świece już płakały na stół pokrętnymi soplami. Z drugiej izby dochodził głuchy, akuratny łoskot prasy drukarskiej, a z jakiegoś kąta przeraźliwe chrapania.

Ksiądz, wysłuchawszy relacji, przejrzał swój konotatnik i zwrócił się żywo:

– O Kobylańskim wiem: to werbownik. Marcin spod Kapucynów donosił, jako parę razy w tygodniu kręci się u pałacu Igelströma. To ziółko. Ma związki ze Szmulem, liwerantem moskiewskim, z Heymanem, konfidentem Buchholtza, i prowadzi konszachty z Baurem. A ten rudy brodacz nazywa się Szczekin; pod pozorem handlu końmi włóczy się po obozach i zatrudnia się szpiegowaniem. Mam tu w katalogu więcej takich. Co waść uczynił z tymi zdezarmowanymi?

– Kacper Zaręby miał się potem zająć nimi. On ich nie puści!

– Dużo ich przebiera się do miasta, lecz znaczne kwoty ogarniają kordony rosyjskie na drogach. Powiedz waść Chomentowskiemu: trzeba obsadzić naszymi ludźmi wszystkie karczmy na drogach,

prowadzących do Warszawy, w promieniu trzech mil, bowiem tam najczęściej łowią ich kordony kozackie lub werbownicy.
– Zrobiono w tym względzie jeszcze więcej – objaśniał, przeciągając się sennie. – Przebiera się ich i pod różnymi postaciami ściąga do Warszawy. Bieda tylko z kwaterunkiem.
– Rudecki, sekretarz policji – znasz go waszmość – prowadzi regestr obywateli, biorących te zabiegi na siebie. A o kwatery coraz trudniej z racji ściągających wojsk moskiewskich. Można by spróbować i po klasztorach.
Konopka, zwaliwszy z kanapy górę fascykułów, rozciągnął się z lubością.
– Jakże w "Indii" przyjęli majsterkowie jasełka?
– Płakali jak bobry. Wyborny to sposób poruszenia umysłów. Na Faworach w Café au Bon Gout, gdzieśmy pokazywali na ostatku, oficjerowie gwardii kazali powtarzać piosenki, ale do koszar nie pozwolili.
– Czekajże waszmość. Świta mi innowacja: trza by najazd arystokracji moskiewskiej na Warszawę i bratanie się z nimi naszych wielmożów wystawić w jasełkach, schłostać i ośmieszyć. Lud sarka głośno na to szumne karnawałowanie, i słusznie. Muszę wykoncypować na to remedium...
– Dobranoc! – rzucił naraz Konopka i prawie momentalnie zachrapał.
Ksiądz Meier mozolił się jeszcze, ale że wkrótce zbrakło mu kawy do popijania i świece się dopaliły, poszedł również spać.
Biła już na ratuszu dziesiąta, gdy Konopka wrócił na swoją kwaterę i z niemałym podziwem znalazł ją uporządkowaną. Na widnym miejscu leżały Andzi gryzmoły, w których znajdowały się tkliwości, ordynaryjne wymyślania za jego nieczułość, obietnice powrotu na dłużej, drwiny ze świętoszków, obelgi pod adresem Barssowej, żądanie batów dla Kuby za jakieś przewinienie, troska o kanarki, wiadomość, że rotmistrz będzie oczekiwał w Arsenale i tym podobny bigos, wyrażony straszliwymi kulfonami.
  Konopka, zbywszy się obcej skóry, jaką był wieczorem przyodział, pobiegł do rotmistrza. Gmach Arsenału wznosił się na Długiej; była to budowla, wielkością zastanawiająca, piętrowa, zwarta, o zakratowanych oknach i murach potężnej grubości. Baszty po rogach, pocięte strzelnicami, nadawały jej pozór srogiej fortalicji. Obiegała ją głęboka fosa i strzegły harmaty, ustawione przed frontem; w przerwach między nimi widniały pryzmy kuł różnego wagomiaru. Warty z nabitą bronią stały przy działach i snuły się

pod sczerniałymi murami. Do wnętrza prowadziła wysoka brama, osadzona w kamiennym futrowaniu, spięta sztabami i nabita gwoździami o łbach jak pięście, że nielada szturm mogła wytrzymać. Oficer du jour trzymał przed nią straż. Konopka, uczyniwszy znak spiskowych, natychmiast został wprowadzony na kwaterę komendanta. Był nim pułkownik Dobrski, stary, wypróbowanej cnoty żołnierz, sławny milczek i mruk, a przy srogości prawdziwy ojciec żołnierstwa. Oddany całą duszą sprzysiężeniu, strzegł arsenału jak źrenicy, pomnażając jego zasoby z niezmordowaną żarliwością. Czujny niby żuraw, ostrożny aż do podejrzliwości, gotów był każdej chwili dać zbrojną odprawę wszelkim zamachom, strzegąc się zarówno aliantów, jak i własnego hetmana.

Siedział właśnie pod oknem z krótką fajką w ustach: rudy i chudy jak szczapa mnich coś mu klarował do ucha.

– Siadaj – mówił wszystkim ty. – Ojciec Serafin deklaruje się z ważną pomocą.

– Względem wyrabiania po klasztorach amunicji – objaśnił, zwracając do niego twarz piegowatą i jasnoniebieskie oczy. – Obliczyłem na sporą kwotę dzienną.

– Nielada pomoc! Więc i te pasibrzuchy mogłyby przynieść korzyść ludzkości! Patrzy to na krotochwilę! Aniby kto mógł imaginować! Cóż za przyczyny skłoniły ich do tak cnotliwej rezolucji? Czyżby ich nareszcie oświecił Duch Święty? – podrwiwał wbrew swoim zwyczajom.

– "Wszystkiej białej płci to służy: najkrócej słuchać, mówić jak najdłużej" – palnął po swojemu Serafin i nie dając skonfundowanemu przyjść do responsu, ciągnął spokojnie: – W klasztorze Franciszkanów, u Bernardynów, u Kapucynów, gdziem się aktualnie przytulił, i u Dominikanów na Freta, są braciszkowie sposobni do tej roboty i już zmówieni. Proszę zatem o prochy, ołów, formy do lania kuł i co potrzeba.

– Widywałem ojca u generałowej Mokronowskiej – zagadnął Konopka.

– Dobrodziejka to mojego zakonu – odparł, powracając do swojej materii. – Jeszcze dziś wieczorkiem mogłyby nasze bryki kwestarskie zajechać do Arsenału po te efekta. Nie zwróci to niczyjej uwagi. Ludzie przyjadą pewni, zaprzysiężeni. Będzie można fabrykować parę tysięcy ładunków dziennie, zaś gotowe mogą odnosić nasi kwestarze albo i dziady proszalne. Miałbym jeszcze coś do powiedzenia – błysnął zezem ku Konopce.

Dobrski skinął potakujące głową, lecz Konopka, urażony nieufnym spojrzeniem mnicha, wyniósł się odszukiwać Radzimińskiego.

W pierwszym dziedzińcu, obstawionym piętrowymi domami, było pusto i cicho, stało tylko kilkanaście harmat pod płóciennymi zasłonami, a w stajni, po lewej ręce, widniały zady końskie i kręciło się paru gemejnów. Brama zamknięta i wartą obsadzona, prowadziła na drugi dziedziniec, gdzie stały szeregi zielonych jaszczów amunicyjnych, przodkary i łoża od harmat, i dziesiątki bryk furażowych pod płóciennymi budami; w oknach niskich, długich oficyn migały liczne twarze. Ale dopiero trzecie podwórze, do którego się przechodziło furtą dobrze zamaskowaną, obszerne jak majdan, dawało prawdziwy obraz wytężonej pracy. Murowane szopy i składy zataczały ogromne półkole. W kuźniach, podobnych do piekielnych czeluści, buchały krwawe ogniska, sapały miechy, biły nieustannie młoty i zgrzytały tokarnie i taczalniki. Pracowano również w stolarniach; w warsztatach kołodziejów, siodlarzów i płatnerzów mrowiło się od ludzi. W jednej z szop mieściła się ogromna stajnia. Tam Konopka znalazł Radzimińskiego. Właśnie doglądał kucia koni artyleryjskich, na czym rozumiał się expedite. Snadź go tentowała robota, gdyż sam oglądał kopyta, niejedno własnoręcznie zestrugiwał i bacznie śledził za całym procederem podkuwania.

– Ciekawyś waść Arsenału? – zagadnął, wydawszy jakieś polecenia.

– Owszem. Robota, widzę, idzie tutaj nie na żarty!

– Pułkownik Dobrski nie lubi marnować czasu. Chodźmy, w drodze porozmawiamy o naszej bolączce. Obiecał mi to waćpan.

Poprowadził go po składach, salach, szopach i warsztatach, zapełnionych sprzętem wojennym i moderunkiem żołnierskim. Były izby, gdzie na dębowych policach leżały poukładane akuratnie tysiące bagnetów i szabel, gdzie znowu napchano pod pułap uprzęży i siodeł, gdzie karabiny, powiązane w pęki, stały niby snopy na polu a jeden przy drugim; gdzie stosy kurt, bielizny i czap zawalały wszystką podłogę. W składzie butów aż dech zapierało od zapachu skór i dziegciu. Przeszli szopy, pełne zapasowych kół, obręczy i przeróżnego żelastwa; stancje, zapchane worami skałek do strzelb, zapałów, lontów i wycierów. Potem szły niskie, sklepione i mroczne komory, gdzie składano paki z ładunkami karabinowymi, bomby, granaty i wszystkiej szarfamunicji zapasy.

Konopka, przejęty oglądaniem i podziwem ładu, jaki znajdował na każdym miejscu, przepomniał zgoła, z czym był przyszedł.

– Nagotowaliście co niemiara! – ozwał się, wskazując zapasy.
– Mucha to w proporcji potrzeby wojennej, starczy dla garnizonu warszawskiego na kilka niedziel.

Sprowadził go do lochów prochowych, głęboko pod ziemią schowanych, niskich i długich. W żelaznych koszach, przymocowanych do ścian, tliły się słabe światła. Żelazne, potężne drzwi grodziły komorę od komory, gdzie stały beczki z prochem, saletrą i siarką. W niektórych kręgi ołowiu, niby koła młyńskie, stożyły się aż do sklepienia. W jednym z lochów, znacznie obszerniejszym, do którego przeciskało się nieco dziennego światła, kilku ludzi ważyło prochy, rozdzielając je w płócienne, nawoskowane torby, na ładunki działowe. Poruszali się w milczeniu, z butami obwiniętymi w pilśniowe szmaty. Dowodził nimi ojciec Serafin. Twarze mieli skupione i oczy zwarte natężeniem i rozwagą.

– Ojciec się rozumie i na tym rzemiośle! – zdziwił się Konopka.
– Nie święci garnki lepią – uśmiechnął się zagadkowo.
– Wystarczyłaby jedna głupia iskra! – szepnął mimo woli Konopka.
– Niechże waści ozór odejmie! – zakrzyczał mnich. – Właśnie niedostaje nam prochów. Młyn na Marymoncie dopiero się przerabia, by mógł wzmożoną dostarczyć kwotę. Arsenał pełny wojska, toć nasza insurekcyjna ewangelia. Wprawdzie różni ludkowie plotą, jako we Francji zbrojne pospólstwo obaliło tyranię. Terefere kuku, strzela baba z łuku. Wrzask obalił, co było spróchniałym, ale harmaty dokonały rewolucji, ale jeno wojska dają odpór skuteczny Angielczykom i zbiesionej koalicji. Pospólstwo w sam raz do warchołu, grabieży i pastwienia się nad bezbronnymi. Exemplum odstraszający dają właśnie paryżanie – mówił gorąco, wyprowadzając ich na dziedziniec.

Sygnaturka z sąsiedniego kościoła zadzwoniła godzinę południową.

– U Hurtynowej, naprzeciw Arsenału, moglibyśmy przetrącić i pogadać – zaproponował Konopka, na co Serafin odparł nieco wstydliwie:
– Post mi dzisiaj wypada, więc nie przymuszajcie mnie do motii.

Jakoż gdy zasiedli w głębokiej framudze okiennej i przypinali się do smakowitego obiadu, mnich nasycał się tylko chlebem i wodą. Rozmawiali żywo, bowiem Serafin poruszał różne materie, okazując niepowszednią eksperiencję w rzeczach in statu i szerokie objęcie. Konopka zwłaszcza przysłuchiwał się z coraz większym podziwem.

– I jeszcze to weźcie na deliberację – zagadał pod koniec – że za wiele się rozprawia o insurekcji. Gadają po kafenhauzach, po bilarach, nawet i po sklepach, i to gadają w biały dzień, przy zdarzonej okazji, nie bacząc, iż na każdym kroku węszą konfidenci Baura. Radzą też sprzysiężeni u Kapostasa, u Węgrzeckiego, u Barssowej, u Mostowskiego, po urzędach, magistratach, koszarach i w stu przeróżnych miejscach. Ani wolno mniemać, że nie dowiedzą się o tym ambasadorowie! Wedle mego rozumienia za wielu przypuszcza się do sekretu cywilnych, kobiet i frantów miejskich. Nie rokuję z tego pomyślnego skutku. A te karteluszki rozlepiane i wciskane w byle jakie ręce i pisma burzące zali nie ostrzegają tyranów, by się mieli na baczności?

Konopka, urażony tymi desideriami, nie porwał się jednak z responsem, jeno, upatrzywszy chwilę, wyprowadził na stół sprawę z Zubowem.

– Taki syn sobaczy! – wybuchnął w końcu. – Pomogę waszmościom i co się tyczy kościoła, biorę wszystko na siebie. Zmięknie grafowska trąba. "Na błoto nie szykuj siekiery" – powiadają i prawda, więc i takiego nie grzech zażyć fortelem i choćby kańczugiem zniewolić do powinności.

Wrzał cały, lecz kiedy rozważyli zamierzenie, wyrzekł z naciskiem:

– Generałowej nie radziłbym się z tym zwierzać. Nie to, że pod sekretem rozpowie, ale że racje wyższej polityki mogą wzbronić jej udziału a nakazać przeszkadzać. Trza by tu ryzykantki gotowej na każdy azard.

Rozeszli się. Radzimiński jednak, nie posłuchawszy tej rady, poszedł nazajutrz o zmierzchu niby to odwiedzić siostrę, ale z myślą wciągnięcia generałowej. Liberyjny zaprowadził go do ustronnej bawialni, gdzie zwyczajnie zbierali się domownicy. Obszerna stancja pełna była pań pochylonych nad krosnami i pilnie aftujących. Wieloramienny pająk, nisko zwisający, oświetlał doskonale. Generałowa, przybrana po domowemu, w rogowych okularach na nosie, czytała głośno jakiś romans francuski. Skinęła głową wchodzącemu i wskazawszy miejsce, ciągnęła dalej.

Przysiadł z boku, ciekawie rozglądając się po twarzach i krosnach; twarze były śliczne, a na amarancie napiętym na jednym z największych krosien, przy którym pracowały dwie panny, wyczytał słowa; "Żywią i bronią". Wyhaftowane były ogromnymi białymi literami. Co by zaś znaczyły, nie potrafił wyrozumieć. Przysunął się do siostry, siedzącej pod okrągłym sa– skim piecem, która motając jedwabie na kłębuszki nazywała mu aftujące panny.

Kasztelanka Sobolewska brała miejsce zaraz z brzegu; Szycówna, Strzemboszówna, Duczymińska, Gutowska, Garczyńska, Chołoniewska, siedziały posobnie, tworząc jakoby wieniec niepowszednich piękności. Były między nimi źrałe w rozkwicie lat i urody i były młódki podobne różanym pąkom. A wszystko córy możnych domów, pod okiem generałowej ćwiczone i zaprawiane w cnotach, manierach i patriotyzmie. Wymieniwszy jeszcze pozostałe, dodała cichutko i smutnie:
– Wolałabym siedzieć w domu, choćby nawet w czeladnej.
– Wszędzie psi boso chodzą – odrzucił gniewnie. – Czegóż ci tutaj niedostaje?
– Powietrza. Czuję się jakby w karcerze. Za wysokie progi na moje nogi. Nie paplę po francusku i mam gminne maniery! Rzuciła mi w oczy kasztelanka. Wystarczyło, że boczą się i unikają mnie jak parszywej owcy.
– Egzagerujesz! Musisz przecierpieć jakiś czas. Gdzież cię zakwateruję? Generałowa, skończywszy czytanie, odciągnęła go na stronę do bokówki.
Byłby się zwierzył ze wszystkiego, lecz na szczęście przy pierwszym potrąceniu o Zubowa przerwała mu impetycznie:
– Co też waści świta w głowie! Czy to podobna, by graf, zausznik carowej i pierwszy dygnitarz, mógł się ożenić z prostą szlachcianką! Nie wystawiaj waszmość siebie na śmieszność a dziewczyny na obmowy. Wieluż to już i od ołtarza ucieka! Czyż to każdy się z was żeni, któren śluby przyobiecuje? – mówiła, snadź nie znając prawdziwego stanu rzeczy. – Dziewczynę wróć matce, a czas swoje zrobi, zapomni o kochanku. Szczerze i po namyśle radzę tak postąpić.
– Trzeba ci wiedzieć – zwierzyła mu na ucho – Zubow nam przyjazny i z ramienia Kolegium Zagranicznego paruje Igelströmowe zamachy. Musimy go menazować. A skarżył się wczoraj królowi na psotę, wyrządzoną mu na hecy. Marszałek kazał przeprowadzić dochodzenie i winnych swawoli pokarać. Na ten tenor długo się rozgadywała, że wyszedłszy, nie mógł się połapać, zali trzyma jeszcze ze sprzysiężeniem. Jedno wiedział niechybnie, jako w partykularnej sprawie pomocy w niej nie znajdzie, prędzej przeszkodę. A jeszcze przed niedzielą ujmowała się za Zośką, gorąco powstając na Zubowa! Jakby fundament usuwał mu się spod nóg, że odszukawszy Konopkę, w rozpaczliwym świetle przedstawił mu swoją sytuację.
– Nie frasuj się waszmość, damy sobie radę bez generałowej. Zaś

czułą dyspozycję Zubowa mam za pozór, pod którym formuje jakąś podłą kabałę. Znamy się już na takich przyjaciołach! Ciekawym jeno, kto przez babę wyśpiewuje takie kuranty! Na szczęście, potrwa to u niej niedługo. Nasadzę Serafina i za parę dni będzie inaczej śpiewała. Polecę do Barssowej: może nam pomocy nie odmówi. Właśnie dzisiaj ułożyliśmy z mnichem całą komedię; Andzia pokaże w niej postać wróżki, a teatrum odprawi się u Kamedułów na Bielanach. Po powrocie rozpowiem akuratnie. Jeszcze jedno: mnich prawdziwa studnia fortelów i rozumu! Poleciał do Barssowej, ale i ona znalazła przyczyny do odmowy. Niby się to lękała ściągania uwagi na siebie, gdyż jak ostrzegał Barani Kożuszek, koło jej domu kręcili się jacyś podejrzani ludzie. Znalazły się powody i cale drugiej natury.

– Córki chowam w prawdziwych maksymach moralności. Azali wiem, jakie obyczaje przyniesie ta romansowa heroina? – mówiła między innymi. – A jeśli sprawa weźmie obrót niepomyślny, stanie się nazbyt rozgłośną i weźmie ją w opiekę Igelström? Siebie zostawiam na stronie, ale nie mogę dopuścić, byś azardował swoim imieniem i bezpieczeństwem. I dla kogo? Dla jakiejś rozamorowanej parafianki.

– Jeno dla słusznej sprawy i walki z naszym zaciekłym wrogiem.

– Los przeznacza cię do wielkich celów... – podbijała mu bębenka.

– Więc też bronię pokrzywdzonych i zwalczać tyranię moją powinnością.

– Bohatyrem cię widzę, trybunem ludzkości, a nie patronem miłosnych komerażów! – wołała wzniośle i poruszona obawą i zazdrością, obsypała go pocałunkami tkliwych uwielbień. Oddał je dosyć chłodno, racjom się pokłonił, sprawy jednak nie odstąpił i wyszedł dziwnie rozgoryczony. Bowiem bóstwo wydało mu się cale powszednim stworzeniem. Myślał o tym żałośnie, lecz nie tracąc czasu, pobiegł do znajomych domów szukać pomocy. Wszędzie jednak doznał odmowy. Wszędzie bowiem brał górę egoizm, obawa zadzierania z możnymi i nieczułość.

Wrócił do domu strapiony niefortunnymi zabiegami. Na szczęście, znalazłszy wiadomość o powrocie Zaręby, nabrał niemałej otuchy. W kilka minut już był w zajeździe na Krzywym Kole.

– Czekałem na waszmościa jak na zbawienie! – wołał na wstępie.

– Opóźniły mnie drogi fatalne i kołowania. Cóż tu się dzieje? Konopka przede wszystkim wyłożył swoje kłopoty.

– Podkomorzyna pomoże, zaręczam. Zaraz rano pójdę z tym do niej. Siadajże waść, zjemy nieco i pogadamy. Posłałem po

Chomentowskiego i paru towarzyszów. Tylko ich patrzeć. Zdam krótką relację.

Ale snadź z powodu spóźnionej pory nikt się jednak nie pokwapił, więc przy kolacji, którą kazał przynieść z kuchni zajazdu, opowiedział Konopce o stanie umysłów i przygotowań w Podlaskiem i części województwa lubelskiego, nie dając mu zresztą pełnego obrazu. Różnili się bowiem w opiniach. Zaręba, przyznając mu talenta, obrotność i wpływy na pospólstwo warszawskie, przyganiał jego maksymom anarchistycznym. Pozostawali mimo tego w dobrej komitywie i w związkach szczerej przyjaźni. Przesiedzieli na rozmowie do późna w noc, gdyż Zaręba mimo utrudzenia drogą okazywał się pełen mocy i szeroko rozpowiadał, jak pod pozorem zaproszeń na pogrzeb rodzica peregrynował po dworach i plebaniach kaptując przy tej okoliczności do sprzysiężenia. Kacper, przytomny rozmowie, nie śmiał się do niej wtrącać, aż dopiero po wyjściu Konopki zagadał.

– Tum cię czekał – zaśmiał się Zaręba. – Powiem ci krótko; po Dosię posłałem umyślnego, za jaką niedzielę będzie z powrotem w Garabowie. W grodzie zeznałem akt, mocą którego darowuję ci wolność wraz z całą rodziną i puszczam w dożywocie młyn po Icku; już się tam twoja matka zakwaterowała. Kacper jak długi rymnął mu do nóg i zapłakał ze szczęścia.

– Daj spokój! Wolnyś, bądź mi tylko, jak dotąd, przyjacielem – ucałował go po bratersku.

– Siadaj przy mnie i słuchaj. Gromadę nakazałem zapisać na prawo czynszowe. Boczy się o to na mnie stryj Onufry, gniewa Marynia, oburzają sąsiedzi, ale pochwala moja narzeczona...

– To pan porucznik po zrękowinach?

– Z Ceśką Kobierzycką. Chyba ją dobrze pamiętasz?

– Jeszcze by! Małom się to z nią taplał po błotach za wydrami! Godna panna, w sam raz dla żołnierza żona. A ślub?

– Do spokojniejszych czasów odłożony.

I opowiedziawszy bez osłonek, jak się wszystko odbyło, poszedł spać. Nazajutrz, ledwie świtało, przyszedł do niego Kacper z jakimś listem.

– Pani kasztelanowa znowu dowiaduje się, czy pan porucznik przyjechał.

– Powiedz, że będę u niej wieczorem! – zawołał gniewnie i rad nierad musiał wstawać. Biały dzień zaglądał w okna. Walił gęsty, pierzasty śnieg, było zimno i mokro. Więc nacieszywszy się w stajni końmi i opowiadaniami Maciusia, kazał się zawieźć do podkomorzyny. Przyjęła go w łóżku; zastał ją rozbolała, pachnącą wódkami francuskimi, a srodze jęczącą na ból głowy i ucisk pod piersiami. Okna były szczelnie zasłonięte, tylko czerwonawe światło, zamknięte w urnie alabastrowej, dawało nieco widzieć. Siedział przy niej generalny plenipotent jej dóbr w kordonie cesarskim, Siedlecki, przybyły właśnie z Krakowa. Zaręba znał go wielkich cnót mężem, gorącym patriotą i Januszewicza, sekretarza Akademii, prawą ręką w sprzysiężeniu krakowskim. Nie brakło więc materii do rozmowy, ku niezadowoleniu podkomorzyny, pragnącej pozostać sam na sam z porucznikiem, ale stary, nie zważając na to, rad uzupełniał opowiadanie przeróżnymi szczegółami.

– Kaczanowski kazał się przypomnieć pamięci pana porucznika – wtrącił.

– Znaczy nie wstąpił jeszcze do klasztoru z tęskności za Warszawą! Tymczasem cale skutecznie wysusza krakowskie antały. Szczery to żołnierz. Cały tydzień siedzi w Rzeplinie i ćwiczy swoich wolonterów, ale od soboty do poniedziałku sumiennie zabawia się w Krakowie. A co dziwniejsza, stowarzyszył się z Łykoszynem i w jego kompanii najczęściej pije.

– Weźmie go w swoje obroty i wysupła z sekretów. Dużo ma Ślaski ludzi?

– Przeszło dwa tysiące; co mógł, wziął z dóbr swoich, a resztę od sąsiadów. Szlachta skarży się, że im chłopów wykrada. Kaczanowski egzercyruje parobów nie tylko w robieniu kosą, lecz i w strzelbie, i akuratnych obrotach.

– Dwa tysiące chłopa – znaczna kwota. Na Podlasiu i w Lubelskiem co żarliwsi również zbierają wolonterów i ćwiczą. Był waszmość u Kapostasa?

– Pójdę dopiero wieczorem. Pędziłem z Krakowa jednym tchem.

– To idźże waść zaraz wypoczywać – skorzystała podkomorzyna. – Słusznie należy ci się wytchnienie. – Pożegnała go z nieukrywaną ulgą.

Zaręba, korzystając ze sposobności, wyłożył swoją suplikę. Zgodziła się najchętniej, wydając polecenie, by natychmiast przygotowano stancję dla panny. Deklarowała pomagać w każdej okoliczności. Nie obyło się przy tym bez wzdychań, strzelistych słówek, miłosnych przymówek, a nawet żałosnych skarg na swoje sieroctwo i samotność. Nazbyt rozumiał się na tej mowie, słuchając jej jak zwyczajnie z zakłopotaną obojętnością.

Na szczęście nagły łoskot tarabanów przerwał kłopotliwa

sytuację. Porucznik rzucił się do okien.

– Kijowskie grenadiery! – wykrzyknął z udanym zdziwieniem i przyobiecawszy najrychlejszy powrót wyrwał się spod czułej opieki. W sieniach czekał na niego Staszek i szepnąwszy mu coś na ucho, pojechał z nim do koszar gwardii, na Fawory. Przy wymijaniu wojsk rypiących środkiem ulicy Staszek wiszący na desce za saniami pouczał cicho:

– Proszę pana porucznika, te gawrony ciągną jak na pluchę. Już od niedzieli ściąga to tałałajstwo. Żydkowie piszczą niby zardzewiałe zawiasy, bo ich gonią z chałup ze wszystkimi bebechami, że po komórkach gnieździć się muszą. Burzy to wielce obywatelów i do wybryków przyprowadza. Ja wiem najlepiej, co w trawie piszczy. Już dzisiejsza noc była wielce swarliwa i tumulty wybuchnęły na Lesznie; na Grzybowie pobito patrol kozacki, zaś na Rybakach dwóch grenadierów, że ciągali na swoją kwaterę jedną warsztatniczkę, spławiono w przeręblu!. Popłynęli do Gdańska na złotą gorzałkę. Kiedyż zaczniemy wymiatać tych gnojków? – zaszeptał poufale.

– Poczekaj jeszcze z jakiś miesiąc.

– Napuszczą fetorów, że i przez rok nie wywieje. Psia twarz, setne chłopy! – admirował maszerujących. – Szczęście, że i takich kule się imają – pocieszył się, zajmując uwagę porucznika nowym wierszykiem do jasełek, jaki ułożył ksiądz Meier na nutę Anioł pasterzom mówił. – Fajeru łyczkom nie żałujemy, toteż wybuchają jak prochy. Musi pan porucznik zobaczyć.

– Były skargi, że w miejscach, gdzie pokazujecie jasełka, giną różne statki...

– Żebym spuchł jak karmelicka bania, jeśli to prawda! To te muliki od Dominikanów ze swoją dziadowską szopką chodzą, chapają, co im w garście wpadnie, a na nas spada dyshonor. Psie ich mularskie macie! – pienił się ze złości. – Ja wiem, to u Poltza na Podwalu poginęły miedziane statki. Kacper chodzi z nami, to może zaświadczyć. Muszę ja im pyski przenicować... Nie ozwał się Zaręba, rozważając jego poprzednie słowa o tumultach. Bowiem to, co był rzekł Staszek o wzburzeniu powszechności, prawda była. Jakże, to już dzień po dniu ściągały wojska alianckie do Warszawy i dzień po dniu nowe nastawały gwałty i swawole. Nie dość było nędzy, drożyzny i wszelkiego gatunku wiolencji nad spokojnym mieszkańcem; nie dość Igelströma, wiszącego ciągle nad głowami, niby chmura gradowa; nie dość kompanii arystokratów petersburskich, odprawujących jakby na urągowisko powszechnej biedzie swoje karnawałowe psie wesela – jeszcze te wojska ciągnące od wszystkich rogatek pomnażały po stokroć trwogi, niepokoje i nędze.

Patrzano na nie z nienawiścią i lękiem, gdyż w trop za nimi, z okolic, którymi maszerowali, nadpływały kupy zrabowanego chłopstwa i tysiące skarg na gwałty, łupiestwa i podpalania. Przyjmowano ich też groźnym pomrukiem, a tu i owdzie gradem kamieni i złorzeczeń. Nie powstrzymało to jednak potoku żołnierstwa, który rozmigotaną szczecią bagnetów okryty płynął nieustannie, zapełniając głębokie ulice wrzaskiem śpiewań, bijących bębnów, graniem piszczałek, rzegotem brzękadeł i głuchym turkotem toczących się harmat i taborów. Przeto, pomimo dni przykrych, zaśnieżonych a zmiennych i zgoła marcową aurę pokazujących, ruch na mieście panował znaczny; szczególniej Krakowskie roiło się od rana do późnej godziny kordonami gapiów, próżniaków i ultajstwa. Nawet okna kamienic ubryzowane były twarzami ciekawych, bowiem ulica dawała obraz jakby nieustannego teatrum: król jechał do Łazienek, to Igelström pędził w eskorcie, aż błoto bryzgało na domy, to prymas w poszóstnej karocy, to dygnitarze, to wojska szły na zmianę wart przy tryumfalnym łoskocie tarabanów i graniu fletów, to przelatywały zbrojne i szumne kawalkady używających szlichtady, to wreszcie gapiono się na alianckie szeregi, wkraczające tak butnie, rozgłośnie i zwycięsko, że nawet najspokojniejsi zaciskali pięście. Z tej przyczyny wzburzenie rosło z dnia na dzień, zataczając coraz szersze kręgi.

Jakby na dobitkę, od kilku dni pomnożone patrole dragonów i kozaków przeciągały ulicami, a obsadziwszy rogatki miejskie, wszystkich przejeżdżających egzaminowały drobiazgowo, nierzadko rozdziewając nawet do koszuli. Podniosły się protestacje i skargi do marszałka i króla. Nic to nie pomogło. Tak nakazał Igelström dla sobie wiadomych powodów i musiano się poddawać srogim rygorom i żołdackiej samowoli. Nic więc dziwnego, że nie było kafenhauzu, handlów czy szynkowni, gdzieby nie rozprawiano o takim niesłychanym uciemiężeniu wolnego narodu. Mnogie karteluszki, nowołujące do oporu, ukazały się na murach; różne pisma burzące krążyły z rąk do rąk i odczytywano je głośno w miejscach publicznych, nie bacząc już na szpiegunów. Staszkowe jasełka przyczyniały się też niemało do wrzenia. Spiskowi, rozwijając gorączkową działalność jątrzenia, kaptowali sobie coraz większą kwotę adherentów. Wielu już bowiem stronników królewskich i socjuszów targowickich przejrzało, jako nie pozostaje nic nad niewolę lub orężne powstanie. Rozpacz ogarniała cnotliwych, że do takich terminów przywiedziono Rzeczpospolitą. Przeto szukano sprawców tych nieszczęść, by na nich wywrzeć złość i nienawiść. Znajdowano ich lacno w Radzie Nieustającej i między dygnitarzami formacji grodzieńsko-targowickiej przede wszystkim. Przeciwko nim rosła nieubłagana zawziętość, zwłaszcza iż Barani Kożuszek pod Bramą Krakowską instygował zaciekle, wystawując w krótkich, jadowitych wierszykach ich szpetne uczynki i zdrady, a ich konterfektom obcinając głowy na maleńkiej gilotynie. Karę aplauzowano powszechnie, a wierszyki krążące w tysiącznych odpisach wciskały się nawet do rąk królewskich.

Nie przeszkodziły temu gniewy dotkniętych ni zdwojone straże, ni nawet obwieszczenia marszałkowskie, grożące ciężkimi karami burzycielom spokoju. Bowiem jakby w responsie posypały się nowe pisma, jeno zjadliwsze i już bez ogródek zapowiadające postronki parricidom. Spiskowi nie żałowali trudów, a mając po swojej stronie kwestarzów z kilku zakonów, potrafili docierać wszędzie ze swoją propagandą.

Zwłaszcza Serafin pracował z niesłabnącą żarliwością, przebierając się w habity różnych konwentów dla zmylenia szpiegunów. Pod pozorem kwesty włóczył się od wczesnego rana do późnej nocy po zajazdach, handlach, warsztatach i szynkowniach, wszędzie ognistym słowem, to przypowieścią lub rubaszną facecją budził sumienia i wystawując grozę położenia ojczyzny nawoływał do oręża. Z jego też przyczyny po wielu kościołach nawet konfesjonały służyły za trybuny agitacyjne. Pomagał niemało i ksiądz Jelski kazaniami obywatelskimi, głoszonymi przy każdej sposobności.

Prawdziwą jednak duszą poruszeń wśród pospólstwa stawał się Kiliński. Oddany sprzysiężeniu całą duszą, bystry, gładki, obrotny i wymowny, jak szczupak nurkował po niezgłębionym dnie miasta. Znaczył jego głos i na magistracie między sławetnymi rajcami, liczono się z nim i po innych cechach, a już zgoła był wyrocznią dla rzesz rzemieślniczych. Majster za głośno prawił swoje desideria, nazbyt szumnie wygrażał, zbyt się wystawiał na oczy, ale spiskową czeladź pomnażał, ducha budził i gorliwie zajmował się kwaterunkiem zdezarmowanych gemejnów. Szli mu we wszystkim na rękę Sierakowski i Morawski, starsi cechów rzeźników i kowali. Było więcej oddanych wydźwignieniu ojczyzny. Katalog takich ludzi stawał się coraz dłuższy, że go nie sposób powtórzyć. Były w nim imiona od staromiejskich krupnych bab poczynając, aż do najświetniejszych w Rzeczypospolitej. Niby tęcza rozgorzałych miłością serc, rozpinająca się nad powszechnym zwątpieniem, ślepotą i sobkostwem. A najwięcej było w niej imion nieznanych i nigdy nieujawnionych rycerzów, których ofiarą życia i krwi miało się murować fundamentum przyszłej szczęśliwości narodu. Właśnie o takich rozmyślał Zaręba, asystując wraz z Chomentowskim przysiędze, jaką składali gwardiacy wstępujący do spisku. Było stu kilkudziesięciu gemejnów i oficjerów, zebranych w kaplicy koszarowej. Ojciec Serafin w komży i stułę, z krzyżem w ręku, stał na stopniach ołtarza przed pulpitem, dźwigającym roztwartą księgę Ewangelii. Dwie żółte gromnice posiewały bladym światłem. Czytał głośno rotę twardą i uroczystą, żołnierze zaś, kładąc dłonie na księdze, powtarzali z wolna, całując potem krzyż i bijąc się w piersi. Kaplica tonęła w ciemnościach, że tylko najbliżej stojących twarze rysowały się wyraziściej, reszta mrowiła się w cieniach. Głowy wynosiły się młode, piękne, rozognione, oczy wniebowzięte i głosy spiżem dzwoniące. Chwila była pełna majestatu i świętości. Niezłomną mocą tchnęły wyrazy i wiarą łomotały serca. Sprężone żołnierskie postacie, kornie pochylone w przysiędze, dawały obraz przystępujących do Sakramentu Komunii. Szczęście łaski, szczodrobliwie rozlewanej, krasiło młodzieńcze jagody. Braćmi się naraz poczuli w imię ojczyzny i ludzkości. Matce przysięgali wierność dozgonną. Nieśli jej w ofierze, co mieli jedynego: żywoty swoje i wiarę. Jako rycerze wszystkiej uciśnionej ludzkości, brali święte pomazania na męczeństwa, rany, tułaczki i niedole. Nie ulękli się przeznaczenia.

Po skończonej ceremonii, że mrok się już stał gęsty, Zaręba, przypomniawszy sobie nalegania kasztelanowej, rozkazał Maciusiowi jechać na Miodową. I trafił właśnie, gdy sprzed pałacu wyruszała tłumna i hałaśliwa kawalkada sań, otoczona eskortą kozacką z zapalonymi pochodniami. Kapela konnych trombonistów sadziła na przedzie, grzmiąc wrzaskliwą fanfarę. Konie w siatkach, pióropuszach i brzękadłach, przynaglane batami, ruszały z kopyta. Sań było kilkanaście; zaraz w pierwszych dojrzał Izę z Zubowem, czegoś wesoło roześmianych, za nimi księcia Gagaryna z panią Załuską; potem zaś coraz prędzej migały przed nim twarze znajome i nieznane. Dojrzał jeszcze Woynę z księżną Apraksinową i Terenię z von Blumem. Cała bawiąca się socjeta polsko–rosyjska. Przelecieli jak wicher, ale długo było jeszcze słychać granie trąb, tętenty i rzegoty janczarów.

– Dokąd im tak pilno? – spytał w sieniach starego famulusa szambelana.

– Młodszy Igelström daje bal na Woli u Szulca. Balują sobie co dnia – zaszeptał nienawistnie.

– Pan szambelan chory ze zgryzoty... A jakie to ekspensa!

Nie słuchał więcej i poszedł do kasztelanowej. Siedziała w swojej komnacie z dominikaninem, który jej był czytał żywot świętej Teresy. Przyjęła go radośnie; i ucałowawszy jak syna jęła dość obcesowo wypytywać o nowiny z domu. Rozpowiadał powściągliwie, gdyż na pierwsze słowa o śmierci ojca rzewliwie zapłakała. Mnich się gdzieś zapodział, on zaś, nie wiedząc, co począć z sobą, powstał jakby również do wyjścia.

– Nie opuszczaj mnie – prosiła błagalnie. – Miecznik był u mnie w noc śmierci. Widziałam go jak teraz ciebie... nie uwierzyłam jednak... Wszystko więc skończone, ostatnia nić zerwana! Skończone, skończone! I tym umieram, że umrzeć nie mogę – zatkała rozpaczliwie i, łamiąc ręce, pogrążyła się w posępne milczenie. Dopiero gdy zegar jął wydzwaniać jakąś godzinę, podniosła się i przemówiła zwykłym głosem:

– Zaręczyłeś się?

Wzdrygnął się, niepomiernie zdziwiony pytaniem.

– Kapostas postawił dla ciebie astrologiczny horoskop: wypadła ci żałoba i wesele. Nie obawiaj się losów. Przezwyciężysz i dożyjesz późnego wieku. Czekają cię srogie ewenty, przeciwności, tułaczki, boje niestrudzone, ale doczekasz się dnia zmartwychwstania. Nie śmiał przerywać, wpatrzony w jej twarz, rozwidnioną ekstazą.

– Wiesz – szepnęła trwożliwie – gwiazdy są nieprzychylne powstaniu! Wyrocznia nakazuje odłożyć wybuch, a skupiać dusze i wypleniać egoizmy!... Ale przeznaczenie musi się wypełnić. Łódź nasza płynie morzem krwi... Nieszczęsny naród! – profetowała grobowo z twarzą przemienioną na maskę przerażenia. – Całe plemię ludzkie w mocy szatana! Na darmo ofiara krzyża, na darmo krew męczenników i bohatyrów, na darmo wszystkie łzy i cierpienia – nie ma odkupienia z człowieczej zmazy! Przeklęte nasienie człowiecze! Spytaj Kapostasa! Wyczytał z gwiazd i mówią mu prawdę umarłe. Byłam wczoraj u niego. Kiedy mówił, zdawał się być Mojżeszem, zstępującym z góry Synajskiej! Błyskawicami jeżył się włos, jego słowa były gromem. Pan przybrał na się szatę jego ciała. Padłam w proch przed grozą widzenia. Straszne! Straszne! Kiedy rozedrą się ciemności żywota, człowiek spostrzega przepaści wiekuistych lęków.

Wtrącił jakieś słówko, by ją przywrócić widomemu światu i zdziwił się niepomiernie, gdy przeszła natychmiast do zwykłego sposobu mówienia.

– Te sprawy mnie nazbyt poruszają, dziękuję ci za troskliwość. Zostań u mnie na wieczerzy, przyjdzie kilku moich przyjaciół zmarłych.

Zatargał nim nagle strach lodowaty, lecz mimo chęci ucieczki przykuła go do miejsca ciekawość. Ona zaś najspokojniejszym głosem opowiadała ważne nowiny, kreśląc je w sposób dowcipny i bystry, ani śladu nie pokazując egzageracji. Słuchał coraz baczniej, gdy przeszła na stosunki panujące na Zamku, wystawiając osamotnienie króla, walki pani Grabowskiej z jego siostrami i wpływem Luhlli, dając w końcu wiadomość o przybyciu do Warszawy księżnej Izabeli Czartoryskiej.

– Musiałeś ją spotkać na spiskowych kapitułach.

– Księżnę Izabelę! Zali to możliwe, żeby należała do sprzysiężenia?

– Kapostas mnie upewniał. Przywiozła mu wielkie kwoty złota i klejnotów. Aktualnie zajęta formowaniem tajnego związku patriotek.

– Spotykałem kiedyś u Dziarkowskiego jakąś maskę podejrzaną. Być może, że to była księżna. Wielce fortunne to dla nas awizy!

– Teraz powiem przykre. W przeszły piątek ktoś pewny szepnął mi u prymasa, by wam zwrócić uwagę na Klotza: ma związki z Buchholtzem! Wprawdzie sam mi się wyznawał, jako się tam kręci z polecenia kasztelana w interesie spławu do Gdańska. Płazem wykrętnym go widzę... On ma na twarzy wypisaną zdradę i podłość. Czuję jego dyspozycję duszy.

– Znalazłem go w regestrze nowo zaprzysiężonych towarzyszów z ofiarą stu dukatów. Zastanowiła mnie kwota, lecz nie podejrzewałem.

– To Judasz, upewniam – i porywczo zdeterminowała: – A uczynił to z namowy jeszcze większego łotra. Kasztelana to nikczemne kabały...

Nienawiścią buchnęły jej słowa i oczy rozgorzałe.

Zaprotestował raczej z przekory, znał bowiem cnoty i opinie drogiego wuja.

– Powiem ci więcej: on czerpie z pruskiej kasy – twierdziła namiętnie. – On gotów do motii z Belzebubem, byleby miał zapewnione obfite prowenty. A jeśli ci nazwę i więcej takich samych jurgieltników zaprzedających ojczyznę? – gorączkowała się niezmiernie. – Mam wiadomości pewne. Pociągnij za język szambelana, może ci obszerniej wszystko wyłoży Obrotny to człowiek mimo przeciwnych pozorów; gorący patriota.

Zdziwił się, gdyż uważał go sybarytą, niedołęgą i człowiekiem ślepo oddanym aliantom, a przy tym śmiesznym i niegodnym poważania. Wyrażał więc swoje wątpliwości, które mu przerwała z niecierpliwością:

– Wyznał się, jako ze szczerej abominacji śledzi od pewnego czasu machinacje targowiczan. Sposobności mu nie brakuje.

– Prowadzi go chęć zemsty. Ma dosyć przyczyn.

Oznajmiono podanie wieczerzy.

– Czy są wszyscy? – rzuciła, rozglądając się niespokojnie. Stary kamerdyner miasto odpowiedzi otworzył przed nią drzwi.

Jadalnia była niewielka, zastawiona sprzętem gdańskim, obciągnięta kanwą aftowaną i prawie ciemna, bowiem na dużym, okrągłym stole paliła się tylko urna, cudnie rznięta w alabastrze; fiołkowopurpurowe brzaski posiewały na zastawę sreber, kryształów i farfurów jakąś widmową, niepokojącą poświatę. Na śnieżnym obrusie widniało sześć nakryć, a za krzesłami o wysokich oparciach stała nieruchomo liberia gotowa na każde skinienie. Kasztelanowa, jakby sobie coś przypominając, zrywała się z miejsca i uczyniwszy kilka błędnych kroków, przystawała, bezradnie rozglądając się po stronach; to zwarta w sobie, pochylona, z napiętymi brwiami zdała się nasłuchiwać jakichś głosów dalekich.

Papuga w złoconej klatce pod oknem wybuchnęła chrapliwym śmiechem. Wzdrygnęli się wszyscy, ktoś się przeżegnał i padł rozkazujący głos:

– Prosić! Prosić!

Marszałek domu otworzył drzwi wielkiej sali. Otwartymi na rozcież złoconymi podwojami buchnęło zimno wilgotne i jakby przejęte pleśnią grobów. Podeszła z ręką wyciągniętą i uśmiechem naprzeciw niewidzialnych gości, snadź razem wchodzących, gdyż zwracała się z powitaniami na strony, przemawiając do każdego niemym poruszeniem warg i szerokim gestem ukazując miejsca przy stole.

Zaręba nie śmiał jeszcze wierzyć własnym oczom. Służba miała skamieniałe twarze i w oczach przytajony lęk, zaś kasztelanowa zwykłym głosem rozkazała podawać wieczerzę. Powieki jej drgały jak skrzydła motyle i do ust przywarł jakiś przyśmiech niewysłowionej zagadkowości.

Marszałek jak zwykle nakładał, służba roznosiła wszystkim po kolei. Rozpoczęła się ta obłąkana uczta. Milczenie zapadło głuche, nabrzmiałe trwogą, słyszeć się jeno dawały gwałtowne łomotania serc. Strach zjeżał włosy i przejmował lodem, bowiem w tych skąpych blaskach świateł wszystko przybierało kształty chorobliwego majaczenia. Zarębę chwycił serdeczny dygot, nie mógł przełykać; niewytłumaczona trwoga nim owładnęła, chwilami był pewien, iż na pustych krzesłach dostrzega jakieś cienie, że trupi oddech go owiewa; przejęty zgrozą, nie śmiał się poruszyć z miejsca i spoglądać na boki. Naraz zatrząsł się jak osina; rozległ się jakiś okropny, nieznajomy głos. To kasztelanowa przemówiła do swoich gości, zwracała się nawet i do niego; nie pojął treści, bo ten niesamowity dźwięk jej głosu odjął mu władzę rozumienia: brzmiał, jakby dobyty z głębin ziemi, z niezmiernych dalekości. Tak mogłyby przemawiać umarłe.

Przemógłszy się, podniósł wreszcie na nią oczy i jakby skamieniał w zdumieniu: pałała krwawymi rumieńcami, stała w ogniach, spojrzenia miały blaski gwiazd, lśniły wargi, pokazała się być jakby uskrzydloną, krucze jej włosy skrzyły się diamentowymi światłami, przemienioną się pokazała, prawie niepodobną do siebie. Grały w niej jakieś moce ogromne i w kształt nowy przekuwały. Nie z tego świata mieszkanką zjawiła się jego zdumionym oczom. Wziął to zrazu za przywidzenie własnej imaginacji. Ale nie, siedziała przed nim, słyszał jej mowę, wiedział, gdzie się znajduje. I niemałym wysiłkiem opanowawszy wzburzone myśli, zaczął pojmować jej słowa prędkie, często pozornie bezładne i jeno chorym bełkotem się wydające. Z tytułów, jakimi obdarzała w rozmowie swoich gości, doszedł, że z prawej miała księcia wojewodę wileńskiego, Radziwiłła, zaś z lewej strony brał miejsce kasztelan bydgoski, Kościelski; obok zaś siebie nieboszczyka ojca miał respektować i nieboszczyka hetmana Branickiego. To go przywiodło do znacznego uspokojenia i dało siły zapanowania nad sobą. Dyskursa, jakie wiodła z nieboszczykami, tyczyły spraw i ludzi dawno pomarłych. Prowadziła je biegle, zadając akuratne pytania, nasłuchiwała z uwagą i nie szczędziła obszernych responsów.

Papuga, zakrzyczawszy gwałtownie, znowu wybuchnęła śmiechem.

– Diabeł w niej krzyczy! – zaszeptał służący sinymi z trwogi wargami.

– Poproś dominikanina – rzucił pod wpływem jakiejś myśli..

– Nie wolno mu teraz przeszkadzać!

Na taką odpowiedź podniósł się i nie spuszczając z niej oczu, cofał
się z wolna ku drzwiom. Nie zauważyła, nie widziała już nic,
zatopiona w rozmowie z marami: czyniła podobieństwo
lunatyczki, balansującej nad przepaściami.

Zaręba, wydostawszy się do jej komnaty, posłał po mnicha.

Stanął przed nim w pokornej postawie, świdrując palącymi,
czarnymi oczyma, a wysłuchawszy gorących próśb o ratowanie
kasztelanowej wyrzekł krótko:

– Przyjdzie i na to pora.

– Ja nie wiem, co poczynać, a obawiam się najgorszych skutków...
Mnich skłonił głową i odszedł bez słowa.

W tym czasie kasztelanowa przeszła wraz z gośćmi do wielkiej sali.
Siedziała objęta półkolem pustych krzeseł, kontynuując dyskursa,
jeno już mniej ożywiona i jakby wyzbyta z sił. Kilka świec
zapalonych rozkrążało świetlisty tuman w mrokach obszernej sali,
w których ledwie majaczyły postacie fresków, że jej pobladła,
wychudła twarz widziała się jakby jedną z tych malowanych na
ścianach; głos się jej załamywał, chwilami poruszała niemymi
wargami, to musiał się w niej rwać jakiś wątek, gdyż spozierała
dokoła, jakby szukając czegoś w ciemnościach we własnej
imaginacji.

Po jakimś czasie ukazał się na progu mnich i wtapiając w nią
przenikliwie, fosforycznie świecące oczy zbliżał się cicho niby cień.
Jego biało–czarny habit i twarz kredowa występowały z wolna z
ciemności, urastając do pozoru widziadła. Musiała odczuć jego
zbliżanie, gdyż poruszyła się gorączkowo i rzucając lękliwie
oczyma na różne strony, podnosiła się z miejsca niechętnie, jakby
przymuszana.

Uczyniwszy znak krzyża, wyciągnął ku niej ręce ruchem jakiegoś
nakazu. Zatrzęsła się jak liść, twarz się jej skurczyła, dając obraz
dzikiego przerażenia, że spotkawszy się wreszcie z jego
spojrzeniem, krzyknęła przeraźliwie i zaczęła uciekać.

Zaręba, nie czekając już końca, wybiegł jakby ścigany przez furię.
Dosyć miał tego widowiska. Już na kwaterze, między ścianami swej
stancji, przy Kacprze śpiącym w bokówce, nie mógł się uspokoić i
całą noc przesiedział przy zapalonych świecach. Rozumiał to, na co
patrzył, prawym szaleństwem, lecz pomimo tego
niewytłumaczony lęk zapadł mu głęboko w duszę, napawając
zabobonną trwogą. Wszystkie gadki i bajędy o strachach, upiorach
i umarłych, zasłyszane w dzieciństwie od nianiek i ciotki Bisi,

przychodziły mu teraz do pamięci, nękając poruszoną wielce imaginację. Wyczekiwał przeto dnia z upragnieniem.

Na szczęście, jeszcze przed świtem przyleciał Chomentowski i podając mu dwie drukowane proklamacje, zawołał roztrzęsionym głosem:

– Czytaj, nowiny pierwszej wagi! Przeczytaj głosem, lepiej wymiarkujesz. Pierwsza zapowiadała termin 15 marca jako nieodwołalny dla redukcji wojsk Rzeczypospolitej. Podpisana była przez króla. Zasię druga, obszerniejsza i wydana przez Igelströma do wojsk polskich, obiecywała zdezarmowanym oficjerom i gemejnom znaczne korzyści, jeśli dobrowolnie przejdą w szeregi imperatorowej.

– Polecono je rozlepić, gdzie się tylko da, i podrzucić we wszystkich koszarach. Ja zaś wysłałem ludzi do zdzierania tych pism i wyłapywania. Mogłyby te szumne obietnice skusić niejednego.

– Pierwszą z proklamacji uważam za najważniejszą – ozwał się Zaręba – zmusza nas bowiem do bezzwłocznego zdeterminowania daty wybuchu. Nie będziemy przecież wyczekiwali, aż nam umniejszą armię do małoważnej kwoty, a żołnierzów rozpędzą lub wyłapią. Chwała ci, Panie, skończyły się wreszcie odkładania. Radosna to dla mnie nowina i mam ją za wielce fortunną dla sprawy. Kacper! – zawołał wielce rozradowany. I zjawionemu opowiedział wszystko, pytając o zdanie. Kacper, przywstydzony nieco, że musiał zabierać głos przy Chomentowskim, palnął ogniście:

– Moje zdanie, panie poruczniku? Siadać na koń i rznąć psubratów!

– W sednoś utrafił, tak samo rozumiem – pochwalił Chomentowski.

– To jest żołnierska mowa. Pora nam zaczynać. Za drzwi z moderantami! – wykrzyknął namiętnie. – Mamy Warszawę gotową, mamy Wilno i mamy Kraków. Na cóż nam wyczekiwać? Mniemali, że terminem redukcji zaskoczą nas znienacka i rozbiją nieprzygotowanych. Srodze się zawiedli.

– Myślę, jako na ten moment Igelström ściąga do miasta wojska, boi się wybuchów przywiedzionych do rozpaczy. A nie mogłem naleźć przyczyny.

– Zarazem oczyszcza naszym wojskom drogi z Litwy i Krakowskiego. A z tymi, jakie się zbiorą w Warszawie, musimy dać sobie radę bez oglądania się na posiłki. Pryncypalna rzecz, by nie pozwolić się im skupić i uderzyć na rozłączonych. Wiktoria wtedy zapewniona.

– Melduję pokornie – wtrącił nieśmiało Kacper – właśnie i Kiliński rychtyg taki sam projekt formował wczoraj na zgromadzeniu w cechu szewieckim.

Wystąpim, powiada, nocą, po cichu, niespodzianie i spadniemy na wojska, rozłożone po kwaterach jak wilki. Nim zdążą krzyknąć: "Jezus Maryja!" już ich nie będzie. Kto nożem, powiada, kto szablą, kto choćby pazurami, byle jeno wygnieść to nikczemne robactwo. Nieprzyjaciela, powiada, tępić powinnością na każdy skuteczny sposób.

– Że wzięłoby to pomyślny skutek, nie neguję – podjął Chomentowski. – Ale nam tego uczynić nie wolno – sprostował się i w twarzy mu zagrała duma i wzniosłość szlachetności. – Zbójecka to rzecz uderzać znienacka, pod osłoną nocy i choćby na śpiących. My, żołnierze świętej sprawy, wydajemy wojnę tyranom, stajemy w imię ojczyzny i wolności. Nam tylko przystoi występować głośno i otwarcie przy biciu dzwonów, warkocie bębnów i z rozwiniętymi chorągwiami. Kiliński może tego nie rozumieć, ale ty sobie zakonotuj w pamięci: honor nakazuje i we wrogu widzieć człowieka.

Kacper poczerwieniał ze wstydu i, korzystając z wejścia Konopki, usunął się w cień.

– Mała Rada nie może się dzisiaj zebrać – meldował przybyły – redutę bowiem odłożono do przyszłej soboty, na pierwszego marca. Chyba ją zwołać gdzie indziej, ale nie radzę: depcą po piętach i mogą nas wyszlakować.

– Masz, diable, kaftan! I to aktualnie, gdy okoliczności przymuszają do natychmiastowego zgromadzenia wszystkich – biadał Chomentowski.

– Rudecki ostrzega, że wszystkie nasze kwatery są wiadome Baurowi. Można by zaryzykować w podziemiach Dziarkowskiego, byle jeno wchodzili od Brzozowej. I obstawić wejście przebranymi strażami – dodał.

– A choćby i na kwaterze Belzebuba. Zmiłuj się waćpan i wykoncypuj, co potrafisz, byle prędko, najpóźniej na jutro wieczór. Porucznik ci powie przyczyny tej naglącej potrzeby. Muszę już uciekać. A przychodźże rychło! – zwrócił się do Zaręby i wybiegł.

– To i sprawę Radzimińskiego trzeba będzie odłożyć.

– A wszystko składało się jak najfortunniej. Panna, zakwaterowana u podkomorzyny, wyczekuje niecierpliwie. Co się stało ważnego?

Zaręba opowiedział. Obaj się godzili na jedno: zaczynać powstanie jak najrychlej. Konopka tylko przewidywał opór moderantów.

– Zobaczysz waść, Kapostas postawi się na głowie, a zwłokę znowu przeprowadzi.

– Musimy zgromadzić się w takiej liczbie, by do tego nie dopuścić.

– Znalazłyby się skuteczniejsze sposoby: ogłosiłbym zdrajcą każdego, który zaprotestuje przeciw naszej rezolucji. Dlaczegoż mamy im zawsze ustępować? Będą się znowu wykręcali nowymi listami Kościuszki. I nie widzę racji, dlaczego mamy zależeć od człowieka tak oddalonego od kraju.

– Naczelnik! – wyrzekł z mocą Zaręba. – W jego ręce losy swoje złożył cały naród.

– Cale mi nie pachnie dyktatura. To przemoc nad powszechnością – perorował coraz zapalczywiej.

– A zresztą wypadki przymuszają do powzięcia decyzji! Mamyż czekać, aż z Włoch przyjedzie? Jeśli ogół potrzebuje kogoś widnego na czele, wybierzmy Prozora! Dopiero co zjechał do Warszawy. Człowiek godny najwyższego urzędu. Nie chcecie? – ciągnął podrażniony jego wykrętnym milczeniem – to wskażę wam najgodniejszego w narodzie: Kołłątaja! Jeniusz to niezawodny, mąż wspaniałych talentów, wielkiego umysłu i żelaznej ręki. Ten by się nie cofnął przed niczym.

– Klecha! – odparł zbywające, śpieszyło mu się bowiem na miasto.

– We Francji sutanna nie przeszkadza służyć ojczyźnie i zwalczać tyranów. Wielu z księży odznacza się duchem prawdziwie liberalistycznym; można znaleźć pomiędzy nimi najzagorzalszych jakobinów. A nasi: ksiądz Meier, Dmochowski, Jelski, ojciec Serafin, zali nie górują w służbie ludzkości? Właśnie Kołłątaj potrafiłby okiełznać swawolę polską i dać pomyślny bieg wypadkom. Umysły oświecone dawno uważają go jedynym do podźwignięcia Rzeczypospolitej – przekonywał długo i namiętnie. Zaręba, nie pragnąc w tej materii dyskursów, słuchał jeno i z niemałą ciekawością dowodzeń, które wydawały Konopkę żarliwym agentem ks. podkanclerzego. Nie w smak mu jednak było wiele z wygłoszonych maksym, znajdował je szkodliwymi dla Polski, lecz nie zaprotestował, obszerniejszą rozmowę odkładając do sposobniejszej pory.

Jeszcze na ulicy Konopka dowodził konieczności natychmiastowego przywołania do kraju Kołłątaja i oddania mu dyktatury.

– Zwołam "Obrońców Wolności" do księdza Meiera. Przyjdź waszmość, zdecydujemy i z gotową propozycją wystąpimy zgodnie na Małej Radzie.

Przyobiecawszy wszystko, czego żądał, pośpieszył do pałacu Działyńskiego, Pod Sfinksami, gdzie pracowała generalna kancelaria insurekcji. Pałac od strony Leszna był zamknięty i dawał pozór niezamieszkanego, natomiast w pokojach od dziedzińca wrzało wytężone życie dniami i nocami. Tam bowiem ogniskowały się wszystkie sprzysiężenia w rękach Chomentowskiego, Mycielskiego, Zeydlitza, Zaręby i kilku młodych oficjerów kanonierskich. O tej kwaterze wiedziało tylko bardzo niewielu sprzysiężonych; otoczono ją też tajnymi strażami, a pilnowano niby źrenicy.

Zaręba przedostał się do pałacu od strony Elektoralnej, przez ogrody i przejścia, znane jedynie wtajemniczonym i zbrojnym w hasło. W pokojach parteru od dziedzińca, prawie ciemnych od dymu z lulek, zastał już Chomentowskiego i kilku towarzyszów zajętych pracą. Dostał polecenia zorganizowania milicji z wolontariuszów, dostarczonych przez Kilińskiego i drugich, wyznaczenia dowódców okręgowych, urządzenia po cyrkułach podręcznych składów broni, sygnałów itp. Zabrał się do roboty z pasją, mając do pomocy porucznika Sierpińskiego z regimentu Działyńskiego, który znał miasto jak własną kieszeń. Całe dnie przy tej wytężonej pracy schodziły mu jak chwile, że tylko niekiedy zaglądał na swoją kwaterę; noce zaś musiał poświęcać naradom i spotkaniom z różnymi ludźmi, wydzierając zaledwie tyle czasu, by się nieco przespać i zjeść. Czuł się już jakby na wojnie, w obliczu nieprzyjaciela.

I miasto tętniało takim samym burzliwym, wojennym życiem, gdyż wojska rosyjskie napływały nieustannie a Igelström prawie z dnia na dzień pomnażał liczbę patrolów. Stały już na każdym skrzyżowaniu ulic, zaś pewnego poranku ujrzano na placach harmaty, wyciągające groźne gardziele, i amunicyjne jaszcze o czerwonych kołach. To dawało pospólstwu podnietę do coraz groźniejszej postawy. Burdy z żołnierzami były na porządku, niefolgowano nawet oficjerom, obrzucając ich przy każdej sposobności śniegiem i wyzwiskami. Nie krępowano się w wygłaszaniu wrogich opinii. Wzburzenie wzrastało niby lawina. Cały bowiem ogrom upadku i poniżenia Rzeczypospolitej stawał coraz wyraziściej. Nawet zaślepieni targowiczanie zaczynali przezierać, do czego prowadzą gwarancje carowej. Postępowanie Igelströma, poczynającego sobie jakby w kraju podbitym z całym żołdackim okrucieństwem i bezwzględnością, wzbudzało powszechną nienawiść. Zaś jego ostatnie proklamacje i ustanowienie jawnych kwater werbunkowych doprowadzało do rozpaczy. Ziemia się trzęsła pod stopami i chwiało się wszystko, grożąc ostateczną ruiną. W kołach najspokojniejszych i dalekich od spisku nie widziano już innego ratunku nad wojnę. Mówiono o tym powszechnie, głośno rozbierając szansę powodzenia.

Zaniepokojona Rada Nieustająca próbowała zażegnywać niezadowolenie i tłumić wszelkie objawy buntowniczych usposobień i ujawnionych przygotowań. Ambasador, chociaż posyłał do Petersburga uspokajające wieści, odgrażał się publicznie, że nim Warszawa powstanie, wydają na rabunek, zbombarduje i puści z dymem. W odpowiedzi ukazało się pismo, w którym była wystawiona jego postać na szubienicy, zaś Barani Kożuszek na swojej gilotynie pod Krakowską Bramą zuchwale ucinał głowę jego figurce, szpetnie przymawiając, ku niemałej uciesze pospólstwa. Wiadomym też było spiskowym, iż na Zamku, gdzie miano najpewniejsze wieści o tym, co się gotuje w kraju, pomawiano generała Cichockiego, że w celu przyciągnięcia króla powiadamia go o przygotowaniach do insurekcji, zapanowała trwoga. Król zaczął się coraz częściej pokazywać, jeździł do Łazienek, odwiedzał domy ubogich, interesował się nędzą miejską i rad łaskawie dopuszczał do swojej osoby, kto tylko tego zapragnął, nie szczędząc w dyskursach łamania rąk i ubolewań nad gwałtami aliantki. Starał się skaptować gwardię, zapraszając oficjerów na pokoje, a gemejnom wypłacając z własnej szkatuły zaległe lenungi. A już szczególniej faworyzował ułanów Königa i tatarską chorągiew Biernackiego. Z jakim skutkiem, czas to niedaleki miał pokazać. Nie zasypiały również sprawy i siostry królewskie, rozpowszechniając pod sekretem o jego sentymencie dla sprzysiężenia i oburzeniu na podstępną politykę Petersburga. Pomagali im w tym nawet tacy cnotliwi obywatelowie, jak generał Mokronowski i Zakrzewski, prezydent Warszawy czasu bywszego Sejmu Wielkiego, obaj cieszący się zaufaniem króla i miłością w narodzie. Spiskowi przyjmowali te umizgi wzgardliwym milczeniem. Nie dano się brać na lep szczerości.

Słowem, groza i zamęt podnosiły się z dnia na dzień. Wszyscy oczekiwali ważnych wydarzeń, nikt tylko z szerokiego publicum nie umiał wymiarkować, z której strony uderzy cios. Jedni z lękiem czekali, co gotuje Igelström? Drudzy podejrzewali Buchholtza o najgorsze zamierzenia, zwłaszcza po przysunięciu się wojsk pruskich bliżej Warszawy, po przejściu Bzury. Zasię inteligentniejsi, biorąc asumpt z pogłosek, rozmów, karteluszków, hardej postawy pospólstwa i własnych nieczystych sumień, dręczyli się obawą rebelii, wzorowanej na praktykach francuskich. Tylko jedna zbratana socjeta polsko–rosyjska, pod wodzą Zubowa, jakby ślepa i głucha na wszystkie pogłosy wrzenia, zabawiała się w najlepsze. Nie mieli bowiem dnia bez balu, teatru, promenady, podwieczorku lub tłumnej, hulaszczej przejażdżki po mieście. Niestworzone rzeczy rozpowiadano o rozrzutności, szaleństwach i ekscesach tej kompanii. Gardzono nimi powszechnie, a zajmowano się ich postępkami z upodobaniem. Obnoszona też po salonach wiadomość, jako na reducie, przypadającej 1 marca, mają wystąpić w strojach hiszpańskich i z całym dworem kapelistów, śpiewaków i tancerzów, zemocjonowała Warszawę. Pewnie i z takowej przyczyny mnóstwo osób wybierało się na tę ostatnią w zapustach zabawę.

Jakoż i nie zawiedli Marvaniego przedsiębiorcy. W sobotę bowiem, gdy zbliżała się oznaczona godzina, na Krakowskiem ukazał się gęsty łańcuch paradnych sań i pojazdów. Noc uczyniła się cicha i rozgwiażdżona, wziął lekki przymrozek i sanna trzymała się jeszcze nie najgorsza. Pałac Radziwiłłowski gorzał od świateł. Na ogromnym dziedzińcu, ujętym w boczne pawilony ciągnące się ku Krakowskiemu, mrowiło się od gawiedzi i zakrytych landar do najmowania, w których odbywały się schadzki zakochane pary, wymykające się na jakiś czas z reduty. Paradne wejście, szeroko wywarte i pokazujące ogromną sień i schody okryte kobiercami, oświetlały pochodnie zatknięte w żelazne wilki. Marszałkowscy dragoni trzymali straż, broniąc od naporu pospólstwa, cisnącego się zewsząd, wysiadających gości, witanych, jak zwyczajnie, szmerem podziwu, drwinami albo i grudą zmarzłego śniegu. Więcej jednak było podziwów, ponieważ goście przybywali przybrani w maski i wspaniałe stroje, ciągnące oczy barwami i przcpychem. A jakiś potworny garbus w szkarłatach i koronie, wydający się za czerwiennego króla, zyskał burzliwe aplauzy. Drugi zaś, z oślą głową i ruszający uszami, pobudzał do wesołych śmiechów. Nie było jednak czasu zajmować się pojedynczymi figurami, bowiem nadjeżdżano coraz tłumniej, a do tego tromboniści, ustawieni na szczycie schodów, zaczęli grać grzmiące fanfary i tryumfalne polonezy.

Jednym z pierwszych stawił się Zaręba. Był niezamaskowany i zająwszy miejsce z boku schodów, penetrował wchodzących, bacząc pilnie na znaki, jakimi dawali się poznawać spiskowi. A zbierali się licznie, ponieważ pod osłoną publicznej zabawy mieli się naradzić i zdeterminować ostateczny termin wybuchu insurekcji. Wszyscy zjawiali się w maskach i najprzeróżniejszych przebraniach, a dla odwrócenia uwagi zbierali się w oddalonej komnacie, przeznaczonej dla kart i pijatyki. W jakiejś chwili dał mu się poznać Radzimiński.

– No i cóż? – spytał go ciekawie porucznik.

– Zosia z podkomorzyną i ojcem Serafinem już czekają w klasztorze bielańskim. Wszystko gotowe, byle nam co nie skrewiło – trząsł się cały. – Konie z krytymi saniami czekają pod Karmelitami.

– Zostań przy mnie: wskażę ci Zubowa. Powinni nadjechać lada chwila.

– Andzia wchodzi! Nadzwyczajna! Istna królowa! – admirował rotmistrz. Prawdziwie, że wyglądała frapująco w przebraniu wróżki, okryta płaszczem błękitnym, zahartowanym srebrnymi znakami zodyaku, który za nią podtrzymywało dwóch murzynów, w osobach Staszka i Kuby. Dostojny brzuchem i zielonym turbanem, i brodą po pas basza, Piotrowski, wprowadzał ją na schody. A tuż za nimi nadjechało całe towarzystwo Zubowa. Kompania składała się z kilkudziesięciu osób, przecudnie wystrojonych po hiszpańsku. Mężczyźni byli w czarnych płaszczach, trefionych w kędziory pokrętne perukach, krezach śnieżnej białości, kapeluszach ze strusimi piórami i przy szpadach, które wedle panującego zwyczaju pilnie przestrzeganego musieli złożyć na przechowanie. Damy zaś dawały ze siebie podobieństwo kwietnych stogów, tak suknie miały barwiste i sztywno nastroszone. Dekoltaże do pół łona odsłaniały olśniewające białością powaby, tym zuchwałej występujące, że spod czarnych masek jarzyły się tylko oczy. Zaręba poznał Izę po królewskiej postawie i orzechowych oczach, a Zubowa po jego posuwistym ruchu nóg. Wydał go Radzimińskiemu i przywdziawszy na stronie maskę pociągnął wraz ze wszystkimi do głównej sali. Sala była obszerna i mimo uszczuplenia przez scenę mogła pomieścić parę set osób. Tłumno już w niej było i gwarno, a wciąż jeszcze napływali nowi goście. Kapela z chóru przygrywała anglezy. Zaczynano tańcować. Tu i owdzie już plątały się intrygi. Różnobarwny tłum masek w strojach wszystkich krajów i wszystkich stanów mrowił się, przepychał, wybuchał śmiechem i wrzał jak ukrop. W przebraniu i pod maską nikt się nie krępował niczym, zażywano zupełnej swobody. Panowały maniery nieco swawolne. W bocznej komnacie, gdzie sprzedawano zimne zakąski, przekąski i napoje, już brzękano szkłami. Liberia Marvaniego roznosiła lody i chłodniki. Nieprzystojne słowa leciały jak race, budząc jeno śmiechy i dosadniejsze odpowiedzi. Maska nadawała wszystkim jedne prawa równości. Używano też jej skwapliwie aż do przesytu. Spiskowi z wolna i nieznacznie wymykali się do zamówionej stancji. Zaręba z daleka i niepostrzeżenie czuwał nad wchodzącymi. Miał tak nadzwyczajną pamięć ruchów, że mógł nazwać każdego znajomego pomimo maski i przebrania. Od razu też w grubym kapucynie rozpoznał Klotzego i stanęły mu w pamięci ostrzeżenia kasztelanowej. Postanowił go nie dopuścić.

– W ostatniej chwili zebranie odwołane – szepnął mu do ucha.

– Jakie zebranie? Co się asindziejowi troi! – oburzył się na natręta. Dał mu znak. Klotze odpowiedział tym samym i rzekł z przekąsem:

– Ktoś z waści zakpił! Chodź, to się przekonasz. Przyszedłem z Kapostasem. I odgarnąwszy go z drogi, poszedł, bo srodze skonfundowany Zaręba. nie znalazł na razie fortelu, żeby go zatrzymać. Ale nurtowany podejrzeniami zlecił nad nim opiekę jednemu z towarzyszów, powrócił na salę i przysunął się nieco bliżej Andzi. Właśnie rozmawiała z Zubowem, prosząc go o pozwolenie powróżenia. Trochę się ociągał, lecz podniecony jej oczyma podał dłoń.

Spojrzała i cofnęła się jakby w przerażeniu. Wystarczyło jednak, aby wzbudzić w nim ciekawość. Wziął ją na stronę, z dala od oczów swoich kompanionów, usilnie prosząc, by mu powiedziała przyczynę. Dała się wreszcie uprosić i przyjrzawszy się jego dłoni, szepnęła mu na ucho coś tak ważnego, że obejrzał się trwożnie i syknął gorączkowo:

– Mów dalej. To niesłychane! Skąd wiesz? – Trząsł się, głos miał zdławiony.

– Z twojej ręki, panie! Nie mogę więcej mówić... boję się... to straszna tajemnica... za wiele dokoła ludzi... koronę na twojej głowie widzę... Nie, dosyć!

– Prowadź do jakiej pustej stancji, mów, obsypię cię złotem – rozkazywał. Pociągnęła go w pusty, ciemny korytarz, a stamtąd w jakieś niskie drzwiczki, do jakiejś bokówki, przedzielonej zieloną zasłoną. Na stole paliła się świeca, obsadzona w ludzkiej czaszce, i leżały karty.

Wskazała mu krzesło i wróżyła z kart, plotąc bajędy, że jakaś wielka monarchini posadzi go na tronie. Mówiła półsłówkami, tajemniczo a niestworzone rzeczy. Nie wiadomo, czy uwierzył proroctwu, ale słuchał w najgłębszym skupieniu, gdy naraz spadła mu na głowę gruba burka i czworo potężnych rąk porwało go drapieżnie, przygięło do ziemi, skrępowało w postronki i poniosło jak barana. Wszystko odbyło się tak błyskawicznie i sprawnie, że nim pomiarkował, już leżał bezwładny, nie mogąc się poruszyć ni nawet krzyknąć. Chwilami tracił przytomność. Dopiero gdy mu odsłonięto głowę, zaczerpnął powietrza, przyszedł do siebie.

– Ani słowa, bo kulą w łeb! – posłyszał, poczuwszy na skroniach zimne lufy. Konie zdały się ponosić, sanie śmigały takim pędem, że przed oczyma jeno migotały jakieś domki, potem zaśnieżone pola i krzaki. Strach zapychał mu gardziel, nie potrafił jeszcze zebrać myśli, wszystko w nim było chaosem zdumienia i plątaniną skłębionych myśli.

– Możesz się teraz pytać! – zabrzmiał ten sam głos, gdy wjechali w lasy zwarte, przebielone dołem śniegami. Pas gwiaździstego nieba ciągnął się nad głowami, przekreślony tu i owdzie wystającym konarem. Zubow zazezował ostrożnie na lewo: maska okrywała jakąś twarz; po prawej było toż samo. Poruszył się i poczuwszy się spętanym poniechał pytań.

– Jestem Antoni Radzimiński, rotmistrz Kawalerii Narodowej – posłyszał znowu.

– Nie znam– rzucił wyniośle i prędko dodał: – Porwałeś mnie dla wykupu?

– Dowiesz się. Nie znasz mnie! Właśnie jestem bratem panny, którąś nikczemnie ukradł z domu matki i zniesławiły! Przypomnisz sobie teraz?...

Graf milczał, rażony śmiertelnym strachem; zrozumiał swoją sytuację.

– Pohańbiłeś mój dom i poniesiesz moją zemstę. Przysiągłem ci śmierć, ale jeśli spełnisz obietnice, dane dziewczynie, żyw będziesz i swobodny.

– Nie dawałem przyrzeczeń, poszła za mną dobrowolnie – ukąsił.

– Byś nie był w pętach, nauczyłbym cię estymy! – zawarczał rotmistrz. – Poślubisz uwiedzioną i puszczę cię na złamanie karku.

– Oszalałeś! – wyrzucił w najżywszym zdumieniu. – Ach, teraz mi jasno! Komplot na mnie do motii z tą wróżką. Całe sprytnie uformowany – mówił niedbale, od niechcenia, skrywając wściekłość, która nim targała. – Jeśli mnie uwolnisz, obiecuję niczego nie dochodzić. Podobam sobie w takich ryzykantach. Przy mojej protekcji mógłbyś zajść wysoko. Żeby mnie porwać z balu, spośród moich straży, dokonałeś wielkiej rzeczy – zmienił znów mowę, przedstawiając mu swoją władzę i związki, groził i obiecywał, lecz zniecierpliwiony jego milczeniem powiedział wzgardliwie:

– Rozumiesz przecież, że na twoją propozycję zgodzić się nie mogę. Ha, ha! to by była historia!

– To strzelę ci w łeb jak psu. Tak mi dopomóż Bogi – przysięgał uroczyście. Zubow pomiarkował, że z tym człowiekiem żartów nie ma i obietnicami niczego nie dopnie. Zimno go chwyciło, trząsł się jak w febrze, lecz przez mózg leciały myśli szukające ratunku. Ale ratunku nigdzie nie znajdował. Dopiero gdy zajechali przed klasztor bielański, zdeklarował się prędko:

– Zgadzam się. Proszę waszmość o rękę jego siostry...

– Powtórzysz to, mości grafie, w obecności panny i świadków. Wprowadzili go do kaplicy słabo oświetlonej świecami ołtarza. Czekał już tam ojciec Serafin, jakichś dwóch jegomościów i dwie zamaskowane damy. Przecięli mu pęta. Zatoczył się na ścianę ze znużenia i dygotał z zimna, bowiem wieźli go, jak porwali, w paradnym stroju hiszpańskim. Ktoś przyodział go w futrzaną czapę, ktoś podał tęgiej gorzałki kielich, że zebrawszy nieco sił sięgnął do kieszeni po krócicę, z którą się nigdy nie rozstawał. Kieszeń była pusta, ostatnia nadzieja przepadła.

– Zdeklaruj się, mości grafie – zaproponował rotmistrz. Jedna z masek opadła i Zubow ujrzał oblicze przedziwnej piękności, zbielałe na alabaster i przecięte napiętymi groźnie brwiami; w jej rozgorzałych oczach świeciła jakaś moc ponura i wyniosłość. Nie poznał jej ani była podobna do tamtej, dawnej, ale oświadczyny wypowiedział jednym tchem.

– Przyjmujemy – odparł rotmistrz – ślub odbędzie się natychmiast.

– Za pozwoleniem – zaprotestował któryś z panów. – Trzeba spisać akt i podpisać. Nim się to wykonało, nastąpiła przykra pauza. Rotmistrz targał niecierpliwie wąsy, Zośka zapatrzona gdzieś przed siebie nie słyszała szeptów podkomorzyny, a Zubow przecierał oczy, jakby chcąc odegnać zły i trapiący sen...

Wreszcie wszystko było gotowe. Zapalono więcej świec, ksiądz Serafin w komży stanął przed ołtarzem. Pannę podprowadziła podkomorzyna, zaś Zubowa Kacper pouczał, co ma robić. Narzeczeni przyklękli, podając sobie ręce, i ksiądz, okręciwszy je stułą, zaczynał czytać rotę przysięgi, gdy naraz Zośka, targnąwszy się w tył, przemówiła z gwałtownym uniesieniem:

– Nie chcę! Precz, podły! Nienawidzę cię ponad wszystko! Wolę śmierć niźli twoją nikczemną osobę. Nie przymuszajcie! Nie przełamię wstrętu i obrzydzenia!

Osłupieli. Ani kto przypuszczał takie rozwiązanie. Nie pomogły prośby ni groźby rotmistrza: panna nie dała się zniewolić i w końcu zemdlała ze wzruszenia. Zubow, oszołomiony i najboleśniej dotknięty, nie wiedział, co począć. Jej wzgarda szarpała mu wnętrzności. Straszliwie cierpiał. Chciało mu się bić łbem o mur z wściekłości. Dusiły go wszystkie furie poniżenia, wstydu i bezsilności.

– Mości grafie, sprawa pomiędzy nami skończona. Chciałeś spełnić, coś był powinien, i jesteś wolny – skłonił się przed nim. – Kacper, odwieź grata do miasta.

Zośkę zabrała z sobą podkomorzyna, świadkowie gdzieś zniknęli, pozostał tylko w kaplicy Serafin i przybrawszy się do drogi wyrzekł:

– Nie było w tym woli Bożej, mój rotmistrzu! Spieszmy się do Warszawy, byle jeszcze zdążyć na naradę. Powinność nas woła...

20 XII 1911

KONIEC CZĘŚCI TRZECIEJ

Also Available from JiaHu Books

Chłopy

Ziemia obiecana

Faraon

Bunt

Ludzie bezdomni

Wampir

Quo vadis?

Pan Taduesz

Na wzgórzu róż

Kariera Nikodema Dyzmy

Utwory wybrane – Maria Konopnicka

Zemsta

Osudy dobrého vojáka Švejka za světové války

Válka s molky

R.U.R.

Hordubal

Krakatit

Továrna na absolutno

Povětroň

Obyčejný život

Babička

Hiša Marije Pomočnice

Judita

Dundo Maroje

Suze sina razmetnoga

Az arany ember

Szigeti veszedelem

www.ingramcontent.com/pod-product-compliance
Lightning Source LLC
Chambersburg PA
CBHW020914200626
46814CB00001BA/341